黄金梦

糜果才 著

作家出版社

图书在版编目（CIP）数据

黄金梦 / 糜果才 著. -- 北京：作家出版社，2018.6
ISBN 978-7-5212-0112-3

Ⅰ. ①黄… Ⅱ. ①糜… Ⅲ. ①长篇小说 – 中国 – 当代
Ⅳ. ①I247.5

中国版本图书馆CIP数据核字（2018）第146272号

黄 金 梦

作　　者：糜果才
责任编辑：田小爽
装帧设计：祝玉华
出版发行：作家出版社
社　　址：北京农展馆南里10号　　　　邮　　编：100125
电话传真：86-10-65930756（出版发行部）
　　　　　86-10-65004079（总编室）
　　　　　86-10-65015116（邮购部）
E-mail:zuojia@zuojia.net.cn
http://www.haozuojia.com（作家在线）
印　　刷：三河市兴博印务有限公司
成品尺寸：170×240
字　　数：450千
印　　张：27.5
版　　次：2018年9月第1版
印　　次：2018年9月第1次印刷
ISBN 978-7-5212-0112-3
定　　价：38.00元

主要人物表

（以出场先后为序）

常秋生　　六郎村常氏第24世长门长孙

闵香草　　常秋生恋人

常冬生　　常秋生弟

甄秀枝　　常冬生妻子

闵香璧　　闵香草哥哥

李又白　　怪老头

柳干头　　点山灯专业户

常宏禄　　六郎村知客

冯润秀　　司机

负不赖　　国家干部

刘子欣　　禾谷地委书记

邹亚丽　　《中国地矿报》记者

杨茂森　　省地矿局局长

翟树荣　　省金矿矿长

连建国　　包工头

靳翠枝　　常冬生妻表妹

白牡丹　　歌舞厅老板

小　凤　　负不赖情人

真玄法师　龙山寺住持

目 录

楔 子

邪恶之得，得之祸所始；正义之得，得之福所源。

元朝初年，天下出了一桩旷古奇事。

黄土高坡上，一条不宽也不窄的官道上腾起一片黄尘。一支迎亲队伍缓缓而来，走在最前面的八音队萎靡不振，迎亲的唢呐声欢快里分明含着几分哀怨，披红挂彩骑在马上的新郎愁眉苦脸低着头闷闷不乐，蒙着盖头坐在花轿里的新娘也泪眼婆娑战战兢兢，轿夫的脚步迈得少气无力，身子摇摇摆摆。终于回了村，进了家门，拜过天地，拜过高堂，接着酒席开宴了，宾客们筷子与勺子在碗碟里碰撞，上牙与下牙在嘴里磕打，却都默默无言，吃的是闷饭，喝的是闷酒。夜幕渐渐降临，人常说，人生有四大喜事：洞房花烛夜，金榜题名时，久旱逢甘雨，他乡遇故知，这其中为首的洞房花烛之夜，本来是新郎、新娘人生中最为得意、幸福的时刻，可新郎却蹲在院子里时而唉声叹气，时而举起拳头狠擂自己的脑袋，而新娘这时候正躺在洞房的炕上惊恐地浑身筛糠般乱抖。一个隆重、欢乐、喜庆的日子，新郎、新娘与参加婚礼的亲朋好友都被笼罩在一种悲悲戚戚的阴影之中。

这一切都缘于甲长对汉人新娘拥有的三天初夜权。

甲长是蒙古人，由二十户汉人奉养，人称"老爷爷"。甲长无需劳作就可以拥有其他人家的所有财产。甲长除了对新娘拥有的三天初夜权，还有一把菜刀管理权。十户人家准许使用一把菜刀，谁家做饭要用菜刀，都必须到甲长家里来取，用完赶紧送还。汉人怕甲长每年年底到县里汇报村里情况时给自己说坏话，带来杀身之祸，家家户户都要将穿着蒙袍蒙靴的老爷爷画像，供奉在距离制作肴馔最近的锅灶上面的墙壁上，画像左右写着两句祝语：上天言好事，回宫降吉祥。三天初夜权，蒙古人除了满足一时淫欲，还有就是想将其血统广泛延续。而汉人看着自己的女人生下的第一胎，眼里冒着怒火，必然要将其狠狠摔死，而且是那么果断、决绝而毫不迟疑。汉人的心事，报复的是蒙古人对自己的奇羞大辱，阻止的是蒙古人的谬种流传。

奇事一桩接着一桩地发生。

元朝政府除了允许蒙古人对汉人新娘的三天初夜权，还将全国人民分为四个等级，蒙古人为第一等，色目人为第二等，北人（原金朝境内的居民）为第三等，南人为第四等。元朝实行的是领主分封制，统治者可以拥有"驱口"（奴隶），大使长最多的拥有几千个"驱口"，小使长最少的也有几十个。"驱口"可以进入"人市"，互相买卖。"驱口"既要向使长交租，也要向政府纳税。法律规定"驱口与钱物同"，使长杀死无罪"驱口"杖八十七，良人打杀他人"驱口"杖一百七，如果交一头毛驴的价钱也可免杖。汉人不能拥有名字，只能以行辈和父母年龄合算一个数目作为称呼。汉族老人到了六十岁，就必须送到野地提前挖好的墓穴里去等死。"六十花甲要活埋"，是每一位老年人无奈的最后归宿。

元朝的种族歧视，引起了汉人的强烈不满，早在元泰定二年，河南就发生了赵丑厮、郭菩萨领导的农民起义。

元至正三年，中原地区发生大旱，赤地千里，寸草不生。不料次年春天又发生了严重的蝗灾，地上的庄稼被蝗虫吃得干干净净，枝叶不留。人们没有吃的，就挖草根，剥树皮，甚至以观音土充饥。一时间，饿殍遍野，几十里难觅人烟。

人们灾难重重，朝廷却将各种名目的赋役杂税，不断地加压在人民的头上。

至正十年，朝廷下令变更钞法，铸造"至正通宝"钱，大量发行新"中统元宝交钞"纸币，致使物价迅速上涨。次年，黄河决口，冲毁房屋田地无算，流离失所之民难计。朝廷派员治理黄河，欲归故道，动员民夫十五万，士兵二万。贪官污吏乘此机会，克扣工款，中饱私囊，敲诈勒索，贪污腐化，无所不用其极。

广大人民处在水深火热之中。

全国人口急剧下降，数量减半。

走投无路的贫苦人民要活命，要改变现状，就不能不拼死杀出一条生路。

豪杰振臂一呼，应者四方云集。这年五月，白莲教首领韩山童、刘福通在颖州揭竿而起，士兵们头裹红巾，号称"红巾军"。接着，徐寿辉起于蕲州，李二、彭大、赵均用起于徐州。几个月之间，各地纷纷响应，拉开了灭亡元朝的序幕。

至正十二年正月十一日，定远土豪郭子兴联合孙德崖等人，起兵于定远、钟离一带，数万百姓群起而响应。郭子兴聚众烧香，成为当地白莲会的首领。

二月二十七日，起义军攻下濠州后，郭子兴自称元帅。

这年，一个名叫朱重八的汉子投在了郭子兴的军中。

朱重八也是一名贫苦出身的平民，时年二十五岁，安徽凤阳人，父母兄长均死于瘟疫，当过和尚，讨过吃，走投无路，不得不参加了反抗元朝的战斗。入伍后，作战勇敢，机智灵活，又兼粗通文墨，很快便得到了郭子兴的赏识。于是，郭子兴就将朱重八调到帅府当差，任命其为亲兵九夫长。

作为护卫元帅的亲兵九夫长，朱重八善于处事，十分精明能干。他在打仗时，总是不惧危险，身先士卒。战后，获得的战利品，他就上交给元帅。而元帅给予的赏赐，他又总是分给下属，说这是下属的功劳。

时间不长，朱重八的好名声便在军中传扬开来。郭子兴也视朱重八为心腹知己，于是，便将二十一岁的养女马秀英嫁给了他。

这时，军中上下都呼朱重八为"朱公子"。郭子兴也觉得朱重八这个名字不雅，便给他取名朱元璋，字国瑞。朱者，诛也；元，即元朝；璋，就是宝玉。朱元璋，即意为诛灭元朝的一块宝玉。

其时，在濠州城中，红巾军有五个元帅。郭子兴为一派，孙德崖与其他三个元帅为另一派，两派之间矛盾重重。

这年九月，徐州红巾军主将芝麻李被元军杀害，其部将彭大和赵均用率兵到了濠州。彭大与郭子兴交好，而孙德崖等人则拉拢赵均用。在孙德崖的鼓动挑拨下，赵均用绑架了郭子兴，并将郭子兴弄到孙家，将其打得遍体鳞伤，并准备将其杀掉。

朱元璋闻讯后，带领部分亲兵，冒死突入孙家，背着血肉模糊的郭子兴硬是逃了回来。

朱元璋在军事斗争中，也不负郭子兴厚望。他回乡募兵，招降纳叛，攻滁州，克和州，军纪严明，深得民心。

不久，郭子兴病逝，朱元璋便成了这支部队的主帅。

朱元璋爱惜人才，思贤若渴。少年时的伙伴徐达、周德兴、郭英等和同村邻乡的熟人，听说朱元璋做了红巾军的头目，纷纷前来投效。英勇善战的常遇春也归顺了朱元璋。定远名人李善长，足智多谋的刘伯温也先后投在朱元璋帐下，帮着运筹帷幄，策划军机。接着，朱元璋又先后收养了二十多个义子。

接着，朱元璋又采纳了徽州谋士朱升提出的"高筑墙、广积粮、缓称王"的谋略，一面加强军事堡垒，巩固后方，一面储备粮食，增强经济实力，韬光养晦，以免树敌于几大起义军将领。

过去，朱元璋解决军粮的办法主要是靠强征，即征收寨粮。寨粮出在老百姓身上，连年遭受灾荒的老百姓，已经十分穷苦，如果再向他们征收寨粮，他们就会更加不堪重负。他觉得长此以往，军队就会失去民心。于是，朱元璋下令不再征收寨粮，以减轻农民负担。为了广积粮，朱元璋明令禁酒。他除了动员百姓进行生产外，还决定推行屯田法，大力开展军队屯田，同时，任命元帅康茂才为都水营用使，负责兴修水利，又分派诸将在各地开垦种田。但是其手下大将胡大海的儿子胡三舍与别人违法犯禁，私自酿酒获利，朱元璋知道后，下令诛杀胡三舍，有人进谏说胡大海此时正在攻打绍兴，希望朱元璋可以看在胡大海的面子上放了胡三舍。执法如山的朱元璋大怒，坚决严明军纪，于是亲自动手将胡三舍杀掉。不到几年工夫，朱元璋的领地便军粮充足，府库充盈起来。

羽翼已丰的朱元璋见时机成熟，便开始了扩张和进攻的战略。他克采石，攻太平，拿下集庆，改名应天，又先后灭掉了起义军陈友谅、方国珍和张士诚，于至正二十四年即吴王位。

至正二十七年十月甲子日，吴王朱元璋下令，中书右丞相徐达为征虏大将军，平章常遇春为副将军，率军二十五万，挥师中原，进行北伐。

发布的北伐文告中，明确提出了"驱逐胡虏，恢复中华，立纲陈纪，救济斯民"的纲领，以此感召北方人民起来反元。朱元璋对此次北伐又作出了精心部署，决定先取山东，撤除元朝的屏障；进兵河南，切断元朝的羽翼；夺取潼关，占据元朝的门槛；然后进兵大都，元朝势孤援绝，不战即可取之。然后，再派兵西进山西、陕北、关中、甘肃，则可以席卷而下。

次年，朱元璋于应天称帝，国号大明，年号洪武。

常遇春是北伐军的副将军，也是北伐军的先锋。

常遇春是安徽怀远人，其父名叫常六六。常六六是个老实巴交的农民，平日依靠种田、打柴为生。

那天，常六六在地里劳作了半天，计划顺便捎一担柴回家。于是，他就拿着扁担、绳索，爬上了对面的大山。他走着走着，突然觉得有人从背后向他头上击了一掌，随即他便昏迷过去。清醒过来之后，他发现自己躺在一个山洞里，借着洞口透进来的一线微弱光线，他看见自己身旁坐着一个浑身黑黑的人，定睛细瞅，原来是一只母人熊，当即吓出一身冷汗，他知道自己是遭到劫持了，只好闭目等死。谁知母人熊并没有加害他的意思，喂他山果，饮他山泉。在此后的日子里，母人熊早出晚归出外觅食，与他像夫妻一样地生活，对他很好，只是每次出进后，都用一块硕大的石头将洞口堵死，不让他跨出山洞半步。过了一段时间，母人熊生下一个孩子。这孩子四肢五官，完全像他的模样，只是肤色比他要黑，个头比寻常孩子要大。常六六见到这个孩子，就像看到了未来的一线希望，觉得自己的苦寒生活即将结束，春天的温暖就要来临，于是，就给这个孩子取名常遇春。

不觉，常遇春已经长到了八岁。常遇春虽说年龄只有八岁，但胸脯和腿上已长出了黑黑的绒毛，整个人长得体貌奇伟，豹头环眼，燕颔虎须，七尺多长的身材，虎背熊腰，腿粗臂长。

这天，常遇春好奇地问父亲："为什么母亲每天出去，却将咱俩留在山洞里？父亲为何不到外面去？"

父亲告诉他："我也早想出去，只是因为堵在洞口的石头太大，实在是挪不开。"

"那我去试试。"常遇春说着，过去轻轻一推，石头便被挪开了。

常六六看见洞口被打开，生怕母人熊回来发觉，便赶紧拉着常遇春向山下跑去。父子俩跑到一条河边，见有一条渔船正好划过来，便爬上渔船，请求艄公快走。渔船顺流而下，很快便不见了踪影。

母人熊采了山果、野兔等食物回来，不见了父子，便嗅着气味追赶到河边，见父子二人已经逃得无影无踪，便绝望地长嗥一声，投河自尽。

常遇春跟着父亲回到家乡。他自幼爱习武艺，因其臂长，射得一手好箭，无人能与匹敌。

常遇春二十三岁时，父亲病逝，他被盗寇头目刘聚收留。常遇春见刘聚经常打家劫舍，没有什么宏谋远略，便于至正十五年春天前往和州，投奔了朱元璋。

这年六月，常遇春随朱元璋渡江南下。在采石矶战役中，面对着元朝水军元帅康茂才的严密防守，常遇春乘一小船，在激流中挥戈勇进，纵身登岸，冲入敌阵，左右冲突如入无人之境，随后朱元璋挥军登岸，元军纷纷溃退，沿江堡垒统统归附。接着，又攻太平、下集庆，常遇春初露头角，立了头功，受到朱元璋器重。

西征陈友谅，常遇春再立大功。至正二十年五月，陈友谅率水军数十万直取应天，在城西北的龙湾与朱元璋军展开一场恶战。朱元璋以弱御强，便设计用伏，诱敌深入，常遇春奉命与冯国胜率帐前五翼军三万人设伏。经过一场鏖战，从龙湾登陆的陈友谅兵，遭到常遇春、冯国胜伏兵的冲杀，死伤惨重，溃不成军。时值江水落潮，龙湾水浅，陈友谅一百多艘巨舰全部搁浅，朱元璋指挥水陆军并进，陈友谅大败而逃。

龙湾战后的第三年，陈友谅以号称六十万的大军倾巢来攻，在鄱阳湖与朱元璋军进行了一场持续三十六天的决定生死存亡的水上大决战。朱元璋先是派兵封锁敌人的归路，交战中，陈友谅军船大坚固，但速度慢，朱元璋军船小速度快，操作灵活，两军相持，难解难分。一次朱元璋座船搁浅，陈友谅的大将张定边率船队来围攻，情况危急。常遇春奋勇当先，射伤张定边，又用自己的战船撞击朱元璋的座船，使其脱离浅滩。战斗中，常遇春奉命积极组织火攻，发挥小船优势，乘风纵火，陈友谅的舰队被烧得烈焰冲天，兵将损失过半，湖水尽赤。陈友谅率残舰撤往湖口，又受到朱元璋诸将的追击和常遇春的迎头堵截。陈友谅在混战中被流矢射中死去。这场决战扭转了双方力量的对比，陈友谅覆灭，使朱元璋成为群雄中之强者。常遇春因功受赏，享得高官厚禄。

常遇春剽悍勇猛，且有智谋，善用疑兵，声东击西，出敌不备，战无不胜，攻无不克，人们称他为"天下奇男子"。他也曾自负地说："我率十万人，便可横行天下。"因此，人们又送他一个"常十万"的绰号。

常遇春生有三个儿子，长子常茂，次子常升，三子常森。常茂、常升二人和父亲一样，胸脯和腿上都长满了黑毛，且皆勇武过人，喜斗善战，唯独常森像了他母亲，生得白白净净，性格与两位哥哥也有些不同，他喜文厌武，遇事喜欢思考，特别同情弱者，遇到军粮不足，士卒吃不饱肚，他便不饮不食；士卒生病负伤，他就去探视慰问。常森常想，宋朝为什么被金朝侵略？为什么最后又被元朝消灭？还不是因为不够富强？天下的老百姓为什么流离失所？为什么没有出路？还不是因为一个"穷"字？

北伐途中，常遇春让常茂、常升各带精兵一万，在军中充作主将，独将爱动脑筋的常森留在自己身边听用。

徐达、常遇春的北伐军出师三个多月，迅即平定山东。

洪武元年四月，北伐军在洛阳的塔儿湾与元军遭遇，常遇春与常茂、常升突入敌阵，麾下壮士紧紧追随，勇猛冲杀，在洛水之北击溃元军五万，俘获无算。这一仗，占领了河南和潼关，夺取了陕西的门槛，为攻取元大都创造了极为有利的形势。

洪武元年闰七月，徐达、常遇春率马步舟师由临清沿运河北上，连下德州、通州。元顺帝偕后妃、太子等逃奔上都开平。八月二日，徐达、常遇春一举攻占大都，改为北平府。稍事休整后，即又挥师西进，攻取太原。

太原的元军守将是扩廓帖木儿，他听说大都陷落，便引兵出雁门收复。常遇春遂与徐达商议，采取避实就虚战术，绕道娘子关，乘其不备直捣太原。

扩廓帖木儿得知太原危急，速回军救援。常遇春选精兵五千，夜袭其营。扩廓帖木儿猝不及防，率十八骑逃遁。太原被攻克，俘敌四万余众。

攻下太原后，常遇春移军禾谷。

一连打了数仗，这天常遇春感到有些累了，便靠在大帐的椅子上歇了一会儿。常茂、常升和常森兄弟三人静静地站在周围，守候着父亲。

常遇春闭上眼，不一会儿便进入了梦乡。他梦见自己正在元军中左冲右突，奋力厮杀。杀到高兴处，他就振臂一呼，大喊了一声"杀"！

常茂、常升听得父帅下令让杀，便急忙带兵，出禾谷城，向东北杀去。他们见人就杀，一时尸横遍野，血流成河。

常遇春睡了一阵，醒来后不见了常茂、常升，便问常森："你的两位哥哥呢？"

常森道："父帅下令要杀。两个哥哥杀出禾谷城去了。"

常遇春听罢，惊出一身冷汗，知道自己是说梦话让儿子产生了误会，便交给常森一支令箭，让其快马加鞭速令两个哥哥归来。

常森急忙出了大帐，打马追赶两个哥哥去了。当他骑马疾驰二十多里，追到一个村庄，见两个哥哥正带着士兵杀得起劲，便急忙将令箭交给两个哥哥。常茂、常升见父帅下令归营，方才紧急收兵。后来，这个村庄便叫成了令归村。

为将元军彻底赶出句注山外，常遇春带领大军沿着滹沱河逆流而上。一路上，元朝的县、镇、村残留势力，有的负隅顽抗，惨死在北伐军的刀剑之下；有的闻风丧胆，还没见到北伐军的影子，便携带金银财宝逃到关外去了。

常遇春的大军来到霍人县东部的一个盆地，他见这里北、东、南三面环山，西面敞开，是一只簸箕的形状，三面的山上又有数处关口可以凭险而守，便下令队伍在盆地中央扎下了一座大营。同时，他下令在大营的东南五里、正东十五里、东北十里的地方，分别驻兵设立了左所、前所、后所三个哨所，以防不测，又下令将部队粮草屯集在大营东南十里的一个隐蔽安全之处。

安排好这一切，常遇春接着升帐，诸位部将在帐下垂手而立。常遇春问部将道："诸将有什么紧要的军情，快快报来。如果没有，那就散了。"

粮草官在帐下出列道："禀报将军。自攻取元大都之后，部队长途跋涉，耗费了不少粮草。虽然拿下太原，部队从元军府库中得到一些补充，但军中粮草还是不足。请将军尽早定夺。"

常遇春道："军中粮草还可支几日？"

粮草官道："最多半月。"

常遇春听了大惊。他知道粮草对于兵马有多么重要。没有粮草，军队怎么打仗？吃不饱肚子的兵马，会是一种什么样的情形。北伐军的粮草，本来是靠的两条渠道，一条是靠后方供应，一条是靠缴获补给。可是，眼下依靠后方接济，显然远水不解近渴，而要缴获敌军的粮草，附近又没有大的目标，也不现实。作为前锋军中的主帅，面对如此局面，他能不着急吗？想到这里，他自言自语道："看来是不得不征收寨粮了。"

常森听得父亲要征收寨粮，立刻想起了明军不得征收寨粮的军纪，以及胡三舍违反军纪，被朱元璋亲手杀死的后果，连忙进谏道："父帅不可。征收寨粮，皇上是不会高兴的。怪罪下来，如何是好？"

常遇春道："眼下尽快解决军中粮草要紧。将在外，君命有所不受。"随即下令，常茂带五百人马，向西南柏峪一带征收寨粮；常升带五百人马，向西北二道川征收寨粮。他看了常森一眼，觉得常森也应当到下面历练历练，于是就又让常森也带领五百人马，向西路征收寨粮。

军令不是儿戏。常森知道既然父亲决心已经下了，万难挽回，只得也带了五百人马向西而来。

常森带着队伍，沿路进了许多村庄，发现村里的老百姓早已跑光了。他又来到沙涧驿，见驿里十室九空，大部分老百姓也已逃之夭夭，不知所终。几天来，他的队伍没有征到一粒寨粮。

站在沙涧驿的大街上，常森看见驿北面是一片丘陵地区，整整齐齐的梯田，一层一层分布在坡地上，美丽的就像一幅田野图画，一看就是一处农耕富饶之地，心想丘陵后面的六郎镇或许能征到些寨粮，于是，就带领人马直奔六郎镇而来。

六郎镇比沙涧驿的情形也强不了多少，人们惊慌失色，四处奔走，东躲西藏，似有一种正要从这里逃走的迹象。

几个士兵好不容易从镇里找来两个被大家推举出来临时管事的老头。

常森向两个老头道："你俩既然是大家推荐出来的管事者，就应当为军队征些寨粮。"

蓄着山羊胡子的老头战战兢兢道："大军到来之前，元朝设在镇里的官员携带着金银财宝和粮食都跑了。镇里的老百姓实在是穷得拿不出粮食来了。"

常森问道："偌大的一个六郎镇，真的穷成这般模样，那你们今后怎么生活？"

驼背老头皱了一下眉头道："我们这几天正在寻找宝藏呢。找到宝藏，老百姓就有了活路了。"

常森听说这里有宝藏，立时来了兴趣，便问道："你详细说说，哪里有宝藏？是什么宝藏？"

驼背老头道："据老人们传说，这山里头有黄金哩！"

蓄着山羊胡子的老头道："只是传说。谁也没有见过。"

驼背老头道："俗话说'无风不起浪'。既然老人们这样说，肯定有他的依据哩！"

常森问道："老人们是怎样传说的？"

驼背老头道："老人们说，'东一线，西一线，谁要找到两条线，能富九州十八县'。"

常森问道："这两条线有何特征？"

驼背老头道："'锅对锅，十八锅。''槽对槽，十八槽。'"

常森正要继续细问，突然快马带来父亲急令，让他火速回营，准备西征。常森接到命令，不得不带领队伍离开六郎镇，返回大营。

原来常遇春下达征收寨粮的命令后，细细一想儿子常森的话，后背竟觉得有些发凉。他和主帅徐达商量，不如先拿下陕西，这样一方面歼灭了内地的敌军，另一方面部队也可以得到大量的粮草补充。于是，就下令停止征收寨粮，开拔西征。

常遇春带领部队，拔营起程，浩浩荡荡杀奔陕西而来。

洪武二年三月，常遇春率军进攻陕西。元将李思齐由凤翔奔临洮，最后力竭而投降。

北伐军西征大捷，部队得到了充足的粮草补给，士气正旺。

其时，元顺帝乘明军西征之机，命丞相也速率军向北平反扑，兵锋已抵通州。

常遇春得知北平危急，与常茂、常升、常森率步卒八万、骑兵一万，驰救北平。

部队过了黄河，夜里大军休息之时，常森悄悄起来，脱掉军衣，换了一身早已准备好的老百姓衣裳，背了一个包袱，溜出军营，消失在茫茫夜色之中……

常森怕父亲和两个哥哥从后面追来，不敢从大路行走，他专门拣乡村小路与野外牛羊踩过的小道而行。

常森晓行夜宿，加紧赶路。天黑了，遇到村庄，他就找一户人家借宿一宿。遇不到村庄，他就随便找一个避风的地塄崖弯歇一歇。肚子饿了，能向村人买一些吃的更好，确实买不到吃的，他就摘些山果，喝点泉水，聊以充饥。

常森从军营出走的想法，是那天在六郎镇征收寨粮撤走时产生的。驼背老头说的那几句话，就像是一块巨大的磁石，深深地吸引了他。"东一线，西一线，谁要找到两条线，能富九州十八县。锅对锅，十八锅。槽对槽，十八槽。"这几句话，一直在他的头脑里挥之不去。他真想留在六郎镇，参加寻找黄金宝藏的队伍，可是，军令如山，父命难违啊！他随着北伐军从霍人县又打到了陕西，在部队又要渡过黄河驰救北平时，最后终于下定了离开部队，返回六郎镇的决心。

常森爬上了黄土高原，出现在他眼里的是满目苍凉。千沟万壑中，零零星星地点缀着一簇一簇的窑洞，从窑洞里走出一个个脸上沟壑纵横的农民，他们衣衫褴褛，佝偻着脊背，用笊耙一样的双手刨闹着吃不饱穿不暖的生活。大风刮来，黄色粉尘满天飞扬，顿时土地一片混沌，分不清哪儿是梁，哪儿是沟，哪儿是窑，哪儿是路，浑身挂满了粉尘的人，也变成了混沌茫茫之中的一粒粉尘。

常森一路走，一路在想，这些可怜的农民，生活得这样艰苦，还不是因为一个字："穷"啊！

走过黄土高原，便进入一个盆地。这里的地理条件虽说比黄土高原好了许多，但沿路他看到的到处是逃荒要饭的人们。男人搀着老人，女人拉着孩子，扶老携幼，挪蹭而行。有的人家实在走不动了，一家人就躺在路边，依偎在一起，抱团取暖，等待着命运的安排。

看着这些惨不忍睹的情景，常森觉得这都是战争给人们带来的灾难，都是贫穷给人们带来的灾难。如果找到黄金宝藏，这些遭遇灾难的人们就都能得救了。

又走了两日，常森就进入了霍人地界。

眼看就要到六郎镇了，常森的心里异常高兴。

当常森沿着一条河流溯流而上，走进六郎镇时，眼前的景象使他惊呆了：小镇上到处是房倒屋塌，残垣断壁，瓦砾遍地，偶尔有一截从废墟中露出来的烧焦了的木头，见证着大火给予这个小镇的伤痛。非常明显，在他从六郎镇撤走以后，元军曾经反扑回来，这里曾经发生过一场大的战争，遭受了一场毁灭性的劫掠。

常森想找一找那个驼背老人。他踏着小镇上的废墟，找来找去，不但没有看到驼背老人，竟然连一个人影也没有发现。

他到镇里镇外转了一圈，想找一找驼背老人所说的黄金宝藏。他看到六郎镇周围都是山山岭岭，沟沟岔岔。茫茫一片山沟，哪有什么黄金宝藏呢？他想，这黄金宝藏极有可能是两处金矿，古人发现了，没有来得及开采，将其特征编成口诀，流传下来。这黄金宝藏决不是轻易就可以找得到手的东西，要是那样容易的话，早被别人提前找到了。要找到黄金宝藏，看来得打一番持久战哩！想到这里，他就决定在这里长期住下来。

常森选择了残留着半截山墙和后墙的一处废墟，将地面上的砖瓦清理出来，又捡了些砖块，和了一堆稀泥，垒好一堵山墙。他从废墟里扒出几根没有过火的椽檩，蓬了屋顶，在上面铺了一层柴草，柴草上又披了一层板瓦，又刨出一副破门烂窗，安装在前面。常森泥一身土一身，一间能遮风挡雨的屋子就这样草草搭成了。锅盆碗筷等日用家具，都是现成的，到废墟里刨一刨就能找到。这个屋子终于可以让他生存了。

常森在镇外选择了一片比较平整的土地，在废墟里找到了一些燕麦籽种，种上了自己的庄稼，过上了自耕自食的生活。

过了几个月，小镇上又陆陆续续来了一些逃荒要饭的人，有河北的，有河南的，还有山东的。有一位姓朱的老汉手拉着一个十五岁的女孩，也来到六郎镇。

常森看见这一老一小父女两个人少气无力，实在可怜，便匀出一些吃的东西，给了他们，又帮他们父女二人在自家附近，也搭建了一间简易房屋，使他们也有了一处遮风避雨、安身歇息的地方。

接着，常森又从自己的土地里匀出一块，给了朱老汉，并帮其种上了庄稼。

忙忙碌碌中，不觉一年就过去了。

这天，朱老汉拉着女儿珠儿来到常森的屋子里，对常森道："我们父女二人逃荒要饭来到这里，多亏遇上你伸手帮助，才活了下来，要不然，我们一老一小早死在荒郊野外了。你是我们爷俩的救命恩人哪！我暗暗观察了一年多了，你是个热心肠、值得托付的好后生。你要不嫌弃我家珠儿丑陋，我就将珠儿给了你做媳妇吧。"

二十多岁的常森，正是婚娶的年龄，平日一个人生活清冷不说，身体也时不时有些异样的冲动，但在这种环境中，娶个媳妇，是他想也不敢想的事情。当他听说朱老汉要将娇女珠儿给了他做媳妇的时候，就像突然捡到一个金元宝一样高兴，连忙跪在朱老汉面前，纳头便拜，口里说道："小婿在这里拜过岳父大人。"

朱老汉满脸堆笑，欢喜地将常森扶起来，说道："吉人天相，今天就是吉日，此刻便是良辰。你们二人现在就行了合卺之礼吧。"

在朱老汉的指挥下，常森与珠儿手拉着手，拜了天地，拜了岳父，夫妻俩又互相对拜了。

当天晚上，常森便和珠儿入了洞房。

常森结了婚，又在自己屋子的基地上翻盖了一处一堂两屋的三间房子，将岳父请过来，住在上房，自己和珠儿住在下房。

从此，珠儿在家里一边织布，一边做饭，操持着家务。常森在外一边种地，一边暗暗地寻找着他梦寐以求的黄金宝藏。

又过了一年，常森发现珠儿的肚子渐渐地隆了起来。

第 一 章

日月轮替，时光飞转，六百多年很快就过去了。

二十世纪九十年代盛夏的一天，一辆客车由东向西，呼啸着疾驰在京原铁路线上。

常秋生硕士研究生毕业后，放弃东北地质大学要他留校当讲师的机会，执意要回到村里当农民，据说为的是一个女人。

这个女人叫闵香草，是他高中时的同桌。闵香草长着一张瓜子脸，皮肤白皙，一双水灵而又传神的大眼睛上，卧着两条墨黑而又细长的眉毛，笔直而又高挺的鼻梁嵌在脸庞的正中，小小的两个鼻孔下面是一张红嘟嘟的嘴唇，不高也不矮的个子，苗条而又清秀，该凸处则凸，该凹处则凹，女性的美丽和年轻人的青春气息集中地体现在她一个人的身上。

闵香草的形象在常秋生的脑海里跃动着，火车不觉就到了沙涧镇车站。随着列车员的报站声，车厢里出现了一阵骚动。

火车停稳后，常秋生背上背着那只褪了色磨出了毛边跟随了他七年的鼓囊囊的淡黄色书包，一手提着一只旅行箱，一手提着一个黑色手提包，随着下车的人流，小心地踏着火车的铁梯，来到站台。

他一眼就看到了前来接他的香草。

"秋生哥！"闵香草也看到了他，快步跑过来，就抢接他手上的旅行箱。

"给。你提这个。"常秋生将手提包递给香草，"旅行箱里装的都是书，太重，你提不动。"

两人一前一后相跟着出了站台，走到一处人少的地方，常秋生站住了。他拉开黑提包的拉锁，从包里取出一条黄底上绘着各种花草图案的长条丝巾，把闵香草拉过来，将丝巾围在她的脖子上，然后，拉住她的双手，端详着她的脸庞，看着香草脸蛋上笑出的两个小酒窝和嘴里露出的两排白玉似的整齐的碎牙，说："香草，你越来越袭人了！"

闵香草的脸"倏"地红了，浅浅一笑，便羞涩地低下了头。

常秋生和闵香草乘上一辆接站"蹦蹦车"，走在返回六郎村的沙石公路上。

"蹦蹦车"，由三轮摩托车改装而成，司机坐在前面，双手把着车把，后面的车厢是三根倒U字形的铁棍，上面罩着被风吹日晒得发了灰白的篷布，车厢的两旁固定着两块长条木板，车厢的后面没有篷布，是乘客们上车的入口。这种三轮车装着柴油发动机，走起路来，屁股后头冒着滚滚黑烟，发出"嘭嘭嘭"的响声，在被小四轮拖拉机碾轧的坑坑洼洼的公路上，一蹦一蹦的，人们就给它起了一个形象的名字："蹦蹦车"。

今天，接站车的生意不好，车里就坐着常秋生和闵香草两个乘客。

常秋生拉着闵香草的手，紧挨着闵香草坐着。

"我寄给你的《钢铁是怎样炼成的》，你收到了吗?"常秋生问。

"收到了。"闵香草说。

"那是一本好书!"常秋生说。

"我常想，我们这一生应该怎样去生活? 应该怎样去做人?"

"人生，要找出自己最能发光的一面，来灿烂自己的生命。"

"嗳。"闵香草应了一声。或许是常秋生这一句话太具有哲理、太富有文采，令闵香草陷入了一阵沉思。

过了一会儿，还是常秋生打开了话匣:"你是不是还教着初一的语文?"

"去年秋天就和同学们一起升了初二了。"闵香草说。

常秋生又问:"大娘身体还好吧?"

闵香草说:"我娘还是老样子，能吃能喝，就是不能动。"

"香璧哥呢?"常秋生问的是闵香草的哥哥。

"补习了好几年，一直也没考上大学。他也死了那个读大学的心了。不过，从去年开始，听说又在搞一项研究。问他研究啥? 他也不说。只是一个人，天天钻在屋子里神神秘秘的。"说着，香草替她哥哥叹了一口气。

常秋生说:"只是苦了你了。又要教书，又要伺候大娘。你要注意自己的身体呢。"

闵香草说:"只要我娘的病能好了，就是累死，我也情愿!"

隔了一会儿，香草突然像想起了什么，问:"秋生哥，你准备什么时候走呀?"

常秋生说:"哥这回再也不走了。"

闵香草满脸疑惑地盯着常秋生的脸问："为什么？"

常秋生使劲地捏了捏香草的手说："为了你呀！"顿了顿，又说："你说，哥能忍心丢下你走了吗？"

不一会儿，六郎村就到了。

在村十字路口，常秋生和闵香草下了车。常秋生从上衣口袋里掏出十块钱，付了司机车费，对闵香草说："你赶紧回哇！"

闵香草说："我先送你回家。"

常秋生说："你离开家已经半天了，说不定这时候大娘正等你照料呢。"

闵香草极不情愿地一步一回头向家里走去。

等闵香草走出几步后，常秋生又朝着香草大声说："明天我到你家里去看大娘。"

常秋生一直看着闵香草拐过了一个胡同，才转身回家。

常秋生的家坐落在六郎村西面的一面土崖头下面，坐西向东靠崖头掏着一溜儿三孔窑洞。中间的一孔窑洞开门，是单扇带窗，俗称雀带蛋，两边的窑洞除了窗台，上面是豆腐块窗棂，在中间的一处窗棂上嵌着一块玻璃。阳光透过玻璃射进窑洞，亮堂堂的。

窑洞的南面是猪舍、鸡窝和堆放柴炭的地方，北面是两棵一抱粗的柳树。窑洞前面是一小块平地，主人在里面栽种着藿香、茄子、辣椒、西红柿等蔬菜。整个院子用圪针山柴编成的篱笆围起来，为的是防止外来的猪呀、鸡呀进院拱食蔬菜。

常秋生快步爬上一段土坡，走到自家篱笆前，一边推开柴扉，一边大声吆喝了一声："娘——"

窑洞的门"吱呀"一声开了，从里面走出一个六十来岁的老妇人，右手放在眼睛上方，搭起凉棚，向柴扉处瞭了瞭，朗声说："呀！是秋儿啊！俺娃回来了。"

常秋生快步走到娘跟前。娘抬头瞅端着自己这个个子高大的儿子，喜极而泣，眼里不由得掉下两颗泪珠。伸手抚摸着儿子的脸蛋，心痛地说："俺娃瘦了。"

常秋生说："娘，你的白发也比以前又多了。"

这时候，弟媳甄秀枝手里拉着一个三岁的男孩子，也从屋子里迎出来，笑问道："哥回来了？"

"噢。"秋生应了一声。总觉得周围少了点什么，突然问："娘，我弟弟冬生呢？"

娘说："咱村里的二圪蛋在轩岗煤矿揽下了营生，叫上他开着小四轮拖拉机倒炭去了。"

那个孩子从弟媳手里挣脱出来，跑过来，抱住常秋生的小腿，仰起头，叫了一声："大爷——"

常秋生从口袋里掏出一把水果糖，塞到孩子手里，摸了摸小脑袋，说："兵兵，乖。"

说着话，一家人进了窑洞。

娘住在北窑，弟弟一家人住在南窑。

常秋生进了北屋，放下手里的东西，又解下背上的背包。

"这次毕了业，也不知你的工作能分配到哪里？是北京？还是省城？"娘总希望儿子会出息得更大。

"学校让我留校当讲师。"秋生说。

"那也好。到时你就引上香草。"秋生和香草谈恋爱的事，娘早就知道了。

"可是，学校的好意我推掉了。"常秋生说。

"你莫非有更好的地方？"娘问。

"娘，我决定回咱村当农民呀。"常秋生只能如实相告。

"啥？秋儿，你又和娘耍笑哩哇！"娘笑了笑。

"娘，这是真的。我已经决定了。"常秋生说。

"真的？你不是疯了吧？"娘一脸的迷茫和着急。

"娘，我没疯。"常秋生说。

"那为啥？"娘急切地问。

"为了一个梦！"常秋生平静地说。

"梦？"娘瞪大了眼睛。

"对呀。就是一个梦！"常秋生说。

"什么梦？"娘问。

"娘，你忘了，爹临走时要我长大了一定要圆了祖祖辈辈和他的那个梦想。当年我是答应过爹的。你说，我能食言吗？"

娘愣怔在那里，一时说不上话来。

常秋生说的"当年我是答应过爹的",指的是七年前的那次承诺。

一九八三年的五月,正是高考备战的关键时刻。

那天下午的自习课时间,常秋生正在霍人中学高三年级四十九班埋头攻读,他想临阵再磨枪,奋力冲刺一下,争取拿得更好的考分,上一个理想的名牌大学。突然,班长瞿志伟推了他一把,说程老师让你去他办公室一下。他简单收拾了一下课桌上的东西,就进了程老师的办公室。程老师说,刚才接到你家里打来的电话,说是你爹病重,让你赶紧回去一下。现在你就可以走了。快回快返校,不要影响了今年的高考啊!

常秋生从程老师办公室出来,就急忙赶到汽车站,乘上了县城开往沙涧镇的末班车。到沙涧镇下车后,因村里不通汽车,十公里的乡村道路,他只好连走带跑地步行。一路上,他想,爹几个月前咳嗽得厉害,到镇医院做了检查,医生说没有大碍,调养一段时间就好了,上周学校过大礼拜他回家时,爹还高兴地向他问长问短,打听今年的高考情况,怎么没几天就突然病重了呢?

掌灯时分,他回到家里。见爹平躺在炕上,处在昏迷之中。娘和弟弟站在地上一脸愁云。

他急切地问娘:"我爹咋啦?"

娘哽咽着说:"秋儿,娘今天就给你说了实话哇。你爹上次到医院检查,就查出了肺癌晚期,医生让回家来安顿后事哩。你爹怕影响你高考,就不让对你说。全家就瞒着你一个人。你爹已经昏迷了三天了,他不走,说是要见他的秋儿哩!"

他冲到爹跟前,叫了一声"爹!"就再也说不出话来。

爹的眼皮微微动了一下,接着眯开了一条小缝,月牙状的眼珠在秋生的脸上停留了一会儿,突然眼睛一亮,变得精神起来。他说:"秋儿,你可回来了,你扶爹坐起来。"

常秋生双手将爹的后背轻轻托起来,让爹仰躺在身后的铺盖枕头上。

爹扫了一眼冬生说:"你先出去一下。我对你哥哥有话要说哩。"

常冬生很不情愿地出去了。

爹拉住秋生的手,说:"秋儿,爹有话要对你说。你可要记住了。"

常秋生说:"爹,我记着呢。您就说吧。"

爹有些兴奋,就像要说一件人生最得意的经历:"咱六郎村的常家,是明朝开国元勋常遇春的后代。明朝洪武元年,名将徐达、常遇春率领大军,挥师北上，攻占大都，平定山西，一直将元朝残部赶出句注山以外。在咱霍人县东部扎营驻守期间，老祖宗常遇春派他的三儿子常森带领一队士兵，到附近征收寨粮。常森来到了六郎镇。那时候六郎村是镇，而不叫村。他找到镇里两个临时管事的老头，要他们配合为部队征收寨粮。两个老头说，老百姓的粮草和银钱都让元兵们搜刮完了。据传当地有很多黄金宝藏哩，但现在还没有找到。常森问，黄金宝藏在哪里？他们说，'东一线，西一线，谁能找到两条线，能富九州十八县。'又问，有何特征？他们说，'锅对锅，十八锅。槽对槽，十八槽。'常森正要细问，常遇春突然传来军令，要他火速带兵回营，开拔西征陕西。"

常秋生见爹边说边用舌头舔着嘴唇，知道爹渴了，就用汤匙舀了温糖水，一连喂了爹三匙，并说："爹，您慢慢说。我听着呢。"

爹接着说："常森跟随大军拿下陕西后，就偷偷离开部队，返回六郎镇。他在陕西打仗期间，一直在惦记着六郎镇的黄金宝藏呢。他要返回来再详细地问一问那两个老头关于黄金宝藏的详细情况，好将黄金挖出来，让九州十八县的人们都富裕起来。可是，这时的六郎镇已被返过山来的元兵践踏成一片废墟，镇里的老百姓也死的死，逃的逃，没有一个人了。常森就找了一些废椽废檩、残砖断瓦，搭起一间简易房屋住下来。他就是我们六郎镇常家的始祖。

"后来天下太平，社会逐渐安定起来，各地的人们又移民到这里，六郎镇的人又渐渐多起来。咱老祖宗一直没有忘了寻找黄金宝藏的心念。为了掩人耳目，从咱老祖宗开始对外一直是打着给人看茔地的幌子。看茔地是假，找黄金宝藏才是真啊！老祖宗留下话来，'找黄金宝藏口诀只传长门长子，不得外泄。一代一代传将下去，找不到黄金宝藏绝不罢休！'六百多年了，常家到爹这一代已经是第二十三世了，这是咱常家二十三世的梦想啊！"

说到这里，爹的眼睛睁得大大的，盯着秋生，大声说："秋儿，咱是常家的长门，你是长子，又是咱常家历代最有文化的人。你答应爹，一定要继承祖宗的遗志，接过寻找黄金宝藏的这副担子，去实现祖祖辈辈的梦想。你说，你答不答应？"

常秋生看着爹恳切的神情，就攥紧了爹的手说："爹，我答应。我保证不辜负您的希望。"

爹说："你背一遍那个寻找黄金宝藏的口诀，爹听听。"

"东一线，西一线，谁能找到两条线，能富九州十八县。锅对锅，十八锅。

槽对槽，十八槽。"常秋生一字不差地给爹背了一遍寻找黄金宝藏的口诀。

爹听罢，满意地看了他一眼说："爹累了。"说着，就闭上了眼睛，睡去了。

常秋生用手在爹的鼻子下面试了试，觉着爹没有了呼吸，知道爹走了，就长长地叫了一声"爹——"扑到爹的身上哭开了。

……

常秋生从七年前的那场言犹在耳的承诺中回过神来，又问娘："娘，我是答应过爹的。人常说一诺千金，我要是失信了，我对不住爹啊！"

娘知道秋生的脾气，凡是他拿定了的主意，九头牛也拉不转，就说："俺娃就按照自己的主意去做。娘不会拽你的后腿。"

常秋生说："您真是我的好娘！"

娘说："眼看快晌午了，俺娃肯定也饿了，娘给你做好吃的去。"

娘先从面瓮里挖了两碗莜面，倒在面盆里，用暖壶里的开水泼起，让面先浆着，接着就去拌馅子。

常秋生和娘进北窑的时候，为让多日不见面的娘儿俩说说知心话，甄秀枝知趣地领着兵兵回到了南窑。刚刚哄得兵兵睡着了，她听得北窑里有盆碗碰撞的响声，知道娘是要做饭了，便急忙跑过来。她从娘手里抢过菜盆子。娘见秀枝要拌馅子，自己便去揉面。

甄秀枝从菜缸里挖了一挠苦菜，用清水淘洗净了，又取了两个山药蛋，洗了泥土，削了皮，锉成短丝，加上花椒、细盐、葱丝、姜末等调料，馅子很快便拌成了。这时候，娘将莜面也揉好了，分成均匀的剂子。娘儿俩脸对脸坐在炕沿边上，"卟哧卟哧"，用拳头将每一个剂子捣成圆钵，包了菜馅，捏成半圆状的扁形角子。这一系列工序，娘儿俩做得都是那么娴熟、那么干净利落。

包好了角子，甄秀枝又从屋外抱了一捆山柴回来，搋进灶膛里点着。锅里的水便马上出现了热气，乘着锅热，娘将角子在锅帮子上转圆贴了一圈，然后，又在锅底放入洗净切作两瓣的里外黄山药蛋，盖上了锅盖。

趁锅滚的当儿，甄秀枝又出院到菜地里铲了一把藿香，摘了几个茄子、青椒、西红柿，冲洗了，又取了几个鸡蛋，开始做菜。

趁娘和弟媳做饭的时候，常秋生就到外屋去整理自己带回来的书籍。旅行箱里装的全是他喜欢的书籍。常秋生虽然学的是工科，但他却特别喜欢文科，尤其喜欢读书和记日记。他觉得书中的生活是丰富多彩的，喜欢读书的人，才能具有丰富多彩的精神生活。他一有了钱就买书，一有了时间就读书。他读了许多古典名著和外国文学名著。他最喜欢的两部书是《牛虻》和《钢铁是怎样炼成的》。在大学读书时，他的床上、床下，除了睡觉休息的地方，都摆满了书。研究生毕业要离开学校了，有许多书，他都带不上，只好寄放在老师家里，他只往自己的旅行箱里装了一些最最喜欢的书籍。

北窑里的菜做好了。一股浓郁的香气打满了整个屋子。这时候，娘估摸角子与山药蛋也熟了，便揭开锅盖，一并端上炕来。菜分别是：凉拌藿香、藿香炒茄子、藿香炒青椒、藿香炒西红柿、藿香炒鸡蛋。饭是一面焦黄、一面绵软的莜面角子和山药蛋。

娘向外屋的秋生喊："秋儿，欢欢吃饭哇！不然就凉了。"

这时候，常秋生已经将旅行箱里的书籍取出来，整整齐齐地码在了躺柜上，就走了过来。

常秋生一看炕上那么多五颜六色、香气扑鼻的饭菜，就说："娘，真香啊！这么多啊！您和秀枝也快吃吧。"说着就脱了鞋，上炕大口大口地吃起来。

久违了的味道，这些饭菜都是他小时候常吃而又最爱吃的饭菜，特别是凉拌藿香和用藿香炒的几个菜，吃到嘴里，满口清香，不由得让人产生食欲。

这顿饭，是他多少天来吃的最香甜最可口的一顿。

吃了饭，他就去做下一步工作准备。

第二天，常秋生早早地起来。早起，是他多年在学校里养成的习惯。清早起来，读一会儿书，锻炼锻炼身体，然后洗漱了，才去吃饭。读书是他的喜好，而锻炼身体则是他要实现人生目标的必要准备。保尔·柯察金说过，任何人都无权糟蹋自己的健康。他起得早，看见弟媳秀枝比他起得还早。她起来，先送了南窑里的尿盆，又去送北窑里的尿盆。接着就洒扫窑内院外，揩抹家具，再接着就上炕给刚刚醒来的兵兵穿衣服，收拾铺盖，然后就洗漱了，开始做饭。

常秋生一如往常，读了一会儿书，又到院子里的菜畦前做了一会儿体操，然后洗漱了，就着凉拌藿香，吃娘与弟媳做的小米粥。他吃了一碗粥，又喝了一碗米汤，放下碗筷，就对娘说："今天，我想去香草家里看看。"

娘说："欢欢得去吧。是该去看看了。多好的闺女啊！又袭人，又孝顺，又干净，去哪里能找见这么好的闺女啊！"

常秋生说："娘，我想看看香草的娘。老人家卧病在床八年了，挺可怜的。"

"哦——"娘笑着，意味深长地看了秋生一眼。

闵香草和常秋生是从小就在一块儿长大的，可谓青梅竹马。小时候，香草长得十分娇小，梳着两个羊角辫子，不爱说话，也不喜欢蹦跳，男孩子们在一块儿打缸、翻片、踢毛，而她总是站在外围静静地观看。有人欺负香草，秋生总要站出来将香草护在身后。后来，两人又一起上了村里的小学。小学毕业后，又一起考入沙涧镇初中，在同一个班里上学。每个礼拜六回家、礼拜一返校，两人总是入双出对、齐肩并排相跟着奔走在那条十公里长的沙石乡村路上。再后来，两人又以优异的成绩双双考入霍人中学。上了高中，两人还是在一个班里，并被分配到一个凳子上。高二的下个学期，村里突然捎过话来，说香草的爹得了个急病去世了，她就急忙请假回家去奔丧。丧事结束，又雪上加霜，她娘突然瘫痪在炕，一病不起。为了伺候娘，她只好中断了学业。

常秋生和闵香草的关系，小时候，两家大人就十分看好，直到两人长大了，确定了恋爱关系，更是得到了双方大人的肯定和支持。

闵香草的家距离常秋生的家并不远，下了院前那段土坡，过了十字路口，再拐过一个胡同，往北走上二百米，就是闵香草的家了。可是，常秋生没有直接到闵香草家里，而是从十字路口往南，到村里的供销社分销店里，向售货员肖存元要了两个橘子罐头、两个苹果罐头、两个鱼罐头，又称了三斤点心、一斤水果糖，他朝着单调的货架上扫视了两遍，见再没有可买的东西了，就要了一个网兜，将罐头和点心一并装进去，结了账，提着网兜返回来向香草的家里走去。

这时，闵香草正在院子里一棵杏树的凉阴下洗衣裳。平时是小洗，每隔一个礼拜，她都要给娘从上到下、里里外外来一次大洗涮。

今天，她上身穿着一件粉红色运动秋衣，下身穿着一件天蓝色运动秋裤，脚上穿着一双一带黑大绒布鞋。两只袖子挽到圪肘处，露出两条白藕似的胳膊，再加上雪白的脖颈上那张因劳累而红扑扑的脸庞，越显出一个年轻女性的美丽。

闵香草见秋生推开大门进来，就站起来，甩了甩沾在胳膊和手上的肥皂泡沫，又下意识地在衣裤上擦了擦，高兴地叫了一声："秋生哥！"

常秋生就张罗着要帮她洗衣裳。

闵香草说："这不是你们男人们干的营生。"

这时，西房的门开了，闵香璧手里拿着一本打开了的《遗传学》书籍，探出半个身子问："秋生回来了？"说完，就又缩回身子，将门掩上了。

"是秋生吗？"屋子里传出一个老妇人的声音。

常秋生知道是大娘在问他，就和香草急忙进了屋。他将网兜放在炕上，叫了一声："大娘！"

人常说，外母娘看女婿，越看越欢喜。香草娘对秋生这个准女婿非常满意。她认为秋生和香草是天造的一对，地设的一双，两个人十分般配。她高兴地说："听香草说你是昨天回来的？"

常秋生说："是哩！"

闵香草沏了一杯自制的藿香茶，放在秋生面前。一股淡淡的清香，立时在屋子里飘散开来。

大娘说："你来就来哇，还买那么多东西干啥？"

常秋生问："大娘，您的病好点了吧？"

大娘说："活也活不好，死也死不了，半死不活的，我就是个这啦！只是把俺娃香草拖累坏了。"停了停，大娘像想起了什么，又说："秋生，如果我没记错的话，你属马，和香草是一年生的，你的生日是二月初二，香草的生日是十月初八。"

常秋生说："是哩！大娘的记性真好！"

大娘说："你俩都也不小了，既然毕了业，你们的事也就该办了。"

闵香草说："娘，秋生哥刚回来，您就又说个这。"

常秋生说："大娘，保养您的病要紧，我们的事不急。"

说话之间，常秋生将屋子里打量了一番。

这是一个三间大的屋子，一条顺山炕靠着东墙，大娘就躺在靠近窗子的炕头上。后炕是香草的铺盖，褥子上铺着一条印着素花花的床单，褥子靠里头的地方放着一方叠得整整齐齐、方方正正的被子，被子上苫着一块绣着兰花的苫布。顺山炕往西靠窗的地方是做饭的锅台。一进门，靠西墙是一只躺柜，躺柜过来，是一只竖柜。屋子的正面放着一张写字台。屋子里的物件简单而有序，每一件都干干净净，光可鉴人，可以看出屋子的主人是多么的勤快和洁净。

常秋生走到写字台前，他看到了他寄回来的那本外国名著《钢铁是怎样炼成的》，一枚素雅的书签插在书的上半部分，看得出香草正在阅读着这本书。

他从写字台上那高高的一摞学生作文本里随意抽出一本，打开翻了翻，香草在作文本上批改的那些密密麻麻的娟秀、漂亮的行楷小字，就展现在他的眼前。

常秋生见大娘闭上了眼睛，他怕影响老人休息，就小声对香草说："咱们出去走走吧。"

常秋生拉着香草的手并排走在村外的田间小路上，边走边说着话儿。

闵香草说："秋生哥，你回来准备做啥呀？"

常秋生说："我学的专业是地质资源与地质工程，我想到咱村周围的山上转一转，看看有什么矿产资源。"他下一步的打算不能对香草完全公开，因为"寻找黄金宝藏，不得外泄"，那毕竟是祖训啊！但也不能对香草完全隐瞒，香草可是他心爱的人儿哪！

走到一棵大柳树下面，两人站住了。闵香草面对秋生，看着他的眼睛，神情庄重，张了张嘴，欲言又止。

蝉儿在柳枝上鸣叫，一阵细风吹过来，垂下来的柳梢轻轻拂动，婀娜多姿。

常秋生说："你说，有啥话你说呀！"

闵香草眼里有了泪水，但没有掉出来，说："秋生哥，你看冬生的孩子都三岁了，而你还没有成家。你再找一个吧。"

常秋生问："为啥？"

闵香草说："我影响你哩！"

常秋生说："你说，你咋就影响了我？"

闵香草说："有我娘哩！"

常秋生说："大娘？我又不嫌。等咱俩结了婚，将大娘接过来，和咱俩一块儿生活，咱俩一块儿伺候。"

闵香草说："使不得哩！"

常秋生问："那你说怎样？"

闵香草说："我娘一天卧炕，我就一天不谈结婚。"

常秋生说："那就依你。我等着你。"

闵香草的脸上写满了忧虑。

常秋生说："你要不信，咱俩击掌为誓！"说着就伸出右手。

闵香草一听，转忧为喜，也伸出右手，和秋生"啪！啪！啪！"击了三下。

三击掌意味着常秋生非香草不娶，闵香草非常秋生不嫁。无论海枯石烂，无论地老天荒，两个人永不言弃。

三击掌之后，常秋生张开双臂，闵香草扑进了秋生的怀里。常秋生将软绵绵的身上带着一股香气的香草紧紧地揽住，顿时觉得身上一阵燥热，就向她的额头、脸颊、嘴唇亲吻起来……

第 二 章

霍人县是一个非常古老的县份。西周时期，在北国这块山峦起伏、沟壑纵横的土地上，霍人是这一带唯一的行政区治。霍人的北面是一条横亘东西的大山，名叫句注山，句注山的北面就是恒山。霍人的南面是北国屋脊之上的众多山峰群，其中有五座顶无林木、平坦宽阔，犹如垒土之台的山峰，人称五台山。句注山与五台山之间，是一条由东向西流淌宛如白练的滹沱河，河的南北两边是缓缓向上的丘陵山坡。

这块神奇的土地上林木繁多，草茂花香。滹沱河南的大山里，有由云杉、油松、白桦、落叶松组成的成片成带的原始森林；长在河北面的槐树、榆树、桑树、杨树、柳树，则一片一片地点缀在山坡上。

南北两山的沙土山坡上，生长着一种特殊的花草，春暖花开，它们就从地面上冒出来，一簇一簇的，方而中空的枝干微微泛红，枝干上对长着就像巴掌大的一片片翠绿的叶子，夏秋之际就开始长穗开花，或紫或白，长长的花筒里散发出浓郁的香气。

相传很久很久以前，句注山下住着一户人家，妹妹霍香与哥哥霍山一家相依为命，生活在一起。后来，哥哥霍山被官府抓走充了军，家里就只剩下了姑嫂二人。平日里，姑嫂相互体贴，一块儿下地，一块儿操持家务，日子过得平平安安。这年夏天，天气连日闷热潮湿，嫂子因过度劳累日晒，突然觉得头疼恶心，浑身打战，没有一点力气。霍香急忙将嫂子搀回家里，扶到床上。她在嫂子的头上摸了摸，发觉嫂子的头烧得烫人，就知道嫂子这是中了暑了。这时，她突然想起了山坡上长的那种香气浓郁的花草，就说："这是中暑的症状，咱家的后山坡上就有治这种病的香味药草哩。我去去就来。"嫂子念小姑年轻，不便一人出门，劝她别去。霍香却全然不顾，执意推门而去。

霍香一去就是半天，直到夜幕笼罩了大地，她才跌跌撞撞回到家里。只见她手里提着一小筐绿草，两眼发直，精神恍惚，一进门便扑倒在地，瘫作一团。嫂子连忙下床将她扶到床上，询问缘由，才知她是在采药时，不慎被毒蛇咬伤了右脚，中了蛇毒。嫂子赶紧脱下霍香右脚的鞋袜。只见在霍香的脚面上有两排蛇咬的牙印，右脚又红又肿，连小腿也肿胀变粗了。嫂子一面惊叫，一面抱起霍香的右脚，想用嘴从伤口处吮吸毒汁。但霍香怕嫂子中毒，死活不肯。等乡亲们听见嫂子的呼救后将郎中找来，却为时已晚。

嫂子服用了小姑采来的香草，身上的病很快就好了。在乡亲们的帮助下，她含着悲痛埋葬了霍香。后来，嫂子发现这种香草不但能治好暑湿、头痛、发热、胸闷、腹胀、呕吐、泄泻等病症，还可以作为蔬菜食用，既美味可口，又能养颜美容。

为纪念小姑之情，嫂子便把这种具有香味的药草亲切地称为"霍香"，并让大家把它种植在房前屋后、地边路旁，以便随时采用。从此"霍香"的名声便越传越广。因为此霍香而非彼霍香，毕竟是一种香草，后来，人们便在霍字头上加了一个"草"头，将霍香写成了"藿香"。

再后来，人们就将长藿香、食藿香的地方称为藿人。

藿人县的人们生活中离不了藿香，治病要用藿香，做菜要用藿香，腌菜要用藿香，熏衣要用藿香，就连喝的茶也是用藿香自制的，藿香在人们的生活中无处不有，无处不在。藿人的人们吃的是藿香，喝的是藿香，呼吸的也是藿香，成天生活在一个香喷喷的环境里，外地的人们羡慕地说："藿人县的人们放个屁也是香的。"

西汉时期，张骞出使西域，将中亚地区的芫荽种子带回中国，芫荽遂之流传大江南北，成为人们饭食中不可缺少的一味香菜，但藿人县的人们却仍不改食用藿香，一直延续至今。

藿香的传说就发生在六郎村的南坡上。

此刻，常秋生正走在六郎村南坡那条古道上。这天，常秋生头戴一顶草帽，脚踏一双球鞋，肩挎一个乳黄色的帆布挎包和一只军绿色的铝制水壶。鞋和草帽，都是他回到六郎村，从供销社的分销店里购买的。肩上的挎包和水壶以及挎包里的罗盘、小铁锤、放大镜，则是他在读研究生时跟着老师到长白山搞地质勘查时使用过的东西。他的挎包里还有一样东西，就是那本书皮已经发黄、书页边角微卷的外国名著《钢铁是怎样炼成的》。《钢铁是怎样炼成的》，是苏联作家尼古拉·奥斯特洛夫斯基根据自己亲身经历写成的一部优秀小说。这部小说，他已经不知看了多少遍，但百读不厌，一有时间，他就想拿起来翻一翻。他最喜欢的就是保尔·柯察金的那段名言，为了随时随地第一眼就能看到，他用钢笔抄写在了书的扉页空白处："人最宝贵的东西就是生命，生命属于我们只有一次而已。人的一生是应该这样来度过的：当他回首往事时，不因虚度年华而悔恨，也不因过去的碌碌无为而羞耻，这样他在临死的时候就能够说，我的整个生命和全部精力，都献给了世界上最壮丽的事业——为人类的解放而斗争。"

七月的天气，太阳紫炎炎地照下来，将大地上的湿气蒸腾起来，使人觉得有些潮热难耐。常秋生将两只衣袖挽到圪肘处，拧开水壶盖儿，"咕咕咕"地喝了几口娘为他泡制的藿香茶水，身上顿觉清爽了许多。他抹了一把脸上的汗水，径直向龙山走去。

常秋生决定用排除法来寻找黄金宝藏，抽查的办法绝对是不合适的，老祖宗们是不是就是因为采用了抽查法而遗漏了黄金宝藏呢？他的计划是：从村子的最南边开始，一直向北，先将六郎村附近的山山岭岭、沟沟岔岔细细地勘查过滤一遍，然后再向西发展。因此，他要勘查的第一座山脉就是龙山。

龙山是东西方向横卧在六郎村最南端的一道山脉，长约两千多米，高约八百多米，山上光秃秃的，山脚下长着茂密的灌木丛，远远望去，就像群山面前卧着一头孤零零的老牛。

但这座像头老牛一样的山脉却颇有些来历。记得爹常常给他讲述这样一个故事：明朝成化年间，常家在六郎村已经繁衍到第五代人了，常家的长门长孙是常承宗。常承宗察看茔地的技术比前面的几代祖辈都要高明，人称"钻地眼"。常承宗五十岁的那年，在给一户人家察看茔地的时候，路过这座形似老牛的山前，他东西南北四面一瞭，只见左青龙，右白虎，前朱雀，后玄武，他大吃了一惊，心想这是一块多好的茔地呀！少顿，他又朝前后左右认真地观察了一番。别的人看茔地，是先看前面，而他与别人则恰恰相反，是先看后面，他认为前面的朝向再好，后面没有好的靠山，那也不是好茔地。他由近及远，一眼望去，太祖为恒山，太宗为句注山，少祖就是这眼前的牛形山，而且这牛形山形势蹲踞，安稳停蓄，如虎屯象驻，其势取侧，属山野之像。他心里暗暗叫道："靠山是绝了！"他又看前面的吃向，只见明堂开阔，就像一把扇面；明堂前的案山是莲花山，低小而形美；明堂与案山之间是白练似的滹沱河，宛若玉带缠绕，高处为台，低处为水；再往远处望去，朝山是进入五台山的那座最高峰——鸿门岩，特异众山而独秀。他又暗暗地对自己说："这也绝了！"他又看左右，东西起伏有致，犹如虎之插翅，就像龙之添翼，亦是绝佳。他寻思，石为龙之骨，土为龙之肉，草为龙之毛，这分明是一道龙脉，是一块出帝王的莘地啊！于是，他就掏出罗盘，按照束气、冲腾的要诀，在扇底选了结穴之处，并做了记号，暗暗记在心里。后来，他就找到这山前土地的主人，说这里的草儿茂盛，他想在这里养羊哩。土地的主人觉得那片土地又不种庄稼，闲着也总是闲着，就同意了。于是，他花了五吊钱就将那里的三亩不长庄稼的荒地买下来，并叮咛儿子他死后一定要将他埋葬在这里。

常承宗死后的第二年，他的孙子出生了，取官名有望，含应验之意；取乳名虎娃，含壮实之意。虎娃长得虎头虎脑，聪明伶俐。

一晃眼，虎娃就长到八岁了。

成化十二年，六郎村有人发现那座牛形山上，隐隐现出一条头西尾东的龙形。起初，那龙形淡淡的，似有似无，后来，就渐渐地清晰起来，灰白色的山石上，现出一股黄黑色的石色，就像龙的躯干，雄浑粗大，连连绵绵，时屈时伸，而且那龙的头部也越发凸显，头上有角，颏下生须，威武雄壮，远远望去，似有动感。

"六郎村的牛形山上现出龙来了！"这个惊天的消息，一传十，十传百，一时间在社会上传得沸沸扬扬，由县传到州，又由州传到府，后来又传到京城，传到了宪宗皇帝的耳朵里。

宪宗皇帝急忙在朝堂召集众大臣商议。

左班朝队里走出一位大臣，躬了腰，向宪宗皇帝奏道："圣上，霍人县六郎村的山上现出龙形，此乃不祥之兆。这分明是那里要另出新主子，和我大明争夺江山哩！臣愿带五千兵马，前往晋北，踏平霍人县，灭绝六郎村，以绝后患！"

话音刚落，右班里又走出一位大臣，上前一步，也躬了腰，奏道："臣以为不可。南蛮霄龙飞上通天文，下识地理，阴阳两道，无有不精，神通极其广大，有降龙伏虎的本领，人称'赛神仙'。此人现正在京城云游，可令其前去，斩断龙脉，这样既绝了后患，又不致引起民怨，岂不两全其美?！"

宪宗皇帝准奏，即命寻找霄龙飞前往六郎村去斩龙脉。

霄龙飞领了钦命，背了宝剑，来到六郎村，找到那座牛形山，举起宝剑就向那条龙的脖子上斩去……

这时，虎娃正在院子里玩耍，突然惊慌失措，大步跑回家里，向正在炕上做针线的娘呼叫道："娘！娘！娘！快快救我！快快救我！"一边叫着，一边趴在炕沿上要爬上炕来，但怎么也爬不上来。

娘笑了，也不去拉他，说："你个灰鬼！五六岁就一个人会上炕了，长到八岁了反而还得人拉哩？……"

娘的话还没说完，就见虎娃叫了一声"娘呀！"仰面朝后便摔倒在地上。

娘跳下炕一看，虎娃已经七窍出血，咽气了。

霄龙飞斩了龙头，随手撩起布袍，拭了拭宝剑上的血迹，洋洋得意地说道："不是道士显神通，藿人成了小京城。"

此后，牛形山上被南蛮斩断脖颈的那条龙由鲜亮而渐渐变淡，后来又由淡变得模模糊糊，直至影踪全无。

多少年后，有懂阴阳的人说，虎娃就是未来和大明争夺江山的新主子，如果他娘拉他一把，南蛮霄龙飞就不会得逞，那条龙就飞走了。大明江山就不是二百六十七年，而是不足百年了。

由于这座山曾经显现过龙形，后来，人们就给它起名"龙山"。

常秋生边走边观赏着田野里的景色，道两旁地里的玉米正在拔节，已长得与他差不多高了，墨绿墨绿的。是谁家在那块地里种了胡麻，枝梢上开着蓝莹莹的小花。胡麻地的上面是一块谷地，谷子已经秀出了谷穗。道边的蒲公英、苦菜、车前子、蒺藜们互相争夺和扩大着各自的地盘。

常秋生登上了石龙岗。

石龙岗上人来人往，十分热闹。人们大多是来给石龙岗上龙王庙里的龙王爷上香祈祷的。自从山上现过龙形之后，人们认为这里是龙王居住的地方，就在山脚下的石龙岗上盖起了三间正殿，圈起了院墙，修了山门，院里又盖了东西各两间配房。正殿里塑起了龙王神像，东房住的是看庙的黄道人。

大殿前蹲着一个半人高、二尺宽、四尺长的石雕大香炉，香炉里插满了高高低低、粗粗细细的香火。香炉前是人们点燃的各色纸张。院子里不断地有人站起，有人跪下。最终每个人都或一角，或二角，或一元，将布施钱塞入门口的功德箱里。整个院子人来人往，香烟缭绕。

进香的人，有本村的，有镇里的，有县城的，也有外地的。有的是来消灾的，有的是来祈福的，有的是来祛病的，还有的是来求子的。据说龙王很灵，有求必应。

常秋生绕过龙王庙，来到龙山脚下。

如果说明朝成化年间这座山上曾经显现过龙形，有点玄乎、有点神话意味的话，那么发生在民国时期的那件事情，的的确确是真真实实的。村子里的圪蛋老汉、保生老汉、栓住爷爷、二丑奶奶、四狗奶奶等好多亲见亲历的老人们都还活着，说起那件事，就恍如昨日。

那是民国十六年的秋天，晋奉战争爆发了。当时，晋奉两军在京绥、京汉两路的兵力均在十万以上，势均力敌，谁也不含糊谁。进入冬季，形势发生了突变，京绥路上的奉军占大同，攻包头，而晋军则一路败退。当张作相带领奉军越过内长城，进一步南下攻占太原时，阎锡山布下了"放奉军进平型关，装进霍人口袋里，然后扎紧平型关袋口，聚歼奉军"的口袋阵。然而，技高一筹的张作相识破了阎锡山的计谋，大军从平型关开进，占据了霍人的整个北山，紧紧抓住袋口，寸步不离，以防晋军切断归路。

奉军的司令部就设在六郎村。山上山下，村里村外都住满了奉军。

自从奉军进村后，有人就发现龙山上，隐隐约约显现出一团一团的淡红色，过了几天，这些红团越来越重，就像一团一团熊熊燃烧的火焰要从山体里烧出来。人们百思不得其解。

奉军过去在东北高寒地区习惯了用木头桦子取暖，现在烧这里的柴火有些不过瘾，他们就砍伐野外的林木，野外的林木也烧光了，他们就拆老百姓的房屋。先从大户开始，李进才家的走车大门、叉架二门和廊房第一个被拆倒，当兵的将椽、檩、门、窗拿去，当作柴火烧了。接着，赵五毛的廊房也被拆倒了，贾宝山的两出水瓦房被拆倒了，刘栓财的平房被抽了椽檩……一家家、一户户，全村三百多户人家几代人用汗水和心血盖起的赖以遮风避雨的房屋，悉数被奉军拆倒，当作取暖柴火烧了。

明朝洪武元年，六郎村的房屋被元兵烧了个精光，是老百姓的第一次大的劫难，这回奉军拆房，就是老百姓第二次大的劫难了。

无家可归的老百姓，只好在崖头下、土塄旁掏挖几孔窑洞苟且藏身。常秋生家里的那三孔窑洞就是那时候挖成的。

几个月后，直到这里再无可拆可烧的木材了，奉军才不得不撤兵退去。

奉军撤走后，人们才解开了龙山上那些火焰般红团的迷雾，等他们跑去一看，那些红团已是若隐若现，近似于无了。

常秋生掏出小铁锤，从岩石上使劲敲下一块小片，举到眼前看了看，他发现这是一块灰白色的花岗岩，是适用于建筑的好石材。

常秋生知道，寻找金矿，就必须关注硅化带、石英脉、次生石英岩，这是因为金矿均与硅化关系密切，可以说是"无硅不成金"。当然，并不是所有的硅质体都含有金子。含金的硅质体均含有或多或少的硫化物，由于硫化物极细，所以呈烟灰色。页片状石英脉的含金性会更好。出现这种情况，金子不在其中，必定不离其宗。寻找金矿，还必须关注断裂构造带，特别是韧性剪切带。金矿无一不与断裂有关，也可以说"无构不成金"。当然了，可能蕴藏金子的矿石和因素，还有很多很多。

常秋生一边敲打辨认着脚下的石头，一边向龙山上爬去。

自古以来，霍人县就是兵家必争之地。宋朝时，为了防御契丹民族向汉族进攻，朝廷曾在霍人的北山上建有花台、茹越、六郎、瓶形、迷回五寨，到了明朝，关寨又有了修正和增加，这些关寨分别是：马兰、茹越、大石、小石、北楼、凌云、葫芦头、太安岭、团城和平形。

宋朝的六郎寨和明朝的北楼口正建在六郎村北，而六郎村也正因此地建过六郎寨而得名。

六郎村就像一个长长的凹槽，坐落在一个山坳口，东临孙涧，山峦相连；西毗同路，沟壑交界；背靠店门，千峰秀出。北面一百多平方公里的集水面积，自四面八方顺着三条沟岔而出，形成了三条河流，北面是正峪河，东面是东峪河，西面是西峪河，流到六郎村北，汇到一处，名曰六郎河，从当村穿过，向南而去，最终在沙涧镇东归入了滹沱河。

由于六郎河的存在，村中一向有河东、河西之称。沿着沙涧镇那条沙石路进村，先到河西，至十字路口往东，然后踩着六郎河里的踏石过河，就到了河东。河东的最北部，是一个东高西低一公里见方的黄土缓坡，周围尚有残垣断壁，这就是宋朝名将杨六郎镇守过的六郎城。六郎城中至今仍有蹓马壕、教场、南炮台、北炮台等文物遗迹。六郎城的东南，隔一条小沟，在一座小山上筑有孟良寨，至今寨墙依稀可辨。六郎城的西南，过了六郎河，在另一座小山上筑有焦赞寨，一人多高的寨墙仍然不减昔日威风。当年，孟良寨、焦赞寨互成掎角之势，与六郎城共同把守着晋北这个险隘要道。

这几天，村里各家各户的农活已基本做完，该锄的也锄了，该耧的也耧了，该套的也套了。自从土地分到了户，各家干着各家的活儿，不用谁来吆喝，都会精打细算，安排得井井有条。

进入农闲季节的人们，吃过午饭，歇过了晌，有的披着汗衫，有的穿着背心，有的趿拉着鞋片，陆陆续续地向村西的十字路口聚来。先到的人们坐在大槐树下的大石头上，后到的人们无处可坐，就站在大槐树下的凉阴下。

这棵大槐树是一九二八年奉军从村里撤走后，圪蛋老汉在这里栽植的，六十多年过去了，槐树已长成了两个人张开双臂也搂抱不住的大树。大槐树下就成了人们乘凉、聚会的好地方。

坐在这边的王根柱老汉对坐在自己身跟前的冯长寿说："兄弟，今年的雨水好，你那石龙岗前的一亩玉米长得不赖，如果灌浆时再不缺雨，秋后不愁打八百斤哩！"

冯长寿说："打上八百斤，只能糊个肚儿圆。穿呀，用呀，靠啥？"他说的是实话，他和他老爹两个老光棍，分下一亩土地，眼下只解决了饱的问题，温还没想望哩。

坐在冯长寿另一边的常宏禄探过头来说："尽怨咱这山旮旯里多见石头少见土哩。要是就像我老舅家村里每人能分上一亩土地，吃半亩，用半亩，那还不是好光景？！"

冯长寿说："没地哇，有点矿产也行。你看人家轩岗，大山里挖不尽的煤炭，那里的老百姓肥得流油哩！咱这里除了石头，还是石头，要屎没蛋。"

那边站着的一堆年轻人正在议论着外面的世界。这是十几个二三十岁的小伙子，已经到了结婚的年龄，却因为村里穷，本村的闺女不愿跟，外村的闺女不想来，婚事连提也没人给提。大家都特别羡慕二十四岁的王志刚。王志刚在石家庄郊区的表姐给他联系下一个姓贾的女的。女方是独生女，要他做上门女婿。女方父母提出的条件是将来生下的孩子必须全部姓贾。冯润秀刚刚从部队退伍回家，他和王志刚是从小时候一块儿耍大的，他对王志刚说："王志刚，你去石家庄屁股眼朝天去了，可不要就你一个人受瘾，忘记了弟兄们。"

站在一旁的崔大树趁机起哄："他受瘾起来，连自己到底姓啥也不知道了，还能记得个咱？"

冯石命在王志刚屁股上拍了一巴掌，王志刚躲了一下，小腹做了个前挺的姿势。

人群里"哄"地爆发出了一阵笑声。

靠在大树身上的田万全，见柳干头从阳婆地里往树荫下圪趁，就说："干头。你日囊罢又出来了？"

柳干头的头干得就像个棒槌，棒槌外面绷了一层肉皮，肉皮之上又安了眉眉眼眼和一个又高又大又干的鼻子。他用两颗小眼睛睥了田万全一眼，说："你才日囊哩。我是吃饭哩，不是日囊哩。"

话音一落，人群里又爆发出一阵放肆的笑声。

田万全善编会捏，又喜欢点画人，因此，人称"颜料笔"。村里的谁只要是被他瞄上了，总要给你点画得花花绿绿，还饶有趣味。他还善于将生活中的事情编成顺口溜，比如"三种最难听，磨锅伐锯驴吼声""三种最好看，姑娘媳妇唱旦的""三种小受瘾，砍椽掏耳抠脚心"，等等。柳干头今天就是被他瞄上了。他给柳干头编的顺口溜是："公牲灵，母牲灵，六郎村里柳家人。"当然，他编的顺口溜是有来由的，并非胡编乱造，无中生有。

柳干头的爹是解放前从河北阜平那面搬来的，几年后，就从岭后娶了一个老婆，老婆又给他生下了一男一女，男的叫柳宝贝，女的叫柳宝兰。由于柳宝贝头上干得尽骨头没有肉，人们就给他起了一个外号——柳干头。柳干头叫开了，人们反而将他的真名忘记了。因为宝兰是柳家的第二个孩子，爹娘就习惯地叫她二兰兰。今年春天，有人给二兰兰说下了岭后的一个人家。出嫁的前一天，因柳家在村里是独门独户，没有什么亲戚，所以，只有舅舅一人来相送。傍晚，二兰兰端了一盆水到里屋去洗脚，因多日没有洗过脚，脚上有许多老糙，一下子洗不干净，就将盆里的水倒掉，换上新水，洗了一次，又洗了一次。哥哥柳干头看得不耐烦了，就说："人家娶上你是闹你的腿钵哩，又不是闹你的脚哩，一双臭脚咋就洗个没完没了？"

妹妹二兰兰听了，老大不快，就跑到厨房里对娘说："娘呀，刚才我在里屋洗脚，我哥说'人家娶上你是闹你的腿钵哩，又不是闹你的脚哩，一双臭脚咋就洗个没完没了'？你听他这是咋说话哩？"

娘说："你哥说的对哩么！我嫁给你爹的第一夜，你爹就是先闹的娘腿钵哩。娘的脚，你爹他看也没看。"

二兰兰听了，越发不快，就到了院里找到正在羊圈里喂羊的爹，对爹说："爹呀，刚才我在里屋洗脚，我哥说'人家娶上你是闹你的腿钵哩，又不是闹你的脚哩，一双臭脚咋就洗个没完没了'？我就对我娘说了，我娘说'你哥说的对哩么！我嫁给你爹的第一夜，你爹就是先闹的娘的腿钵哩。娘的脚，你爹他看也没看'。你听，咋的我娘和我哥一个调韵？"

爹哑了哑嘴，说："你娘的腿钵，那才叫个好哩！水圪灵灵的。你娘的脚，大板片子，有啥看头？"

二兰兰心想，哥哥、娘、爹咋的十窍丢了九窍——就谋了那一窍，一肚子不悦，不由得就来到舅舅歇息的屋子里，将自己怎个洗脚，哥哥怎个说她，她和娘说，娘是怎个答复，她又对爹说，爹又怎个议论，原原本本、详详细细地对舅舅述说了一遍。

舅舅"蹦"地坐起来，面带愠色，说："舅舅知道，你爹、你娘、你哥哥，都是些牲口！没一个正经人！那年我来你们家，那时你和你哥哥都还小哩，正在门口玩耍，我推门进去，看见你爹正将你娘摁在炕沿上闹腾哩，你爹你娘见我进去了，继续闹腾，竟然连个'让'字都没说。"

二兰兰肚子里越发憋屈，当晚就出去，将哥哥、娘、爹、舅舅的话，向小时候要大的一个闺女全部倒腾出去，肚里才舒畅了些。后来，这件事就在村里传扬开了。

田万全点画罢柳干头，就对冯长寿说："听说常家的大小子秋生回来了？"

冯长寿点了点头，说："我也是刚刚听说。"

王根柱老汉说："回来是看他娘哩！研究生毕了业，一定分配了好工作，过几天就离开咱这穷山村啦。"

常宏禄接着王根柱老汉的话茬说："听说秋生被分配到一个什么大学，让他当讲什么哩。他硬是辞掉了那个讲什么，要回来当农民哩。"他是秋生本家五服之内的一个叔叔，知道的信息自然比别人要多一些。

田万全大感不解："放的好好的工作不干，当农民？"

那伙二三十岁的年轻人听到常秋生要回村当农民这个重大新闻，也围了过来。

王志刚插进来说："想出去的出不去，能出去的却想返回来，日怪哩！"

冯润秀说："他不去，咱去！我和他换了。"

常宏禄说："你就像人家志刚，能找个上门女婿就不错了。"

柳干头以为真的要对换，就着急地说："润秀不行，还有我哩！"

田万全说："你看看你那眉塑：头就像棒儿，眼就像蛋儿，胳膊干得就像麻秸秆儿，你也不尿泡尿照照自己？癞蛤蟆还想吃天鹅肉哩！"点画了一下柳干头，思维又回到了开头的疑惑，"奇怪奇怪真奇怪，滚水锅里捞出冰凌来！"

"乌云阴霾遮不住，终有天开露日时。"说这话的是身子摇摇晃晃的李又白。他满身酒气，路过这里，听得人们议论，就插了一句，说罢，就又东倒西歪地向北去了。

李又白是个怪人，也是个奇人。

去年的冬天来得早了些，人们刚刚将田地里的庄稼收割到场面上，还没顾得上拾掇，一夜之间，天上就飘下一场雪来。

村西北山神庙看庙的老善友醒得早，他穿衣起床，推开家门一看，雪已停了。这雪下得也不多，只有一卧指那么厚，院子、屋顶都被雪盖上了，远方的山岭上也是白茫茫一片。

老善友操起立在窗台旮旯儿的扫帚开始扫雪。他先扫住室沿台，接着扫殿堂沿台，然后顺着甬道一直向山门扫去。扫完了雪，老善友将扫帚倒立在山门的码头前，双手交叉，使劲搓了搓冻得有些僵硬的手指，就去开山门。他抽开门闩，拉开门扇，突然一团黑乎乎的东西砸在了他的脚面上，他被惊得几乎要跳起来。惊恐稍定，他定睛一看，这团黑东西原来是蜷缩成碌碡一样的一个人。这人一身黑衣，浑身上下脏兮兮的，看样子是昨晚为了躲避风雪才靠在了山门上，后来扛不住夜晚寒冷的侵袭才冻成了这般模样。老善友将手顺着这人的脖颈向下摸了进去，觉得体温尚存，就急忙抓住他的双手，一个鹞子翻身，将他甩在背上，快步回了屋内，将他放在地上，去院子里端了一盆雪回来，脱了他的鞋袜，先用雪搓擦两只脚，待脚有了一些温度与血色，又搓擦他的双手，眼看他的双手也有了温度与血色，这才舒了一口长气，将他抱起来放到炕上，给他盖了一床棉被，从暖水瓶里倒了一缸开水，用汤匙徐徐灌入他的口中，又兑了一盆温水，将他的手和脸擦洗干净了。老善友见人是慢慢苏醒了，身体并无大碍，只是冻得不轻，于是又熬了姜汤，让他喝了，驱了身上的寒气。

老善友开始盘问他："你是哪里人？叫什么名字？"

那人说："巴山蜀水人，庶民李又白。"

老善友又问："你是干什么的？为啥到了这里？"

李又白却再不答话。

老善友知道李又白是有些不能向外人道的心思的，也就不再继续逼问。

身体转好了的李又白下了炕，拱手连连道谢。他在地上走动了几步，一副要走的样子。

老善友也仔细地打量了一下这个怪人。李又白六十多岁的样子，身材瘦长，长发长须，面皮白净，额头宽大，颧骨突出，嘴巴宽厚，长得十分清奇，一看就不像个坏人。他觉得自己年龄大了，平时总感到有些孤寂，早就想物色一个伴儿，于是就说："你如果确实没有个去处，也不嫌弃这山神庙里寒酸，就在这里住下吧。"

李又白也不过分谦让，从此，他就住在山神庙里。

李又白平日无事可干，喜欢在六郎村北的荒山野岭上转悠，一转就是一天。有时候也到村子里的街道上走走。李又白还有个嗜好就是饮酒，一饮就是个醉。醉了，嘴里总说一些似诗非诗的话语。

六郎村的村民们慢慢地知道了李又白的情况，觉得这个人对六郎村来说，不治事，也不害事，有他也不多，无他也不少，于是就任他行走，不去管他。

春节前两天，老善友在殿堂的供桌上备好了写春联的纸墨笔砚，就进村里去请会计刘崇寿来给山神庙写对联。当他与刘崇寿返回山神庙的时候，见山神庙的山门、殿堂、住屋已经贴上了鲜红的对联，李又白正蹲在山神庙前的小溪旁洗毛笔呢。

刘崇寿站在山门外，先细细地端详山门的对联，只见上联写的是：

无山得似此山好

下联写的是：

何水能如是水清

横批写的是：

独秀

端详罢山门的对联，他进了院子，又细细地端详殿堂上的对联，他看见上联写的是：

青山原不老为雪白头

下联写的是：

绿水本无忧因风皱面

横批写的是：

无边风月

转身再看住屋的对联，上联写的是：

身轻担重轻挑重

下联写的是：

脚短路长短走长

横批写的是：

谁任

对联的内容，他似懂非懂，对联的书法，他却是知道的，这字清秀、劲道，有一股神韵之气直直逼他而来。他连连摇头感叹道："吾不及也。吾不及也。"

后来，人们路过山神庙，总要在这些对联前驻足观看，久久不肯离去。

后来，又听得人们说，整个霍人县竟没有一个人能比李又白的书法写得好的。

第 三 章

　　常冬生回来了。他开着小四轮拖拉机，从轩岗出发，奔驰在108国道线上。

　　常冬生和哥哥常秋生无论从长相上还是从性格上，都反了个个儿。常秋生长得高高细细，白白净净，五官清秀，常冬生长得粗粗胖胖，皮肤黑紫，大奔颅，宽嘴巴，脸庞上又配了两只突出来的鱼眼睛，既显粗笨，又让人产生一种说不清楚的联想；常秋生的性格文文静静，非笑不说话，村里的人们都夸"好后生"；常冬生的性格风急火燎，喜怒无常，村里的人们都说他是"灰娃娃"，是说的他小时候的顽皮和淘气。

　　常冬生小时候的确和其他娃娃有些异样，上小学前，和同龄的娃娃们玩耍，他就像一只长了犄角的公羊，总是跑在最前面，在他的身后又总是尾随着一群就像绵羊一样，驯顺而听话的娃娃们。

　　常冬生上了小学一年级，教他的是二十岁的刘彩萍老师。

　　常冬生不怎么喜欢学习，但心眼却不少。下午最后一堂课是自习课，刘老师给学生们布置好作业，就出去了。教室里的学生们都伏在课桌上，认真地做着老师布置的作业。常冬生不做作业，他在教室里转过来转过去地来回走着，走着走着，就走到讲台上去了，他看见讲桌后面是刘老师常坐的一把椅子，椅子上面铺着一块不薄也不厚的棉布垫子。他看到这些，灵机一动，不由得抿嘴笑了。他向附近的墙上瞅端着，瞅来瞅去，他发现门口的墙上，有一颗曾经挂过什么的铁钉子，他就走过去，晃摇着使劲将那颗铁钉子拔下来。那颗铁钉子有一寸多长，他将钉尖朝上，钉托朝下，稳稳地安顿在刘老师的椅垫子下面，又按照原样整理了一番，见没露出什么马脚，就悄悄地退回到自己的座位上。他取出课本和作业本，一会儿佯装做做作业，一会儿抬头偷偷看看讲台，他等待着一个奇迹的发生。

　　傍下课的时候，刘老师回到了教室，她看见学生们都在埋着头认真地做着作业，教室里除了笔尖在纸上发出的"沙沙沙"声外，静悄悄的，就连最捣蛋的常冬生今天也很乖，也在埋头做作业呢。她很高兴，在教室的过道上走了一圈，弯着腰看了看学生们写的字，纠正了几个学生的写字姿势，就像往常一样走上讲台，她要表扬一下同学们认真的学习精神，特别是常冬生遵守教室纪律的态度。

她往椅子上一坐，感觉下面一阵钻心的疼痛，就不由得"啊呀"了一声，向门口栽倒了，遂之两腿之间就洇出了一朵鲜红鲜红的桃花。

同学们喊着"老师！老师！"跑了过来。

另外几个教室的老师听到喊声，也跑了进来。他们急忙将刘老师扶起来，并在椅垫上发现了那颗已经钻出头来的万恶的铁钉子。

王树人校长急忙组织车辆，安排老师，将刘彩萍老师送到了沙涧镇医院，经妇科检查，那颗万恶的铁钉子不偏不倚，正好扎进了刘老师那个最隐秘最珍贵的地方。可刘老师还是一个黄花大姑娘啊！

经学校追查，这起恶作剧，原来是常冬生所为。王树人校长决定将常冬生开除出校，将他爹叫来，让他爹给刘老师付了医药费，并将他领了回去。

常冬生是再也不能在六郎村念书了。第二年开学的时候，娘就将冬生送到了他姨姨家里，在他姨姨家的孙庄村里上了二年级。

教二年级的是个男老师，叫孙建中。孙老师教书认真负责，对学生管教也十分严格。每每给学生讲过课之后，都要重点提问，提问之后，还要让个别学生到教室的黑板上来做题，然后才给全体学生布置作业。

这天，孙老师给同学们讲了两位数乘法的运算法则之后，在黑板上列了13×18、19×12两道题。第一道题，叫的是孙向阳同学。孙向阳同学上来，很快算出了234的积数，就下去了。第二道题，孙老师叫常冬生上来算算。老师讲课的时候，常冬生在下面搞小动作，老师讲的内容一点也没有听进去，自然他在黑板前也就不会做这道题，磨磨蹭蹭，一会儿写一个加法的和，一会儿写一个减法的差。孙老师知道他没有认真听讲，就用手指在他小脑袋上轻轻地点了一下，说："上课时你干啥了，不好好听讲?"

话音刚落，只见常冬生调转身来，就像一头发了疯的小牛犊，射箭一般，一头向孙老师的小腹上撞去。

孙老师猝不及防，仰面朝天向后摔倒了。头上立时磕起了一个核桃大的肉疙瘩。

孙老师叫来常冬生的姨姨，说："你外甥被开除了。你将他领回去吧！"

常冬生的三年级是在坡头村上的。坡头村是姥姥家的村子，姥爷、姥姥早年去世了，村里只有舅舅一家亲戚，娘没办法了才将他寄放到娘家门上去念书。

教三年级的是赵秉汉老师，五十多岁的样子，剃着光头，教书之余，除了喜欢用手来回摩挲自己的光头外，就是特别专心地抽那一袋别有情调的水烟。

水烟杆是用一根羊腿做成的，羊腿的大头上安着一个用手枪子弹壳改造的烟锅，羊腿的小头处插着一小截红铜管子，赵老师将散发着黑红黑红光泽的烟杆，放在左手的拇指和中指上，食指从上面勾住，小指与手掌之间夹起一个羊皮小夹子的苦盖，无名指与中指之间再夹住一根用黄表纸搓成的纸棍，一头闪着红红的火头，右手的拇指与食指，伸进小夹子里，捻来捻去，就捻成一个小丸，捏出来，按到烟锅上，然后，右手取下纸棍，嘴对着火头，"噗"的一吹，那火头就着了，再将着了的火焰，挪到烟锅上，嘴含着小红铜管子，长长地"吸溜"一口，又深深地咽进肚里，稍顷，烟雾便从嘴和鼻子里徐缓而悠悠地吐出，弥漫在一张幸福和舒畅的脸前，仿佛进入一种云雾里的神仙境界，接着，嘴又对着小红铜管子，"噗"的一吹，那粒燃过的烟球便从烟锅里跳出来，划了一道弧线，下落到脚前。赵老师如此反反复复地进行着，饶有兴味，不厌其烦。

每逢赵老师抽水烟的时候，常冬生就痴痴地看着他那娴熟而又优雅的一连串动作，迷迷醉醉的，先是有些羡慕，后来便嫉妒起来。

那天，赵老师抽过了水烟，将水烟杆和水烟夹子放在教桌上，出去解手去了。常冬生趁机将赵老师烟夹子里的水烟倒掉，将事先用羊粪蛋碾成的碎面装进去。

不一会儿，赵老师解手回来，用手来回摩挲了一阵自己的光头，然后，拿起水烟家具，装烟，点火，用火棍对着烟锅，深深地吸了一口，脸上立时就抽搐起来，并痛苦地大声咳嗽着……

当然，这次恶作剧很快就被赵老师查出来了。

常冬生又被开除了。

念了三年书，被开除了三次。常冬生这书是再也不能念了。

他回了家里，却也不省心。

一次，他从街上回了家，表情沉重地对娘说："娘呀！俺虎成大娘死了！"

"真的吗？咋的就突然死了？"娘大吃一惊。娘和虎成大娘相好得就像亲姐妹似的，她不相信这会是真的。

"真的死了。至于咋死的？我就不清楚了。"

娘就从家里拿了一沓钱垛，急急忙忙往虎成大娘家里走，她要给他虎成大娘带一些钱，好在去往阴曹地府的路上花花。走到他虎成大娘家的大门口，想起他虎成大娘的好来，不由得悲从中来，两行眼泪就扑簌簌滚落下来。这时，他虎成大娘的大儿子恩来正往外走，冬生娘就一声悲腔问："你娘咋就死了？"

恩来先是一怔，接着恼悻悻回应道："你才死了呢！俺娘在家里好好的，咋就死了？"

冬生娘这才大悟，回了家，按住冬生，拿起笤帚疙瘩好一顿痛打。

又一次，常冬生路过十字路口，看见冯计斗慌慌张张走过来，就问道："计斗叔，你这是咋啦？"

冯计斗说："我那头犍牛跑了。两三天了，也没找到。不知道是谁家给圈住了？"

常冬生说："你是说你那头黄犍牛吧？"

冯计斗说："是哩。"

常冬生说："我知道。"

冯计斗急忙问："是谁圈住了？你快说给叔。叔全靠它闹养种哩！"

常冬生说："我说给你，你可不能说是我说的。要不然，惹人哩！"

冯计斗说："你说吧。叔绝不会对人说是你说的。"

常冬生说："那我就说给你。前天，我看见杨存生牵着你那头犍牛回家去了。"

冯计斗说："我现在就问杨存生牵我的牛去！"

常冬生说："不可！"

冯计斗说："咋哩？我的牛，他给牵回去了。我去要我的牛，莫非没了理了？"

常冬生说："你的牛跑了，人家给你收留住了，这是人家的一片好意，你应该感谢人家才对哩！我看你提上二斤鸡蛋，好言好语，央告人家去哇！"

"叔真是老糊涂了。俺娃说得对着哩！"冯计斗是个老好人，又没有主见，一下又改变了自己的想法。

冯计斗就依着常冬生的提议，回家揭开红瓦缸盖子，从平时舍不得吃积攒下的半缸鸡蛋里，数了二十颗，包好了，径直来到杨存生家里。他将鸡蛋放在杨存生眼面前，赔着笑脸，央求说："存生兄弟，你将我那头犍牛还给我吧。"

杨存生一听来者不善，就瞪了眼说："谁见你的犍牛来？你丢了犍牛，咋的向我要来啦？"说着，提起那包鸡蛋，连推带搡，将冯计斗扶出大门，将鸡蛋朝着冯计斗的后影扔去。一时间，一包鸡蛋被摔了个稀里哗啦，化作一摊黄色的黏稠糊糊，流淌在街面上。

冯计斗找到常冬生说："杨存生说没有见我的犍牛嘛。"

常冬生说："你没到他大门口的牛圈里看看。"

冯计斗说："我出他大门的时候倒是看见来，他圈里拴的是他那头黄底白圈花犍牛。"

常冬生说："那就对了。杨存生一定是在你那头黄犍牛身上刷上白油漆了。"

冯计斗知道又被冬生要笑了，干气说不出话来。

说起常冬生小时候的奇行怪为，几筐篮几筐，多得一时说不完。

将近中午，常冬生开着拖拉机到了一个叫作阳明堡的集镇，他将拖拉机停在一个叫作"姐妹饭店"的路边店前，进了饭店，要了一个过油肉，一个凉拌菜，一瓶啤酒，一个肉炒面，一边吃喝，一边和两个年轻女子要笑着。吃喝完了，他提着水桶，从饭店里给冒着腾腾热气的拖拉机水箱里加了些冷水，和两个年轻女子摆了摆手，就又开着拖拉机向家里的方向驶去。

常冬生是六郎村里第一个买下拖拉机的人，也是唯一一个能挣些活络钱的年轻人。当然，能有这个结果，常冬生靠的是自己的本事。

常冬生十八岁那年，六郎村通了电。

通了电，就需要往各个户家接线安灯，就需要收取电费，就需要进行维护。干这一切与电有关的事情，也就需要一个专业电工。电工是村里的一个美差。书记郝二林想让他的侄子郝俊秀当这个电工，一来照顾了本家，二来也便于控制。因为郝俊秀是他的亲侄子，他不想自己说出来，就和村主任刘培俊商量，想让村主任将他的心事说出来。可是，村主任刘培俊和他犯的是一个心病。村主任的小舅子孟忠厚刚刚初中毕业，不想念书了，又没有一点好的营生，妻子就想让他给安排当电工，可是这事只有从书记的嘴里说出来才合适哩。书记和村主任碰了个头，谁也明白谁的想法，谁也不想说出自己的心事，只说了一些其他无关紧要的事情。

过了几天，会计刘崇寿找到郝二林也想让他儿子刘峻山当电工，村副主任杨三富也说他的表弟冯有才当这个电工最合适，此外，还有几个村民或自荐或推荐，都是说的当电工的事儿，竟有十来个人。郝二林心里说："有点油水的营生，就都想来争。我看是谁也不用当了。"这事就像一条大船划上了一处沙滩——搁浅了。

常冬生也在心心念念地打这个电工的主意。他对娘说："娘，您去找找二林叔哇！我想当电工哩！我保证能干好！"

娘说："娘也不说，你也甭想。咱这人家，无依无靠，说了也是白说。"

常冬生死不了这个心，娘不给说，他想自己找二林叔说说。这件事宁叫碰了，也不能叫误了。

这天，常冬生趁着人们吃过午饭的空隙，踏着六郎河上一块一块的大踏石，过了河东，来到郝二林的家门口。他想进去，又有些迟疑，他想也许娘的话对着哩，"说了也是白说。"

正徘徊间，郝二林家的大门"吱呀"一声开了，从门里"哼哼哼哼"地走出一只大母猪。母猪一边"哼哼"着，一边迈着碎步，向前面的那个臭水钵洞走去。走近臭水钵洞，就用嘴头去拱水钵洞边上乌黑腐臭的烂泥。

这臭水钵洞方圆约有二亩大小，中间的最深处能淹没人的头顶，水是夏秋之际由四处的雨水聚集而成。因为是死水，常常散发出一股一股的酸臭味道，所以，人们就称它为"臭水钵洞"。

常冬生见四下里无人，灵机一动，就走到臭水钵洞边上，抬起脚来，照着母猪的黑腚，使劲一踹，母猪就顺着稀泥，"哼哼"着滑进了臭水钵洞。

常冬生拔腿，一溜烟跑了。

过了一阵，常冬生又返了回来。

这时候，臭水钵洞的边沿上已站满了人。猪在臭水钵洞里一边扑腾，一边"吱哇、吱哇"地乱叫着。有人取来粗绳，挽成圆圈，结了活扣，想扔进去，套住猪头，将猪拉上来，但不能成功。有人取来长长的木棍，想将猪赶上来，但猪却被越赶越远。郝二林嘴里"唠唠唠唠"地叫着，更是无济于事。眼看猪已扑腾到了臭水钵洞的中间，喝了不少水，大有被淹死的可能。郝二林的老婆拍着肚子叫喊着："快快想办法往上捞哇！淹死了可咋呀?！俺家里可就这么一点财路呀！"

常冬生拨开人群，三下两下就脱掉了上衣，脱掉了鞋，跳起来，在空中划了一道弧线，便一头扎进了水里，接着几个狗刨，就游到了猪跟前，他拽住猪尾巴，返回头向岸边游回来。

人们见猪到了岸边，拽后腿的拽后腿，揪耳朵的揪耳朵，很快就将猪弄上岸来。

郝二林老婆用一截玉茭秸秆赶着猪回家去了。

秋后的天气已经渐渐转凉，常冬生从冰冷的水里爬上来，嘴唇发紫，身上起了一层鸡皮疙瘩，冷得直打冷战。

郝二林感动得边帮冬生穿衣裳和鞋，边将冬生往家里拉："欢欢进家！让你婶给你换件干净衣服。"

常冬生随着郝二林进了家。

郝二林老婆张罗着给冬生倒热水、换衣裳。

常冬生说："二林婶，甭忙啦！我没事。"

郝二林说："冬生，你这下可帮了叔的大忙了。你说，你要多少钱？叔给你。"

常冬生说："二林叔，我不要钱！"

郝二林说："你不要钱？你要啥东西哩？你说嘛！"

常冬生说："二林叔，我啥东西也不要。"

郝二林说："你叫叔咋感谢你了嘛？"

常冬生说："二林叔，我想要你一句话。"

郝二林说："漫不说是一句话，就是千句万句，叔也给你哩！你说！"

常冬生说："二林叔，其实，我就要一个字。"

郝二林说："你说吧，叔答应你。"

常冬生说："二林叔，我想当电工哩！"

郝二林老婆在旁撺掇说："你答应了娃吧！如果不是娃，咱的猪早被淹死了。"

郝二林已经被冬生逼到了墙角，再无退路，他想，这个电工争得人太多了，现在看来，给了自己的侄子不合适，给了村主任的小舅子也不合适，给了会计的儿子也不行，这些人都有靠山，都有关系，所以给了谁，都有争议，都要惹人哩！倒不如给了冬生这个没有任何关系的人，别人也说不出个啥来。这样，还有两大好处：一是报了冬生捞猪之恩；二是还可以将冬生培养成自己的人。想到这里，郝二林就痛痛快快地说："你不就是要叔说个'行'字嘛！叔就给你个'行'字。从明天开始，你就是咱村的电工了。"

常冬生听到郝二林答应了他当电工的要求，"扑通"一下就给郝二林和他老婆跪下了，一连给郝二林磕了三个响头，嘴里说："二林叔、二林婶，您俩对我恩重如山，你们就是我的再生爹娘。今后我要好好报答你们哩！"

常冬生当了电工的第三天，县电业局组织全县新通电的几个村的电工，在县里培训了一个月。常冬生在培训会上懂得了火线、零线、同种电荷互相排斥、异种电荷互相吸引的一些基本知识，还知道了灯口和灯泡、插座和插销的关系，掌握了如何处理室外线路和室内线路等技术。

常冬生当电工期间，时不时地去家里孝敬郝二林。郝二林也认为，冬生这个电工，算是选对了人。

常冬生当了电工，给他说媳妇的人一下子多起来。常冬生比哥哥秋生小两岁，按照当地风俗，轮大排小，应当是哥哥秋生结了婚，才能给弟弟冬生娶媳妇，可是，娘的主张是：不必拘泥过去的规矩，谁成熟了就先给谁娶。

常冬生二十岁的时候，就和沙涧镇甄家的秀枝结婚了。秀枝当年就生下了兵兵。

有了孩子，常冬生觉得当电工也挣不了几个钱，就决定改行。他向郝二林辞去了电工，将自己积攒的三千五百元钱拿出来，又向几个小弟兄借了三千二百，到县城农机公司买回一辆"工农牌"小四轮拖拉机，就跑起了运输。他春夏秋三季在沙涧镇给几个建筑工地上拉运青砖、沙子、石头、水泥等建筑材料，冬天就给人们拉炭、拉煤。当年还了借款，除了费用，还净赚下五千二百元。

今年三月，本村的二圪蛋通过他姨父在轩岗承包了一个煤场，就让冬生开上小四轮拖拉机到轩岗去倒煤。

从山沟里的小煤窑到轩岗的煤场来回十五公里，连装带卸，上午可以跑三趟，下午可以跑三趟。跑一趟，加高车栏能拉二吨煤，一吨五块钱运费，可挣十块钱。一天下来，除去燃料费、生活费，可净落二十块钱。

每天早起晚睡，没明没夜，灰头黑脸，太受罪了，也挣不下多少钱，冬生熬煎得实在是不想干了。他想回六郎村去，另谋一项既赚钱又省力的好项目。

这天上午，常冬生找到二圪蛋说了自己的想法。二圪蛋再三挽留他，并答应每吨给他加五毛钱的运费。他去意已决，坚持要走。二圪蛋只好给他结算了运费。

下午，常冬生开着小四轮拖拉机到煤窑上买了二吨块炭，加高车栏，垛好了，开回二圪蛋的煤场，又在煤场里住了一个晚上，第二天黎明，就早早地上路了。

常冬生开着小四轮拖拉机进了六郎村的时候，天已擦黑了。

常冬生将拖拉机停在他家院子前面的那截土坡下，将拖拉机熄了火，到村里去找人搬炭。

街面上的一些人看见常冬生拉回圪尖尖的一车块炭，都走过来，围着拖拉机看稀罕。人们一边用手摩挲着车上的块炭，一边议论着。

"真是好东西啊！"

"这东西黑亮黑亮的，好像里边还有油哩！"

"这东西，人称'乌金'哩！"

"这一车有多少斤呢？"

"足有四五千斤吧。"

"这东西得多少钱啊？"

"怕是将你全家人卖了，再加上你全家的财产，也不值这一车炭钱哩！"

"啧啧！啧啧！"

"这么好的东西，放到炉子里就烧了，这是烧钱哩么！"

"不当哩！不当哩！"

六郎村的人们祖祖辈辈也没有烧过炭，也不知道烧炭是一种啥样感受？他们听说过炭，也见过炭，只是觉得自己生的穷命，无缘消受这么奢侈的生活。他们天生就是烧柴的命。地里的庄禾秸秆，就是他们常年做饭、烧炕的燃料。但仅仅靠秸秆做燃料，是不够维持一年的生活的。有劳力的人家，可以到大山里砍一些山柴回来；没有劳力的人家，就只好从地里、路上捡一些牛屎片，晒干了，充当燃料了。数九寒天，一些有本事的人家最奢侈、最幸福的事，就是当炕放一只泥捏的火盆，将灶火里冒过大烟的山柴圪栽，掏到火盆里，屋子里散发着腾腾热气，一家人围着火盆，说一些古今中外、天南地北的闲话。烤火盆，已经是神仙过的日子了，如今常冬生又拉回来一拖拉机块炭，怎能不叫人惊奇？又怎能不让人羡慕呢？

就在人们围着拖拉机议论的当儿，常冬生叫了好朋友冯润秀、崔大树两个人过来帮忙，往院子里搬炭。

常冬生发动着拖拉机，打开后马槽，随着拖拉机车厢的自动起立，"哗啦啦"一声响，一车炭便倾倒在地上，周围立时腾起一股黑雾。

围观的人们见黑雾冲过来，连忙用手掌在嘴和鼻子前面扇动着，一时就走散了。

冯润秀、崔大树昇着装满了箩筐的炭，从外面往院子里倒腾。

常冬生在窑洞的窗台前垛炭。他将大块的、整齐的炭块码垛在外面，形成一个长方形的池子，然后，将小块的、没有棱角的炭块，倒进池子里面。做这一切的时候，常冬生像是在整理一件艺术品，炭垛码放得四棱四角，整整齐齐。

甄秀枝和婆婆则忙着做饭。兵兵跑出来，跟在两个叔叔的屁股后面，也要搬炭。

甄秀枝从屋里跟出来，拉住兵兵，说："你这是添的什么乱呀！长大了，有你搬的时候。"

饭很快做好了，炭也正好搬完了。

甄秀枝取来笤帚，让润秀、大树、冬生打扫了身上的煤尘，又端出一盆热水，放在台阶上，让三个人洗了手，擦了脸，就请他们进屋上炕吃饭。

凉拌藿香，藿香炒鸡蛋，藿香、青椒、茄子、西红柿大杂烩，莜面角子和山药蛋，已经端上了炕。三个人边吃边说，还喝了一瓶藿人高粱白烧酒。

吃好喝好，冯润秀、崔大树就走了，冬生和兵兵也回了南窑。秀枝和婆婆收拾了碗筷，还想和婆婆坐一会儿。婆婆一个人孤零零的，她想尽量多陪陪婆婆。

婆婆说："你欢欢歇息去吧。我也困了，想睡觉了。"

甄秀枝回到南窑，见兵兵从爸爸的身上跳上跳下，两个人正在戏耍，就上炕铺了两床被窝，将兵兵拉过来，给他脱了衣服，放进被窝里，说："兵兵累了。乖。欢欢睡吧。"

蹦跳了一天的兵兵，的确累了，上下两只眼皮很快就打起架来，不一会儿，便沉沉睡去了。

甄秀枝下了炕，兑了半盆热水，用手试了试，感觉水温正好，对冬生说："下来洗洗脚吧。解乏呢。"

常冬生洗了脚，便脱衣钻进了被窝。

甄秀枝倒了洗脚水，将冬生的脏衣服，团成一团，放到洗衣盆里，又打开衣柜，将洗得干干净净的内衣、外衣，叠得整整齐齐的，放在冬生的枕头旁边。一会儿，她像想起了什么，又打开衣柜，取了一双新袜子，放到冬生的衣服上面。接着，秀枝又兑了半盆热水，先洗了脸，抹了油，接着又洗脚。

常冬生浑身一阵燥热，感觉身下的东西调皮起来，就说："快点哇！我等着你呢！"

甄秀枝倒了盆里的水，然后，才上炕脱衣，钻进了被窝。

"插座。"常冬生叫着秀枝。这是常冬生对秀枝的称呼。自从学会了电工，又结了婚，他就慢慢地发现这夫妻关系，竟然与插销和插座的关系是一样的。男人多像插销，女人多像插座呀！女人身上那突出的两点就像是两只开关。先摁开关，然后将插销插入插座，火线和零线相接，就产生了电流。有了电流，就会打起火花，身上就有了中电的感觉，浑身就会麻舒舒地受瘾起来。可是，他发现他和秀枝总是好像电压不足，抑或是插座的哪个零件不太灵敏，得不到理想的感应。

常冬生扳住秀枝的臂膀，爬了上去。他端详了秀枝丰润的脸庞，又端详秀枝就像葡萄一样的大眼睛。秀枝被看得不好意思，闭上了眼睛。他一阵激动，摁了开关，然后将插销插进了插座，使劲运动着。他感觉下面没有多少积极回应，就快速完事后，便睡去了。

第四章

　　常冬生给秀枝带回了他在轩岗挣下的一千五百块钱。

　　甄秀枝先到了供销社代销店，让售货员肖存元拿出四个月来购买糖、盐、酱、醋、布等的欠条，算了算，是二百三十二元，交了钱，将欠条撕碎了。她又到了村卫生所，打了兵兵上个月因跑肚输液欠下的七十九元，让医生消了账。接着，她又拿出二百元来，递给婆婆，说："娘，这几个钱不多，您拿着零花。人老了，想吃点啥，就买点啥。甭仔细。"

　　办完这一切，甄秀枝就抱着兵兵，坐上了冬生的小四轮拖拉机，她要去一趟沙涧镇，一来是到镇上购买一些东西，二来是回一趟娘家。多日来，兵兵早就嚷着想见姥姥了。

　　车走到村口，常冬生见闵香璧正在前面走着，就停住车，问香璧要到哪里去，香璧说到沙涧镇坐班车进一趟县城，他就让香璧搭上了顺车。

　　到了沙涧镇，常冬生先将闵香璧送到汽车站，正好赶上了一趟开往县城的班车，他看着香璧上了车，班车开走了，这才调转车头，开到一个百货门市附近，找一处空闲的地方，将车停好了。

　　在百货门市门口的一个小货摊前，甄秀枝给兵兵买了一根棒棒糖。兵兵右手拿着棒棒糖在嘴里吮吸着，左手拽着秀枝的右手食指。

　　常冬生、甄秀枝和儿子兵兵，一家三口进了百货门市。门市里的顾客不算多，售货员有的接待顾客，有的无事拉着闲话。

　　甄秀枝走到了卖成人衣服的地方。她一面瞅端着一件一件的衣服，一面用手捏摸着衣服的质地。她看中了一件紫底红花的女式上衣，这个颜色，正适合六十多岁的女人们春秋季节里穿。她用自己的身体比了长短宽窄，这件衣服比她的衣服短一些肥一些，她觉得正合适，问了价钱，就让售货员给包了。这件衣服，是她给婆婆买的。她又看中了一件灰黄色的拉链夹克上衣，这件衣服的衣领和口袋盖子搭配着一种深色布料，她的大脑里就立时出现了丈夫穿着这件衣服的得体模样。她捏摸了捏摸质地，布料厚而不僵，就要冬生试试。冬生试了，十分合适，她也让售货员包了。她又给冬生选了一件牛仔裤子，她认为男人们穿上牛仔裤子，显得既精干又潇洒，让冬生试罢，也让售货员给包了。接着，就让售货员结账，三件衣服共花了一百八十九元。

甄秀枝来到卖儿童衣服的地方。花花绿绿的儿童服装，让人眼花缭乱，目不暇接。甄秀枝自左至右，一件一件地看过去，看中了四五个式样，又将这四五个式样进行了一番比较，最后给兵兵选中了一身拉链秋衣。秋衣上面印着口、手、马、牛等图案和文字。她觉得设计这身衣服的人，想得周到，很有创意，既装饰了衣服，又能让娃娃们掌握一些简单的知识。她也得早早地让兵兵识字哩！她就让兵兵试了试，也挺合身，就问了价钱，让售货员包了，付了九十五元。

甄秀枝又来到卖鞋的柜台前。货架上摆着各种款式，各种质地的皮鞋、布鞋、旅游鞋。她不看皮鞋，也不看布鞋，目光直接在放旅游鞋的货架上扫视着。她发现了那双"履宁牌"旅游鞋，她经常看到电视上播放的"履宁牌"旅游鞋广告，知道"履宁牌"旅游鞋是时下最流行也是质量最好的旅游鞋，就要了一双四十三码的。这是她给大伯子秋生买的。她给大伯子纳过鞋的衬底，知道他的鞋是四十三码。她觉得大伯子天天爬山过梁的，时时和石头打交道哩，最需要的就是一双既结实又跟脚的旅游鞋。她让售货员包了，按照标价一百三十八元，将钱付了。

买办停当了，她就一手提着衣物，一手拉着兵兵，和冬生往外走。

走到门口，兵兵不走了，他的小手指着那里的儿童小轿车车，嚷嚷着非要让妈妈给他买一辆。

这是一种儿童能骑的三轮小轿车车，铁架，圈座，实心胶皮轮胎，电镀自行车式把手，整个车架喷着淡绿色的油漆，看一眼，就不能不牵动娃娃们那颗羡慕之心。

甄秀枝知道这种儿童小轿车车，兵兵不光能玩，还可以锻炼他的腿脚呀！她犹豫了一下，但最后还是决定要给兵兵买一辆了。她付了车价八十五元，让冬生帮着挑了一辆。

一家三口从百货门市出来，甄秀枝又到了一个副食商店，给爹买了两瓶藿人高粱白酒，又买了一条迎宾香烟，一并提了。

常冬生见还没有给丈母娘买东西，就说："你看给兵兵他姥姥买点啥呢？"

甄秀枝说："我娘难说话，给她二百元，她想买啥就买啥去。"

常冬生说："你也该买件衣服。"

甄秀枝说："给了我娘二百元，也就剩下二百多元了，咱平时还得花呀！总不能花光吃尽了。再说我身上还有穿的哩。"

常冬生说："你先领上兵兵回娘家，我想到派出所看看郭文忠所长。"说完，就各奔东西而去。

派出所年近五十岁的郭文忠所长，是常冬生的一个忘年的朋友。

常冬生刚买下小四轮拖拉机那年，揽下了沙涧镇一个工地拉砖的营生。拉了一个月，他找到老板，想支点运费。

不想老板赖账，常冬生一时冲动，举起拳头，把老板的眼窝里打出个青圪蛋。

常冬生和老板都进了派出所。所长郭文忠问明缘由，向两人各打了五十大板。他对常冬生和老板都进行了严厉批评，最后，让老板如数支付了常冬生的运费，又让常冬生给老板道了歉。

这件事，常冬生原以为郭所长会偏向老板一方，想不到最后却处理得那么公道。为表达感激之情，常冬生每年秋后总要给郭所长家里拉一车块炭。郭所长给他钱，他也不要。但郭所长也不能白要他的块炭，总要拿一些相当于炭钱的酒呀、烟呀送给他。久而久之，他俩就成了朋友。

郭文忠刚刚办理完一个盗窃案件，见常冬生来了，给他递了一根纸烟，问："多会儿回来的？"

常冬生说："前两天。"

郭文忠问："多会儿又走呀？"

常冬生说："不走了。开小四轮拖拉机太受罪。我想改行哩！想让你给拿个主意。"

郭文忠说："想改啥行？你说说看。"

常冬生说："我想卖了小四轮拖拉机，再借上几个钱，买一辆小型面包车，跑霍人至同城的客运哩！"

郭文忠说："跑客运倒是个不错的主意。凑钱这事好说，主要是线路难批哩！"

常冬生说："不批线路难道不行？"

郭文忠说："那可不行。逮住你，罚了你钱，连你的车也没收了。"

说到这里，常冬生见快晌午了，起身要走。郭文忠留他在所里灶上吃饭。

常冬生说："丈母娘已经给做好饭了。改日再请郭所长到饭店里喝酒。"说完就出来了。

闵香璧坐着班车到了县城，在车站门口碰到了念高中时的同学魏晓勇。魏晓勇是送一个亲戚来坐车的，见了他，非常激动，先在他的肩胛处打了一拳，接着就将他紧紧抱住了，喊着："老同学，几年了，你哪里去了？咋就不和我联系了？"

闵香璧说："我能到了哪里？还不是在山旮旯里钻着。你呢？"

魏晓勇说："上了个烂中专，这不是今年毕业了，正等分配呢。听说是要我到矿管局上班呢。"

"哦。"闵香璧软软地应了一声。他平时和同学们躲得远远的，他不愿意看到高中时的同学们。五十多个同学，毕业时，当年或大学或中专就考住了三十多个，后来，那二十多个也通过补习分别上了中专和大学，只有他一连补习了五年，最终也没能如愿。见到同学们，他觉得脸上发烧，抬不起头来，能躲就躲得远远的，实在躲不过了，他也是简单敷衍几句就走开了。

"今天中午我请客。咱再约上几个老同学聚一聚。"魏晓勇一片同学真情。

"改天吧。我娘的老病这几天又重了，我得赶紧买些药赶回去呢。"闵香璧撒了个谎，而且这个谎撒得令对方无法变更自己的决定。

别了老同学，香璧就往南走。

北方商厦这天正举行开业庆典，门前铺了红色地毯，地毯上搭了台子，台前放过16响礼炮，又放烟花爆竹，接着音箱打开了，一对年轻的男女演员手里握着话筒，走到台上，吼哇哇地对唱了一曲《纤夫的爱》。

唱罢，一个年轻而又漂亮的女演员握着话筒上台了，唱的是《叫大娘》，歌声软绵、甜美而又略带哀怨：

> 大娘呀，
> 你坐下，
> 俺给你说两句悄悄话，
> 啊呀，俺的大娘呀！
> 八月八，

秋风刮，

俺提上竹篮儿摘豆荚，

啊呀，俺的大娘呀！

出了南门，

过了大河，

俺碰见了南关的王大哥，

啊呀，俺的大娘呀！

王大哥，

不说理，

一把将俺拉进了苇子地，

啊呀，俺的大娘呀！

……

观看的人里三层外三层，挤得水泄不通，道路也被堵塞了，南来北往的车辆不得不停下来，司机摇下玻璃，探出脑袋，也在观看。人群里不时爆发出一阵大笑声，起哄声……

闵香璧一句也没有听进耳朵里去，他无心在这里逗留，斜插着身子，硬是从人缝里挤了过去。

他的目的地是新华书店，要为他的那项秘密研究再搜寻一些资料。

他的这项秘密研究，是去年七月份由一次偶然的发现开始的。

那天，他听说高考的分数线下来了，公示榜就在霍人中学的大门口贴着呢，就乘了班车到县城去看榜。在公示榜前，他先确认了文科的录取分数线——三百九十分，接着就在上面搜寻自己的名字，密密麻麻的考生名字有几百人，扫来扫去，终于在后面的一张大红纸上找到了自己的名字，名字后面的总分栏里是三百八十二分，他以低于分数线八分的成绩，又一次名落孙山。面对这样的结果，他没有吃惊，也不感到痛苦，这样的结果是在他的意料之内的。前四次补习落榜，他曾经捶胸顿足，曾经痛心疾首，曾经在心里问过千万个为什么？是命运对自己的捉弄？还是自己的能力真的不行？他更多地怀疑的是命运。这一次补习高考，完全是抱着再碰一碰运气的态度参加的，并没有抱多大希望，别落下一生的遗憾就行了。有了这样的心理准备，他的心情反而轻松起来，他调转身，向公示榜挥了挥手，心里说："别了，高考！今生我和你再也无缘了。路漫漫其修远兮，吾将上下而求索！我要去寻求我新的人生去了。"

他坐上返程的班车，出了县城，透过车窗玻璃，观赏着路旁夏日的秀丽景色。在这条路上，他不知走过多少次，每一次都是那么沉重、郁闷，每一次他都是低着头思谋着学习、高考和升学，路上有多少村庄，有什么景色，他从未留心过。今天，他要极目远望，好好看一看霍人的大好河山了。

班车缓缓地行驶着，路旁的一个村庄进入他的眼帘。高低错落的农家房舍，烟囱里飘散着袅袅炊烟，猪们，鸡们，悠闲地在村口徘徊着，舞弄着蹄爪，寻觅着吃食，房舍的墙壁上书写着红色的大幅标语。

村口墙上的一幅标语跳进他的眼帘：

人类只有一个地球，必须控制人口增长！

接着，又是一幅：

娃多不仅自己难，还给国家添负担！

随着班车的前行，另一个村庄墙壁上刷写的一幅特大号黑体标语，口气严厉起来：

打出来！堕出来！流出来！就是不能生出来！

再向东行，一个村子墙壁上的标语就散发出血腥的气味：

该流不流，拆房牵牛！
该环不环，逮住就罚！
该扎不扎，见了就抓！
超生多生，倾家荡产！
宁可血流成河，不准超生一个！

他想，计划生育是国家的基本国策，人类是再不能超生多生、乱生乱育了，地球的资源是有限的，如果人类无休止地发展下去，地球就会承载不起，人类就会自取灭亡。但是，流呀，环呀，扎呀，太血腥了，再加上采取罚款、拆房、牵牛等措施，就更没有一点人情味道了，而且这些都是治标不治本的办法，为什么就不能想一个既符合人性规律，又确实有效的万全之策呢？

在此后的一段时间里，计划生育这个问题，一直在他的头脑里萦绕不散。他觉得超计划生育，是男女双方都处在育龄高峰阶段造成的，如果一方处在育龄高峰阶段，而另一方处在低潮阶段，人类的出生率自然就会减少。有了这个重大发现，他十分得意。他决定在这方面进行一番深入细致的研究，找出它的内涵和外延，使之更符合人类的生存逻辑。如果这个研究成功，在社会上得到推广，既是自己对人类作出的一种划时代的贡献，也是自己人生的价值体现，这样，对自己的人生来说，考住考不住大学，又有什么关系呢？

为了不引起人们的闲言碎语，不让人们说三道四，他决定将这个研究在秘密中进行，先不让任何人知道，等到成功之后，再公之于众，一鸣惊人。

他从书店里购买了《人口与计划生育法》《生殖与健康》《计划生育诊疗常规》《农家妇幼保健》《计划生育知识读本》《解决人口问题的对策》《遗传学》等许许多多的书籍。只要是发现有关计划生育的书籍，他都要买下来；只要是看到报刊上有关计划生育的一句话，他都要剪下来。在他居住的那间小西房里，桌子上，床上，窗台上，堆满了有关计划生育的图书资料。

为了保密，他连妹妹香草也不让进他的小西房。那天秋生回来，到了他家，他之所以探出头去，问了一声，就赶紧关上了门，就是怕秋生进来，发现了他的秘密哩。

小西房里的书，已经读完，今天，他想再购买一些新的资料，所以，就又来到新华书店。

因他经常光顾新华书店，售货员已经和他十分熟络了，以为他是某个乡镇的计划生育员，见他进来了，就向他推荐新到的《濒危的家园》《出生的干预指导》《新人口论》《中国计划生育全书》等书籍，他都一一买了。临走，他又买了一本《孔子研究》。

回了村，闵香璧就又将自己关进小西房里，继续研究起来。

第五章

几天来，常秋生在山上一无所获。

在山上勘查的日子里，距离家近的地方，他就早出晚归；距离家远的地方，回不了家，他就走到哪里住到那里，有时候是山洞，有时候是看田的庵窝。饿了，干粮也吃光了，他就吃一些山果野菜；渴了，水壶里的水喝干了，他就喝几口山泉河水。

脚上的那双球鞋，已被他穿得底破帮烂，他又换上了弟媳秀枝从沙涧镇给他买的那双"履宁牌"旅游鞋。这双鞋果然跟脚！爬起山来，他感到十分得劲！

句注山上为沙质岩、沙砾岩组成，有的地方沙砾裸露，有的地方被厚厚的黄土覆盖着。

常秋生默诵着祖训："东一线，西一线，谁能找到两条线，能富九州十八县。锅对锅，十八锅。槽对槽，十八槽。"他向前面的一座比较低矮的山上爬去。

这座山头就像人的头颅，在群山中特别靠前而又低矮，海拔一千二百多米，山的西面是一条窄窄的山沟，山东面的山沟较为宽阔，沟的中间就是正峪河，一股清凌凌的河水自北向南"哗啦啦"地流淌着。因为这座山就像是为了迎接河水捷足先来，人们就给它取了个名字叫"水迎脑"。

也许是与常秋生所学专业有关，他对每一块石头都充满了感情，都充满了兴趣，特别是那些形状奇特、颜色特殊的石头，他总要敲敲打打，捡一小块，拿起来，用放大镜正照照，反照照，左照照，右照照，看看它有些什么成分，属于哪一类岩石。

这天的天气不太炎热，蓝天上飘浮着一片片白云，太阳就像一个怕见生人的小孩子，时而露一下脸面，时而又害羞地钻进了云层。常秋生摘下了草帽，挂在脊背上，一阵清风从南面吹来，风儿撩起了他的衣襟，拂起了他额前的一缕头发，他感到一阵清爽惬意。

几只麻雀和几只叫不上名来的鸟儿，也一定是感觉到了快意，在几株灌木的枝梢间，"喁啾叽喳"地欢叫着，上下翻飞，互相追逐着。

前面石头上的一只山圪狸，受到了人的惊扰，立起身子左右看了看，便拖着一条毛绒绒的尾巴一跳一窜地跑走了。

常秋生从西面的那条山沟里往山上爬，他一会儿沿着羊群走过的小道，一会儿踏着凸出来的石头。在坡陡的地方，他就像一只身手矫捷的猿猴，攀住了一丛灌木的枝条，三下两下就上去了。

常秋生爬上了水迎脑的山顶。水迎脑的山顶就像驴的脊背，中间凸出，两面是斜坡。常秋生在东斜坡上走着走着，无意间，脚下便踢起一块拳头大的石头，他弯腰捡起来，用手擦去了上面的泥土，抚摸起来。这是一块鹅蛋形的石头，光溜溜的，好像是被打磨过似的。常秋生想，这多像是一块鹅卵石呀！可是，这么高的山头，河里的鹅卵石怎么会到了这里呢？会不会是放羊汉或者是其他什么人带上来丢下的呢？一边胡猜乱想着，一边就不由得弯下腰瞅端了一下出现这块鹅卵石的位置，他发现好像下面也有类似的石头，于是，他就从帆布挎包里掏出小锤，用尖头刨开了。原来这块鹅卵石的下面，都是鹅卵石，他一块一块地将鹅卵石拿出来，堆在一旁。他发现上面是拳头大的鹅卵石，下面是核桃大的鹅卵石，再到下面就出现了白色的沙砾，白沙砾的表面附着一层暗红色。他又发现了沙砾中还有指甲盖大的贝壳。他看了看这座孤零零的小山和东西两边的沟壑，顿时明白了，以他所学的知识，他知道这分明是一段古河床啊！亿万年前，这里一定是发生了一场地覆天翻的变化，地壳运动着，一段隆了起来，一段陷了下去，隆起来的一段，曾经是潺潺流水的河床，河里有鱼，有虾，还有贝壳。他从挎包里掏出放大镜，捏起一撮沙砾，薄薄地摊在手掌上，观察起来。他认为，沙砾表面的红色是铁锈色，这条河床的上游或周围就一定有含有铁元素的矿石。

常秋生透过放大镜，细细地看着，看着，一点麦芒似的黄色的东西跳进了他的眼球。他禁不住"啊"了一声。

常秋生将那点麦芒似的黄色的东西捏起来，放在一块石头上，将手里的沙砾倒掉，又从河床里捏起一撮沙砾，摊在手掌上，用放大镜观察起来，他又发现了一点麦芒似的黄色的东西。他将两个麦芒似的黄色的东西，一并放在嘴里，试着咬了咬，觉得没有碜牙的感觉后，就一下跳起来，兴奋地高呼起来：

"我发现黄金了！我发现黄金了！"

这一重大发现，出乎了常秋生的预想。他怎么也想不到，在高高的山头上会出现沙金。他知道，沙金矿是含有金子成分的矿石，经过风吹日化、多年剥蚀，并通过水力搬运，然后沉积在某段河床而形成的。他想继续刨挖下去，看看这河床的深度和走向。

常秋生抬手看了看表，已是过午一点又十五分钟。他就坐到一块岩石上，从挎包里掏出娘清早为他准备的两个玉米面饼子，大口大口地吃起来。这顿饭，他吃得特别香甜，两个玉米面饼子，很快就装进了肚里。接着，他又拧开水壶盖子，"咕咕咕"喝了半壶水，摸了摸嘴，就拿起小锤继续干起来。

这河床并不很深，很快就见底了。常秋生又开手指量了量，从上至下也就两拃来深。他又向南北开挖，一个钟头之后，南北也到了边缘，用手指量了量，大约一米左右。接着，他又向东西开挖，西面挖到驴脊梁的地方，河床就不见了，东面挖了不到一米，也到了尽头。

这条东北西南走向的河床，到底来自何方？去了何处？常秋生感到迷茫，有些费解。他观察着周围的形势，南面是一条大沟，西面是一条小沟，北面是略高于水迎脑的一座山梁，他顺着山上的河床，向东北面望去，山下就是那条正峪河。他突然明白了，亿万年前，水迎脑正是从东面这条宽阔的山地里隆起的，这河床的来龙去脉必定与正峪河有关。

常秋生见太阳已经落下了西山，于是，就急忙收拾了东西，从水迎脑的东面下得山来。

正峪河平时水量不大，因此河床也不宽，只有雨水季节发洪水时，水才溢出河床，漫到河畔的田地里面去。

常秋生脱掉鞋袜，挽起裤腿，跺着淹过脚面的河水，在河床里找了一处比较低洼的地方，用手刨开浮沙，从深沙处掏了一把沙子，上得岸来。

常秋生将沙子摊在手心上，从挎包里掏出放大镜，又观察起来。他又发现了一点麦芒似的黄色的东西，甚至，他还发现了一块芥麻籽大小的颗粒状黄金。他看到这些，胸腔里的那颗心直颤抖，拿着放大镜的手直颤抖。他想，这些已足够证明水迎脑上的河床与正峪河，在亿万年前地壳还没有发生变化时，是同一条河床。这里尽管不是金矿床的源头，但距离源头一定不会遥远，找到了源头，老祖宗几十代人寻找黄金宝藏的梦想也就可以实现了。

常秋生从正峪河回到家里，全家人已经睡下了。南窑里，弟弟正打着如雷的鼾声。为了不惊醒娘，他悄悄脱了鞋袜，上了炕，和衣躺在炕上，心情还处在兴奋中。

第二天，常秋生吃过早饭，将弟弟冬生叫到北窑里，问道："听说你不想开拖拉机搞运输了，想改行哩？"

常冬生说："是哩。开拖拉机干受罪，不挣钱。"

常秋生说："新营生找下了没？"

常冬生说："还没哩。"

常秋生停了一阵，又问："我倒是有一件营生，不知你愿不愿意做？"

常冬生问："不知是啥营生？挣不挣钱？"

常秋生说："这营生是直接和钱打交道哩！它比钱还贵重哩！"

常冬生说："世上竟然有这样好的营生？能轮上咱？"

常秋生说："轮是轮得上，就看你想不想干哩？"

常冬生说："能挣了钱，我就干！"

常秋生问："真干哩？"

常冬生坚决地说："哥，我真干哩！你快说，到底是啥营生？"

常秋生说："昨天，我在正峪河里发现了沙金了，你去淘金去吧。"

常冬生听说是关于金子的营生，立时来了精神，本来就凸出来的眼珠瞪得更大了，说："正峪河里真有金子哩？"

常秋生说："哥还能骗你？只是发不了大财，你不要埋怨哥就行了。"

常冬生说："金子是用啥淘哩？咋淘哩？我一点也不懂。"

常秋生说："咱得先割一只淘金的木簸箕。"

常冬生说："咱家里没有木料，咋割哩？"

常秋生说："那就将咱院里的那棵柳树放倒吧。至于咋淘哩？哥会教你的。"

兄弟二人说话的当儿，娘、秀枝、兵兵，也围了过来。娘和秀枝听说秋生发现了黄金，要让冬生去淘金，先是有些吃惊，接着就是兴奋，继而又有一些害怕，心里就像打鼓一样，"咚咚咚"地跳着。娘认为，儿子们都大了，看问题，办事情，都比自己强。孩子们看准的事情，就让他们干去。特别是秋生念了大学，又念了研究生，是个有文化有知识的人，谋事办事，一定不会错，因此，怕是怕些，却不干涉。甄秀枝认为男人就是女人的天，天决定了的事情，女人是不能反对的，只能无条件地服从。

兵兵抱着秋生的小腿，说："大爷，我也要淘金哩。"

甄秀枝将兵兵拉过来，说："不大点的一个人，你是瞎掺和啥哩嘛！"

常秋生和冬生说干就干。

常秋生让冬生出去从外面借回一把大锯，一把小锯，一只墨斗，一把凿子，一把木匠斧子。接着，他让娘看好兵兵，又让冬生上了最南面的一棵柳树，在树杈的地方拴了一根绳子，让弟媳秀枝拉住绳头站在柴扉的地方抻着，以便防止大树倒向窑洞。然后，在树根的地方，南北各放了一只小凳子，他就和冬生各执大锯的一端，你一拉我一拽地伐起树来。从南面往里伐了一半，抽出锯子，又从北往里伐。当树干快要被伐断的时候，就将锯子抽出来，常秋生走到秀枝跟前，接过绳子，用力拽了拽，看见大树向他倾斜而来，他急忙向家门口一跳，只听得"咔嚓"一声，大树就朝着柴扉方向躺倒了。

伐倒了柳树，已是半前晌，娘和秀枝就回了窑里去做饭。常秋生和冬生就将树头上的枝杈锯断，整理好了，垛在窑洞的窗台前，然后又将主干锯作两截，将靠根部的一截，用墨斗打了一寸宽的几条墨线，绑在北面的那棵柳树身上，两个人拿起大锯，各站一头，又开始解板。

板材也解好了。

这时，甄秀枝从屋里出来喊他们吃饭。常秋生和冬生兄弟二人累了一上午，早就饿了，正想吃饭呢。

吃过午饭，常秋生用小锯从一块木板上锯下梯形的一块，用凿子在木块的窄面上刻出一道一道的凹槽，就像一块上宽下窄的搓衣板。接着，他又从木板上锯下一根较宽的木条，钉在梯形木板的窄处，又锯下两根一头宽一头窄的木条，钉在木块的两边。

常秋生在做着这一切的时候，常冬生插不上手，只能在一旁观看。东西做好后，常冬生咋瞅端咋觉得像娘经常簸晒粮食的家具，就说："哥，这不是一只木头簸箕么？"

常秋生笑了说："你看出来了。咱今天要割的就是一只木头簸箕。"

常冬生问："难道淘金子就是靠这个东西吗？"

常秋生说："对着哩！"接着，就将自己曾经从书本上学到的淘金知识，向冬生讲起来："将挖起来的沙子倒在木簸箕上面，然后端着簸箕在水中来回摇动，将沙子摇走，金子比重大，就会沉积在槽子里。为了防止金子随着沙子被水冲走，可留下掺和着金子的少量的重沙。当重沙收集多了，拿回家来，用镊子将金子夹出来就行了。如果想让这些散碎的金子成为金块，那就得用坩埚来冶炼了。"

常冬生听了说："原来是这样。"

常秋生说："用镊子夹，算是手取法，是最原始也是最普通的办法。如果重沙太多，还可以采用汞取、氰化钾取的办法，那样速度更快，回收率更高。"停了停，他又接着说，"还有一个重要情况，我得说给你。河槽里，凡是低洼的地方，凡是河水拐弯回旋的地方，金子就会多一些，反之，就会少一些，甚至没有。"

常冬生羡慕地说："哥，你知道的东西真多。"

常秋生说："你去将秀枝洗衣服的大盆拿过来，倒上半盆水，我给你做个淘金的示范。"

常冬生就将秀枝的洗衣盆拿过来，倒了半盆水。常秋生用铁锹将院里的土铲了半锹，倒在木簸箕上，就像淘米一样，端着在盆子里摇起来。不大一会儿，土就到了盆子里，簸箕的凹槽里就剩下了一些沙子。

常冬生被哥哥的动作迷住了，就说："哥，明天咱俩分个工，我在河里挖沙，你端着簸箕淘金。"

常秋生说："这个簸箕是给你准备的。哥不去淘金。"

常冬生问："为什么？"

常秋生说："哥还想到别的山上转转哩！"

常冬生又想起了一个重要问题，就问道："哥，正峪河里有金子的事，还有谁知道？你没有对别人说过吧。这事可得保密哩！"

常秋生看了弟弟一眼，笑了说："一角在台，百人观之；一金在野，百人羡之。保啥密哩！有财就应该大家发哩！咱六郎村太穷了，人们太苦焦了。正峪河里有金子的事，还用我和别人去说吗？你一淘，村里的人们就都知道了嘛！"

忙活了整整一天，吃过晚饭，常秋生和冬生都累了，就早早地歇息了。

这天清早，常冬生起得比平时格外的早，天不亮他就醒来了，他匆匆穿了衣服，推醒秀枝，要她赶快做饭。

吃了饭，常冬生用一只装过化肥的尼龙编织袋子，装了木头簸箕，又扛了一把铁锹，口袋里装了两个玉米面饼子，就上路了。

常冬生披着晨曦，走得步履匆匆。此时的六郎村还未完全苏醒，街上冷冷清清，只有零零星星的几个村民挑着水桶，到十字路口的三眼井里去汲水。

常冬生有意绕开这些挑水的村民，他不愿意迎头撞面和人们说话，一说话，人们免不了要盘问他起这么早干啥去？说来说去，又得耽误许多时间呢。

出了村，常冬生沿着六郎河畔往北走，不远处就是东峪河、西峪河、正峪河的三河交汇处。

东峪河、西峪河、正峪河的三河交汇处，河面宽阔，三条河流发洪水时从上游冲下许多大块的石头，都聚在这里，河床乱石丛立。由于河水落差太大，这里不要说河沙，就是拳头大的石块，也很难找到一块。

常冬生踩着踏石，过了西峪河，见正峪河的下游几乎没有什么沙石，就又往里走。他看见越往里走，沙层就越厚。

见冬生淘金去了，常秋生就在家里开始收拾勘查矿山的工具，他还准备了两身换洗的衣服，又准备了洗漱用具和两本喜欢的书籍。

常秋生在水迎脑和正峪河里发现了沙金后，他就判断正峪河的上游某一座山上必定有一处金矿床。这里或许就会出现"锅对锅，十八锅。槽对槽，十八槽"。这里或许就是老祖宗所说的"东一线，西一线"中的某一条线呢。

一切都收拾停当了，常秋生对娘说："娘，我准备出趟门呢。"

娘问："秋儿，不是说不走了，怎么又出门？"

常秋生说："娘，不是出远门。我不会离您太远了。"

娘说："不出远门，拿这么多衣服干啥？又是单的，又是棉的？别哄我老太婆！"

常秋生说："娘，我说的是真的。我就是想到正峪河后面的峪后村里住一段时间。"

娘问："峪后村距离咱村有几十里路呢，进那大山里有啥住头？"

常秋生说："娘，我到山里还不是为了我爹说的那件事嘛！"

娘似乎明白了，"哦"了一声。稍顿，娘就想起了一件什么大事，急着问："秋儿，你到了峪后村在哪里住呢？谁给你做饭吃呢？"

常秋生说："娘，这件事您就不用操心了。前些时，我在沙涧镇碰到了我读初中时的同学许学斌，他就是峪后村的人。许学斌现在已经当了峪后村的党支部书记了。那天见面，他非让我抽时间去他村里住几天。他说他在村里盖了五间大正房，装修的也是现代化的式样，让我去了就住在他的大正房里。我说我一定要去。当时也只是说说而已，谁想到这个关系还真的派上了用场。您想，我有这么好的同学，还发愁个住的地方和吃饭的地方吗？"

娘说："要是这样，娘的心就放下了。"

常秋生说："我走了以后，您要好好保重身体，别太劳累了。"

常秋生和娘又说了一些话儿，这才和娘告别了出了家门。

路过六郎村中学门口，常秋生站住了，他要和香草也道一个别，免得她牵挂。

不一会儿，学校的下课铃声响了。一群学生从教室里冲出来，跑向操场，随后，闵香草也从教室里走出来。

初二班的教室正对着学校的大门，闵香草走出教室，一眼就看见了站在校门口的秋生。她知道秋生找她有事，就快步向大门口走来，老远就叫了一声："秋生哥！"

常秋生将香草约到大门外的拐角处，对她说："我想进山里一趟。"

闵香草问："秋生哥，你到山里去干啥去呀？"

常秋生说："我就是想勘查一下那里的矿山。"

闵香草深情地看着秋生，问："你准备走多长时间？"

常秋生说："也许是三两个月，也许会更长一些。"

闵香草又问："你进了山，怎吃怎住呢？"

常秋生将对娘说过的话又向香草复述了一遍。

闵香草说："秋生哥，出了门，你要一个人照顾好自己。"

常秋生说："照顾好自己，这也是我要见你的意思，你自己身上的担子很重，又要伺候大娘，又要教书，你要好好注意自己的身体呀！"

闵香草说："秋生哥，这个你放心。"

"对了。"常秋生像想起了什么，说，"你一定要让学生们好好学习，决不能让娃娃们小小年纪就放弃学业，钻到钱眼里面去。"

闵香草听了秋生这句无头无脑的话，大感不解，她正想问个究竟，这时上课铃响了。

常秋生推了香草一把，说："快上课去吧。"

闵香草向教室跑去。

常秋生一直望着香草进了教室，才离开学校大门，出了村，向大山里走去。

常冬生在正峪河河槽里选择了一处低洼的地方，停下来，脱了鞋袜，取出木头簸箕，用铁锹挖了半锹河沙，学着哥哥的样子，就淘起金子来。

第一簸箕河沙淘过，簸箕的凹槽里，在阳光的照射下，就闪现出星星点点的金光。他兴奋着，盯着这些闪光的小东西，眼里有些发痒，一时有些不能适应。他大声地问自己："真的就这么发了财啦？发财真的就这么简单吗？"他揉一揉眼睛，再看一眼那些闪闪发光的小东西，心说："就是这么简单。我就是六郎村里发了黄金财的第一个人。"他激动地将含有金光的重沙倒入尼龙袋里。

半前晌，一群羊在六郎村羊倌梁满斗的吆喝声里，沿着水迎脑的山脚，由南向北去了。不一会儿，正峪河的东河畔上，出现了两个提着竹篮儿挑苦菜的女人，她们一会儿弯腰挑菜，一会儿指指点点，好像在说着什么。

常冬生反反复复、不厌其烦地淘着河沙，没有感觉到一点疲累。

太阳落下西山后不久，暮色就渐渐笼罩了正峪河。常冬生感觉眼前模糊，周围的东西都看不清楚了，才收拾了工具，挎着一嘟噜重沙，依依不舍地往家里赶。

回了家，常冬生吃了娘给他热在锅里的晚饭，吩咐秀枝早早地安顿兵兵睡着了，又让娘取出一块白布，铺在炕上，将重沙倒在白布上，三个人就着灯光，各自怀里放一只瓷碗，一手抓一把重沙，一手拿一只镊子，围在一起就捡起金子来。

沙子里的金子特别微小，有枝叶形的，有片状的，有颗粒状的，也有麦芒形的，最大的也不过芝麻大小，最小的眼睛几乎难以辨别。秀枝和娘都是长了这么大第一次触摸这么多的金子，又是个惊奇，又是个欢喜。娘自从十六岁从坡头村嫁到六郎村常家来，光景过得紧紧巴巴，精打细算，也只能顾个肚饱身暖，一生从未奢望过佩金戴银，年轻的时候到沙涧镇里去赶集，见街上的女人们戴着金光闪闪的耳环和戒指，她只能远远地瞭一瞭，过过眼瘾。甄秀枝嫁给冬生的时候，常家的光景比过去已经好得多了，冬生那时候正在村里当电工，手里经常有几个活络钱，几次要给她打一副金耳环、一只金戒指，都被她推托了，她觉得大伯子秋生还没有结婚，用钱的地方还多着呢，等家里办完大事再打也不迟。

常冬生和秀枝全神贯注地捡着，捡得又快又准，一会儿就捡了好几把重沙。

娘戴着老花镜，瞅端着，不一会儿眼角里就流出生泪来。

娘的确是老了，灯光下，花白了的头上，闪着缕缕银光，标志着艰难生活给予一个人的肯定和奖赏；额头、眼角里深深的皱纹，记录着无情岁月在一个人身上镌刻下的痕迹。

鸡叫了头遍的时候，三个人才将那一堆重沙里的金子捡完。

娘说："这么多的金子，放哪里是好呢？"

常冬生将三只碗里的金子归拢到一起，想了一想，说："我爹那几年生病时，好像注射过链霉素来的。不知那些小瓶瓶还在不在？"

娘说："是那些小瓶瓶啊！在哩！娘一直没舍得扔掉。"说着就从柜子的抽屉里摸出两个来。

"娘，有一个就够了。"

常冬生从娘手里拿过一只轻飘飘的链霉素小瓶子，揭开橡胶皮盖，又从墙上的日历牌上撕下一张纸来，卷成一个喇叭筒，将小头插到瓶子里，然后将碗里的金子倒进大口，链霉素瓶子里就有了半瓶金子。他将橡胶皮盖在瓶子上原封盖好，将自己在正峪河里淘得的第一瓶金，拿在手里掂了掂，觉得沉甸甸的。

甄秀枝看着婆婆苍老的面容，有些心痛，对冬生说："你给娘打一副首饰吧。"

常冬生说："等淘金这事忙过了，我给娘打一副，也给你打一副。"

娘说："时间不早了，你俩欢欢歇息去吧。"

常冬生就和秀枝回到了南窑。

这半瓶金子放到哪里合适，常冬生颇费了一番踟蹰。他将窑洞的上上下下、左左右右扫视了一遍，经过一番比较，最后决定埋起来。他将靠近锅台的水瓮挪开，在地上挖了一个小坑，将链霉素瓶子放进去，填土埋好，这才将水瓮复了原位。

常冬生上了炕，不一会儿就进入了梦乡。他开着那台小四轮拖拉机，从六郎河里给一个工地拉沙，装了半车，他觉得小腹憋胀，知道尿紧了，就跑到河畔的土崖根下，解开裤子，拉出来就尿，他两眼盯着自己的杰作：一股水柱，抛出一条弧线，直冲在黄土地上，很快就冲出一个小坑，坑里聚起一泓淡淡的黄水，水面上泛起无数大大小小的泡沫。一阵急速的抛洒之后，水止柱落，水坑里的黄水很快渗透，泡沫也随之一个一个全部破灭，坑的底部就出现了一小片黄黄的亮亮的东西。他感到十分好奇，就弯下腰，用手指在那片黄亮处抠了抠，那黄亮的面积越来越大，他使劲将那东西抠出来，啊！竟然是一个金元宝哪！他急忙继续往下面抠挖。原来土层下面埋得都是金元宝。他估计这些金元宝，必定是古时候战争中，被消灭的一方遗留下来的金库，他这真是尿尿尿出金库来了。于是，他就将拖拉机上的半车沙子倒在原地，开过来，将金元宝往车上搬，装满了，就开着回家，卸在窑洞里。他拉了一车，又拉了一车。三间窑洞塞满了，他就将金元宝堆放在院子里，堆得像小山一样。他看着满窑满院子的金元宝，觉得自己变成了六郎村的首富，沙涧镇的首富……变成了全中国的首富，全世界的首富！他高兴极了！兴奋极了！禁不住就哈哈大笑起来。

甄秀枝正睡得迷迷糊糊的，被笑声惊醒了，就用手推了一把冬生，说："咋啦？睡魇住了？"

第 六 章

正峪河发现沙金的消息，很快就传遍了六郎村。

最早模仿常冬生淘金的是会计刘崇寿，他看了一眼冬生的木头簸箕，心里一下就明白了，这种东西采用的是留重汰轻的原理，重的留在凹槽里，轻的随水漂去。自从那年冬生当了电工，而他的儿子没有当成，他就意识到自己的儿子峻山，将来无论如何总要落后冬生一步。他从柴窑里找出一块木板，仿照冬生那个东西的模样，也做了一只木头簸箕。叫上老婆、儿子刘峻山、闺女刘峻娥，全家人一齐出动，到正峪河来淘金。

村副主任杨三富是第三个参与淘金的人。他永远是一个紧跟别人的人，有了好事，你们干，我也干，我既不当领头羊，也不做落窝鸡。就说那年村里选择电工的事吧，你书记、村主任、会计都推荐一个自己的人当电工，那我就也推荐一个我的表弟冯有才。即使当不成，我也无所谓，你刘崇寿的直系亲属儿子还当不上呢，我也不就是一个姑舅表弟，我能生气吗？他的木头簸箕是参照刘崇寿的簸箕割制的，只是比刘崇寿的略小一些而已。他认为做任何事情，都应当收敛一些，这样才安妥稳当。古人说得好，出檐的椽头先烂哩！他的儿子、闺女都在省城读大学，因此，他只能和他老婆出来了。

如果说起初人们还持有一些观望的态度的话，那么只要有一两个村干部带了头，后来的人们就无所顾忌了。况且，这是黄澄澄的多么诱人的金子啊！穷急了的人们，早已有些按捺不住自己的情绪了。

六郎村掀起了淘金热潮。

家家户户全出动，男女老少齐上阵。除了看家照门的，老迈卧炕的，怀里吃奶的，几乎都出来了。

临近村庄也有人背着干粮，爬山过梁来淘金。

起初，人们还仿照着前面的人们割制一些木头簸箕，后来，人们受到了淘米的启发，发现生活中的许多家具，比如锅呀，盆呀，瓢呀，碗呀，原来都可以用来淘金，就不再割制木头簸箕了。

正峪河的中下游河槽里站满了人，男的，女的，老的，小的，都挽起裤腿，一齐下了河，有的端锅，有的端盆，有的端瓢，有的端碗，摇呀摇，摇呀摇……

河槽里的嬉笑声，埋怨声，怒骂声，打闹声，再加上铲沙声、溅水声、锅碗瓢盆叮当声，一片沸腾，整个河床就像要被舁起来似的。

人们自早至晚连家也不回，有的人午饭带一些干粮，在河槽里就着凉风吃了，有的人索性午饭也不吃了，连探到晚上回家再吃。

白天，人们浸泡在河水里淘金；晚上，人们埋头在灯光下捡金。

人们啥也顾不得了，不梳头，不洗脸，不打扫屋子，甚至连厕屎尿尿的工夫也没有，完全陶醉和忙乱在了大发黄金财的喜悦中。

最顾不上的是收割庄稼。

大田里的庄稼已经成熟。要是在往年，老百姓早就等不得这一天了，一年四季中，春种，夏锄，秋收，冬藏，其中秋收是最重要的，人称"虎口夺食"。辛辛苦苦作务了一年的庄稼，如果把不好秋收这一关，那么一年就白忙活了，你就等着来年饿肚皮吧。

馍馍要拣大的吃。老百姓是最直观的人，是最讲究实惠的人，孰大孰小，孰轻孰重，心里自然明白。金灿灿的黄金，是多么贵重的物品啊！而庄稼呢？与黄金相比较，又是多么的微不足道啊！有了黄金还愁什么呢？还愁女人吗？还愁房屋吗？还愁粮食吗？有了黄金，一切就都有了，祖祖辈辈朝思暮想的富裕梦就实现了。

大地里的黍子是第一个想将自己的果实，奉献给主人的，可是，现在主人对他却不看好，他真不能理解，原先将他视作生命一样的主人，此刻为什么却对他薄情寡义？秋风最能理解他的心情，也最为同情他，一阵一阵飘过来抚摸着他的头颅，但他仍然心情灰暗，连连摇着头，索性将自己的果实，撒落下去，回报给养育自己的土地。

谷子努力了一生，结出了丰硕的成果，佯作害羞地低着头，原本是想让他的主人亲近和夸奖的，等来等去，却无人搭理，也泄气地躺倒了。

黄豆、黑豆、绿豆、豌豆，经不住外面世界的诱惑，奋力挤破包裹在自己身上的荚皮，主动挣脱母体，跳到了地面上。它们贪婪地吮吸着地上的水分，而后，一个稚嫩的芽尖，冲破外皮，又开始了新的生命。

玉米秆子的颜色，苍老得由黄而变灰，被身上沉重的两个棒子压得弯下了腰，最后匍匐在地，金黄色的籽粒包上了红灰色的外衣，最终化作了粪土。

萝卜是最最爱美的，将自己的头上打扮得翠绿翠绿的，等待着主人将她挖出来抱回家去，好将自己甜美的汁液奉献给主人。如果主人再要不来，她就再也难保自己的贞洁了，毕竟她不是嫁不出去的姑娘，多少双眼睛都在盯着她在打着她的主意呢。

山药看似土头土脑，笨头笨脑，其实颇有心计，原先他担心主人找不到他，就在地面上露出一株直挺的小树一样的标志。他想，主人是需要他的，看到这个标志，就会找到了他。现在看来，主人是不需要他了，他就决定要和主人玩一场捉迷藏的游戏，将那株小树一样的标志放倒了，萎缩成黄土一样的颜色，让你无处寻找。

六郎村的村民们顾不上亲近地里的庄稼，却有亲近庄稼的东西。

饥饿的家畜家禽们出来了。

牛们、驴们走进玉米地里，大口大口地啃食着玉米棒子，一个个吃得膘肥体壮。猪们见甚吃甚，吃玉米，吃豆子，吃了干的，又吃湿的，拱山药，拱萝卜。羊们吃了玉米，又吃谷穗，水灵灵的萝卜，也是它们最喜欢的美餐。鸡们专吃谷子、黍子，吃一口，抬头看一下周围的环境，时刻警惕着外敌来袭。它们吃了素食，偶尔也要啄一两只虫儿，解解荤馋。

各种走兽飞禽也不甘落后。

野猪钻进山药地里，拱了一片，又拱一片。獾们抱着玉米棒子，啃呀啃，将肚子填得圆鼓鼓的。田鼠在玉米地里吃饱了，就将颗粒啃下来，忙着往窝里搬运，储藏越冬的食物。麻雀等鸟儿，一大群，一大群，就像一片片乌云，一会儿落在黍子地里，一会儿落在谷地里，瞬间，黍子、谷子就被一扫而光。

这天傍晚，刘崇寿、田万全各自提着一嘟噜重沙回了村，迎面碰见了李又白，见他又喝醉了，身子趔趔趄趄地在村里的大街上唱念道：

贫莫断书香，
富莫忘稼穑。
留得青山在，
薪火继世长。

自从正峪河发现沙金后，有人曾到东峪河、西峪河和村中的六郎河里，试着淘过那里的沙子，看看有没有金子？结果令人大失所望，那几条河里都是普普通通的沙子，一星半点金子的影子也没有。

村民们从正峪河的下游开始淘起，逐步向中上游挪进。他们觉得，下游距离村庄最近，出进方便，少走了多少路程，节省了多少时间，又能多淘多少金沙，收获多少金子，这是再也明白不过的道理，总不能舍近求远，浪费这金子一样宝贵的时间吧？

村民们见了河里的沙子就淘。他们认为，这条河里的沙子都有金子哩！淘金的技术，就是那么简单，只要是不断胳膊不缺手的，男女老少都会操作，至于沙子里有多少金子，那谁个能够知道？那就是你个人的运气了。

常冬生的心里最为亮堂。哥对他说过，河槽里凡是低洼处，金子就多一些。几天来的淘金经验，也证明了哥说的是对的，他每次从低洼处下锹，那里的金子总要比别的地方多一些。于是，他就总是走在村民们的最前边。

常冬生在河床的一个低洼的地方淘了一阵后，他就看见前面有一个牛一样的石头卧在河床里，上游的河水受到石头的阻拦，就靠着左岸拐了个小弯儿，在石头的旁边打了一个小小的漩涡，形成一个比别的地方都要低一些的深水区。

常冬生走上前去，站在大石头上，将木头簸箕、尼龙袋子放下，在漩涡处下了锹。他使劲往深处插了插，感觉下面到了石头底子，就将锹里的沙子往外端。这一锹，他觉得有些异样，比以往的任何一锹都要沉重。随着河水由里向外的涌动，铁锹出来了，一块黄澄澄的东西卧在沙子的中间。他禁不住"啊"了一声，一下就将这块东西抓在手中，激动得手有些颤抖。

田万全、常宏禄、刘崇寿、王志刚、崔大树、冯石命听到秋冬生的惊叫，一下围过来，争着想看一看这件怪物。

这是一块和冬生的巴掌大小差不多的天然金子，约一寸多厚，呈不规则的长方形，表面凸凹不平，中间有两处镂空的地方。

村民们听说冬生挖到了金块，又围过来好多人。人群里发出一片惊叹和议论声：

"这块金子，多像一头牛哇！"

"不对。应该是一只麒麟！"

"我看它倒像俺家里的那只羯羊呢。"

"你们看，这里是头，这里是尾巴，这里像四只蹄子，应当是一头驴才对呢。"

这块金子的确就像天上的云团，你看它像啥，它就像啥。

常宏禄感叹地说："命里有黄金，不用起五更。"

田万全则是另一种观点："急干的人，干啥也能比别人多占点便宜。"

常冬生找到金块，村民们既是个羡慕，又是个嫉妒，每一个人就像被注入了一支兴奋剂，淘金的热情更高了。

傍晚，常冬生回家路过村里的供销社分销店的时候，他专门掏出金块，让售货员肖存元用台秤称了称，竟是足足的八斤七两。

娘和秀枝听说冬生挖出了金疙瘩，脸上高兴得就像盛开了的菊花。

常冬生用塑料布将金疙瘩，里一层，外一层，包了好几层，他在屋子里瞅端了几个埋藏的地方，都觉得不妥，最后就出了屋子，进了猪圈里。

夜里，常冬生想，正峪河里的沙子是有限的，一直这样淘下去，总有枯竭的一天，与其天天和大家出去淘金，倒不如做一个长期的打算，搞一些储备。于是，一个新的谋划就成熟了。

第二天一早，常冬生找到郝二林，说："叔，我想借用一下咱村的戏台，放点东西哩！"

郝二林痛痛快快地说："放哇！空朗朗的一个戏台，谁也没人用它。记得明年正月十五前腾出来，甭误了元宵节唱戏就行了。"自打那年冬生从臭水钵洞将他的猪救上来，他安排冬生当了电工，冬生每年逢年过节都要提上烟酒去看望他，两个人好得就像父子关系。

和郝二林说妥了戏台，常冬生又开上小四轮拖拉机，拉上秀枝到了沙涧镇。他让秀枝回娘家叫她弟弟秀林，自己就开车到了综合贸易公司。

综合贸易公司位于沙涧镇朝台路的路东，常冬生将拖拉机停到公司院子里，直接到了经理室，找到王经理。

王经理问："冬生，你有啥事？"常冬生一年前曾经用小四轮拖拉机给综合贸易公司从火车站往库房里倒运过货物，王经理认得他。

常冬生说："我想照顾你们一笔买卖哩！"

王经理问："啥买卖？你说。"

常冬生说："我想买一千个尼龙编织袋子哩！"

王经理觉得这笔买卖不算大，也不算小，挺高兴，就给冬生敬了一支烟，将冬生领到了业务室，让业务员查了一下，看库房里还有多少个尼龙编织袋。

业务员打开账簿，查了一下，库房里只剩下二百个尼龙编织袋了。

王经理对冬生说："你先拉上二百个，剩下的八百个，一两天，我就调回来了。货到了，我让我们的车，直接给你送到村里去，见货付款。"

常冬生说："那就一言为定。"

常冬生将二百个尼龙袋装到车上，又买了一卷苫布，就将车开到了老丈人家门口。

这时，甄秀枝也叫上弟弟秀林出来了，两个人上了车，冬生加大马力，工夫不大，就回了六郎村。

到了家门口，甄秀枝下了车。常冬生路过供销社分销店的时候，进去买了两瓶霍人高粱白，又买了三个橘子罐头，然后就将车开到戏场院里。两个人将尼龙编织袋和苫布搬到戏台上后，常冬生提上酒和罐头，就到了戏场院北面一溜儿正房前，推开了靠东一间的门，将东西放在炕上。看戏场院的圪蛋老汉正靠着行李，半躺半靠地眯缝着眼皮打盹，听得家门响动，急忙睁开眼睛，见冬生提了酒和罐头进来，眼里一亮。

常冬生说："圪蛋爷爷，我要在戏台上放些沙子哩！想让您照看照看。"

圪蛋老汉说："占戏台，我做不了主。你得问人家书记二林哩！"

常冬生说："这个你不用担心。我已经和郝书记说好了。我让您照看，也不白用，我给您付工资哩！"

圪蛋老汉是个五保户，不愁吃，不愁穿，村里让他住在戏场院，顺便照看照看。见冬生进门拿着东西，心里就有些欢喜，当听到冬生说是书记郝二林同意在戏台上放沙子的，又听冬生说照看还要付给工资，就觉得欠了冬生什么似的，说："我怕给你照看不好呢。"

常冬生说："你只要平时关锁好大门，不要让鸡呀，猪呀，娃娃们呀，进来糟害就行了。至于有人要进来偷的话，你将他的名字或模样记住，说给我，你就甭管了，我会处理的。"

圪蛋老汉说："这个，我能做到。"

常冬生从兜里掏出三百元钱，放到圪蛋老汉的面前，说："现在建筑工地上，一个小工一天的工资是五块钱，我给你的工资是加倍，十块钱。这是第一个月的工资，您收好了。"

圪蛋老汉活了一辈子，从来没有见过这么多的钱，他看着这厚厚的一沓十元的票子，心里非常激动，嘴里嗫嚅着说："这么多啊！"

吃过午饭，常冬生和秀林来到戏场院，他数了三十个尼龙编织袋，发动着拖拉机，拉着秀林，便直奔正峪河而去。

常冬生将小四轮拖拉机一直开到正峪河最上游。冬生让秀林抻好袋口，自己用铁锹捞着河里的沙子，一锹一锹往袋里装。装到多半袋的时候，就扎好袋口，再装一袋。

太阳快要落山的时候，三十个尼龙编织袋都装满了，袋里的水也控得差不多了，两个人就将袋子异到车上。

甄秀林坐到车上，常冬生熟练地把着方向盘，将拖拉机开回了戏场院。

常冬生和秀林将沙袋异到戏台上后，又用苫布将台面围起来，见再没有什么漏洞了，两个人这才回了家。

吃晚饭的时候，常冬生从兜里掏出五百元钱，给了秀林，说："你先装上这几个钱零花。"

甄秀林比姐姐秀枝小两岁，他高中毕业后，没有考住大学，也不想再继续补习，平时跟上当厨师的爹跑事筵，打下手，学炒菜，每月爹最多也就是给他一二十块的零花钱，今天，姐夫一下给他五百块，他自然很是高兴。

常冬生又对秀枝说："夜里让秀林和咱们都住在南窑里。从明天开始，生活要安排得好一些，早饭多煮上几个鸡蛋，午饭和晚饭，多炒上几个肉菜，秀林苦大哩！"

村里的青壮年劳力中，只有闵香璧和香草没有去正峪河淘金。

由于今年的雨水充足，闵香璧家里在石龙岗前的那一亩半玉米丰收了。这是他、香草和娘的口粮田。

闵香璧拉上平车，去地里掰玉米。一株玉米秆子上结着两个大棒子，金黄色的玉米棒子，个个籽实饱满，握在手里沉甸甸的。他整整掰了三天，才将所有的玉米棒子，拉回家里。

闵香璧在杏树下面，用废砖头临时垒了个圆台子，然后，将玉米一层一层地码在上面。他估计这些玉米晒干后，能打两千多斤，除了留足自家的食用，还可以换回一年需要的白面、大米、山药等粮食和蔬菜。

码好了玉米棒子，他又拿着镰刀，去地里将玉米秸秆全部割倒，捆成一个一个一抱粗的捆子，又用平车将玉米捆子一车一车拉回家来，戳靠在院墙上，这就是他们家里一年里做饭与烧炕的柴火了。

收过了秋，闵香璧又将自己关进小西房里，搞起了计划生育研究。

闵香璧曾经对自己是否适合搞这种研究，持过怀疑态度。自己还是一个没有接触过女人的真童男子哩，搞这种牵涉到男女结合的生育问题合适吗？自己的知识能胜任吗？但他在读了《家庭育儿百科大全》后，才知道了世上有个林巧稚教授，也才坚定了他继续进行计划生育研究的信心。林巧稚教授是北京协和医院的第一位中国籍的妇产科主任，也是首届中国科学院唯一的女学部委员，她一生亲自接生了五万多个婴儿，是研究妇女儿童的顶尖专家。就是这样的一位研究妇女和生育的专家，却一生没有结过婚。香璧曾反反复复地自问过："林巧稚教授一生未婚，却对妇女和生育研究取得了那么大的成果，我为什么就不能呢？"

想要让夫妇二人自然地少生孩子，而不是人为地强制少生，就需要找到一个突破口，那就是男女双方，必须有一方处在生育高峰期，另一方处在生育低潮期。这种猜想，是创造性的，颠覆性的，的确是够胆大了。最初萌生了这个想法时，他感觉到自己的心脏"咚咚咚"直跳，他问自己，是不是有些异想天开了？他循着这个想法又查阅了许多资料，结果证明这种想法原来是符合生育规律的。可是为什么多少专家都没有发现这个问题呢？是不是专家们钻进了计划生育的死胡同出不来了呢？他一想起自己的这个发现，就很是有些自鸣得意。

解决了少生的突破口，还必须考证出一个人多大年龄是高峰期？多大年龄是低潮期？带着这个问题，他去了一趟省图书馆，每天钻在图书馆里，啃着大饼，查阅着资料，一查就是一个星期。

功夫不负苦心人。他终于查到了，人的生育高峰期是二十岁—三十岁，低潮期是四十岁—五十岁。

他假定了一对夫妇的年龄：男的是五十岁，娶了一个二十五岁的妻子，男的在低潮期，女的在高峰期，想生吗？心有余而力不足，是不需要人为进行计划生育的；女的是五十岁，嫁了一个二十五岁的丈夫，想生吗？其结果，和前者是一样的。

可是，老夫少妻，这样的老少结合，符合人生的婚姻规律吗？在人类的历史长河中，有没有先例呢？闵香璧又查阅了大量的资料，他发现，原来在历史和现实中，老夫少妻的例子太多了。中国革命的先驱者孙中山先生四十九岁时，与他二十二岁的英文秘书宋庆龄结婚，两人相差二十七岁。著名作家鲁迅四十六岁时，与他二十九岁的学生许广平携手同居，两人相差十七岁。著名武侠小说作家金庸和他的妻子"小龙女"，年龄相差二十九岁。台湾著名作家李敖和他的第二任妻子，年龄相差三十岁。著名导演陈凯歌与妻子陈红，年龄相差十六岁。著名导演郭宝昌与妻子柳格格，年龄相差十五岁。以兵谏活捉蒋介石的张学良和其终身伴侣赵一荻，年龄相差是十二岁。曾任中华人民共和国的外交部长乔冠华与妻子章含之，年龄相差二十二岁。这样的例子，简直多得举不胜举。

闵香璧还发现，无论中国和外国，老夫少妻最易优生优育，他们的后代大多比较聪明，易出天才。这些天才的智力遗传大多来自父亲，大龄父亲的智力相对更为成熟，而年轻母亲则能给胎儿创造一个优良的生存环境，提供更加充足的营养，有利于胎儿的发育，所以就易出天才人物。比如，文圣人孔子，父母年龄相差五十四岁；民族英雄岳飞，父母年龄相差四十多岁；音乐家柴可夫斯基，父母年龄相差十八岁；文学家果戈里，父母年龄相差十四岁；音乐家贝多芬，父母年龄相差十四岁；科学家居里夫人，父母年龄相差十一岁；科学家爱因斯坦，父母年龄相差十一岁。这种优生现象，也是多得不胜枚举。

老夫少妻是历史形成的一种传统观念。闵香璧发现，老夫少妻也是男女相处的一种优良组合。女人都有恋父情结。女人与比自己年龄大的男人结合，恋父情结就会随之产生，她会感到男人是上天，男人是大树，男人是父兄，面对大男人，只能仰望；男人是一堵厚墙，男人是一把大伞，男人是一张棉被，挨着大男人，就会觉得温暖。在大男人面前，女人不自觉地矮了三分，下意识会变得小鸟依人，楚楚可爱，随之会将自己的幸福感传送给大的一方，从而互换感受，恩爱无比。而男人娶了比自己小的女人，则会视女人为珠为玉为花，捧之抚之，千方珍惜，万般痛爱，会将爱怜毫不保留倾其所有全部给予自己心爱的女人。

而老妻少夫呢？是否与老夫少妻一样也可以婚姻美满呢？闵香璧经过认真研究，他发现女人与小于自己年龄的男人结合，她的心理就会释放出一种母性情怀，她会感到男人是弟弟，男人是孩子，男人不懂得吃，不懂得喝，不懂得穿衣睡觉，总之什么都不懂，只有她才能给予照顾和温暖，小男人的享受，会使她产生出无比的成就感与使命感。再说男人吧。男人都有恋母情结。男人娶了比自己年龄大的女人，就像依附在母亲和姐姐的怀抱，除了感恩，还有尊重，自然而然性格会变得温顺起来，不易出现易暴易怒的现象，可以避免产生家庭暴力。小男人生存在一个无忧无虑的环境中，会用自己的方式给予女人加倍的报答。

闵香璧还发现，年龄差距大的夫妻，由于大的一方成熟稳重，心里素质好，懂得包容忍让，不易为外情所动，而小的一方备受宠爱，则会无忧无虑。年龄差别产生的美，年龄差别产生的引力，最终，会给两人带来幸福的享受。老夫少妻、老妻少夫的爱情果实，可以大幅度提高人类素质，将人类智慧提高到一个前所未有的新高度。

这一切发现，香璧感到了极大的兴奋。冷静下来后，他觉得这些发现并不等于成功了，而只能是距离成功更近了一步，接下来需要解决的问题还有很多，今后的路还很长很长呢。

六郎村中学的秋季开学临近了。

闵香草正积极地做着开学前的准备工作。她先安顿家里的营生，给娘拆洗了被褥，洗涮了衣物，又给娘买了一些活血化瘀的药品，又将哥哥和她自己的衣物也清洗了一遍。接着，她又准备学校的。她先做了一个学年计划，开学后，首先她要给几个科任老师开一个会，要在他们这个班里统一一下教学思想，然后，她要确定一下哪些学生该做一下家访，哪些学生需要利用课余时间，吃一些偏饭。

闵香草是一年前到六郎村中学担任代空教员的。当时，教一年级语文的班主任老师吴翠叶，因家里儿子有病，请了长假回家照顾儿子，学校教员紧缺，一时抽调不开，校长韩世文就找到香草，请她来学校代课，每月的工资是五十元。韩校长考虑到香草的母亲有病，香草的生活负担太重，本来是想给她调整一门副课的，可是香草执意不肯，她说她能处理好学校和家庭的矛盾，不能因为照顾她而打乱了原来的教学程序。于是，韩校长就按照她的意见让她担任了教一年级语文的班主任老师。一年过去了，香草不但没有因为家庭而影响了教学，而且还创新了一种"启发式教学法"，受到了联校的重视和表扬。闵香草的书教得好，和学生们的关系处得更好。一年级的下学期，县教育局考虑到六郎村中学因吴翠叶老师请了长假，缺下一名语文教师，就给分配来一位师专中文系的毕业生。有了教师，韩校长准备辞掉闵香草，可是这个消息不知怎么被同学们知道了，全班四十个同学跑到校长办公室罢了课，坚决要求闵老师继续担任他们的班主任。韩校长见香草和同学们的感情如此深厚，只好让香草继续任教，等将这一批学生送出去再说。

开学第一天，闵香草手里拿着一本教学参考书和一盒粉笔，高高兴兴地向她熟悉的教室走去，她早就想见那些可爱的小面孔了。那些活泼而又聪明的同学，就像她的一个个孩子。多么可爱的孩子们啊！

进了教室，闵香草见课堂上稀稀落落地只坐着二十来个学生，这二十来个学生都是临村的孩子来这里住校上学的，本村的学生却一个也没来。香草一下子就明白了，前些时，正峪河里发现了沙金，村民们急红了眼，一定是家长拉上孩子们也淘金去了。她马上给班上的几个同学布置了自习作业，决定到正峪河将她的学生叫回来。

闵香草沿着六郎河畔一路小跑，跑着跑着，她的头脑里反复地出现着"同学，黄金；黄金，同学"这几个词组，突然，她想起了秋生哥临走时对她说过的那句话："你一定要让学生们好好学习，决不能让娃娃们小小年纪就放弃学业，钻到钱眼里面去。"她这才明白了，原来秋生哥对这件事情是早有预见的。

跑到了正峪河，闵香草看见了她班上的刘晓丽、常新宇、刘建文等好多同学。他们果然赤着脚，弯了腰，和他们的父母在一起淘金。有的同学还带着书包，放在河畔上。同学们看见她来了，想过来找她，看了看自己的父母，怯怯的，又有些不敢。她知道同学们是被迫来淘金的，都想跟着她回学校去读书。要想让同学们跟着自己回学校，首先必须做通大人们的思想工作。于是，她就一家一家地做工作。

她说："培养孩子成长，是家长和学校的共同责任！"

她说："关心下一代，就必须关心学习。"

她说："让孩子入学，是每一位父母应尽的义务。"

她说："送子上学堂，小康有保障！"

她说："现在耽误一天，将来耽误一年。小时候耽误一年，长大了耽误一辈。"

她说："有田不耕仓库虚，有书不读子孙愚。"

她说："今天的失学，就等于明天的失业。今天的辍学生，就是明天的贫困户。"

她甚至说："家有黄金用斗量，不如养儿上学堂。"

……

她好话说了千千万，道理讲了万万千，嘴唇都磨出了水泡，一点效果也没有。她急得就要哭了，但她硬是将泪水噙在了眼里。她真想跪下来，给他们磕几个响头，求求他们，让孩子们跟上她回学校去读书。

学生家长的观念是一致的：念书的好处，我们都知道，但那是遥远的东西，看不见的东西，眼前这金灿灿的东西，才是真东西哩！谁愿意放着眼前的好东西不取，去谋求那遥远的东西，那才是秋愣呢！

田万全见香草苦口婆心，说得嘴干舌燥的，非常同情，就说："香草，你也甭教书了，淘金子来吧。我们哪一天少说也能收入个千儿八百的。你看你辛辛苦苦一个月才能挣五十块钱工资，多可怜呀！"

闵香草见自己没有说服了众家长，众家长反而要说服自己，就准备回去向韩校长汇报，寻求一个更有效的办法。还没走了两步，她就看见从南面过来一群羊，一只长着硕大犄角的公羊，雄赳赳地走在最前面，紧跟在公羊后面的是一群羯羊和母羊，放羊汉梁满斗提着一条带铲子的鞭杆，走在羊群的最后面，有一声没一声地吆喝着。她一下有了主意。

她走到班长郝晓龙跟前，说："晓龙，老师当时让你当班长，是为的啥来？那是让你起模范带头作用哪！现在是考验你这个班长能力的时候到了。你看着办吧！"

郝晓龙起初见闵老师过来，觉得十分羞愧，就红着脸低下了头，当他听得闵老师说完话后，就一个激灵，跳上岸来，穿上鞋，将食指放在嘴里，打了个呼哨后，又大声喊了一声："同学们！回学校去喽！"喊罢，就带头向村里跑去。

别的同学们见班长带了头，也都一个个扔掉手中的淘金家具，跳到岸上，穿上鞋，跟在班长的屁股后头向村里跑去。

闵香草原估计到了正峪河，不用费劲，同学们就会跟在她的身后，回学校去读书的，没想到，她却像那个放羊汉一样，走在了学生们的最后面。

回到学校，闵香草进了教室。

同学们"唰"地站起来，齐声说："老师好！"

闵香草说："请坐下。"

她站在讲台上，没有批评同学们，脸上红扑扑的，张开干裂的嘴唇，露出就像两排碎玉一样的牙齿，说："同学们！大家想不想富裕？"

同学们齐声回答："想！"

闵香草接着说："富裕要实现，学习是关键！人从书中乖，富从书中来！一个人要想走上富裕道路，过上幸福生活，就得好好学习，就得掌握知识。宋朝有一个叫作赵恒的皇帝说过，书中自有黄金屋。现在淘一点金子，只能算是一点小富，好好读书才是根本，才能达到大富。同学们好好学习吧，千万不要耽误了正是学习的大好时光，知识是会给掌握了他的人，一个金色的回报的。"稍作停顿，香草大声问："同学们！书中有什么？"

同学们大声回答："书中自有黄金屋！"

香草说："很好！从今以后，老师进了课堂，我们要用刚才的问答取代过去的问候语。咱们就再来演习一遍。"

"同学们！书中有什么？"香草大声问。

"书中自有黄金屋！"一股响亮悦耳的童音，冲出教室，冲出校园，回荡在深深的大山里。

第 七 章

常冬生和小舅子甄秀林每天从正峪河上游往戏场院拉沙，早出晚归，上午拉一趟，下午拉一趟。甄秀林本来白净净的面皮，被太阳晒得红通通的。

甄秀枝和婆婆变着花样儿做饭，主食是一顿变一个样儿，副食是三热一凉外加一汤。吃了饭，冬生总要将那些剩饭剩菜，用塑料袋打包了，顺路给圪蛋老汉捎去。

圪蛋老汉自从答应了给冬生照看沙子，特别地上心，大门按时开关，除了不让闲人进来，鸡和猪，见一个，往出撵一个。他一有时间，就在戏台周边圪转，夜里听到一点风吹草动，就要爬起来，趴在窗玻璃上瞭一瞭。人心换人心，八两兑半斤。他要对得起冬生付给他那么高的工资，更要对得起冬生每天给他带来的吃食啊！

为了加油方便，常冬生又花了半天时间，开上拖拉机，到沙涧镇的油库，买了两大铁桶柴油，拉回来，放到戏台上，插了一根塑料软管，采用虹吸的原理，进行自动加油。加足后，就将插入油箱的这一管头，弯上去插入桶里。

在六郎村里，常冬生是唯一的一个养拖拉机的人，只有他有这个从正峪河往村里拉沙的条件。别的村民对冬生这种囤积心理，心知肚明，但是，干瞪眼，没办法。也买一辆拖拉机吧，一下又没有那么多资金，再说买下还得会开哩，等到学会，正峪河里的金子早被别人淘光了。远水救不了近火。与其买拖拉机，还不如抓紧时间赶紧到河里淘金哩！

村民们生怕常冬生来中下游抢拉他们的金沙，如果这里的沙子被拉光了，他们就得到上游去。如果是那样，他们的许多时间就浪费在路上了，会少淘许多金子哩！

大家的想法，常冬生心里明白。他偷偷地笑了。他才不和大家在中下游争沙子呢。他清楚，开上拖拉机，又不怕路程远。远远地到上游去拉沙，一来不会遭致大多数人的讨厌反感，二来上游的沙子含金量更高，因为金子比沙子的比重大，是不会比沙子冲走得更远的。到上游拉沙，正是他最乐意的事情。

这天中午，吃了饭，常冬生一如往常，用塑料袋将剩饭剩菜打包了，提在手上，正要和秀林出门，忽听得村口传来一阵"哇呜——哇呜——"特别刺耳的警笛声。

警车光顾六郎村，在冬生的记忆中，这还是第一次。六郎村，说不大，也不小，打架斗殴，偷鸡摸狗，这些事村里也时有发生。村里治保能解决的，就在村里解决了；村里解决不了的，派出所、法院的干警倒是经常在村里出入，但还从来没有动用过警车。按理说，没有大事，公安局是不会动用警车的。莫非有人出大事了？常冬生想。

警笛声越来越近，越来越亮。

一些在家里看门照院的老人娃娃们，怀着好奇的心情，推开院门，跑到街上来观看。

警车在常冬生院门下面的土坡处停住了。

甄秀枝和婆婆一脸惊恐的神色，眼睛盯着冬生和秀林，不知他们在外面闯下了什么大祸？

警车车门打开了，先从车上下来的是穿着警服的沙涧镇派出所所长郭文忠，接着下来的是一个穿着便衣的领导模样的人，开车的司机没有下车。

常冬生一见是老朋友郭文忠所长，便急忙迎出来，将二人让进了他住的南窑，热情地让他们上炕。常冬生递烟点火之间，甄秀枝已将两杯散发着袅袅热气的藿香茶水端了上来。

郭文忠向冬生介绍说："这是咱沙涧镇党委的负书记。"

"哦。"常冬生看着负书记，应了一声。

郭文忠说："听说正峪河里的金子是你先发现的？"

"是哩。"常冬生一向是个敢作敢为的人，他不愿意将哥哥秋生牵扯进来。

负书记问："第一天，你就淘了不少金子吧。"

常冬生说："就那么一点点。"

负书记说："多少就是多少。实事求是嘛！"

常冬生说："我不说假话。"

负书记说："就算第一天不多，那后来肯定是多了。"

常冬生说："正峪河的金子，不是人们想象的那样，难淘哩！"

负书记问："你淘出来的金子，都有多大？"

常冬生说："不大点。捡的时候，瞅端得还眼疼哩！"

负书记说："不会吧。我听说你淘到大金子了？"

常冬生无语。

负书记说："到底是多大的金子？是碗大？还是拳头大？拿出来看看。"

常冬生还是没有说话。

负书记语气重起来："你淘到大金子的事，早就在社会上传开了，谁人不知？哪个不晓？"

郭文忠说："冬生，你听我说，地下资源都属于国家所有，你淘出来的金子，当然都是国家的。小的咱先不说，这个大的你是保存不住的，我看你就拿出来吧。"

郭文忠是常冬生最信赖的人，既然郭所长都这么说了，看来不是自己的东西，藏着掖着也没有用，留着它，还说不定会带来多大的祸患呢。想到这里，他就痛痛快快地说："好吧。你们等着。我去去就来。"说罢，就出了院里。

负书记看着郭文忠诡秘地笑了一下。

不一会儿，常冬生回来了，手里拿着一个外面沾着猪粪的塑料纸包。他解开纸包，里面便露出一个黄澄澄的金疙瘩。他将金疙瘩递给了负书记。

负书记手里拿着金疙瘩，端详来，端详去，半天才说："这东西，倒是挺像一只鹿的。"说着，伸手拍了拍常冬生的肩膀，说："好后生嘛！"说完，就将金疙瘩用自己的手绢包起来，装进自己怀里。

郭文忠对常冬生说："你也挺忙，我们也还有事哩，这就走啦。"

郭文忠和负书记从常冬生家里出来，上了警车，警笛也没开，屁股后面腾起一股烟尘，车子就驶出了村外。

警车回到沙涧镇，路过派出所，郭文忠就下了车。

负书记回了镇政府，取了一条中华烟，给了司机小张，就将警车打发走了。然后，他又开上自己的座驾吉普车，向县城驶去。他要向县委书记马志宏汇报一下六郎村发现金子的事。几个月来，县里的几个乡镇先后在自己的地盘上发现了铁矿、铜矿、钼矿，县委书记马志宏对这几个乡镇的领导，不是大会表扬，就是小会夸奖，并再三扬言，就是要提拔重用这样有魄力、能开拓的领导干部。他想，铁矿、铜矿、钼矿那算什么呀？敢与黄澄澄的金子相比吗？我沙涧镇不鸣则已，一鸣惊人！更何况有这黄澄澄的金疙瘩送给你马书记，你能不动心吗？

他颇为自己今天的巧妙设计而得意，如果不是借用了公安局司机小张的警车，并一路警笛长鸣，给予震慑，而是坐上自己的吉普车或者是派出所的摩托车，常冬生肯定是不会这么痛快地将金疙瘩拿出来的；如果不是叫上派出所所长郭文忠，而是自己让六郎村的郝二林书记领着找上门去，常冬生也是不会这么轻而易举地将这金疙瘩交出来的。

负书记的名字叫负不赖。负不赖于一九七八年在霍人二中参加中考，被禾谷地区农机学校录取。农机学校毕业后，分配回霍人县工作。本来县人事局是决定让他们这一批中专生到各个公社担任农机员的，是他在县公安局担任副局长的姑父找了人事局长，硬是将他分配在了县委农工部工作。一九八三年机构改革，大批老干部被一刀切了下去，县乡两级领导岗位出现了很多空缺，县委决定提拔一批县级机关的年轻知识分子到公社担任领导职务，有大学文凭的担任公社书记，有中专文凭的担任公社主任。负不赖属于县级机关的知识分子，他以中专文凭的身份，被提拔到沙涧公社担任了主任。后来公社改为镇政府，他也随之由公社主任转为镇长。数年后，镇党委书记武珍被调回县里担任了民政局局长，于是他又顺理成章地接任了党委书记。现在他在镇党委书记任上也已经四年了，是全县资历最老的党委书记。

其实负不赖并不姓负，他的本姓应当姓郝。他的祖上郝仁，原为清朝康熙年间吏部侍郎，也曾显赫一时。康熙一朝，朝风民风，二风皆正。一度时期，社会上突然传出吏部侍郎郝仁与儿媳妇有染的风言，后来此事愈传愈远，不久就传到康熙皇帝的耳朵里。康熙皇帝听到此事，龙颜大怒：什么好人（郝仁），这简直是一个赖人！朝廷决不允许这样的人败坏朝风。于是，康熙皇帝敕令其改好（郝）姓为赖姓，并将其贬官为民，打到塞北，入籍山阴县。负不赖小时候清楚地记得，人们叫他的父亲老赖，叫他则叫小赖。多难听呀！父亲本是个人见人夸的老好人，可是好事做上千千万万，最终也脱不掉一个赖字。为了摘掉扣在下一代人头上的赖帽子，他父亲想了多少办法，都不奏效，最后就决定在他的名字上做文章，于是，就提了好酒好肉，找山阴县里最大的文人古先生去为他取名字。古先生捻着下巴上稀稀落落的数根胡须，沉思良久，最后抚掌笑道："就叫不赖吧。赖是肯定词，不赖是否定词。赖吗？不赖！你找我算是找对了，除了我，恐怕别人谁也取不出这样的名儿呢。"从此，赖不赖的名字就叫开了。名字好是好，但怎么也改变不了人们对他小赖的称呼。当他初三将要毕业，临近中考的时候，他觉得现在是必须彻底改变自己这个赖姓的时候了，否则，考入中专，自己有了正式档案，就再也不好改变了。于是，他就找到在霍人县公安局担任副局长的姑父说了转户改姓的想法，姑父直夸他脑子好用。他从山阴县开出户口迁移证后，就将赖字前半部分的束字用刀片刮去了。他姑父领上他到霍人县户籍股办理转户手续时，户籍员小宋因为他有副局长姑父这层关系，也没有认真查看，就将他的户口落到了沙涧公社。就这样，他就由赖不赖摇身一变成了负不赖。他觉得，负这个姓极好，负与富是同音，这是预示着将来要发达富贵的。再说，负还有肩负的意思，是不是上天在冥冥中预示着将来要自己肩负什么社会大任，也未可知呢。

负不赖将座驾吉普车停在县委楼下，上了二楼，他听办公室的秘书说，马书记刚回县委小客房自己的宿舍里去了，他就又追到了小客房。

进了马书记的宿舍，负不赖说："马书记，我们镇里发现了黄金啦！"

马志宏书记说："是你们镇的六郎村吧。这事我已经听说了，但详细情况还不太清楚。你说详细点。"

于是，负不赖将六郎村常冬生第一个发现正峪河的沙子里有金子，村民们现在正热火朝天地淘金子，估计这一下足可以将六郎村以及周边村庄的穷帽子摘掉的情况，向马书记做了一个详详细细的汇报。

马志宏书记想了想，说："当下你们应当把握这样三条。"马志宏书记见负不赖掏出水笔和笔记本来要记，便放慢了语速，"第一，要加强管理，防止哄抢、打斗等不良事态的发生。第二，要组织村民在淘金的同时，搞好秋收工作，做到淘金与秋收两不误。第三，要注意发现新的矿源。正峪河的沙金，决不是一个孤立的现象。"

负不赖见马书记说完了，就从怀里掏出金疙瘩，放在马书记面前的茶几上，说："马书记，这个是给你的。迄今为止，这是正峪河里发现的最大的一块金子。"

"噢？给我的？"马志宏书记看着眼前这块硕大的金块，愣住了。他心想，这大概就是人们传说中的"狗头金"吧。据他所知，"狗头金"在世界上非常稀少，十分难得，捡到"狗头金"常常带有一定的偶然性，故被人们视为宝中之宝。截至现在，全省只有中条山发现了少量黄金，其他地方还没有发现黄金呢。霍人县六郎村发现了黄金，这不要说在全县、全区不是一件小事，就是在全省也是一件大事啊！这得尽快向地委作出汇报。他又想，自己拿上这块"狗头金"向领导汇报，领导能相信就是这么一块吗？自己能保持一个清白之身吗？那时候，恐怕自己浑身是嘴，也说不清了。想到这里，他就有了主意。

"不赖，你拿上金块，和我去地委向刘书记汇报一下六郎村发现金子的事。"

"马书记，我去合适吗?"

"合适呀! 在你的地片上发现的黄金，你去有什么不合适的。"

"马书记，现在就走吗?"

"对呀。动身吧。"

马不停蹄，马志宏书记坐上伏尔加轿车，负不赖书记开着吉普车，一前一后到了禾谷，进了地委大院。进大楼时，门厅里站岗值勤的武警认得马志宏书记，没有阻拦，却将负不赖拦住了。马志宏书记告诉武警负不赖和他是一块儿来的，武警才将负不赖放了进去。

马志宏书记在前，负不赖随后，二人上了二楼，向左拐，一直向里走去，到了最后一个办公室门口，马志宏书记见办公室的门虚掩着，牙着手指宽的一条缝儿，就对负不赖说："刘书记今天不在。咱们明天再来吧。"

负不赖小心地说："马书记，刘书记办公室的门开着呢。要不我到隔壁的办公室问问吧。"

"不必了。"马志宏书记知道，地委刘子欣书记有个习惯，她在机关的时候，讨厌找她的人太多，就让秘书将她办公室的门关得严严的；她不在机关的时候，为了显示经常坚守工作岗位，就让秘书将她办公室的门虚掩着，牙开手指宽的一条缝儿。刘子欣书记还有好多习惯呢。比如，刘子欣书记每次出门下乡，总是单车简从，秘书也不带，到什么地方，也不提前告诉司机。行到出了禾谷的十字交叉路口，司机停住车，问刘书记要去哪里? 刘子欣书记也不答话，只是用手指，或指东，或指西，或指南指北。又比如，刘子欣书记要回家，要进京，必定要让办公厅用电话提前通知或县或厂几个点，说她要下去调研。有一次，她进京去私下会见一位领导，巧的是这天省委王书记从同城回省城，路过禾谷，没打招呼，突然进了禾谷地委，办公厅说刘书记下去调研去了，王书记对随行的几个副职，直夸刘子欣书记的工作作风扎实。刘子欣书记在担任禾谷地委书记之前，是团省委副书记，听说是上面有人的人。当然，刘书记的这些情况，他们几个关系好的县委书记私下悄悄议论过，但对他的下级负不赖却是不能言说的。

在地委门口，马志宏书记说："今天晚上，你就找个宾馆住下吧。明天上午八点半，咱们准时就在这个地方见面。晚上一定要注意安全。"说完，就让司机送他回家去了。

负不赖当晚就住在禾谷宾馆。禾谷有他的许多老师和同学，因这次身上带着贵重物品，为了防止万一出现什么闪失，他哪里也没去，看了一会儿电视，早早地就上床歇息了。

第二天，负不赖开着吉普车，八点半准时到达地委大院门口，想不到马书记已站在那里了。他的脸上红一阵、白一阵，跟着马书记到了刘书记的办公室门口。

刘子欣书记办公室的门紧紧地关着，马书记心想，刘书记在哩。今天总算等着了。就用手指轻轻地叩了叩门。

不一会儿，门从里边打开了，刘书记的秘书小靳说："马书记呀！进来吧。"

这是一个单间，是小靳的值班室，东墙的边上有一道门，里面才是刘书记的大办公室。

马志宏书记朝里面努了努嘴，小声问小靳："里面谁在呢？"

小靳说："郑部长进去一阵了。你们坐下等等吧。"小靳说的郑部长，是地委组织部的部长。

等待之间，又先后进来五六个人，要见刘书记。

等了约有一个小时，郑部长出来了。马书记和郑部长打了个招呼，当仁不让地就领着负不赖先进了刘书记的办公室。

这是一个两间大的办公室，室内的摆设简单而又显得十分大气，一进门的西墙、北墙各摆着一排沙发，靠窗的地方横放着一张硕大的写字台，靠东墙是一排黑红色的书柜，书柜里插满了各种精装的政治书籍，几个墙角各放着几盆叫不上名来的奇异花卉，写字台的后面是一张旋转式太师椅，太师椅上坐着一位穿着得体、面容姣好、四十岁上下的女人。她的手里正捏着一支铅笔，在一份文件的头上批写着什么。

马志宏书记说："刘书记，我向您报喜来了。我们藿人县沙涧镇六郎村的正峪河里发现了沙金。这位是沙涧镇党委的负不赖书记。"

刘书记放下手中的铅笔，抬起头，看了一眼负不赖，说："好哇！马书记，你们坐下说吧。"

马志宏书记就简要地将六郎村发现金子的过程，以及县委采取的三条紧急措施，向刘书记逐项汇报了一遍。

刘子欣书记说："六郎村发现黄金，不用说在藿人县是一件大喜事，就是在禾谷全区也是一件大喜事。我听到这个消息，非常高兴，表示衷心的祝贺！

霍人县委采取的措施，是得当的，也是及时的，地委对你们的工作是肯定的，一定会给予大力支持!"

刘子欣书记刚一说完，负不赖就急忙从怀里掏出那块金疙瘩，跨前两步，双手捧着放在刘书记眼前的办公桌上，同时说:"这是我专门给您拿来的一块实物。"

刘子欣书记的眼里瞬间一亮:"这么大啊!正峪河里真有这么多金子吗?"

负不赖说:"大的只有这么一块。别的都是些细毛金子，就连米粒大的也很少呢。"

刘子欣书记拿起金疙瘩，端详了一阵，笑了说:"这是一匹金马呀!马书记，你姓马，你怎么不留着它呀?"

马志宏书记说:"这是沙涧镇党委负书记专门给您牵来的一匹报喜的金马，我怎么能截留它呢?"

刘子欣书记说:"这倒是一个好标本呢，完了交给省冶金厅研究去吧。"说着，打开一个笔记本，拿起铅笔，边记边问，"负不赖?是哪几个字呢?"

负不赖说:"负，是肩负的负，负责任的负。不，是不做坏事的不。赖，就是懒字去掉一个竖心旁。"

刘书记说:"你这名字怪怪的，倒也好记。"接着，又问了负不赖什么学校毕业，哪一年参加工作，多大年龄，在镇党委当了几年书记等一些基本情况，最后站起来说，"不赖，好!好好干吧!组织是不会亏待一个好干部的。"

马志宏书记知道外面还有好多等着要见刘书记的人，就和刘书记告辞了，与负不赖从刘书记的办公室走出来。

第 八 章

整整一个秋天，人们将正峪河里的沙子翻了个底朝天。他们见河里的沙子再也淘不出金子来了，才依依不舍地从河滩里撤走。

热闹了几个月的正峪河，一下子沉寂下来，只有那清凌凌的河水仍在哗啦啦不舍昼夜地向前流淌。

入冬后的第一场大雪，纷纷扬扬，飘飘洒洒地下了一天一夜，将山川河流遮了个严严实实，山舞银蛇，原驰蜡象，银装素裹，清雅妖娆，一派北国秀美风光。

六郎村的村民们，家家户户至少也淘得一罐头瓶子沙金，他们将这些金子藏在了自己认为最隐秘、最可靠的地方。清闲下来的一家人，围坐在热炕头上，美滋滋地规划着未来的美好生活。

入了冬，常冬生不但没有清闲，反而更忙了。一千个沙袋，整整齐齐地码了多半个戏台。他必须加紧处理这些沙子，他曾经答应过二林叔的，赶明年正月十五之前必须将戏台腾空，不能耽误了村里正月十五唱大戏。要处理这些沙子，需要好多人手，而村里现在最不缺的也就是人手。他将田万全、王志刚、崔大树、冯石命、冯润秀几个要好的伙伴叫来，帮忙淘金。答应每人每天给十块钱的工资，三顿饭免费吃住在戏场院。

这几天，田万全、王志刚、崔大树、冯石命、冯润秀几个人无事可干，坐在家里正闷得慌，听得冬生叫他们，就都跑来了。漫说冬生又付工钱又管饭，就是什么也不给，他们也乐意给冬生干活，冬生当电工那几年，没少关照他们。他们要安灯，冬生二话不说就跑去了；他们要偷电，冬生又是睁一眼闭一眼的。冬生养了小四轮拖拉机，他们要捎东捎西，冬生也从来没有说过一个"不"字。人心都是肉长的，你送我以桃，我会还之以李。如今冬生要用他们，他们能说一个"不"字吗？

常冬生让田万全领着几个人，将那次他从轩岗拉回来的块炭，用拖拉机倒腾到戏场院里。在戏场院靠东墙的地方，用砖头、椽檩搭建了一个临时简易厨房，在厨房里垒了灶台，购置了锅碗瓢盆等生活用具。大家干得认真负责，十分卖力。

常冬生雇了一个氧焊工，拉来氧气瓶，用焊枪改造了一只放过柴油的大铁桶，作为拉水的水桶，又切割了两只铁桶，做了四个水槽。让众人将水槽安放在戏台上，下面用砖头支稳当了。

常冬生雇了一个木匠，用家里上次剩下的柳木板子割制了三个淘金的木头簸箕。

常冬生安排娘和秀枝负责给大家做饭，安排冯润秀开上拖拉机到六郎河里拉水并抽空到沙涧镇采买粮菜肉食，安排田万全、王志刚、崔大树、冯石命各把一只木头簸箕在四个水槽里淘金，安排秀林为四个淘金的人运送金沙和废沙，废沙就倒在戏场院东墙外的六郎河滩里，他自己则负责收金。

圪蛋老汉继续在戏场院里照看，饭也在灶上吃。他比以前更加勤快了，除了尽心尽力地照看，一有时间，他还到厨房里帮助往灶火里加一加炭，倒一倒灰渣。有时候，他也去择一择菜，洗一洗碗筷。

常冬生在厨房靠墙的地方，放了一张木床，从家里搬来铺盖，让秀林晚上就住在这里，协助圪蛋老汉照看。

搬出来住，是甄秀林巴不得的事情。他早就不想和姐夫、姐姐在一条炕上睡了。虽然他睡在靠墙的炕尾，但他总是觉得别别扭扭的，心里有一种说不出来的憋屈。

为了全身心地投入到做饭中，甄秀枝将缠人的兵兵也送到了沙涧镇的娘家。晚上收工后，常冬生、娘和秀枝就回到家里在灯下捡金子。

一切都在有条不紊地进行中。

干了几天，常冬生见四个淘金的人每人每天只能淘一袋多沙子，四个人加起来，一天也就是五六袋沙子。这样下去，不要说明年正月十五前腾空戏台了，就是二月十五、三月十五也没有希望。他觉得必须采取措施，改变眼下进度缓慢的状况。

常冬生给每个人加了五块钱的工资，延长了四个小时的工作时间。

晚上收工后，又给大家加了一顿夜宵。

娘和秀枝白天忙着在戏场院给大家做饭，晚上还得点灯熬夜捡金子，两个人累得脸上瘦了一大圈。

尽管如此，每个人最多也只能淘两袋沙子，淘金的速度也没有提高了多少。

常冬生估算了一下，按照现在的速度进行下去，累死累活，也是无法达到预期的目的的。他觉得必须彻底改变方法，加快淘金的速度。

在一个焦虑而又难眠的夜晚，常冬生突然想到了他在轩岗见到的一个磨面房里的磨面机。人们将粮食倒入磨面机的漏斗口内，磨面机经过粉碎，碎粉就从下面的出口流到罗面机上，一只带有倾斜坡度的长方形敞口罗匣"咣嗒咣嗒"地晃动着，细面纷纷落进下面的容器里，而粗糁则随着倾斜坡度，从敞口流入另一只容器，然后，人们再将粗糁倒入磨面机的漏斗口内，这样反复地进行数次，直到将粮食的面粉充分磨出。他觉得这个罗面机与人端着木头簸箕淘金是多么相似，如果将罗面机改装成摇床机，淘金的速度一定会大大加快。

于是，第二天，常冬生就乘车去了轩岗一趟，到那个磨面房问清了罗面机的销售地方，然后又去省城小机电市场，买了一台罗面机，就地从省城雇了一辆客货车，将罗面机连夜拉回了六郎村。

常冬生将罗面机的罗底换成了带有凹槽的木板，上面焊接了一个给沙槽，给沙槽的上面又焊接了一个给水槽，将一只柴油铁桶放到一个高出给水槽的高台上，装上水，用一根塑料软管，一头插到铁桶里，一头固定在给水槽上，用虹吸的原理将水引下来，然后合上电闸，罗面机改装成的摇床机便晃动起来。他让秀林铲了一锹沙子送入给沙槽，沙粒便均匀地落到床面上，同时给水槽的冲洗水也在沙子上面冲下来，随着摇床的晃动，沙粒在水力和床面运动的惯性摩擦下，沙子和金子按比重分离了，金子留在了凹槽里，沙子从敞口被摇了出去。经过试验，摇床机成功了，效果还不错。

摇床机每淘一袋沙子，常冬生就收一次金，比之过去的人工淘金加快了数倍。他算计了一下，照这样的速度下去，春节前就完全可以将戏台上的金子淘完了。

加快了淘金速度，节省几个人力，但常冬生一个人也没有辞退，只是在分工上做了一些调整。他让冯石命到厨房里做饭，让娘回家里歇着，让秀枝回沙涧镇娘家将兵兵接回来，让崔大树专门负责往六郎河里倒废沙，让秀林继续负责往机器里添沙，让王志刚负责往铁桶里添水并调整机器上的软管，剩下一个田万全，则让他协助自己收金并进行深加工。

选金的速度加快了，人工在灯下用镊子捡金子的办法，已不能再适应摇床机的速度，常冬生想起了哥哥给他说的汞选法。

常冬生从黑市上用高价买汞的时候，才知道汞原来就是人们常说的水银。黑市上那个小眼睛、薄嘴唇神通广大的"商人"将汞卖给他，还教给了他用汞选金的方法。按照"商人"的指点，他和田万全将收集到的重沙与水银倒入一只铁桶里，挥动着铁勺搅一搅，撇去浮渣，用一块干净的白布将水银滤去，然后将水银金放到坩埚内加热，一股热气飘然而去，沙金便收集成功了。

后来，常冬生又学会了沙金的提纯方法。提纯沙金也是那位"商人"教给他的。戏台的一角，摆满了"商人"卖给他的坩埚、硝酸、硫酸和银子等提纯必备物品。他按照"商人"的吩咐，如法炮制，一会儿将沙金和银按比例装入坩埚，熔化成液体；一会儿将坩埚中的液体趁热倒入水中，搅着水打转；一会儿又将冷凝成一颗颗的金银合金加硝酸，再入铁锅煮沸，收回白银；一会儿又加入硫酸将杂质溶解。当他看到经过反复水洗后出现的一片片淡黄色的金子时，就像是自己的一项发明创造突然试验成功，高兴地在戏台的空地上一连翻了三个筋斗。

沙金的提纯方法，看起来工序有些繁琐，其实万事开头难，只要做了第一次，手熟后速度便加快了。况且，提纯又不是天天进行，时间长了，等沙金积攒的多了，才集中搞这么一次。

取得了纯金后，常冬生还学会了如何加工金条和金元宝。加工金条和金元宝的办法更简单，只需将纯金屑片烘干后，添加适量的硼沙、硝石，再装入坩埚熔化后倒入铸模中，便大功告成了。

黄灿灿的金条和金元宝，正是常冬生梦寐以求的啊！

常冬生淘金发了大财，成了六郎村、沙涧镇，乃至霍人县、禾谷地区的首富。

发了财的常冬生，首先从省城买回一辆崭新的桑塔纳小轿车，购买了一部"大哥大"，花一万元钱买了一个尾数是"918"的吉祥号码，取"就要发"之意，又西装革履，换了一身名牌服装。他觉得有粉就要擦在脸蛋上，有钱就要花在明眼处。有了钱，绝不能做土老财，土里土气，让人瞧不起眼来，要做就要做一个洋老财，大大气气，鲜鲜亮亮，在众人面前方显出英雄气概，这样，别人才会高看自己一眼，自己出去办事也才会更加顺风顺水。

常冬生在藿人县是第一个养桑塔纳轿车的人，县委书记马志宏才坐着一辆老式的伏尔加；常冬生也是第一个出出进进手握"大哥大"的人，县里许多台面上的人物，充其量也只是在自己家里安装了一部座式电话，腰间别一只皮夹子，夹子里装一个BB机。一时间，常冬生的有钱，常冬生的本事，成了人们茶余饭后、街谈巷议的话题。

戏台上的河沙淘洗得进入尾声的时候，一天，镇党委书记负不赖到六郎村下乡，在村支部书记郝二林的陪同下，来戏场院里看望常冬生。

负书记和常冬生这是第二次接触，也就不用郝二林书记从中介绍。负不赖书记在常冬生的引导下，认真地参观了沙金的整个淘洗、提炼流程，详细地询问了工人们的工作和生活情况。

临别，负不赖书记拉住常冬生的手说："你是咱沙涧镇第一个率先走上富裕道路的人，你给咱沙涧镇的脸上争了光、添了彩了。沙涧镇党委、政府衷心地感谢你！我负不赖衷心地感谢你！对这样带头致富的能人，我们就是要大力宣扬，全力支持。冬生。你说，有什么困难？不论是生活的，还是生产的，我负不赖一定会帮助你解决。我负不赖说到做到，决不说空话。"说着，看了一眼郝二林，"明年县人大要进行换届，六郎村的人大代表候选人，我们就推荐冬生了。这样的能人不当人大代表，谁有资格担任人大代表？"说完，使劲捏了捏冬生的手掌。

常冬生将负不赖书记和二林叔送出戏场院，他见负书记走出老远了，仍不时地返回头，向他频频额首，招手致意。

年关将近，戏台上的沙子全部淘洗完了。

常冬生指挥人们将临时搭建的厨房拆倒，将摇床机、砖头、椽檩、水桶等生活用具拉回自家院里，在戏场院洒了清水，将台上台下打扫得干干净净。

结算工钱的时候，常冬生除了付给田万全、王志刚、崔大树、冯石命、冯润秀和圪蛋老汉应挣的工资之外，每人又给了一千元奖金。几个人非常感激，一致表示，今后只要冬生有事，他们将赴汤蹈火，在所不辞。

常冬生去了郝二林家里一趟，放下一千元钱，说春节到了，想给叔和婶买点东西，也不知买点啥好，那就只好让叔和婶自己买了。

甄秀林在六郎村干了几个月，临走时，常冬生给带了一万元钱，说这钱也不用给爹和娘说，自己想咋花就咋花。

常冬生开车到省城的一家金店里，用黄金兑换了两副金首饰，分别是金项链、金手镯、金戒指、金耳环，给娘和秀枝一人一副，兑现了自己的诺言。

常冬生又让秀枝带上钱和物品，回娘家看望了父母。

常冬生知道，没有哥哥告诉他正峪河里有金子，并教给他怎样淘金，就没有自己今天的富裕。他之所以能变成今天这个样子，哥哥应居头功。如何报答哥哥，他颇费了一番心事，给哥哥也买一辆桑塔纳轿车吧，肯定是不妥的；给哥哥一些金子吧，按照哥哥的性格，是绝对不会接受的。他和秀枝商量说，哥哥今后结婚，最需要的就是钱了，彩礼呀，婚宴呀，哪一项不都得花钱呢，我看咱就给哥哥一些钱吧。

一切人事都安顿停当后，常冬生突然又想起一个人来，这个人就是沙涧镇党委书记负不赖。他在戏场院淘洗沙金的整整一个冬天，负书记是唯一一个前来看望他的领导。负书记对他的关心，对他的肯定，对他的表扬，对他的器重，令他十分感动。特别是最后那一握，就像一股暖流，传遍了他的全身，使他心潮澎湃，热血沸腾。还有负书记出了戏场院对他依依不舍的样子，说实话，当时他竟生出一些"士为知己者死"的感慨来。镇党委书记，沙涧镇的土皇帝，这么大的官员能主动向自己示好，自己为什么不去积极地迎合呢？再说，负书记不是已经放出话来要自己当县人大代表吗？当了人大代表，自己就成了县里的一个人物。那时候，我常冬生就不是如今的常冬生了。想到这里，常冬生决定登门和负书记联络联络感情。

选择了一个星期日的上午，常冬生估计这是机关干部们的休息日，就开着自己的座驾桑塔纳去了负书记家里。

负不赖的家住在镇政府的后面。这是一个上三下三两层楼的独家院子，院墙高耸，小轿车可以进出的大门敞开着。

常冬生将车子停在大门外，不敢贸然进院，就声音不高也不低地吆喝了两声："负书记——负书记——"

他的话音刚落，院子里"呼"地跑出一只大黄狗来，虎跃豹腾地直向他的头上扑来，他一边后退，一边抬起肘腕挡了一下。幸亏他的腿和手行动敏捷，不然大黄狗就上了他的身子，撕破他的面皮了。

这是一条棕黄色的牧羊犬，毛长腿粗，头大嘴短，体格雄壮，十分凶猛。大黄狗一边狂吠，一边继续向他进攻。

"愣愣，别咬！"负不赖书记一边吆喝着狗，一边向大门口走来。

叫作"愣愣"的大黄狗，听到主人的指令，吠声戛然而止。

负不赖出现在大门口，说："原来是冬生呀！快进家吧！"

常冬生看着负不赖身边的黄狗，欲进又止。

负不赖说："进吧。愣愣不咬你了。"

果然，愣愣不但不咬，还向冬生直摇尾巴。

常冬生跟在负不赖身后，进了一层楼的客厅。负不赖让冬生坐在一只单人沙发上，给他递了一根"中华牌"香烟。他自己则坐在一只三人沙发上，愣愣也并排和负不赖坐在沙发上，像一对十分亲密的伙伴。

常冬生说："负书记，快过年了，我来看看您。"说着，从口袋里掏出两万元钱，起身放在负不赖面前的茶几上。

负不赖说："冬生，你看你，来就来吧，拿这个干啥？"边说，边随手拿起茶几上的一张报纸草草地翻看了一下，瞬即又放下将茶几上的钱苫住了。

这时，从楼上走下来一个穿戴得整整齐齐的二十来岁的年轻人，走到常冬生面前问："多会儿唱戏呀？多会儿唱戏呀？"

常冬生被这突如其来的一问，愣住了，不知如何回答是好。

"精精，上楼去！"负不赖喝道。

随着楼梯上的脚步声，从上面下来一个女人。常冬生一看，见是他们村里中学的吴翠叶老师，就欠身笑了笑。吴老师也向他点头笑了笑，拽着精精的手上楼去了。

精精跟着吴老师，边走边说："多会儿唱戏呀？多会儿唱戏呀？"

精精是负不赖的儿子。精精小时候说话特别的迟，三岁了还不会叫爸爸、妈妈，负不赖说，这不会是个秋愣吧？奶奶说，秋愣个啥？俺娃可精哩！从此，奶奶就给这孩子取了个名字：精精。精精逐渐长大了，果然不出负不赖所料，智力非常低下，除了吃喝拉撒睡，别的什么也不懂。负不赖和吴翠叶上班很忙，精精平时就由奶奶带着。有一年四月十八，沙涧镇过庙会，奶奶领上他到戏场院看了一场北路梆子剧团演出的《金水桥》，他就喜欢上了戏台上的秦英。此后，他见人就问，多会儿唱戏呀？多会儿唱戏呀？奶奶渐渐老了，不能时时跟着精精，精精就一个人跑到街上。有好事的人专门逗精精，你夜里和谁在一块儿睡觉哩？精精说，我搂着我妈妈，爸爸搂着我奶奶。这话传到了吴翠叶的耳朵里，她觉得这个精精太丢人了，今后再也不能让他乱跑了，于是就向韩世文校长请了长假，专门回家照管精精。

负不赖见冬生对他家里的精精和愣愣有些奇怪，也不瞒他，实实在在地说："我家里的精精不精，愣愣不愣。"说着，就用胳膊搂着愣愣的脖子，他的脸和愣愣的脸贴得紧紧的，继续说，"我这个愣愣比精精强得多哩。它比人还灵呢。它能分得清和我关系远近的人。叫我'负书记'的人，它知道这人和我的关系有一定的距离，就会没命地扑上去咬。叫我'老负'的人，它知道这人和我不远也不近，就会只叫而不往上扑。叫我'不赖'的人，它知道这人和我的关系一定不错，因此就不叫也不扑，还摇尾巴哩。"

常冬生听了，赞叹道："真是一只好狗！"

负不赖说："这狗和我平起平坐，同吃同住哩。我坐在沙发上，它也挨着我坐在沙发上；我坐在餐桌旁吃饭，它也就坐在我的对面，我吃一口，就喂它一口。有时候还和我同睡一榻哩。"

常冬生说："负书记，这狗对您好，可您对这狗也不错呀！"

负不赖说："冬生，今后咱俩就是弟兄关系。你就是我的亲弟弟。今后你就叫我不赖，愣愣就再也不会咬你了。"

冬生见负书记这么高的身份，不但看得起自己眼来，竟然还把自己当成了亲弟弟，一时激动得涕泪交流，"扑通"一声，就给负书记跪下了，长长地叫了一声："哥哎——"

年关将近了，村里的年味一天比一天浓起来。

除夕的前一天上午，常秋生风尘仆仆地挎着勘查工具兜从大山里走出来，回到村里。一进村，他就感受到了家家户户浓浓的过年气息。

快到自家院子的时候，常秋生看见土坡下停着一辆崭新的桑塔纳小轿车，他想这是谁的车子呢？莫非家里来客人了？这客人又会是谁呢？

推开柴扉，常秋生看见窑门口站着一个西装革履的年轻后生，这后生手握"大哥大"正在和谁通着电话。听声音是冬生的声音，看穿戴却不像冬生。他使劲眨了眨眼睛，将目光聚焦在这后生的脸面上，这才确定这后生就是弟弟冬生无疑。他吃了一惊，他也不就是走了四五个月的时间嘛，怎么冬生就会有如此大的变化呢？

常冬生在窑门口瞭见哥哥回来了，就在电话里说了句"有啥再说吧。我现在有事呢"。然后，就朝着柴扉方向，大声说："哥，你回来了。"说着，就向前紧走了几步，要来帮哥哥拿挎包。

常秋生说："这东西又不重，不用你拿。"

说着话，两个人就进了家里。

兵兵首先抱住常秋生的小腿，一个劲地叫"大爷"!

娘则上上下下地打量着她的秋儿，看看有了什么变化?

秀枝舀了半盆温水，放在盆架上，又取了一条新毛巾，让大伯子赶紧擦一把脸。

常秋生洗涮完毕，娘和秀枝已将饭菜端到了炕上，就等他上炕吃饭了。

一家人上了炕，围坐在一起。常家虽穷，这坐却是有讲究的。娘居中而坐，娘的左手分长幼而坐，依次坐着秋生、冬生；娘的右手有些凌乱，因为兵兵还小，为了方便关照兵兵；兵兵挨她坐着，秀枝则跨在炕沿上，是为了给大家舀饭递碗。

常秋生看见炕上的饭还是莜面贴锅角子和山药蛋，但菜却比过去丰盛了许多，除了几个家常菜外，又增加了一碗小炒肉、一碗炖羊肉、一碗炖鸡块。

常冬生拿起一瓶霍人高粱白，拧开瓶盖，一边要给哥碗里倒酒，一边说："哥，今天咱俩好好喝一顿。"

常秋生用手挡住酒瓶，说："哥从来也不喝酒，你又不是不知道。"

娘说："冬儿，你哥不喝，你也甭喝了。酒那东西伤身子哩!"

"我少喝一点。"常冬生说着，栽起酒瓶，"咕咕咕"倒了半碗。

常秋生给兵兵的碗里夹了一块鸡肉，说："好好吃，长大了跟着大爷到山里去!"

常冬生端起酒碗，喝了一大口，又就了一块炖羊肉，然后用手抹了一下嘴唇，接着就将这四五个月来他怎样淘金，全村怎样掀起淘金热，他怎样挖到金疙瘩，负书记与郭所长怎样将金疙瘩取走，他又怎样在戏台上囤积金沙，最后怎样致富发家，根根由由，头头尾尾地向哥叙述了一遍。

听冬生说到自己淘金和全村掀起淘金热时，常秋生一脸的欣喜；听冬生说到挖到金疙瘩，最后被负书记和郭所长取走了，他的脸上又写满了惊讶；听冬生说到在戏台上囤积金沙，发家致富时，他的眉头愈蹙愈紧，最后挽成了一个疙瘩。

常冬生向哥叙说时，一边喝酒，一边说话，哥脸上的表情变化，他全然不知。他说完了，就跳下地去了南窑。不一会儿，他就将用报纸包着的两包东西拿过来，解开来，放在哥的面前，说："哥，这是二十万元现金。给你的。"

常秋生看着眼前这整捆整捆的百元钞票，吃了一惊，稍顿，他将两包钞票推给冬生，说："这个钱我不能要。无功不受禄。我怎么能要你的钱呢？"

常冬生说："怎么能说是无功呢？如果不是哥发现了正峪河里有金子，我能淘到金子吗？我能成为六郎村的首富吗？没有哥当初的点拨，就没有我的今天哪！"

常秋生说："这个钱，我是绝对不会要的。"停了一会儿，他接着说，"你和村民们淘金淘得热火朝天，我非常高兴。大家尽快富起来，正是我的初衷。可是，你最后囤积金沙，我就不赞成了。有财应该大家来发。君子爱财，取之有道。用什么手段赚钱比赚多少钱更重要。有人说金钱是一切邪恶的根源。我却不这样认为。我还是赞成一位名人说过的那句话'唯有对金钱的贪欲，即对金钱过分的、自私的、贪婪的追求，才是一切邪恶的根源'。"

常秋生这些理论，在娘听来，最初还能明白，后来却越听越是糊涂，但有一点她十分坚信，秋生教导弟弟冬生，一定是为了他好。

常秋生说话的时候，甄秀枝一直在认真地听着，她觉得大伯子秋生说的话，句句都新鲜，都在理。她的心里也曾经泛起过一丝儿近似于这样的想法，可是她正要往下去想的时候，就像她要抓住空中的一丝烟雾，当她伸过手去，那烟雾却突然消失了。这次听了大伯子的话，她的心里才彻底亮堂了。

常冬生低着头，默默无言。

停了一会儿，常秋生说："冬生，我给你讲一个故事吧。这个故事是这样的：从前，有一个高个子和一个低个子外出去旅行。一天，他俩误入到一座人迹罕至的深山之中。正在走着，高个子突然对低个子说，你看我们的脚下是什么？低个子低头一看，原来他们脚下踩着的都是拳头大的金块。两个人激动得手都发抖了，于是就立即拿出随身所带的口袋往里面装金块。不一会儿，他们各自的口袋都装满了金块。但是，因为这口袋太沉重了，他们谁也没办法扛起来。高个子正愁得没有办法的时候，低个子说，我们将口袋里的金块倒出来一半，不就拿得动了吗？高个子心里虽然不大情愿，但也只好采用这个办法，在往外倒金子的时候，实在心疼，就少倒了一些。就这样，两个人踏上了回家的路程。因为低个子扛得少，走得快一些，高个子扛得多，走得慢一些，两个人一前一后就拉开了一些距离。要走出深山，还必须翻越好几座山岭，因为他们正是沿着这唯一的一条小道进山来的，现在也必须循着这条小道走出去。越往前走，低个子感到肩上的袋子越重，于是，走一段，他就从口袋里往出扔一块黄金，以减轻一些负担。高个子在后面见低个子扔出了黄金，觉得可惜，就又一块一块地捡起来，装进自己的口袋里。就这样，两个人在一寸一寸艰难地向前行进着。最终，低个子带着一块黄金走出了大山，回到了家里。高个子则在将要走出大山的时候，只觉得天旋地转，两腿打战，眼前一黑，栽倒在地上，断了气。"

常秋生的故事讲完了，娘和秀枝的思想还沉浸在故事的情景之中，好像也从中悟到了点什么。

常秋生说："贪婪是人性最大的弱点，是万祸之源哪！"

常冬生以手托腮，依然低着头沉默着，碗里的酒还是那么一泓，动也没动。

娘问："冬生，你怎么啦？"

冬生做痛苦状，说："我牙疼。"

第九章

春节之后，常秋生只见了香草一面。

一过初五，常秋生简单准备了一下，就又进大山里去了。

过了正月十五，常冬生踏着六郎河的踏石，过了河东，到了村支书郝二林家里。他向二林叔、二林婶问了好，拜了个晚年，然后说："二林叔，我家那三孔窑洞现在就够挤了，如果，我哥再结了婚，那就更是没法住了。我想另外盖一处房子哩。"

郝二林说："对着哩，是该在你家院子的正面盖两间房子了。"

常冬生说："我不想在自家院子里盖房。"

郝二林说："你不想在自家院子里盖房，别处哪有地方哩？咱村的土地太少了，除了每人半亩口粮田，没有一点机动地，从哪里给你弄块地基哩？"

常冬生说："二林叔，我已经物色好了，不用占用咱村一分一厘土地。"

郝二林觉得奇怪："啊！你有不用土地就能盖房的办法？"

常冬生说："我想在六郎河西河畔的乱石滩上盖房哩。"

郝二林说："你在乱石滩上盖房，就不怕水冲垮了你的房子？"

常冬生说："不会的。我在院墙外打个石坝，将屋基垫高了，就不怕遭水灾了。"

郝二林说："这个办法倒是挺好，就是要花不少钱呢！"

常冬生说："钱，我不怕花，只要二林叔同意就行了。"

郝二林说："我同意，你放心吧。"

得到郝二林的同意，常冬生在靠近村庄的河滩上，选择了一块一亩大的地方，就开始备料了。

他从沙涧镇购买了水泥、红砖、木料，雇车拉到了工地，在工地搭了一个工棚，让秀枝将秀林叫来照料着工地。

开春之后，常冬生从沙涧镇雇了一个搞民用建筑的工程队，向工头详细交代了院子和房子的总体设想，工程就开工了。

工程先从砌坝开始，六郎河里有的是石头，匠人们就地取材，一边搬石头，一边砌坝，一边用水泥灌浆。石头虽然不太规则，但坝面却被匠人们砌得齐刷刷的。二米多高的石坝砌好以后，匠人们又用水泥在坝面上勾了虎皮。

石坝砌好后，匠人们又垒地基。地基也是用石头和水泥砌就。然后用沙砾将院子填垫得平平整整的。

常冬生盖的是仿明清的古式四合院子，所有泥匠、木匠都格外地加心用功。

房子的砖墙起到二米多高的时候，常冬生接到县里发下来的通知，要他作为县人大代表参加县人大要举行的换届会议。

六郎村作为沙涧镇的一个选区，选举县人大代表的时候，常冬生虽然是镇里推荐的代表候选人，选前镇党委书记负不赖曾亲临六郎村嘱咐过村干部，一定要保证选举成功，郝二林等村干部也曾做过一些村民的工作，但选票却不很乐观，冬生仅以百分之五十五的选票当选。据说一些村民不选冬生的原因，主要是因为冬生这个人有些劣迹。

常冬生开着自己的座驾桑塔纳轿车到霍人宾馆报了到，管会务的工作人员和代表们知道了他就是常冬生，都用仰慕的目光望着他。

沙涧镇的代表被编作第五代表团，代表团里共有三十二个代表，常冬生是所有代表中最富有的人，也是代表中唯一一个开着自驾车来参加会议的人，加上负不赖书记对他的器重，每逢开会，常冬生总是坐在代表们的最前面。

会议期间，常冬生和代表们一起听取了上一届人大主任所作的《人大工作报告》，听取了县长所作的《政府工作报告》，听取了财政局长所作的《财政预决算报告》，听取了检察长所作的《检察工作报告》，听取了法院院长所作的《法院工作报告》。

分团讨论期间，冬生总是要主动掏钱，到街上买一些香蕉、苹果、橘子、西瓜、花生、瓜子、香烟和健力宝等饮料，放在讨论室，满足大家食用。代表们一边食用，一边讨论，感到非常惬意。

别的代表团听说第五代表团讨论的情况，有吃又有喝，纷纷投来了羡慕的目光。

会上，每天按时开饭，十个人围坐在一个大圆桌周围，用手指推动着玻璃转盘，挑拣着盘盘碟碟里的各种美味佳肴，一边吃喝，一边说笑。人人油嘴滑舌，个个满面红光。

新一届人大和政府的候选人到各个代表团看望了各位代表，代表团团长将每一位候选人介绍给各位代表，又将各位代表介绍给每一位候选人。当团长向候选人介绍到常冬生的时候，每一位候选人都显得格外地亲热，手握得格外地紧，好像是结交的诚意，又像是衷心的嘱托。

会议期间，代表们选举了新的人大主任、副主任，选举了检察院检察长、人民法院院长，选举了县长和副县长。常冬生分别对所有被选举的领导人投上了自己神圣的一票。

会议开了整整三天，最后以"胜利的""圆满的"结果散会了。

会议上的所见所闻，常冬生都感到十分的新鲜，十分的好奇。有许多事情都是他原来无法想象的，有许多人物也是他原来无法见到的。三天的时间，真使他大开了眼界，大长了见识。常冬生觉得这个会议开得太短了，他总觉得意犹未尽。说实话，就是再开上三天，他也不嫌长。

常冬生觉得能参加这样级别的会议，在六郎村虽不能称作人中之凤，也可以算是人上之人了，至少在他们常家的近几代人里是没有出现过这样一个人物的。想着想着，他的大脑里就冒出一句词来，于是，他用略带沙哑的嗓音唱出一股抑扬顿挫的秧歌调来：

　　　　我就是一个会逮老鼠的好猫——

唱了一声长调之后，他想起了令他们常家子子孙孙为之自豪的老祖宗常遇春。老祖宗常遇春，体貌奇伟，沉毅果敢，长臂善射，豹头环眼，燕颔虎须。元至正十五年，参加农民起义军，随朱元璋渡长江，取太平，破集庆等地，每战必先，屡立战功，升中翼大元帅。十七年，攻宁国，身中流矢，裹伤再战。此后连克宁国、池州、婺州等城池。二十三年秋，在鄱阳湖之战中，他奋勇当先，救出被陈友谅军围困的朱元璋，旋即率军封锁湖口，会同诸将全歼号称六十万的陈军。二十五年十月，以副将军与徐达率军进攻张士诚，先取淮东，后占浙西，于二十七年九月攻克平江，俘获张士诚及其将士二十五万。因功升中书平章军国重事，封鄂国公。十月，又以副将军与徐达率军二十五万北上，转战中原，次年八月，攻克元大都，灭亡元朝。明洪武二年，率军继续北征，攻占元上都，俘元宗王及将士万余，为明朝立下了不世功勋。他英勇善战，统军有方，自谓能以十万众横行天下，军中称为"常十万"，是人们公认的一位"天下奇男子"。从常遇春算起，到他常冬生这一代，已是二十五世，他这一代，特别是他，应当再塑常家的辉煌啊！

常冬生还想到，一个人要想今后在社会上混下去，还要有所出息，除了自身必须具备很高的素质之外，就必须有贵人扶持，也就是必须找到一个很大的靠山。想当年自己当电工，靠的是郝二林书记，现如今自己当代表，靠的是负不赖书记，就连老祖宗常遇春能那样英雄一世，还是靠的朱元璋呢。看来自己的贵人和靠山就是负不赖书记，今后自己得紧紧抓住负不赖书记这个靠山了。有了这个靠山，还愁什么事情干不成呢。

富裕起来的六郎村人民，第一件要事就是盖房。

自从一九二七年那年，奉军张作相的队伍将六郎村老百姓的房子全部拆倒，将椽檩当作柴火烧了以后，村民们无家可归，只好在崖底塄下掏了窑钵居住，后来，个别人家因窑洞也倒塌了，才在附近盖了几间小平房，像郝二林、闵香璧等几家就是这样。

由于村里缺少土地，批不下新的屋地，又怕水淹，不敢像常冬生那样盖在河畔上，村民们只好在自家窑洞前，或坐北向南，或坐南向北，或坐西向东，或坐东向西，因地势而建。

盖房多为换工，打地基，立架，垒墙，压栈，瓦房，比较大的工程，自家的一两个劳力拿不下来，关系亲近的几家人家，就集中帮了一家，再集中帮另外一家。

五十多岁的冯长寿，也想盖一处一堂两屋的瓦房，东屋让他爹住，西屋里，他想也娶个老伴安度晚年呢。在窑前，他先挖地基，挖到二尺多深的时候，突然觉得锹下有什么硬东西顶着，再往下挖，他听到了金属碰撞的响声。于是，他扔了锹，弯腰低头，用手刨开一看，见是一堆白铁物件，白铁物件的旁边是一只白底蓝花瓷瓶，花瓷瓶的上边是一本一尺长的窄条账本。虽然他不识字，但他想拿出来去请李又白看看，可是账本一见空气就化作一堆灰烬。他认为这是墓内的陪葬物品，墓内的东西，是不吉利的东西，遇见了就预示着霉运即将降临，因此，他就将瓷瓶举起来向着一块石头，狠狠地摔去，瓷瓶立时化作了无数块碎片，飞溅了一地。然后，他又将一堆物件起出来，堆在羊圈墙外面的旮旯里，用粪土苫起来，等着收购废铜烂铁的来了，好卖几个零花钱用用。

几个月时间，六郎村的新房，就像雨后的蘑菇，一顶顶拔地而起。

有的人家盖的是仿明清建筑，主房为廊檐式五檩双梁鞍架房，前后檐插飞，两出水，墙壁由青砖砌到顶，大劈山，房顶安筒板瓦、大花脊、猫头、滴水和兽头。有的人家主房为鞍架房，前后两出水，墙壁以砖砌脚，俗称"砖解脚"，土墼垒墙，砖砌马头，三把沿劈山，房顶单撒瓦、皮条脊。

按照传统习俗，主房是忌盖四六间的，村里向来有"四六破财"的说法，房屋的间数忌双数，瓦房的垄数也忌双数，而大梁根数则忌单数。能建四合院的人家，一般是主房三间或五间，两翼配有耳房，左右再建配房各三间，对庭三间。大门要建在东南隅，意在迎吉星；厕所要置在西南方，意在镇五鬼。大门有砖碹的，有房式的，种类不一。大门内要建一座十分讲究的照壁，彩画出来，既能起到遮挡、聚瑞作用，看上去又显得十分漂亮美观。

新房的室内装修，大部分人家采用的是新旧结合的做法。四面墙壁用细沙和燃泥胶抹，仰层用麻纸裱糊，最后用白土粉刷。墙油炕围，地铺方砖。窗户上层一排为木格豆腐框窗棂，裱糊麻纸，下层一排为木框装玻璃。门为四扇，外边两扇固定，中间两扇开启。上层与窗户格式一样，下面则为框式装薄木板。有的人家的装修就新潮现代了一些。内墙上不是喷涂料，就是贴壁纸，地面铺的是地板砖，屋顶用石膏板或保丽板吊顶，厨房、卫生间均以瓷砖贴面，窗户采用铝合金作框，中间全部安装玻璃。

六郎村的冬天气温很低，自古以来，人们就是御风靠墙，取暖靠炕。大部分人家的室内都盘有土坑和锅台，既能做饭，又能取暖。锅台用砖或土墼垒成，呈长方形，上安大锅、小锅各一口，锅上盖一只杉木割制的锅盖。大锅用来做饭，小锅借用余火炒菜。

有了钱的六郎村人也学会了城镇人们的生活方式。有的人家，里屋仍然盘炕，外屋则安放了铁管床，供夏天使用。锅上的锅盖也由木制锅盖换成了铝质锅盖。锅台一侧安的风箱换成了吹风机。有的人家还用上了电炒锅、电饭煲。许多人家都购买了铁铸火炉，拉回了就像常冬生那样黑油黑油的块炭。有的人家还安上了土暖气。

室内的家具，过去好一些的人家，也仅仅是一躺柜、一饭柜、一炕桌而已，如今的许多人家，室内陈设有了组合柜、平柜、立柜、写字台、梳妆台、沙发、茶几、席梦思、电视、冰箱、洗衣机、VCD，现代化的装饰一应俱全。

过去，人们窑洞里炕上的用品是席子、毡子和铺盖。席子是用荬秆皮编织而成，毡子是用自家羊身上的羊毛擀制的，铺盖是用花线呢和棉絮缝制的，如今的人们，有的缝制了绸缎铺盖，有的还购买了太空被、蚕丝被。

人们的交通工具也得到了很大改善，村里有十来户人家也与常冬生一样，养起了小四轮拖拉机，有二十多户人家分别买回了雅马哈、嘉陵牌子的摩托车。

在村里十字路口的大槐树下，村民们聚在一起，谈论的不再是关于贫穷的话题，而是谁家娶下了媳妇，谁家的媳妇漂亮，谁家的事筵做的排场。

自从六郎村的村民们富裕起来之后，村里没有结过婚的后生们就吃香起来，邻村上下，甚至沙涧镇的姑娘们都想嫁到六郎村来，前来说媒的人屡屡不断，现在不是女方挑男方，而是男方要挑女方。

村里隔三岔五就有迎娶的，结婚的，鞭炮声不断，唢呐声不绝，六郎村笼罩在一片喜庆欢乐的氛围中。

六郎村里的大部分年轻人都娶下了媳妇。

王志刚回绝了他表姐为他介绍的到石家庄郊区做上门女婿的婚事，和本村一个叫小青的姑娘结了婚。冯润秀因为当过兵，又会开车，经人介绍，沙涧镇地段医院的一个漂亮的小护士王红莉要嫁给他。

六郎村虽然贫穷，但举办婚礼的程序却是十分的讲究。冯润秀的婚礼过程，按照提婚、传契、下送、迎娶、回门、祭祖和请酒等古礼依次进行。因冯润秀是常冬生的好朋友，冬生跑前跑后，婚礼自始至终都没有少了他的身影。

先是提婚。提婚是女方家长先找的媒人。媒人向润秀爹冯大白介绍了女方家的情况。冯大白听说女方是一个有正式工作的医院护士，求之不得，当然同意。于是，双方就互开八字请算命先生从属相、五行、忌犯等方面进行了推算，看有无冲克？算命先生看的结果是：双方互无冲克，大婚相合。

接着就是传契。媒人传达了女方家所要彩礼等要求，冯大白无不认可，随即选择双日传契，寓意成双成对。

传契那天，男女双方各备红纸庚帖，将姓名和生辰八字写在上面，如契约一样，作为信物和凭证互相传换。冯大白在家里自备酒席两桌，设男席一桌，女席一桌，请女方和其父母出席，请媒人和亲朋作陪。席间，女婿冯润秀拜见岳父，岳父当场掏红包给冯润秀作为见面礼，婚约即订。

宴罢，冯大白按预先约定之彩礼数目，同对媒人，由办事人员将部分彩礼和黄金首饰交付女方家长。女方王红莉及其父母临行，冯大白又将用红纸包好的糖饼与油糕、麻叶各一百二十个，以及糖果一包、香烟二条、好酒二瓶一并赠送。

订了婚，就是下送。下送，即正式给女方送聘礼，亦称纳聘和纳彩。冯大白又请看工夫的二先生选择结婚吉日。二先生将翁姑年龄、男女双方年龄详细写在称作"工夫单子"的大红纸上，交给冯大白。冯大白请媒人将"工夫单子"送至女方家中。女方家拿着"工夫单子"，另请先生核对，没有异议，才通知男方，将日期确定下来。结婚前十天，冯润秀邀媒人同行，将庚帖和新娘的结婚新装送到女方家，并将所欠彩礼全部交清。

迎娶是最为隆重最为讲究的程序。结婚前一日称为"安鼓"。尽管大部分人家都已不用鼓手，但仍沿用旧日习惯称作"安鼓"。安鼓前一日，办事人员就上工了。

安鼓这天，冯大白将祖宗请回，恭恭敬敬地悬挂在堂屋的墙上，摆上香案，烧纸奉香，敬献看馔，供奉起来。

办事筵的总管，也称"知客"，冯大白请的知客是村里最会办事的常宏禄。

常宏禄，五十五六岁的样子，身子敦敦实实，红扑扑的脸膛，大大的脑颅上头发稀稀落落，因其知识礼数、办事周详，六郎村里大凡有了红白事筵，人们都要请他担任知客。无论贫富，他也每请必到。因而，他成了村里最受人敬重的人物。村里每年要唱戏、办玩意儿，村委会不便组织此项工作，村民们就自发地成立了一个理事会，大家又公推他担任了会头。近来村里的红事筵特别多，有时候两三家办喜事的人家都集中在一个好日子里，而且这些人家又都想请他担任知客，他呢，哪一家也不想得罪，就只好安顿好一家，赶紧再去另一家，来来回回地跑。

常宏禄按照东家冯大白的意愿，将礼房、厨房、糕房、司酒、烧水、端盘、洗碗等人员确定下来，代表东家发给办事人员每人每日两盒香烟。所有人员，各司其职，秩序井然，有条不紊，置办事筵所需之食品和用品，搭彩棚、盘炉灶、租借桌凳、盘碗，布置花堂新房。礼房人员写执事名单、插红旗、贴喜联、挂灯笼，准备前期工作。

礼房人员铺开鲜亮的大红纸，用毛笔在上面书写了执事名单和喜联，张贴了出去，又写了糕房、厨房、礼房等标签，贴在了该贴的地方。

近亲陆续前来祝贺。礼房负责接待、记礼账，常宏禄负责安排座位，尤其是姥爷、娘舅的接待和官客、新人的席位，常宏禄格外地用心。

常宏禄书写好男方给女方家长的大红请柬，安排好娶客、放炮人、遮庙人等，将离娘肉羊腿一条、白面一升、糕面一升、离娘馍馍三十个，准备停当，以备来日之用。

结婚之日称正日。正日这一天，娶亲仪仗队伍按照工夫单所列良辰吉时鸣炮起程。娶亲轿车用的是冬生的桑塔纳，车上装饰了彩花，接嫁妆和陪娶的车辆也进行了简单装饰。娶亲车辆到达女方村口，鸣笛放炮，减速慢行。到女方门前停车后，新郎润秀不下汽车，新娘红莉的弟弟、侄儿、侄女，为润秀翻花、送水要红包。润秀在给红包时，将一对水杯留下，要带回自家，这是有讲究的。伴郎冬生将大红请柬交予女方家长。娶客抱鲜红被子进屋，让新娘红莉坐在上面，红莉起身前娶客要再将被子抱回车里。与此同时，冬生将离娘馍馍、离娘肉、白面、糕面交给女方家办事人员。女方家倒白面时有意手握面袋一角，留下一握白面回给男方家，以备当晚新郎、新娘喝疙瘩汤，寓意多儿多女。诸事毕，新娘红莉辞别父母，由官客抱上轿车，坐在红被子上，官客身带回柬随车护送。同时，娶亲随行人员将女方家送女儿的嫁妆搬到接嫁妆的车上。女方家办事人员给娶客、司机、摄像师、放炮、遮庙、搬运嫁妆人员发喜钱、喜糖、喜烟。诸事停当后，娶亲队伍鸣炮奏乐返程。娶亲队伍回来进村时不走重路，凡遇到祠、庙、碾、磨等建筑与物事，娶亲随行人员要用红毯遮挡。返程速度是根据下车时间而掌握的。时辰还未到，娶亲的车队在村外停车等了一会儿。良辰一到，鼓乐齐鸣，炮火连天，仪仗开道，转街而行。娶回家门口，恰逢好时辰。三声炮响，新郎新娘方才下车。

新郎润秀的舅父恭迎官客入上房，在主席上于上手落座，舅父于下手相陪。常宏禄出面热情招待。官客从口袋取出回柬，请常宏禄转交给男方家长。

新郎润秀的妗妗上前，请新娘红莉下车。新娘红莉在两名喜娘搀扶下，手捧花瓷"宝瓶壶"下车。新郎润秀手捧古书一套下车同行，脚踏黄布，代表黄道吉日，先跨过放置在门槛上的马鞍，入院时跨过火盆，直到天地神位前，站在红地毯之上。主婚人满斗焚香，点燃全纸，常宏禄主持仪式，祭拜天地。嗣后，新郎润秀、新娘红莉同入洞房。

洞房中供有福神，桌上放花馍十二个，点长命灯一盏，并将簸斗移至洞房，内插弓、箭、尺、秤。新娘红莉坐福神后，全家人喝缘法水。新郎润秀拉弓搭箭，向室内四角做发射状，意在驱邪除妖，然后用秤杆头做挑去新娘红莉盖头状，寓意娶到家的媳妇称心如意，办事持家有尺度。新娘红莉端坐，目视福神、斗、秤，人称"瞅福秤"。接着，由命相不克的全人给新娘红莉送来洗脸水、香皂、毛巾等化妆品，拉帘、关门，洗漱、化妆一番。

招待官客用餐，饭分三道，接连不断。第一道是香茶、点心、干鲜果品；第二道也称便饭，是炒菜、凉盘、饺子；第三道饭与婚宴同时进行。

在给官客上第二道饭时，常宏禄通知家人拜过祖荣，然后开始举行典礼仪式。典礼仪式由常宏禄主持，司仪一名、助喝收钱一名、礼房监督一名参与协助。鼓乐声中，鸣炮为号，请出新郎润秀、新娘红莉。司仪赞美词诵过，要笑一番，开始拜人。先拜过天地、祖荣，再从家人中长辈拜起，然后拜姥爷娘舅，接着表亲、姨亲，以次拜过。司仪喝唱一次，新郎、新娘跪拜一次。凡受拜者皆当场赠送拜钱，由助喝收钱人手端托盘，恭敬收下，点清数额，压在花馍馍下，高声喝唱所赠钱数，并交给礼房监督，在拜单上记录清楚，收钱保存。接着请官客。官客拿出娘家金银首饰赠品。最后，新郎润秀和新娘红莉向办事人员、邻里观众三鞠躬，典礼这才结束。

常宏禄安非亲朋坐定后，宣布喜宴开始。席面先上香烟、干盘，然后是鸡、鱼等十热十凉依次而上，白酒、红酒、啤酒、饮料，随时而添；主食为油糕、糖饼、麻叶、糖腰。凡是来贺者，都赠给香烟，亲戚两盒，朋友一盒。凡给官客上菜、上饭、上酒时，鼓乐都要伴奏。糕房、厨房给官客送糕、送菜，官客当即掏红包赠以喜钱。

晚饭毕，新郎润秀、新娘红莉喝疙瘩汤，行合卺礼。

接下来就是回面。次日清晨，女方家派人给男方家送来食盒礼，内放面塑花馍三十个，挂面、饼干若干，并送来尺、剪、镜、梳之类日用家什给女儿，另有给女婿、亲家母、小姑等鞋、袜、手帕等礼品。男方家礼待送食盒之人，下厨饱餐，赠钱别过。

回面早餐，舅父坐上手，官客坐下手。

这天，新娘红莉另穿一身婚衣，早餐毕，分大小，向家人、亲戚逐一拜过，与新郎润秀乘车，在官客的陪行中回娘家。

回面到娘家，娘家人同样以三道饭款待新女婿润秀。上第二道饭后，女婿润秀要给岳父母及同族长辈、亲戚逐一叩头，仪式与男方家基本相同，但女方家不收拜钱，只收礼钱和填箱礼物。傍晚，新郎润秀、新娘红莉"跑马回面"。

回面之后是祭祖。结婚第三天，新娘红莉由婆家长辈陪同上坟祭祖。返回后，登门叩拜同族长辈。

最后是请酒。结婚第四天即为请酒。上午，女方家长到男方家接女儿红莉回娘家小住。是日中午，冯大白家设酒宴，请至亲好友作陪，款待亲家，席间所上酒菜与结婚之日一样丰盛。宴毕，双方约定新娘在娘家和婆家各住几天。讲究"住三住四，两家都富""住七住八，两家都发"。新娘红莉再回婆家时，娘家将女婿润秀带去的单数点心或添或减成双数，再让女婿润秀带回，取"成双成对"之意。带回去的点心，专给润秀、红莉一对新人享用。

至此，婚礼全部程序方告结束。

常冬生新建的院落已经竣工。

这座仿明清建筑，位于六郎村河西十字路口东向的尽头。院落坐北向南，正面是一溜儿七间前后两出水大正房，屋顶五脊六兽排山瓦，插飞挑檐，山墙磨砖大挂面，马头磨砖对缝，马头与立柱之间的脖弯处是请李又白书写的几个潇洒的行书大字，东面是"金汤"二字，西面是"磐石"二字。三檩一替下面是五根粗壮的半露明大柱。柱子之间上部是仿古窗棂，中部是玻璃窗框，下部是各种花草、人物砖雕装心的磨砖窗台。窗台的前面是凿錾得齐齐整整的五级大理石石条台阶。院子的东西两旁亦是砖木结构建筑，只是为了扩大院里的面积，由两出水改为一出水，椽檩、门窗也一如正房。五间南房和东西房一样也是砖木结构建筑，南房的西面是一处男女分隔的厕所，南房的东面是一座砖椽、砖飞、砖楼的虎头大门，门扇是用三寸厚的榆木板割制的。大门正对着东房的山墙，山墙被装饰成一面古色古香的照壁，照壁的正中用砖雕了一个大大的"富"字。进了大门，向西一拐，是一座砖碹的月门。踏进月门，是一条用鹅卵石铺成各种几何图案的甬道，分别通向南房、东房、西房和正房。

为了修建好这座仿明清建筑，常冬生颇费了一番心思，他开着桑塔纳轿车，拉上木工、泥工两个大匠人，到晋中的乔家大院、三多堂等地进行了参观，借鉴和吸取了这些古建筑的许多优点。

有了好的样板，还得让每一位匠人尽心尽力，精工细作，于是，常冬生就三天一犒工，五天一奖励。

这座院落在六郎村，乃至沙涧镇，是最为高大、雄伟的一座。为了今后便于区别旧院和新院，他将旧院称为"窑院"，将新院称为"坝院"。本来对应

"窑院"，新院应当叫作"房院"的，但冬生想叫"坝院"，是因为叫"坝院"既能说得通，而且意义更加深远。"坝"是因为新房建在河坝上，更重要的是"坝"是"霸"的谐音字，暗含"厉害"和"独一"的意思。对这两处院落的命名，常冬生感到十分满意和自豪。

坝院修建的时候，他专门将正房最东面的三间上房，修了一间暖阁，两间堂屋，供娘居住，西面的四间，两间修作卧室，两间修作客厅，供自己一家三口居住。

坝院落成后，他请娘搬过来。

娘说："窑里住惯了，娘不习惯住房。"

常冬生说："房比窑宽大，住在房里要舒服些。"

娘说："窑洞冬暖夏凉，才舒服呢。"

常冬生说："咱院子前头那段坡大着呢，上下不方便。"

娘说："住惯的坡不嫌陡。"

常冬生拗不过娘，只好作罢。他和秀枝领着兵兵，从窑院搬到了坝院里。

住进坝院，他还有一件大事要做，那就是谢土。

谢土，就是谢土地爷，这是农村建房后必须进行的一件大事。老百姓认为，建房要动土，而土属于土地爷管辖，土地爷容忍了你动他的土，事后，你不及时地感谢土地爷，土地爷会轻易放过你吗？

借谢土之机，常冬生还想办一件大事呢。

谢土定在了农历四月十五。

前五天，常冬生就将岳父——沙涧镇鼎鼎大名的大厨师甄大厨师请来，将田万全、王志刚、崔大树、冯石命、冯润秀等一班儿朋友弟兄叫来。

常冬生派冯润秀，开着拖拉机去沙涧镇采买十桌的鸡、鱼、虾、菜和烟酒等食品；让岳父和冯石命负责在坝院的东西房前，各垒一个霸王火炉；让田万全负责买五口肥猪，并就地宰杀了拉回来；让王志刚负责籴（音量）一千斤黄米，并到电磨房加工成黄米面；让崔大树负责买二百斤胡油回来。

田万全以为冬生说错了，就问："办十桌酒席，能用了那么多猪肉、黄米面和胡油吗？你不会是算错了吧？"

常冬生说："你们只管去做。我自有道理。"

田万全、王志刚、崔大树大惑不解，只好怀着一肚子疑虑，按照冬生的吩咐去办理。

四月十五这一天，坝院里共摆了十桌酒席，分别在正房里设了两桌，在东西房各设了四桌，南房做了厨房，熊熊燃烧的两个霸王火炉上，安了两口大铁锅，各倒了半锅胡油。

正房里两桌招待的是沙涧镇党委书记负不赖，以及他两个月前参加县人代会认识的镇里的十来个领导，还有沙涧镇派出所所长郭文忠，还有本村的支部书记郝二林等几个村干部。东西房的八桌坐的是建筑坝院的匠人、小工，以及为工程作过贡献的一干人员。

正房的台阶下放着一张方桌，桌子的正端供奉着一个土地神牌位，牌位的前面是白面蒸制的牛、猪、羊三牲，三牲的前面是金针、海带、蘑菇、木耳等八碗供菜和八碟时鲜水果，水果前面是一只锡质的古式大香炉。

开席之前，常冬生先行谢土。他走到方桌前，点了三炷香，双手奉着，朝前作了三揖，将三炷香插在方桌上的香炉里，然后，焚了二十四张黄表纸，烧了两袋事先用金箔银箔叠好的纸元宝，接着就向桌子上的土地爷牌位跪下去，重重地磕了三个响头。

谢土仪式结束，宴席开始。常冬生先向正房里的领导们一个一个地敬了酒，说了一些致谢的话，又到东西房一桌一桌地敬了酒，道了谢。

宴席结束后，客人和工人们陆续散去，他只将岳父、小舅子秀林和田万全、王志刚、崔大树、冯石命、冯润秀几个人留下。

大家看着还没有用掉十分之一的猪肉、黄米面和胡油，发了愁。

常冬生说："大家不要发愁。还要辛苦大家几天哩。请我岳父和秀林负责将肥猪肉加工成烧猪肉，将瘦猪肉加工成过油肉，请石命和秀枝负责将黄米面加工成油糕。"

田万全越听越糊涂了，就耐不住问："客人和工人们都走了，做下这么多肉和糕，谁吃得了呢？"

常冬生说："这就要拜托你和几个弟兄了。"

田万全说："我们就是牛肚、马肚，也吃不了你这么多东西。"

常冬生说："你和志刚组成一组。大树和润秀组成一组。你们将一碗烧猪肉、一碗过油肉分别装到两个塑料袋里，将三十个油糕装到一个塑料袋里，作为一份。从河西到河东，只要是咱六郎村地片上的人家，不论贫富，不论高低，也不论人口多少，每家每户送去一份。对方问起原因，只说是冬生盖房谢土哩，让大家尝尝。有一点非常重要，就是不论远近，一定要趁热送去。"

田万全说："原来是这样呀！我们肯定能办好。你就放心吧。"

说着，几个人就行动起来。

甄秀枝的爹和秀林在南房里忙着烧猪肉、过油肉。甄秀枝让婆婆哄着兵兵，她和石命在院子里的霸王炉上蒸糕、炸糕。田万全和王志刚，崔大树和冯润秀，两个小组各自骑着摩托车，从河西到河东，趁热将肉和糕送到了每家每户，一家也没有落下。人们问："这是咋啦？平白无故给我这么多肉和糕?"他们只说："冬生盖完房，谢土哩。让你们尝尝。"

就这样，八九个人一直忙乱了十来天。

常冬生看见大家将肉和糕全部送了出去，心里想，有人说我是赖娃娃，有人选举县人大代表时还不投我的票哩。俗话说得好，拿了人的手短，吃了人的嘴软。我就不信热腾腾的肉和糕，还堵不住你个冷嘴巴。

第 十 章

"东一线，西一线，谁要找到两条线，能富九州十八县。""锅对锅，十八锅。槽对槽，十八槽。"常秋生默诵着老祖宗留下来的寻金秘诀，按照地质学上"以金找金"的原理，在正峪河上游的几座山上，上上下下，左左右右，就像用篦梳梳理头发一样，寻找着金矿床。

峪后村里的老同学许学斌对常秋生非常的好。听秋生说进大山里是为了勘查矿产的，要多住一个时期，许学斌十分高兴。许学斌安顿秋生住在大正房带有暖阁的西间里，每天让老婆给他做上可口的饭菜。为了冬天不让常秋生受到冷冻，许学斌还专门拉了一车块炭，买了铁炉，在西正房里生了火炉。白天，常秋生上山勘查，许学斌干自己的营生；晚上，两个老同学就躺在西暖阁的热炕上谈事业、谈理想、谈人生。

天上的雨变成雪，雪又变成了雨；山上的草绿了又黄，黄了又绿；常秋生身上的衣裳也由单换成棉，又由棉换成单，脚上的球鞋磨破了一双又一双。

常秋生找了一秋一冬又一春，又一个夏天来到了，他也没有发现金矿的丝毫迹象，就连与金子伴生的石英矿也没有看到。

于是，常秋生断定，正峪河的金沙就是出在某一座山上，成矿时代可能在古生代、中生代、第三纪、第四纪，或者是后来的某一个时代。这些露出地面的金矿石经过长期风吹雨打，矿石被风化剥蚀而崩裂，破碎成金粒、金片、金末，又随着山洪顺流而下，最后自然沉淀在了正峪河河床中。只不过这座山上的金矿石不仅是表层的，而且是数量很少的，那一层金矿石被全部风化后，就再也没有了。

寻觅了很久才发现的一条线索，突然又中断了，常秋生只好告别了老同学许学斌，从大山里走出来。

回到六郎村，常秋生正发愁下一步从那里下手勘查呢？这天，他从窑院出来，一抬头，就看到了村东崖壁上那些熟悉的"鸡窝架"。

六郎村河东的崖壁上有几个山洞。这些山洞，常秋生是熟悉而又陌生的。小时候，他和村里的小伙伴们经常一群一伙地踩着六郎河的踏石跑到河东，他们在崖壁上掏麻雀，捉圪狸，逮蚂蚱，有时候也到洞里玩耍。洞里的通道忽上忽下，忽左忽右，高处能容得一个人行走，低处却只能容人爬行通过。他们不敢往洞里钻的太深，只在十米以内的地方玩玩捉迷藏。村里从来没有一个人敢真正从洞口钻到洞底，据说是因为洞里住着狼虫虎豹。村里的老人们谁也说不上这些山洞的来历，有人说这些山洞是天然形成的，也有人说这些山洞是古人为躲避战乱凿下的，总之是没有一条有依据的准确的说法。人们根据洞里忽上忽下的情形，给这几个山洞取了个十分形象的名字：鸡窝架。

常秋生决定探一探这些鸡窝架。

他到沙涧镇买了一个加长电筒和一盒高效电池，从家里拿了一个尼龙编织袋和一根绳子，又从灶台前拿上娘夹柴用的铁火剪和一根钢筋棍，就踩着六郎河的踏石过了河东。

穿过村里几处新建的院落，常秋生看着这些青砖包到底的院墙，心情有一种难以言喻的畅快。自从村民们从正峪河里淘到了金子，富了起来，生活一天比一天好，村里的变化一天比一天大。最大的变化就是人们盖上了新瓦房，娶上了新媳妇。村里的人们全部从窑洞里搬了出来，住进了宽敞明亮的新房里。村里的光棍们，除了柳干头等个别人外，都娶上了年轻漂亮的新媳妇。他觉得六郎村这片土地总算没有白白养活自己，六郎河里的河水他也没有白喝，他总算为家乡的父老乡亲做了一点小小的贡献。

他来到崖壁下，向几个山洞望去。山洞的周围长满了半人高的圪针、野蒿等杂草，有两个洞口已经被茂密的杂草遮盖得严严实实。通往山洞的小路已很难辨认，那里曾经有他小时候踩过的无数足迹，可是现在的小娃娃们已经再也不到这里来玩耍了，时代进化了，他们已经不喜欢像他小时候一样掏麻雀、捉圪狸、逮蚂蚱了，而是一有时间就坐在电视机前观看动画片《葫芦娃》《黑猫警长》了。

常秋生攀着那一条小路，到了崖壁最北面的一个洞口。他拨开丛草，打开电筒，钻了进去。

这个洞口有半人来高，常秋生是猫着腰钻进去的。在电棒光柱的引导下，他在山洞里走了约有十来米，洞里渐渐大了起来，他的腰也能直起来了。

山洞的四壁是黄铁矿石，有明显的人工錾凿过的痕迹。再往里走，山洞就向下扎了下去。扎下去的竖井比较狭窄，竖井的壁帮凿有人踩的脚窝。下到十余米的地方，竖井就到底了，又开始平行向前。这时的山洞时而高，时而低，时而宽，时而窄，洞顶和洞壁被錾凿得犬牙交错。

常秋生用手里的电筒向前面照过去，在前面微弱的灯光下，他看见有一个黑影在晃动。他吓了一跳，头皮"乤"了一下，冒出一身冷汗，他站在原地，再也不敢向前挪动半步了。然而，黑影却慢慢向他挪过来。他想，莫非真如村里人们所说洞里有狼虫虎豹？假若洞里真有狼虫虎豹，现在他就是想跑也跑不出去了，目前唯一的办法就是与狼虫虎豹搏斗！于是，常秋生一手继续用电筒照着，一手握紧了手里的钢筋棍和铁火剪。

黑影慢慢变得清晰起来，就像一根铁棍一样左右摇摆着，他看清楚了，原来是一条蛇！

常秋生是不怕蛇的。山里的蛇特别地多，每当下过一场雨，尤其是下过连阴雨，太阳出来之后，山沟里的许多黑眉锦蛇就会爬出来，爬在乱石头上，盘成一圈一圈的，就像是一盘一盘的蚊香，尽情地享受太阳的温暖。这时候的蛇，是最温柔的，假如你要从这些乱石丛中穿过去，只要你踩着石头的空隙，不要碰着它们，它们是不会伤害你的。

常秋生还清楚地记得小时候的一件事情。

那是一个夏天的晚上，隔壁本家的宏禄婶子上了炕，将靠在墙跟前的被褥，一件一件地往炕上铺展。当宏禄婶子拿到第三层被子时，手指突然触到了一团凉凉的、绵绵的东西，宏禄婶子揭开被子一看，是一条盘成一团的黑眉锦蛇，吓得宏禄婶子急忙跑到院里，大喊大叫起来。常秋生听到喊声，立即跑过去，上了炕，揪住蛇的尾巴，提起来。蛇弯起头来，要咬他的手，他三抖两抖，就将这条黑眉锦蛇抖得骨酥了。黑眉锦蛇就像一根面条一样，再也抬不起头来了。最后，他提着这条黑眉锦蛇，将它扔出了村外。

常秋生确定了在他的面前晃动的是一条黑眉锦蛇之后，他就放心了。他从家里拿出来的铁火剪和尼龙编织袋，就是专门为捉蛇准备的。他张开铁火剪，走上前去，猛地一下，就将向他伸过来的蛇头夹住了。然后，他张开尼龙编织袋口，将蛇装进去，又将袋口扎好。

常秋生继续向洞里行进。

走了不大一会儿工夫，常秋生见山洞到了尽头，他用电筒照了照，发现上面又是一个竖井，竖井的壁帮亦凿有人踩的脚窝。于是，他又踩着脚窝，爬了上去。常秋生想，这个山洞，扎下又返上来，这就是村里人们说的鸡窝架吧。这时，突然有两个东西从里面跑出来，从他的脚踝边跑走了。他用电筒照了照，原来是两只老鼠。

竖井上面是一段忽左忽右的斜坡，过了斜坡，山洞就狭窄起来，只能容一人爬过。爬了不长一段，里面就又宽大了，并出现了几个或深或浅的岔道。他又走了一段，山洞就到了尽头。这时，他看见地上有一个黑乎乎的东西，捡起来用电筒照着一看，好像是一个断了把子的勺头，他就将这个东西装进口袋里。

这时候，常秋生觉得胸口有些憋闷，他知道这是因为山洞里缺氧造成的，再往里走就会影响到自己的安全，于是就用手电筒照着，顺着原路返了出来。

在后来的一些日子里，常秋生将崖壁上的山洞一个一个地都钻了一遍。他在山洞里共捉到三十多条黑眉锦蛇、二十多条菜花蛇，看到了无数的老鼠，还发现了六七只黄鼠狼。在一个山洞里，他还捡到了一截锈蚀斑斑的铁棒。

综合所有山洞的特点，没有一个山洞是天然的，而都是人工錾凿的。錾凿这些山洞的目的是什么？真是当年这里的老百姓为了躲避战乱吗？似乎又不很像。是有人要从山洞里要开采什么吗？可是为什么要七拐八弯、弯弯绕绕地开凿呢？常秋生的头脑里闪现过多种猜想，他是有些想法的，但他总觉得拿捏不准。

经过再三考虑，常秋生决定回母校一趟，请自己的研究生导师邹长彦老师亲自来六郎村考察一下，揭开崖壁上这些山洞的千古之谜。

常秋生从沙涧镇火车站坐上了返回母校的火车。经过一个晚上的长途跋涉，火车达到首都车站。常秋生到售票处中转签字后，傍晚又转乘了一辆开往东北的火车。第二天清晨，火车就到达了东北地质大学的所在地城市——长春。

长春地处东北腹地，是一座美丽、繁荣、开放的城市，素有"国际汽车城""电影城""森林城""雕塑城""文化城""科教文化城""国际轨道交通之都"等诸多美誉。这里地势平坦开阔，属北温带大陆性季风气候区，春季干燥多风，夏季湿热多雨，秋季天高气爽，冬季寒冷漫长，具有四季分明，雨热同季，干湿适中的气候特征，为人类开发和利用大自然提供了良好的气候环境。

这几天，晋北的天气已进入真正的夏季，一天比一天炎热，而长春的天气还没有给人们送来夏天的感觉，风清气爽，正处在气候宜人的春天气温中。

常秋生乘坐了一辆开往东北地质大学的公交车。车上的乘客不太多，他选择了一个靠窗的座位坐下，一路上，看着车窗外犹如水流一样的车辆和路边熙熙攘攘的人流。

公交车到达西民主大街东北地质大学站，常秋生下了车。他的眼前出现了他学习生活了七年之久的大学校园。

校门内那座李四光的半身雕像，赫然进入常秋生的眼帘。

校园里的一切，又勾起了他的许多回忆。这里的一草一木，一砖一石，他都太熟悉了。他曾无数次地踏着那些或直或曲的甬道，穿行在宿舍与教室、实验室与图书馆、餐厅与体育场之间。夏秋，他观赏过花丛中的花开花落；冬春，他欣赏过树上的雪积雪融。

这是一座创建于建国之初的地质大学，直属于国家地矿部，第一任校长是中国著名地质学家李四光，学校设有地质学系、水文地质与工程地质系、应用地球物理学系、地质仪器系、岩矿测试及地球化学系、探矿工程系、能源地质系、工业管理系、社会科学系和基础科学系等十个系，设有十七个研究所（室），五十七个设备比较先进的实验室，建有一座藏书八十五万多册的图书馆和一个拥有上万件岩石矿物等标本的博物馆，还建有两个地质教学实习基地。学校与国内外有关单位有着广泛的教学与科研联系，承担或参加着国家的多项重点科研项目，学校还出版有《长春地质学报》《世界地质》等多种学术刊物。

常秋生路过了鸽子楼、地质宫、博物馆，又绕过实验楼、水工楼、六舍，来到教授宿舍楼前。

他伸手轻轻叩响了他的恩师邹长彦老师的家门。

出来开门的是邹长彦老师的女儿邹亚丽。她一看门外站着的是常秋生，高兴得一下跳起来："呀！是秋生哥呀！是哪股风将你给吹来了？我说我咋的今天右眼跳的。"说着，扭头向屋里脆生生地拉长声音喊了一声，"妈哎——我秋生哥回来了——"

邹长彦老师的妻子景慧敏老师从卧室里走出来，高兴地对秋生说："快快来吧。你老师和师妹还经常念叨你呢。"

景慧敏老师是一个身材娇小、皮肤白皙、五十多岁的女人，她和邹长彦老师是大学里的同学，同是浙江杭州人。大学毕业后，邹长彦老师分配到东北地质大学任教，景慧敏也随之来到这座学校，被分配在后勤处工作。

常秋生放下从家乡带来的土特产——两盒粑饼，问："师母，我老师呢？"

景慧敏老师说："你老师他到美国开学术会议去了。"

常秋生说："老师什么时候回来呢？"

景慧敏老师说："也就是这三四天吧。他已经走了半个月了。秋生。你毕业已经有一年了吧。咋也不常回来看看？"她端详着秋生的脸庞，"你比在学校时黑了，也瘦了。是家里的生活不好吧？是工作艰苦吧？"

邹亚丽给秋生端过来一杯冒着热气的茉莉花香茶，说："妈，你看你，光顾了说话，你咋不赶紧去给我秋生哥去做饭呢？"

景慧敏本来还想和秋生说说话，问些什么，听到女儿的提醒，觉得秋生刚下火车，是应该先招呼吃饭，于是就说："真是的，我给你秋生哥做他最爱吃的炸酱面去。"

邹亚丽说："妈，再给我秋生哥做一个小鸡炖蘑菇吧。"

景慧敏"哎"了一声，到厨房里做饭去了。

常秋生和亚丽说着话儿，各自谈了一些别后一年来的情况。

这时候，常秋生才对邹亚丽从上至下认真地扫视了一遍。亚丽比以前出脱得更好看了：细细的眉毛，大大的眼睛，微翘的鼻子，红红的嘴唇，各自适当地安放在一张白白嫩嫩的鹅蛋脸上，上面是墨黑的一头短发，鹅蛋脸的下面是一段颀长的玉颈，再下面就是高挑的身材，身上年轻女性高高低低的曲线应有尽有，就像一只亭亭玉立的仙鹤站在他的面前。

邹亚丽是邹长彦老师的独生女，比常秋生小一岁，她于吉林大学毕业后，考取了首都传媒大学的研究生，今年研究生刚刚毕业，被分配到国家地矿部下属的中国地矿报社工作，在正式上班之前，她想回来和父母亲住几天，然后再去报社报到上班。

当年，为圆老祖宗的梦想，常秋生报考的是东北地质大学探矿工程系，他明白自己肩上的重任，四年大学生活，他心无旁骛，一心一意钻研学问。功夫不负苦心人。大学毕业时，他作为全校品学最优秀的学生，被免试推荐升入邹长彦带的硕士研究生，学了矿物成因与探矿专业。因常秋生的聪明、忠厚、善良和基础知识的扎实，很快得到了邹老师的器重，被邹老师列为他的得意门生。常秋生自然也就成为邹老师家里的一个成员，他到了邹老师家里，就像在自己家里一样，遇上活就干，遇上饭就吃。邹老师和景老师对待他，就像对待自己的孩子一样，无论在学习上，还是在生活上，都格外地关心和照顾。常秋生一到邹老师家里，景老师总是要做秋生最爱吃的炸酱面给他吃。亚丽也和他处得非常融洽，就像亲兄妹一样。研究生毕业时，就是邹老师极力向学校推荐，学校又向国家地矿部申请，才批准他留校任教的。

常秋生和亚丽说话的当儿，景老师就做好了小鸡炖蘑菇和炸酱面。常秋生吃饭的时候，景老师和亚丽一直坐在旁边，看着秋生吃饭香甜的样子。常秋生吃了两碗面和一些小鸡炖蘑菇，就吃饱了。景老师和亚丽真想让秋生多吃一些，将消瘦的身体尽快补起来。

当晚，常秋生住在了学校招待所。

在等待邹老师的几天里，常秋生去了几次学校的图书馆，查阅了一些一年来他想要查阅的资料。邹亚丽又陪着他逛了几个长春的著名景点。

邹亚丽是个生性活泼、好动的姑娘，每天吃了早饭，她就领上秋生出去了。他俩去了校区前面的文化广场，去了校区后面的御花园公园，去了净月潭国家森林公园，看了那里集湖、林、山、田为一身的独特风貌；去了动植物公园，参观了号称"亚洲第一"的各种动植物品种；去了世界风景园，欣赏了古代与现代、蛮荒与文明、东方与西方风格各异的景观与建筑，感受了人类历史发展的轨迹与世界各地的秀美风光；还去了长影世纪城，领略了堪称"东方好莱坞"的神奇。

邹亚丽还向秋生介绍了长春的历史。她边走边说："长春这片沃土，远在四万年前就已经有了人类繁衍。早在远古时代，这片土地上的人类已进入了智人阶段，属母系氏族社会初期。新石器时代，这里的人们就已经掌握了原始纺织技术，进入着装时代，原始农业也已经很发达了。

"长春，这个名字，源自距今约七千年前古老的肃慎语'茶啊冲'，是古代肃慎祭天时候的祈福之语。因为祈福之地在喜都，后世渐用'茶啊冲'取代喜都。'茶啊冲'，汉译转音为'长春'，于是，'长春'就成为地名。长春，是满族先祖的主要聚集地。

"唐朝开元时期，长春地区成为唐'安北都护府'的一部分，时被中原人士称为'书山府'，是唐朝发配文字狱犯人的地方，当时书山城被冤枉发配的文人很多，也使之成为文化之城，是许多中原学子向往的学习之地，所以'书山有路勤为径'广为流传至今。此时的长春已是人口近十万的大城市，城墙面积扩大了数十倍。也因为这一时期中原文化广泛传入东北亚地区，此后千年一直影响着东北民族文化的发展方向。

"公元八百四十六年，粟末鞨鞨领袖大祚荣在此建立臣渤海郡国，改'书山府'为'隆州府'，定为国都。公元九百一十六年，契丹建国，逐渐强大。长春地区成为契丹管制女真的重地。公元一千一百一十五年，女真人崛起，建立大金国，将长春地名改回祖先的隆州白龙府，迁都中都（北京）之后，改称隆州'宽城府'（宽城子），成为北方的军事、政治、文化中心。

"后来蒙古日益强大，攻占宽城子，用了近一年的时间才攻下来，蒙元由于信仰藏传佛教，所以认为这里是景教的不祥之地，才会久攻不下，遂下令将宽城子城墙拆毁，百姓迁移到辽阳和中原等地，这座千年古都变为一片废墟，又将废墟挖地三尺，夷为平地，所以今天几乎找不到这座古城的任何痕迹，只有在今天小城子村附近留下一点残存的遗迹。

"明朝后期，女真再次勃兴，建立大清帝国，长白山成为满族祭祖的圣地，乾隆皇帝几次在夏季到长白山祭祖路过这里时，都发现这里的气候比盛京凉爽很多，而且风景宜人，便顺口说出'长白千载古喜州，春光无限在宽城'的诗句，后来嘉庆登基后去长白山祭祖，来到这个驿站时也发现这里气候很凉爽，又听说先帝作过这样的诗句，便在嘉庆五年开始在此建立地方行政机构。取其中第一句的两字设'长春厅'。这就是长春的来历。"

亚丽又给秋生讲了长春最佳的旅游时间。她说："长春最佳的旅游时间是在冬季。那时候，丰富多彩的冰雪运动总能让人忘记寒冷，树挂、雾凇将冬天的长春装扮得分外妖娆，比夏天更多了几分妩媚，一月至二月间是长春最冷的时候，也是最美的时候，大雪覆盖的净月潭国家森林公园展现出一片林海雪原的风貌，这时候正是滑雪者小试身手的好时节。"

常秋生虽然在东北地质大学读了七年书，但由于天天埋头于学习，对长春的历史和景点知之甚少，这几天的所见所闻，的确使他大长了见识。

过了几天，邹长彦老师从美国回来了。常秋生给邹老师汇报了他一年来在六郎村北山一带勘查金矿的情况，并提出了想请老师亲自到六郎村河东崖壁的山洞里实地勘查一下的请求。

头上完全谢顶了的邹长彦老师，是国内矿物成因和探矿方面的顶级专家，除了在学校进行教学与研究，既要经常参加国内的学术会议，也要应邀参加国际上的一些学术研讨会议，身心都忙得很，但是，当他听了他的学生常秋生的汇报后，他产生极大的兴趣。他决定不但自己要亲自去，而且还要邀他的一个研究历史的同学一同去一趟六郎村。

邹长彦说："秋生，明天你就先回去吧。我先将学校的教学工作安排一下。然后起身到北京，约上我的一个高中时的同学，他是中国科学院历史研究所的柴鸿儒研究员，我们一起去一趟六郎村。七天后，咱们准时在沙涧镇火车站见面。"

常秋生按照邹老师的吩咐，第二天告别了师母和亚丽，就起身往六郎村返。

邹长彦教授和柴鸿儒研究员如约在沙涧镇火车站下了车。常秋生从车站接上二位老师，租了一辆"蹦蹦车"，回到六郎村。

常冬生和秀枝、兵兵从窑院搬到坝院后，窑院里的南窑一直空着。秋生娘将南窑打扫得干干净净，又取出两床给秋生结婚准备的新铺新盖铺展在炕上，就请邹长彦、柴鸿儒二位老师下榻在南窑里。

邹长彦教授和柴鸿儒研究员过去只听说当年许多革命领导人，指挥抗日战争、解放战争就住在陕北的窑洞里，但住在窑洞里是一种什么感受，他们从未体验过，就是觉得好奇，这次亲自住进了窑洞里，就不由得这里看一看，那里摸一摸，感到十分新鲜。

戴着一副宽边玳瑁色眼镜的柴鸿儒研究员，和邹长彦老师是高中时的同班同学，两个人又在同一个寝室住了三年，关系非常要好。考入大学后，柴鸿儒学了历史，邹长彦学了地质，虽然两个人因为所学专业不同分开了，但他们一直保持着通信联系。柴鸿儒大学毕业后，被分配到中国科学院历史研究所工作，对唐、五代、宋史有独到的研究，至今已有八部历史研究专著问世，是国内的权威专家，现为中国社会科学院院士。柴鸿儒研究员还有一个业余爱好，就是书法。他是中国书法家协会的理事。他的隶书，在国内书法界有着很高的声誉。

中午，秋生娘给二位客人做的是家乡饭菜，主食是一面焦黄、一面绵软的莜面角子和山药蛋；副食是凉拌藿香、藿香炒肉、藿香炒青椒、藿香炒西红柿，外加一个藿香鸡蛋汤。

翠绿色的藿香，搭配着肉、蛋和西红柿，色泽鲜艳，十分诱人。邹长彦教授和柴鸿儒研究员是平生第一次遇到这么香味醇厚的饭菜，吃得特别香甜，禁不住就比平时多吃了许多，最后，每人又喝了一碗藿香鸡蛋汤。饭后，他们自己呼吸出来的口气，也觉得是香喷喷的。

吃完饭，二位老师没有歇息，就要开始工作。常秋生拿出从山洞里捡回来的一个断了把子的勺头和一截铁棍，交给二位老师。

邹长彦教授和柴鸿儒研究员认真地看了两个物件，又互相交换了一下意见，两个人的看法没有分歧。他们一致认为，这截铁棍，应该是一截铁錾，根据锈蚀程度，初步断定为唐宋时期的遗物；那个所谓的勺头，其实是一个宋代的灯盏，它本身就没有把儿，是常秋生以现代勺子的观念，先入为主地将它误判为断了把儿的勺头。

看罢铁錾和灯盏，邹长彦教授和柴鸿儒研究员就要前去考察山洞。于是，常秋生就带上加长电筒、铁火剪、尼龙袋，又给二位老师各准备了一把加长电筒。他领着二位老师踩着六郎河的踏石，到了河东，攀着崎岖的小径，钻进了崖壁上的山洞。

为了防止蛇、虫对二位老师的侵害，常秋生一直走在最前面。三把电筒同时打开，他们三个人的周围被照得亮堂堂的。二位老师一言不发，全神贯注地查看着洞里的石壁和曾经被錾凿过的痕迹，邹长彦老师还时不时地取一些石头上的粉末，放在手心里，然后从口袋里掏出高倍度放大镜，认真细致地观察一番。

邹长彦教授和柴鸿儒研究员跟着常秋生钻上钻下，爬出爬进，一直走到尽头。返出来时，邹长彦老师又张开双臂，以双臂作肉尺，一下一下地量到了洞口。

常秋生看着邹老师严肃认真、一丝不苟的治学精神，在内心受到莫大感动的同时，又学到了在课堂上和实验室里学不到的许多东西。

晚上，邹长彦教授和柴鸿儒研究员没有对六郎村崖壁上的山洞发表任何看法。常秋生知道，现在向老师提问，为时过早，按照邹老师的性格和习惯，没有得到充分的证据的时候，是不会做出任何结论的。

吃过晚饭，洗漱了，二位老师躺在南窑的热炕上，用杭州土话又说又笑，常秋生大部分听不懂，只是有个别语句，他听见好像说的是高中读书时的一些趣事。

第二天，邹长彦教授和柴鸿儒研究员让秋生领着继续钻洞。二位老师在洞内的考察方法和认真态度，与第一次钻洞一模一样，没有丝毫马虎和潦草的迹象。在洞内，常秋生捉到了三条黑眉锦蛇。常秋生捉蛇时，二位老师并不害怕。他们说，由于气候原因，南方比北方的蛇要多得多，而且绝大部分是毒蛇，他们小时候都还曾经是捉蛇的高手呢。

又抽查了几个山洞，邹长彦教授根据洞内石壁和采集到的岩石粉末，经过认真分析，他终于给这些山洞做出了结论。他说："这些山洞是古人开采金矿时凿下的山洞。这些金矿床是晋东北地区石英脉型金矿床。这类金矿又称为'脉金矿''山金矿'或'内生金矿'，矿床大多分布在高山地区，由内力地质作用，主要是火山作用、岩浆作用、变质作用而形成，石英与黄铁矿等是其主要载金矿物。古人为了凿取含有金子的石英和黄铁矿，顺着一条脉线一直向里鐾凿，因为脉线的走向是不稳定的，所以脉线走到哪里，古人就凿到哪里，于是，洞里就出现了或上或下、或直或岔曲里拐弯的情形。由于古时候科学技术不很发达，通风设备极其有限，脉金线拐弯度不大的山洞，古人最深的也就开凿一百米，拐弯度大的一般都开凿五十米左右，否则，由于洞里缺氧，人就会窒息死亡在里面。"

柴鸿儒研究员说："你从地质学的角度考察的结果，和我的研究结果是一致的。据极少的历史资料记载，唐朝武则天时期，国库的许多金银就来自晋东北的北楼口。唐朝地图上也标明，北楼口附近还设有铜炉和冶铺。我查了一下现在的藿人县地图，看到六郎村附近就有一个叫作同路的村庄和一个叫作沿铺的村庄，这两个村庄的位置与唐朝时铜炉、冶铺的位置是一个位置。这两个村庄，说明了两个问题：一是唐朝冶炼金属的地方后来住的人多了，演变成了村庄；二是后人不知道这两个村名的起因，便随音赋字，写作了'同路'与'沿铺'。"

邹长彦教授说："崖壁上的山洞是一处实证，正峪河的沙金是又一处实证，再加上图文记载，这里曾经是产金之地，是毫无疑问的了。"

柴鸿儒研究员问秋生："藿人县有一个叫作'峪口'的地方吗？"

常秋生想了想，说："有哩。从六郎村往南是沙涧镇，沙涧镇往南是滹沱河，过了滹沱河再往南就是峪口了。"

柴鸿儒研究员问："六郎村距离峪口有多远？"

常秋生说："十五公里。"

柴鸿儒研究员看了一眼邹长彦教授，说："咱们到峪口看看去吧。"

于是，常秋生就租了一辆"蹦蹦车"。半个钟头之后，三个人就到了峪口。

峪口是进入五台山的一个山坳口，人称"台山北大门"，一条季节河从五台山上顺着山沟由南向北通过峪口最后流入滹沱河。

柴鸿儒研究员向一个正在地里锄田的老农打问道："你知道附近有一个叫做'冶场'的地方吗？"

老农一手拄着锄杠，一手指着峪口里的一个小山沟，说："从那个山沟往里走就是冶场村。"

柴鸿儒研究员环视了一遍峪口，又说："这里应该是有一座宝兴城呢。"

老农用手指着峪口的干河滩，说："那个地方，现在还叫'城里'呢。听老人们说那地方曾经就是宝兴城，后来被水冲毁了。"

接着，柴鸿儒研究员就向邹长彦教授和秋生讲述了一个《新五代史》记载的故事。

公元九百五十一年，刘旻（原名刘崇）在太原称帝，国号北汉，占据了雁门关以南及太原附近地区。北汉是五代十国中最小的一个国家。北汉虽小，但北宋开国皇帝赵匡胤消灭各国时，北汉却消灭得最迟。北宋建国后，北汉仍坚持了十九年，才退出历史舞台。北汉之所以国小而寿长，究其原因，主要是依赖着一位善于采矿炼银的宰相刘继颙。

刘继颙是燕王刘守光的儿子。晋王李存勖于天佑十年灭燕，并于第二年将刘守光全家诛杀于太原。因刘继颙是刘守光小妾所生，被视为孽子，遂免于诛杀。后来，刘继颙到五台山出了家，并成为五台山的高僧。刘继颙善讲《华严经》，信众很多，布施不少，积蓄颇丰。由于北汉和邻国后周连年征战，国库空虚，皇帝刘旻便请刘继颙为国出力，在财力上给予支持。刘继颙就将信众布施的钱捐献给了国家。他游华严岭时，见地有宝气，就在峪口设置冶场，组织当地民众采矿炼银，支持国用。为了提高采矿效率和加强采矿管理，刘继颙采取"民六国四"的分成办法，以激励民众的采矿积极性，皇帝刘旻还在峪口设置了宝兴镇，修筑了一座宝兴城，驻扎了一支宝兴军，以保证采矿秩序。因为刘继颙有钱，句注山北面的契丹国一直与他通好。他每年都要用银子从契丹国换取数百匹良马，献给国家，人称"添都马"。由于他对国家的巨大贡献，北汉的第二位皇帝刘钧下诏，授其为五台山十寺都监，赐其为广演匡圣大师、鸿胪卿。第三位皇帝刘继元又下诏，敕命其为五台山管内都僧统、大汉国都僧统、检校太师兼中书令。中书令就是宰相。刘继颙虽身为宰相，但并不在朝中当值，实际上仍常住峪口采矿炼银，为国家创造财力。刘继颙死后，被北汉皇帝追封为定王。

听了柴鸿儒研究员讲的故事，常秋生一时又增长了不少知识。生于斯、长于斯的他，对曾经发生在当地的情况竟然一无所知，而远在千里的柴鸿儒研究员竟然了如指掌，如数家珍，他立时觉得科学院的院士就是和普通知识分子不一样，真是满腹经纶，一肚子学问。

常秋生和柴鸿儒研究员、邹长彦教授从峪口回到窑院，秋生娘已经做熟了晚饭，二位老师洗了手，擦了一把脸，正准备上炕吃饭，外面突然传来一阵敲门声。

常秋生推开门一看，是冯长寿，就将他让进来。

冯长寿边进屋边说："秋生啊！听说你从京城请来两位大教授。我前些时挖地基时，挖出一些白铁物件，我估摸那是一些陪葬品，想请两位大教授到我家里看看。"

柴鸿儒研究员和邹长彦教授一听说挖出了古物，一下来了兴趣，马上就要去看古物。秋生娘让二位老师吃了饭再去。二位老师笑着说，先看古物，然后吃饭也不迟。

常秋生和柴鸿儒研究员、邹长彦教授来到冯长寿家里。

冯长寿用铁锹将羊圈旮旯里的一堆粪土扒拉开，下面就露出了一堆他认为的"陪葬品"。

柴鸿儒研究员一看，原来这是一堆银器，有的还镀了金。他蹲下身来，从口袋里掏出手绢，一边一件一件地擦拭上面的灰土，一边一件一件地仔细查看。其中最为珍贵的有带盖鎏金银坛一个，坛盖、坛身均有精美刻花；有伸颈回首鎏金银龟香炉一尊，龟背和龟头为炉盖，龟腹和龟脚为炉身，龟背刻有八卦花纹，龟口朝天有孔，造型十分生动；有五角鎏金银盘一个，外为五角花瓣式，内有圆形平底连体小盘。还有椭圆形四瓣花边鎏金银盘二个，五瓣花边鎏金银碟四个，四瓣花边鎏金大银碗一个；四瓣花边鎏金小银碗一个。此外，除了一大堆没有鎏金的银器，还有银砧一个，银板四块，薄皮银环六个。大部分器具上都錾刻着铭文，五角银盘上刻的是："咸通道十三年文思院造一尺二寸银白花盘一具重壹拾斤展计壹佰陆拾两实打造小都知臣陈景夫判官高品臣刘虔诣副使高师厚使臣弘声"。另外的几个碗、盘上则刻有"大彭""多禄"等吉祥字样。

柴鸿儒研究员一边查看，一边给大家断句、讲解："'咸通道十三年'的'咸通'，指的是唐懿宗的年号，'十三年'即公元八百七十二年，'文思院'是唐代官府手工艺工厂之一，属少府监，掌管制造金银犀玉工巧之物，'实打造小都知臣陈景夫判官高品臣刘虔诣副使高师厚使臣弘声'中的'小都知臣''判官''副使''使臣'，都是唐代的官名。通过以上铭文，可以确定这些银器，是文思院于懿宗咸通十三年由陈景夫、高骈等众官员为皇宫打造的御用器具。更有意思的是，这些银器与一九八七年四月陕西省扶风县法门寺出土的金银器，竟然是同一时期、同一类型、同属文思院打造的。"

柴鸿儒研究员曾经参观过陕西省扶风县法门寺出土的金银器，他觉得眼前这些银器无论从时间上、规格上、艺术上都可以与法门寺出土的金银器相媲美，甚至眼前的这个银龟香炉比法门寺出土的金银龟香炉还要精美。他想，银子是金子的伴生物，六郎村这些银器的出土，就进一步印证了他的那条理论：这里在唐代曾经是为国库提供金银的重要基地。

邹长彦教授和秋生虽然对历史与考古是门外汉，但从柴鸿儒研究员的表情和解说中，可以看出这些器具的来历不凡与重要程度。

柴鸿儒研究员查看罢所有器具，对冯长寿说："据你所述，这些器具出土时，上面还有一本账簿和一个瓷瓶，我分析这些东西不是陪葬物品，极有可能是打造或保管这些物品的人，遇到战乱，不便携带，临时埋藏在这里的。后来埋藏这些东西的人，遇到了不测，就再也没有回来掘取。"说着，他加重了语气，"根据这些东西的质量，我估计应当属于国家一级文物。我国法律规定，地下文物属于国家所有，因此，你必须将这些东西如数交给国家。你明白我的意思了吗？"

冯长寿连连点着头应着："我明白了。我明白了。"

夏天的天气昼长夜短，三个人看完那些器具，从冯长寿家里出来，夜幕才慢慢笼罩了六郎村。

吃晚饭的时候，邹长彦教授觉得头疼脑涨、浑身酸痛，没有一点食欲。常秋生看到老师生了病，觉得比自己病了还要难受，就要给老师请医生打针、输液。

秋生娘说："不要慌张。邹老师这是几天来劳累过度，感冒了。我有办法治这个病。"说着，就给邹老师熬了一碗酽酽的藿香汤，请邹长彦教授喝下去，并安顿他早早歇息了。

第二天一早醒来，邹长彦觉得浑身轻松，没有了一点感冒的感觉，心想，平时得了感冒，不管怎样打针吃药，总要经过六七天才能见好，可是这一次，睡了一晚就好了，就奇怪了这藿香的神奇！他和柴鸿儒研究员讨论起来，他们根据这几天了解的当地的气候、水土和饮食，发现这里的人们的皮肤就像煮熟了的蛋清，都特别白净，又据对藿香的仅有的知识，才知道原来是这藿香在起着重要作用。

邹长彦教授和柴鸿儒研究员完成了既定任务，就要离开六郎村了。

临行，常秋生给二位老师每人准备了一份礼物：用红绸条捆扎的北芪一墩，李又白书写的行书书法作品一幅，自制的藿香茶一包。

北芪，又名黄芪、独根、百药棉等，是藿人县的一大特产，产地在藿人县境的北山坡一带，以其秆粗、条长、质坚、粉大而闻名于世，因藿人县的黄芪优于四川等地生长的黄芪，故人称北芪。北芪为补药之长，具有益卫固表、补中益气、利水消肿、排毒去浓、壮脾健胃、生血长肌、无汗能发、有汗能止的功效，亦能治妇人脏风邪气、逐五脏恶血，还可补丈夫精血虚损，疗五劳羸瘦。

李又白给邹长彦老师书写的是：

梅为争春先报到

荷因怜子自留香

李又白给柴鸿儒老师书写的是：

沽来山水清心目

剪取春秋补案几

柴鸿儒研究员既是历史学家，又是书法家，他打开两幅书法作品一看，被那些字惊呆了。只见字字中锋行笔，八面出锋，或粗细，或长短，或倚侧，或枯润，或大小，游丝映带，绞转缠绵，如屋漏痕，如锥画沙，如折钗股，如行云流水，无一笔无根底，无一字无出处，违而不犯，和而不同，神、气、骨、肉、血，五要俱备，笔法、墨法、章法皆属上乘。整幅作品彰显着王欧风骨，涌动着颜柳气韵，弥漫着一股清新的书卷之气，大气磅礴，神采飘逸！他记得苏轼说过，"诗不能尽，溢而为书，变而为画，皆诗之余。"看来这位书者一定是学养深厚、满腹辞章。看着，想着，他就不由得抚掌叫了两声："好！好！"

柴鸿儒研究员对邹长彦教授和常秋生感慨地说："想不到这小小的山村里竟然是藏龙卧虎之地，有这样好的书法家！这样的书法作品，不要说在当地首屈一指，就是放在京城，不数第一，也应数第二啊！怪不得，人们说'好书法，在民间'哪！"他本想亲自去拜访一下李又白先生，但是，火车票已经定了，他怕耽误了火车，只好作罢。

邹长彦教授对秋生说："你什么也不要给我带。我只要一包藿香茶。我最喜欢那个东西！"

常秋生租了一辆"蹦蹦车"，将二位老师送到了沙涧镇火车站。

在车站上，柴鸿儒研究员给了常秋生一张纸条，上面写着他在北京的单位地址和家庭住址。他对常秋生说："有什么事情，你就给我写信。有机会到了北京，你就去找我。"

临上火车，邹长彦教授对秋生说："你们省里地矿局的局长杨茂森，是我七十年代教过的一个学生。你有什么困难，可以去找他帮忙。我回去会给他写一封信，将你的情况告诉他。"

第十一章

常秋生送走了邹长彦和柴鸿儒二位老师，又开始了他的寻找黄金宝藏之旅。

常秋生在水迎脑和正峪河里发现了沙金，就像是有一颗流星划破了暗夜里的天空一样，曾经给他带来了很大希望，可是，正峪河的上游却并没有出现金矿床。正当他的心情处于灰暗、低落的时候，邹长彦老师确认了六郎河东崖壁上那些山洞，就是古人曾经开采过金矿的山洞，柴鸿儒老师也提出了六郎村一带在唐代是开采金银的重要基地，冯长寿挖出的器具又得到了进一步印证，所有这一切，就像给他这只泄过气的皮球又注入了新的空气一样，这时候，他才感到寻金的底气更足了，他坚信老祖宗留下的那两句话："东一线，西一线，谁要找到两条线，能富九州十八县""锅对锅，十八锅；槽对槽，十八槽"，决不是空穴来风，决不是一个虚无缥缈的神话传说。

在继续寻找黄金宝藏的中间，常秋生选择了一个星期天，买了些水果等吃食，到了香草家里一趟。

闵香草的家是正峪河发现沙金后，没有建筑新房的少数几户人家之一，住的还是那年窑洞倒塌了，香草爹拼尽全家财力盖下的两间小正房和一间小西房。

常秋生看望了香草娘，并问了安。香草娘的身体还一如既往，能吃能喝，就是不能动。一见面，老人就催促秋生和香草快快办了婚事。

闵香草平时特别忙，每天除了给娘做饭、收拾衣物，就是在学校里实践她研创的"启发式教学法"，只有星期天，她才能给娘大清洗一次。她用刚刚发下的一个月五十元的工资，给秋生买了一双球鞋，鞋里又衬上她利用夜晚抽空纳下的一双兰花鞋垫，让秋生试了试，看着那双鞋很服秋生的脚，才放了心。

常秋生进了香草家院子的时候，香璧从小西房里探出头来，问了秋生一声，就又闪进了屋里，依然神神秘秘的。闵香璧平时除了耕种石龙岗下自家那一亩半口粮田，就是钻进小西房干着让秋生和香草都大惑不解的什么事情。

每每看到香草家里贫病交加的情形，常秋生就感到非常的揪心和自责。为什么香草爹刚刚因车祸身亡，香草娘又一病不起呢？为什么香草每天忙忙碌碌，付出的最多，而收入的却最少呢？为什么世界上总是喜逢双来、祸不单行呢？这些无比深奥的社会哲理，他实在是无法理个清楚。他只恨自己能力太小了，未能给予香草家里多少帮助。如果有一天，他找到了"东一线，西一线"，让香草这样的贫苦人家都富裕起来，那该多好哇！

这天，常秋生从香草家里出来，爬上了村东的釜山。

釜山，是六郎村东的一座小山。这座小山的山顶上，有一个直径五十余米的山窝，极像一口硕大的锅。这个山窝是火山山口？是天上的陨石撞击而成？还是人工开采的结果？究竟是怎样形成山窝的，人们谁也说不上来。

常秋生登上了釜山的最高处，放眼向北望去，北面的六郎城遗址尽收眼底。他详细地观看了遛马壕、校场、南炮台、北炮台、火神庙、孟良寨等遗址。这些地方，他小时候不知在那里玩过多少次，也不过就是一处一处山坡，和别的地方相比，除了有一个神秘的名字之外，并没有什么奇特之处。可是，今天居高临下地观看这几个古代遗址，就有了一些别样的形状。他发现这些遗址一个一个都是一些外高里低的锅形山窝。而且，六郎城的东面由南向北也有一排外高里低的锅形山窝。他心里惊叫了一声，这里莫不是老祖宗说的"锅对锅，十八锅？"他用手指指点着六郎城的几个遗址和六郎城东的一排山窝，一二三四……数了数，总共是十六个。按照老祖宗传下来的说法"锅对锅，十八锅"，应当是十八个山窝才对呢。他怀疑自己是不是数错了，于是就数了一遍又一遍，结果和第一次的数字一样，还是十六个。

常秋生一直数到夜幕降临，远处什么也看不清了，才下得山来。

这一夜，常秋生失眠了。他又是激动，又是焦虑，他恨不得天马上就明了，好再上山寻找一番。

第二天，天一放亮，他就上了东梁上的六道台。

六道台，即烽火台。因句注山东端一个关口上的烽火台为一道台，数到这里是第六个，所以人称"六道台"。

烽火，也叫烽燧、烽堠、烟墩，是古代军情报警的一种设施。发现敌人白天侵犯时，守卒就燃烟，发现敌人夜间来犯时，守卒就点火，以可见的烟气和光亮向邻台报警。邻台见到后依样随之，这样敌情便可迅速传递到军事中枢部门。烽火台一般相距十里左右，明代也有距离五里左右的。

六道台是一座高约十二米的正四棱形土墩，因为当年战争的需要，它建在最高处。虽然经过了几百年的风雨侵蚀，土墩保存的仍很完整，外用砖砌，内为空心。台的北面设门，入门向西为暗室，向东有梯形台阶，可以登上台顶。

常秋生进入六道台内，踩着里面的梯形台阶上了台顶。他今天站着的地方，正好与昨天登上的釜山是一处相反的地方。换个角度看六郎城的几个遗址和六郎城东的一排山窝，更加清晰可辨，锅的形状越发明显。登上烽火台，一览众物小。从六道台上看釜山，釜山就矮了一截。这时，他才恍然大悟，釜山，不就是一口锅吗？可是，加上釜山才十七口锅呀！然而，那一口锅在哪里呢？他从釜山的周围扫视了一圈，在釜山的脚下，他看到了郝二林书记门前那个二亩大的臭水钵洞。他记得，每年冬春两季臭水钵洞的雨水干涸了以后，那个钵洞就是一个典型的锅形。他顿时明白了，釜山对着臭水钵洞，分明就是锅对锅，再加上六郎城那面的十六个山窝，不就是十八锅了么。

"锅对锅，十八锅。"常家多少代人梦寐以求的宝藏终于让他找到了一半，他心潮起伏，思绪万千，好一阵激动！

但怎样才能证明这里就有宝藏呢？这时候，邹长彦老师临走时对他说的话，又在他的耳畔响起："你们省里地矿局的局长杨茂森，是我七十年代教过的一个学生。你有什么困难，可以去找他帮忙。我回去会给他写一封信，将你的情况告诉他。"

他决定马上去省城找找省地矿局局长杨茂森。

常秋生坐上火车到了省城。

长了这么大，他还是第一次来北方这个省会大城市。一出火车站，一条东西向的迎泽大街就出现在他的眼前。这里比他读大学时的所在地——长春，天气要热得多，男人们的下身穿一件肥大的短裤，上身则只穿着一件背心或者短袖衬衫，有的人甚至光着臂膀，赤条条的，什么也不穿。

经过打听，常秋生在并州路西找到了省地矿局。他在门房里进行了来客登记，上二楼叩响了门上标着"局长室"三个字的办公室。

办公室里坐着的正是局长杨茂森。

当常秋生作了自我介绍后，杨茂森急忙迎过来，握住他的手，激动地说：

"啊呀！你就是秋生啊！邹老师的信，我也是前两天才收到的。我原打算过几天要专程到霍人县去看看你呢，想不到你倒捷足先来了。"

常秋生说："杨局长，哪能劳您去看我呢。您能接待我，我就感到莫大的荣幸了。"

杨茂森说："以后你不能叫我局长。论学校，我俩都毕业于同一个学校，又都是邹老师的学生，我俩应当是学友，或者是师兄师弟；论学问，你是研究生，我只是一个大学生，我还不及你呢。"

常秋生谦虚地说："多读了两年书，并不能说明就多了多少学问。"

杨茂森真诚地说："秋生，国家培养一个研究生太不容易了。现在的研究生也太少了。说实话，咱省里的地矿系统至今还没有一个研究生呢。我们已经向上边打了多少次报告了，要求给我们分配一个研究生过来，可是，几年了，我们连个研究生的影子还没见到呢。"

杨茂森是个四十五六岁的中年人，人长得清清瘦瘦，精精干干，一头墨黑的头发朝后背着，待人十分热情，十分谦和，十分健谈。他将秋生让座在沙发上，就忙着给秋生沏茶。沏好茶，就和秋生并肩坐在一起。

杨茂森又主动打开了话匣子："秋生，你的基本情况，邹老师已经在信中给我介绍了。现在有许多被分配在地质队的中专生、大学生，不是怕野外工作艰苦，就是嫌基层生活单调，一天嚷嚷着要调整工作，要调回城市。可是，你作为一个研究生，学历比这些人要高得多，学问要比这些人大得多，却放弃了良好的工作环境和优越的生活条件，一个人主动到大山沟里搞矿产调查，真是太令人感动了！太让人佩服了！你今后有什么困难，你一定要和我说啊！我会全力支持你，帮助你的。"

常秋生说："我这次来省城，就是向你寻求支持和帮助的。"

杨茂森高兴地说："好啊！你说说看，需要我怎样来支持和帮助你？"

常秋生向杨茂森述说了他怎样在正峪河发现沙金、邹老师怎样考察证明六郎村东崖壁上的山洞是曾经开采过金矿的矿洞，以及他最近发现六郎城及其周围极有可能蕴藏着一个更大的金矿的情况，他想请地质队进驻六郎村，采用先进技术进行勘探，以便得到科学证实。

常秋生讲述的时候，杨茂森一直认真地听着。他听秋生说完了，便欣喜地说："你提供的情况太重要了！咱省的煤炭、生铁储量在全国是最多的，这方面的勘探工作也走在了全国的前列。但是，金矿和银矿等稀有金属的勘探工作，还做得很不够，还是一个弱项。六郎村黄金的发现，正好弥补这方面的不足。没有你提供这样重要的前期资料，如果让勘探队从万里山河中，寻找到一处金矿，还真如大海里捞针呢。"杨茂森略一思索，继续说，"不过，勘探队要不要去勘探？什么时候前去勘探？这还得召开一次局务会，由局务会来作决定。你先住下。局务会一结束，我就会尽快将结果告诉你。"

杨茂森说完，就让办公室廖主任将秋生安排在省地矿局招待所住下。

晚上，杨茂森又设便宴，由办公室廖主任作陪，招待了秋生一顿。

第二天，常秋生住在招待所无事，他就来到位于文源巷的省图书馆，他想查一下六郎村东的釜山的来历。根据索引，他查了许多关于釜山的书籍，也没有发现关于六郎村釜山的一丝一毫资料。最后，他改变查阅方向，查了省里的《通志》，终于有了结果。据《通志》记载，唐代曾在六郎村的东山上采矿。采什么矿，却没有明确记载。由于是露天式开采，最后在山顶上形成了一个锅一样的山凹，后来，人们便根据形状，将这座山叫作"釜山"。

从图书馆出来，他顺路游了迎泽公园。他去了海子边，还去了最繁华热闹的柳巷。

常秋生又俟了一天。正当他焦躁不安，想要起身回去的时候，杨茂森给他送来了好消息：局务会顺利通过了"派勘探队到六郎城一带进行矿产勘探的决定"，并决定由穿山甲地质队担负此项任务，即日起开赴六郎村。

一是为了感谢秋生，二是为了辞别，杨茂森又设宴款待了秋生。

这一次，参加宴席的人增加了很多，除了办公室廖主任外，两个副局长、纪检书记和几个处长听局长在局务会上介绍了秋生的传奇事迹，也一定要来参加这个宴席，并见识见识秋生。

席上，大家都喝了不少酒。常秋生生平第一次喝酒，他觉得浑身燥热，一张脸烧得就像有两团火要从面皮下冒出来。

穿山甲地质队很快就进驻了六郎村。

几辆大卡车、客货车，在前面行驶，上面拉着各种仪器箱、钻井架、锹、镢、锤头，以及炊事用具、粮食蔬菜、行李铺盖；几辆客货两用车和吉普车，随后跟进，上面坐着穿着青灰色工作衣的地质队的队员们。

村里的男女老少都从家里跑出来，站在路旁观看。六郎村这个小山村，就像一锅煮开了的水，一下子变得沸腾起来了。

省地矿局局长杨茂森向穿山甲地质队队长菅和平下达指令时，特别强调：地质队到了六郎村，一定要和一个叫作常秋生的人取得联系，否则，这次勘探能否成功，是无法保证的。

地质队队长菅和平在联系六郎村党支部书记郝二林、村主任刘培俊的同时，也及时联系到了常秋生。

郝二林和刘培俊经过一阵小声商量，决定将地质队的队部、化验室和伙房安排在村委会，其他队员一律号在民房里。

郝二林和刘培俊挑村里最好的房子和最干净的人家给队员们号。菅和平根据房子的大小宽窄，将队员们三三两两安排在各户各家。

六郎村的村民们十分好客，年纪大一些的人们就像当年迎接八路军一样，忙着给队员们打扫家、烧炕和烧水；年轻人们则忙着帮队员们搬运行李和其他物件。

菅和平是个探矿经验十分丰富的老地质工作者，参加过中条山黄金矿的勘探工作。他先跟着常秋生登上六郎村后的最高点，观看了正峪河一带的全貌。按照他的经验，一个地方是否有黄金，就是要看"三山"、看"四不露"。"三山"，即座山、关门山、迎门山。"四不露"，即沟前不露口、沟后不露堵、沟中不露风、全沟不露骨。座山，就是河谷上游的产金山，座山以高大和石英脉多为主要特征，越是有座山存在的河谷，形成沙金的可能性就越大。关门山，就是河谷的钳形山；迎门山，就是河谷转弯处的迎面山，这种地貌都是形成沙金的有利标志。在关门山的上方或迎门山的前方，往往是沙金富集的地方。不漏风，指产沙金的河谷两侧的山都比较高些，风好像刮不出去。不漏骨，指河床底板的岩石不出露，表明河谷处于堆积阶段。他发现正峪河周围的山形地貌，大部分是与他总结的勘探经验相符的。

接着，菅和平又跟着常秋生登上了釜山，登上了烽火台。这里的山形地貌，他看不出什么来，但是，仅凭古人在这里曾经开洞采矿这一点，就足以说明，这一带的地下一定会有东西。

菅和平指挥队员们在常秋生指点的"十八锅"上支上了钻探支架，开始了钻探。

高高的钻探大架子下面是巨大的钻机。钻杆在支架上上上下下地运动着，队员们将钻出的岩心石样取出来，标上编号，整整齐齐地码在石样箱内。然后，一箱一箱地送进化验室。每结束一个钻孔的采样，就将钻孔用沙石填好，再钉上地面标志。

实验室对送来的样品，经过破碎、过筛、拌匀、缩分等多道加工程序，再进行化学分析和实验，以获取可靠的地层构造、矿物组成、储量级别、地下水文等数据。

队员们一边钻探取样、化验分析，一边绘制矿物分布图纸。

六郎城周围的钻探工作完成了，又到别的山岭沟壑里支架进行钻探。

常秋生从早到晚全身心地与勘探队员们滚战在一起。

郝二林和刘培俊时不时到队部来与菅和平坐一坐，问一问队员们生活如何？还需要提供什么帮助？他俩又磨了二百斤莜面，给队里送来，说是六郎村也没有什么稀罕东西，就这个莜面算是点土特产，让伙房里搭配着其他面食给队员们吃，算是我们的一点微薄的心意。

秋生娘抱着两捆藿香，提着一篮鸡蛋，也送到队部的伙房里来。藿香是她在自家院子里种下的，鸡蛋则是从三只芦花鸡的屁股里积攒下的。

事务长坚持不收，秋生娘一定要送。秋生娘说："队员们起早搭黑，太辛苦了。我这是送来给队员们补身体的。"

事务长见拒绝不掉，就要折价给秋生娘付钱。他说："大娘呀！您的心意，我们领了。但我们队里是有规定的，不能白吃老百姓的东西啊！"

秋生娘说："东西也太少了，你们不要笑话。你们是秋生请来的客人。客人上了我家的门，我不能没有一点表示，不然的话，人们就要笑话我这个老太婆不懂人情世理了。"

菅和平听到伙房里的争执声，也出了面。他说："大娘，搞地质勘探是我们分内的工作。是秋生为我们提供了非常重要的勘探线索，我们才有幸能来六郎村进行勘探呢。您生下这样的好儿子，我们应该登门看望您才对哩！我们哪能收您的东西呢！"

秋生娘生气了："钱，我是绝对不要！东西，我已经拿来了，也绝对不会再拿回去。至于如何处置这点东西，你们看吧。不吃，就是扔，也请你们扔去吧。"

菅和平见拗不过秋生娘，就向事务长眨了眨眼睛，笑着说："看您说到哪里去了。东西，我们就收下了。我们会好好给队员们改善改善生活的。"

勘探队员们每天早出晚归，脚踩着厉石，头顶着烈日，紧张地奋斗在六郎村周围的山头沟岔里。

经过一夏又一秋，大约半年的时间，勘探队在六郎村周围的山顶沟岔里打下了无数个钻孔，在大地将要上冻的时候，勘探工作结束了。

菅和平在队部组织了一个座谈会，买了一些香烟、瓜子和水果糖，邀请了常秋生，邀请了郝二林、刘培俊等所有六郎村的村干部，地质队的队级领导也全部参加。

会上，菅和平先说了一些几个月来地质队给六郎村村民带来许多麻烦，并表示感谢的话，接着，大家就一边抽着香烟，嗑着瓜子，一边很随便地聊着，互道友情，互致谢意。

郝二林最为关心的是地质队在六郎村的勘探结果，这六郎村的地下到底有没有宝藏？这关乎着他这个土皇帝和他的臣民们未来的前途和命运哪！他见菅和平一直没有涉及这方面的话题，耐不住就主动地问："菅队长，咱地质队在六郎村也辛苦了半年了，应该也有个结果了。不知道六郎村地底下到底有没有点啥东西？"

菅和平笑了说："六郎村地底下到底有没有东西？到底有些啥东西？现在还不能得出结论。等我们回去，经过科学化验、分析，才能有结果呢。"

其实，最最关心六郎村地底下有没有黄金宝藏的是常秋生，但是，他知道地质勘探资料，属于国家秘密，地质工作者是不能随便泄露这些秘密的。菅和平对郝二林说的话，不过是搪塞之语而已。至于六郎城下面到底有没有黄金宝藏，他相信用不了很久，杨茂森就会告诉他的。

地质队从六郎村撤走之前，菅和平与事务长提了罐头、点心、水果，去了常秋生家里一趟，看望了秋生娘，并说了一些感谢对地质队支持、关心的话。

地质队从六郎村离开的那天，村民们都主动站到了街道两旁和村口，夹道欢送，挥手告别，依依不舍之情难以言表。

果如常秋生所料，四个月后，省地矿局将电话打到了六郎村村委会，要常秋生接电话。郝二林急忙跑到窑院，告诉了秋生。

常秋生到了村委会，他拿起电话，听到话筒里是地矿局局长杨茂森的声音："你是秋生吗？"

常秋生说："是我，常秋生。"

杨茂森在电话中告诉常秋生，六郎城及其周围的地底下，是一个金矿成矿集中区。岩石由岩浆强烈发育生成，为前寒武纪基底超高压变质岩块组成，属中生代构造。该区域内金矿资源丰富，在全国范围内也是罕见的金矿富集区。金矿储量大，品位高。你在六郎城及其周围发现的宝藏线索，经过地质队勘探，已经确定有十八条金脉，被编为十八号脉。国家地矿部、国家黄金局和省委、省政府都非常重视这一发现。前两天，省政府专门召开常务办公会议，决定在六郎村成立省金矿，并于三月十五日在六郎城遗址上举行成立大会。其他山岭沟壑的勘探结果也出来了，那里也有一些零零星星的脉矿。那些脉矿储量小，品位低，不值得国家投资开采。

杨茂森最后说："秋生，这一金矿富集区的发现，你是头功！你发现金矿的过程和你个人的情况，我已向省长作了详细汇报。省长非常高兴！非常赞赏！省长让我转达他对你的问候！"说到这里，杨茂森又想起了一件事情，补充道："对了，秋生，三月十五日召开的省金矿成立大会，你也要参加。这是省金矿筹备组让我代为通知你的，他们就不另行向你通知了。"

常秋生接完电话，知道了自己在六郎城上及其周围发现的"锅对锅，十八锅"，经过地质队勘探，被编为十八号脉，非常高兴。就像背着的一块石头放在了地上，身上感到一阵从未有过的轻松。

只一会儿，他身上的轻松感觉便没有了。他想，老祖宗说："东一线，西一线，谁要找到两条线，能富九州十八县。"又说："锅对锅，十八锅。槽对槽，十八槽。"从现在看来，"锅对锅，十八锅"，是找到了。这个"十八锅"，可能就是"东一线，西一线"其中的某一条线，可是，"槽对槽，十八槽"那一条线又在哪里呢？六郎村周围的山峦沟壑，他已经找遍，没有发现"槽对槽，十八槽"的丝毫迹象。那么，下一步的路该怎样走？该去哪里寻找这个宝藏呢？想到这里，他觉得自己的身上又沉重起来。

第十二章

省六郎村金矿成立大会在六郎村如期举行。

这一天，天气也知道这是一个喜庆的日子，积极地来献上第一份厚礼：晴空万里，一碧如洗，风和日丽，暖意融融。

六郎城遗址上临时搭建了一个主席台，主席台用红布遮起来的背景上，用黄纸斗方书写着十个隶书大字：省六郎村金矿成立大会。主席台上铺着红绒地毯；主席台的两旁插满了彩旗；主席台的前面是一个挖好的大坑，坑里竖着一面镌刻着"奠基"二字的大理石石碑，坑的周边插着十几把把子上挽着红绸的新铁锹；坑的前面站着从中条山有色金属公司调来的五十多名管理干部和技术人员，常秋生也站在其中；最后面是一排溜挖掘机、铲土机、大卡车等机械设备。六郎村的老百姓也都出来了，他们站在会场的周围看热闹。

在主席台上就座的有：国家地矿部副部长张兴邦，国家黄金局副局长郑川生，省政府副省长王成良，省冶金厅厅长刘三省，省冶金厅副厅长程坦，省地矿局局长杨茂森，禾谷地区行署专员张文元，霍人县委书记马志宏，霍人县政府县长高品贵，沙涧镇党委书记负不赖等领导和来宾。

常秋生在下面远远地瞭见，坐在主席台最后一排有一个十分眼熟的身影，那人正趴在桌子上写着什么。他又一想，哪有可能呢，天下长得相似的人太多了。

上午十时许，成立大会在一片欢乐的音乐声和鞭炮声中拉开了序幕。

省冶金厅厅长刘三省主持会议。他宣布会议开始后，扛着摄像机、举着照相机的各路记者，纷纷跑到主席台前，对准了主席台上的领导，照相机发出了一阵"咔嚓、咔嚓"的响声。

国家地矿部副部长张兴邦、国家黄金局副局长郑川生分别讲话，对省六郎村金矿的成立，表示热烈的祝贺！

省政府副省长王成良作热情洋溢的重要讲话。他在讲话中，首先代表省委、省政府，向国家地矿部张兴邦副部长、国家黄金局郑川生副局长亲临这次会议，表示热烈的欢迎！对前来参加这次会议的各位领导、各位来宾、新闻界的记者、同志们、朋友们，表示衷心的感谢！

他说："今天是个极为不寻常的日子。省政府决定在六郎村成立省金矿，集中力量对六郎城及其周围的地下金脉进行开采。省六郎村金矿的成立，在我省的黄金发展史上是一个重要的里程碑！这是六郎村人民的骄傲！也是全省人民的骄傲！在我们感到骄傲和自豪的同时，我们不能忘记那一群披星戴月、栉风沐雨、餐风露宿，为探矿工作作出重大贡献的地质工作者，我们更不能忘记有一个人宁愿辞掉了人人羡慕的大学讲师的工作，不畏千辛万苦，常年钻在深山里的探宝人，他就是常秋生！就是这些英勇无畏的人们，将这些沉睡了数亿年的宝藏，呈现在了世人面前。"

王成良副省长继续说："根据目前的钻探技术水平，地质部门已初步探明六郎城及其周围地下黄金储量有五十吨，此外，这里还储藏着银、铁、铜、铅、锌、钼等多种金属。这些宝藏，不仅改写了我省稀有金属储量少的历史，同时，也改写了我省稀有金属品种少的历史。我相信，随着钻探科学技术水平的不断进步，黄金等金属的储量，还会有更多更大的发现。

"省六郎村金矿，是我省目前最大的金矿。它的成立，将为我省乃至我国的经济增长注入新鲜血液，增加新的能量，将为社会提供八百多个就业岗位，将会为国家富强、人民富裕作出重大贡献！"

王成良副省长在肯定成绩、展望未来的同时，也对省六郎村金矿今后的发展提出了具体要求。

他说："第一，金矿的全体干部职工，要以地质队为榜样，争时间，抢速度，高标准，严要求，高起点，高水平，加快建矿进度，力争以最快时间使金矿投入生产。第二，要树立安全意识，建立安全责任，制定安全制度，对安全工作常抓不懈，确保在建矿和生产期间不发生一起安全事故。第三，金矿的领导班子要搞好团结，加强沟通，锐意进取，大胆创新，敢于突破，提高企业管理水平，及时解决影响职工工作、生活的矛盾和问题，将广大干部职工的工作热情充分调动起来。"

王成良副省长最后说："省六郎村金矿的主要领导和技术骨干，大部分是从中条山有色金属公司抽调过来的。同志们要继续发扬艰苦奋斗、勇于创新的精神，要继续发扬团结协作、拼搏奉献的精神，心往一处想，劲往一处使，为我省的黄金生产作出新的更大的贡献!"

省冶金厅副厅长程坦在会上宣读了省六郎村金矿领导任命书。

刚刚被任命为矿长的翟树荣在会上作了表态发言。

鉴于常秋生对金矿发现作出的重大贡献,会上,王成良副省长代表省政府奖励了常秋生人民币一万元,并向他颁发了奖励证书。

接着,省冶金厅厅长刘三省作了总结讲话。

最后,举行奠基仪式。台上的领导下了主席台,到了土坑前,每人手执一把铁锹,开始向竖着"奠基"二字石碑的土坑里填土。扛着摄像机、举着照相机的各路记者,纷纷跑过来,见缝插针,对准了填土的领导,又是一阵忙乱。

奠基仪式结束后,在欢快的乐曲声中,省冶金厅厅长刘三省宣布:"省六郎村金矿成立大会圆满结束。"

省六郎村金矿成立大会之后,省地矿局局长杨茂森迟走了一天。他让自己的司机从六郎村接上常秋生,拉到了他住的沙涧镇宾馆。

在宾馆二楼的一个贵宾套间里,杨茂森一见到常秋生,就走过来,拍着他的臂膀,笑着说:"秋生啊!你双喜临门了。我先向你道喜了。"

常秋生一脸疑惑,莫名其妙地说:"我能有什么喜事呢?"

杨茂森说:"我先给你说第一喜。邹老师的千金小姐亚丽昨天也来参加会议了。因为她走得着急,没有来得及见你,给你留下了一封信。我看那情形,她对你有意思呢。"说着从一只公文包里取出封好的信封,交给了秋生。

常秋生接过信封,只见信封上面写着三行娟秀的小字:

烦交

常秋生 亲拆

内详

常秋生没有急着拆开信封,展阅信里的内容。他将信封折叠好,装进了内衣口袋里。

杨茂森接着又说:"我再告诉你第二件喜事。你的工作,我已经给你落实了。"

常秋生说:"我的工作落不落实,并不要紧。只是有一个人的工作,却非常当紧哩！局长，请您要好好帮一下啊！我在这里向您求情了。"

杨茂森问："是谁的工作比你的工作还要当紧，你说说看。"

常秋生说："六郎村的闵香璧高中毕业，没有考上大学，一直待业在家，家有老母，得了半身不遂，常年卧病在床，妹妹是村里的代空教员，月工资只有五十块钱，家里生活非常困难。眼下，省六郎村金矿刚刚成立，听说要解决八百多个人的就业问题，我想请您出面和翟树荣矿长说一说，给闵香璧在矿上安排一份工作。"

杨茂森说："你说的这个闵香璧，他有些什么特长，我也好向翟矿长说呀！"

常秋生说："他念书时，语文挺好的。估计写点东西，是不成问题的。"

杨茂森说："那好。我和翟矿长说吧。不管金矿解决八百个人还是九百个人的就业问题，反正我就要求解决一个人。我估计我这个面子，翟矿长还是会给的。"

常秋生说："局长，那我就替闵香璧谢谢你了。"

杨茂森说："这下该说说你的工作了。省六郎村金矿成立大会之前，地矿局召开了一个局务会，在研究全年工作的同时，也对你的问题进行了讨论。大家认为，作为一个研究生，辞掉了正式工作，钻进深山里找矿，无欲无求，无怨无悔，特别是现在还是一个农民身份，太令人感动了。既然本人有志于家乡的探矿工作，而且对探矿又作出了如此大的贡献，理应将这样的人才留在咱们地矿系统，地矿局目前正缺这样的尖端人才呢。会议最后研究决定，破格将你按国家正式干部录用在探矿处工作。人呢，先不回机关，继续发挥你的专长，在句注山一带探矿。局里给你配备一名助手，协助你的工作，属你领导。你可以就在沙涧镇宾馆租一间房子，作为你们的办公室兼宿舍。你的工资按正科级工资对待，每月一百五十六元，每天上山补助费五元，交通费按月回局里报销。你的档案，由人事处直接和东北地质大学联系转来。你的干部录用手续，以及如何在省人事厅备案，都由人事处负责，不用你操心。"

常秋生听到杨茂森让他继续探矿，心里一喜，这正符合他继续勘查"槽对槽，十八槽"的心思，又听到对他如此关心，安排得如此周到，大为感动，情不自禁地说："局长，让我怎么感谢你和局里的每一位领导呢？我一定好好工作，用成绩来报答领导们对我的厚爱。"

的确，前几年常秋生读大学、读研究生，虽然学费与生活费由国家负责，不用家里负担，但是，研究生毕业后，应该自己挣了钱养活自己，并回馈家庭了，可是，自己不但没有挣钱，反而有时候还要在家里白吃白喝，他经常为此感到羞愧、自责而不安。这下好了，自己挣了钱，不仅可以养活自己，也可以用自己挣的钱，孝敬老娘了。

杨茂森安顿好常秋生的工作，又到省六郎村金矿筹备处找到翟树荣，说了闵香璧的工作。翟树荣听说闵香璧善于写作，他眼下正需要一个写材料的人才呢，就做了一个顺水人情，说："杨局长介绍的人，我不但得接收，还得安排一个合适的工作。让他到办公室工作吧。"

杨茂森将与翟树荣交涉的结果告诉了常秋生，他觉得要办的事情都办完了，这才乘车离开沙涧镇，回了省城。

常秋生回到窑院，进了南窑，将自己关在屋子里。

自从邹长彦和柴鸿儒二位老师走了以后，常秋生就将自己的铺盖从北窑搬到了南窑。平时他经常早出晚归，回来后，还要开着灯继续看书、写日记，这是他多年来养成的习惯。因为晚上熬夜，常常要将娘惊醒好几回，为此，他感到非常愧疚。从北窑搬到了南窑后，他就可以放心地熬夜做他想做的事情了，也不影响娘的休息了。

常秋生从口袋里掏出邹亚丽让杨茂森转交给他的那封信，用剪刀小心地从边上剪开一个口子，然后伸进两根手指，从信封里掏出两张信纸，展开来，那一行行清丽娟秀的钢笔小字一下跳进他的眼帘：

秋生哥：

　　《中国地矿报》决定派一名记者，随国家地矿部张兴邦副部长到六郎村参加省金矿的成立大会。我得到这个信息，太高兴了，硬是想办法争取到了这个名额。

　　借这个采访报道的机会，我又能见到你了，当时，我高兴得跳了起来。可是，一到会场就接到通知，说张部长一开完这个会，饭也不在这里吃了，要马上动身去河南平顶山参加一个煤炭开采奠基会。这样，我这个记者也就只好随行了。公务在身，身不由己，我不能和你见面了，只好临时趴在主席台上，拔笔给你草草写下这一封短信，并托你们省地矿局的杨局长转交给你。

秋生哥，自从你踏进我们家门的那一天起，就给我留下了难以抹去的印象。你微微的笑容，你炯亮的眼神，你健壮的身姿，你一举手、一投足，就像一幅幅照片一样，都储存在我大脑的相册里。一度时期，我曾喜欢上了一些关于秋天的文章和书籍，连我自己也莫名其妙，后来，我才发现自己喜欢这些文章与书籍的原因，原来是因为其中有一个"秋"字。

去年的初夏，那是我一生中最最幸福和愉快的时光。我们俩在长春的文化广场、御花园公园，在净月潭国家森林公园、动植物公园……我们漫步在林荫小道上、曲径回廊中，你对我谈人生，谈理想，谈《钢铁是怎样炼成的》，谈保尔·柯察金。走累了，我多么渴望将我的身子在你宽大的胸脯上歇一歇，多么渴望将我的手放进你宽厚的手掌中暖一暖，可是，却未能。

你离开了长春，我的思绪纷乱，精神恍惚。我总在想，你生活得怎样了？能吃好吗？有人管理你的穿戴吗？你是不是更瘦了？这大概就是一个人对另一个人的思念和牵挂吧。

秋生哥，不能继续往下再写了。主持人已经宣布会议开始了。就此打住！

你的小妹：亚丽
三月十五日上午于会场匆匆

常秋生将邹亚丽的信看了一边，又看了一遍，他从信中的字里行间看到了邹亚丽的一片真情。说老实话，他是喜欢亚丽的，亚丽长得漂亮大方，性格活泼开朗，文采超群出众，特别是她火一样的热情，阳光一样的灿烂，就是一个冷血动物，到了她的面前，也会被她的热情所融化。在他读大学和研究生期间，他和亚丽就像亲兄妹一样，彼此关心着，交流着，相处得非常融洽。但是，在常秋生喜欢与爱情的天平上，爱情的砝码要重于喜欢。常秋生爱的是闵香草，香草文静、温柔、善良，他与香草青梅竹马，一块儿玩耍，一块儿长大，一块儿读书，两个人在高中同学时就私定了终身，他非香草不娶，香草非他不嫁。尽管邹亚丽比闵香草文化高，见识广，工作好，但他不能背叛闵香草。他要将自己的一切，毫无保留地交给他心爱的人儿——闵香草。

至于邹亚丽怎么办？常秋生想，他要找一个适当的机会，好好和亚丽谈谈，让她再找一个比他更好的男人。

常秋生将邹亚丽的信，重新折叠好，装进信封里，打开手提箱，郑重地放在一个夹层里，又顺手从手提箱里取出大会上王成良副省长亲手颁发给他的一万元奖金。

常秋生分出两千元，给了娘，这是他研究生毕业后，第一次对娘的孝敬，也是长了这么大第一次对娘的回报。娘看到这一沓钱，笑着，什么也没说就收下了。娘有娘的打算，她要给儿子积攒起来，等到娶香草时再拿出来。

常秋生又分出一千元，给了侄儿兵兵。侄儿兵兵，他是非常喜欢的，他想让兵兵喜爱什么，就买点什么，他知道弟弟冬生现在是有了钱的人了，兵兵也不会再像他的童年一样过那种穷苦的生活了。当然，给了兵兵，就等于给了弟媳秀枝。秀枝给他买鞋，为他做饭，他理当给以感谢啊！

常秋生又分出一千元，放回手提箱。这一千元是留给他自己的。他想用这些钱再买一些关于地质矿产方面的书籍，再为沙涧镇宾馆租下的办公室里订一份《中国地矿报》和《中国地矿》杂志。读研究生时，他觉得学了不少东西。书到用时方恨少。现在他才感到学校里学到的那点东西少得太可怜了，他要抓住一切时间，再好好地补补课，充充电。文学作品，他也好久没买了。他想再到新华书店买几本他喜欢的外国文学名著。

常秋生将剩下的六千元钱装进口袋里，出了门，过了十字路口，来到香草家里。

正好这天是星期天，闵香草在家里正给娘清理卫生，洗涮衣物。香璧也正在小西房里忙着。

常秋生进了院，先叫了一声："香璧哥。"

闵香璧听到秋生的声音，牙开门，探出头来，问了一声："秋生，你来啦！"

常秋生说："省地矿局杨茂森局长给你找下一份正式工作。他让你去省金矿办公室上班呢。你明天就去吧。赶紧去办一下招工手续。"

闵香草说："杨茂森局长，我哥又不认识。杨局长给我哥找工作，还不是看了你的面子？"

常秋生说："也可以这么说。"

闵香璧说："不管是谁找的工作，我领的是秋生的情！"

常秋生说着话，就进了正屋。他先向大娘问了好，接着就从口袋里将那六千元钱掏出来，递给香草。

他说："你拿上这点钱，给大娘请个医生，好好看看病，买些药。另外，你也该添两件衣裳，换换季了。"

闵香草看着秋生洗得褪了色的裤子和坼肘上补着几块补丁的上衣，不由得两颗泪珠跑出来在眼眶里打转，她将这钱推给秋生，说："该换换季的是你。你怎么老是考虑别人，对自己却不管不顾呢？"

常秋生说："我不受制。我还有钱哩！"

说话之间，常秋生趁香草不备，将一沓子钱偷偷放在写字台上的一本语文教科书下面，就告辞出来了。

常秋生走后，闵香草发现了压在那本语文教科书下面的六千元钱，她不忍心花秋生的这些钱哪！秋生研究生毕业回来时，是一个胖乎乎的脸庞，可现在却瘦了一大圈，这是缺乏营养的表现啊！他该好好地买些营养品，补补自己的身体了。于是，闵香草就将这六千元钱，以常秋生的名字存在了信用社里。她准备找个时机，还给秋生。

过了几天，一个叫作乔志军的年轻人，就来向常秋生报了到。

乔志军就是杨茂森局长给常秋生安排的勘查助手。他是同城人，年前刚刚从北方理工大学毕业，被分配到省地矿局工作。乔志军和人说话时，嘴特别地甜，张口一个"您"，闭口一个"您"，叫得人心里痒酥酥的。

常秋生决定带着乔志军从六郎村开始，沿着句注山脉，一直向西勘查，看看有没有这"槽对槽，十八槽"。

第一天上山，乔志军感到什么都新鲜，一山一石，一草一木，他都看了又看，瞅了又瞅。出发时，他是要替常秋生老师背行囊的，可常秋生老师坚持要自己来背，拗不过，他只好按照老师的吩咐各背各的。他年轻，他感觉身上有一股按捺不住的劲儿直往外冒。走在蜿蜒如羊肠的小道上，他显得特别精神，这是他平生第一次走山道，路上有许多凸出来的石头，他总要有意用脚在这块上面踩一下，又在那块上面踩一下，他感到与大自然如此亲近，既做了工作，又能玩耍，真好！

中午，两个人坐在山上的一块大石上，一边歇脚，一边吃了点干粮。常秋生环视着周边的山势，看到太阳已经偏西，就招呼着乔志军往回返。

下山的路上，走着走着，乔志军感觉脚下有个地方有些刺痛，继而膝关节也有些酸疼，而且越走脚下刺痛的地方越多，疼痛得也越来越厉害。他时而用脚脯着地，时而用脚跟着地，轮换交替地迈步前行，可是怎么也改变不了脚下那种锥心般的疼痛。他强忍着，咬着牙，脸上装得若无其事。他怎么第一天就能给常秋生老师一个坏印象呢？

乔志军觉得返回的路程特别地长，好像越走剩下的路越长。

将要走进沙涧镇的时候，他问常秋生老师："常老师，您看今天咱走了有多少路呀？"

常秋生说："来回大约有十华里吧。今天是你第一天上山，我怕你不习惯走山路，咱就走慢些，少走些。"

"那您平时一天走多少山路呢？"乔志军问。

"三五十里也走，二三十里也走，不一定呢。"常秋生说。

回到沙涧镇宾馆，乔志军感到脚下疼痛极了，身子疲惫极了，他顾不得洗手，顾不得擦脸，摘下身上的挎兜，慢慢褪下鞋来，就像摔一只面袋一样，将自己摔在床板上，接着就睡过去了。

迷迷糊糊中，他感觉他的两只脚泡在了热水中，他努力睁开又涩又粘的两只眼皮，见是常秋生老师正在为他洗脚，他立时感到了羞耻、愧疚，努力想将两只脚抽回来，但却脚不由心，无能为力，眼角就不由得滚出两串泪珠来。常老师为他洗了脚，又将他的两只脚放在怀里，用一根由火烧过了的针尖，一个一个将脚底的水泡挑破了，又用指头肚儿轻轻地将泡里的水全都挤出来，然后才将他的两只脚款款放进被窝里。

乔志军第二天上午醒来，一看表，已是九点半了，急忙坐起来，感觉身子轻松多了，脚也不怎么疼了。再一看，桌子上放着从沙涧镇宾馆饭堂里打回来的馒头、小菜，另一只用毛巾覆盖的盛稀粥的饭缸尚有余温。饭缸下面压着一张纸条，上面写着：

志军：

  我今天再上山看看。你要好好在床上休息，不要来回走动。估计你的脚明天就会好了。我晚上就回来了。

常秋生即日

省六郎村金矿的建矿和开采工作正在有条不紊地进行。

翟树荣在担任省六郎村金矿矿长之前，曾任中条山有色金属公司的副总经理，对金矿工作有着十分丰富的经验。他决定建矿和开采同步进行，两手抓，两手都不误。他组织召开了第一次矿领导和中层干部会议，将各项工作进行了分解和部署，力争三个月完成土建，六个月准时出矿产金，向省委、省政府交出一份满意的答卷。为了保证如期实现预定目标，他要求全体领导干部要在"快、精、严、省、好"五个字上下大功夫，即：在速度上要抓住一个"快"字，在技术上要坚持一个"精"字，在质量上要做到一个"严"字，在开支上要注意一个"省"字，在安全上要保证一个"好"字。哪个部门出了问题，就要追究哪个部门领导的责任，分管领导也要承担责任，主动提出辞职。

各个部门不等不靠，积极主动，干起来了。

当地政府、条管单位也协助配合，积极支持。

人事科在当地劳动局的配合下，招收的八百名工人也到位了。

丈量了六郎村及其周围所占用的土地，完成了征地手续。栽杆架线，从沙涧镇变电站接通了专用电路。以六郎城为中心，将十八号脉用砖墙围了起来。推倒了六郎城上的残垣断壁，修了一条矿区大道。打了一眼吃水用井，打了两眼金矿浮选用井。

在六郎城上，推土机、铲土机、挖掘机、卷扬机、搅拌机、大车、小轿车，机声轰鸣，灯火通明。工人们人人争上游，个个夺标兵，昼夜不停地努力奋斗着。

从副矿长到科长，每一个领导干部都深入第一线，和工人们吃在一起，干在一起，滚战在一起。矿长翟树荣更是没有一会儿消停，早起晚睡，风雨无阻，哪里有问题，他就到哪里去现场解决。工地前，机器旁，都留下了他来去匆匆的身影。

不久，选矿车间盖起来了，成品车间盖起来了，机修车间盖起来了，一栋五层办公楼和两栋五层职工宿舍楼，以及矿领导们的家属院也矗立在六郎城上。

六个月后，第一矿斗金矿石，从一号脉一百米的竖井下，被卷扬机缓缓卷了上来，送进了选矿车间，之后，又进入成品车间。

不久，二号脉的竖井也挖出了金矿石。

当成品车间的第一块金块出模后，翟树荣矿长和矿上的干部职工们欢呼雀跃，都高兴得热泪盈眶。他们向省委、省政府报了喜！省报在头版头条用特号字套红通栏标题《金色的喜讯 金色的成果》作了报道，新华社发了消息，中央电视台《新闻联播》也进行了播报。

省金矿走上生产正规后，翟树荣矿长又将自己的注意力放在了六郎村里。省金矿和六郎村是兄弟关系，不能因为省金矿是省级大型企业，就高高在上，看不起六郎村这个小弟弟。省金矿和六郎村是鱼和水的关系，六郎村为省金矿付出了土地，付出了资源，没有六郎村人民的大力帮助和支持，就不可能有省金矿今日的出矿产金。饮水当思源，过河不忘桥。省金矿应该千方百计回报六郎村人民才对哩！

六郎村河东河西的老百姓要过六郎河，一直是靠踩着踏石过河，平时水小时可以踩踏石，雨季水大时就水阻路绝了。村里早就想在六郎河上建一座大桥，怎奈缺乏资金，无法实现这个美好的愿望。

翟树荣矿长先从建桥这个最紧要的事情做起。他安排挖掘机、打桩机进入施工工地，又拉来钢筋、水泥、石子，只用了一个月时间，在雨季到来之前，就建起了一座十二米宽的三孔跨河大桥，从此，解决了河东河西村民们过河难的问题。

接着，又在六郎河两岸各筑了一条高二米、宽一米五的护村水泥大坝，村民们生命、财产安全得到了确实保障。

翟树荣矿长让推土机将河东河西的街道铲高垫低，埋设了下水管道，硬化了路面，在路旁铺设了人行道。人行道之外，又栽植了柏树，垒了花池，种上了各种鲜花。同时还埋设了自来水管道，将省金矿的自来水引入家家户户，让村民们一拧水龙头就吃上了甘甜的自来水。

六郎村的小学和初中建在一个院子里，小学一排十间房，初中一排十间房，都是六十年代的建筑物，老旧落后，破烂不堪。

翟树荣矿长和村支书郝二林等村干部商量，利用学校放暑假的时间，在河西另择了一处地方，盖了一座小学。在旧学校的原址上，拆掉两排旧房，为初中新建了一座二层教学楼。秋季开学后，小学、初中的学生们告别了多年的危旧房屋，都兴高采烈地搬进了宽敞明亮的教室里。

翟树荣矿长让矿上购回一辆"前进牌"客用大轿车，定时定点，在六郎村与沙涧镇之间，上午下午各发两趟，以解决省金矿职工和六郎村村民的交通问题。

每个星期天晚上，翟树荣矿长要让政工科在戏场院为六郎村村民们放一场电影。

昔日贫穷落后的小山村变成了现代文明的新农村，村民们高兴得嘴也合不拢了，直夸矿长翟树荣的好。

第十三章

省金矿在六郎城上成立之后，六郎村就变得异常热闹起来。

六郎村的热闹，不仅仅是因为省金矿的成立，更主要的是这里兴起了一股民间采金热。代表着金矿富集区的十八号脉已被省金矿用砖墙圈住，那是国家认定的金矿资源，就等于是国家的金库，任何人都不得私自动用，也是进不去动用的。可是，还有其他山岭沟壑呢。那里也有一些零零星星的脉矿呀。那些脉矿因为储量小，品位低，不值得国家投资开采，不是正好民间开采吗？

在省金矿建矿开采的同时，别的山岭沟壑里的金矿开采也开始了。

最初进行开采的是沙涧镇里的三四个胆大的农民，他们拿着钢钎、锤头，在山上走来走去，到处敲敲打打，锤锤凿凿，试图以人工的方式，打开一个洞口，将里面的金矿石挖出来。

他们的一举一动，后面有无数双眼睛在盯着、看着。人们在观察着这第一个吃螃蟹的人，到底会发生什么后果？当人们看到随意开采竟无人制止时，一夜之间，上山开采金矿的人们，便像雨后的蘑菇一样生出了许许多多。前来进山开采金矿的人们，先是六郎村的和周围邻近村庄的，后来就像平静的水面，投进去一粒石子，一圈一圈的涟漪逐渐向外扩散，外乡镇的，外县的来了，禾谷的，省城的，甚至外省外市的人们也来了。

开采金矿的人员结构成分也是多种多样的。有家庭式的，由父子、弟兄几个人组成一伙，所谓"打虎须要亲弟兄，上阵还得父子兵"；有亲戚式的，由非血缘关系的几个亲戚组成一伙，有道是"姑表亲，姨表亲，打断骨头连着筋"；有朋友式的，由几个意气相投、平日关系不错的几个人组成一伙，人常说"在家靠父母，出门靠朋友"；还有集体式的，上边正提倡搞第三产业，于是，由单位集体研究决定，职工共同集资，以"集体搭台，职工唱戏"的名义，干脆就成立一个机关服务公司，派出单位的正式干部职工担任管理人员，名正言顺地进驻六郎村，投入现代机械设备，开采金矿。工农兵学政，一起来挖金。

人们习惯性地将投资采金的老板称作"金老板"或"洞主"。

为了有的放矢，能准确地开采到金矿，有的金老板就瞄上了穿山甲地质队。地质队里不是有勘探资料吗？搞到了那个东西，还愁挖不到金子吗？只要有资料，就不愁弄出来。银子不够加上钱，哪有不下雨的老天爷？有钱买得鬼推磨。果然，穿山甲地质队的勘探资料复印件就出现在一些金老板的手里。

穿山甲地质队长营和平知道自己的队里出了"内鬼"，就在队里开展了一次大清查，经过认真排查，查出透露勘探资料的原来是资料室的两个资料管理员。他报省局对这两个资料管理员进行了严肃处理，每人降了一级工资，追回了非法所得，将其调离了工作岗位。又对所有勘探资料采取了加密管理。

搞不到勘探纸质资料，有的金老板就将当年参加勘探黄金的地质员请到了山里。金老板称这些人为"活资料"。"活资料"虽然不及纸质资料精确些，但毕竟是资料。金老板就像供奉神仙一样，用小轿车将"活资料"拉进山里，好吃好喝款待着。"活资料"就在山里指指点点，最后神秘地确定一个采点。临走，"活资料"的衣服口袋里就比来时多了一沓厚厚的人民币。

"活资料"也不是轻而易举就能请到，大部分金老板是请不到的，于是，有的金老板就凭着自己的分析和推测，试探性地小心翼翼地进行开采；有的金老板则纯粹像赌博押宝一样，怀着一种侥幸心，大着胆子采到哪算哪。

开采金矿的工具也由最初的钢钎、锤头等原始工具，升级到了现代化机械。大卡车、客货车、农用车、小轿车，穿梭往来于山山岭岭之间，小型发电机、绞车、空压机、鼓风机、雷管、炸药，源源不断地拉进了山里。

随之而来的是从全国各地涌进来的矿工，河北、辽宁、吉林、黑龙江、陕西、四川、云南、贵州等二十多个省市的人们，怀揣着各自的采金梦想云集于此。最多时，这里的外来人口达到十多万人。

六郎村的村民们自打从窑洞里搬到新建的房屋里之后，窑洞闲着没用，就在里面放一些柴草和杂物。这几天，这些年久失修、弃之不用的窑洞一下子吃香起来，前来租窑洞的人走了一拨，又来一拨。有人付出比大城市还要高出几倍甚至十几倍的房租，也租不下一间窑洞。租不下窑洞的人们，只好在山旮旯里搭个临时帐篷，再不行，就在山崖前、土塄下掏个小窑钵子，或是搭个临时窝棚，聊以藏身。

六郎村北面的山岭沟壑里到处是炸洞采矿的爆炸声，被炸开的山洞随处可见，平均一二百米就有一个挖开的洞口。山路两边堆满了被炸碎的废石。

六郎村的村里村外、房前屋后，到处可以看到用帆布或塑料布搭成的篷子，篷子的里边是加工金矿石的电碾子。人们从山上将金矿石运下来，就在这些电碾子上加工研磨。金矿石被电碾子研磨成粉末后，再用水银或氰化钠将黄金提取出来。有的人家养着一两个电碾子，有的人家养着五六个，最多的，有养二十个电碾子的人家。

一业带动百业兴。随着采金的热潮，各种服务行业也遂之兴起。山上山下百米一个旅店，五十米一个饭店，游商游贩更是随处可见，不计其数。有卖饭的、卖烟的、卖水果的、卖水的，各种买卖，凡是有需要的，就有出卖的。

六郎村附近的山上山下漫山遍野到处是洞，到处是人，到处是路。路上车辆如流，人潮如涌，一派繁忙景象。

到了夜里，登高而望，六郎村一带山上山下的灯光，星罗棋布，一片辉煌。

这一天，李又白到山上山下转了一圈，不知在哪里喝了烧酒之后，摇摇晃晃地走着，嘴里忽高忽低地念叨着，细听，原来是一首古体诗《登山》：

> 登山如进大市场，
> 不少顾客不缺商。
> 车来人往都为啥？
> 争先恐后挖金忙。

六郎村的北山上出现民间采金现象之后，中共霍人县委书记马志宏、县长高品贵也没有闲着。两个人次第听了沙涧镇领导的汇报，又亲自坐着车到六郎村的山里走了一趟，调研了一下那里的情况。

六郎村山里出现的现象，令两位领导大吃一惊。马志宏与高品贵碰了一下头，他俩共同认为，六郎村目前的现象，是一种典型的严重的滥采滥挖金矿现象。从六郎村发现了沙金，到勘查到地下的十八号脉，他们都感到十分高兴。挖出这些宝藏，富了国家，富了人民，这是多好的事情啊！自从霍人县出了黄金，他们的脸上也沾了不少光，回省里、地区开会，同僚们见了他们，将霍人县戏称为"黄金县"，将马志宏称为"黄金书记"，将高品贵县长称为"黄金县长"。他们听到这些称呼，也沾沾自喜，很是为自己能在这样一个县里担任主要职务而自豪！而骄傲！六郎村山里的民间采金，他们认为不是不可以进行，但是不能想怎么采，就怎么采，没有一点秩序地进行。人类社会与动物世界的最大差别，就在于人类社会是一个有秩序地运动的社会。

马志宏书记与高品贵县长的思想认识得到统一后，他立即组织召开了一个由县委、县政府、县人大、县政协四大班子组成的联席会议。会上，马志宏书记让各位领导们对六郎村出现的新现象、新情况、新问题各抒己见，作了充分的讨论和估价。会议开了两天，最后终归统一了认识。大家一致认为，黄金矿产是一种稀有特定矿种，应当坚持有计划开采、节约和保护的原则，保证黄金生产持续、稳定、协调发展。六郎村的滥采滥挖，一定要加强管理，但不能一管就死。会议最后提出了"拾遗捡漏，有序开采"的方案，即在省金矿划定的十八号脉以外，对国家不宜开采的贫矿区或零星分散的黄金矿产资源，采矿者可以向县有关部门申请办证，有秩序地进行开采。会议决定成立"县黄金中心"。在县黄金中心的协调下，县有关部门派员进驻六郎村进行管理。

县四大班子联席会议之后，县黄金中心很快组建成立。

新组建的县黄金中心进驻六郎村办公。他们根据六郎村滥采滥挖的现状，很快拿出了一个详细运作规则。规则共有五章八十二条，对黄金矿产勘查、采矿、选矿、冶炼、加工等各个方面，都做出了详细规定，制定了具体要求，提出了处罚办法。

公安、矿管、交通、电力、税务、工商、劳动、卫生、计划生育等县有关部门，也陆续成立派出机构，组成精干队伍进驻六郎村。

最能显示政府在六郎村已经不是袖手旁观的局外人，而是在主导这个区域的主人的标志，是一夜之间粉刷、涂写在许多崖壁与大石上的一人多高的白色标语：

> 发挥矿产资源优势，促进藿人经济增长！
>
> 政府搭台，群众唱戏！
>
> 拾遗捡漏，有序开采！
>
> 解放思想，开放搞活！
>
> 先让一部分人富起来！
>
> 无矿不富，有水快流！
>
> 洞口一打开，黄金滚滚来！

炮声一响，黄金万两！

公安局经上级批准，在六郎村增设了矿区派出所，调任治安经验丰富、熟悉当地情况的郭文忠为六郎村矿区派出所所长，另外配备了两名年轻的副所长协助其工作，增调了十名得力干警，并组建了一支由二十人组成的治安联防队，在山里昼夜轮班巡查，维护矿山安全秩序，防止突发事件的发生。

矿管部门的负责人是闵香璧的老同学魏晓勇，他一面组织人员向各洞主有偿办理开采证件，一面在六郎村口设立关卡，派员二十四小时轮流值守，拉矿车辆一律凭证出入。关卡处的路两旁分别固定着一副支架，支架上架着一根长长的木杆，粗的一头吊着一块硕大的石头，细的一头拴着一根绳子，利用杠杆原理，关卡人员拽着绳子一收一放，控制着车辆的进进出出。过来一辆车，关卡人员验一下证，收一次费，然后放一次长杆。

交通部门是山里山外县、乡、村、山、沟各种大小道路的总负责部门。土地是国家的，道路就是国家的。在国家的道路上行走，你就得交费，这是天经地义的道理。在固有的道路上行走，得交运行费，如果你要开辟一条到矿洞的新路，不但得交运行费，而且还得交一笔数目不小的开路费。当然，这些收费都是有标准的，要根据车辆大小，作用不同，载重限量，有区别地进行收取。

电力部门虽然没有行政管理职能，但这个部门的权力却是至关重要的。开一个小洞，可以买一个小型发动机，自己发电。开一个稍微大一点的矿洞，自己发电就供不应求了，必须通过电力部门架设一条专线。这条专线可不是仅仅花一些电费的问题，它得争取规模，领导审批，看你具备不具备架设专线的台前幕后条件。你制定的手续再繁杂，门槛再高大，也难不倒无所不能的金老板。

开矿和电碾加工的真实收入，金老板是绝对保密的，也是无法稽核的。如何对他们进行税收，税务部门经过一番认真研究，决定根据其难确定的特点，对矿洞和电碾采取不同的收税办法。对矿洞，根据其开采规模、出矿情况，酌情收取一定的税款；对电碾则采取单位定额的办法，收取固定税款。

工商部门的管理对象，既有矿洞、电碾，又有旅店、饭店、商店等各种各样的服务行业。在这里管理的最好办法就是收费和罚款。按照规则经营就收费，不按照规则经营就罚款。规则是由上级制定的，检验规则却是由下级来执行的。收费是要钱，罚款也是要钱，只是钱的数目不同而已。

劳动部门负责对所有外来务工人员进行摸底登记、照相，查验有关证件，发放临时就业凭证。来自全国各地的务工人员，居无定所，行无起止，有的人住在地面上，还好查验，有的人住在矿洞里，三天五天也不出来，连个照面也难打。这可难坏了劳动部门的管理人员，他们想来想去，也没有想出一个解决的办法，最后只好将这个责任落实到金老板的头上，由金老板报一个用工人数，然后，按照这个人数，向金老板收取一定的管理费用了事。

　　卫生部门也派了防疫站的五个穿着制服的检疫员来到六郎村的山里，他们肩负的重点工作是防疫，在人群集中和脏乱差的地方检控疫情的发生。他们看了一下矿工们的居住情况和生活状况，根本无法采取防疫措施，也只好向金老板收费，并嘱咐金老板一旦发现疫情，及时向防疫站报告。

　　计划生育部门的工作是最难操作的。县计生委的三个年轻女干部在六郎村山里疙疙瘩瘩的山路山走了一圈，腰酸腿困，虽然见到了一些外地女人，却因为语言不同，无法交流沟通，无法在女性育龄人群中做摸排和宣传、教育工作，只好草草发放了一些避孕套、避孕药，便打道回府了。

　　公安部门的工作是最为繁重和艰巨的。六郎村的山上山下，打架、斗殴、强奸、轮奸、赌博、盗窃、卖淫、嫖娼等案件时有发生，屡屡不断，郭文忠每天带着干警和联防队员们忙得焦头烂额，不可开交。

　　近来，从县城到乡村，从机关到厂矿，人们都在议论着关于黄金的事儿。

　　过去，只要是熟人见了面，说的第一句话就是"吃了吗?"最近，熟人见了面，问候的内容就与以往大不相同了。

　　"你搭了吗?"

　　"还没呢。"

　　"为啥还不搭?"

　　"没筹下钱哩!"

　　"快快寻上钱搭去吧。"

　　"莫非你搭上了?"

　　"搭上了。"

　　"你搭了多少?"

　　"一万。"

　　"还是你有本事哇!"

这个"搭",指的是在金矿搭的股子,也称"孵小鸡"。一个金矿,最初组成的几个人议定的股份,就是"原始股"。持有原始股的人,也称"母鸡"。母鸡必须是有一定数额资金的人,他们可以参与管理,可以进行监督,可以直接从原始股里分红。母鸡的资金,绝大部分是从亲戚、朋友、熟人那里集资而来的。这些搭在母鸡名下的暗股子,就是孵小鸡。这些孵小鸡的人没有管理权,没有监督权,没有话语权,没有知情权,分红时,全凭母鸡的一颗良心。

上班与不上班的人们,将自己平时积攒下来的几个钱拿出来,再东拼西凑凑成一个五千或一万的整数,放在自己熟识的一个母鸡下面孵了小鸡,天天做着黄金梦想,乐滋滋地等着小鸡破壳而出,站立起来,直至羽翼丰满,长成一只胖乎乎的肉鸡,然后,将这只肉鸡抱回自己家来。

孵了小鸡的人,沾沾自喜,在人面前,腰杆挺得笔直笔直的,就等着随时而至的一个喜讯了。

没有孵上小鸡的人,只恨自己没有资金,或是没有一个靠得住的母鸡,见了人,自己也觉得抬不起头来,说话也是软绵绵的,缺少了一些底气。

母鸡们不用自己出钱,就有了雄厚资金,赚了不误分红,赔了自己又不受丝毫损失,何乐而不为?他们穿戴打扮得光鲜照人,每天开着小轿车,到六郎村山里转上一圈,就喝烧酒、打麻将,享受人生去了。

母鸡们前面走,后面就有无数双欣羡的目光跟了上去。

令人欣羡和眼馋的不只是那些母鸡们,还有县里各部门、各单位派进六郎村山里的管理收费人员。

这些管理人员对金老板掌握着生杀予夺的大权,说你合规你就合规,不合规也合规;说你违规你就违规,不违规也违规。山高皇帝远。他们成了这个运动场上的裁判员,被人们视为"美差"和"肥缺"。

很快,山里就出现了"王十万""李百万"等雅号。

哪里有利益,哪里就有争斗。有了好事,大家轮着来做,于是,许多部门就搞起了轮换制。

魏晓勇也在这批被撤下来的人员之中。他被调回局里,当了办公室主任。

第十四章

初夏的一个傍晚，常冬生西装革履，油头粉面，身上散发着男士护肤霜淡淡的清香，开着自己的座驾桑塔纳，从坝院里出来，驶过省金矿为六郎村建成不久的跨河水泥大桥，来到河东，将车停在村支书郝二林的大门口。他拉开方向盘前方的储物匣，取出一只方形的首饰盒，装进口袋里，又从副驾驶座上提了分别装着两瓶茅台和三条中华烟的两个提兜，下了车，穿过不算很深的院子，进了郝二林的屋里。

屋里只有二林婶一个人。她靠在沙发上，手握遥控器，正在调换着电视频道，搜索好看的电视节目。

常冬生将装酒和烟的提兜放在沙发前面的茶几上。

二林婶说："冬生啊！你人来就来吧，可人一来就拿这拿那的，以后可不要这样了。"

常冬生说："二林叔好这两口。我这是给二林叔的。"

二林婶说："他这两口，我不待见。"

常冬生从口袋里掏出首饰盒，递给二林婶，说："我从省城买了一只手镯，这是孝敬您的。"

二林婶接住首饰盒，揭开盒盖，一只金光灿灿的宽边十足金手镯就呈现在她的眼前。她看着这只镌刻着蟠龙的手镯，脸笑成了一朵秋菊花，问："这么好的手艺，一般匠人做不了吧？"

常冬生说："这是广州最先进的工艺。这么精美的图案，北方做不了呢。"

二林婶说："我说呢。"

常冬生用两只手指从首饰盒里将手镯小心翼翼地拿出来，说："二林婶，您来试一试，看看合适不？"

二林婶伸长胳膊，露出胖乎乎的手腕，常冬生将手镯轻轻地戴在了二林婶的手腕上。二林婶转动转动了手腕，觉得正合适，就说："真是个心细的娃娃，比我亲自去挑还合适呢。"说着，就要摘下来，放起来。

常冬生说："您就戴着吧。劳累了一生了，也该享受享受了。"

二林婶这时才觉得手腕上沉甸甸的，就问："这手镯分量挺重吧。"

常冬生说："二林婶，不重，也就一百克多一点。"

常冬生和二林婶你一言我一语地说话之间，郝二林就推门进了家。

二林婶对郝二林说："冬生给你提来了酒，提来了烟，"说着，又伸出手腕，让郝二林看了看，"还给我买了一只手镯。"

郝二林感叹地说："冬生这娃对咱俩，比咱亲儿子对咱俩还好呢。"

常冬生说："二林叔，二林婶，您们对我的好，我八辈子也忘不了。我就是当牛做马难报万一哩。"

三个人又说了一阵闲话。

常冬生觉得是时候了，就对郝二林说："二林叔，我想租赁咱村里的饲养场办一个矿产品开发公司哩。您得帮帮我哩。"

郝二林愣怔了一下，说："你咋的与三富和崇寿想的一样样的，都要租赁饲养场呢？"他说的三富，是指的村副主任杨三富；说的崇寿，是指的会计刘崇寿。

常冬生问："三富和崇寿租上饲养场想做啥哩？"

郝二林说："三富有一个亲戚是浙江人，他想从亲戚那里引进技术，在饲养场那里建一座藿香茶厂哩。崇寿是想在饲养场里养小尾寒羊哩。听说小尾寒羊肉质好，出毛率高，是咱这地方发财致富的一条好门道。"

常冬生问："咱村里准备咋样出租饲养场呢？"

郝二林说："我和你培俊叔已经商量过了，租赁费是一年一千元，租期五十年。承租人和村委会签订租赁合同，一次交清租赁费。"

常冬生继续问："那咱村里准备出租给谁呢？"

郝二林说："租赁饲养场是三富先提出来的，合同还没写呢，崇寿就也要提出来租赁。两个人争的一个地方，狼多肉少，该租给谁呢？"

二林婶说："三富和崇寿，谁也甭租给他们了。我看，就租给咱冬生哇！冬生是咱娃。胳膊总是在手里头。有争议的事情，总得先尽着咱娃。"

郝二林说："妇道人家，你懂得什么？两个人争一个地方，都不好办，况且，现在又增加了一个冬生，成了三争一了，难办哩！我也有心租给冬生，可是，总得让我给那两个人一个交代哩！否则，人家问我，我该怎么说？"

二林婶眼珠子直丢丢地剜了郝二林一眼："租给冬生，就是租给冬生。他们要问，就说租给谁不租给谁，是村里的权力！"说完，恼悻悻地出去了。

常冬生说："我倒有一个万全之策，既可以让村里将饲养场出租给我，又可以使他们心服口服。不知道该不该说？"

郝二林一脸狐疑，惊奇地说："竟然还有这样的好办法？你说说看。"

常冬生就将身子靠过来，嘴巴附在郝二林的耳朵上，如此如此，这般这般，说了一气。

郝二林听着听着，脸上就现出了笑容，说："这倒确实是个万全之策。事不宜迟，明天上午，咱就在村委会办理。"

两个人说定了，常冬生就从郝二林家里出来。

第二天上午，郝二林叫上村主任刘培俊碰了个头，又通知了杨三富、刘崇寿来到村委会办公室。他们专等常冬生一到，就可以办事了。

左等右等，常冬生一直不见来到。

四个人一边抽烟，一边说些闲话。屋子里被他们熏得烟雾缭绕，郝二林坐椅旁边的一只脏水桶里漂浮着一层烟蒂。

四个人正等得不耐烦的时候，院子里传来了小轿车的鸣笛声。不一会儿，常冬生就一边手里握着"大哥大"，给谁打着电话，一边走进了屋子。

郝二林佯嗔道："冬生啊！这就是你的不对了。说好了咱都早早地来村委会办事，你干啥去了，让我们等了你一上午？"

常冬生关了"大哥大"，憨憨地笑了笑，说："县人大的曲副主任一早就到坝院里来找我。人家不走，我也不好意思催促。这不是，曲副主任一走，我就急着赶过来了。实在对不起各位老叔了！今天中午，我请大家喝酒，以表达我对大家的歉意！"说着，就找了个靠近郝二林办公桌的凳子坐下了。

刘培俊说："冬生你先不忙请客。我提个建议，今天谁成为饲养场的租赁人，中午谁请客，大家说行不行？"

大家一致附和赞同刘培俊提出的建议。

郝二林又说话了："咱们言归正传吧。今天叫大家来，就是想解决一下饲养场的租赁问题。三富、崇寿和冬生都想租赁饲养场哩。三富是想开藿香茶厂，崇寿是想养小尾寒羊，冬生是想办矿产品开发公司，都是好事情，我们都也支持！谁让咱村就一个饲养场呢。人多地方少，难分配哩！按说三富是村副主任，崇寿是会计，他俩都是村干部，理应照顾他俩才对，可是，就一个饲养场呀！他俩又该租给谁呢？我和村主任才不做这种偏三向四的决定呢。我和培俊商量了一个办法，那就是抓阄。抓阄这办法最公道。碰自己的运气吧。谁抓住，谁就签订租赁合同。原来定下的租赁费一年一千元，租期五十年，一次交清租赁费这个决定不变。"说着，看了一眼村主任，"培俊，你看还有什么补充的？"

刘培俊说："书记的话说得已经非常明白了。我没有意见。就这么办吧。"

郝二林说："我在三块纸上写上字，一块写'有'字，另外两块分别写'无'字。谁抓住'有'字，就是租赁人，抓住'无'字的，就怨自己的运气不好吧。"说完，就出了办公室，到另一个屋子里制作阄子去了。

少顷，郝二林回来了，手里提着自己的帽子。帽口被对折回来，只留下一个勉强能伸得进手的小口子。他回到自己的座位上，用目光扫视了大家一圈，说："今天，冬生来得最迟，咱就让冬生先抓。不然，他还以为咱几个村干部，官官相护，早早地来了商量着黑办他、捉弄他呢。"说完，就使劲摇了摇帽壳，让冬生的手伸进了帽子的小口子里。

常冬生的手在帽壳里，好像很费力的样子，捏摸了一阵，抓出一个阄子来。众人的眼睛一起聚集到那个阄子上。冬生快速地将阄子展开，一个"有"字便出现在大家眼前。

郝二林说："懒人有懒福哩。来得迟，却抓得好。既然冬生抓住了，三富和崇寿再抓也没用了。"说着，就将两个纸团倒进了身旁的脏水桶里。纸团很快便和烟蒂融在一起，染成了绛黑色。

常冬生对杨三富和刘崇寿说："三富叔的表弟有才和崇寿叔的儿子峻山，他们两个人的工作我都给安排了，我保证他们两个人挣到我们公司里最高的工资。"

杨三富和刘崇寿总觉得今天的抓阄有些地方不对劲，但又说不出个所以然来。

接着，郝二林就让刘崇寿起草租赁合同。常冬生从口袋里掏出五万元钱，付了五十年的租赁费。然后，刘培俊代表村委会，常冬生代表矿产开发公司，分别在合同上签了字。最后，在村委会一方的上面，又盖上了村委会的朱红大印。

办完了一切手续，常冬生按照刘培俊抓阄前的提议，开着自己的座驾桑塔纳，拉着四个人，到沙涧镇喜来登酒店好好地吃喝了一顿。

常冬生从沙涧镇雇用了一个工程队，开始收拾饲养场。

饲养场位于河东村北，占地六亩，距离六郎城东北角二百多米。农村实行联产承包责任制之前，这里是六郎大队下属四个小队共同的牲畜饲养之地。进入宽大的走车大门，一条大道直达后墙，大道东西两旁各有四排牲畜圈舍，圈着四个小队的骡、马、牛、驴、羊，这就是六郎大队的主要家当。每天早晚，车倌们挥动着缠着红绸子的鞭杆，朝梢马头上方"叭"的一甩，赶着四辆五套马车从这里出出进进，好不威风！车倌们潇洒的举止，曾招来村里社员们无数欣羡的目光。自从土地分田到户后，队里将集体的牲畜也作价分给了农户。农户将分得的牲畜牵回自己家里去作务饲养，饲养场便空了下来。无人管理的饲养场，经过十来年的风雨侵蚀，门坏瓦碎，房屋已经破烂的不成样子。那几年，因为村民们的生活特别贫困，从未有人打过饲养场的主意，自打村民们在正峪河淘金发了财后，才有人关注和争夺起这个地方来。

　　人们之所以要争夺这个地方，一是因为租金过分地少，六亩大的地方，每年一千元，平均下来，每亩每年才一百六十元多一点，太便宜了；二是租期过分地长，五十年的时间，那是接近人的一生的时间，这么长的时间，在这块土地上，想干什么，就可以干什么，就是重新盖上新房子，到时候也破烂了，再说五十年之后，政策有什么变化，社会发展到什么样子，谁也估不透呢。

　　杨三富想在饲养场上开办藿香茶厂，独具慧眼。藿香是藿人县的特产，主产地又在六郎村，至今尚无人开发这个产品。如果引进浙江的制茶技术，将具有独特香味、特殊功能的藿香制成茶叶，应当是很受消费者欢迎的。中国这么多的饮茶人群，这么大的销售市场，一旦这个产品打向全国，那将会是怎样辉煌的前景啊！到时候，开发这个产品的人，就是一个驰名全国的大老板啊！

　　刘崇寿的养羊计划，虽然不及杨三富的藿香茶厂前景广阔，但也是一个实实在在的好项目。小尾寒羊是中国乃至世界著名的肉裘兼用型绵羊品种，具有早熟、多胎、多羔、生长快、体格大、产肉多、裘皮好、遗传性稳定和适应性强等优点。这种小尾寒羊，四月龄即可育肥出栏，年出栏率在百分之四十以上；六月龄即可配种受胎，年产二胎，胎产二至六只，有时可高达八只；平均产羔率每胎达百分之二百六十六以上，每年达百分之五百以上；体重六月龄可达五十公斤，周岁时可达一百公斤，成年羊可达一百三十至一百九十公斤。在世界羊业品种中，小尾寒羊产量高、个头大、效益佳，被国家定为名畜良种，被人们誉为中国"国宝"、世界"超级羊"及"高腿羊"品种。为鼓励广大农民养殖小尾寒羊，早日脱贫致富，这两年，县里将小尾寒羊定为政府扶持项目，凡是小尾寒羊的养殖户，每只种羊财政补贴五十元。刘崇寿计划先购买五十只种羊，就按年产胎三只计算，一年下来，就是二百只羊，那么，两年、三年，甚至五年以后呢？那时候，他会成为一个怎样令人眼馋的养羊专业户啊！

常冬生办的是矿产品开发公司，说白了，走的还是挖金的路子。他是靠着金子走上富裕道路的，没有金子，就没有坝院，就没有座驾桑塔纳，就没有手中的"大哥大"，就没有每天如流水般花出去的人民币，也就没有新认识的这么多领导朋友，以及县人大代表这个耀眼的光环。自从六郎村掀起一股新的挖金热潮之后，人们见山就开，见地就挖。常冬生没有急于动手，他要好好地选一处地方，要干就大干一番。他现在是县人大代表，身后又有负不赖书记这个强大的靠山，不干出一番大事业来，对不起"县人大代表"这个称号，对不起负书记对自己的期望啊！在哪里干？饲养场这个地方，就是他经过深思熟虑之后，才选择下来的。

常冬生指挥工程队将饲养场的院墙和旧房全部拆倒，垒了新的院墙。他将自己在这个地方的建筑计划交代给工程队，并要求加快进度，快速完工。

常冬生按照县政府"拾遗捡漏，有序开采"的要求，到县黄金中心和有关部门办理了临时开采证等有关手续。

接着，常冬生就开始了招兵买马。他将旧日的几个好朋友都叫了过来，让田万全担任办公室主任，负责接来送往等工作；让王志刚管理电碾房和氰化房；让崔大树管理矿井，负责开采、出矿工作；让冯石命管理后勤，负责吃喝拉撒等工作；因冯润秀在部队当过司机，就让他给自己开车；冯有才、刘峻山担任保安，负责公司的安全保卫工作。公司所有人员的月工资一律五百元，年底再根据公司效益和各自的工作情况另行论功行赏。

管理账簿和收支的出纳，他选下了妻表妹靳翠枝。当然，这个人选能否到位，还得秀枝出面联系之后才能确定。

晚上，常冬生和秀枝说了想让翠枝担任公司出纳的事，秀枝也觉得合适，出纳是个直接管理钱财的工作，自己的人总比外人要可靠。

第二天，甄秀枝就去了一趟县城，到姑姑家去和翠枝说这件事。

靳翠枝前年从禾谷地区商校毕业后，分配回藿人县外贸局工作。她学的是会计专业，本来应当做会计或者出纳工作才对口，但外贸局不缺会计和出纳，就被安排在办公室搞一些可做可不做的杂务，每天去迟去早，去与不去，也无人检点。甄秀枝的姑姑听侄女说想让翠枝到侄女婿的公司里当出纳，并且每月能挣五百元工资，当然愿意，但她拿不了闺女的主意，最终还得翠枝来做决定。

靳翠枝今年刚刚年满二十周岁，身材娇小，皮肤白嫩，明眸皓齿，是个聪明伶俐而又漂亮美丽的女孩。靳翠枝下班回家后，见到表姐，听说了这个事情，想了想就满口答应了。她觉得这是件好事情，一来帮了表姐，表姐上门来张一口也是不容易的；二来发挥了自己的专长，不然那二年会计专业就白学了；三来每月还能挣五百元的工资，再加上自己在外贸局领的八十多元钱，真是高收入了。这样一举三得的好事情，何乐而不为呢？于是，她就找到局长，编了个借口，请了长假，随表姐来到六郎村。

两个月后，矿产品开发公司就基本建成了。

公司的正面是七上七下的一栋二层小楼，楼前的西面是电碾房、氰化房、冶炼房、车库，楼前的东面是一溜儿高大的简易房子，房子里打了一口竖井，井上安装了钢丝绳绞车。大门是用粗钢管焊接而成的，大门的左方是一间门房，冯有才、刘峻山在此轮流值班，外来人员必须进行登记查验，否则，一律不得入内。

小楼的下面一层分别是厨房、餐厅、库房和职工宿舍，二层东面的三间是宽大的带有套间的总经理办公室，西面分别是两间办公室和一间财务室。

开矿的工人由六郎村最大的包工头连建国负责招募。

连建国是陕西宝鸡人，三十七八岁的样子，中等个子，肤色黝黑，身体结实有力，当过三年义务兵。退伍后，他一直以招揽工人为业。据说，他手下养着五个威猛彪悍的打手，协助他招募和管理所有工人。自从六郎村掀起挖金热潮后，连建国就带了二百多个工人，闻风来到六郎村，在众多包工头中，成为手上工人最多、管理最严的包工头。

当地开采金矿的人们，实际上是只负责管理，洞里的开采和出矿全部雇用外地工人来做。包工头就是洞主和工人之间的环节人物。出矿可以计件，也可以总包，由洞主与包工头协商好金额，然后，再由包工头分包给每一个工人，包工头从中获取差额利润。包工头一旦与洞主签订用工协议后，必须保证洞主的用工需要，洞主则必须对工人的伤亡事故承担责任。刚开洞时，一般只需要十几个人，等找到矿脉，横向的巷道出来后，根据规模的大小，矿工会增加到一百到二百人。

常冬生在公司二楼的总经理室与连建国签订了用工协议。田万全一直跑前跑后，一会儿沏茶，一会儿递笔。常冬生和连建国脾性相投，一见如故，谈得很是投机。

中午，常冬生要在沙涧镇喜来登酒店宴请连建国。冯润秀开着常冬生的座驾，拉着常冬生和田万全前行，连建国有自驾车，随后跟着。四个人到了喜来登，田万全让酒店老板开了一个雅间，点了酒店里的羊、鸡、鱼、虾等几个品牌菜肴，又要了两瓶霍人高粱白酒，常冬生和连建国并排在正面坐了，田万全与冯润秀坐在对面作陪。冯润秀因是司机，为了安全，不敢喝酒，田万全一边为冬生和连建国斟酒，一边陪着饮酒。

席间，冬生和连建国两个人先是互相敬酒，各自敬了三次，冬生觉得一直这样喝下去也没有什么意思，总得搞点刺激性的东西来下酒方才称意。于是就说："咱们轮着说一些荤段子吧。连头，你先说一个。"

连建国谦让了一番，只好先说："有一个老干部退了休无事可干，在家里哄着两岁的孙子。中午，媳妇回来，解开衣服，吆喝着儿子要给他喂奶，她越吆喝，儿子跑的越远。爷爷急了，吓唬孙子说，赶紧吃奶去。你再要不吃，额可就要吃呀！夜里，媳妇就对丈夫学说了一遍中午的事情，并说，你爹平时看起来还挺正经的，其实是个老烧巴头！丈夫听了非常生爹的气，第二天，就背着媳妇，对爹发了一顿脾气，埋怨爹不该说要吃媳妇的奶的话。爹听了儿子的话，也火了。他说，你媳妇的奶，额也没有真个去吃，只不过是为了哄孩子，说说而已，结果你就恼了。想当年，你一连吃了额媳妇的奶三年整，额也从来没有对你说过个甚！"

连建国说完，一桌人就掩嘴而笑。

轮到常冬生了，他想了想，说："一天，有一个小姐穿着短裙，但没有穿内裤，从宾馆的楼上下来，到门口的修鞋摊上去修鞋。她坐在修鞋师傅对面的椅子上，抬起脚来问，你看我这口儿能缝上吗？修鞋师傅朝前一看，好心地说，闺女，不是大爷不给你缝，这口儿缝上就不值钱了。"

常冬生话音一落，几个人便笑了个前仰后合。

大家止住了笑，连建国接着说："有一天，一个乞丐敲敲停在路旁的一辆小轿车玻璃说，给点钱。车里的男人摇下玻璃说，给你烟。乞丐说，不抽烟。男人说，给你酒。乞丐说，不喝酒。男人说，带你去赌，赢了是你的。乞丐说，额不赌。男人说，带你去歌舞厅享受'一条龙服务'，费用额全包。乞丐说，额不嫖妓。男人说，那你上车吧。拉上你让额老婆看看，不抽烟，不喝酒，不赌钱，不嫖妓的好男人到底能混成啥样？"

大家又笑了一回。

常冬生说："有这么一家人家，丈夫出差回来，妻子告诉他在你出差期间，贼闯进了咱的家里。丈夫焦急地问家里丢了什么东西？妻子委屈地说，东西没有丢，只是家里太黑，我以为是你回来了……丈夫大吃一惊，质问说，这还说没丢东西？！"

田万全举起酒杯，笑着说："二位领导说得真好！咱干了这杯。"

陈建国说："田主任不能只管倒酒，也该说一个了。"

田万全看了看冬生，冬生笑着向他点了点头。田万全得到了默许，就说："那我也就说一个。说得不好，还清连老板包涵。女人五种爱·圆硬粗短秃。女人五不爱，尖软细板长。"

连建国听罢，略一思索，就抚掌笑道："这一个更有意思！"

接着，三个人又讲了几个笑话，喝了几巡酒，直到将两瓶霍人高粱白喝光了才散了伙。

回公司的路上，常冬生对田万全说："你怎么老是说的七八十年代的陈词滥调呢？如今已经是九十年代了，时代进步了，你也得与时俱进哩！以后你跟上我经常在场面上活动，也得说一些新鲜的东西哩。"

田万全诺诺称是。

此后，田万全就订了一份《都市报》和《南北笑话大全》杂志，关心起报纸、杂志来。

隔日，常冬生回了一趟窑院。

他问娘："我哥呢？"

娘说："你哥他不常回家。他在沙涧镇宾馆里住着哩。你要找他，得晚上去，听说白天就又上了山了。"

当天晚上，常冬生乘着自己的座驾桑塔纳去了一趟沙涧镇宾馆。他敲了敲哥的办公室房门，里边没有回应。他又反复敲了数次，依然没有回应。他到接待大厅的吧台上，问了一下接待员。接待员告诉他，常秋生已有四五天没有来宾馆了。

此后，他又来了两趟沙涧镇宾馆，但都扑了个空。

常冬生第四次来沙涧镇宾馆，天已经黑黢黢的了，仍然吃了个闭门羹。他正要离开宾馆，在门口却遇到了哥。

常秋生和乔志军肩膀上各挎着一个灰白色的帆布工具包，风尘仆仆，步履匆匆，一前一后从山里刚刚返回宾馆。

常冬生看了一眼乔志军，对哥说："哥，我有几句话，想单独和你说说哩。"

常秋生对乔志军说："你先回办公室歇着，我一会儿就回去了。"说完，就和冬生在宾馆接待大厅的一个沙发上坐下来。

常冬生看着哥因劳碌而消瘦的身体和被阳光晒黑了的脸色，有些心痛，他不明白哥为什么黄金已经找到了，还要这样没明没夜地去山上受罪？他深深地往肚子里咽了一口唾沫，对哥说："哥，我成立了一个矿产品开发公司。公司就设在咱村的饲养场。"

常秋生问："到县里办手续了吗？"

常冬生说："根据县里'拾遗捡漏，有序开采'的精神，我已在县黄金中心办了临时开采证。"

常秋生夸奖说："守法经营，这就好！"

常冬生说："常言道：'上阵需要父子兵，打虎还得亲弟兄。'我想咱弟兄俩摽起来，再拉上我的一个要好的朋友一起干哩！你在公司里担任副总经理，分管生产，所得利润咱仨人三一三剩一——平分。前期资金一分钱也不用你来承担。你只等着分红挣钱就行了。"冬生说得言简意赅，字字就像重锤，都敲打在关键部位上，极具诱惑力。

常秋生说："哥不能和你在一块儿干了。哥已经答应了省地矿局杨局长了，哥还有更重要的任务要完成哩。至于钱嘛，哥现在挣得是正科级工资，每月一百五十六元，已经不少了，足够花了。"

常冬生说："哥，这可是一个好项目哩！肯定能闹不少钱呢。"

常秋生想，看来他那次春节前对冬生说的那些道理和那个故事是白说了，他的话，冬生根本没听到心里去。他又想起了冬生修建的坝院，太惹眼了。他觉得对冬生这个人还是平时敲打的不够，于是就说："冬生，人这一生没有钱是万万不能的，但金钱也不是万能的。人不能将头削得尖尖的，硬往钱眼里钻。做人啊！不能太张扬、太霸道了。无论什么时候都应该是本本分分做人，老老实实做事。"

常冬生听得哥又给他上开了课，他知道哥的脾气，说一不二，只要是他决定了的事，要想让他改变主意，那是万万办不到的，就只好说了一些保重身体的话，和哥告辞了回来。

又隔了两日，冬生让冯润秀开着自己的座驾桑塔纳，拉着他进了一趟县城。

寻求负不赖这棵大树，是他早就谋划好了的。俗话说得好，大树底下好乘凉！要开金矿，挖金子，就必须要用雷管、炸药、汞和氰化钠，而这些东西又都是危禁物品，没有一个硬关系是很难搞得到的。再说要扛得生公安、国税、地税、矿管、工商等多个部门的检查、收税、收费，背后没有一个要害部门的领导给撑腰做主，也是不行的。更何况自己打的这个矿井，不是一个寻常的矿井，一旦有人干涉。谁来说情？谁来调停？

前不久，负不赖经禾谷地委组织部派员考察，已被提拔为霍人县纪律检查委员会书记。

纪检委设在县委大楼三楼。负不赖书记的办公室占着楼梯东面中间的三间屋子，外面两间摆着办公桌、书橱和沙发等，是办公的地方；里面一间有双人床、衣橱、电视和一对单人沙发，是休息室。

负不赖书记这天不忙，一个人正在办公室看一份报纸。他见冬生来了，就将冬生让进里间，两个人坐在了沙发上。

常冬生开门见山地说："哥哎！我的矿产品开发公司已经全面就绪，矿洞也打下去了。我今天过来，就是想和您说一声，我给您在公司里顶了百分之三十的干股。资金不用您出，赔了不用您管，赚了您只管分红就是了。"

负不赖书记说："我的身份与你的身份不同，给我顶干股的事，你都给谁说过？"

常冬生说："主意是我拿的，公司是我做主。我不需要和任何人商量，我也没有和任何人说过。"

负不赖书记说："那就好！这件事就是天知地知，你知我知。"

常冬生说："绝不食言。如从我嘴里走漏半点消息，天打雷劈！我就不是我爹闹下的。"

负不赖书记说："好！这就好！一言为定！"

常冬生对负不赖说好了股份，又说了几句闲话，就告辞出来，赶紧回到了公司。公司里有好多事情还等着他督促，等着他决策呢。

崔大树向他汇报说："竖井已经打到一百米深了，还没有见矿。怎么办？"

常冬生说："继续往下打！"

崔大树说："这一百米，已经耗资五十万元了。财务上的资金已经用完了。"

常冬生说："你只管打井。没有资金，我想办法。"

崔大树就执行冬生的命令，组织工人继续往下打。

当竖井又深入一百米以后，还没有见矿，崔大树就有些急了。这么深的竖井都是用票子打出来的，每投入一万元，只能打进一米左右。如果再出不了矿，他不光是心痛这一沓一沓的票子，他肩负的责任也是没法推卸的呀！

于是，崔大树风急火燎地找到冬生，说："竖井打到现在，还没有一点金矿的迹象，这充分说明，这个选址是有问题的。如果现在停止往下打，另选别的地方，损失还不算太大，还是来得及的。"

常冬生笑着问："现在竖井总共下了多深了？"

崔大树答道："今天已经下到了二百米。"

常冬生像是胸有成竹，不慌不忙地说："二百米正好。告诉工人们，从现在开始由竖进改为横进，向东掘进一百米，看是如何？"

崔大树见总经理都这么沉着冷静，也就不再着急。他指挥着工人们，按照冬生的意思，向东打眼放炮，向东掘进。

横洞打到了一百米，崔大树又来向冬生汇报。

常冬生说："这是第一步井。现在可以打第二步井了。再往下打二百米竖井，然后再向东掘进一百米，那时候，咱们再决定下一步的行动。"

崔大树领导着工人们，按照第一步井的深度，抓紧进度，又往下打了二百米，然后又往东打了一百米横着的巷道。

第二步井下面的巷道完成后，又打了一眼，装上炸药，放了一炮，就见了金矿。崔大树急忙报告了冬生。冬生显得十分高兴。

起初，洞里的一条金脉细细的，窄窄的，金矿的含金量也不高，但是，越往里打，脉道就越来越粗，越来越宽，而且是富矿，品位达到了百分之三十。

电碾房、氰化房都运作了起来。

常冬生让井上井下所有工人白天休息，晚上出矿、碾矿。

收金由王志刚、崔大树具体操作，靳翠枝、田万全负责监督。所有汞膏用坩埚冶炼后，再进行提纯，然后化成金水，倒入胶泥刻成的条形模型里，形成金条后，再全部交由冬生。

常冬生将金条锁入二楼办公室套间的大保险柜里。

常冬生将金条称为黄条。

第十五章

一天，矿产品开发公司门口来了一个女人，自称叫韩巧珍，说是要见总经理常冬生，被冯有才拦住了。冯有才问清了情况，又让她进行了登记，才放她进了大门。

韩巧珍径直上了二楼，进了常冬生的办公室。

常冬生一见是她，先是吃了一惊，接着就问："你怎么来了？"

韩巧珍说："我想你了，来看看你呀！"

常冬生走到门口，将门栓拉上，然后拉着这个女人的手，两个人并排坐在了沙发上。

韩巧珍是轩岗一个叫作"俏的太发廊"的老板，二十七八岁的年纪，身体微胖，面如满月，皮肤白嫩，长得特性感，因其笑起来就像一朵盛开的白色牡丹花，人们就送了她一个雅号——白牡丹。那年，常冬生在轩岗开着小四轮拖拉机从煤矿往煤场倒煤，有一次到俏的太发廊里理发，给他理发的就是白牡丹。白牡丹先给他简单地洗了一下头，就让他坐在一只可以升降的理发椅上给他理发。白牡丹一边理发，一边不经意地问他一些闲话。诸如问他是哪里人？来轩岗干什么？今年多大啦？其间也夹杂一些天气热呀物价贵呀的话语。白牡丹理发的技术十分娴熟，但却又十分认真，哪怕是发现有一根头发没有剪齐，也要重新来过。理完了发，白牡丹又要给冬生洗头。她将喷头里的温水往他的头上淋洒了一阵之后，又给他的头上抹上了异香扑鼻的洗发液，接着就用十根软绵绵的手指在他的头上揉搓起来，用力不轻也不重，恰到好处，搓了头发，又搓脖子，接着又给他洗脸，手指在他的额上、脸上、鼻尖上滑来滑去，滑来滑去……就这样，洗了一边，又洗了一边，洗得他浑身痒舒舒的。他理过多少次发，从来没有享受过如此细致的服务，也从来没有过如此舒服的感受。洗完了头，白牡丹又将他让到理发椅子上，要给他吹风。一股温暖的微风在他的头上、面上、脖颈上，一阵一阵掠过。他从前面的镜子里看到了一个全新的自己，也看到了白牡丹。他看见白牡丹的脸真就像一朵盛开的白牡丹，而白牡丹的两眼也在直勾勾地看着自己。他离开六郎村已经一个多月了，也就是说已经有一个多月没有和秀枝温存了。这时，他觉得自己的身体无比燥热难耐，就忍不住将手返到后面，在白牡丹的大腿上轻轻地捏了一下，他看见镜子里的白牡丹不但没有反感，反而笑着向他点了点头。吹完了风，他跟着白牡丹到了理发室后面的一间休息室里，在一张床上做成了一件苟且之事。临走，他给白牡丹放下了二百元钱。之后，他隔几天就要来俏的太发廊一次，和白牡丹说说话，聚一聚。那年，他在轩岗倒煤，除了自己吃喝，攒下三千元钱，只给秀枝拿回一千五百元，另外一千五百元，就全部花在了白牡丹身上。

今日，情人相见，分外高兴。两人互相搂抱着，亲吻着，抚摸着，不由得就解开了衣扣，脱掉了衣服，就在沙发上滚战在一起。常冬生觉得，白牡丹和秀枝就是不一样，开关也灵敏，插座也灵敏，此插座确非彼插座。一摁开关，插入插销，立时便电流涌动，电花四溅，整个人的身心便融化在一种麻舒舒的感觉中。

重温旧情之后，两个人又穿衣坐好。

常冬生问白牡丹："你听谁说我在这里？咋就到这里找我来了？"

白牡丹理了理被冬生弄得乱纷纷的头发，说："前几天，我看到了一张《禾谷日报》，上面的头版头条刊登着你的事迹。你现在是名人了，谁不知道你常冬生啊！"

常冬生说："今日常冬生，还不是和昔日的常冬生一样样的？"

白牡丹说："来之前，我想今日的常冬生一定和昔日的常冬生不一样了，还不一定认得我白牡丹哩。来了之后，才知道表面的常冬生是变了，但实质的常冬生没有变。"

常冬生问："俏的太发廊生意还挺好吧？"

白牡丹说："你走后不久，同行业太多，竞争太过残酷，俏的太发廊就关闭了。"

常冬生问："关闭了俏的太发廊，那你后来干啥去了？"

白牡丹说："后来轩岗宾馆聘我当了客房部经理。"

常冬生说："客房部经理这个职务不错啊！衣食无忧，还有不少下属呢。"

白牡丹说："我不想在那里干了。干到老死也没有个出息。"

常冬生问："不在那里干，那你下一步准备干什么呢？"

白牡丹将头靠在冬生的胸脯上，娇滴滴地说："我这不是投奔你来了嘛！"

常冬生搂着白牡丹，说："好吧。有我吃的，就有你吃的。我能养活得起你。"

白牡丹揉了揉身子，说："不，不嘛！我不用你养活。"

常冬生问："那你想咋哩？"

白牡丹说："我想自己干哩！"

常冬生问："那你说说看，你想干啥哩？我能帮你些啥？"

白牡丹说："现在六郎村的人这么多，相当于一个小城市的人口哩。这么多的人口，听说至今还没有一个娱乐场所。人们在业余时间，多么希望有一个娱乐的地方，去消遣消遣啊！我想在六郎村开一家歌舞厅哩。"

常冬生说："这个想法的确挺好。你说说需要我来怎样帮助你？"

白牡丹说："你只需给我在六郎村租一处高大一些的房子，再帮我装修装修，买上一些音响设备就行了。"

常冬生说："今天也不早了，明天我就让我的办公室主任田万全去领你到街上租房子。音响设备嘛，你拉个名单，也由他去购买。只是这装修的事，他又不懂，要什么式样，雇下匠人后，还得你亲自去检点指挥呢。"

白牡丹听了冬生的安排，非常满意，探起身子，给了冬生一个热吻。

常冬生说："今天你就不要走了，我安排你住在沙涧镇的益民宾馆。"

白牡丹声音颤颤地说："我也要和你一起住嘛！"

常冬生说："那是一定，晚上我和你住在一起。"

说完，常冬生就让司机冯润秀开车将他和白牡丹送到了沙涧镇的益民宾馆。

田万全遵照常冬生的安排，领着白牡丹在六郎村的街上物色可以做歌舞厅的房子。

六郎村几条街道临街的房子都已租出去做了买卖，有商店、饭店、粮店、旅店、理发店等，而且这些临街的门面房子大多入深与间单不大，不适合做歌舞厅。选来选去，白牡丹看准了供销社分销店面朝一个胡同的大库房。

自从六郎村掀起挖金热潮后，随着个体商店的大量兴起和灵活经营，因集体经营方式死板等体制原因，供销社分销店已不像过去一家经营、别无分店的时候，生意已大不如前，门前冷落车马稀，一天也来不了几个顾客，卖不出去几件商品，入不敷出，月月连职工工资也发不出去，已经濒临倒闭的边缘。

供销社薛主任听说白牡丹要租赁六郎村分销店的库房，自然十分高兴。这个五间大的库房因店里的生意不景气，已多时闲置不用，早就想将它租出去，换几个现金，怎奈库房过分高大，不适合居住，多少人过来看了看，都摇头走了。今天遇到个白牡丹，薛主任就以最低的价格每年一万元，和白牡丹一连签订了十年的协议。

白牡丹的高兴不亚于薛主任，这么大的五间库房，要放在集镇地方，少说每年也得五万元租金。多亏没有人想到在六郎村办一个歌舞厅，如果有人比她在先想到这个主意，别说是每年一万元，就是每年五万元也轮不到她了。

租好了房子，田万全从县城雇了一个装修工队，又到省城购买了装修材料，就抓紧时间开始了装修。

为满足消费者的多种需求，增强对顾客的吸引力，白牡丹将舞池和舞台设计的很小，特别增加了包房的数量，注重了包房的隔音效果。作为一家娱乐休闲场所，白牡丹还注重了室内的装饰性、美观性和趣味性，在设置多隔断多屏风增加私密空间的同时，她还采用改变地平标高、天花标高等方法来增加空间的层次，使本来宽大的空间变得起伏多变、错落有致。灯光系统是一个不可忽视的大事，搞好了，进来的人就会感觉如入仙境；搞不好，进来的人就会觉得索然无味。因此，她在安装基础照明灯具的同时，又增加了卤灯、霓虹灯、烛光灯等特殊效果灯具。白牡丹在包房内又设置了沙发床、电视机，同时还配置了音箱、调音柜、话筒等音放设备。

歌舞厅装修和调试结束后，白牡丹又在外面挂出了喷绘着"情未了"三个字的大型彩色招牌。

接着，白牡丹就像失踪了一样，离开了六郎村。

过了几天，白牡丹领着三十多个小姐回来了。这些小姐有东北的、陕西的、本省的，年龄多在十八岁至二十五岁之间。人人长得胸丰腰颤、风流俊俏，个个打扮得露脐露腿、妖媚妖艳。

情未了正式开业了。

情未了的小姐上午休息，下午和晚上营业，生意十分热闹火爆。来这里玩乐的人，如蝇附膻，走了一拨，又来一拨。

几天后，歌舞厅就像雨后的蘑菇似的，在六郎村的河西、河东又生出了好多家。

六郎村的人们将小姐称作"黄米"，将嫖宿小姐称为"籴（音量）黄米"，将小姐卖淫称为"粜黄米"。问小姐样貌，不问好不好，而是问"黄米软不软"？

这天，李又白喝醉酒后，路过情未了歌舞厅，看了一眼从那里进进出出的男男女女，有感而发，边走边唱道：

> 女人为钱坏了心，
> 色诱你来勾你魂，
> 男人有钱人变坏，
> 风流场里种愁根。

常冬生来情未了与白牡丹重续旧情。

他走进情未了，几个小姐见来了一个西装革履的客人，知道是个有钱的主儿，正要上前来拉拽，白牡丹却先一步过来了，小姐们便知趣地退到了一边。

白牡丹一只手攀住冬生的臂膀，对众小姐介绍道："姐妹们，你们不是多少次嚷嚷着要用票子换金子吗？这就是霍人县最大的金老板——常总经理。他保准会让你们换到成色最好的金子。"

众小姐齐刷刷地向常冬生投来了馋羡的目光。

白牡丹将冬生领进了一个包间，让服务员端来水果、瓜子、葡萄干，又沏了龙井茶。

包间光线很暗，两个人手拉手，肩并肩坐在沙发上。

白牡丹说："情未了开业这么长时间了，你怎么才来呀？"

常冬生说："前些时，县人大组织委员们到学校和企业进行调研，走了好多天。近来公司的事情也不少，忙得抽不开身子，这不是稍一松闲就看你来了。"

白牡丹剥开一个蜜橘，掰下一瓣，喂到冬生嘴里，说："我知道你心里有我哩！"

常冬生问："生意还行吧？"

白牡丹说："初开业那时候，那可叫个红火哩，人多得接待也接待不过来。自从又开了一些歌舞厅之后，生意就少得多了。"

常冬生笑着说："这行当业务太多了，人可受不了哇！"

白牡丹用拳在冬生的肩胛处轻轻地打了一下，说："磨不坏边，戳不坏眼，有啥受不了的？"说完，两个人就互相依偎着笑作一团。

笑了一阵，白牡丹忽然像想起了什么，说："昨天来了一个歌手，唱得特别好，但只卖唱不卖身。我让她给你唱支歌吧。"

常冬生说："好！多时没有听到真人真唱了。"

白牡丹出去了一会儿，领进来一个梳着披肩发的女子。那女子打开电视，放出影像，调好音调，拿着话筒，唱了一首《我愿意》：

> 思念是一种很玄的东西
>
> 如影随形无声又无息出没在心底
>
> 转眼吞没我在寂寞里
>
> 我无力抗拒
>
> 特别是夜里
>
> 想你到无法呼吸
>
> 恨不能立即朝你狂奔去
>
> 大声地告诉你
>
> 愿意为你我愿意为你
>
> 我愿意为你忘记我姓名
>
> 就算多一秒停留在你怀里
>
> 失去世界也不可惜
>
> 我愿意为你我愿意为你
>
> 我愿意为你被放逐天际
>
> 只要你真心拿爱与我回应
>
> 什么都愿意
>
> 什么都愿意为你
>
> ……

这女子歌喉婉转悠扬，歌声优美动人，的确很好听。女子唱完后，常冬生从口袋里掏出一沓一百元的票子，抽出一张，付了小费，女子出去了。

白牡丹依偎在冬生怀里，将手伸进了冬生的口袋，将那一沓票子掏出来，装进了自己的口袋里。

过了一会儿，白牡丹要和冬生合唱黄梅戏《夫妻双双把家还》。两个人一人拿了一个话筒，脸对着脸，你看着我，我看着你，时而合唱，时而独唱：

树上的鸟儿成双对
绿水青山绽笑颜
从今再不受那奴役苦
夫妻双双把家还
你耕田来我织布
我挑水来你浇园
寒窑虽破能抵风雨
夫妻恩爱苦也甜
你我好比鸳鸯鸟
比翼双飞在人间
……

唱到动情处，两个人就觉得真的成了一对恩恩爱爱的患难夫妻，于是，就扔了话筒，相拥相偎，在沙发上闹腾起来。

一阵云雨过后，常冬生穿好衣服，对白牡丹说："我是受瘾了，但还有一个朋友却活得挺苦焦。这个朋友因为身份特殊，不能前来，需要一个小姐上门服务。"

白牡丹说："有条件吗？"

常冬生说："娇嫩、水灵，花儿初开。"

白牡丹说："这事没有问题，包在我身上。这几天刚刚来了一个高中毕业生，名叫小凤，长得也挺袭人，是初次涉入小姐行道，昨天刚被开苞。我和她谈谈，她保准同意。"

常冬生说："那我就明天一早来领人。"

次日，常冬生让冯润秀开上桑塔纳，早早地来到情末了。其时，白牡丹已经与小凤谈妥，小凤上了车，与冬生都坐在后排座上。小轿车出了六郎村，经沙涧镇，向霍人县城驶去。

常冬生侧眼看了一下小凤，这小女子果然长得袭人：十七八岁的样子，小而椭圆的脸盘，有红似白的脸上，安着一组黑黑的眉毛、晶亮的眼珠和小小的鼻子、红红的嘴唇，身材与脸庞也极为相称，娇小而精干。

常冬生说："小凤，从今天开始，你的鸿运就来了。"

常冬生瞟了一眼小凤，见小凤脸红了一下，没有吭声，就又接着说，"我领你见的是一位大领导呢。你可得见机行事，主动进攻啊！"

常冬生又瞟了小凤一眼，见小凤的脸依然红着，没有吭声，就紧追着问："你听见我的话没有？你倒是说话呀？"

小凤还是没有吭声，只是羞怯地点了点头。

常冬生心想，一看这就是一个刚刚入道的雏儿。

小轿车快要进县城的时候，常冬生与小凤说："见了领导，我和你以表兄表妹相称。我走了以后，那就看你的了。你自己的命运就在你自己的手里攥着。弄好了，吃香喝辣，这辈子你也有了个依靠。"

小轿车开进县委大院，常冬生领着小凤，上了县委三楼，进了县纪检委负不赖书记的办公室。

负不赖书记正在桌子上批阅近几天的上级来文，见冬生来了，就放下红蓝铅笔，将文件夹合上，招呼冬生坐下。

常冬生坐在沙发上，小凤却还低着头，站在那里。

常冬生说："小凤，你也坐呀！"

小凤就小鸟依人似的，紧挨着冬生，在沙发上落了半个屁股。

负不赖书记眼珠子丢儿丢儿地瞅着小凤，问冬生："这一位是谁呀？"

常冬生说："这是我表妹。"

负不赖书记说："你还有个表妹？怎么我从来没有听你说过？"

常冬生说："这是我姑姑家的闺女。因为她一直在学校读书，所以也没有向您提起过。今年刚刚高中毕业，顺路我将她捎回家去。"

"哦。"负不赖书记对冬生的话似信非信。

常冬生对小凤说，"忘了给你介绍啦，这是县纪检委的负书记。"

小凤这才抬起头，看了一眼负书记，只见负书记也在盯着自己，不由得脸色"倏"地更红了。

常冬生站起来，和负不赖书记说："哥，我有个事想单独和你说说呢。"

负不赖书记就和冬生进了里边的套间，将门关起来。

常冬生皱了眉头说:"近来公司有些麻烦事呢。"

负不赖书记问:"什么事情值得这么愁眉苦脸的?"

常冬生说:"前些时,县黄金中心的人去了公司好几次,说是要查账,说是要收费,要按实际收入的百分之五十来收费。好说歹说,私下安顿了几个人一些钱,总算将他们打发走了。这几天公安局的人又来了,说是要查炸药的来源,要查雷管的来源,要查汞的来源,要查氰化钠的来源。其实他们什么也不查,只是要钱,少了也不行。只要给了他们钱,他们就什么也不查了。听说过几天,公安局和劳动局要联合检查用工问题,如发现有用工不规范的地方,就要封洞停产!"

负不赖书记问:"他们是只对矿产品开发公司这样呢?还是对其他矿洞也是这样?"

常冬生说:"有背景的矿洞,他们一般是不去。即使是去了,他们也是装装样子,走走过场就走了。没有背景的矿洞,他们就非逼着你将钱拿出来。不然的话,你就别想在那里开洞了。"

负不赖书记说:"有钱使得鬼推磨。消财免灾,倒也是一个好办法。"

常冬生说:"如果这样下去,挣下的就全是他们的,没有咱们的了。"

负不赖书记在地上走过来,走过去,思考了一会儿,说:"这也不是一些什么大问题。背后的事情,由我和有关部门打个招呼处理吧。你在前面抓紧开矿就是了。"

常冬生说:"这样我就能安心抓生产了。"

负不赖书记问:"还有什么事情?你说吧。"

常冬生说:"就是这个事情。别的事情没有了。"

两个人说着话,就开了门,从里间出来。

这时候,小凤见冬生和负书记从里间出来了,就急忙站起来。

常冬生说:"小凤,你在负书记的办公室等我一会儿。我到劳动局盖一个章,去去就来接你。你看行吗?"

小凤点了点头。

常冬生又向负不赖诡秘地笑了一笑,就走了。

第十六章

常冬生已经多时不回坝院了。

宽宽大大的坝院里，二十来间房屋，只住着甄秀枝和兵兵两个人，显得冷冷清清。

甄秀枝除了给兵兵做饭和陪着兵兵玩耍，就是想着冬生。她想，冬生作为一个男人，来到这个世界上真是不容易呢。从小就没了父亲，哥哥又在外边读书，全靠他一个人扛着全家的重担。自从她进了常家的门，又有了兵兵，一家人的吃穿用度就全靠着他呢。他当电工，养拖拉机，淘金子，起房盖屋，开办公司，哪一样不是他在奔波，他在操劳？他起早搭黑，披星戴月，风里来，雨里去，就像是一把伞，就像是一堵墙，她和兵兵在丈夫的遮护下，没有受过一天苦难。秀枝想到这里，就心疼起冬生来，时常没有回来，衣服肯定脏了，也该换洗了。每天在哪里吃饭呢？吃饱吃不饱？是冷的还是热的？睡觉在哪里呢？是冷床还是热炕？身体一定瘦了吧。

记得那天婆婆来坝院看兵兵，兵兵也想奶奶了，一头就扑在奶奶怀里。祖孙两人亲热了一番之后。婆婆就问秀枝："冬生这两天回来没？"

甄秀枝心疼地说："他一个人开上个公司，担着那么重的担子，哪能顾得上回来呢。"

婆婆说："今后，你就跟上他吧。"

甄秀枝说："他本来就够忙了，我一个女人家跟上他，不但给他帮不了忙，反而给他添累赘哩。"

婆婆又说："跟上他。他走到哪里，你就跟上他到哪里。"

婆婆走后，她就觉得奇怪。怎么婆婆过来，不说吃，也不说穿，怎么就说了这么一些话出来？

婆婆走了两天的午后，隔壁的二娃嫂子到坝院里来串门。二娃嫂子手里绣着一件门帘绣品，一边捏着一根绣花针，在用竹圈固定住的门帘上上上下下穿针引线，一边有一搭没一搭地和她说着闲话。

二娃嫂子问："冬生这么早就吃了饭走了？"

甄秀枝说："他没回来吃饭。"

二娃嫂子问："冬生忙哩哇？"

甄秀枝说："你想哩哇，那么大的公司，哪能不忙？"

二娃嫂子说："时常不见冬生了。"

甄秀枝"噢"了一声。

二娃嫂子又问："你也没到公司里去看看冬生？"

二娃嫂子坐了一会儿就走了。

甄秀枝觉得心里非常郁闷。二娃嫂子的话，分明话里有话，左口一个"冬生忙哩哇？"右口一个"时常不见冬生了。"联系起前两天婆婆说"跟上他。他走到哪里，你就跟上他到哪里"的话，莫非是冬生在外面有了事了？

这时候，兵兵缠着妈妈要吃棒棒糖。甄秀枝就领着兵兵到供销社分销店去买糖。

给兵兵买上棒棒糖，回家的路上，甄秀枝见路旁仨个一群，伍个一伙地坐着一些女人在拉家常，看见她，就都不说话了。她走过去，就敏感地觉得脊背后头有人对她指指点点，窃窃私语，她感到心里越发烦乱。

兵兵吃了棒棒糖，晚上嚷着要喝熬稀粥。秀枝进了厨房，往电饭锅里添了水，水响了以后，又下了米。然后就出去关了大门，上了门栓。她一边在院子里做着睡前的准备，一边又想起了那些烦心的事儿。婆婆和二娃嫂子的话音，路旁女人们的神情，又一起出现在她的耳畔和眼前。

甄秀枝正胡思乱想着，突然听得兵兵在屋里一边剧烈地咳嗽着，一边喊着："妈妈！妈妈！"

甄秀枝向屋里一看，只见屋里已经憋满了烟雾。她急忙闯进去，将兵兵抱出屋外，又跑进厨房，将电饭锅的插销，从插座上拽下来。接着，她揭开锅盖一看，里面的水早已全部熬干，小米成了一片焦煳。多亏因兵兵咳嗽发现及时，如果再晚一步，家里的电路着火，整个房子保不住不说，就连兵兵也会有性命之忧，后果真是不堪设想啊！

甄秀枝越想越是后怕，抱着兵兵，一边流泪，一边说："都是妈妈不好！都是妈妈不好！"

这天晚上，甄秀枝将兵兵哄得睡着了，而她却一夜无眠。

此后几天，甄秀枝听得人们风言风语地说，情未了歌舞厅就是冬生花钱给装修的，因为情未了歌舞厅的女老板白牡丹是冬生的老相好呢。冬生隔三岔五就要去情未了歌舞厅找白牡丹幽会幽会。

甄秀枝似信非信，她在家里总感到心神不宁，不由得就想走到街上去。到了街上，她的脚下就不由得拐过胡同，朝着供销社分销店的方向往前走一走，但又不想走的太近了，她只想远远地往情未了歌舞厅那个方向瞭一瞭。

她看见一个人进了情未了歌舞厅，那身影极像冬生。但她却不愿意相信那就是冬生。她一直盯着那个方向瞭着。两个小时以后，那个人出来了，后面紧跟着白牡丹，两个人手挽着手，两情依依，难分难舍。她多么希望不是冬生啊！可是，她揉了揉眼睛，那个人却分明就是冬生。

回到家里，甄秀枝走着站着，嘴里就不由自主地念叨着三个字："白牡丹、白牡丹……"

肉尾巴一样跟在甄秀枝身后的兵兵拽着她的衣角，以为白牡丹不是好吃的东西，就是好玩的东西，就嚷嚷着向妈妈要"白牡丹"。

甄秀枝说："兵兵乖，咱不要白牡丹！"

兵兵说："我就要白牡丹！"

甄秀枝说："咱不要白牡丹！"

兵兵说："我就要白牡丹！"

甄秀枝说："咱不要！"

兵兵说："我就要！"

甄秀枝想，这点的娃娃都学坏了，待他长大了还不一定比他爸爸有多坏呢？想到此，就伸手狠狠地在兵兵的屁股上拧了一下。

兵兵疼得双脚跳了一下，就大声哭开了。他一边哭，一边仍然喊着要"白牡丹"。

甄秀枝看见兵兵疼痛的情形，又是心痛，又是生气，又想到冬生对自己的无情背叛，一股委屈情绪涌上心来，也不由得大放悲声。娘儿俩蹲在地上，相拥着哭作一团。

从此，甄秀枝就茶不思，饭不想，觉也睡不着了。

时间长了，兵兵不见爸爸回来，夜里临睡前就问妈妈："爸爸怎么还不回来呀？"

甄秀枝说："爸爸到外地打工去了，暂时回不来。"

兵兵问："爸爸是不是不看好兵兵了？"

甄秀枝说："爸爸会永远看好兵兵的。兵兵乖！"

兵兵睡着了。甄秀枝躺在兵兵身旁，看着兵兵稚嫩的脸庞，听着兵兵均匀的呼吸，感到心上一阵疼痛。多么天真和无辜的孩子啊！小小年纪就经历这么一场变故，幸亏他现在什么也不懂，如果他知道了他有这样一个爸爸，在他幼小的心灵里会留下多大的创伤啊！想到这里，秀枝的眼泪就止不住地淌了下来，不一会儿，就将枕巾和枕头洇湿了一大片。

这一夜，她又失眠了，她想了很多很多，她想起了第一次见冬生的时候，自己害羞得没有正视冬生一眼，竟然没有看清楚冬生长的是什么模样。她想起了结婚的那一天，冬生的一些小哥们怎样地要笑她和冬生，就在那一夜，她将自己的一切交给了冬生，冬生在她身上说要爱她一辈子，和她有福同享，有难同当，同舟共济，白头到老。后来，不知不觉她就有了反应，心烦、干呕、不想吃饭，喜欢酸食，再后来，她的身子就渐渐沉重起来。生下兵兵以后，白天晚上要喂奶，要换屎布，要替尿布，一整天疲累瞌睡得两只眼皮直打架，真想痛痛快快地睡它个一天一夜，可是刚刚睡着，不是兵兵醒要吃奶，就是冬生上来要做事。那事儿，她本来就不太热衷，自从有了兵兵就更加淡漠了，但是，只要冬生有要求，她就要百分之一百二十地满足他的要求。她记得结婚前几天，娘说，在家里，你是个孩子，出嫁了，你就是个大人了。娘说，为人之妻，要孝敬婆婆，尊重兄长，相夫教子。娘说，为人之妻，丈夫是天，自己是地，要恪尽妇道。娘说，是你去适应婆家，不是婆家来适应你。娘说，要笑在人前笑，要哭一个人躲起来哭。娘说，人活在世界上，首先要学会一个"忍"字。娘说，吃饭的时候，尽量不要发出声音。娘说，家是女人的大本营，无论发生什么事情，都不要轻易出走，因为，回来的路很难。娘又嘱咐了她好多好多话，还和她讲了许许多多历史上关于贤妇慈母的故事。最后，娘对她说，阎王爷让你转了女人，这辈子你就是丈夫的妻子、孩子的妈妈，这就是你的人生，你得认命。娘在她的耳边絮叨，她红着脸，嘴里没吐一个字，但她是想了一些心事的。嫁出去，她就要由一个大姑娘变成一个小媳妇了。做媳妇，她已经做好了三个准备：一是要尽到一个妻子应尽的义务与责任，照顾好自己的丈夫，时刻让家里保持温馨，与丈夫相亲相爱、不离不弃；二是对待婆婆要像对待娘一样孝顺，有误会，就解释，有委屈，就忍着；三是有了孩子，一定要做一个合格的母亲，不但要呵护好孩子，给孩子以温暖，还要将孩子教育、培养成一个人才。自从嫁到常家，她一直是按照娘的吩咐与自己的三个准备，循规蹈矩，谨小慎微地行事，生怕在哪些地方做的有了差池，力求使自己在各方面都能做得至善尽美。她想啊想啊，反反复复，不知想了多少遍，她想找到一些自己的过错，哪怕是一点点，但怎么也找不出来，就连她对婆婆，对大伯的态度和做事，她也过滤与检查了一遍，也没有发现有什么做错的地方，可是为什么冬生就变了心呢？

　　长期的不思饮食，缺乏营养，加上夜不能寐，睡眠不足，甄秀枝变得脸色蜡黄蜡黄，人整个瘦了一大圈。

　　冯润秀开着公司里的客货两用车，停在坝院的大门口。他拍打着虎头门环，喊着："嫂子！嫂子！"

　　甄秀枝开了大门，见是润秀开着客货两用车过来，就说："润秀来了。"

　　冯润秀说："常经理这两天工作太忙，他顾不上回来，让我来给嫂子送些东西。"

　　冯润秀说着，就从车上搬下两袋河南精粉白面，送到西房里，接着，又搬了两袋长粒香大米，又搬了两桶花生压榨调和油，又搬了几箱康师傅方便面、双汇火腿肠和一些饮料、干果等其他常用食品。

　　冯润秀干完这一切，又逗了逗兵兵，就笑着对秀枝说："嫂子，你看还有什么需要的？你就吩咐。"

　　甄秀枝说："润秀自从在公司里开了车，越来越会说话了。"

　　冯润秀诚恳地说："不是我会说话。只要嫂子吩咐下来，我立马就去办。"

　　甄秀枝说："我自己长着两只手，在这里闲着，真不好意思老是麻烦你跑来跑去地来送东西。"

　　常冬生成立公司以后，家里的粮食、肉食等生活用品就再也没用秀枝操过心，都是冬生吩咐润秀按时给她送过来。上次送过来的东西往往还没有吃完，接着就又送过来了。自己吃不了，秀枝就送给了二娃嫂子等邻居们食用。邻居们的孩子见了方便面、火腿肠和饮料、干果，稀罕得很，一会儿就风卷残云吃光了。

　　冯润秀曾经听冬生说过，要割两个神龛，将娘与秀枝供起来。既然冬生要将两个女人当作神仙一样供养，他又怎能不尽心尽力呢？他恭恭敬敬地告别了秀枝，又开着客货两用车去了窑院。

冬生娘见润秀又拉来了东西，就说："上次的东西还没有吃完呢，快不要往下搬了。"

冯润秀一面从车上往下搬面、搬油、搬零食，一面笑嘻嘻地说："大娘啊！上次的东西没吃完，您就将它们扔了吧。先吃这些新鲜的。新鲜的东西，吃上对身体好着呢！"

冬生娘说："可惜了的。吃不了，就扔了，那可是蓁良心哩！"

冯润秀说："大娘，您可不要想那么多。只要您的身体健康了，是我们这些晚辈的福分哩！"

冬生娘说："大娘的身体好！能吃能喝没毛病。你们放心吧。"

冯润秀说："这回过来，我看见大娘的气色真好看，好像比上次年轻了。"

冬生娘笑着说："润秀这娃真会说话。大娘只能是一天比一天老了，还能一天比一天年轻了？"

冯润秀认真地说："大娘，我没骗您。您的面色真的比上次红润了许多。"

冬生娘被润秀说得晕晕乎乎的，自己觉得好像真就年轻了几岁，脸上笑成了一朵花，说："是吗？"

冯润秀给嫂子和大娘送完了东西，就回了公司向常总经理做了汇报。

常冬生自从有了钱以后，不但没有缺少过秀枝、兵兵和娘的一点吃穿，就连村民们他也时常惦记着呢。他认准了这么几个道理：有钱路路通。拿了人的手短，吃了人的嘴短。有钱使得鬼推磨，有钱买得好话多。每年入冬前，他总要为村民们每家每户拉一车块炭，让大家在家里暖暖和和地过一个冬天。每年春节前，他也总要给村民们每家每户送去一袋白面、一桶胡油，让家家户户都能吃上香喷喷的饺子和油糕。

非但如此，社会上的公益事业，常冬生也十分关心。县城要修路，县里因财政困难，县委号召社会上的有识之士能献力的献力，能捐款的捐款。冬生第一个带头捐了十万元，而且是全县捐款最多的。霍人县农村的学校破破烂烂，年久失修，县委想改善农村的办学条件，号召全社会捐资助教。冬生又是第一个带头捐了五十万元，而且又是捐款最多的。只要县委、县政府一有号召，社会上一有公益活动，冬生总是要踊跃参加，积极捐款，从不落后。

赵晓玲是沙涧镇中学初二的一名学生。有一天，赵晓玲突然脸色惨白，全身乏力，胸闷心慌。班主任老师就领着她到镇医院门诊做了检查。医生初步检查，疑为白血病，让去大医院做进一步检查。赵晓玲的父亲领着赵晓玲去了一趟省城。经省人民医院检查，发现赵晓玲的白细胞、红细胞和血小板都很低，又通过相关检查，最后确诊赵晓玲得的是骨髓增生异常综合征，这是白血病的前期，极易向急性白血病发展。这种病的进展很快，唯一有可能根治的方法就是造血干细胞移植。可是，让人揪心的是，赵晓玲爸爸、妈妈和哥哥配型均告失败。还有一线希望，就是找一个无血缘供者了，但这种供者却少之又少。

赵晓玲出生在五台山下一个普普通通的农村家庭，爸爸常年在外地打工，妈妈在家种地，家里还有一个常年卧病在床的七十多岁的奶奶和一个患了小儿麻痹的弟弟。一家人的全部希望都寄托在晓玲身上呢。眼看晓玲聪明乖巧，学习又好，用不了几年，就有出息了。不料，晴天一个霹雳，又让一家人陷入了绝境。赵晓玲的每一次咳嗽、胸口闷、每一次恶心呕吐，都揪牵着一家人的心。

等待了三个月后，省人民医院终于通过中华骨髓库找到了合适的骨髓。供者是河南一名二十八岁的男子，他与赵晓玲配型成功。但是，要进行移植，不要说后续费用，仅是前期费用就得二十多万元。赵晓玲的爸爸、妈妈东拼西凑，只能从家里拿出五万元，剩下的实在是没有一点办法了。

常冬生听说了这件事之后，让冯润秀开着车，亲自去了一趟省人民医院。他一次就给晓玲的爸爸送去二十万元，并答应晓玲的后续费用全部由他负责。

确定好移植方案和采集方案后，医生先对赵晓玲进行了移植前的预处理，即大剂量化疗清除自身造血干细胞，最多的时候每天要进行五六次化疗。

"救命血"输入赵晓玲体内。造血干细胞发挥自身的"归巢"功能，在晓玲体内自行植入骨髓，开始生长。经过后期一系列抗排异、抗感染治疗，在无菌舱度过生死攸关的四十天后，晓玲的身体正在逐渐地康复中。

赵晓玲一家人的生活，又燃起了新的希望。

赵晓玲的爸爸给常冬生做了一面锦旗，送到了公司，上面写着八个大字："救命之恩，永世不忘"。

在常冬生的办公室里，诸如此类的锦旗、奖状太多了。锦旗、奖牌和奖框在办公室的墙壁上挂的满满的，各种证书也塞满了书橱和抽屉。

第十七章

常秋生虽然白天在六郎村以西的山上勘查黄金，晚上住在沙涧镇宾馆里，但在六郎村里还有他许许多多的牵挂，那里有他的娘，有他的弟弟冬生、弟媳秀枝和小侄子兵兵，有他心上的人儿香草，以及香草的娘和香草的哥哥香璧，还有村里那么多熟悉的乡亲们。他在勘查黄金的同时，总是要隔三岔五地回村看一看他牵挂的那些人们。

这天，常秋生买了些吃食，又回到了六郎村。

冬生久不回家，在外面胡来的事情，常秋生从人们的嘴里断断续续地听说过。冬生与白牡丹的不正当男女关系，他早就知道了。近来，他又听说六郎村情未了歌舞厅是冬生花钱帮助白牡丹开办的，原来冬生就是情未了歌舞厅的后台。这个消息的确让他吃惊不小，冬生自己与白牡丹打得火热，就已经够严重了，却还要帮着白牡丹建立情未了歌舞厅，组织、容留妇女卖淫，危害和污染社会，这样的事情，决不是一件小事。他相信无风不起浪，这些消息绝不是空穴来风。按照冬生的素性，他是能够做得出来的。冬生小时候就是一个劣迹斑斑的人。在学校里上了三年小学，出了三次大事，被开除了三次。一年级的刘彩萍老师被冬生用钉子扎到下处，一朝被蛇咬，十年怕井绳，一直心有余悸，不敢结婚，独身到现在。二年级的孙建中老师被冬生撞得头上起了一个肉疙瘩，从此，孙建中老师的性格就发生了很大改变，一看到学生，心里就发怵。三年级老师赵秉汉自从抽了冬生掉包的那口羊粪蛋水烟之后，气管受到了刺激，落下一个终身哮喘的毛病。还有冬生欺骗娘给虎成大娘吊孝，最后娘被虎成大娘的儿子恩来呛白了一顿；冬生哄冯计斗到杨存生家中要牛，结果冯计斗被杨存生搡出了大门。因为这些事情，当时冬生没少挨爹和娘的打骂，他也没少训斥冬生。每当他训斥冬生的时候，冬生总是说，我这个人好耍笑，我这是与他们耍笑哩嘛。这时候，他也会硬邦邦地向冬生顶回去，有你这么耍笑的么？将你的欢乐建立在别人的痛苦之上，你这是耍的什么笑？小时候的顽皮和淘气，谁也有过这样的经历，只不过是事情的大小不同，程度不同罢了，人们尽可以理解，但是，长大成人后再做出一些出格缺德的事情，人们就不能原谅了。那几年，他在外边读大学和研究生，冬生在村里的情况，他不太了解，自从他回来指导冬生淘金以后，他发现冬生这个人对金钱越来越贪，野心越来越大，有些行为距离做人的底线越来越远，如果再不赶紧刹车，悬崖勒马，后果就相当危险了。

常秋生回窑院见了娘。他将手里的吃食放在锅台上，上炕盘腿和娘说着话儿。

近来，娘又苍老了许多，头发几乎全白了，丝丝缕缕的白发在头上闪着灼灼银光，人也消瘦了不少，脸上的皱纹显得更多了，精神也不及了往日。他知道娘不愁吃，不愁穿，也不缺钱花，除了他给娘买吃的，买穿的，给零花钱，弟弟冬生也不是个吝啬人，照顾的好着呢。可是，娘有心病呢。他明白娘的心病是因为冬生引起的，好好的一个家庭，都是因为冬生的出轨，硬是生生地给搞乱了。

娘一见到秋生，就唉声叹气地说："秀枝是一个多好的媳妇啊！要说那人样长得袭人哩，要说那性情温和哩，要说那敬老爱小哩，要说那过日子节俭哩，扳着指头数一数，没有一样不叫人伸大拇指的。这样的媳妇，在六郎村周围几十里，打上灯笼也难寻哩！"

常秋生说："是哩！"

娘叹了一口气，说："古人说，'三岁看大，七岁视老。'这话可是一点也不假哩！冬生这娃娃小时候就不乖，到处惹是生非，如今长大了，他那灰毛病不但没改，反而加上劲儿了。"

常秋生说："娘，您也不要生气。等冬生回来，您再好好说说他吧。"

娘说："说也说了，骂也骂了。软话硬话说了千千万，就是不顶事。秋儿，娘这张嘴多亏是肉长的，如果是个铁的，也早就磨光了。"

常秋生看着一脸无奈的娘，一时不知对娘说些什么来安慰一下是好，只好默默地听着。他想，就让娘向自己吐一吐胸中的块垒吧。吐一吐胸中的块垒，未尝不是一件好事。胸中的块垒吐光了，娘的身体也许就会一天天地好起来。

娘接着说："娘初说他时，他还能坐在那里听下去，后来就不耐烦了，娘一说这事儿，他抬起腿就走了，再后来就连娘的面也不见了。平日里，只是让司机润秀来给我送些吃的用的。问润秀，冬生为什么不回来？润秀说，冬生忙得顾不上回来。我知道，说忙是假的，他是嫌我这个老太婆烦他哩！"

常秋生见娘说得嘴干了，就下了炕，从饭柜上取了一只玻璃水杯，揭开糖缸，用汤匙挖了两匙白糖，放在水杯里，然后，提起暖壶，倒了一杯开水，搅了搅，自己先用汤匙尝了一口，觉得不太烫嘴了，这才端给了娘，说："娘，您口渴了，喝口水吧。您慢慢说，我听着呢。"

娘端起水杯，喝了一口糖水，说："娘现在门也不敢出了。冬生不嫌丢人，娘还嫌丢人哩！娘一辈子要强，屋里屋外，无论什么事情，都怕走不到人前，都怕人说三道四，谁知心强命不强，生下了这么个不肖儿子。"

娘又喝了一口水，放下水杯，张开枯瘦的手掌，拍着炕席说："冬生是不可救药了，只是可惜了我那好儿媳，可怜了我那好孙子了。"

常秋生说："娘，冬生这事，也不是就没法改变了。您说他不听，他老是躲着您，不是还有我哩嘛？冬生的事情，我不会不管，我会好好地劝说他的。"

对娘又说了一些宽慰的话，常秋生就从窑院里出来了。

常秋生从窑院出来，就往矿产品开发公司里走。他要找冬生好好谈一谈。

常秋生到了矿产品开发公司大门口，见有一伙工人正在那里准备进大门。

这天正好是冯有才值班。按照值班规章，凡是进出本公司的一切人员，都须查验出入证件，否则，无论是什么人，值班者都应该拦下，不能放行。常秋生见冯有才对进门的每一个人都查验得十分仔细，先是检查证件的真假，然后再看证件上的相片与本人是否一致，有的还要盘问几句。

好不容易轮到了常秋生，冯有才抬头一看，见是总经理的哥哥，叫了一声"秋生哥"，既没有阻拦，也没有再说什么，就让秋生进去了。

常冬生成立了矿产品开发公司，秋生还是第一次来这个地方。在他的想象中，冬生的矿产品开发公司应该就是有一个矿井，矿井旁边有三两间房子，竟想不到会是这个样子，就像那年在正峪河里淘金，隔了一个冬天，冬生便西装革履，差点没让他认出来一样，变化太快太大了。他想，一个人莫非有了钱就可以想干什么就干什么了吗？

常秋生踏着一级一级的水泥台阶，一步一步拾阶而上。

常秋生刚上了二楼，田万全就一脸堆笑迎了出来，说："稀罕煞个人啦！这是哪阵好风把你给吹过来了？"

常秋生问："冬生在吗？"

田万全说："在哩，我领你进去。"说着就将秋生领进了冬生的办公室。

常冬生这时候正坐在沙发上，翘着二郎腿品茶，见哥来了，忙将翘着的腿放下来，说："哥，你来了？"

田万全将常秋生让在冬生对面的沙发上，忙着取出茶杯，又去取茶叶桶。

常秋生摆了摆手，说："万全，不要倒水了，我也不渴。你快忙你的去吧。我和冬生有点家事要说说呢。"

田万全听说常秋生要和冬生说家事，便顺势而下，说："那好，那好。"说着退了出去，随手将办公室的门也拉上了。

哥哥从来没有来过他的矿产品开发公司，一见哥哥进来，冬生就吃了一惊，他正在琢磨哥哥为什么要到公司里来找他？忽听得哥哥说和他"有点家事要说说"，心想，哥哥到底来公司要和我说什么家事呢？

常秋生说："冬生，你现在的摊子可是闹大了。"

常冬生说："在这一片矿区里，算是最大的公司。可是，比起省里和国家的那些企业，我这公司就太小了。"

常秋生说："摊子大了，事情也就多了。是吧。"

常冬生不知道哥哥到底要说什么，只好应着说："是哩。"

常秋生说："事情多了，家也就顾不上回了。是吧。"

常冬生这下明白了，原来哥哥这是拿公司的事情往家事上引他哩，就又应道："是哩。"

常秋生冷冷地笑了一声，说："冬生，我看你外边有了相好的是真的，公司忙，顾不上回家是假的吧。"

常冬生辩解说："没有的事。我哪有相好的哩？"

常秋生说："白牡丹是怎么回事？"

常冬生说："你甭听人们胡说。"

常秋生说："你以为天下就你聪明，别人都是傻子？你有家不回，在外面乱来，咱村里的人谁人不知？哪个不晓？"

常冬生见继续辩解已经没用，就不作声了。

常秋生说："你做下这事，你能对得起秀枝吗？秀枝是一个多好的媳妇，人长得漂亮，性情又绵善，作风又正派，当年和你结婚时，不嫌咱家里穷，不嫌你职务低。跟了你，省吃俭用，一心一意地和你过光景，是一个典型的贤妻良母。咱村里的人谁不伸出大拇指夸秀枝？谁不说秀枝是个好媳妇？今天你出了轨，说明轨道是好轨道，是你车轮有了问题。我知道你现在有了钱了，喜新厌旧，见异思迁，看不起秀枝来了。其实，我告诉你，女人全凭你怎样看待她哩。你将自己的妻子当圣女，她就是女王；你将自己的妻子当侍女，她就是仆人。"

常冬生低着头，一言不发。

常秋生继续说："你做下这事，你能对得起兵兵吗？兵兵这个年龄，就像瓷缸子里生出来的一根绿豆芽，正是娇嫩的时候。他小小年纪就经历了家庭这么一场风波，就缺失了父爱，他能承受得起么？他的心灵是不是已经受到创伤？他的心灵是不是会变得畸形？将来是不是会成长为一个正常的人？这些你都想过没有？你既然让他来到这个世界，你就要对他负责任哩！你这个当父亲的，你在你儿子的心里是个什么形象？兵兵将来长大了，会对你怎么看？"

常秋生越说越气，提高了嗓音："你知道娘因为你每天在怎样煎熬吗？咱爹死的早，娘为了咱兄弟两人，含辛茹苦，那几年没有过好日子。如今终于过上好日子了，你却又给她制造下这么大的心病。老人家成天茶不思，饭不想，身体一天不如一天。你手压胸膛想一想，你这样做，你能对得起疼你爱你的老母亲吗？"

常秋生觉得自己太激动了，咽了一口口水，尽力调整了一下情绪，压了压声调说："婚姻就像是一件精美的瓷器，做它的时候，需要捣泥，需要制坯，需要上釉，需要烧制，很费事，很艰难，但是，你要打碎它，却很容易，很简单，就那么一下。打的人一时兴起，觉得很痛快，而和这件瓷器有关的人，看到这一堆碎瓷，又会是多么伤感和心疼。"略顿了顿，他继续说："做人要有做人的底线，违法乱纪，逾越道德的事情，坚决不能去做。有一位伟人说过，人不怕犯错误，犯了错误，只要改了就好。就是说，你现在回头还算不晚。"

说到这里，常秋生站了起来，盯着冬生，正言厉色地说："冬生，我该说的话也都说了，你好好想一想吧。临走，我把话给你撂在这里：如果你改悔了，咱俩还是好兄弟；如果你要是不改，今后我就不认你这个兄弟！"

说完，常秋生就走了。

从矿产品开发公司出来，常秋生来到坐落在六郎河东的矿区派出所，他要向派出所长举报情末了歌舞厅组织、容留妇女卖淫的问题。

派出所里乱哄哄的，一片嘈杂之声。有六七个人一边走一边说着什么，刚从办公室里走出来，又有七八个人一边嚷嚷一边拥进了办公室。常秋生也随着这些人进了办公室。

派出所的办公室是三间打通了的屋子，靠窗的地方摆着一溜儿办公桌子，有三个年轻人正在处理着各自的工作。

常秋生见靠墙的地方有一个长条椅子，就走过去坐下来，先看着早于他进来的几个人办事。这几个人有迁移户口的，有家里丢了牛前来报案的，有一个女人因为前几天遭了家暴，她问什么时候才能把她的丈夫抓起来。

办公室里不断地有人进来，有人出去。

过了一会儿，一个民警手握一把手枪，押着一个三十多岁的高个子进来了。高个子的双手被手铐铐着，走路时一瘸一拐，头发蓬乱，鼻青脸肿，可以明显看出刚刚发生过一次厮打而吃了败仗。民警将高个子的右手铐打开，锁在了靠墙的一组暖气片上，然后，坐在办公桌前，取了纸笔，开始做笔录。

笔录做完了。从笔录的一问一答中，常秋生才弄明白，原来刚刚在六郎村街上发生了一起抢劫案。高个子姓赵，是个河北老侉，他骑着摩托车来六郎村北山上联系推销尼龙编织袋业务，推销了几天，今天准备回家。临走，他突然想到来了六郎村这个产金子的地方，也应当带一点金子回去，特别是金首饰之类的东西，进了家门交给老婆，也好给老婆一个惊喜，讨老婆一个笑脸。这件金首饰从哪里去搞呢？他看见街面上来来往往的年轻女子们脖子上都挂着一条金光灿灿的金项链，一个罪恶的念头就产生了。他骑着摩托车在街上慢慢地走来走去，转了一圈又一圈，物色着准备掠获的对象。走到当街，他看见对面来了一位打扮得十分时尚的妇人，粉红色的上衣，领口开的特别的低，玉一样的脖颈上盘着一条光灿灿的金项链，金项链的坠子端端正正地卧在乳沟里。他试了试把手上摩托车的油门，十分通畅，心想，扯下金项链之后，还不等这个女人反应过来，他一加油门就飞走了，从此他回了河北，谁能找得到他？他慢慢地靠了上去，猛地伸手一拽，金项链就到了手中，急忙加油，但心里一急，拧反了方向，反而断油关火了。他正要重新打火启动摩托车，随着那女人"抓强盗——"一声呼喊，远处的一些男人很快就向这里跑来，有的拿着铁锹，有的提着棒子。他一看阵势不妙，急忙弃车而逃。还没有跑出百米，腿上就重重地挨了一棒，栽倒在路上，接下来就是一顿暴风骤雨般的拳打脚踢。接着，人们就报了警。

派出所办公室里的人渐渐地少了，一个民警见常秋生一直在椅子上呆坐着，就问："你有事吗？"

常秋生说："我有事。"

民警问："有什么事？你就说吧。"

常秋生说："你们郭所长在吗？"

民警说："郭所长下乡去了。有什么事你和我们说吧。"

常秋生说："这事我得和你们郭所长来说。"

民警说："那你就等着吧。"

常秋生非要见郭所长自然有他的想法。他觉得仅仅就是为了来报案，向民警报与向所长报其实是一样的。问题是他想当面确定一下这事能不能得到处理，见民警与见所长那就不一样了。民警只有接受权，而没有决定权；相反，所长既有接受权，又有决定权。因此，他一定要亲自见一见郭所长，看看郭所长对此事的态度。

派出所办公室里的人少了，常秋生的耳根里稍微清净了一些。在等郭所长的当儿，闲着无事，他就站起来对派出所办公室的几面墙壁浏览了一番。

窗子对着的正面的墙上，挂着一排锦旗，总共有十几面，枣红色的大绒底子，四围镶着金边，下面坠着金黄色的丝穗，上面分别写着"公正执法 热心为民""雷霆出击 破案神速""匡扶正义 法律卫士""神警雄风 罪犯克星""人民英雄 英勇无畏""扶危济困 为民解忧"等词语。

东山墙和西山墙上都是框式的宣传牌匾。东山墙上挂的是《所长责任》《民警守则》等；西山墙上挂的是《公安条例》《干警五不准》等。

常秋生正在浏览之间，忽听得派出所大门外传来一阵汽车喇叭声响，他透过玻璃窗向外瞭去，只见有一辆灰黄色的吉普车开了进来。车子停稳后，郭文忠从车子里下来。那个民警跑了上去。

他隐隐约约听得那个民警对郭文忠说："所长，有一个人要向你报案呢。"

郭文忠说："你们接受了不就行了嘛！"

民警说："不行，他非要见你不可。"

郭文忠问："这是个什么人？"

民警说："好像在哪里见过，但一时又想不起来。"

郭文忠说："你让他到我办公室来吧。"说完，就进了自己的办公室。

民警过来对常秋生说："郭所长回来了。你可以过去了。"

常秋生进了郭文忠的办公室。

郭文忠抬头看了一眼常秋生，打了一个愣怔，自从那次在省金矿成立大会上王成良副省长亲自表扬了常秋生，并亲手发给常秋生一万元奖金后，常秋生就成了霍人县的名人，许多人都认识常秋生，他当然也不例外，况且，常冬生也曾经对他说过自己有个读研究生的哥哥叫常秋生，于是就说："你是冬生的哥哥秋生吧。"

常秋生说："是哩。"

郭文忠急忙招呼常秋生坐在沙发上，一边给常秋生沏茶，一边笑着说："你的大名，我早就听说了，只是一直没有机会见面。"

常秋生说："大名不敢称。你是忙人。"

郭文忠说："如果不是你发现了黄金，六郎村也不会有这么繁荣，我想忙还忙不起来呢。"

两个人又说了一些客套话，郭文忠就问常秋生："你找我有啥事？你就说吧。"

常秋生说："我想报案呢。"

郭文忠问："你想报什么案?"

常秋生说："是情未了歌舞厅组织、容留妇女卖淫的问题。"

郭文忠拉开抽屉，拿出一张纸、一支笔来，递给常秋生，说："你得写一份报案材料呢。"

常秋生就在纸上写了报案的理由、事实和要求，最后又具上了自己的名字，写上了日期。写完，检查了一遍，就交给了郭文忠。

郭文忠看了一遍报案材料，说："这个问题很重要。我们会认真处理的。"

常秋生得到了肯定答复，就向郭文忠告辞了出来。

第十八章

省六郎村金矿开采出的金矿石采用的是最先进的浮选法，翟树荣在浮选车间旁边安装了一套废水回收系统，将流出的废水处理后，又让其循环使用。

省六郎村金矿之外的其他民采金矿就大不一样了，他们的选厂和电碾全部采用的是汞与氰化钠选金法。

人们将含金的金矿石从矿洞里采出来后，先用电碾子将金矿石碾碎，石与金初步分离后，一些金子融入碾槽底部的汞中，形成汞膏，然后用白布将汞拧出，剩下的再用坩埚冶炼，就成了海绵金，这就是汞选法；在碾槽中不能融入汞中的是红色的泥水，红泥水被冲出槽外，经过沉淀，轻者"哗哗哗"地流入六郎河里，剩下的红泥则集中在一起，装入铁罐，浇上氰化钠溶液，泥与金进行再分离后，金子被淋入铁罐底部的一只铁桶中，挂在锌丝上，最后将锌丝上的金子用坩埚冶炼，就成了海绵金，这就是氰选法。

氰选以后的渣子，就是矿泥。人们将毫无利用价值的矿泥，全部倾倒在六郎河畔。

这几天，矿产品开发公司的矿出的很多，品位也高，每天日落之前，就要收一回汞膏。王志刚、崔大树两个人先进了冶炼房，田万全、靳翠枝因为手上还有点事没有办完，说过一会儿就去。王志刚、崔大树两个人将收下的汞膏，将汞滤去后，崔大树弯着腰将坩埚架在烧得通红的焦炭炉上，王志刚倾前身子，两个人欣喜地观看着坩埚内部的变化。随着坩埚的烧红，坩埚里的东西散发出一股蒸气之后，也渐渐变成了红水。

这时候，崔大树、王志刚突然觉得头痛脑晕，四肢不听大脑指挥，两个人便跌作一团。

田万全、靳翠枝办完了事，进了冶炼房，看见崔大树、王志刚跌坐在地上，吓了一跳。田万全就急忙跑上楼去，将冬生叫了下来。

常冬生看到这种情形，也吓了一跳，急忙跑过来，只见两个人脸上、手上的肌肉颤动着，就着急地问："你们这是怎么了？"

崔大树痛苦地说："就是觉得头痛头晕，浑身疼痛。"

常冬生要扶他站起来。可是，崔大树试了试，却有心无力，就是站不起来。冬生知道出了大事了，就急忙叫来冯润秀，几个人将崔大树、王志刚搀扶到桑塔纳轿车的后排座上，他让田万全也坐在后面招呼着，自己坐在副驾驶座上，让冯润秀开着桑塔纳，直奔县人民医院而去。

在县人民医院急诊室，一个姓黄的医生诊断了两个人的病情，又问清了两个人的病因，对常冬生说："这两个人是汞中毒了。幸亏他们都是轻微中毒，来医院也及时，没有大碍。先安排他们住院吧。我给他们用上一些解毒和驱汞的药物，连续注射上几天就没事了。如果是中毒深了，那可就不好办了。"

常冬生说："没有大事就好！"

黄医生说："汞是一种剧毒物品。最近县医院收治了来自六郎村的许多病人，这些人得的不是肝炎、肾炎病，就是蛋白尿、血尿和尿毒症，这些病人都是搞金子的，都大量接触过汞。我们经过对其血液化验和病情、病理分析，发现这些病都是因汞深度中毒而导致的。"

常冬生说："我知道汞是种毒药，人吃到肚里，是会要命的，所以平时非常小心，不让它和饮食接触。我就是不清楚这几个人咋就汞中毒了呢？"

黄医生耐心地解释说："汞是一种剧毒物品。汞中毒常常是以汞蒸气的形式引起的。用坩埚冶炼海绵金时，汞蒸气通过人的呼吸道，进入肺泡，经血液循环运至全身。血液中的金属汞进入脑组织后，被氧化成汞离子，逐渐在脑组织中积累，达到一定的量，就会对脑组织造成损害。另外一部分汞离子转移到肾脏。因此，慢性汞中毒临床表现主要是神经系统症状，如头痛、头晕、肢体麻木和疼痛、肌肉震颤、运动失调等。易兴奋是慢性汞中毒的一种特殊的精神状态，表现为易激动、口吃、胆怯、焦虑、不安、思想不集中、记忆力减退、精神压抑等。此外，胃肠道、泌尿系统、皮肤、眼睛都会出现一系列不适症状。"

常冬生听了还是不解，就问黄医生："既然汞蒸气是通过人的呼吸道进入人体的，为啥我那年冶炼了一冬天汞膏，也没有中了毒？"

黄医生问："你是在什么地方冶炼的？"

常冬生说："是在戏台上。"

黄医生又问："戏台朝着那个方向？"

常冬生说："是坐南向北的。"

黄医生笑着说："这就对了。冬天刮着西北风，戏台的口子又是向北的，风一吹，汞蒸气就随着风飘走了，你当然中不了毒了。我敢肯定，他们这次冶炼汞膏，一定是在不很通风的地方进行的。"

常冬生听了黄医生的话，心里的谜团这才解开了。

黄医生开了住院单，常冬生掏出住院押金，田万全小跑着办理了住院手续。

常冬生安排田万全留在医院照料崔大树和王志刚，向黄医生的口袋里塞了五千元钱，嘱咐了一些"麻烦用心治疗"的话，又安抚了崔大树和王志刚一些"好好养病"的宽心话，这才与冯润秀离去。

过了几天，人们发现六郎河畔突然多了一些死麻雀和死喜鹊。

那天，圪蛋老汉到六郎河槽里，想找一块压菜的石头。他找着找着，就看见一只喜鹊从天上飞下来，落在河畔一个死水泓前，低着头就喝起水来。只喝了两三口，翅膀扑棱棱一阵打颤，就死在那里了。

羊倌梁满斗赶着羊群从山上下来，路过六郎河。自从分田到户之后，包括羊群在内的集体财产也全都拍卖了，虽说他现在还在放羊，但这群羊已不属于集体所有，而是许多农民的财产，就像他在办着一个"托羊所"，他就是这个"托羊所"的所长兼雇工。"托羊所"里的每一只羊，他必须保证放养得膘肥体壮，而且不能发生任何意外。过去，他只需对村集体负责，而现在则必须对许多农户负责，因此，他平时选择的放羊地方，总是小心翼翼，慎之又慎，生怕出现些许差池。

干渴的五只羊，跳跃着跑到河畔一个水泓前去喝水。它们只喝了几口，便一头栽倒在地上，浑身抽搐着，一会儿就没了气息。梁满斗看见一下药死了五只羊，吓得脸色变得土灰土灰的，赶紧将羊群打离了河畔。

这五只羊，他必须全部赔偿，也就是说，梁满斗这一年就等于白干了。

死了羊之后，村里又传来了河畔发现死猪、死鸡的消息。

后来，有人就查阅了有关专业书籍，发现原来死鸟、死羊、死猪、死鸡的发生，全是那些白色结晶状的氰化钠惹的祸。书里说，氰化钠是一种剧毒物品，可经皮肤、消化道被人体吸收。人吸入高浓度气体或者服食五分之一克的氰化钠后，即可停止呼吸，造成猝死。氰化钠慢性中毒时，会导致人植物神经衰弱、贫血、白细胞减少、肾脏及心脏损伤，症状表现为头痛、消瘦、性机能减退、听觉与视觉失灵等，治愈起来非常困难。

这时候，村民们才想起来，凡是氰化钠废水流过的土地，都是灰白色的，那些地方寸草不生，虫蚁不见，真是成了不毛之地。

滹沱河从霍人县东部的桥儿沟发源，流经孤山湖，顺着霍人县中间的东西走廊，一直向西，在沙涧镇西面十五公里的地方拐了一个弯，然后注入了茹越湖。河水在拐弯处淤出万亩良田。良田与茹越湖之间有一个村庄，人称"大湾村"。

自古以来，大湾村的人们就在这肥沃的万亩良田上耕种着稻田，在碧波荡漾的茹越湖里养着鱼虾，过着丰衣足食、美满幸福的生活。外界的人们非常羡慕这个地方，称这里是"晋北小江南"。

春天，大地解冻，万物复苏，人们就开始在地里修整渠塄，平整稻田，培育稻秧。稻秧长成后，开始插秧了，地里便出现了一派繁忙景象。

男人们将秧畦上齐刷刷的墨绿的秧苗，铲入秧框，然后挑起颤悠悠的秧框，踩着田塄，左转右拐，来到自家的田头。他们提溜起一片一片的秧苗，就像玩戏法一样，分别准确而均匀地扔进稻田里。

穿戴得花花绿绿的几个女人，脱了鞋袜，挽起裤腿和衣袖，露出白藕似的小腿和胳膊，下到自家稻田里，站成一排，弯了腰，左手托一片稻秧，右手的拇指、食指和中指从左手的稻秧上一揪，不多也不少，正好五株，然后，就准确地插入松软的泥土里，一个人或五行或七行，一下，又一下，如此反反复复地进行着。一块地插完了，站到地塄上看去，横看横行，竖看竖行，整整齐齐，就像拉了线、靠着尺插下的一般。

夏天，人们给稻田施了肥，适时地一遍又一遍地将滹沱河水引入水渠，再灌入稻田。做完这一切，人们就等着水稻自己拔节努力生长了。

接着，闲暇无事的人们，就荡着桨，划着船，进了茹越湖，开始了捕鱼捞虾。这时候的鱼儿正肥，虾儿正壮。人们将捕到的鱼虾，除了留足自家吃的之外，就卖给了早已等在岸上的商贩。

秋天，站在北坡、南坡上，往大湾村的万亩良田上望去，一块一块金黄色的稻田，组成了一片一片的方阵。秋风一吹，稻穗波翻浪涌，稻花的清香就弥漫了稻田的上空。

收割的季节到了，人们割倒了稻子，将饱满的稻粒从沉甸甸的稻穗上打下来，把一年的希望收藏到了自己的家里、囤中。

由于这里的稻子日照时间长，土肥水清，因而其大米色白、粒大、味醇、有黏性，有"赛晋祠"之美誉，是招待客人、馈赠亲友的佳品。

每年稻子收打之后，大湾村里就迎来了一年之中最为热闹的时刻。大车、小轿车、摩托车、自行车，各种车辆涌进村来，人们要籴当年新产的大米。籴大米的人，近处有本地和邻县的，远处有同城的、禾谷的、省城的，甚至还有河北、天津和北京的。米价一涨再涨，直至有价无米了为止。

当地的机关、单位大量地籴下大湾村的大米，主要是作为土特产，送给本系统的省、地领导。省、地领导一听说是大湾村的大米，自然笑逐颜开。

大湾村的大米出了名，一些冒牌大米也随之而生。粮食市场上，凡是籴米的人，不管他实际上是哪里人，只要有人来问，都会异口同声地回答自己是大湾村人。

因为大湾村是个盛产鱼米的好地方，人民生活富足，男不愁娶，女不愁嫁。特别是一些外村的姑娘，都以能嫁到大湾村做个媳妇而感到荣幸！

今年入秋之后，有人发现茹越湖的南岸边出现了几条死鱼。二斤多重的鲤鱼翻着白白的肚皮，漂在水面上，这种奇怪现象从来没有发生过。有人怀疑是不是谁在茹越湖里偷偷用雷管炸鱼了？没有来得及全部捞走，在水面上遗留下几条。接着，又有人发现茹越湖里的水已不像过去那么清澈了，呈现出一种乳白的颜色。而且，更为严重的是，水里有一种异样的味道，苦苦的，涩涩的，令人恶心想吐。

为什么茹越湖里又是死鱼，又是变色，又出现了异味？一连串的疑问，需要给出一个令人信服的答案。人们追本溯源，最终断定茹越湖的水已经受到了严重污染，而污染的源头就是六郎河。

这个惊人的消息，一传十，十传百，立时在社会上广泛传播开来，传遍了霍人县，传到了禾谷，传到了省城，传到了同城，传到了更远的地方。

这一年，大湾村的水稻长势特别的好，金黄色的稻穗，垂头耷脑，羞答答地挂在半人高的稻苗上。稻谷获得了空前未有的大丰收，亩产超过了一千公斤。

大湾村的人们高兴得嘴唇也合不到一块儿，丰收的喜悦撩得人彻夜难眠。他们等待着一年一度的籴米热闹时刻的到来。

可是，这个籴米的热闹时刻却迟迟不来。左等不来，右等不来，不见大车来，也不见小轿车来，就连籴米的摩托车和自行车也不见进村了。

进入腊月，靠着粜米钱生活的大湾村人民再也沉不住气了，有人开始尝试着用自行车带着一个尼龙编织袋子，主动到县城的粮食市场上去粜米。

此头一开，家家户户就行动开了，有骑自行车的，有骑摩托车的，有赶小毛驴车的，有赶大马车的，还有开着小四轮拖拉机的，车上装着加工好的珍珠般的大米，进了城镇，进了乡村。人们扯开长长的嗓音，吆喝着："粜大米来——粜大米来——"

有人问："你这是哪里的大米？"

粜者答："大湾村的好大米呀！"

一听说是大湾村的大米，人们闻之色变，见大米如见砒霜。有的人什么也不说，急急忙忙就走了。有的人临走还要回一句："你是不是想用你们村的大米往死里害人呀？！"

这回轮上大湾村的人冒别人的牌子了，可是，冒牌这伎俩，是买卖人的惯用手法，人们早已识破了。

市场价粜不出去，便宜价也粜不出去，大湾村的人们只好将大米拉回家来。拉回家来的大米，自己也不敢吃，就只好做了牲畜饲料。

村民们白白辛苦了一年，将工钱贴进去不说，籽种钱，肥料钱，水钱也没有收回来。这一年，成了自古以来大湾村人民损失最为惨重的一年，心情最为灰暗的一年。

人们议论着下一年该怎样经营和作务这万亩良田？议论来，议论去，最后，村民们一致决定，明年将自家稻田里的渠塄摊平，全部改种成玉米。

玉米是可以不用浇水的。不浇滹沱河的水，玉米该不会受到污染了吧。

黄医生对王志刚、崔大树对这两个病人治疗得格外用心，给两个人用了最好的排汞药，只注射了一个疗程，病情就有了很大起色。过了两天，又进行第二个疗程，并给予中药辅助治疗，还施用了一个祖传秘方。

这个祖传秘方，说起来也很简单，只是秘不传人而已。黄医生每顿饭煮一斤胡萝卜，捣作烂泥，掺进王志刚、崔大树的粥里，让他们吃。胡萝卜是最有效的排汞食物，它含有大量果胶可以与汞结合，有效降低血液中汞离子的浓度，加速其排出。胡萝卜还可以刺激肠胃的血液循环，改善消化系统，抵抗导致疾病、老化的自由基。

很快，王志刚、崔大树身上的病症就全部消失了。黄医生给王志刚、崔大树又做了血检尿检，报告显示，两个人的身体已经完全康复。

出院这天，常冬生和冯润秀来接王志刚和崔大树。

常冬生先见了黄医生，掏出一个金戒指，塞到他的手心里，说："黄医生，这几天，让您费心了。"

黄医生接住戒指，觉得手心里沉甸甸的，心想，这东西的克数一定不少呢。到底是金老板，又有钱，又大方。嘴上说："费心是应该的。"

常冬生说："如果不是黄医生这么高明的医术，他们不可能会好得这么快！"

黄医生说："你这话说的也是。我在大学里学的就是这个，后来又对这方面进行过多年研究，我对这个病是熟悉的。这次给他们排除身体里的汞毒，还多亏了我的一个祖传秘方。这个祖传秘方，平时我是不轻易给人使用的。如果不是这个祖传秘方，他们身体里的汞毒也不会排除得这么快，这么干净。"

常冬生说："那我就得更该好好谢谢您了！"

黄医生笑着说："我们这个行道，忌讳医生对病人家属说'咱们以后常来常往'。但我说句心里话，常老板，今后你或者是你身边的人有什么事，尽管吩咐，我一定会尽心效力！"

办完出院手续，别了黄医生，常冬生让冯润秀将车开到红灯笼大酒店。中午，他要为王志刚、崔大树两个人的康复祝贺祝贺。

因为常冬生多次来过红灯笼大酒店，老板娘和几个年轻服务员认得他。她们隔着玻璃看见冬生来了，就开门的开门，迎接的迎接，一口一个"常老板"，甜滋滋地叫着，前呼后拥地将他们让进二楼上的一个雅间。

一个服务员给各位斟了菊花香茶，又捧出一个十分精致的大红菜谱，请常老板点菜。

常冬生接着菜谱，对服务员说："平时在外吃饭，不是润秀点菜，就是万全点菜。今天，情况特殊，我得亲自点几个特殊菜哩！我平时吃的那几个菜，你还记得吧？你先记上。"

服务员说："凉的是椒水凤爪、手撕驴肉、水煮花生、凉拌肚丝、黄瓜蘸酱，热的是香酥扒鸡、无骨带鱼、油焖大虾、清炒木耳，还有一个蒸蛋，对吧？"

常冬生夸奖说："这女子，好记性！你再接着记，再上一个甲鱼汤，另加一人一份海参粥。"

服务员记了，又念了一遍，核对了一下。

常冬生又要了一瓶二斤装二十年陈酿的青花瓷汾酒。

菜很快就上齐了，田万全打开酒瓶，为每人斟满了一杯酒。

常冬生端起酒杯，说："大家都端起杯来。我提议为志刚、大树的康复，咱干了这一杯！"说完，就一仰脖子，带头先干了。

大家干完了酒，常冬生让润秀到车里拿来自己的黑色皮包，拉开皮包拉链，从包里取出两捆一百元面值的人民币，分别放在志刚和大树的面前，说："你们两个辛苦了！每人五万元。这是公司给你俩的补偿。"

常冬生一下就给了两个人这么多钱，大家都吃了一惊。田万全、冯润秀没有想到，王志刚、崔大树更没有想到。

王志刚、崔大树的眼里就打满了感激的泪花。

田万全、冯润秀则心里在想，冬生真是个义气之人。跟上这样的人就是干上一辈子，也心甘情愿！

常冬生说："回去以后，给志刚和大树调整一下工作吧，不要再搞冶炼了。"

王志刚说："常总您不要多心。冶炼这工作，我还要参加。"

崔大树说："常总您放心。打退堂鼓，不是我崔大树的性格。"

常冬生说："那就好！咱弟兄们在一起，就是要有难同当，有福同享。"

几个人一直吃到菜尽酒干，方才从红灯笼大酒店出来，坐上车往六郎村里返。

接受了汞中毒的教训，常冬生为了防止再次发生类似事故，就比先前小心谨慎了许多，采取了一些预防措施。他根据汞中毒的特点，在冶炼房增加了抽气设备。收金冶炼汞膏时，所有参与人员都佩戴了防毒面具。

村民们将自家的家畜家禽都圈养起来；地里的菜也不种了，改种了粮食作物；石龙岗前的水地，再也不用河水浇灌了。

梁满斗的五只羊，被河里的毒水毒死后，损失很大。为了不让毒性沾染到别处，羊皮他也没敢剥，就地挖了个坑儿，款款就埋了。从此以后，他将羊群赶得远远的，再也不敢到六郎河边上来了。

街头巷尾，茶余饭后，村民们每当议论起汞和氰化钠这些东西，就不由得念叨起省金矿矿长翟树荣的好来，氰化钠毒水不但污染了六郎河，而且已经渗入了村子里地下的浅层水，融入了井水，如果不是翟树荣矿长为他们早早地从省金矿接上了深井自来水，村子里不知道要死多少人呢！那时候，这六郎村可就真是没法住了。

第十九章

近来，矿产品开发公司的事故就像大海上的波涛，一波刚平，一波又起。

这天，常冬生正坐在总经理办公室的沙发上，一边品茶，一边打开电视机，看着一个电视剧。

崔大树突然神色慌张地推门进来，说："常总，不好了！"

常冬生说："又不是死了人了，值得这么慌里慌张的？"

崔大树说："您可说对了，就是死了人了。"

常冬生一听说就是死了人了，心里也有点紧张，但表面上还装得很镇定，问："你说，到底是怎么回事？"

崔大树说："矿井里放了一炮之后，三个工人一边用撬杠撬动壁顶上的浮石，一边前进。想不到，壁顶上的一片浮石没撬干净，突然掉下来，当时就砸死两个，砸晕一个。"

常冬生问："人现在哪里呢？"

崔大树说："三个人都已抬出了井口。"

常冬生问："砸晕的那一个，伤得重不重？"

崔大树说："一块石头砸在了膀胱处，估计就是死不了，治好了也就是个废人了。"

常冬生想了一想，说："你赶紧组织几个人将这三个人抬到楼下的车库，不要扩散消息。怎样处理？等待我的通知。"

常冬生知道，国家有规定，无论什么人开矿，安全生产是第一要求，不能死人则是底线。如果出现了死人现象，矿井不但要查封，而且还要追究矿主的安全责任，直至刑事问责。今天这个事情必须处理好，如果处理不好，苦心经营的矿产品开发公司不但开不成了，自己还面临着牢狱之灾。

崔大树刚走，连建国领着死伤者的三个家属就来了。

三个女人长一声、短一声、高一声、低一声地干号着，扑闹着，问常冬生要人，二楼上吵成了一团。

一个二十多岁、涂着口红的女人扯开嗓子喊着："清早还是一个活蹦乱跳的人儿，现在却给额抬上来一个死人。人命关天！你们还额男人来！"

一个烫着卷发头的女人跺着两只脚，高叫着："你们把额也砸死吧！额也不活了！"

穿蓝褂子的女人边喊边向冬生扑过来："你们把额男人砸得半死不活的，今后的日子叫额咋过呀?！"

她们心里明白，矿井里砸死、砸伤了人，矿主最害怕的就是事情被张扬出去，最盼望的就是消息被包裹得严严实实的，外界任何人都不知道这里曾经发生过这么件事情。现在闹腾得越厉害，受害方增加的砝码就会越重，也就是说，进入正式处理程序时，受害方得到的经济赔偿就会越多。但是，与矿主闹腾的尺寸，什么时候该硬，什么时候该软，她们也得将分寸拿捏得好好的，如果真要经了"公"，她们也未必能占到多少便宜，因为"公了"的赔款，一般要比"私了"少一些。

常冬生大声说："你们不要吵，也不要闹。吵和闹解决不了问题。你们先到办公室休息一下，我和连头商量商量，一定会给你们一个满意的答复的。"

三个女人干号和吵闹的目的，就是要的常冬生这句话。听说常总会给她们一个满意的答复，她们就跟着田万全到公司办公室去了。

常冬生将总经理办公室的门栓插死，和连建国在屋子里悄悄商量起如何处理这件事情的办法来。

常冬生想得还是事情的后果，对连建国说："连头，现在最关键的是不要让家属闹事。事情闹大了，对我对你都也不利。"

"对着哩!常总。额也是这么想的。"连建国心里清楚，要是真的查处了常冬生，不仅断了他的财源，而且他也脱不了干系；如果过分委屈了他的工人，今后谁还再跟上他去干呢？这是一道二难选择题，需要他用智慧来冷静地处理此事。他必须做到既要帮助冬生消除隐患，又要安抚工人家属，为她们争得补偿。

常冬生说："连头，你说说你的意见，该怎样处理这件事情？"

连建国说："常总，俗话说'消财免灾'。钱这东西，没有解决不了的事情。"说着，用手指做了个捻动数钱的动作。

常冬生说："一个死人十万元，尸体由家属处理。你看怎样？"

连建国说："常总，咱俩先说个大概，和家属商量时再灵活掌握具体数目。"

常冬生说："伤者先送沙涧镇医院吧。医疗费、生活费、营养费、误工费，还有家属陪侍费，我都出。"

连建国说："死了的好处理，活着的恐怕就没有那么好处理了。医疗费、生活费、营养费、误工费、家属陪侍费，先得付出一大笔开支，最最关键的是如果落下终身残疾，后续治疗费和一生的生活费，那就不是三个十万五个十万能解决得了的了。"

常冬生说："原来是这样。那也只能该咋办就咋办了。"说完就开了门，朝着办公室喊田万全，让他领着三个死伤者家属过来协商善后事宜。

田万全领着三个女人回到总经理办公室，常冬生向她们说了他和连建国商量后做出的决定。

穿蓝褂子的女人觉得自己的丈夫只是受了伤，并没有死，常总眼下安排的又天衣无缝，一下也挑不出什么漏洞，再说，即使要闹，现在也不是火候，等到最后了结的时候，再好好地讹他一笔也不迟。于是，她就同意了处理结果。

常冬生说："你先回去准备一下。一会儿车拉上伤员去医院的时候，你也一块儿走。"

穿蓝褂子的女人回家准备去了。

涂口红和烫发头的女人则不满意冬生的处理决定。

涂口红的女人又大声哭了起来："额的男人给你们打工被砸死了，家里老的老，小的小，你们让额咋活呀？"

烫发头女人索性坐到了地上，将脚上的两只鞋也踢飞了，号叫着："额男人死在你们这里了，额也不活了。"

常冬生说："你们不满意公司的决定，也可以说说你们的意见。"

两个女人见常冬生的决定有了松动，号叫声就低了一些。

烫发头女人说："死了一个人，才给十万元，还要让额们花处理尸体的钱。额不同意。"

涂口红的女人说："处理一个尸体，无论是火化，还是土葬，那得多少钱呢？除了处理尸体的钱，还能剩下几个钱？一个活生生的人不是白死了？"

常冬生说："算我倒霉。公司再给你们每人加上一万元，这下可以了吧。"

烫发头女人说："不行！太少了！最低也得十二万。"

涂口红的女人说："再不行，额们就到省政府去告状！"

连建国说话了："行了吧。额看你们见好就收吧。再过分了，你们就不是和常总闹腾，分明是要砸额的摊子了。"

两个女人见连头说了话，就知道该收口了，再闹腾下去，矿产品开发公司这里倒好说，就怕连头要是恼了，不用说回老家去了，就是六郎村也怕出不去了呢。

连建国又对常冬生说："毕竟是一条人命呢。再说你伸出胳膊也比她们两个人的大腿粗。你就多出上些吧。"说着，看了一下两个女人，口气重重地说，"额拿个方案，你们要是听的话，咱就解决了；要是不听，那额就不管了。"

常冬生说："我听你连头的。"

两个女人也表示愿意听连建国的安排。

连建国对两个女人说："额有两个方案，供你们选择。第一，你们处理尸体，给你们十二万；第二，不处理尸体，就是十一万五千元。"

烫发头女人说："额一个妇道人家，尸体拉又拉不回去，在这里也没办法处理。"

涂口红的女人说："额和她一样，额选第二个方案。"

连建国说："那就写协议吧。"

常冬生让田万全立即起草了一份《赔偿协议》，并在协议上盖上了公司的公章。常冬生代表公司在协议上签了字，两个女人也都分别在协议上签了字，摁了手印。

接着，常冬生就让田万全领着两个女人到财务室找翠枝去领钱。

两个女人脱下外衣，将赔偿金包起来，抱在怀里，急急忙忙地下了楼。出公司大门的时候，连放丈夫尸体的车库看也没看一眼就跑走了。

连建国透过窗户玻璃，瞭着两个女人的背影，说："没有情义的东西！过不了半月，就都拍拍屁股又嫁了人了。"

田万全问冬生："常总，你考虑一下，这两具尸体埋到哪里是好呢？"

常冬生说："不能埋！点了山灯算了。要处理，就处理得干干净净，不能留下一点隐患。你马上去叫柳干头开上他的面包车来一下。"

田万全去了一会儿，柳干头开着一辆破破烂烂的面包车就来了。

常冬生问："干头，近来生意怎样？"

柳干头的头比以前更干了，形似骷髅的脸上，凸处更凸，凹处更凹，鼻子更高更大，牙齿更细更长。他笑了一下，脸上的皮就出现了万千道皱褶，不知从哪里学来了两句俏皮话："死人的事是经常发生的。三六九，隔天有。"

常冬生说："这里有一个伤的，你赶紧往沙涧镇医院送一下，运费别人给你五百，我给你一千。万全和你一起去办理住院手续，路上再捎上他的家属。回来以后，再将这两个死的点了山灯。别人一个一万，我给你一万五。你看行不？"

柳干头说："常总您放心。不管是死的，还是活的，我保证做得干净利落，不留一点痕迹。"

田万全和柳干头走后，常冬生对连建国说："连头，这下该松口气了。走吧，咱还去喜来登那个老地方，去喝一盅！"

自从六郎村掀起第二次挖金热潮后，柳干头一家就干起了为金矿送水的行业。

柳干头买了一辆二手小四轮拖拉机，拉着一个用大油桶改造成的水桶，漫山遍野地转着卖水。有时候一天两趟，有时候一天三趟，一天下来也不愁挣个百儿八十块钱的。

正如柳干头所说，死人的事是经常发生的。由于矿上的安全设施不健全，矿主和工人安全意识淡薄，死伤事故屡屡发生。伤了人，需要送医院治疗；死了人，需要点山灯，毁尸灭迹。矿主嫌这事情晦气，不愿意亲自去做，就想花大价钱雇人，可是钱多钱少也没人愿意干。

就是这个没人愿意干的买卖却被柳干头瞄上了。他卖了小四轮拖拉机，又买了一辆快要淘汰的小面包车，就和出事的矿主搭成了协议：往沙涧镇医院送一个伤员一千元，点一个山灯一万元。

点山灯，就是在傍晚趁路上行人稀少的时候，将死人运到又远又高荒无人烟的山顶上，放在一只废旧的车轮胎上，再往死者身上浇上柴油和汽油，等到天色彻底黑下来以后，才将尸体点着。死人在车轮胎上，借着山风，熊熊燃烧着，化作缕缕青烟飘然而去。远远望去，就像谁在山顶上点了一盏灯火，人们就形象地将这种焚尸行为称作"点山灯"。

点山灯，不是一个人能完成的事情，必须有几个人配合进行。柳干头揽下点山灯的生意后，他一个人忙不过来，就叫上他爹、他娘，他妹妹也过来帮忙，还是忙不过来，就又将他舅舅也叫过来。

柳干头的妹妹二兰兰早就和丈夫离了婚回到了娘家。那年，二兰兰嫁到岭后，没过半月，就觉得肚子有点痛，要丈夫领着她到医院去看病。丈夫领着她到了医院，挂了一个内科的号。看病的是一个姓岳的男医生，女婿让二兰兰坐在医生对面。

　　岳医生手里拿着听诊器，看了一下二兰兰脸上的气色，问："日期怎样？"

　　二兰兰说："日起挺受瘾的。"

　　医生听了很生气，纠正道："我是问你日期准不准？"

　　二兰兰说："日起准准的，一闹就进去了。"

　　丈夫在旁听了老婆和岳医生的对话，脸面涨成了猪肝色，气得一句话也说不出来。他记得他与二兰兰婚后第三天早上，一家人围着饭桌在吃早餐。爹急着吃了早餐要到镇上去赶集，一口馒头卡在食道中难以下咽，难受得流出了两滴生泪。娘给爹端过一碗稀粥，埋怨说，你这么大年纪了，还像个孩子一样，吃饭也不小心些。爹大大喝了一口米汤，将食道中的食物顺下去说，越是着急，越是出事。二兰兰接着爹的话音说，越锅滚越屙紧！二兰兰话音一落，一家人的目光都齐刷刷地向她扫去。自从他娶下二兰兰后，平时总觉得二兰兰说话阴七阳八，做事怪里怪气，就像一个沾牙的馒头，夹生不熟，还差两火铲煤炭。今天领着二兰兰来医院看病，听了她与医生的对话，才证实了自己判断的正确性。如果和这样秋愣的女人继续过下去，将来有了娃娃也一定是个秋愣，那时候可就后悔也来不及了。他想到这里，就一个人离开医院，回去将二兰兰起诉到法院，以性格不合和她解除了婚姻关系。

　　柳干头每揽下一个点山灯的活儿，全家人就都出动了。

　　在夜幕的掩护下，柳干头将面包车开在山脚下。他和他舅舅将尸体搬下车来，轮番地背着前行，他爹的肩膀上扛着一个报废了的车轮胎紧跟着，他娘提着一桶汽油，二兰兰提着一桶柴油尾随其后。上了山，他爹先将轮胎放在一个形似龟背风道宽敞的地方，他娘则急着从尸体上往下剥衣裳，他和他舅舅将剥光了衣裳的尸体异到轮胎上，二兰兰拧开桶盖，先将柴油浇到尸体上。一切都安顿好了，大家见天色已经完全黑下来了，就撤离了现场，只有柳干头一个人提着汽油桶往尸体上又浇了一些汽油，然后，将桶里剩下的一些汽油一边让它往出流，一边往远走，形成了一个油引子。等桶里的汽油流干了，他估计自己距离尸体远近也差不多了，就掏出打火机打着了火，往油引子上一碰，只见一条火蛇"嗖"的一下就窜到了车轮胎旁，随着"轰"的一声响，一团烈焰和浓烟便倏然腾空而起。随着山风的"呼呼"声响，火焰越烧越旺。

二兰兰和他爹、他娘、他舅舅拿着衣裳先行下山。柳干头则还不能走，他两眼一直盯着火光里的动静，只见轮胎上的尸体好像活了一般，头慢慢抬起来，脚慢慢抬起来，整个人蜷缩成一只虾，接着又躺倒了，接着又坐起来。他见尸体没有滚到轮胎下面，便下了山。

柳干头开着面包车拉着一家人刚刚走出二百米远，就听见山顶上"嘣"的一声巨响，他知道这是尸体肚里的热气极度膨胀，肚子爆炸了。

第二天凌晨，柳干头又早早地上了山，他看见轮胎和尸体已经燃尽，灰烬也被山风吹得干干净净，烧焦的山皮上只残留着一团灰黑色的东西，软绵绵的，像是一只带着一截软管的暖水袋。他知道这是最难烧化的胃与大肠。他抬起一只脚，照准了"暖水袋"，使劲踢了过去。暖水袋"嗖"的一下飞了起来，先是像一只风筝，继而化作一只蝌蚪，游向了深渊。蝌蚪在他的视线里消失了，他才得意洋洋地甩动着双臂离开了山头。

有一次，一个工人给一个矿主挖矿，井壁上的一块碗大的石头掉下来，正好砸在脑袋上，流了不少血，人也昏迷过去。

矿主通知柳干头往沙涧镇医院送一位伤员。

柳干头开着面包车来到矿上。他下了车，走到门口，听得屋子里矿主正和一个人说话。

矿主说："估计抢救过来，也是个植物人了。"

那个人说："一个植物人，没有个三十万五十万是了结不了的。"

矿主说："还不如当时就砸死了呢。"

柳干头推开门，进了屋子。

矿主意味深长地说："老柳，可惜这一回是个伤的，你送到沙涧镇医院只能挣一千块钱，如果是个死的，你点一回山灯，可就又能发一笔大财了。"

那个人说："你先走，我们的人随后就到。"

柳干头将伤员搬到面包车上，开着车就急忙往沙涧镇赶。车子走出不远，矿主刚才说的话又在他的耳畔响了起来。他想，对呀！送十个伤的才能抵得上点一回山灯呢。可是，点山灯的买卖并不是想有就有呀？这样想着，就不由得反回头看了一眼车上的伤员，见伤员躺在那里一动不动。一个邪恶的想法就从脑子里冒出来了。

柳干头开着面包车拐进一条小路，往前走了一会儿，见前后左右没有一个人，就停了车，到了车厢里，将手放在伤员的嘴和鼻子上试了试，感觉伤员正均匀地呼吸着。他又用手推了推伤员，对方却没有一点反应，他就用两只手向伤员的脖子上使劲掐了上去，只见伤员四肢抽搐了两下，脸色一下就变成了绛紫色，接着就没气了。

柳干头开着面包车，又返回了矿上。

柳干头对矿主说："送医院也没用了，走到半路就死了。"

矿主拍着柳干头的肩膀，高兴地说："一看老柳就是一个有财运的人。拿上一万元，点山灯去吧。"

柳干头回家去安排柴油、汽油和轮胎，准备晚上点山灯。

柳干头进了屋，见他娘在炕沿边上正揉着一团和好的白面，准备擀面条做午饭，就半个屁股跨在炕沿上，高兴地对他娘说："今天又发了财了。"

他娘问："莫非送伤员、点山灯涨了价了？"

柳干头说："价钱还是那个价钱，但是，本来是一千元的收入，我让它变成了一万元。"接着，就将那个过程述说了一遍。

他娘手里拿着一剂揉好的面团，想了一想，说："下次再不要用手掐了，那样会留下手印的。一旦有人追究起来，那就是证据。今后娘给你用塑料袋装上一剂揉好的白面，你只要将这一剂软溜溜的面团往他嘴和鼻子上一拍就行了，保准效果又好，又留不下一点痕迹。"

柳干头心想，这倒确实是一个好主意，还是娘的点子比自己多。

自从他娘给他出下那个好主意以后，柳干头点山灯的买卖就比过去成倍成倍地增长起来。他将挣下的钱，除了购买废轮胎、油料，再给他舅舅分上一部分外，其余都交给了他娘。

他娘将一捆一捆的票子放在榆木躺柜里，垛得整整齐齐的。

后来，他娘见挣下的票子越来越多，就有些发了愁，放在躺柜里怕人偷了，埋在地底下又怕沤了。

那天晚上，他娘和柳干头躺在炕上，想着榆木躺柜里的票子，睡不着觉，商量着怎样才能给这些钱找出一个更好的保存办法。想来想去，最后，两个人决定还是将这些票子全部换成金条，埋入地下为好。

入睡后，柳干头就做了一个美梦。他梦见自己的点山灯买卖更多了，每天做也做不完。榆木躺柜里票子换成了黄灿灿的金条，他和他娘在一个夜深人静的夜晚，将金条埋在了一个隐秘的地方……

第二十章

　　六郎河里发生的死羊、死猪、死鸡的现象，常秋生早有耳闻，大湾村的毒大米和茹越湖的死鱼，他也早就听说了。这些问题都与黄金有着密切的联系，都是因为黄金引发的，而黄金正又是最早被他发现的。难道自己寻找黄金错了吗？自己就是那个万劫不复的罪魁祸首吗？他曾无数次地扪心自问。

　　"东一线，西一线，谁能找到两条线，能富九州十八县。"老祖宗的梦想没有错，找到黄金宝藏，九州十八县的穷苦老百姓就能富裕起来。实现老祖宗的梦想，是自己多年来的意愿，自己也没有错呀！常秋生走着想，站着想，躺在床上也在想这些问题。走在路上，走着走着，他就偏离了道路，走到了一块大石头上，甚至撞到了树干上，跟在他身后的乔志军急忙喊他常老师，问他怎么了？是不是哪儿不舒服？他一下回过神来，知道刚才是自己走神了，就笑着对乔志军说，自己的身体好好的，没有什么不舒服，是自己注意力一时不集中造成的。他知道自己一直有这个毛病，喜欢钻研问题，一钻进一个问题，别的东西就抛在脑后了，甚至视而不见，充耳不闻。据说知识分子都有这个毛病。有朋友劝他这一辈子千万别去开车。像他这种情况，步行尚且要碰石撞树，开着车还不一定要闯下什么大祸呢？不管喜欢思考问题这个毛病有多大危害，他是改不掉了。一些困扰在他头脑里的问题，他总要追根问底，弄个明明白白。他觉得人生在世就应当活得明明白白，做一件事情，就应当将其来龙去脉理得清清楚楚，有条不紊。对，应当知道对在哪里？错，也应当知道错在哪里？要做就做个明白人，绝不做糊涂蛋。他将老祖宗寻找黄金宝藏的梦想与自己寻找黄金宝藏的动机，细细地想了一遍，他将自己研究生毕业后回到六郎村、寻找黄金宝藏的历程梳理了一遍，他又将穿山甲地质队到六郎村山上搞地质勘探、直到省金矿成立推理了一遍，他想，既然污染环境不是自己造成的，那么就肯定是挖金的金老板了。金老板急功近利，爱财竟然爱到了不择手段的程度。这些金老板中，弟弟冬生是最大的金老板。既然是最大的金老板，那么，制造的污

206

染肯定也是最多的。面对这种情况，自己该怎么办呢？他想了想，觉得当务之急，是自己应当尽快让弟弟的金矿生产停下来，从根子上掐断这股最大的污染源。理清了思路，他觉得现在就应该去找弟弟冬生。

吃过午饭，常秋生就直奔冬生的矿产品开发公司而来。

常秋生到了矿产品开发公司大门口，他看到有一个人急匆匆上了二楼。从后背影上看，这个人极像是冬生。

今天在门房里值班的是刘峻山。站在门口的刘峻山见常总的哥哥秋生来了，也不拦他，急忙转身，进门房里打电话去了。

常秋生上了二楼，就去敲冬生的房门。

"嘭嘭嘭"，里面无人应答。

"嘭嘭嘭"，常秋生接着又敲。

听到敲门声，田万全从公司的大办公室里走出来，说："是秋生啊！你回来了？快过来进办公室里坐吧。"

常秋生说："我找冬生有事呢。"

田万全说："常总他出了远门了。"

常秋生问："冬生是什么时候出门的？"

田万全想了一下，说："有三四天了吧。"

常秋生问："他到哪里去了？"

田万全说："常总的行踪，作为下属，是最忌讳打听的。这个你应当知道。"

常秋生又问："他什么时候回来呢？"

田万全笑着说："这个我还真不知道。"

常秋生说："既然你不便打听领导的行踪，怎么你就知道你们常总出了门呢？"

田万全一时语塞。

常秋生被田万全的对答逗得也笑了，说："作为办公室主任，你是不该知道的，全都知道；该知道的，却又都不知道啊！"

田万全"嘿嘿嘿"地笑着，觍着脸说："秋生，请进办公室里坐吧。"

常秋生想，自己在公司大门口眼睁睁地看见一个人上了二楼，那个人分明就是冬生，可是，怎么田万全非要说冬生出了门呢？这不是冬生在有意躲着自己吗？田万全这不是在与冬生合伙欺骗自己吗？既然是这样，冬生今天不想见我，我就越是要见他。既然你冬生上了二楼，就有个出来的时候，我就先到大办公室里等着，最终不愁等不到你露面。这样想着，他就随着田万全进了大办公室。

田万全就忙着给秋生让座、沏茶。

常秋生也不谦让，坐在沙发上，翘起二郎腿，悠哉悠哉地慢慢品咂着香茶，大有"等不回冬生，决不离开"的意思。

常秋生向办公室的四周来来回回扫视着。

田万全见秋生看墙上的镜框和奖牌，就向秋生介绍开了，说这个是常总在全县"十行十佳"颁奖时的留影，这个是常总获得"省劳动模范"的证书，这个是常总与市里某某领导的合影，那个是常总获得"市'五一'劳动奖章"的证书，那个是常总最近参加"全国最佳新时期领军人物"的颁奖场景。介绍冬生这个荣誉的时候，田万全说得特别详细，他介绍了颁奖会议是在人民大会堂举行的，全国政协的一位退下来的副主席参加了颁奖大会。他还介绍了这次会议的盛况，参加人数，常总是哪一日动身的，又是哪一日返回公司的。

常秋生插话说："那你还说领导的行踪你不知道呢。你看你对你常总哪一日动身？哪一日返回？不是掌握得清清楚楚的么？"

田万全见秋生在这里又等着了自己，立时窘得脸色白了又红，红了又紫，说不上话来。过了一会儿，就忙着办自己的事情去了。

下班的时间已经过了。田万全对秋生说："秋生，你看这样行不行？等常总回来，要么我给你打电话，你再过来见他。要么我告诉常总，让他去见你。"

常秋生想，看来只要是自己坐在这里，冬生就是不准备出来了。再继续等下去，田万全还得陪着他，这样势必要影响田万全的休息。因为自己而影响别人，这是他最不想看到的。想到这里，他就同意了田万全的安排。

常秋生从矿产品公司出来，心想，冬生今天和他玩得这一场捉猫猫游戏，他是失败了。

这天夜里，常秋生就住在窑院。

娘见秋生回来了，问道："秋儿，你是刚从沙涧镇回来？"

常秋生说："我从冬生的公司那里过来。"

娘问："你见到冬生啦？"

常秋生说："没哩。"

娘问："你还没吃饭了吧？"

常秋生说："没哩。"

娘见秋生的脸色极不好看，知道秋生有心事，也就不再继续盘问什么，赶紧去给秋生做饭。

常秋生吃了晚饭，就在南窑里歇了。

第二天，常秋生清早起来，见娘已经将早饭做好了。他吃了早饭，就又回到南窑里去整理他的那些心爱的书籍。他从中挑出英国作家勃朗特的《呼啸山庄》、法国作家雨果的《巴黎圣母院》、苏联作家瓦西里耶夫的《这里的黎明静悄悄》这三本书，准备带到他的办公室里去。这三本书，他已经读过一遍了，他还想抽空再读一遍。

挑完了书，先放在那里，他准备出去一趟。

娘问："秋儿，你走呀？"

常秋生说："不哩，我一会儿还要回来。"

娘问："那你现在到哪里去呀？"

常秋生的脸色依然很是难看，说："娘，我到冬生的公司里去一趟。"说完，就出去了。

常秋生又来到了冬生的矿产品开发公司。

今天矿产品开发公司的门卫又换了人，值班的是冯有才。冯有才见秋生来了，急急忙忙返回去打电话去了。

常秋生也不理会冯有才去说些什么，就径直往里走去。他走到楼梯口的时候，隐隐约约听到冬生正在楼上和谁说话，心想，今天你可是让我逮着了，我看你田万全嘴里还能再说出个"常总出了门了"的话来？一边想，一边就上了二楼。

这时候，田万全已经满脸堆笑，迎了出来，招呼道："秋生，你早哇！快进屋里坐吧。"

常秋生问："冬生回来了吗？"

田万全说："没有呀！"

面对着睁着眼硬要说瞎话的田万全，常秋生一时没了主意。他低着头，在楼道里走过来，走过去，足足走了有十几个来回，然后停下来，抬起头，两眼盯着田万全，问："我最后再问你一句，你给我说实话，你们常总真的没有回来吗？"

田万全底气十足地说："真的没有回来。这事我还能骗你吗？"

听了田万全肯定的回答，常秋生心里一种被羞辱了的感觉陡然而生，两鬓上的青筋"噼噼噼"直跳，呼吸也急促起来，他快步走到冬生办公室的门口，伸起一脚，"嘭"的一声，就将冬生办公室的门踹开了。

常秋生和田万全都进了办公室。

常冬生这时正坐在办公室的沙发上，面前的茶几上，摆着鱼干、牛肉干、开心果、腰果等几样下酒的小菜，一瓶汾酒已经喝了一半，一只高脚玻璃酒杯还有一小截酒尚未用尽。沙发的对面，是一台大彩色电视机，电视里正在播放着一段黄色录像，一个金发女郎正肉麻地和一个外国人调情，长满胸毛的外国人则将金发女郎的衣服剥了个精光……

常冬生怎么也没想到哥哥会踹开门进来，一时不知如何是好。

一向机智灵活、八面玲珑的田万全，这时候，他的脸突然变成了绛紫色，身子就像泥塑的圣像一样，僵在那里。

常秋生向冬生质问道："不是说你出了门了吗？"

常冬生与田万全面面相觑。

常秋生开门见山，直奔主题，手指着冬生，大声说："矿产品开发公司是六郎河里最大的污染源。富裕了的是你自己，危害的是大家。你干的是损人利己的行为啊！从今天起，你必须关闭了你的公司，停止继续祸害大家！"

常冬生知道了哥哥的来意，这才缓过神来，说："矿产品开发公司的经营，我有合法手续，我有营业执照。谁也没有权利让我关闭矿产品开发公司。"

常秋生见冬生没有丝毫悔改之意，就厉声痛斥道："哪个手续上写着让你污染环境啦？哪个营业执照上写着让你祸害老百姓啦？你为了闹钱，什么手段也能使用出来。你闹下钱，成天花天酒地、胡作非为，而老百姓却跟上你过着提心吊胆、担惊受怕的日子。你知道不知道，你这样污染环境，损害的不仅是老百姓眼下的生命和财产，而且对后辈儿孙也会造成无穷的危害吗？"他越说越气，"我让你再花天酒地。"说着，飞起一脚，就将冬生面前的茶几踢翻了。

"噼里啪啦"一阵响动过后，玻璃茶几翻倒在地上，摔成了数块，酒瓶、酒杯、瓷碟也摔了个粉碎，几碟干果和鱼肉干、牛肉干向空中腾起后，又像冰雹一样砸下来，落得满地都是。

这时，电视屏幕上，一对狗男女脱得赤条条的，正滚战在床上，不时发出一阵阵淫叫怪笑……

常秋生索性一不做，二不休，转身抓起一把椅子，就向电视机砸去。

只听得"嘭"的一声巨响，电视机倒在地上，显示器爆炸了，淫声淫调戛然而止。

常冬生看到眼前突然发生的这一切，一股火气直冲头顶，他"噌"地站了起来，两只本来就十分突出的眼珠，这时候瞪得滴溜溜圆，简直就要蹦出来，攥着两只拳头就要向秋生扑上来。

"冬生！你——"门口突然传来一声大喊。

这是娘的声音。娘喊完这一声，就像一根面条一样，瘫软在地，不吱声了。

原来娘听秋生说这两天一直在找冬生，她看见秋生的脸色一直不好看，思来想去，估摸秋生这样急着找冬生，一定不会有什么好事情，放心不下，就追到公司来了，一上二楼，便遇上了这一幕。

常秋生见娘瘫倒了，急忙跑到门口，将娘抱在怀里，嘴里喊着："娘——娘——娘啊！你醒一醒！"

常冬生也急忙向田万全吼道："你痴啥哩？还不赶紧去备车，送我娘去医院！"

田万全出了门，正要下楼，秋生娘缓缓睁开眼，说："万全，你不要备车。我没事，我不去医院。"

叫住了田万全，她又返回头，对秋生说："你扶娘回家去。"

常秋生搀着娘回到了窑院。

常秋生将娘扶到了炕上，说："娘，我给您叫医生去。"

娘说："甭叫医生，娘没事。"

常秋生说："刚才都晕过去了，还说没事？"

娘说："刚才你们兄弟两个一个箭拔、一个弩张，眼看就要闹出人命了，娘能不晕过去吗？你们两个人的火气平息了，娘就没事了。娘这老骨头硬着哩！"说着，抬手拍了拍自己的脑门，"你看，娘这不是好好的么？"

常秋生说："娘，都是我不好，惹您生气了。"

娘说："你和冬生的矛盾，娘大体上也知道了。谁是谁非，娘心里明白。"

常秋生说："娘，我给您取枕头。您躺着歇一会儿吧。"

娘说："娘不躺，娘就想坐着和你说说话。"

常秋生站在娘的面前，乖巧得就像一个小孩子，说："娘，您说。我听着呢。"

娘说："秋儿，你没在农业地里受过苦，是吧。"

常秋生说："没，我不是从小到大一直在读书吗？"

娘说："那么农业地里的活儿你就不懂。"

常秋生说："是哩。"

娘说："娘懂得。娘在年轻的时候，还是生产队里的好劳力哩。春天耩种，夏天锄耧，秋天收打，无论是哪一样，娘都是一把好手哩。娘是妇女队长。在女人们中间，就数娘挣的工分高哩。"说到这里，娘的眼里闪烁着自豪的光芒。

娘继续说："农业地里的活儿，娘最初也是个生手，慢慢地就由啥也不会学得啥也都会了。就说那锄草吧。起初，娘见了草，就用锄头将地面上那些枝枝叶叶清除得干干净净的，结果呢，过了几天，那些草又长出来了。经过几个反复，娘才琢磨出一个道理：除草得挖根哩。不挖根，光锄枝叶，不顶事啊！"

娘说话的时候，常秋生的两眼一直在看着娘的眼睛，认真地听着，但他不理解娘为什么要和他说农业地里的这些事情，难道是为了转移他的注意力，让他从刚才与冬生不愉快的情绪中尽快走出来？

娘说："秋儿，娘累了，想睡一觉。你去吧，该干啥就干啥去吧。"

安顿好娘，常秋生就从南窑里拿着他挑出的三本书，回到了沙涧镇宾馆。

这天夜里，常秋生早早地就睡下了。他躺在床上，却睡不着，两只眼睛盯着黑黢黢的屋顶想心事。今天发生过的一幕一幕的情景，又呈现在他的眼前。他一脚踹开了冬生紧插着插销的办公室的门，一脚踢翻了冬生摆着酒菜的茶几，一把椅子砸烂了冬生正在播放着黄色录像的电视机，当时，他是哪来的那么大的火气？哪来的那么大的勇气？这一切，现在想起来，连他自己都感到吃惊。也许他实在是忍无可忍了。他长了这么大，很少对人发过脾气，要说打架，也就那么一次。他记得那是小时候，几个小顽皮欺负香草，他看到后，挺身而出，将香草藏在自己的身后，直到将几个小顽皮打得趴在地上连连求饶了为止。

对面的床上，乔志军打着轻微的鼾声，时不时地嘴巴里还要发出两声睡得香甜的"吧哒"声，而他却睡意全无，心明如镜。他想，今天自己去要冬生停产，并不能彻底解决污染环境的问题，六郎村里采用汞和氰化钠选金的金老板多得很哩，即使自己叫停了一个常冬生，还有李冬生、王冬生呢，再说自己真能有那么大的能量让他们全部都停了产吗？他想起了冬生对他说过"我有合法手续，我有营业执照"的那句话。是呀，冬生这是有恃无恐呢。污染环境的总根子不在冬生这里，总根子在县里呢。他在头脑里仔仔细细地又想了一遍，最后，他终于明白了，所有问题就发生在"拾遗捡漏，有序开采"这个节骨点上。这时，他突然想起娘今天为什么要和他说在农业地里受苦的事情，为什么要和他说锄草。娘说"除草得挖根哩。不挖根，光锄枝叶，不顶事啊！"原来娘是在以草喻理、点拨自己哩！常秋生想，问题的症结已经找到，应当尽快向县里反映，终止这种污染人类生存环境的行为。但是，要想让县领导改变决定，必须找到一些具有说服力的事实依据，否则，只有高调的论点，没有确凿的论据，是难以令领导信服的。那么怎样才能找到说服领导的事实依据呢？他觉得只有亲自去调查，去寻找。

常秋生一旦做出一个经过深思熟虑的决定之后，他就会雷厉风行地行动。

第二十一章

吃过早餐，乔志军就拿了两只水壶到了宾馆的茶炉房，他打开热水管，水管里的水流出来，发出"噗噗噗"的响声，他知道这是水开了的声音，如果是水没有开，那声音一定是"欻欻欻"的声音，水不开，人喝上，对身体是没有好处的，据老人们讲，人喝上不开的水，身上还会生虱子哩，他倒没有什么，但是他得对常老师负责啊！他看见今天的水开得很好，就拧开水壶，接满了两壶水。他擦了擦水壶外面溅出来的水珠，心想，这就是他和常老师今天一天解渴的唯一水源了。

乔志军接好了热水，就回到了宿舍，又去准备干粮。他和常老师每天中午的干粮是每人两个馒头和一袋榨菜。他准备好了两个人的干粮，就又去收拾背包。

常秋生见乔志军收拾他们两个人出行的东西，就对乔志军说："你不要准备了。"

乔志军抬起头，一脸的茫然，问："为什么？"

常秋生对乔志军说："近来我家里有些事情呢，咱们向西勘查的活动就暂停一段时间吧。"

乔志军说："常老师，您家里有什么事情，我去帮忙吧。"

常秋生说："这个就不必了。"

乔志军说："常老师，您不要多心。我什么都能做。"

常秋生说："我家里的忙你真的帮不上。"

乔志军问："常老师，那您就吩咐吧，我该干些什么？"

常秋生说："这一段时间，你哪里也不要去，就在咱的办公室里待着，有空多看一些业务书籍。室内烦闷了，就到宾馆的后院里散散步。这期间，你也可以回同城和父母亲聚一聚。我平时忙，不常在这里，你啥时候想走，也不必和我请假，只在办公桌上放一纸留言条就可以了。"

"哎。"乔志军应了一声。

安顿好乔志军，常秋生口袋里装了一个笔记本，拿了一支笔就出发了。

常秋生来到了茹越湖。

这片湖水，常秋生是熟悉的。读高中时，每个周末周初，他和香草从沙涧镇坐班车到县城的霍人中学，都要路过茹越湖的北岸。每当班车缓缓驶在茹越湖北岸边的公路上时，他的目光就会投在风光秀美的茹越湖上。茹越湖的周围长满了一人多高的芦苇，郁郁葱葱的芦苇在微风的吹拂下，摆动着轻柔的腰肢，向车上的人们送来缕缕清香。湖面湛蓝湛蓝，就像一面硕大的光亮的镜面。湖面上有一群水鸭子在自由自在地游动，有几只洁白的影子也星星点点地落在湖面上，那是高贵的白天鹅的身姿。远处的湖面上有两三叶轻舟，划来划去，船上的渔翁是在忙着撒网捕鱼吧。这些不是江南胜似江南的美丽画面，现在已经成为过往的历史。

常秋生站在茹越湖的北岸上。如今的茹越湖与昔日的茹越湖迥然不同。湖的周围还长着芦苇，但却是稀稀落落的，只有半人来高，人能看见芦苇下面的地皮，芦苇的身上枯枝败叶，像要与人诉说自己的一肚子委屈。湖里就像是一泓浊汤，湖面上不见了水鸭子，不见了白天鹅，也不见了打渔船，听说茹越湖里的水早就养不活鱼了。

这几天，常秋生在湖岸边走访了几户人家。他了解了茹越湖的面积和深度，计算出了湖水的体积，他了解了茹越湖的受益范围，了解了茹越湖里的水是什么时候发生变化的，了解了芦苇是什么时候变成这个样子的？鱼儿是什么时候断养的？白天鹅是什么时候不到这里栖息的？他都将访问时间、地点，以及访问对象、访问结果详详细细地一一记在笔记本子上。

了解了茹越湖的情况，常秋生又来到了大湾村。村外那万亩良田虽说已经种上了玉米，但这里曾经的一望无际的金黄色稻浪在他的印象中还是很深的。他不但在家里至学校来来回回的路上无数次地欣赏过美丽的稻浪画面，而且他还吃过不少大湾村的大米呢。他清楚地记得小时候，因爹是霍人县有名的看茔地先生，大湾村一带的人们也不时有人请爹来看茔地。看完了茔地，回家的时候，爹总要带回去一些大湾村的大米。娘隔几天就要为全家每人蒸一碗大米来解馋。揭开锅盖，热气腾腾的碗里，米粒就像小小的珍珠，晶莹如玉，一粒一粒似粘而不粘，一层层有秩序地站立着，饭未入口，米香已先扑鼻而来，让人馋涎欲滴。等到米粒入口，那会又是一种奇妙的感受：嚼有筋道却不粘牙，香味醇厚略有微甜，反复咀嚼，不忍下咽，咽下之后，仍口有余香。他在读大学和研究生时，几乎每天要吃一顿东北大米，但却怎么也找不回来小时候吃米的那种香甜的感觉了。

进了村，常秋生在十字路口与几个在那里闲坐的农民拉起了家常。他问了村里稻田的面积，问了稻田的亩产量，问了玉米的亩产量，又问了村里农民们种稻田与种玉米前后收入的差别，还问了近几年村民们的身体壮况。他掏出笔记本，将所有情况都记在了本子上。

说话之间，又来了许多村民，人们误以为常秋生是县里的下乡干部，要为他们解决水污染的问题，就将他围在中间，倾吐着肚子里的苦水。人们说，自从六郎村发现了黄金，少数人发了财，多数人受了害。这一段河道都被污染了，不但庄稼受到了影响，人的身体也大不如前，肝病、肾病、癌症、尿毒症等病症时有发生，比过去增加了几十倍，甚至几百倍。特别是近来村里的小媳妇们尽生怪胎。左二的儿媳妇只怀了八个月的胎感觉就要生了，家人们绑了担架，急忙将她异到沙涧镇医院，人还没上产床，孩子就掉了出来。家人们拿着花布围过来一看，孩子的额头扁扁的，比猩猩的额头还窄还短。医生说，这是个无脑儿，别包了。左二的儿媳妇刚生完，赵占军的媳妇就也要生了。赵占军的妈是村里有名的接产婆，她这双手为村里接生过的孩子有几十个，没发生过一次差错，她说我的儿媳妇当然我要亲自来接生了。接生前，她特意用指甲剪修了指甲，剪得秃秃的，磨得光光的，生怕划伤了孩子娇嫩的肌肤。接生时，她格外地专注，格外地用心。一个肉团用她的双手轻轻托举出来，娃娃的脑袋上无眼无耳又无鼻，只有一张嘴一张一合地在出气，她一看，吓得晕了过去。冀海婵结婚一年，也生了一个怪胎。一个娃娃，两个脑袋，一个眉眼朝前，一个眉眼向后，颧骨上长出一排牙齿，吓煞人了。

常秋生将人们反映的情况都一一记在了笔记本子上。

临出村，一个年近三十岁的男人撵上他来，对常秋生神秘地说："我再对你说一件事。"

常秋生说："你说。"

那人低声说："有个新媳妇刚过门，男人要上身，媳妇的腿肚子就打颤，下身就痉挛，生怕阴阳交接了，怀了娃儿，也是一个怪物。男人行不了房，就像狼一样'嗷嗷嗷'直嚎。"

常秋生问："你咋就知道得这么详细？"

那人的脸一下子就红了。

半个月来，常秋生从茹越湖溯流而上，连着调查了四五个村庄，一直追本溯源回到了六郎村。有关女人们生产的奇闻怪事一个接着一个地从人们的嘴里向他传递着：小坨村的一个女人生了个娃娃，无臂无腿，还没有屁眼。淤地村的一个女人生了个娃娃，屁股上长着一根直挺挺的半尺长的猪尾巴。沙涧镇村的一个女人生了个娃娃，舌头耷拉在嘴外，怎么也闭不上嘴唇。更为奇诡的是，下河湾村的女人生了一个足球大的肉球。婆婆用菜刀切开，里面竟是一包黏黏稠稠的黄汤，其臭无比，臭不可闻。臭味飘散开来，罩在村子上空，数日不散，村民们食不能咽，渴不能饮，恶心得直想呕吐，人人圪蹴在地上，翻肠倒肚，直想连肠带肚都吐出来。

常秋生听到人们叙述这些事情的时候，瘆得他不由得身上起了一层鸡皮疙瘩，喉咙里恶心得直想呕吐。尽管如此，他还是耐着性子，将村名、姓名等详细情况都原原本本地记了下来。这时候，他的笔记本已密密麻麻地记了半本。

整个六郎河、漳沱河的污染源就出在六郎村，罪魁祸首就是汞和氰化钠。常秋生想查清楚六郎村到底有多少电碾子和氰化罐？一个电碾子每天使用多少汞？每天的汞膏能回收多少汞？流走的污水又能带走多少汞？一个氰化罐到底使用多少氰化钠？

六郎村的电碾子和氰化罐，大部分是外地人租赁六郎村民的地方开办的，只有少数的几家是本村村民和外地人合办或独办的。

头两天，常秋生先走访了设在村外的几个安装电碾子和氰化罐的人家，他想问一问他想了解的情况。受访的人家躲躲闪闪、支支吾吾不想回答他提出的问题。他发现按照原来制定的问题来调查根本是不可能继续下去了。再说电碾子有大有小，碾矿的速度有快有慢，汞的流失有多有少，氰化罐也同样存在着类似的问题。他决定缩小调查范围，将问题定在电碾子和氰化罐到底有多少的数量上。

六郎村的街道小巷，常秋生太熟悉了。小时候，他与小伙伴们玩捉迷藏，将河东河西的街巷几乎跑了个遍。那时候，他可以说闭着眼睛就能走到某一个地方。谁家的窑洞面朝什么方向，谁家的墙头是高耸的，谁家的墙头有一个豁儿，他都了如指掌。儿时的时光，就像流水一样逝去了。近两年，人们都盖了新房，但绝大部分是在自家的院子里修建的，虽然现在他闭着眼睛走不到某一个地方了，但是，那个地方是什么方向？在什么位置？他还有印象，还能说得上来。他先从河西挨街逐巷地调查，头两天还算顺利。

过了几天，常秋生走到一个巷口时，迎面就撞上了喝得醉醺醺的李又白。李又白的身子摇摇摆摆的，嘴里含混不清地唱念着几句诗句：

> 山中虎方凶，
> 林旦狼徘徊；
> 弯弓搭箭者，
> 前险后亦危。

李又白唱完了，与他擦肩而过。过了一会儿，就又摇摇晃晃地出现在他的眼前。他想，在现代化的社会中，这个世界显得太小了，怪不得人们将地球称为"地球村"呢，出了远门，说不定在哪里就会碰上一个老乡，况且，在一个小小的六郎村，时不时地多次遇上一个熟人，那就更是不足为奇了。

常秋生一边想，一边前行，他偶然转弯时，发现自己的身后不远不近地有两个陌生人尾随着他，神情鬼鬼祟祟的。他走，那两个陌生人也走；他停，那两个陌生人也停。他试图甩掉这两个陌生人，可是，这两个陌生人就像鬼魅附在他的身上一样，怎么也甩不掉。

前面不时有李又白的身影在眼前晃动闪现，后面有两个陌生人如影随形，他必须尽快摆脱工作中的这些羁绊。他突然灵机一动，进了会计刘崇寿的院子。他记得刘崇寿的旧窑洞旁有一处通往另一个街道的豁口。他进了院子，回头一看，那两个陌生人站在刘崇寿的大门口向院子里窥探着不动了。他在院子里绕了一个圈子，就跨过刘崇寿家的那个墙豁口，到了另一条街上。

第二天，先前的情形又出现了：李又白的身影又在他的眼前闪现晃动起来，那两个陌生人也在他的身后形影不离地粘着他。常秋生故伎重演，又甩掉了这几个人几次。

跟踪——甩掉！再跟踪——再甩掉！常秋生不由得想起了自己曾经看过的几部反特电影来。当年。做地下工作的共产党员在白区工作，乔装着教师、商人往来于敌人的眼皮底下，说不定什么时候就被敌人盯上了。敌人要盯着他，看他究竟要干什么？与谁去联络？最终，通过他挖出一条更大的大鱼来。做地下工作的共产党员则往往比敌人要更加机智勇敢，略施小计就轻而易举地将敌人甩掉了。这样的故事毕竟是发生在解放前充满白色恐怖的敌占区，可是，与那时候极其相似的事情却发生在今天，他实在是有些想不通。

跟踪的次数多了，常秋生就渐渐麻木了。这些人也不就是在他的身前身后转来转去想看看他要干什么吗？那就让他们看一看吧。再说自己做的是一件光明正大的事情，没有做见不得人的勾当，怕什么呢？这样想来，他的思想就放开了。他们跟踪他们的，他照常干他的。他调查了河西，又调查河东。他将调查到的数据都记在了笔记本子上。

常秋生掌握了电碾、氰化罐的确切数字之后，就从家里找了一个装过葡萄糖液体的玻璃瓶子，从六郎河里灌了一瓶水，又用塑料纸从六郎河畔上包了一抔泥土，他想将这些水和泥土化验一下，看看到底这些水和土里含着多少汞与氰化钠？他想找到一个最能令人信服、最有说服力的准确数据。

到哪里去化验这些水和土呢？而且又必须是一个权威部门。他首先想到了母校，但他觉得母校距离霍人太远，马上就否定了。他又想到了省地矿局长杨茂森，可是，杨茂森局长给他办的事太多了，给香璧找上了工作，给他也找上了工作，除非万不得已，他是不想轻易地再去麻烦杨茂森局长了。想来想去，突然，他想起了邹老师的同学柴鸿儒研究员。那次柴鸿儒研究员在沙涧镇车站与他临别，曾经给他留过一个纸条，上面写着他的单位地址和家庭住址，并且吩咐过他，让他有事就到北京去找他。

常秋生回了窑院，打开放在南窑的旅行箱，在一个小夹子里找到了柴鸿儒研究员留给他的纸条。

坐了一夜火车，人们在清早忙着清洁街道的时候，常秋生从北京永定门车站下了车。他依照柴鸿儒研究员留给他的地址，坐着公交车一路找去，倒了好几趟公交车，中间又步行了好长时间，因为是第一次到这个地方，走了许多冤枉路。在下午快要下班的时候，他终于找到了中国科学院历史研究所，并顺利见到了柴鸿儒研究员。

柴鸿儒研究员看到秋生非常高兴，非常热情。他说："其实这个地方很好找的。都怪我当时没有给你留个电话。如果给你留下了电话，你下了火车，给我打个电话，我告诉你坐几路车？怎么走？你赶中午就过来了。"又问秋生："你吃饭了没有？"

常秋生老老实实地说："还没呢。"

柴鸿儒研究员说："走，咱们回家吃饭去！"

常秋生跟在柴鸿儒研究员后面，出了历史研究所大门，转过两条小巷，不一会儿就来到了一栋老式五层红砖楼前。柴鸿儒研究员打开一单元一层的一个房门，将常秋生让进了家门。

进了家，常秋生放下给柴鸿儒研究员带来的黄芪和藿香茶，想说说来北京的目的。

柴鸿儒研究员说："你先在客厅的沙发上坐着，现在什么也不要说。我先给你去煮挂面。等你吃了饭，咱们有的是说话的时间。"说着给秋生倒了一杯水，就到厨房里做饭去了。

在柴鸿儒研究员忙着做饭的中间，常秋生扫视了一下柴鸿儒研究员的客厅，墙上挂着郑板桥、康有为等几位名人的字画，茶几上、沙发扶手上，甚至地上，凡是能放东西的地方都摆满了一摞一摞的书籍，心想，做学问的人，所好无他，除了书，剩下的就是书了。

一会儿，挂面就煮好了，浇汤也是现成的，柴鸿儒研究员又从冰箱里取出一块散装午餐肉，切了一盘，让秋生赶快吃饭。

常秋生确实是饿了，不觉就将两碗挂面、半盘午餐肉装进了肚了。柴鸿儒研究员也喝了一碗挂面，吃了几块午餐肉。

吃过了饭，柴鸿儒研究员将碗筷收拾到厨房里，洗涮了，这才回到客厅，坐到沙发上，看着秋生说："有什么话，现在你就好好说吧。"

常秋生就将柴鸿儒研究员走后六郎村发生的一切，从头至尾向柴鸿儒研究员叙述了一遍，说到他调查环境污染时，说得特别详细。

常秋生说话的时候，柴鸿儒研究员一言不发，一直全神贯注地听着。

常秋生说完了，就从提包里取出那一包泥土和一瓶水来，他说："我想请您在北京找一个单位化验一下这些东西。看看这些土和水里到底含着多少汞与氰化钠？不知您方便不方便？"

柴鸿儒研究员说："这个好说。我想办法托人找一个高校的化验室，去化验就是了。不过，要出结果，恐怕还得一段时间。这个事情我明天就去办，你先在北京住上几天，到故宫、颐和园、天坛、八达岭等地方好好转一转，然后再回去。至于化验结果，等出来以后，我给你寄去就是了。"

常秋生说："如果化验结果一下出不来，我明天一早就回去了。家里还有好多事情呢。至于转嘛，以后有的是机会。"说着就站起来，要出去找旅馆去登记住宿。

柴鸿儒研究员说："你今天晚上就住在我家里。我老伴这几天到儿子家里看孙子去了，家里就我一个人，有你的睡处。再说我有许多话，还没对你说呢。"

常秋生听说柴鸿儒研究员有许多话要对他说，也就不再客气，留了下来。

夜里，柴鸿儒研究员为了与秋生说话方便，让秋生与他同榻休息在一张宽大的双人床上，推心置腹地与秋生"卧谈"着。

柴鸿儒研究员对秋生说："你现在正处在一种危险的境地，你知道吗？"

常秋生说："不知道。"

柴鸿儒研究员说："你的行为将要损伤一些人的既得利益。这些人会想尽一切办法阻止你的行为。"

常秋生认真地听着。

柴鸿儒研究员说："你的行为，纯粹是引火烧身。你寻你的黄金，他们挖他们的黄金，这种烧身本来是可以避免发生的。"

常秋生说："我将要损伤他们的利益？可是，他们损伤了人民的利益。"

柴鸿儒研究员说："这就对了。问题的症结就在这里。以你的个性，在是是非非面前，你懂得自己应该站在哪一方面，你是不会坐视不管的。你知道，我和你是一个立场上的人。"

常秋生说："我非常感谢您！"

柴鸿儒研究员说："这你就客气了。"

常秋生说："眼下的一些人都在向钱看，将钱看得比什么都重要，办事没有道德底线，只有金钱标准。"

柴鸿儒研究员说："翻开史书，其实历史上这样的例子也不鲜见。西晋的鲁褒写过一篇《钱神论》，第一次将钱叫作'孔方兄'。他说只要有了'孔方兄'，就可以'无翼而飞，无足而走'。'无德而尊，无势而热，排金门，入紫闼。危可使安，死可使活，贵可使贱，生可使杀。是故纷争非钱不胜，幽滞非钱不拔，怨仇非钱不解，令问非钱不发。''钱多者处前，钱少者处后；处前者为君长，在后者为臣仆。'由此可见当时的社会风气是一种什么样子。"

常秋生说："我心目中金钱的样子不是这样的。"

柴鸿儒研究员说："唐代文学家张说写过一篇《钱本草》，这篇文章对金钱的定位是最好的。他说的'本草'，就是药材。他将钱作为一株特殊的草药来论述其药性药理。他说'钱'这株特殊的草药'味甘，大热，有毒'，细细想来，真是比喻的再好不能了。所谓'味甘'，是指钱是人人需要、人人喜欢的东西；所谓'大热'，是指钱有偏激的一面；所谓'有毒'，是指钱太多了，其副作用就来了。"说着，他就给秋生背起了《钱本草》的原文：

> 钱，味甘，大热，有毒。偏能驻颜，采泽流润，善疗饥，解困厄之患立验。能利邦国，亏贤达，畏清廉。贪者服之，以均平为良；如不均平，则冷热相激，令人霍乱。其药采无时，采之非礼则伤神。此既流行，能召神灵，通鬼气。如积而不散，则有水火盗贼之灾生；如散而不积，则有饥寒困厄之患至。一积一散谓之道，不以为珍谓之德，取与合宜谓之义，无求非分谓之礼，博施济众谓之仁，出不失期谓之信，人不妨己谓之智。以此七术精炼，方可久而服之，令人长寿。若服之非理，则弱志伤神，切须忌之。

柴鸿儒研究员一口气将张说的《钱本草》十分流畅地背了下来，吐字清晰，抑扬顿挫，朗朗上口。

常秋生听了，感叹说："这真是一篇惊世名言！"

柴鸿儒研究员说："是啊！可惜人们只注重了钱的'味甘'，而忽视了钱的'有毒'，最终不但不能治病，反而还会落得一个可悲的下场。"

常秋生说："这正是我所担心的，长此以往，那该怎么办呢？"

柴鸿儒研究员说："一种社会风气，往往是经过引导而产生的。我觉得当下的社会风气，是一种典型的拜金主义风气，这不过是历史发展到一定阶段的一个过渡时期的短暂现象。我相信这种一切向钱看的风气不会长久下去。"说着，他看了一下墙上的挂钟，时针已经指向了凌晨四点，就说"睡一会儿吧，你明天还要乘车行路呢"。

次日一早，常秋生起来，将自己在沙涧镇宾馆的通信地址写在一张纸上，交给柴鸿儒研究员，就上了车站，坐上了返程的列车。

第二十二章

过了春节，日子就像走马灯似的，很快就临近了元宵节。

自古以来，六郎村的元宵节就办得十分红火热闹、别具特色，在藿人县是人人夸赞、首屈一指的。

富裕起来的六郎村，这几年又恢复了旧日的习俗。

这年的元宵节闹红火则比往年更加热闹。在村里红白事筵上当知客的常宏禄，担任元宵节的会头也已经多年。他领着会里的几个办事人员，一过正月初五就开始了集资活动。

他们先到了省金矿，敲响了翟树荣矿长办公室的门。办公室干事闵香璧听到敲门声，跑出来，见是本村的几个人，便告诉他们矿长下基层去了。于是，常宏禄几个人就一个车间一个车间、一个矿井一个矿井地找。找来找去，最后终于在一号脉井口找到了翟树荣矿长。他们先给翟矿长拜了个年，又说明了来意。翟树荣矿长很痛快，当场表态：六郎村的群众文艺活动，一定要大力支持！答应赞助五万元。

从省金矿出来，常宏禄几个人顺路就进了矿产品开发公司。常冬生将一行人让进总经理办公室，又是敬烟，又是捧茶。

常宏禄是常冬生还没出五服的本家叔叔，就以长辈的口气说："冬生啊！你是藿人县的首富，在地区和省里也是挂上号的人物。今年的元宵节，你得多出几个钱哩！"

常冬生问："省金矿出了多少钱？"

常宏禄说："五万元。"

常冬生说："我不能超过省金矿。超过省金矿，人们会说我狂妄自大欺人哩！他们出五万，我本想比他们低一些，出上个四万。可是这'四'字，不是一个吉祥数字，我就只好出上三万了。叔，您看行不？"

常宏禄说："你出三万，已经出乎我们的预想了。"

一行人从矿产品开发公司出来，又一家一家地绕着向各个金矿主集资。金矿主们有出五千的，有出三千的，也有出一千两千的。

向金矿主集过了，又挨着一家一家地向饭店、商店等各个服务行业集资。服务行业赞助的数额不大，除了有两家分别赞助了两千块钱以外，其余都在一千元以内，最少的还有一百二百的。

集了四五天资，常宏禄和会里的几个人搂了搂总数，竟集下三十多万元。

那几年过元宵节，会里总要向村民们一家一户地进行集资。今年集下这么多钱，估计好好地办一个元宵节也富足有余了。常宏禄和几个人一商量，村民们的集资就免了。

有了充足的资金，常宏禄就拿出了一个元宵节文艺活动的总体方案，又分门别类分解到几个办事人员身上，接着就分头行动，组织有关人员积极准备去了。

这几天，六郎村男男女女、大大小小的文艺爱好者，集中在戏场院，排练着各种文艺节目。戏场院里充满了一片敲锣打鼓和欢歌笑语声。

经过几天紧张的排练，各种文艺节目就准备就绪了。

正月十四上午先举行起龙仪式。

上午九时许，随着三声铁炮的震响，浩浩荡荡的文艺队伍从戏场院出来，穿街过巷，向村中间的六郎河进发，一路上锣鼓喧天，唢呐高奏，鞭炮齐鸣。

走在最前面的是仪仗队，三十六个赳赳青年，黄衣黄裤，黄绸包头，手中擎着丈八高彩旗，排着四路纵队，迈着矫健的步伐，挺胸前进。

接着的是骑在白龙马上的堂堂"灯州府正印"灯官。由羊倌梁满斗装扮的灯官，被化装成小丑模样：白色方块涂在脸中间，黑色三角画在眼睛周围，赤红的嘴巴上戴着三绺小胡子，头戴一顶圆翅纱帽，身穿一件齐膝红袍，前胸后背各有一个白色圈圈，圈圈里写着"糊""涂"二字，斜挎着"玉带"，脚蹬着破靴。灯官的前面有地保鸣锣开道，后面有书吏随从持杖跟随，左右有马弁护卫拉马拽镫，两个衙皂扛着"肃静""廻避"牌子吆五喝六。

灯官之后，紧跟着龙灯。这时候的龙头、龙身、龙尾还没有组合到一块儿。十二个小伙子身穿蓝色武士服，举着龙拐子，偃旗息鼓地跟进。接着是秧歌队、高跷队、大头娃娃队，其后是跑旱船队、推小轿车队、骑毛驴队、挠阁队，再接着是狮子舞、渔翁戏海蚌、哑老背妻、二鬼跌跤、斗狗熊、王八斗水，最后是一哇官。

在六郎河畔的滩涂上，早已备好香案供品，河边东南方竖起两面幡幢大旗，上面分别绣着由李又白书写的"出龙宫行细雨五谷丰登""入海藏收云雾四季平安"二十个大字。

人马安顿在香案前列队等候。舞龙者在幢下将龙头、龙身、龙尾绾合到一块儿。会头常宏禄用镜子借着阳光在龙头上晃来晃去，给蛟龙开了眼。舞龙者将龙嘴吻在冰面上，让其饮水，使之苏醒。

接着，起龙仪式开始，灯官下马，来到香案前。此时，供桌两边除原有执事人员外，前来助兴剧团还派出两名演员，扮成秦琼、尉迟恭，顶盔贯甲，怀抱铜、鞭，守护在灯官左右。常宏禄高喊一声"开始"，灯官面向东南，毕恭毕敬地拈香点纸，拜过天神、拜过地祇、拜过龙王后，接下来应当宣读祭文，但由于梁满斗斗大的字不识一口袋，所以，常宏禄只好代读。

两个执事人员，抻开一张四尺整张的宣纸，常宏禄走到宣纸前面站定，看着宣纸上的祭文，朗声读道：

> 维癸酉年正月十四日上元吉时，六郎村村民委本届会头常宏禄牵头，由草民常宏禄代灯官梁满斗沐浴斋戒而祷曰：上天有好生之德，大地有化育之灵，我佛有慈悲之本，吾辈有向善之心。而今时逢盛世，得遇明君，河清海晏，安享太平。日月昭昭，垂顾赤子之情怀；蛟龙腾空，爱惜子民之诚敬。佑我风调雨顺，佑我五谷丰登，佑我四季平安，佑我百业兴隆。我等竭诚顶礼，感恩戴德，不忘河水之润泽，不忘龙王之眷顾。
>
> 尚飨！

常宏禄读罢祭文，从两位执事人员手中接过宣纸，付之一炬。

随之，"咚咚咚"三声炮响，鼓乐齐鸣，舞龙者将龙灯舞动起来，左右盘旋，上下翻腾。这条蛟龙遂即有了生命，有了灵气。

起龙仪式结束。各种玩意儿在河滩上为龙王表演一番，然后鱼贯而行到石龙岗前的龙王庙前再表演一番，方才回村散去。

下午，灯官在衙役们的簇拥下，沿街巡游，检查各商户是否挂上灯笼，是否搭好旺火。其间，免不了插科打诨、调侃斗智，发生一些趣事儿。

灯官来到供销社分销店隔壁的一个饭店门前，要讨酒喝。老板让服务员搬出一张八仙方桌和一把古式交椅，然后，亲自打开一瓶霍人高粱白，"咕咕咕"向一只海碗里倒了半瓶，又端出一盘油炸花生米、一盘凉拌驴肉，敬献到灯官老爷面前。灯官喝一口酒，就一颗花生米和一片驴肉，不一会儿便喝得酩酊大醉，躺在了饭店门前。灯官吐出许多秽物，这时一条黑狗恰好路过这里，将灯官吐下的秽物舔了个干干净净。立时，这条黑狗也醉倒在灯官身旁。事后，那条黑狗，不怕人骂，不怕人打，可一见人呕吐，就没命地逃走了。

这天下午，还要请瘟神。常宏禄带领办事人员，亲自来到石龙岗前的龙王庙里，由庙院黄道人打开龙王塑像座下之帘幔，将冷落了一年的瘟神请出来。

用生铁浇铸而成的瘟神像，身高二尺许，金装面皮，慈眉善目，面带微笑，脑瓜正中有第三只眼。办事人员掸去其身上灰尘，给其披上红袍，戴上凤帽，几个人抬着，鼓乐在前，直至村东南的打谷场正面，安放在搭好的面南彩棚里，然后燃烛摆供，烧香叩头，祈求其享受人间烟火后，别妄生降灾念头。

明朝天启六年，六郎村流行霍乱。染疫者痉挛抽搐，口吐黄水，数时即死。不到半年时间，村里就死了一百多人。疫情蔓延时家家大门紧闭，街无货摊，路断行人。当时，木匠铺棺材供不应求，买不到棺材者，只好以箱柜代之，后来更有用大盆装尸而掩埋者，情景十分凄惨。疫后，村里的人们为了不再让瘟疫在这里作乱，就铸造了瘟神像，于元宵节期间供奉起来，请瘟神共度元宵，共赏花灯，共观烟火。

正月十五晚上点老杆，是六郎村的烟花艺术展示，也是整个元宵节中最红火热闹的夜晚。

点老杆，在村东南的打谷场里进行。

老杆杆长五丈六尺许，安装烟花的部分长三丈六尺五寸；分四大节，十二中节，二十四小节，分别代表着一年四季，十二个月，二十四节气；为了尊敬天地，人们又在四大节上下各加一节，即天节、地节。每一大节绑一横杆，长约二丈，两端装有"软包"，包内分别藏着对联、纱灯、九莲灯、猴子撒尿、鸭子下蛋、狮子滚绣球等传统烟花技巧。老杆正中，第一大节上方安装着"老爷大开门"，第四大节上方安装着"月圆月蚀"，杆的顶端安一圆盘，上边装有"二龙戏珠""天女散花"，最上边插一面迎风招展的大红旗。十二中节的每一节，长一丈，都装有大炮、金蛋、起火各三十枚，代表着每月日日见响；二十四小节，长约四尺，都装有二踢脚、灯花炮、转子莲各二十四枚，代表着二十四节气，节节顺利；今年为了延长燃放时间，就将二十四节加成四十八节，凡是增加之节，都挂满三百六十响鞭炮，表示一年兴旺发达。

十五日下午，会头常宏禄监督烟花匠，将各种烟花按次序、数量绑在老杆各节上，连接好引线。一切停当后，他召集所有办事人员和爱好者，喊着"一、二、三"声音能传出十里之外的号子，拽绳子的，顶木橛的，各自不急不慌，听从指挥，协调动作，绳子不能拽歪了，木橛也不能顶偏了。在号子声中，大家先将老杆下部送进煨火消融冻土后挖好的坑里，用百十根长橛顶着，用四条长绳拽着。老杆在摇摇晃晃中蠕动，直到完全竖立起来，参与起老杆的人们才松了一口气儿。待固定好四条绳索之后，早就等在这里的唢呐手，吹响了得胜曲。随之，人们也欢声雷动。最后，早有准备的挠阁队，绕老杆转圈儿再表演一番，以示庆贺立杆成功。

晚上，村里的街头，灯更亮，火更旺，人更多。耍玩意儿的使出十二分力气，尽情展示其风采。

高跷队的人物十分滑稽，有福、禄、喜、寿，有刘、关、张，有孙悟空、猪八戒，有铁拐李、何仙姑，有许仙、白蛇，还有张生、莺莺，他们插科打诨，尽展才艺。其中有几位边走边蹬着高跷翻跟斗、劈叉和倒立，引来围观者的阵阵喝彩。

跑旱船紧跟在高跷队的后面。在悠扬的唢呐声中，诙谐的渔翁，头戴斗笠，身披蓑衣，手持船桨，表演着解缆、推船、撑船、上船、开船各个环节不同的舞蹈动作，口中念念有词："老汉我今年六十八，家有三枝漂亮花，渡河今去六郎村，想给女儿找婆家。伙计们！咱顺着六郎河直到六郎村，一为观灯，二为给孩子们找如意郎君。闲话少说，走喽！"另两位扮作渔夫的高声作答："好嘞！孩子们，上船。走啊！"花团锦簇的乘船姑娘们，随着唢呐的旋律，跟着艄公的节拍，高低起伏，缓缓地、稳稳地乘船起航。从起航、跑8字，到停船靠岸、抛锚缆船，她们的表演俯仰起伏，配合默契，给人一种静中有动、动中有静、仿佛置身江面的感觉。

参加挠阁的人数在逐年增加。今年，挠阁出动了二十多副架子。打扮得花骨朵似的少男少女，在欢快的唢呐声中，随着下边挠阁者的扭动而翩翩起舞。淘气天真的愣小子在空中翻着筋斗，嬉戏着身边的小女孩儿，而一群小女孩儿则舞动着手里的彩绸追赶愣小子，尽显稚气和天真。

一哇官是一种利用杠杆原理取乐的玩意儿。人们在车轴上绑一根长杆子，杆端坐一人，打扮成官吏模样，后边六七个壮汉打扮成衙役模样。衙役们一齐压杆子，将长杆跷起来，用力越大，跷得越高，坐在杆端的官吏被跷在了空中，衙役们一松劲官吏就落到地上，每跷一次，叫"哇"一下，起落速度很快，十分惊险。一哇官除起龙那天循规蹈矩参神拜庙外，以后就到处"哇"着向路人要钱。一哇官自立一套规定，"哇"一下，叫"大吉大利"；"哇"两下，叫"升官发财"；"哇"三下，叫"加官晋爵"，以此类推，根据"哇"的次数，分别有：四季发财、五福临门、六六大顺、七星高照、八仙庆寿、九九归元、十全十美。"哇"的次数越多，要的钱就越多。他们言出如山，不容商量，真要有不给面子的，他们可以停在那家门口不走，直接影响那家的生意，所以，一哇官一到门口，人们就赶快掏钱免"灾"。

玩意儿转完几个主要街道，便集中到打谷场来，在瘟神祭棚前，一边轮番表演节目，一边等待点老杆。

晚十一点，打谷场的各个角落相继放起"零碎"来。所谓"零碎"，因其比同名烟花个头大、燃放时间长、声音响亮、升空高远、花样繁多、不宜组装而得名。零碎中有能蹿高数百米的大起火，有一炮多弹的大金蛋，有一炮多响的二踢脚，有能盘旋升空的转子莲儿，有能长时间喷吐金花银花的大花筒，有能吐出大量火花而又炸裂的灯花炮，等等。点零碎，是点老杆的前奏。

零点前，在鼓乐声中，会头常宏禄前面引导，办事人员抬着插满烟花的"城楼"，扛着四个小斗、四个大斗，异着两棵枝繁叶茂的金树、银树走进打谷场，将"城楼"安放在烟火架上，架子四角各安一个小斗，再将四个大斗分别放在"城楼"东南西北四个方向，然后将金树、银树固定在老杆两侧。接着，灯官参拜瘟神、祭拜老杆。

一切就绪后，"开始！"随着常宏禄会长一声令下，"呲溜"的一声，一条火蛇从百米之外顺着铁丝蹿向老杆下方的靶心，点燃了靶心上的引火索后，又"呲溜"一声返回原处，这就是最神奇的点火方法——蛇窜儿。

与此同时，两棵金树、银树也被大花筒喷出的火星点燃，满树的金花、银花闪着耀眼的光芒，在烟雾弥漫中缤纷落地。

老杆下的引线迅速攀升，当燃到第一节时，三百六十响爆竹如炒豆般炸裂；金蛋划破夜空，放射出金黄、赤红、翠绿、鲜蓝、橘黄、茄紫等夺目光芒；起火像盘旋飞舞的火龙在夜空中翱翔；二踢脚闷雷似的将弹头踢向高空，一声震耳欲聋的巨响，变成一朵朵白云，飘荡在苍穹；灯花炮喷出串串银丝后骤然炸响；小花筒从高空撒下无数鲜花。突然，第一大节两端"呼"的一声，从火花中垂下一副荧光异彩的对联，上联书："五谷丰登"；下联书："天下太平"。

随着"嘎巴"一声脆响，杆中间那两扇关闭的门打开了。这就是"老爷大开门"。门内一盏明灯熠熠生辉，关云长在灯下夜读春秋的情景，清晰可见。六郎村的人们十分迷信"老爷大开门"，他们认为，只要门户洞开，便预兆今年一定是个好年景。

接着，又一阵烟花爆竹，将夜空装点的五彩缤纷。第二大节烟雾散去，垂下两盏纸糊的纱灯，纱灯上印着"恭喜发财""万事如意"八个鲜红的大字。纱灯光亮四射，在微风中摇曳。

又是一阵夺目的光芒。轰鸣的响声过后，火苗儿窜到第三大节，一阵啼叫，两只顽皮的猴子转着圈儿向下边撒下道道银线，这就是"猴子撒尿"。

第四大节声、光、色过后，凝聚起两朵彩云，彩云中闪现出一对九莲宝灯，朵朵莲花绽放出美丽柔和的祥光，仿佛传说中的三圣母由此而过，浏览人间美景。

接着，老杆中间现出一轮明月，其逼真程度，竟使人产生错觉，人们不由自主地仰望天上之月，不知天上月、杆上月，哪个是真？哪个是假？一会儿，杆上月逐渐光芒收缩，变成半圆，又变成月牙儿，直到全部消失。人们在昏暗中为月亮的命运担忧而揪心，呼喊着："天狗吃月了！赶快救月啊！"

霎时，锣鼓声大作，唢呐声凄婉，人们将能敲击的东西，都敲击着发出了声响。四斗一城被点燃，各种烟花射向长空，声、光、色达到了听觉、视觉的高峰。在人们大声呼救中，那轮月亮又隐隐出现，由月牙儿变成半圆，渐而变成一轮满月，比以前更圆更亮了。人们跳起来，为复活的月亮而欢呼雀跃。

到了第五大节，出现了一对笨拙的鸭子。它们的动作滑稽可乐，一伸脖子，一撅屁股，一颗圆溜溜的鸭蛋便掉落下来，接着，一颗，又一颗地往下掉着。

火苗儿窜到了第六大节，茫茫夜色中，一对五光十色的绣球从高空滴溜溜滚动着徐徐降落，这就是"狮子滚绣球"。

最后，老杆顶端的大圆盘慢慢转动起来，盘中央现出一颗斗大的红球光芒四射，两条金龙环绕着火球翻转腾飞。圆盘越转越快，数不清的金花从高空撒下，数不清的火炮向苍穹射去。至此，烟火艺术达到了极致。

点老杆结束了，人们虽觉脖子酸酸的，但仍陶醉在那万紫千红、美轮美奂的奇异世界之中。正当人们一步一回首依依不舍地离开打谷场时，村子里几个顽皮青年，点燃了背在背上的"背架"，从暗中窜出，火光夹着流弹，向人群射去，给退场的观众又带来一阵惊慌、一阵呼叫、一阵欢笑。

正月十六上午，各种玩意儿上街给省金矿、各金矿主和饭店、商店等服务行业拜年，要钱要物。晚上，各种文艺活动照例转街表演，烟火也照点不误。

点罢最后一晚烟火，元宵节的文艺活动就画上了句号。会长常宏禄带着办事人员，将瘟神塑像用布蒙上，快步抬到石龙岗上的龙王庙里，在看庙黄道人的协助下，仍然安置在龙王塑像的宝座之下。

过了元宵节，金矿开工，机关上班，一切生活又进入正常程序。

自打春节前，常冬生拿着几根黄条，给负不赖书记送去分下的第一份干股后，已经有将近一个月没有到县里看望负不赖书记了。这几天无事，他决定去县里给负不赖书记送几个零花钱去。

常冬生从身上取出钥匙，插入靠着床头左面的一只保险柜的锁孔，拧了一圈，又将密码钮左转转，右转转，接着，又将钥匙拧了一拧，这才打开保险柜，从里面取出十沓崭新的百元面额的人民币，装进一个牛皮纸档案袋，随即关上保险柜，转动钥匙和密码钮，使之恢复了原样。

常冬生拿着档案袋，让司机冯润秀开上车，就进了县城，将车子停在县委楼下。

常冬生拿着档案袋与冯润秀一前一后上了县委三楼，习惯性地推开了负不赖书记的办公室，一步就迈进了屋里。

常冬生看见沙发上坐着纪检委的两位副书记，负书记正和他们说着工作方面的事情。他见办公室有人，进也不是，退也不是，立在那里痴住了。

负不赖书记见冬生的手里拿着一个鼓囊囊的档案袋，明白他的来意，但觉得冬生这时候进来，太不是时候了，心里大为不满，脸色瞬间就变了，嗔怒道："你到这里干什么来了!"

常冬生知道是自己的不是，行为太莽撞了。负书记发火，也是对着下属的权宜之计，不得已而为之。他一时语塞，竟说不出话来。

这时候，冯润秀一脚跨进门内，一脚还留在门外，在门口看到冬生这一瞬间的尴尬情形，灵机一动，急忙说："负书记，沙涧镇政府听说我们来城里办事，让我们顺路给您捎来一包文件。"

救场如救火。冯润秀的一句话，一下将尴尬在那里的气氛化解了。

负不赖书记脸上的怒容立刻烟消云散，顺坡下驴接着冯润秀的话，对冬生说："是文件哪！好吧！你先放下，我慢慢看吧！"

这时，常冬生见有了下台的台阶，急忙跨前两步，将档案袋递给负不赖书记。负不赖书记接住档案袋，拉开办公桌子下面的一只抽屉，就塞了进去。常冬生一句话也没说，转身就急忙出来了。

中午，常冬生用"大哥大"联系负不赖书记到红灯笼全鹿馆吃饭。三楼最里边的一个雅间，常冬生将负不赖书记让到正面坐定。负不赖书记见桌子上的酒菜已经点好，菜有鹿肉、鹿鞭、鹿心、鹿肝、鹿蹄、鹿肚、鹿肠、鹿排骨；酒上了三壶，都是全鹿馆自家泡制的，一壶是白色的鹿茸酒，一壶是淡乳色的鹿鞭酒，另一壶是淡红色的鹿血酒。

冯润秀见负不赖书记坐好了，就向门外不高不低地喊了一声："小姐，请上茶！"

不一会儿，一位身穿半袖红色旗袍的女子，手托着一只青花瓷茶壶，扭动着腰肢进来了。她伸长玉也似的胳膊，向早已摆好的三只茶碗里斟上了热气腾腾的藿香茶水。清香的茶味，立时随着袅袅热气在雅间里飘散开来。

冯润秀先提起那壶淡红色的鹿血酒，为负不赖书记和冬生各斟了一盅。

负不赖书记和常冬生相视而笑，也不说话，端起酒盅，一仰头就全干了。

等两个人喝干了，冯润秀伸手做了个让的姿势，说："负书记，请您用膳吧！"

负不赖书记拿起筷子，夹了一块鹿肉，咀嚼着咽下，又夹了一截鹿鞭细嚼慢品起来。

冯润秀又提起一壶淡乳色的鹿鞭酒，为两个空酒盅斟满："负书记，您尝尝这个。换一个颜色，就是另一种味道。交换着喝，就是图个新鲜。"

常冬生端起酒盅，对负不赖书记说："哥，喝吧。兄弟我的心尽在这个酒中。"

负不赖书记也随之端起酒盅，一口干了。

冯润秀当过三年义务兵，学的又是开车，走过不少路，接触过不少人，是个走南闯北、见过世面的人，他深谙给领导开车的奥秘。他认为，作为一个司机，首先得会开车，开好车。给普通人开车是一种技能，而给领导开车则是一种学问。除了具备过硬的驾驶技术之外，还必须有强烈的服务意识。领导上下车，要提前打开车门并保证领导的脑袋挨不着门框；不管路况如何，也要将车开稳，再急的行程，也要控制好车速，不能给领导心里造成不踏实的感觉；领导的车，就是领导的面子，车容车貌必须保持整洁美观，要像爱惜自己的身体一样保养好领导的车；胸中要时刻有张图，长途不绕路，短途不堵车。其次是脑瓜灵，反应快。作为领导的司机，要时刻保持头脑清醒，反应迅捷，随时准备帮助领导应对意外情况。第三是口如瓶，能保密。作为领导的贴身人员之一，要做到不该问的不问，不该看的不看，不该说的不说，不该传的不传。第四是有眼力，善交际。司机是领导的半个秘书。有社交应酬能力的司机，才是领导喜欢的司机，因此，要学会察言观色，知礼识人，要替领导处理好与周围人的关系。第五要全心全意为领导搞好服务。要时刻牢记自己既是领导的司机，又是领导家里的总管与保姆。给领导家里送粮、送油，诸如此类，都应视为自己应尽的职责和义务。做好了这五条，司机自然而然就有利可图了。比如，陪领导应酬，可常享口福；领导收礼，可得余利；油箱加油，可揩油水；车子维修，可吃回扣；甚至还可能得到领导提拔重用，等等。后来，他还将自己的行为作了一个原则性的规范：领导的意向，就是我的方向；领导的要求，就是我的追求；领导的想法，就是我的做法；领导的表情，就是我的心情；领导的鼓励，就是我的动力；领导的脾气，就是我的福气；领导的嗜好，就是我的爱好；领导的酒量，就是我的胆量；领导的小蜜，就是我的秘密。为了便于记忆，方便操作，他还将几个关键细节编成了顺口溜：领导说话，我鼓掌，带动他人一片响；领导吃饭，我先尝，看看饭菜凉不凉；领导喝酒，我来挡，就是醉了也无妨；领导睡觉，我站岗，被窝搂谁我不讲。

冯润秀见二位领导喝干了，就又提起那壶白色的鹿茸酒，给负不赖书记和冬生的酒盅添满了，然后给自己也倒了一盅，站起来，面向负不赖书记，弯着腰，双手端起酒盅，举过头顶，说："我先给您拜个晚年！祝您开年大吉，工作顺利，身体健康，万事如意！总之，在新的一年里，事业就像鸡鸣一样，不鸣则已，一鸣惊人！这一盅，我敬您。您随意。我先干了。"

负不赖端起酒盅，抿了一口，放下酒盅，说："叫服务员埋单。这顿饭我请客！"

冯润秀听到负不赖书记的吩咐，一转身就下了楼。

不一会儿，冯润秀就从楼下上来了。

负不赖书记说："让你叫服务员埋单嘛。怎么你一个人上来了？"

冯润秀说："负书记，这个不劳您费心，单我已埋了。"

负不赖书记脸上微露嗔色，嘴上埋怨说："说是我埋单，这顿饭我请客，你就是不听话，不给我创造一个请客的机会嘛！"心里却在高兴地想，这真是个头脑活络的好后生！善解人意，处事得当。自己说埋单，实际就是显示自己大方的一个表演，佯作一个讲义气够朋友的姿态，如果遇上一个没脑水的人接招，这么好的饭菜，今天还真得花几千块钱呢。

冯润秀上午在负不赖书记办公室里临场救火那一幕，本来就已经使负不赖书记对他这个年轻人产生了很大的好感，再加上席间滴水不漏的招呼应酬、言谈举止，以及刚才对埋单一事的处理，对他越发看好。他见这个年轻人长得又俊气，又精干，脑袋又机灵，嘴巴又会说话，正符合刘书记要物色司机的标准，就对冯润秀说："地委刘书记的司机年龄大了，脑袋反应有些迟钝，手脚也不灵敏了。刘书记正让我物色一个年轻的好司机呢。我看你就给刘书记开车去吧。"说着又看了冬生一眼，"冬生，你说呢？"

常冬生说："跟上刘书记，总比跟上我出息更大些。可就是润秀娶了个沙涧镇卫生院的小护士，他要去了禾谷，夫妻二人就成了牛郎和织女，分居两地了。"

负不赖书记说："这个好办。润秀给刘书记开了车，让刘书记说个话，将他媳妇调到地区医院工作不就行了嘛！"

常冬生说："要是这样，就完美无缺了。润秀，还不赶紧谢过负书记。"

冯润秀一听说负不赖书记要推荐自己给地委刘书记去开车，心里早就乐开了花，但是脸面上又不敢显露出来，怕冬生说他喜新厌旧、见高弃低、忘恩负义。这时，他听到冬生同意他去给地委刘书记开车并要他"谢过负书记"时，就提起白色的鹿茸酒，给负不赖书记斟满了酒盅，双手端起来，弯着腰，举过头顶，恭恭敬敬地捧到负不赖书记面前，用充满了感激之情的口吻说："负书记，您的知遇之恩，恩同再造。我冯润秀永生不忘，知恩必报！

只要您用到我时，我一定赴汤蹈火，万死不辞！"

负不赖书记说："好！有这个心就好！"说着接过酒盅，一口就干了。

常冬生对冯润秀说："今天回去，你就找翠枝领上你的工资和补助，明天你就赶紧到地委找刘书记报到去吧。"

负不赖书记对冬生说："割爱了，你不嗔恼我吧？"

常冬生说："哥你说的哪里话。我本来就会开车，以后我自己驾车，与润秀给我开车也是一样的。"

负不赖书记说："那就好。"

他们又喝了一阵酒就散了。

分手时，常冬生说："哥，过两天我领你去'好吃好喝'酒店吃泥鳅去。那东西对咱男人们效果特好！保准让你年轻十岁。"

第二十三章

俗话说，过了闰月年，跑马就种田。闹过了红火，六郎村的农民就开始了收拾农具、拾掇人畜肥料、购买籽种等春耕前的准备工作。

天气一转暖，大家就扛着锹、镢，到了地里，打茬的打茬，整地的整地。人们将头一年的茬子刨起来，打掉了土，堆在一处，点火烧化了；将地与地之间踩倒和踹平的土塄，该铲处铲，该填处填，再修整得整整齐齐。

接着，就开始送粪了。六郎村的人们不喜欢使用化肥。在县里号召和推广使用化肥的那几年，他们也曾经使用过化肥，但他们觉得使用化肥，土壤容易板结，不如使用农家肥土壤酥松，而且用那肥料种出来的粮食，虽然产量很高，但吃起来味道却寡寡的，淡淡的，总觉得没有用农家肥种出来的粮食，味道醇正和香甜，于是，他们就拒绝了使用化肥，恢复了农家肥的使用。为此沙涧镇镇政府还挨了县里的批评，村支书郝二林、村主任刘培俊也被镇领导骂了个狗血喷头。但是，批评归批评，骂归骂，如今的土地已经承包到户，土地在老百姓自己手里，上什么肥？下什么种？自己说了算，县、镇、村的各级领导实在也没有什么办法。

农家肥有人粪、鸡粪、驴马粪、猪羊粪，以及头一年打炕换下来的熟炕土。这些人畜粪早已沤制好了，只需翻个个儿，就可以送到地里了。

这几天，小四轮拖拉机和小毛驴车在村街道和田间道路上穿梭着，将农家肥一车一车地送到田地里，均匀地堆成一个一个的小粪堆。只等老天爷下一场春雨，就可以撒开粪耩种了。

可是，老天爷就像与人置气一样，春雨就是迟迟地不下。

往年的这个时候，正是春耕最忙的日子。人们到地里抓一把土，发现是干的；再往下抓一把，看见还是干的，甚至刨开一拃以下的土壤，都不见一点湿土。

去年秋天，雨下的非常少，入了冬，降雪更是少于往年。冬天，天上倒是飘了一次雪花，可是，落地之前就蒸发了，根本谈不上湿润土壤。有细心人掐指算了一下，自那场小雪之后，已经有八十三天，老天爷没有给人间降水了。

冬季干旱，土壤水分不足，春季又气温偏高，土地化冻早，再加上西北风一刮，天地之间，沙尘飞扬，黄漫漫一片，人们成天生活在一个混混沌沌的黄色世界里。

有人发现六郎河里的水突然变小了，过了几天就又断流了。原来常年流淌不息的六郎河，变成了一条干河槽。

井里的水位下降了两米，有的井已经成了枯井。

发生春旱的不止一个六郎村，整个藿人县都处在五十年来从未有过的干旱灾难中。据《藿人县志·灾害卷》记载："民国三十年，春大旱，三个月天未降雨，赤地千里，寸草不生。全县因饥饿而死者三千多人，病羸者无计。"自民国三十年以来，藿人县虽然十年九旱，但还从未出现过如此严重的旱情。

面对旱魃在藿人大地上的无情肆虐，县委书记马志宏、县长高品贵心急如焚，立即召集县四套班子领导研究对策。接着召开了"千名干部抗旱动员大会"，号召广大干部组成工作队，下农村帮助农民抗旱下种，采取"压土保墒、担水点种"等多种措施，向旱魔作斗争，力争使农民的损失在大旱之年减少到最低程度。

抗旱工作队进驻了六郎村。

郝二林对工作队韩队长说："快不要担水点种了，种上也活不了，太旱了！"

韩队长说："刚刚接到县抗旱办公室的紧急电话通知，现在的任务已不是抗旱下种，而是预防森林火灾和解决人畜吃水。不过，这两个问题六郎村并不严重，一是你们村里没有成片树林，二是你们接的是省金矿的深井自来水，人畜吃水并不困难。听说现在已经有好几个村庄，人畜都无水可吃了。"

郝二林说："我们得好好感谢省金矿和矿长翟树荣呢。要不是翟树荣矿长为我们接上了自来水，我们的境况也比那几个村子好不到哪里去。"

火灾，这个幽灵正在藿人大地上到处游荡着。

燥热的空气，大有擦一根火柴就能点着了的迹象。人们抬起头看着没有一丝云彩的天空，焦躁着，煎熬着。气象预报说，近日天气晴朗，旱情仍将持续。

人们对老天爷是绝望了。

这天中午，六郎村被燥热得快要窒息了的人们，突然感到东南方向吹来一股凉丝丝的风，抬头看天，只见一股一股的浓白色云团，犹如万马奔腾，从东南方向向六郎村上空浩浩荡荡，滚滚而来。云团的颜色由白变灰，又由灰变黑。云团越聚越多，越聚越厚，仿佛这块天空快要承受不了这么多云团的重负，沉得就要掉下来。霎时间，整个世界变得昏暗起来，很快就漆黑一片了。

"啪啦！"一声清脆的巨响，就像压在人们头上的一块黑色玻璃，被愤怒的天神一掌击开一样，天上露出了一道蛇形的光亮。紧接着，一条条火蛇就像受了惊一样，在天上窜来窜去，将墨色的天幕划得支离破碎。随之，"轰隆轰隆"的雷声，犹如大炮一样地鸣响着，震耳欲聋，令人感到心悸而恐惧。

终于，有一滴大大的雨点从天上掉到了干土地上。有人清晰地听到了雨点掉在干土上"噗"的声响，甚至闻到了雨点溅起来的土腥味儿。

接着，黄豆大的雨点就密集起来，争先恐后地砸向了大地。不一会儿，就像天神捅破了天河，瓢泼一样的大雨便倾注到了人间。

半个钟头以后，雨住天晴，云散日出，整个世界被雨洗刷得格外清新靓丽。

人们从家里跑出来，喜笑颜开，欢呼雀跃，议论着上天赐予人类的这一场及时雨！

人们听见六郎河的上游传来"轰隆轰隆"的响声，知道这是山洪下来的前兆，就向六郎河的防洪大坝上跑，想看一看今年的第一场山洪。

果然，一会儿，山洪就下来了。

走在前面的水头并不大，黄黄的一股，速度却像蛇行一样，特别快速。眨眼间就流过六郎村，消失在人们的视线之外。

接着，洪水就由小到大，渐渐高涨，夹带着沙石，滚滚滔滔，汹涌而来。

有人看见翻滚的洪水里还有猪，有羊，有椽檩和门窗。人们议论着，不知北山上的哪个山庄窝铺又遭了水灾了。

洪水在继续上涨着，眼看再有半拃就要漫过防洪大坝了。人们惊呼起来，坝里的人家比坝顶要低半米左右，如果洪水涌进坝内，坝体必被冲垮，坝内的人家也就在劫难逃了，那样的水灾，将比旱灾更加不堪设想。

人们正在着急、焦虑、乱哄哄地嚷嚷之中，突然发现洪水就不涨了，而且慢慢地开始下降。人们又议论起来，这可得感谢省金矿的翟树荣矿长哩，要不是他给修筑了这条大坝，六郎村早不知被冲成什么样子了？

由于六郎河北高南低，落差很大，洪水来得也急，退得也快，很快，河床上便显露出了石头。

常宏禄站在大桥边上，问也来观看洪水的圪蛋老汉："圪蛋叔，您今年高寿了？"

圪蛋老汉叉了一下右手的拇指和食指，又伸了一下左手，说："八十五了。"

常宏禄问："您自记事以来，见过这么大的山洪吗？"

圪蛋老汉说："没见过，那时候没有防洪坝，自我记住，最大的洪水也从来没有溢出河岸，进过村庄。"

常宏禄想，一个人应当五岁就能记事了，圪蛋老汉今年八十五岁，由此算来，那么，今年这场洪水，至少也是八十年不遇了。

常宏禄正想着六郎村今年遭受大旱，又突然遭受大洪这两件诡异的事情，耳根里就听得村南石龙岗下有一伙人在嚷嚷什么，他就沿着防洪大坝，快步向那群人走去。

走近了，他拨开人群一看，原来是石龙岗下的一块田地被冲毁了约有半亩大的一片，两米多厚的土层被洪水冲走后，露出一块牛大的石头来。这石头黑油油的，有头有身，似牛非牛，似龟非龟。

人们看着这块奇奇怪怪的石头，正七嘴八舌地议论着。

"从来没有听说过石龙岗下埋着这么个东西。"

"这个东西有头有脸，有鼻子有眼。"

"这分明是天然的，不像是人工雕凿的。"

"说不定这还是个什么文物哩！能值好多钱哩！"

"赶紧埋了吧。这可不是什么吉祥之兆！"

"六郎村发洪水，在石龙岗下冲出了怪兽"的消息不胫而走，很快传到了沙涧镇，传到了县城，人们乘坐着各种车辆，前来看稀奇，车来人往，络绎不绝。看了怪物的人，说什么的都有，但就是谁也说不出个所以然来。

过了三天，村里管理唱戏、闹红火理事会的几个理事找到常宏禄，撺掇说，今年这是咋啦？又是大旱灾，又是大洪水，又是大怪兽的。可不能再小瞧了这些怪现象了。再要有个什么不测，咱六郎村可是经不起这么折腾了。不管是天神、地神，哪路神神，咱都不能惹。咱得好好禳祭禳祭哩！

常宏禄经不住撺掇，就说："是得禳祭禳祭哩！不过，到底咋个禳祭法？这得村里领导说了才算哩！我看咱去村委会找找二林吧。"

几个人相跟着到村委会找到了村支书郝二林，常宏禄将大家的意思给郝二林讲了一遍。

郝二林说："石龙岗下冲出的石头，我也看到了。究竟是个什么怪兽？是个什么来历？我也说不清。至于禳祭的事嘛，我作为一个共产党员，不信迷信，也不能相信迷信。你们理事会，是群众组织，群众硬要禳祭禳祭，村党支部和村委会也不阻止和干预。"

常宏禄说："有你这句话，我们就知道该咋干了。"

常宏禄和两个理事相跟着去了一趟五台山，请来了一个法号真玄人称"真玄法师"的和尚。

真玄法师，俗姓贾，东北辽宁人，曾为辽宁大学历史系副教授，四十五六岁年纪，高高的个子，笔挺的腰板，头上剃得秃秃的，脖子里挂着一串黑红色的紫檀念珠，眉清目秀，牙齿整齐，嘴唇薄而淡红，说的一口标准的普通话。据说，其因妻子出轨，与他人有染，长期夜不归宿，遂之看破红尘，辞职来到五台山塔院寺削发为僧。真玄法师虽是半路出家，比不得众师兄的僧龄优势，但他凭着满腹经纶，一肚子才学，再加上能言善辩，口吐莲花，长于察言观色，很快便脱颖而出，得到了塔院寺住持宏根法师的器重。宏根法师早就有心委他一个寺院住持，让其独当一面，发挥其才学，怎奈一直觅不得一个合适的时机。宏根法师正为此事而懊恼，恰巧常宏禄等人来五台山塔院寺请僧人禳祭怪兽，便派了真玄法师出来。

真玄法师随着常宏禄等人来到六郎村，顾不得歇息，便直奔石龙岗而来。他看了看龙山的山形，又看了看石龙岗的地形。

真玄法师拨开人群，径直走到怪兽跟前。

人们听说请来了五台山的法师要禳祭怪兽，都屏息静气地看稀罕。

真玄法师绕着怪兽左转转，右转转，看了个仔细，心中便有了主意。他站到怪兽面前，双手合十，嘴唇嚅动着，口中念念有词。默诵了一番之后，上前趴在怪兽的耳边耳语了几句，又将耳朵附在怪兽的嘴边听了一阵。

做完这一切，真玄法师对常宏禄等众人说："阿弥陀佛！多亏你们请贫僧到来。如果请了别个，不知道这位神神的来历，胡乱处置，六郎村就距离大祸不远了。"

常宏禄等人听了，吓得脸色也变了，齐声道："请师父指点迷津！"

真玄法师问常宏禄："你知道这位神神的来历么？"

常宏禄说："草木之人，孤陋寡闻，实在不知。"

真玄法师说："这位神神，就是龙王的第十个儿子，名叫水镇。"

围观的人群中发出了一阵惊叹声。

听的人群里不知谁说了一句："谁不知道龙王共有九子，怎么会跑出第十个儿子呢？"

真玄法师说："对了。这就是我要告诉大家的奥秘。大家都知道，龙王有九个儿子，一个女儿。龙生九子，皆不像龙，而各有所好。囚牛，是九子中的老大。它平生爱好音乐，常常蹲在琴头上欣赏弹拨弦拉的音乐，因此琴头上便有了它的化身。一些贵重的胡琴头部都刻有龙头的形象，人们称其为'龙头胡琴'。老二名叫睚眦。它平生好斗喜杀，刀环、刀柄、龙吞口便有了它的化身。这些武器有了龙的化身后，更增添了慑人的力量。它不仅存在于沙场名将的兵器上，还大量地存在于仪仗和宫殿守卫者的武器上，使其持有者更显得威武庄严。老三名叫嘲风，形似兽。它平生好险又好望，殿台角上的走兽是它的化身。这些走兽排列着单行队，挺立在垂脊的前端，走兽的领头是一位骑禽的'仙人'，后面依次为龙、凤、狮子、天马、海马、狻猊、押鱼、獬豸、斗牛和行什。它们的排列有严格的等级制度，只有北京故宫的太和殿才能十样俱全，次要的殿堂则要相应减少。嘲风，不仅显示着吉祥、美观和威严，而且还具有威慑妖魔、清除灾祸的能力。老四名叫蒲牢，形似蟠曲的龙。它生性好鸣好吼，洪钟上的龙形兽钮就是它的化身。原来蒲牢居住在海边，虽为龙子，却一向害怕庞然大物的鲸鱼。当鲸鱼一发起攻击，它就吓得大声吼叫。人们根据其'性好鸣''声大音'的特点，即把蒲牢铸为钟钮，而把敲钟的木杵刻成鲸鱼形状。敲钟时，让鲸鱼一下又一下撞击蒲牢，使之响彻云霄，传之遥远。老五名叫狻猊，形似狮子。它平生喜静不喜动，好坐，又喜欢烟火，因此佛座上和香炉上的脚部装饰就是它的化身。狻猊多在结跏趺坐的佛菩萨像前，或石狮、铜狮颈下项圈的中间。"

真玄法师这时就像又站到了大学的讲台上，讲台下面是他熟悉的学生们，他讲得口若悬河，滔滔不绝。

常宏禄见真玄法师讲得嘴有些干了，就拧开一瓶矿泉水，递了上去。

真玄法师抿了一口矿泉水，润了润嘴唇，接着说："老六名叫霸下，又名赑屃，体形似龟。它平生力大无穷，喜好负重，碑座下的龟趺是其化身。在上古时代，它常驮着三山五岳，在江河湖海里兴风作浪。后来大禹治水时收服了它。霸下服从大禹的指挥，推山挖沟，疏遍河道，为治水作出了贡献。洪水治服了，大禹担心霸下又到处撒野，便搬来顶天立地的特大石碑，上面刻上霸下治水的功绩，叫霸下驮着，沉重的石碑压得它再也不能随便行走了。它总是吃力地向前昂着头，四只脚拼命地撑着、挣扎着向前走，却挪不开半步。霸下和龟十分相似，但细看却有差异，霸下有一排牙齿，而龟类却没有，霸下和龟类在背甲上甲片的数目和形状也有差异。老七名叫狴犴，又名宪章，体形似虎。它平生好讼，又有威力，狱门上部那虎头形便是其化身。狴犴不仅急公好义，仗义执言，而且还能明辨是非，秉公而断，再加上它的形象威风凛凛，因此人们除了用它的形象装饰在狱门上外，还让它匍匐在官衙的大堂两侧。它虎视眈眈，环视察看，维护着公堂的肃穆正气。老八名叫负屃，似龙形。它平生好文，石碑两旁的文龙便是其化身。我国的碑碣历史久远，内容丰富，它们有的造型古朴，碑体细滑、明亮，光可鉴人；有的刻制精致，字字有姿，笔笔生动；也有的是名家诗文石刻，脍炙人口，千古称绝。负屃十分爱好这种闪耀着艺术光彩的碑文，它甘愿化作图案文龙，互相盘绕着，去衬托和陪伴这些传世的文学珍品。老九名叫螭吻，又名鸱尾，是鱼形的龙。它口阔噪粗，平生好吞，殿脊两端的卷尾龙头是其雕像。龙王的女儿，就是小龙女。"

人们被真玄法师头头是道的讲述，引入了龙王家族的世界，都听得呆了。

真玄法师又抿了一口矿泉水，继续说："龙王有了小龙女之后，有一天接到了天庭旨意，要它出海行云布雨，解救天下旱象。龙王立即奉旨出海升天，为人间降下了一场甘露细雨。在入海回宫的路上，它碰到了蚌精。蚌精非常崇拜龙王能显能隐、能细能巨、能短能长、吞云吐雾、呼风唤雨、鸣雷闪电、变化多端、无所不能的本领，龙王则十分喜爱蚌精的美丽漂亮、妩媚妖艳，两个一拍即合，很快就打得火热起来。不久，蚌精就诞下一子，这就是水镇。因为水镇是私生子，龙王为了不让龙母知道，不敢领入龙宫，就派水镇前来石龙岗下，镇守六郎河。"

常宏禄说："这样说来，咱这龙王庙里实际上就是供奉的水镇了？"

真玄法师说："对呀！"

常宏禄说："原来是这样。可是，我不明白，多少年来，六郎村一直平安无事，为什么今年又是大旱？又是大洪？水镇多少年也不出来，偏偏今年被洪水冲出来了呢？"

真玄法师说："水镇平日就住在石龙岗上的龙王庙里，龙王庙一向香火很旺。它受到人们的尊重，享受着人间的香火，自然大家都相安无事。可是，近年来，人们都顾了闹金子了，谁还再来龙王庙里烧纸进香。于是，受到冷落的水镇就愤怒了，它先是一滴雨不下，接着就将天河倒下，为了告知人们这些因果关系，它也就不得不在人间现身了。大旱与大洪，这只是水镇给人们的一个小小的警示！"

常宏禄说："师父，我们下一步该怎么办呢？您就行行好，给我们想个办法吧。"

真玄法师说："现在唯一的办法就是在石龙岗上龙王庙的原址上建一座龙山寺，供上佛主释迦牟尼和观音、文殊两位菩萨，同时将水镇也供奉起来。有我佛在这里教化水镇，这一带百姓方可消灾免难。"

常宏禄说："师父，我们六郎村想请您主持龙山寺的修建呢。您就不要走了。"

真玄法师说："阿弥陀佛！你还真有眼力，看中了人。换个别人，真还安顿不好水镇呢。"

常宏禄说："师父，您可千万不能走啊！您在这里的一切困难，我们理事会会全部解决的。"

真玄法师听到常宏禄这句话，这才双手合十应道："阿弥陀佛！我和六郎村有缘，和六郎村的村民有缘。为了六郎村民免遭更多更大的灾难，那我就留下了。"

"石龙岗下的怪兽，原来是龙王的私生子水镇"这一条消息，被人们争相传播着。

同时，人们还传播着真玄法师的神怪和奇妙，如何佛身佛态，佛手佛脚，佛眉佛眼；如何上知天文，下通地理，前知过去，后知未来，水陆两路无所不晓；如何神通广大，法力无边，将龙王的私生子水镇降服得服服帖帖。

石龙岗下又出现了新一轮的人流。与其说人们是来观看龙王的私生子，倒不如说人们是来一睹真玄法师的真容。

人们开口一个"师父"，闭口一个"师父"，向真玄法师询问自身的一些问题，求解着社会上的一个一个费解的谜团。真玄法师开言和结语总要念一句"阿弥陀佛"，口若悬河，几乎无所不通，无所不晓，耐心地解答着人们提出的一个又一个问题，并和每一位来访者结成佛缘。

人们对真玄法师佩服得五体投地。大家的看法是一致的：这是一位少见的人间活佛，言谈举止真玄哪！

真玄法师来到六郎村后，眼下也没有个吃住的地方，常宏禄就安排他住在自家的西房里，吃饭则是由村里的众多居士抢着管待。去的人家多了，真玄法师对六郎村里的人和事也就了解了个七七八八。

这天早饭过后，常宏禄的女人鲜花，洗涮了碗筷，安顿好家里的营生，又打扮了一下自己，出了门，来到二娃家里，叫上二娃老婆，就又进了坝院。

兵兵也刚刚吃过了饭，正在院子里玩耍。甄秀枝在家里透过窗玻璃，瞭见院子里进了人，就急忙迎出家门，招呼着两个人赶快进屋。

鲜花笑着说："时常不见秀枝出来了，过来看看你。"

甄秀枝说："婶子，劳您大老远过来看我，真是折死我了。一个兵兵就将我缠死了，哪里也去不了。"

二娃嫂子说："人家秀枝在家里保养身体呢。"

甄秀枝浅浅一笑，说："嫂子又来取笑我。"

鲜花两只手扳住秀枝的肩膀，两只眼在秀枝的脸上扫来扫去，说："那么俊气个媳妇，咋就一下瘦成个这？身子哪里不舒服？莫不是有了病了？"

甄秀枝说："好好的一个人，能有什么病？"

鲜花说："那俺娃这是咋啦？给婶子说说。"

甄秀枝说："就是不想吃饭。"

鲜花说："我看这是在家里锈的，赶紧出去走走吧，散散心就想吃饭了。"

甄秀枝说："我哪里也不想去。"

鲜花说："我领你出去看看石龙岗下龙王爷那私生子水镇，再见一见你宏禄叔从五台山请来的大活佛真玄法师。"

二娃嫂子也撺掇说："走吧，秀枝，那真玄法师的神通可广大哩！我都见过两次了。你也该出去见识见识了。"

甄秀枝本来不想出去看什么龙王爷的私生子水镇，也不想见什么大活佛真玄法师。他觉得自己家里的事情还管不了呢，哪有心思再顾揽别人的事情。可是，宏禄婶子和二娃嫂子都过来了，人家是一片好意，屈了人家的脸面，总感到不大合适。于是，就收拾了一下自己，换了一件出门的衣裳，又吩咐了一下兵兵不要乱跑，就跟着宏禄婶子和二娃嫂子出了门，来到石龙岗下。

真玄法师送走了一拨前来参观龙王爷私生子水镇的人群，见常宏禄的女人和二娃的女人来了，就双手合十说："阿弥陀佛！施主和佛家真是有缘！"

鲜花和二娃女人几乎同时说："师父辛苦！"

真玄法师看了一眼面容憔悴的秀枝，说："这位施主与佛家缘分更深一些。"

鲜花说："师父快给我这位侄媳妇看看。是什么妖孽作怪上俺娃啦？"

真玄法师两眼盯着秀枝，看了眉眼，又看印堂；看了耳廓，又看人中，直看得秀枝脸上飞起了红晕，不好意思起来，这才作罢。

真玄法师注视着秀枝的表情，慢条斯理地说："这位施主家里出了些问题。"

甄秀枝想，这和尚在瞎猜疑哩！且看他下面怎么说。

真玄法师见秀枝没有表示异议，接着又说："这问题是出在夫妻之间。"

甄秀枝听得真玄法师说到她和冬生夫妻间的事情，一阵悲戚袭上心来，忍不住眼眶里就湿润起来，觉得有一滴泪要往下流，但她硬是噙住了。转而又想，冬生出轨，一直有家不回，这事自己一直装在心里，谁也没有说过。这和尚他怎就知道了我家里的事情？真是怪了！

真玄法师说："你对丈夫有情，丈夫对你无义。"

甄秀枝听了这一句准确无误的话，这才对真玄法师彻底信服了，眼眶里的那颗泪珠再也噙不住了，不由得就掉出来。

真玄法师问秀枝："我说得对吗？"

甄秀枝默默地点了点头。

真玄法师说："阿弥陀佛！这都是前世的孽债啊！"

甄秀枝现在的心就像被人用一根绳子牵动着一样，不由自主地就跟着那人思想而思想。她虔诚地说："我不明白，前事有什么孽债？请师父为我指点迷津。"

真玄法师问："你知道你来到这个世界上的因果秘密吗？你知道你的父母、丈夫、孩子在前世与你是什么关系吗？"

甄秀枝一脸的茫然，说："我不知道。"

真玄法师说："你不知道？我就说与你听。人与人走到一起，都是有因果关系的。人来到这个世上也都是来还债的。这个债，有情债，有血债，有钱债。你上辈子欠的是情债。你和你的丈夫，前世就是夫妻。不过，那时候，你们的关系正好和现在的关系反了个个儿，他是你的妻子，你是他的丈夫，你们有了一个可爱的儿子。你的妻子对你情深义厚，恩爱有加，可是，你却忘恩负义，背叛了你的妻子，与一个风尘女子远走他乡，害得你的妻子含辛茹苦，守了一辈子活寡。"

甄秀枝被真玄法师引入了一个自己前世的人生社会，真想知道一个后来的结果。就问："那后来呢?"

真玄法师好久没有说话，他见秀枝等不及了，才语调缓慢地说："前世的孽债，今世要报还。你做了他的妻子，他反而做了你的丈夫，你们的关系又反了个个儿。你对他忠诚无欺，他对你无情无义，这就是因果。"

甄秀枝说："那我该怎么办呢?"

真玄法师说："一报一还，这种因果关系是谁也无法改变的。还了债就消除了你的罪孽，今后你就谁也不欠他们什么了。"

甄秀枝问："请师父明示，这孽债怎么个还法?"

真玄法师说："你每天不停地念'阿弥陀佛'就是了。这样既可消除自身的孽债，还能保佑全家人平安。"

甄秀枝也学着真玄法师，双手合十，说："阿弥陀佛! 这下我明白了。谢谢师父!"

第二十四章

修建龙山寺，首先是需要一些启动资金。

常宏禄领着真玄法师来到矿产品开发公司，想让冬生为捐资带个好头。

他们两人上了二楼，先到总经理办公室，推了推门，见门锁着，就来到公司的办公室。

田万全见是常宏禄和真玄法师来了，显得格外的热情。凡是来矿产品公司的客人，他都尽心尽力地接待，他明白自己的责任，办公室就是一个杂务室，其他人不管的杂务事情，他都得来管，何况今天来的又是总经理的本家叔叔，自己能不尽心尽意地接待吗？他将常宏禄和真玄法师让在沙发上坐定，赶紧拿出公司里最好的茶——铁观音，沏好，双手献上。

隔壁财务室的出纳靳翠枝正在结着一个月来的收支账，听得活佛真玄法师在办公室里说话，放下手中的营生，急忙跑过来，端茶递水招呼着，想沾一点佛气。

常宏禄对田万全说："冬生哪里去了？我见他的办公室门锁着。"

田万全说："常总出了远门了。"

"啥时候走的？"

"走了两天了。"

"去哪里了？"

"不知道。"

"啥时候回来？"

"这些事情，常总走时没说，我们也不便于问。"

"你有他的电话号码吗？"

"这个我有。常总的'大哥大'的号码是：9005918。"

常宏禄就用办公桌上的座机，拨了冬生"大哥大"的号码。他听得电话里"嘟——嘟——"了几声，知道接通了，就说："冬生啊！你听出了我是谁了吗？"

电话里先是沉默了一会儿，接着就出现了常冬生的声音："我听出来了。您是宏禄叔呀！"

常宏禄说："你现在在哪里呢？"

常冬生说："我在山东招远呢。"

常宏禄说："你啥时候回来呢？"

常冬生说："一下回不去呢。这里办完事，过两天我还准备要去一趟南方。宏禄叔，您找我有事吗？就在电话里说吧。"

常宏禄说："也没有个什么当紧的事。就是咱村修建龙山寺的事，想让你在集资这个事上，能带个好头。"

常冬生说："修建龙山寺，保佑咱们村，是个好事情。您先到别的地方集资吧。我回去以后，在资金上一定要给予支持！"说完就将电话挂断了。

常宏禄领着真玄法师从矿产品开发公司出来，又找了几个金矿主，说是要修建龙山寺，集了一些资金。

村里的人们为求水镇保佑这一方水土的平安，或多或少都捐了款。

镇里、县里的一些居士则是因为看好真玄法师，主动将钱送了过来。

没有几天时间，就集下五十多万元。

起初，这些钱由常宏禄管理着，后来，常宏禄就将所有的集资款全部交给了真玄法师，并说："反正修建龙山寺是由师父负责，龙山寺建成了也是师父的住持，钱也理应师父来管着。需要我的时候，我出面支持就行了。"

真玄法师在石龙岗上选了寺址，又以步代尺，盘量了龙山寺所占用的地方。他决定在龙王庙的旧址上进行修建，这样有两大好处：一是在龙王庙的旧址上修扩建，不用向政府的宗教部门去申批。他知道，按照现有政策，即使是去申批，新建寺院也是不会被批准的。二是龙王庙和庙外的非耕地大约有五六亩，建一个龙山寺已经足够了，不会因为占用土地而产生麻烦。

要在龙王庙的旧址上建一座龙山寺，就得先对旧的龙王庙进行拆除。

龙王庙东房里看庙的黄道人，近年来已老迈体衰。他原来在恒山青云观从师学道，师父升仙后，师兄白道人留在了青云观，他则下山来到了石龙岗上的龙王庙。多少年来，他修破补绽，烧纸奉香，勤勤恳恳，将庙院管理得没有一点漏洞，一直很受六郎村民的尊敬。自从那天洪水冲出个怪兽来，特别是佛教界来了一个和尚以后，人们就对他不屑一顾了。最近，他听说这个和尚在村里的支持下，要拆掉龙王庙，建一座龙山寺。他知道这里已经没有自己的立身之地，应该识趣地卷起铺盖走人了。

这天，他从六郎村里雇了一辆小毛驴车，将自己的铺盖、锅碗瓢盆，搬到车上，他佝偻着身子，爬上了车，坐在铺盖之上，要回恒山的青云观投奔师兄白道人去了。

车子走出一段路之后，黄道人还不断地返回头看一眼他熟悉的龙王庙，直到龙王庙在他的眼里消失的一点影子也没有了才作罢。

拆除工程，先从山门开始。工人们刚刚拆了山门，正要拆除东房的时候，一辆小型面包车停在了龙王庙前。

车子停稳后，从车子里下来两个人。走在前面的是一个戴着墨镜的中年人，后面跟着的是一个胳肘窝里夹着一只小黑包的年轻人。中年人是霍人县文管所的古所长，年轻人是文管所的干事小张。

古所长向拆房的工人们摆了摆手："停工！停工！是谁让你们拆的？"

几个工人一看是县里下来的领导不让拆房，都住了手，蹲在一旁，一边歇息，一边抽烟。

不一会儿，常宏禄就来了。

古所长和常宏禄是相识的。说起来，两个人还有一段说亲不亲的关系，古所长的重叔伯大娘是常宏禄的堂妹妹，按辈分推理，古所长应当称常宏禄舅舅。两个人心里知道这层关系，见了面却什么也不称呼。

常宏禄给古所长递了一根纸烟，自己也抽出一根，一并点着了，说："为了保佑村里平安，想修建一座龙山寺呢。可是，建寺又没有地方，只好拆了这破破烂烂的旧庙。"

古所长吸了一口烟，笑着说："哪里红火，哪里有您。做事筵您是知客，闹玩意儿您是会头，建寺院您就又成了总管了。"

常宏禄说："这就叫没人管的，我管！"

古所长说："建寺院这事不在文管所管理范围之内，但拆庙院却在我们的管理范围之内哩。"

常宏禄说："农村的人，都是些粗人，不懂得官场上的章程。"

古所长说："您知道这龙王庙的正殿是哪个年代的建筑吗？"

常宏禄说："这还真将我给问住了。我只知道这龙王庙的正殿的确有些年头了，具体是哪个年代的建筑，我还真是说不上来。"

古所长说："龙王庙的正殿是明朝成化年间的建筑，距今已经有五百多年的历史了。它属于文物古迹。还有殿前的这个石雕大香炉，也是那个时候的东西，都属于文物。东房和西房是民国时期在原址上新建的，倒是没有什么价值。多亏我来得及时，我如果再迟来两天，你们将正殿拆了，那可就触犯了破坏国家文物的刑法了。那时候，就是谁也救不了你们了。"

常宏禄说："这可是天佑人助哩！"

古所长说："别的我不管，只要保护好正殿和这个石雕大香炉就行了。"

常宏禄说："我们听你的。"说完，就招呼着古所长和小张回家里吃饭。

古所长说："我们到别处还有事呢。"说罢，就和小张上了车走了。

工人们接着继续拆除龙王庙的东房，拆了东房，又拆西房，最后将正殿和石雕大香炉就留下了。

拆完了该拆的地方，工人们又按照真玄法师的吩咐，在正殿的最西面临时盖了五间房子。

北面的三间，一进门是佛堂，佛堂的北面是客堂，佛堂的右面是僧舍。佛堂的正面摆着一张方桌，方桌上供着三尊佛像，居中一位乃释迦牟尼佛，左面为观音菩萨，右面为文殊菩萨，方桌的前面挂着半遮半掩的黄色帷幔，帷幔前面的当地放着三只用黄布包着的蒲团，蒲团过来立着一个一米左右高的功德箱。

南面的两间既是厨房，又是储藏室。

客堂、僧舍、厨房里的东西，居士们给安顿的应有尽有。

真玄法师已从常宏禄的西房里搬到这里居住。

常宏禄女人、二娃女人等七八个女人，成天在这里做饭、打扫、洗涮，绕着真玄法师跑前跑后，忙来忙去。

要修建龙山寺，就必须先备料。

真玄法师在采购砖、瓦、沙、石、灰的同时，又进了一趟五台山南麓的林区，雇车拉出了几十方落叶松柁、檩、椽，以及割门窗的樟子松大圆木。

备好了料，一个浩大的龙山寺建筑工程就正式开工了。

常冬生在山东招远办完事之后，就一路南下，先到了江苏苏州。小时候就听人们说过"上有天堂，下有苏杭"，苏州和杭州是人间最美的地方。他到了苏州，择一处最好的宾馆，住了进去。他问了一下服务员，苏州什么地方最好看？服务员告诉他"江南园林甲天下，苏州园林甲江南"，应当是园林最好看了。于是，他就到拙政园游览了一番，原来这里都是由一些奇石、怪树、水、桥组成的地方，虽然景色优美，但却没有引起他的些许情趣。他在苏州城里走马观花草草逛了逛，就径直到了玄妙观小吃街，拣苏州最有特色的小吃油氽紧酵、半紧酵小笼、金鱼烧卖、知了饺、桂花煾熟藕等逐个品尝了一遍。他觉得到了一个新地方，谨记住"看和吃"两个字就行了。看，就是要看没有看过的东西；吃，就是要吃没有吃过的东西。吃罢小吃，猛抬头，见前方一个店铺写着"吓煞人香"四个大字，引起了他极大的好奇，心说好厉害的地方，我看看到底吓煞人吓不煞人？他心里这样想着，两只脚就进了店铺。落座后，他要了一壶"吓煞人香"。服务员不一会儿就端上来了，他一看，原来是一壶碧螺春茶，就失声笑了，南方人真能唬人！此茶就是再好，也不至于将人吓煞。转而又佩服起南方人的聪明来，同样是一个茶叶，人家就能将其炒得名传古今、享誉中外，而自己家乡的藿香茶，论其功效和质量，比之碧螺春有过之而无不及，外地人却知之甚少。

逛罢苏州，常冬生又来到浙江杭州。

杭州是东南沿海长三角中心城市之一，自秦朝设县治以来，已有两千二百多年的历史，是五代吴越国和南宋王朝建都的地方。这里江流襟带，山色藏幽，湖光翠秀，史脉悠远，文风炽盛，鱼米之乡，丝绸之府，文物之邦。但常冬生才不管杭州的这些历史呢，他来杭州就是想看看西湖。小时候，娘给他讲过白娘子与许仙的故事，他对这两个人物充满了好奇和神秘，对他们活动过的西湖，早就心向往之。他先坐了一辆包车，搞了个环湖游，接着，又租了一艘自划船，在西湖上荡漾了一番，先后游览了苏堤春晓、曲苑风荷、平湖秋月、断桥残雪、柳浪闻莺、花港观鱼、雷峰夕照、双峰插云、南屏晚钟、三潭印月十个著名景点。在西子湖畔，有一个流动照相专业户，见他是个外地人，就夸他如何如何的英俊，如何如何的像个大老板，非要缠着他给他留几个影不可。他觉得这辈子来一趟西湖确实不易，是应该在这里照几张照片做个纪念，于是，就选择不同背景，不同角度，让照相专业户给照了二十多张照片，临了，付了照相款，又写下了邮寄照片的详细地址。照过了相，口也渴了，他就在附近的小吃摊上品尝了一碗西湖藕粉。解了渴，站起来，他见不远处有一个挂着"桂花厅"牌匾的去处，走进去一看，原来是卖西湖桂花栗子羹的，就又吃了一碗。杭州的美味佳肴多得数也数不完，要想每样都品尝一顿，一个月也品尝不完。岁时节令，各有时鲜美味。如春节有各式春卷、鲜肉汤团、什锦八宝饭，清明有艾青团子，端午上市细沙或鲜肉粽，中秋有杭式月饼，重阳有粟糕等；春三月有虾爆鳝面、片儿川面、虾肉小笼；夏日炎炎有薄荷糕、水晶糕、茯苓糕、肉骨头粥；三秋季节有蟹肉小笼、蟹黄大包等；腊月则为糯米麻糍、猪油玫瑰年糕等；还有不分四季，随时可吃的小鸡酥、宋嫂鱼羹、西湖醋鱼、虾爆鳝面、印糕、油冬儿、葱包桧儿等。常冬生听说这葱包桧儿既是杭州的一道著名小吃，又是杭州大街小巷非常普遍的一种点心，就到街上的一个小吃摊子上去品尝。他看见原来食材非常普通，制作方法也很简单，就是将油条和小葱裹在春饼内，在铁锅上压烤至春饼脆黄，配上甜面酱和辣酱，即可食用了，但当地人却给这种食物赋予了一种历史内涵，说这种食物的历史竟可以一直追溯到宋朝。宋朝爱国大元帅岳飞，精忠报国却惨遭奸臣秦桧所害，老百姓将春饼和"油炸桧"制成了点心，以此永远铭记岳飞，唾骂秦桧。"葱包桧"之名便由此而来，并名传天下。常冬生一边吃着葱包桧儿，一边就忍不住笑了一下。

常冬生玩得高兴，听人们说庐山峭壁悬崖，瀑布飞泻，云雾缭绕，以"雄""奇""险""秀"闻名于世，就又乘车来到了江西庐山。

牯岭是庐山吃、住的中心地带，也是游玩的起点。常冬生就择了一处高档次的宾馆住了下来。宾馆的服务员向他介绍说庐山之美在山南，庐山主要精华景区就在山南一带，有千年历史，主要胜迹有观音桥、白鹿洞、秀峰、桃花源、周瑜点将台、爱莲池、三叠泉。山上主要景点有仙人洞、含鄱口、美庐、会址等。

常冬生从众多的旅游团中选择了一个三日游旅行团，随团游了观音桥、庐山温泉、锦绣谷、花径、秀峰、五老峰、仙人洞、汉阳峰、大天池、庐山瀑布和云雾景观等景点。一边旅游，一边品尝了庐山的名特产石鸡、石鱼和石耳。

观赏庐山的同时，冬生将家乡的山与庐山做了一番比较，他认为，庐山的峥嵘、秀美，是家乡的山无法相比的；而家乡的山的内涵丰厚，也是庐山不能比拟的，总之是一个外秀，一个内美，各有千秋。如果让他二者选择其一，说心里话，他更喜欢家乡的山。没有家乡的山为他提供的金钱，他能迢迢几千里来这里欣赏庐山的秀美吗？自从有了金钱，他才算真正知道了金钱真是个好东西！有了金钱，可以游山玩水，可以吃喝玩乐，可以办一切办不到的事情；有了金钱，人们就捧着你，敬着你，追着你，过去骂你的人也说你是一个大好人。古人说得真好啊：有钱哪怕陌生人！有钱能使鬼推磨！

游了庐山，常冬生掐指算了一下，自己从家里出来已经二十多天了，虽然他可以用"大哥大"遥控指挥公司里的工作，但毕竟不如守在公司里更放心一些。有了回家的心事，他就归心似箭，如坐针毡，一刻也不想在外面玩了，于是，就汽车一阵，飞机一阵，火车一阵，两天就回到了公司。

常冬生前脚刚进了公司，随后，他在西子湖畔照下的照片也寄来了。崔大树、田万全、靳翠枝等公司的员工们轮番欣赏了一番，赞扬了一番。常冬生吩咐田万全买了一本相册装进去，保存起来。

接连几天处理了公司的一些紧要的事情，这天，常冬生突然想起宏禄叔给他打电话的事来，就叫上田万全来到石龙岗上的龙山寺建筑工地。

常宏禄这天因家里有事没到工地来，只有真玄法师一个人在工地上走过来走过去地指挥着工匠们施工，见矿产品开发公司办公室的田万全和一个人进了工地，也没放在心上。

田万全对真玄法师说："师父，矿产品开发公司的常总看您来了。"

真玄法师对常冬生的情况，已经从常宏禄口里了解得一清二楚。他一听说常冬生总经理来了，急忙双手合十，笑嘻嘻地道了一声"阿弥陀佛！"接着说："施主真是贵人！今天清早，佛主就有预示。我就知道贵人一定要来了。"

常冬生也学着真玄法师的动作，双手合十，说："师父上次和我叔叔到我公司，碰巧我出差不在，招待不周，非常抱歉！"

真玄法师说："有缘不在迟早。无缘，见早也无缘。有缘，见迟也有缘。"

常冬生说："今天抽空，我过来看看龙山寺的修建进展情况。"

真玄法师就领着冬生在工地上绕来绕去，一边介绍建筑设想，一边介绍投资情况。看完了工地，就将冬生和田万全领回了客堂。

三个人分宾主坐定后，真玄法师闭目独念道："因即是果，果源自因。种什么因，结什么果。"

常冬生听得似懂非懂，于是说："我是老百姓一个，没有什么文化。请师父明示。"

真玄法师说："一个人的今世，都是由前世决定的。"

常冬生说："师父是今世活佛。您能给我看看我的前世么？"

真玄法师说："贫僧已经看出来了，施主前世就是一个虔诚的在家修行者。"

常冬生说："师父能将我的前世说得具体点吗?"

真玄法师说："施主前世就是六郎村的一位大财主,一有钱就在龙山下修为,所以才有施主今日。"

常冬生说："今日的事真是由前世决定的?"

真玄法师说："施主说得对呀!前世决定今生。依因果律讲,种布施因,获财富果。"

常冬生若有所思地说："原来是这样。"

真玄法师紧接着说："施主难道不想来生就像今生一样好吗?"

今生的确太好了!常冬生想,要金钱有金钱,要地位有地位,要名誉有名誉,要美女有美女。先说金钱,往小里说,自己现在至少也是霍人县的首富,恐怕县里再也挑不出一个人能比得上他常冬生的金钱多了。再说地位,自己现在是县人大代表,全县以民营企业家的身份当上人大代表的也没有几个人,谁不知道人大代表是什么身份的人物?是投票表决政府工作报告,选举县长、副县长、法院院长、检察院检察长的人物呀!县长见了还得敬三分呢。再说名誉,霍人县谁不知道有个常冬生,而常冬生又是一个有哈哈(有两下)的人。再说美女,白牡丹是何等美妙的人儿,也不是专门从轩岗跑过来投怀送抱,伺候着自己一个人吗?还有祖祖辈辈没去过的好地方自己也去过了,没吃过的好东西自己也吃过了。这样荣华富贵的生活,如果能生生世世永远如此,那是求之不得的事情啊!

想到这里,常冬生说："想是想,就是没有办法。"

真玄法师说："我有办法。"

常冬生急切地说："请师父快快道来。"

真玄法师却并不着急,一字一板地说："前生决定今生,今生决定来生。施主要想来生与今生一样美好,那你就得继续在龙山寺里修为呀!"

常冬生就像一个在迷雾中找不见道路的小和尚,经师父点拨,突然看见了前面有一条光明大道,顿时醒悟,当即表态说："师父,龙山寺的修建,我的身子也很忙,出不上什么力,我就捐上一百万块钱吧。"

真玄法师立即双手合十,口里念道："阿弥陀佛!"

甄秀枝听了真玄法师的吩咐,每天口念"阿弥陀佛",念着念着就走神了,脑子里就又出现了冬生的影子,出现了"情未了"歌舞厅,出现了白牡丹拉着冬生的手从"情未了"歌舞厅将冬生送出来等许多情景。一出现这些场景，"阿弥陀佛"就忘了念了。她想静下心来，不想那些使人心烦的事情，可是，越是想静，心里越是烦乱；越是不愿想冬生，冬生的影子越是在自己的眼前挥之不去。过去，冬生的所作所为，她的确是怎么也想不通，自己从来没有对不起冬生的地方呀，可冬生这样对待她未免有些太残酷了。自从真玄法师告诉了她的前世今生，是她前世对不起冬生，亏欠了冬生，今生才要得到应有惩罚的情况后，她才终于想通了。但是，她就是静不下心来，不能专心一意地念诵"阿弥陀佛"。

带着这个问题，甄秀枝上了石龙岗，想请教请教真玄法师。

"师父教我，念'阿弥陀佛'，怎样才能不走神呢？"甄秀枝问。

真玄法师说："走神，就是还有放不下的俗念。放下了就不走神了。"

甄秀枝问："什么是俗念呢？"

真玄法师说："你的俗念就是你的男人。你心心念念总是想着你的男人，那怎么能念好'阿弥陀佛'呢？"

甄秀枝问："师父教我，怎样才能放得下呢？"

真玄法师说："这个好办。你领我到你家里看看。"

甄秀枝就将真玄法师领回了坝院。

真玄法师观察了一下坝院的整体形势，见有这么多空房，就告诉秀枝如何在西房里建一个佛堂，如何在佛堂和卧室里全天候播放电子佛乐，又如何一有时间就坚持在佛堂里念佛。真玄法师指点了一通就走了。

甄秀枝按照真玄法师的指点，将三间西房打扫干净了，将一张方桌居中摆好，桌上摆上了一尊瓷质的观音菩萨塑像，塑像前面摆了香炉，桌子前面又缝制了一只厚厚的蒲团，又买了两组电子佛乐，分别安放在西房和正房的卧室里。

电子佛乐二十四小时不停地播放着"阿弥陀佛，阿弥陀佛……"的唱念声，这时的甄秀枝晨昏三叩首，早晚一炷香，除了或迟或早地给兵兵做饭之外，就是钻进西房里念佛。

果然，这样的效果与之前大不相同，秀枝脑袋里的"阿弥陀佛"就逐渐挤占了其他东西的地位，后来脑袋里别的东西，就像是被水洗过了一样，一片空白，什么也没有了，除了"阿弥陀佛"，就只有"阿弥陀佛"了。她心里没有了烦恼，饭也想吃了，觉也能睡了，脸上也慢慢地有了一些红润。

甄秀枝好久没有领着兵兵回娘家了。秀枝娘不放心秀枝，又想念了外孙兵兵，就坐了省金矿的班车来了六郎村看闺女。

　　推开坝院的大门，一阵悠扬的佛乐立时传入秀枝娘的耳内，她吃了一惊，心想，这闺女一定是信了佛了。

　　正在院子里玩耍的兵兵见姥娘来了，叫着"姥娘"，就跑过来抱住了姥娘的双腿。

　　姥娘蹲下身来，用两只手摩挲着兵兵的脸蛋，看了又看，心疼地说："给姥娘说说，俺娃咋得瘦成了个这？"

　　兵兵紧紧地贴着姥娘的身子，委屈地掉下两滴眼泪。

　　娘见秀枝不冷不热的，见了她也没有多话，与平时相比，就像换了个人儿似的。人常说：闺女是娘的小棉袄。过去，无论是娘来闺女家，还是闺女回娘家，秀枝见了娘，就又像回到了儿时一样，总是不离娘的左右，软声细语地和娘说着知心的话儿，娘的心里也感到特别的温暖。自从女婿成立了个什么矿产品开发公司以后，秀枝就像有了些心事，总是闷闷不乐的，问她为啥，她就说没啥。不说心事，但别的话却与往日一样，一句也不少说。可是，这一次，就不一样了，嘴里总是嘟嘟囔囔的，沉默寡言，就像看破了红尘一样，人问一句，她答一句，与生她的和她生的都好像没有了往日的那种亲情。

　　眼看晌午了，甄秀枝也不去做饭，却进了佛堂，在香炉里上了三炷香，跪在蒲团上又念起了佛。

　　娘站在秀枝的身后，说："佛也要念，饭也要吃哩！"

　　秀枝没有答话。

　　娘又说："念佛也顶不了吃饭。"

　　娘的话，秀枝好像没有听见。

　　娘又说："大人不饿，孩子还饿哩！"

　　秀枝仍在专心致志地念着。

　　娘见说不动秀枝，就一个人张罗着给兵兵去做饭。她要给兵兵做一顿"马尾套耗子"。马尾，就是下挂面；耗子，就是滴鸡蛋。这个饭既有稠，又有稀；既有营养，又好吃；既简单，又快捷。兵兵最喜欢吃的饭食，就是姥娘做的"马尾套耗子"。

　　娘从厨房里找到了挂面，却怎么也找不到鸡蛋，就到佛堂里来问秀枝。

　　秀枝说："信佛就不能吃荤。鸡蛋属荤，家里早就不吃鸡蛋了。"

娘这才明白了兵兵为什么身体瘦弱，原来是缺乏营养了。她只好做了一顿清汤下挂面，算是吃了一顿午饭。

饭后，娘就和秀枝商量说："兵兵今年已经七岁了，也该上学前班了。六郎村的学前班质量，总不如沙涧镇的好。依娘的意思，让兵兵住在姥娘家，就在镇上上个学前班，这样挺合适的。再说了，兵兵正是长身体的时候，你信佛，不吃荤，孩子跟上你也不能吃荤，怕是要影响发育哩！"

甄秀枝说："那就依娘吧。"

娘向秀枝要了兵兵常穿和换洗的衣服，安顿打包好了，领着兵兵，坐了省金矿的班车，回了沙涧镇。

过了几天，兵兵就在一个叫作"小博士"的幼儿园里上了学前班。

第二十五章

常秋生接到了柴鸿儒研究员寄来的化验报告。

这是北京的一所大学化验室做出来的两份化验报告，报告用表格的形式一行一行分别详细地记录着一组组精确的数字，化验员与研究室主任分别在上面签着自己的名字。

土化验报告上写着一百克土的汞含量与氰化钠含量，后面附着国家标准，分别超过了九百二十八倍与五百七十六倍。水化验报告上写着一百毫升水的汞含量与氰化钠含量，后面也附着国家标准，分别超过了七百二十八倍与八百五十九倍。

常秋生仔细地阅读了报告上的一组组数字，大吃了一惊，这些数字比他原来想象的数字要高得多得多。

常秋生手里拿着两份化验报告，脑海里就出现了柴鸿儒研究员的形象：满腹经纶，学富五车，笔直的脊梁，高昂的头颅，为了追求真理，不计名利，仗义而为，活生生一个中国知识分子的典型代表。柴鸿儒研究员的形象在自己的心目中特别的高大、伟岸。高山仰止，景行行止。他想，自己一定要做好这件事情，否则，就连支持他的柴鸿儒研究员也无颜去面对了。

常秋生原来想，等收到柴鸿儒研究员寄来的化验报告就可以写一份有理有据的调查报告，向有关部门反映这些问题了，可是，当他拿到报告后，他才觉得这两份报告只能说明环境污染的问题，说明不了山上植被被破坏的问题。环境污染与植被破坏，都是因为滥采滥挖引起的，是一个问题表现在了两个方面。他辛辛苦苦调查了几个月，只是完成了一半工作，还有一半工作没有开展呢。

常秋生将这两份化验报告小心翼翼地折叠起来，放在了一个自己觉得较为安妥的地方。这两份化验报告来之不易，这是他几个月来苦苦追寻的事实真相，它由霍人而北京，又由北京而霍人，里边包含着柴鸿儒研究员、大学化验员与研究室主任诸多人的辛劳和心血呢。这可是环境污染的铁证啊！事实胜于雄辩。有了这两份化验报告，任何人的狡辩与抵赖，都没有力量了。

最近，他和乔志军在六郎村以西又勘查了一座山岭。这座山是一座普通的再也不能普通的山岭。为了不让每一个地方遗漏掉什么信息，即使表面上看起来没有价值，他也勘查得特别仔细。这座山岭勘查结束了，他想安排乔志军休息几天，回同城看看亲人们。

乔志军走了，他口袋里装上那本快要记满了的笔记本，就上了六郎村的北山。

平时站在六郎村里向北山望去，就能远远地看到山上的惨象：一片一片的山皮被剥落下来，一堆一堆的碎石倾倒在山坡上、沟岔里。山上昔日的绿色没有了，宁静没有了，代之而来的是光秃秃的山体与不时腾起的沙尘和烟雾。

如果仅仅是想了解一下山上被破坏的情形，站在六郎村里向北望一望就足够了。可是，他要的是比较准确的数字。他想，山上被剥去的山皮面积虽然不好丈量，倾倒出来的碎石也无法估算，但必须到山上详细了解一下开了多少路？打了多少洞？

常秋生爬上了最北面的一座大山。他想由远到近，由东到西，一段一段地查起。山上干活的、做生意的，各色人等，人来人往。他一会儿山上，一会儿沟里，奔走在大道小路上。

走着，走着，他就听到了一种熟悉的声音：

> 山中虎方凶，
> 林里狼徘徊；
> 弯弓搭箭者，
> 前险后亦危。

未见其人，先闻其声，他就听出来这是李又白又在吟诗唱歌呢。不一会儿，他果然就看见李又白又在他的面前晃动闪现起来。

一连几天，常秋生山上山下，沟里沟外，将矿洞与道路都查了个遍。他将一组组数字都记在了口袋里的笔记本子上。

这次在山上调查，他觉得非常顺利，除了李又白的身影时不时地晃动闪现在他的周围之外，并没有发现其他任何可疑的人，不像他在村里调查电碾与氰化罐时，他的身后经常有两个人在尾随他。

　　常秋生在山上的调查结束了，走在下山的山路上。走着，走着，突然，他觉得有一个人像射箭一样，斜刺里突然向他冲过来，用力将他一推，两个人便翻滚着一同跌进两丈多深的路沟里。他吃了一惊，返回头一看，原来是一身酒气的李又白重重地压在他的身上。他正要问李又白这是怎么回事？只见一辆大卡车正从他头顶的路面上风驰电掣般地开过去。这时，李又白已经从他的身上爬起来，褂子、裤子被凌厉的矿石棱角划破了三四处口子，头发乱飘着，胡子也揉成了一团，灰头土脸的额头上有一个红点，红点渐渐化作一条蚯蚓，顺着眉心、鼻侧、嘴角蜿蜒爬下来。还没等常秋生要说什么，李又白便用双手拍打着身上的灰土，头也不回，踏着乱石，向着一条小山沟里摇摇晃晃地走去。

　　这时的常秋生才开始感觉到自己浑身疼痛，他的衣服也有被矿石割破的六七处口子。他顺着疼痛处，挽起裤腿，捋起衣袖，撩开内衣，发现身上到处是青一块紫一块的伤痕，有几处青紫处亮晶晶的，正在向外洇着鲜艳的血水。他虽然看不到自己的脸面，但他知道自己的模样一定比李又白的样子好不到哪里去。他感觉到两股汗水凉飕飕地从额角与鼻梁上流下来，伸手去擦，觉得黏黏糊糊的，一看整个手掌已经变红了。他很是生李又白的气：这个古怪的老头，这么宽阔的道路，哪里不够你走？非要与我挤在一处，结果两个人都摔下了路沟。他一边心里埋怨着李又白，一边顺着翻滚下来的地方又爬回到路面。他看到那辆大卡车的车辙不偏不倚正好碾轧在他刚才站立的地方。他这才惊出了一身冷汗，甚至有些后怕。他顿时明白了，这几天表面的平静原来内里正酝酿着一种不平静。原来李又白挤他下沟是故意的。如果不是李又白，他常秋生今天绝不是这点轻伤，今天的六郎村北山上就会发生一起再正常不过的"车祸"，他常秋生在这个世界上也就永远地消失了。联想起他在村里调查电碾与氰化罐，李又白经常在他周围晃动闪现，他在山上调查矿洞与道路，李又白又常常出现在他的身边，原来李又白用心良苦啊！现在再回味李又白吟唱的诗句"山中虎方凶，林里狼徘徊；弯弓搭箭者，前险后亦危。"他才恍然大悟，其中"山中虎方凶，林里狼徘徊"，李又白是想告诉他面对的环境和形势；"弯弓搭箭者，前险后亦危"，李又白是想告诉他在这种环境中的危险程度。当局者迷，旁观者清。今天发生的这种事件，好像早在李又白的预料之中了。

　　这几天，常冬生的心情特别地舒畅，特别地愉悦。真玄法师的话，就像是一味灵丹妙药，直令他飘飘欲仙。现在的他，凭着自己的财富，享尽了人间的吃喝玩乐、荣华富贵，想不到真玄法师还有办法让他来生继续过这种神仙般的日子，看来那句"有钱可使鬼推磨"，应该改为"有钱可买来生富"了。好好地闹钱吧。闹下了钱，一是及时行乐，二是大量地投在龙山寺，为来生的行乐打一个坚实的基础。

常冬生坐在办公室的沙发上，美美地想了一阵，又喝了一阵茶水，就让田万全去通知崔大树到他的办公室来。

不一会儿，崔大树就进了他的办公室。

常冬生问："最近，井下的生产情况怎么样？"

崔大树说："井下的生产情况很正常。"

常冬生说："仅仅正常是不行的。应当加快速度，增加产量。"

崔大树说："要想加快速度，增加产量，那就得在奖励上做些文章哩。"

常冬生说："你的奖励，我到了年终会考虑的，肯定亏待不了你！"

崔大树急忙补充说："常总您误会了。我说的是对工头连建国和工人们的奖励。您想，咱与连建国是承包关系，连建国与工人是计件关系。咱不给连建国加钱，连建国也就不给工人们加钱，而工人们挣一个钱干一个钱的活儿，如果是这样，那产量肯定是提高不了的。"

常冬生说："你先考虑一下，拿一个奖励的方案出来。改天我和连建国交涉一下，到时候你也参加。"

崔大树"哎"了一声，就下去了。

崔大树走后，常冬生又喝了一杯茶，就接了一个电话。电话是负不赖书记打来的，让他现在就进城，说有事要面谈。

常冬生开着自己的座驾桑塔纳上了路。他与负不赖书记认识以来，负不赖书记很少主动叫他见面，绝大多数的情况是他主动去见负不赖书记的。今天，负不赖书记一反常态，打电话让他进城见面，必定是有了特殊事情。那么，会是些什么事情呢？他将自己与负不赖书记有关的事情想了一想，排列了一番，莫非是关于公司的事情？那么，公司又会是什么事呢？

还没有想出个头绪来，车子很快就进了城，他也很快就进了负不赖书记的办公室。

负不赖书记让他进了办公室里间的套间，两个人坐在沙发上。

负不赖书记先开口说："冬生，你最近忙啥呢？"

常冬生说："还不是公司的那些杂七杂八的事情。"

负不赖书记问："最近公司生产怎么样?"

常冬生说："生产很正常的。"他一边回答，一边揣度着负不赖书记的心思。

负不赖书记说："正常就好，生产正常了，收入就一定正常了。"

常冬生听得负不赖书记话里有话，心想，是不是负不赖书记怀疑自己在收支账务上隐瞒了，作假了，于是就说："哥哎！咱公司一直缺一个会计呢。您有合适的人选，就给公司里派一个吧。"

负不赖书记说："冬生，你看你这不是多心了么? 我啥时候没相信过你?"他看着冬生笑了一下，继续说，"我今天叫你来，是想对你说说你另一个哥的事情。"

常冬生心里"嘎噔"了一下，急忙问："我哥他怎么啦?"

负不赖书记说："你叫冬生，你哥叫秋生，对吧?"

常冬生说："是哩。"

负不赖书记说："你哥是研究生毕业，学校让他留校任教，他不干，非要回到家乡来。对不对?"

常冬生说："是哩。"

负不赖书记说："那年我与郭文忠所长到你家里去收你那个金疙瘩，郭所长问你正峪河里的金子是不是你先发现的? 你还哄我们说是哩。其实那时候我就知道是你哥找到的了。"

常冬生沉默不语。

负不赖书记继续说："你哥辞掉大学的工作，回到家乡，就是想寻找黄金宝藏呢，而且他也如愿以偿，找到了一部分黄金宝藏。为此，省地矿局还给他重新安排了工作，让他继续寻找黄金宝藏。其实，你哥寻找黄金宝藏并没有错。"顿了顿，负不赖书记加重了语气，"你哥他错就错在，他寻找他的黄金宝藏，为什么要想去阻止别人挖掘黄金宝藏呢?"

常冬生看着负不赖书记，脸上写满了惊讶。

负不赖书记动了感情："当然，你哥的这种行为，我也是最近才听说的。冬生，我和你是好兄弟，当然，我和你哥也就是兄弟关系了。虽然我和你哥没有打过交道，但毕竟中间有你这层关系牵扯着呢。我在为你哥的安全担忧呢。你想想，那些金老板是黑白两道都通的人物，他们在山上投了那么多的资金，现在你不想让他们往下挖了，他们能轻易放过你吗？"说到这里，负不赖书记的语气缓和了一些，"现在的社会，人人都在向钱看，都在做黄金梦呢。白猫黑猫，逮住老鼠就是好猫。可是，你哥他为什么偏偏要逆潮流而动呢？你回去好好劝劝你哥吧。别让他再继续傻想傻干了。这样下去，对谁也不好。"

常冬生说："我会的。"

常冬生从负不赖书记的办公室出来，开着自己的座驾桑塔纳走在回村的路上。常秋生是哥，负不赖也是哥，一个是胞哥，一个是义哥，要论感情，还数胞哥。胞哥和他是一母所生，从小一块儿长大，有着血浓于水的关系。义哥虽然没有胞哥的独特因素，但义哥这个"义"字，却是胞哥不具备的。义哥说得对啊，胞哥你不好好寻找你的黄金宝藏，你是狗逮耗子——管什么闲事呢？他是答应了义哥要去劝一劝胞哥的，再说见危不救，他对不起胞哥，对不起父母啊！可是，怎样去劝胞哥呢？自己能劝得动胞哥吗？当初，自己在戏场院囤积金沙发了财，在吃饭的时候，给胞哥拿出二十万元。胞哥饶情不领，当着全家人的面，一会儿说道理，一会儿讲寓言，将自己数落了个一无是处。那次成立矿产品开发公司，自己几次三番到沙涧镇宾馆找到胞哥，真心实意想给胞哥一些股份，可是，胞哥不领这个情分，又将自己狠狠地批评了一顿。特别是那一次，胞哥跑到自己的公司，踹开自己的办公室，说是自己污染了环境，又是踢茶几，又是砸电视，如果不是娘的出现，还不一定要发生什么更为严重的事情呢。在生活中，胞哥和自己想的总是不一样，特别是在看待黄金这个问题上，胞哥与自己的想法，差别就更大了。胞哥和自己不是一条道上跑的车啊！自己要去劝胞哥，一定不会有好的效果，说不定还会遭到胞哥的一顿痛斥呢。那么让谁去劝一劝胞哥呢？他将自己知道的与胞哥关系最亲近而又能说得动胞哥的人排列了一下，第一是娘，第二是未来的嫂子香草，第三是邹长彦老师。细细一想，这几个人又都不合适。娘是最亲胞哥的，也会极力地阻止胞哥的行为。可是，娘没有文化，太没有说服力了，说到最后还说不定反而被胞哥说服了呢。香草有文化，也有思想，可是香草看问题、想事情，总是与胞哥一样样的。让她去劝胞哥，那还不是白搭？邹长彦老师是胞哥最尊敬最钦佩的人物，他倒是一个最佳人选，可是远水不救近火啊！他想来想去，正在没有着落的时候，突然想起了宏禄叔。宏禄叔的确是一个再也合适不过的人选了。想到这里，他有几分自鸣得意，就对自己说了一句俏皮话："踏破铁鞋无觅处，得来全不费工夫。"宏禄叔能说会道，是村里的官知客，又是正月十五与庙会的会头，村里的大事小情没有宏禄叔办不了的，村里的矛盾纠纷也没有宏禄叔调解不开的。宏禄叔还是他五服之内的叔叔，爹死得早，宏禄叔就是他们常家的家长。宏禄叔在他们常家的男女老少人面前，有绝对的权威性，他平时要么不说话，只要他张口说话，就必定能将人说得哑口无言，心服口服。

拿定了主意，常冬生就回村来找宏禄叔。

常秋生对所有环境污染与山体植被破坏的调查已经全部完成。

这天上午，常秋生在沙涧镇宾馆他的办公室里，打开那本记载了一本子资料的笔记本，从头至尾翻阅了一次，梳理了一遍，归了归类。重读这本资料，他现在的感受与当时的感受，有了非常明显的差别。当时调查那些情况时是感性的，现在审读这些资料则是理性的。由感性上升到理性，是一个质的飞跃。

翻阅了一阵笔记本，常秋生的头脑里突然蹦出一件事情，心里感到一阵惊悸。自从自己开始调查"制造环境污染"与"山体植被破坏"这两个问题以来，成天一个心思就想着调查，忙得就像一个被鞭子抽开了的陀螺，团团乱转，已有好长时间没有回家去看娘了。娘的身体还好吗？说不定娘又听到了什么，正在挂念自己呢？想到这里，他就决定立即回村先看看娘。

常秋生提着一袋子吃食走到快要到村子的时候，远远地瞭见村口上站着一个人，好像在张望什么？等待什么？走得稍稍近了些，他才看清楚站在村口的人原来是宏禄叔。

常秋生远远地就叫了一声："宏禄叔！"

常宏禄也老远就问道："秋生，你回来了？"

常秋生若无其事地说："隔几天就不由得想回村来看看。"

常宏禄说："对着哩！外面再好，也不能忘记了六郎村有你的根啊！"

常秋生说："这个我知道。您的生活挺好吧？"

常宏禄说："好！太好了！自从你发现了黄金，不光是我的生活好了，咱全村人的生活都好了，就像从地下到了天上，都沾了你的光，大家伙都在念叨你的好呢。"

常秋生说："我没做些什么。"

常宏禄伸出了大拇指，说："好娃娃！好后生！"

常秋生被夸得脸一下红了，不好意思起来，急忙岔开了话题："宏禄叔，您近来还是忙着给村里的人们办事筵了吧。"

常宏禄说："叔比以前更忙了。村里哪一家的红白事筵，都也不能推，都得去帮忙。龙山寺的修建，也得叔去关照哩。"

常秋生说："宏禄叔，就是再忙，您也得注意身体哩！"

常宏禄用巴掌拍了拍自己的胸脯，说："叔的身体硬着哩！"他环顾了一下左右，见周围无人，就神秘地说，"秋生，听说你前些时往村里和山上跑得挺勤？"

常秋生说："也就是闲着无事，想看看小时候玩耍过的地方。"

常宏禄说："不对吧。你是有用意的。"

常秋生说："宏禄叔，您甭听人们在背后嚼舌头。"

常宏禄说："秋生啊！你就甭瞒叔了。叔都听说了，你是想阻止一些人滥采滥挖和污染环境的行为哩！"

常秋生听罢，吃了一惊，忙问："您是听谁说的？"

常宏禄说："这个你就甭打听了。你就是打听，叔也不会说给你。"

常秋生说："宏禄叔，我不为难您。"

常宏禄说："不过，叔要告诉你的是，你的行为，叔支持你哩！咱村的老百姓都支持你哩！"

常秋生听了这两句话，一股热血涌上心来，激动地弯着腰鞠了一躬，说："我真心地感谢您！也真心地感谢村里的乡亲们了！"

常宏禄说："那些灰鬼们不顾老百姓的死活，闹钱闹得眼红了，往钱眼里钻哩！啥灰事也干得出来哩！你要时时处处小心他们谋害你哩！"

常秋生眼里有些湿润，说："宏禄叔，我知道。"

常宏禄语气坚定地说："秋生，你记住，无论什么时候，咱村的老百姓包括你叔，永远是你的坚强后盾！"

常秋生这时觉得自己的底气更足了，腰板更直了，就说："宏禄叔，我的行为，一定会对得起老百姓。"

常宏禄和秋生又说了些话，就走了。

常秋生回到了窑院，当他推开柴扉，只见娘正站在窑门口，一只手搭在眉骨上向柴扉处张望呢。

他急走了两步，上前扶住了娘，说："娘，我回来了。"

娘说："秋儿，回来就好。"

常秋生扶着娘进了窑里，将吃食放在饭柜上，说："娘，我最近工作忙，没有顾得上回来看您。"

娘的两只眼睛一边上上下下地打量着秋生，好像要检查她的儿子身上是否缺少了什么似的，一边说："娘知道你忙，娘不会拉你的后腿。"

常秋生一下又像回到了儿时那样的感觉，抱了一下娘，说："您真是我的好娘！"

娘说："你爹我也没拉过他的后腿。我和你爹成亲后，他成天不着家，一有时间就往山上跑，说是给人看茔地哩，但娘知道，哪有那么多的人要他看茔地呢。他的事情虽然瞒着娘，娘却在暗暗地支持他哩！"

娘缓了口气，继续说："你那年研究生毕业，说是要回来当农民。要问娘的心事，娘是一万个不情愿呢。可是，你说你答应过爹，决不能失信于爹。娘就理解了你了。对呀，做人就应该讲个信誉！"

常秋生说："娘，我知道您是一直在支持我哩！"

娘说："娘虽然没读过书，不识字，没文化，但娘却懂得哪个好，哪个赖，知道什么是对的，什么是错的。娘知道你和你爹都在干大事，干正事哩！秋儿，你认准的道儿，不管别人说什么，你就一直走下去，苍天有眼哩！苍天会保佑你的。"

常秋生原本是想回家安慰安慰娘的，结果他反而被娘鼓励了一番。听了娘的一席话，常秋生的心里更加踏实了。

常秋生告别了娘，就回到了沙涧镇宾馆。

常秋生觉得，当务之急，就是尽快起草这篇"关于滥采滥挖黄金导致环境污染与山体植被破坏的调查报告"，从他开始到茹越湖调查起，到六郎村北山上植被破坏调查结束，前前后后已经有半年多时间了，原来估计一两个月就完成这个工作，想不到做起来要比想象的艰难得多，中间经历了跟踪、化验、车祸等一连串意想不到的事情。不管怎么周折，调查总算结束了，现在抓紧起草调查报告是最要紧的。这篇报告呈送的对象应该是霍人县政府。"拾遗捡漏，有序开采"的决定是霍人县政府做出的，解铃还得系铃人，取消这项决定还得由霍人县政府来做。想好了这些，他就从抽屉里取出了纸和笔，趴在办公桌上写起来。他以一个旁观者的身份，以时间为经，以事实为纬，写了茹越湖的惨象，写了大湾村的变迁，写了六郎河的污染，写了污染给人类生存和繁殖造成的严重危害，写了矿区植被的严重破坏，中间不时穿插着一些铁的事实与精确的数据，写的内容翔实，思维缜密。写了这些以后，他又提出了自己的看法和建议。他指出：这种滥采滥挖黄金的行为无异于杀人与自杀！最后，他强烈呼吁：这种现象再也不能继续下去了！还老百姓一个洁净的生存环境！还山岭一片绿衣！但存方寸地，留于子孙耕！

写完了，他就像完成了一件重大任务似的，长长地"吁"了一口气。他看了看，这份报告竟用了一本稿纸，整整五十页。他从头至尾又看了一边，修改了几处错别字和不太通顺的句子，又工工整整地誊写了一份，在报告的最后写上了自己的名字：常秋生。

常秋生又检点了一遍，觉得没有什么不妥的地方了，就去了沙涧镇邮电所，将这份报告用挂号信寄给了藿人县政府。

第二十六章

去年，霍人县委大楼的机关干部们听说县纪检委负不赖书记得了腰椎间盘突出症，其腰背部经常感到钝痛，平卧位减轻，站立则加剧。听说这个病主要是因为工作劳累而引起的。又听说腰椎间盘突出症是个顽症，负不赖书记到北京、省城、地区的几家大医院都看过了，牵引也做了，全不见效。又听说有人给负书记从同城找下一个专门治疗腰椎间盘突出症的专家曹大夫。曹大夫既有现代科学技术，又有祖传经验，给负不赖书记看了一次病，效果非常明显。曹大夫说，得病如山倒，去病如抽丝。腰椎间盘突出症是个慢性病，要想治好就得慢慢地来。负不赖书记根据县里的具体工作情况，决定星期一至星期五在县里正常上班，星期六、星期日来同城理疗，这样安排治疗方案，工作、治病都兼顾到了，什么都不误，真是两全其美。

负不赖书记按照曹大夫的治疗方案，跑同城已经多日了。他每个星期五下午就坐车去了同城，星期一上午才从同城返回机关来上班。

这天，又是一个星期五，吃过中午饭，县委书记马志宏、县长高品贵、组织部长胡占国这几个家在禾谷的领导，都先后坐车起了身，回禾谷的家里过星期去了。

负不赖书记叫来办公室主任周成斌，将工作安顿了一番，就下了楼。纪检委的司机小史，早就发动了汽车，等在楼前，见负书记下了楼，就急忙将身后的车门打开了，同时将右手衬在车框上。

负不赖书记低头弯腰，钻进了汽车，坐在司机的后面。这个座位是负不赖书记的专位。许多领导为了显露自己，坐小轿车往往坐在副驾驶员的座位上，无论走到哪里，人们从外面一下就能看到某某某领导坐在里面，自己也感觉好生威风。然而，负不赖书记则认为，副驾驶员的位置是个最不安全的地方，一旦遇到特殊情况，司机下意识地保护的是自己，因此，副驾驶员的座位就成为了最不安全的地方，相反，司机后面的座位也就成了最为安全的地方。他常和同僚们风趣地说："当官是个高危行业。这个行业有几个危，而其中的第一危，就是坐车啊！"

小史这个司机，是负不赖书记从众多司机中挑选出来的，技术高，脑子灵、口风紧，十分地向主。那年，地委刘书记的司机年龄大了，想换一个好司机，他都没舍得将小史让出去，最后才物色了常冬生的司机冯润秀，献给了刘书记。

小史开着车出了霍人县城，上了一零八国道，他将车子的速度控制在八十迈以内，尽可能地选择平坦的道路，让车子在上面平平稳稳地行驶。上了原同高速路之后，车子的速度也没有超过一百迈。小史知道，给领导开车，第一要务是安全。连安全都不能保证的司机，领导还会用你开车么？

车子在柏油公路上"沙沙沙"地前进着，树木、花草、庄稼、山丘都急速地向后甩去。

两个小时后，车子就进了同城。

穿过几条街道，过了几处红绿灯，小史将车子开到鼓楼街，在一家"舒尔舒"按摩店门前停下来。

小史先下了车，打开后面的车门，又将右手衬在车框上，负不赖书记这才从车子里钻出来。

负不赖书记在前，小史左手拿一只水杯，右手拿一只公文包，尾随在后，两个人进了按摩店。

这时候，按摩店里没有一个顾客。几个穿着白大褂的按摩师懒散在那里，有的在喝茶，有的在看报。

穿着白大褂的曹大夫见负不赖书记来了，急忙迎上来，笑着问："负书记今天来得迟了些。"

负不赖书记说："处理了县里的一些烂事，所以动身迟了。"

曹大夫将负不赖书记让进了靠里的一个单间按摩房里。负不赖书记脱了鞋，躺在按摩床上，曹大夫就给按摩起来。

负不赖书记对小史说："你还住在雁云宾馆吧。星期一早上七点，你还照常到迎宾路的那个'顺溜早餐店'接我就行了。星期六和星期天，没有特殊事情，我也不呼你的BB机。你想到哪里耍，就到哪里耍一耍。现在没事了，你可以走了。"

小史将公文包和水杯放在负书记眼睛能看得到的床头柜上，小心翼翼地退了出来。

负不赖书记仰躺在床上，曹大夫先是给按摩正面。他五指并用，从脑门开始，依次向下，肩窝、臂膀、手腕、手托和手指，一处也不漏地按摩了一遍。接着，又按摩胸部、脐腹、大腿、小腿、脚踝、脚掌和脚趾。按摩了正面，曹大夫让负不赖书记翻转身，又给按摩背面。先从后脑勺开始，一直向下，按了颈椎，又按脊椎。按摩脊椎的时候，曹大夫时而用手，时而用肘，一个算盘珠一个算盘珠地往下按，按得特别的仔细和用力，生怕漏掉了一个。最后又按摩了臀部、大腿、小腿和脚跟。曹大夫一边给负不赖书记按摩，一边和负不赖书记小声地说着同城这几天最有趣的几个新闻。

按摩结束后，负不赖书记下了床，舒畅地伸了伸四肢，然后，拿起床头柜上的水杯，拧开杯盖，喝了两口茶水，又将杯盖盖上。

这时，曹大夫从抽屉里取出一册账本，递给负不赖书记，并递上了一支碳素笔。

这册账本，是负不赖书记的专用账本。最初按摩的时候，负不赖书记就已经和曹大夫商谈好了，每次按摩以后，只记账，不付现金，到了年底，一次性总付。

负不赖书记接过账本和碳素笔，"唰唰唰"几下就签上了自己的大名。

签过了字。负不赖书记拿了自己的公文包和水杯，就出了按摩店。他环顾了一下周围，见没有熟人，就招手拦了一辆出租车，坐了上去。

出租车司机问负不赖书记要到哪里去。负不赖书记就指挥出租车司机过了两个红绿灯，拐到了振华街，在八十三号桃园新村小区门口停了车。

桃园新村是同城新建的一个生活小区，位置优越，环境优雅。进了小区大门，左面是五栋六层高楼，右面也是五栋六层高楼，每栋楼房的前面都植有花草树木、假山流水。

负不赖书记走到三号楼三单元门前停下来，掏出一串钥匙，开了单元门，就上了三楼。从那一串钥匙里面拣出一把十字钥匙，又打开了左手的防盗门。

进了门厅，他将公文包和水杯放在门厅的台子上，正准备换拖鞋，随着嗲声嗲气的几声"爸爸、爸爸"的娇声呼叫，一个娇小的女子从一个阳面卧室里冲出来，向他扑来，两只白嫩的臂膀搂住他的脖子，他也双手抱住这个女人的腰肢，不住声地叫着："宝贝！宝贝！"然后，将她抱起来，进了卧室，扔到了床上……

这个女子就是小凤。

那天，常冬生从"情未了"领上"表妹"小凤，到了负不赖书记的办公室，很快便借故离开了。负不赖书记是何等聪明之人，冬生的美意，他早已心知肚明，而小凤在路上已受到了冬生的点拨，也是有备而来，两个人你情我愿，一拍即合，烈火与干柴相遇，哪有不着的道理？于是，很快便做成了一件好事。

小凤长得小巧玲珑，白皮肤，瓜子脸，性格又温柔乖巧，十分讨人喜欢，负不赖书记将其视为掌上珍珠，爱不释手，于是，就花了二十多万元，在同城桃园新村买下了三号楼三单元三层的一套三居室的楼房，又花了二十多万元，将楼房好好地装修了一番，买了一些檀木、黄花梨等高档实木家具，又购置了一些生活必需品，答应每月给小凤一万元生活费，将小凤包养了起来。

起初，负不赖书记只是隔一段时间来同城与小凤幽居一两天，慢慢地他和小凤就如胶似漆，谁也离不开谁了。为了使两个人能保持周末和周日经常相聚，又不被外界人引起怀疑，负不赖书记就想出了一条妙计，让司机小史在县委大楼里放出风来，说负书记得了腰椎间盘突出症，哪个医院也看不好，只有经同城的一位专家按摩了才见效，而且是每周周末都必须去定时按摩。

负不赖书记每次搂抱着小凤的时候，就有一种搂抱着闺女的感觉，幸福和怜爱的情愫互相掺和着、交织着。小凤比负不赖书记的儿子精精还要小两岁，她的年龄比负不赖书记小了二十多岁，钻进负不赖书记的怀里，就像钻进了一个长辈人的怀里。她觉得搂抱着自己的男人简直就是她的父亲，有时候，她真想叫这个人一声"爸爸"，可是，她又有一点不敢，她怕负不赖书记说她得寸进尺。

有一次，负不赖书记在床上和小凤滚来滚去，颠鸾倒凤，玩得特别高兴，正在欲止不得，欲罢不能的时候，他就忍不住说："宝贝，叫一声爸爸!"

这时候的小凤，晕晕乎乎，魂魄正在淫欲中游荡，她隐隐约约地听得负不赖书记让她叫一声"爸爸"，这也正是她早就想从自己嘴里吐出来的两个字，于是，就一叠连声地叫了十来声"爸爸"!

自从这一次"爸爸"叫出口来以后，小凤平时也就称呼负不赖书记"爸爸"了。

而负不赖书记则仍一直叫小凤"宝贝"！

负不赖书记在同城和小凤亲热了两天，星期一的早上，不到五点钟就醒来了，他将两只胳膊伸出被外，伸开来，长长地伸了个懒腰，扭头看了一眼睡得正香的"宝贝"，生怕惊醒了她，就轻手轻脚地起了床，到卫生间洗漱了一番。这时候，他看了看表，时间还不到六点。他就拿着公文包、水杯准备起身，临走，又来到小凤床前，在小凤粉嫩粉嫩白里透红的脸蛋上亲了一口。小凤眼也没睁，嘴里"嗯喃"了一声，翻了个身，又香香甜甜地睡去了。

六点半，负不赖书记来到顺溜早餐店，要了一杯豆浆、一杯牛奶，一碟小菜，一个卤鸡蛋，一笼三鲜小笼包子，慢吃细啜起来。

七点到了，司机小史准时将车开到了顺溜早餐店门口，这时候，负不赖书记的早餐也正好吃喝完了。于是，他又乘车回到了霍人县。

省委党校要对各县的副处级领导干部进行政治理论轮训，负不赖书记被安排在第一期，这一轮训就是两个月。轮训期间，党校请省委主要领导轮流前来讲课，还不定期地请了中央政策研究室和中央党校的专家教授前来举办讲座。学员们每次听了讲课和讲座，都要进行考试，学习特别紧张。党校要求每一位学员不得请假，不得旷课，不得随意离开学校，否则，要将违反学校纪律的行为记入本人档案，作为组织选人用人时的参考。因此，这两个月里，负不赖书记一次也没有顾得上回机关，没有顾得上回沙涧镇的家里，更不用说去同城了。

轮训一结束，别的学员们因为轮训期间精神过分紧张，还想在省城逗留几天，逛几个地方，一来放松放松身心，二来也给妻子儿女们采购一些衣物，可是负不赖书记却归心似箭，结束的前一天，他就电话通知司机小史来了省城。轮训结束的那一天正好是星期五，上午，党校校长一宣布轮训结束，他就离开党校，立即乘车去了同城。

到了同城，已是下午五点多钟，负不赖书记还像往常一样，先让小史将车停到"舒尔舒"按摩店门口，打发走小史以后，他进按摩店让曹大夫按摩了一阵，就打的回到了桃园新村。

当他用十字钥匙打开防盗门后，没有像平时一样听到那一声娇滴滴的"爸爸"的呼喊声。他见小凤穿着睡衣，正坐在客厅的沙发上看电视，他进来连他睬也没睬，他以为小凤是怪他时间长了没有回来了，正和他怄气呢，于是，就连忙换了拖鞋，挨着小凤坐到沙发上，伸出一只臂膀将小凤揽在怀里，说："宝贝，生气了吗？党校学习太紧了，实在是脱不开身子呀！这不是一结业，我就马不停蹄地赶回来看我的宝贝来了。"

小凤这几天直感到头晕、乏力，老想睡觉，不想吃饭，想吃酸食，清早起来就觉得恶心，干呕不止。她以为自己得了什么病了，就打的到距离桃园新村最近的同城二医院检查了一下，妇科给她做了尿检和B超，说她怀孕了。

小凤正生负不赖书记的气呢，她病成这个样子，负不赖连个电话也没有，怀孕这么大的事，负不赖也不管不顾，见负不赖又要搂住她闹腾，就挣脱了他的搂抱，面带嗔色说："不要动我。我正烦着呢。"

负不赖书记看着一反常态的小凤，一时没了主意，恳求地说："宝贝，你到底怎么啦？给爸爸说说。"

小凤也不说话，从口袋里掏出一张纸，扔在了负不赖书记的怀里。

负不赖书记捡起纸来一看，见原来是一张化验单，上面是小凤的名字，化验的结果是：怀孕。他心里吃了一惊！就像有人往他的头上浇了一瓢凉水，身上立时凉了半截。这样的结果是他最为害怕的，人常说，打伙计就怕有了孩。小凤怀孕了，就意味着要生孩子。孩子是一个人呀！活蹦乱跳的，长大了，要进幼儿园，要读书，要就业，不像一个东西，可以藏着掖着。特别是像自己这样身份的人，作为一名党委部门的副处级官员，又正是高升旺长的时候，让人们知道了怎么办？想到这里，他马上就做出了一个果断的决定：打掉！

想好了主意，他就觍着脸皮对小凤说："宝贝，明天我领你到医院做了吧。"

"不嘛！"小凤听负不赖书记说要她将自己肚子里的孩子打掉，心想，你让我打掉，我偏不打。打一个孩子就这么容易吗？想有就有了，想打就打了，我岂不成了一个泄欲的工具了。

负不赖书记拉起小凤的小手，放在自己的一只手心里，将另一只手扣在上面，轻柔地揉搓着，哄着她说："宝贝，乖呀！怎么又不听爸爸的话啦？做了以后，爸爸领你轻轻松松旅游一次。"

小凤说："孩子是一条命呢。做了他，我岂不是成了一个杀人犯啦？"

负不赖书记说："做一个未出生的孩子，法律上没有'杀人犯'这一说。"

小凤懊恼地站起来，说："不做！不做！就是不做！我肚子里的孩子，我做主！要做孩子，除非将我也做了！不要说了！我累得不行了！"说着就进了卧室，上了床，拉了半张被子盖在身上，睡去了。

　　小凤回了卧室以后，负不赖书记手里拿着遥控器，又调换了几个节目，看了一阵电视，但电视里说了些什么，演了些什么，他都视而不见，一点印象也没有留下。看不进去，他就索性将电视关了，进了卧室，和衣躺在小凤身旁，也拉了半张被子，将自己盖起来。已经两个月没有和小凤亲热了，回同城之前，他曾想象过和小凤见面后的情景，久别胜新婚，他会怎样对小凤用情，小凤会怎样在他面前娇喘……现在不要说小凤不理他了，假使小凤主动过来和他闹腾，说实在话，他也没有那份兴致了。怎么办？怎么办？小凤肚子里的孩子做不了怎么办？一个一个大大的问号，在他的头脑里困扰着他。

　　这一夜，他失眠了。他想着自己一生中接触过的两个女人，他想了与小凤的前前后后，又想与吴翠叶的前前后后。想到吴翠叶，他就不由得想起了儿子精精。精精之所以成了秋愣，全是老婆吴翠叶造成的。他初和吴翠叶结婚时，并不了解吴翠叶家里的根根底底。自从有了精精，并发现了精精是个秋愣之后，他才详细地了解了一下吴翠叶的家史。原来吴翠叶的爷爷四十岁就成了疯子，吴翠叶的母亲五十岁就得了中年痴呆症，连怎样点火和下米也忘记了，见了闺女翠叶，就吆喝表姐，说咱耍圪来哇！看到电视上大戏台里唱戏，就对自己的男人说，来了这么多的唱戏的人，咋给人家安顿的吃呀？晚上往哪里住呀？精精的秋愣，是吴翠叶家族遗传造成的，已是确定无疑的了。从此以后，为了避免吴翠叶再生下一个像精精一样的孩子，他和吴翠叶每次爱爱，必戴套套。后来爱爱也很少，甚至没有了。他负不赖面临着断子绝孙的后果。人常说，不孝有三，无后为大。每每想起负家在他这一代就要绝后这件事情，他就心烦意乱。想到这里，他的大脑里忽然亮了一下，他觉得应该将小凤怀着的这个孩子要下来，这毕竟是自己的骨血呀！有了这个孩子，自己不是就有了后了么？他伸手拍了一下自己的脑门，怎就一时懵懂没有想起这个主意来呢？白白地和小凤打了一阵嘴仗。但是，怎样让这个孩子名正言顺地成为自己的后代呢？他绞尽脑汁，最后终于想出了一个偷梁换柱的万全之策：让小凤名义上嫁给精精，实际上还做自己的情人。这样，小凤肚子里的孩子，假如是个男孩，名义上是自己的孙子，实际就是儿子了，负家就有了后人，香火就能延续了。

　　第二天清早，他见小凤醒来了，就湿了一条热毛巾，为小凤敷了一下脸面，又弯腰为小凤穿上拖鞋，然后将一杯热奶递到小凤手上。这一套做法，都是小凤平时对待他的做法。他今天也要让小凤享受享受被人伺候的舒服感觉。

他告诉小凤说自己想通了，准备要这个孩子了，并告诉了她要这孩子的具体办法。可是小凤又变卦了，她执意要打掉这个孩子。

负不赖书记对小凤说："怎么你说变就变了？昨天还说是要这个孩子，今天却又要打掉了？"

小凤说："这个孩子，又是顶你的儿子，又是顶你的孙子，可是，你给了这个孩子什么了？"

负不赖书记说："这个孩子是我唯一的后代，我的所有财产，将来都是他的。"

小凤说："男人们的花心，我知道。你过两天，又有了相好的，相好的又给你生上个孩子，就抛开我们娘儿俩不要了。那时候，我们娘儿俩无依无靠、无凭无证，找谁说理去？"

这时候的负不赖书记真想刨开胸膛，让小凤看一看自己的一片真心，就拉住小凤的手，恳求地说："宝贝，你看我都什么也答应你了，你还要我再咋哩嘛？你要再不相信我，我就给你写下一纸协议。"

小凤说："你写下协议，我就相信你！"

负不赖书记就从抽屉里取出一沓信纸，拿起一支碳素笔，在茶几上写起来。他起草了一稿，给小凤念了一遍，小凤说不满意。于是，他又起草了第二稿。小凤拿起信纸，只见上面写着：

协 议 书

甲方：负不赖（简称甲方）
乙方：小凤（简称乙方）

一、甲方承诺，乙方只给精精做名誉妻子，实际上还做甲方的情人。

二、甲方承诺，乙方生下的孩子，无论是男是女，都是甲方的唯一合法继承人。甲方百年之后，所有财产都归其所有。

三、乙方承诺，从和精精结婚之日起到生下孩子满月止，住在甲方沙涧镇的家里。过了满月，即以打工的名义离开家里，仍回同城桃园新村居住。孩子由精精的母亲抚养。乙方可以随时回去探望孩子。

　　特此协议

甲方：（签字）

乙方：（签字）

×年×月×日

　　小凤看罢，点了点头。

　　负不赖书记见小凤同意了，就又抄了一份。两个人分别在上面签上了自己的名字，各拿了一张收起来。

　　负不赖书记和小凤两个人都达到了自己的目的，皆大欢喜。因小凤有了身孕，他也没敢和小凤过分亲热，嘱咐了小凤一些增加营养、注意身体的话，又呼叫了小史的 BB 机，让小史现在就到老地方接他，然后就乘车回了沙涧镇的家里。

　　除了这次住省委党校走了两个月，平时有事没事，这个家每个星期他总要回来一次。虽然老婆形同虚设，见了精精心烦，但这个院子里还有他的老母亲，还有他心爱的愣愣呢。这个牧羊犬，自从与它母亲断奶来到他家里之后，就一直与他朝夕相伴，他吃，它也吃；他睡，它也睡，真可谓同吃同住，平起平坐，亲如兄弟。牧羊犬越长越好看，棕黄色的毛发，嘴短、头大、腿粗，十分威武。特别令他欣喜的是，这个牧羊犬竟然识得贫富贵贱、亲疏远近，能依据来人对他的各种称呼而采取不同的对待态度。正是因为这一点，他才给它取了一个"愣愣"的昵称，也正是因为这一点，有人才要花五十万元的大价钱购买他的愣愣哩。人们就是给他一百万，他也不能卖呀！愣愣是他家里的无价之宝哪！在外边过夜，他做梦都梦的是他的愣愣。如果组织纪律允许的话，他真想上班下班，走着站着，无论到了哪里，他都要领着他的愣愣呢。

　　推开大门，迎接他的，第一个就是愣愣。愣愣见主人回来了，欢喜得摇头摆尾扑过来，两只前爪搭在他的胸前，伸长它的舌头舔着他的衣领和下巴。他也就像见到了久别的亲人一样，用两只手抚摸着愣愣的脑袋，低下头和愣愣绵了绵脸。

　　和愣愣亲热了一阵之后，他进了家，先进一楼的一间向阳的卧室里见过母亲，问候了几句，就上了二楼。

进了他和老婆的卧室，他见老婆正和精精说着什么。

精精见是爸爸回来了，高兴地问："多会儿又唱戏呀？"

他剜了精精一眼，对老婆说："你将精精送到楼下，先让娘给看着，我和你有事哩。"

吴翠叶想，多少年了，男人已经不和她做那事了，今天这是咋的大白天的突然就想起做事来。她本不情愿，但男人要做，她也不好拒绝，只能尽一尽妻子的义务。于是，她就拉着精精下了楼，将精精送到婆婆屋里。然后，她又进了卫生间，将下身擦了一擦，洗了一把脸，刷了刷牙，往手上挤了点玉兰香油，手心对着手心涂开了，往脸上抹了一抹，又从一只盒子里取出一块粉饼，在脑门、鼻梁、脸蛋等处沾了一沾。接着，拿起梳子，对着镜子，一边梳头，一边端详着自己的容貌，心里想，四十多岁的人，打扮起来，其实还有点姿色。人们不是说，徐娘半老，风韵犹存嘛！

打扮好自己，她就又上了楼，站在床边，等着男人动手来拉她。

负不赖书记早就等得不耐烦了，正吞云吐雾地抽着一根烟，见她上来了，就将抽剩的少半截烟蒂摁灭在烟灰缸里，说："你坐下吧。我有个紧要事要和你说哩！"

吴翠叶问："啥事？"

负不赖书记说："有个朋友给咱精精介绍了一个对象。这个女子是轩岗那边的人，小时候就没了父母，是由爷爷、奶奶拉扯大的。一年前，搞了一个对象，不小心，最近又有了身孕。就在这关键时刻，男方又将她抛弃了。我了解了一下，这个女子各方面都挺好的，正是咱精精的一个对象。人常说，时来了，运来了，娶媳妇带着肚来了。给咱精精娶下这个媳妇，你我就再也不用因为没有后代忧愁了。"

吴翠叶自从发现精精是个秋愣后，知道精精的问题就是自己家族遗传造成的，心里总觉得对男人有许多亏欠，本来在家里就不愿意管事的她，就大事小事越发由着男人了。近几年，也许是遗传的原因，也许是长期和精精打交道的原因，她的神情也经常恍恍惚惚的，有时候也就不由得和精精一样，产生了"多会儿又唱戏呀"的想法。她对丈夫给她说的这个事情，也不追究这个女子为什么要嫁给自己的秋愣儿子精精，只是觉得男人考虑事情非常周全，大事小事一点也不用自己操心，就同意了。

负不赖书记说："咱娶这个女子，就是为了要个后代。结婚典礼那天和这女子怀孕期间，可不能让精精与她同房和捣乱。"

吴翠叶说："精精他是个人，又不是猫猫狗狗的，可以拴住他。那该怎么办呢？"

负不赖书记从口袋里掏出一瓶安眠药来，递给老婆，说："只有这一个办法啦。到时候，你给他按说明书多吃上两粒，让他在他的房间里安安稳稳地睡觉去吧。"

吴翠叶问："你准备啥时候办这个结婚典礼呢？"

负不赖书记说："事不宜迟。就在下个星期日吧。再拖久了，这女子的肚子要是显露出来，咱的脸面上就不好看了。"

星期日这天，精精和小凤的婚礼在负不赖书记的家里举行。

这个婚礼有些特别，负家的门楼没有插红旗，门前也没有挂红灯笼，只是在大门和家门上各贴了一副喜联，楼上楼下的窗户上贴了一些喜字，既不迎娶新人，也不举行拜堂，更不鸣炮奏乐。与其说这是一场婚礼，倒不如说是一场婚宴更为准确些。

小凤头一天就由司机小史从轩岗接了过来。因小凤幼年就没了父母，爷爷、奶奶又年迈体弱，不能出门，所以，娘家也没有来人。

这个婚宴里里外外都是由纪检委的办公室主任周成斌操办的。按照负不赖书记的吩咐，前几天，他就提前来到负不赖书记家里，帮着吴翠叶拾掇了二楼的一间屋子，作为新房。他又到距离负家最近的喜来登酒店定了两桌饭菜，在正常价格的基础上又多付了五百元费用，要酒店在星期日中午将饭菜、碗筷都送到负家来。星期日一大早，周成斌就早早地来到了负家，在院子里洒上了清水，清扫了一番，然后就张贴了对联，粘贴了喜字，又在一楼的客厅里摆好了两张桌子，配齐了椅子。安顿好家里的事情，他又到喜来登酒店检点、落实了一下送饭菜的事。

他扳着指头一项一项地数念了一下，觉得要做的事情都做好了，整个事筵安排得天衣无缝、滴水不漏了，这才将一本礼账摊在茶几上，又从口袋里掏出一支笔来，准备着客人的到来。

负不赖书记邀请前来参加这次婚宴的人，范围很小。他邀请了两个读中专时的同学，邀请了县纪检委的两位副书记，还邀请了常冬生，司机小史和办公室主任周成斌都是办事人员。因负不赖书记是山阴人，霍人县唯一的亲人姑姑和姑父也去世了，几个表弟又在外地工作，就邀请了精精的两个姨姨、姨父和表姐们来参加。

亲戚安排在一桌，朋友安排在一桌。

十一时许，参加婚宴的人们就陆陆续续地来了。

负不赖书记从楼上下来，站在大门口迎接着亲友们。愣愣则站在负不赖书记的旁边甄别着来人的身份。听到口称"不赖"的人，它就向来人不停地摇着尾巴；听到口称"老负"的人，他就不摇尾巴，站在原地，只轻轻地叫上两声；听到口称"负书记"的人，它就又是扑，又是叫。只要负不赖书记说一声："愣愣，别咬！"它就看一眼负不赖书记的脸色，不扑了，也不叫了，乖乖地退到了主人的身后。

周成斌正忙着为来客登记着礼账，纪检委的两个副书记和两个同学都上了一千元的礼钱。在这种有纪检委副书记参加的场合，常冬生不敢另搞特殊，也乖乖地掏了一千元上了礼。

十二时整，喜来登酒店送饭菜的车就准时来了。服务员麻利地将猪、羊、鸡、鱼等十个凉菜，十个热菜，以及油糕、馍馍等主食分别摆在两个桌子上，吴翠叶又指挥周成斌将自己家里的五粮液、葡萄酒、健力宝放到桌子上。

周成斌招呼大家入了座，又打开酒瓶，为大家斟满了酒。

负不赖书记首先举起酒杯，大家也随着举起杯来，他清了清嗓子，说："前几天，我的儿子精精和儿媳小凤去南方搞了个旅行结婚，昨天刚刚回来。之所以要搞一个旅行结婚，也是为了响应党中央提出的'提倡厉行节约，反对铺张浪费'的号召。我作为霍人县纪检委的主要领导，理应在这方面为全县带个好头。现在人们搞得结婚典礼太过隆重了，太过铺张了，亲朋大聚会，主客都破费。旅行结婚这种形式，我觉得还是应当大力提倡的，既节约了钱财，又愉悦了身心，比那种在家里大操大办要好得多！今天，我邀请各位到家里来，主要是想请大家喝顿喜酒，别无他意。这杯酒，我先干了，以表示我对大家的衷心感谢！"说完，一扬脖子，就将杯子里的酒一饮而尽。

在负不赖书记干杯的同时，大家也陪着一饮而尽。

周成斌忙着为大家的酒杯里又斟满了酒。

接着，纪检委的两位副书记也分别举起酒杯，搜肠刮肚地发表了一通贺辞！

周成斌见已经酒过了三巡，便一只手端了一个放着酒杯的盘子，另一只手拿着一只酒瓶，从亲戚桌上叫上新娘过来，为大家敬酒。

周成斌说："新娘过来给大家敬酒来了！本来应当是新郎、新娘共同过来给大家敬酒呢。可是，新郎旅行结婚，连续两天坐火车没有合眼，太疲累了，现在楼上睡着了，就只好让新娘一个人代表了。请大家多多包涵！"说着，他让小凤双手端起酒杯，"要敬就每人敬个三杯。先从负书记这里开始，敬一杯，必须先叫一声'爸爸'。"

按照周成斌的吩咐，小凤向负不赖书记叫一声"爸爸"，双手敬上一杯酒。一连叫了三声"爸爸"，敬了三杯酒。周成斌本来是想要笑一下新娘，结果，见新娘叫"爸爸"的时候，不但一点也不口羞，反而叫得还非常熟练，心想，现在的年轻人真是大方。

敬了爸爸，又依次敬了纪检委的两位副书记和负不赖书记的两位同学，每人也都是三杯。

轮到了常冬生。常冬生看了"表妹"一眼，见现在的"表妹"，已不像先前的"表妹"了，白了，胖了，见了生人，脸也不红了，成熟了许多。

周成斌向新娘介绍说："这一位是常老板。常老板是咱霍人县的首富，大名人。"

新娘就像不认识这个人似的，叫了一声"常老板！"也一连敬了三杯酒。

婚宴结束了，负不赖书记长长地舒了一口气，"偷梁换柱"之计，又加了一个"瞒天过海"，两条妙计，终于画上了一个圆满的句号。

精精吃上安眠药，除了早、午、晚三顿被人叫醒来吃饭，剩下的时间就是躺在床上睡觉。

吴翠叶腾出了身子，每天一心一意地伺候着小凤。

过了两个月，吴翠叶领着小凤到沙涧镇医院又做了一回检查，B超的结果，小凤怀的竟然是一个男孩。吴翠叶和婆婆大喜过望，高兴得不得了，两个人就像供奉小神仙一样，供奉着小凤。今天炖王八，明天煨乌龟，小凤想吃什么，她们就立即给做什么。

小凤在楼上一个人住着一间屋子，每天迟迟地起来，不是听音乐，就是看电视。

经常在一种环境中生活，吴翠叶觉得这样不利于保胎，于是就隔三岔五地领着小凤到沙涧镇的街上散散步，到商店里逛一逛。

街坊邻居的女人们在十字路口闲坐，见负不赖书记的老婆领着儿媳妇走过去了，就议论开了：

"这么袭人的一个女子，咋就嫁了一个精精？"

"这女人不是找对象，是找公公哩！"

"找公公？还不是因为公公是个当官的？有钱哩嘛！"

"看来就是个秋愣也懂得做那个事哩！一结婚就有了。"

"你看那肚子，像是两三个月的肚子吗？看那样子，四五个月也不止了。"

"嘻嘻，还不一定是谁的种子哩！"

这一天下午，负不赖回来得早了些。愣愣扑上来，两只前爪搭在主人胸前，伸出血红的长舌向主人撒娇讨乖。负不赖摩挲着愣愣的额头，亲了一下愣愣的鼻头，给予了热情的回报。

精精吃了药，在娘的房间里睡着了。娘坐在精精的身旁，眽着精精的脑袋想心事。小凤在楼上房间里躺着保胎。吴翠叶则坐在客厅的沙发上正看电视剧。吴翠叶见男人回来了，立即按下遥控器，关了电视机。她知道男人天天在宾馆、酒店大鱼大肉吃的嘴腻了，回了家是需要有些清淡的家常饭改善改善生活的，就说："你歇着吧。你想吃啥了？你说，我给你做。"

负不赖却说："你到街上买些下酒的菜吧。我想晚上喝酒了。"

吴翠叶略略收拾了一下自己的头脸，就提了个手提袋匆匆出门去了。

精精中午多喝了一碗汤，睡梦中被尿憋醒来了，爬起来就到卫生间去尿尿，药效还在发作，迷迷糊糊，一副尚未睡醒的样子。尿完了尿，出了卫生间，觉得清醒了些，走到楼梯旁，听得楼上爸爸在说，"我吃枣馍馍呀！"一个似妈而非妈的女声道，"哎哟！轻点。你吸哇，甭咬。"他的肚子里"咕噜"响了一下，好像饿了，就大声说："我也吃枣馍馍呀！"

奶奶就从房间里跑出来，一把拉住精精的胳膊，说："哪来的枣馍馍？欢欢回来睡哇！不时不晌的，这会儿吃的啥饭？"

第二十七章

闵香草的启发式教学法，已经达到了完满、成熟，几乎是炉火纯青的程度。

去年中考，闵香草带的初三班名列全镇第一，全县第二，全班学生无一遗漏全部升入高中，禾谷一中录取两名，霍人中学录取了二十一名，其余全部被沙涧镇中学录取。

在中考总结会议上，教育局蔡局长气得拍着桌子大发雷霆："在座的不是各学校的校长，就是各联校的联校长，你们的教学工作是咋抓的？今年的中考，有的学校升学率只占到百分之六十，有的学校升学率还不到百分之五十，更为严重的是，有些学校为了提高升学率，竟然取消了差等生的考试资格。你们身为人民教师，吃着国家的俸禄，应当手拍胸膛想一想，能对得起人民和国家吗？造成这样的结果，是因为你们的学历低吗？是因为你们的水平差吗？我看都不是。为什么六郎村的初三班主任闵香草教的学生会那么好？升学率会那样高？人家闵香草仅仅才是一个高中肄业生，是一个代空教师。我看各学校升学率上不去的问题，主要是教师对教学有没有热情，对学生有没有感情的问题。这次会议以后，你们一定要将升学率搞上去，否则，我们县的学生就会大量地外流了。那时候，老百姓就会在背后戳我们的脊梁骨，骂我们的娘了。"

中考结束，同学们将要离校的时候，自发地每人叠了二十五只花纸鹤，全班凑成了一千只花纸鹤，放在一只纸盒子里，送给了他们敬爱的闵老师。二十五只纸鹤就是一颗心，一千只花纸鹤就是四十颗心。这四十颗活蹦乱跳的心，衷心地感谢老师三年来对他们的教育和呵护，也衷心地祝愿老师能放飞自己的理想。

三年的时间，尽管不是很长，但是，日积月累的感情，相加在一起，却是很浓很重的。临别的时候，同学们都失声痛哭了。闵香草嘴里说着："同学们不哭!"但自己的眼里也不由得流出了眼泪。最后，师生们只好含泪挥手而别。

送走了上一届学生，闵香草又当上了新一届初一班的班主任。

这一届全班招了四十二名学生，比上一届的学生多了两名。除了二十一名外村的学生，其余都是本村的学生。

闵香草先从搞家访开始。她一家一家地走访，了解了学生的家庭情况，也从家长的嘴里了解了学生的个性。在本村里搞家访，还比较好说，到外村，特别是那些山庄窝铺就困难多了，有时候一天要往返好几十里陡峭的山路。有一次，她利用星期天到一个小山村里走访了一个学生家长，回来走在半路，天上突然下起了大雨，脚下一尺多宽的山路泥泞不堪，一不小心，一只脚就滑出路外，多亏她及时拽住了路边的一棵酸枣树，不然的话，她就摔下了十几米深的深沟，那后果就不堪设想了。事后，她滚成了泥人，拽酸枣树的手也被圪针刺得血淋淋的。

一边家访，一边教学，更不能影响了伺候卧炕不起的母亲。

看着忙里忙外的闺女，娘的嘴里喃喃自语着："老天爷，赶紧让我死了哇！这样不死不活的，拖累得俺娃可咋呀?!"

闵香草装得若无其事，笑嘻嘻地说："娘，您吃好！喝好！心宽宽地好好养病。我还年轻哩，累点没啥。"

要搞好教学，闵香草觉得，首先是要和学生建立深厚的感情。可以想见，师生之间如果没有感情，甚至还有一些抵触情绪，你要他好好地学习，他能听你的话吗？相反的是，你越是让他好好地学习，他偏偏要和你对抗，就是不好好学习。其次是你要清楚地了解学生的个性和基本情况。学生与学生之间是有差异的，个性不同，家庭情况也不同。只有根据学生的不同个性和不同家庭情况，因材施教，因异施教，才能达到教学的目的。第三，必须让学生明确了学习的目的。学习究竟是为了什么？特别是处在六郎村金矿遍地的环境中，能让学生们沉下心来安安静静地学习，这才是最重要的。在上一届她设计的上课前的师生问答，起到了提高学习积极性的关键作用。她问"书中有什么？"学生们答"书中自有黄金屋！"目的如此明确，学生们能不好好学吗？第四，就是对学生进行启发式教学。启发式教学是与"满堂灌""填鸭式""注入式"恰恰相反的一种教学方法。这种教学方法的最大特点，就是你和学生的双向互动，问题由你提出，然后发挥学生的思维积极性，让学生自己思考问题的答案以及解决问题的方法。学生思维的大门打开了，由被动接受知识变为主动寻求知识，学习效果也就不言自明了。

这一整套办法，闵香草不但自己身体力行地应用，还推广到了英语、数学、物理、化学等几个副课老师的教学实践中。

一个学期就要结束了，临近年级终考的前两天，闵香草就不安排同学们学习了。她要让同学们放松放松，轻轻松松地迎接年级终考。

终考的前两天，闵香草为了让同学们真正放下临考前的紧张情绪，她在课堂上给同学们出了这样一道趣味题：说是某城市的一个公园里有一处边长分别为一百米的正方形人工湖，人工湖的四个角上各长着一棵距今已有三百多年的古老柳树。随着公园游客人数的日益增多，这个人工湖已经不适应形势的需要了。公园领导想将人工湖扩大一倍面积，仍然保留正方形，但又不想移动这四棵古老的柳树，要将其继续保留在湖边。领导回了家，吃饭的时候，就与自己的妻子和正在读初一的儿子说了这件事。领导的儿子很快就想出了一个既不移动湖边柳树却又能扩大湖面一倍的办法。她要同学们动一动脑筋，看自己是否也能就像这个孩子一样想出一个好办法呢？

同学们爱动脑筋的情绪又被调动起来了，有的说是这样，有的说是那样，都被闵香草一一否定了。

刘彩凤同学举起了手。

闵香草说："你说。"

刘彩凤同学说："人工湖现在有多深，再往下挖多深，人工湖不就是扩大了一倍了。"

闵香草说："同学们一定要注意一个要点，人工湖是要扩大一倍面积，而不是体积。"

郝小山同学举起了手。

闵香草说："你说。"

郝小山同学说："在人工湖的每条边上，再往外扩大一个斜边各为五十米的三角形面积，这个人工湖的面积就整体扩大了一倍，这样，四棵值得保护的古柳树仍然可以保留在人工湖的边上，原地不动，只不过是看起来由原来在人工湖的四个角上，现在到了人工湖四条边的中间罢了。"

闵香草笑着说："郝小山同学答得非常准确。"

闵香草一看达到了放松同学们紧张情绪的目的，就又让同学们自由活动了一天。

为了促进教学工作，这一年的年级学期终考，县教育局采取的是"全县统一考试，教育局统一出题，学校交叉监考"的办法。六郎村中学由沙涧镇中学的老师来监考，闵香草则被安排到另一个山区中学去监考。

考试结束后，就开始了紧张的判卷，接着，全县的排名就出来了。六郎村中学一年级终考成绩，名列全县第一。

一个小小的六郎村中学一年级，在全县年级期终考试中，竟能一举夺冠，就像发生了一场不大不小的地震一样，在全县教育界引起了极大的震动。

秋季开学后，教育局蔡局长就召集教育局的有关人员开了一个会，会上专门讨论研究了六郎村中学代空教师闵香草何以会取得如此突出的教学成绩的问题。参会者众说纷纭，各执一词，对闵香草能取得突出教学成绩的原因，作出了种种推理与判断。

蔡局长说："今天的会议就开到这里。大家什么也不要说了。说得再多，也都是脱离实际的主观臆断，倒不如我们亲自下去听一听闵香草老师的讲课，观摩观摩，更能得到一些真知灼见。"

这一天，对于六郎村中学来说，是建校以来最为喜庆最为热闹的一天。

自打前一天接到"教育局领导到六郎村中学观摩闵香草老师讲课"的通知后，校长韩世文就抓紧了迎接领导的准备工作，他号召全校师生利用课余时间，将校园里的旮旮旯旯打扫得干干净净，将教室的里里外外擦洗得窗明几净，又在学校的大门上挂出了一条用彩色纸写成的十三个字的横幅：热烈欢迎教育局领导莅临指导。

上午九时许，一辆乳白色的中型面包车缓缓开进了学校大门，韩世文校长带着几个校领导急忙跑出来迎接。

车门打开了，蔡局长第一个从车上走下来，后面跟着出来的是七八个教育局的其他领导。

韩世文校长领着蔡局长等一行领导，楼上楼下参观了学校的教室、教研室、食堂、学生宿舍、操场等设施，并边参观边详细地介绍了学校的基本情况。

参观结束，韩世文校长请各位领导进教导处休息、用茶。

蔡局长问："闵香草的语文课是哪一节？"

韩校长说："下一节就是她的课。"

蔡局长说："那咱们就直接进课堂听课吧。"

这时候，上课铃响了，课间活动的学生们很快进了教室。

韩校长陪着蔡局长等七八个领导坐在教室的最后两排。

须臾，闵香草手里拿着一册崭新的语文课本，挺胸昂首，迈着稳健的步子也走进了教室。

闵香草一进教室，全班同学就"唰"地站起来。她就用清脆的女中音普通话问："同学们，书中有什么？"

同学们用洪亮的童声大声回答："书中自有黄金屋！"

闵香草说："请坐下！"

同学们"唰"地坐下了。

闵香草站到讲台上，说："同学们，今天，我们学习《语文》第一册的第一课鲁迅先生写的《一件小事》。请同学们打开第五页。"

课堂上发出了"哗啦哗啦"的书页翻动声。

闵香草说："下面我们先将课文朗读一遍。我来领读，大家跟着我读。《一件小事》，鲁迅。"

……

闵香草领读完课文，又将课文里的"踌躇、诧异、凝滞、诗云、子曰"等难解字词，用粉笔写在黑板上，并做了详细的解释。

闵香草说："同学们，谁家里有小平车，请举手。"

课堂上"唰"的一下，有十五六个同学举起右手。

闵香草说："请放下。假如你拉着你家里的小平车走在路上，车上坐着你揽下的一个客人要赶火车，客人要你走得快一点，答应你只要耽误不了火车，可以付你一笔相当可观的酬金。可是，你走着走着，有一位步履蹒跚的老人突然在你的面前跌倒了。这时候，你该怎么办？同学们想一下，谁愿意来回答这个问题？请举手。"

课堂上暂时出现了一阵沉默。

坐在教室最后面的教育局领导们凝神静气，认真地听着闵香草在课堂上讲的每一句话，以及闵香草教学的每一个环节和细节。闵香草一走进教室，就给大家留下了一个好印象：这女子长得漂亮、大方，气质高雅，谈吐不凡，举止脱俗。

这时，陪同局领导观摩的校长韩世文的手心里湿漉漉的，他为香草正捏着一把汗呢。教育局通知观摩也就在前一天，几乎等同于突然袭击，根本没有时间让香草好好准备准备。他非常担心观摩现场出现差错和笑话，他和香草谈话时就说："不行的话，今天下午让同学们迟放一个小时的学，你就临阵磨枪，领着同学们预演一下吧。"

当了四年代空教师，闵香草面对的都是四十来个娃娃，从来没有一个大人来听过她的课，更不用说这么多的领导了。她听说县教育局的许多领导要来听她的课，确实非常紧张，心里就像有几只小兔子向外乱撞。准备已经来不及了，让孩子们迟放学也是不合适的，就对韩校长说："迟放学，会影响同学们休息的。孩子们正是长身体的时候。既然没有准备的时间了，那我就按照平时的水平来讲吧。"

正在韩世文为香草提心吊胆的时候，课堂上也就是沉默了不到一分钟的时间，就像土地上突然长出一片嫩笋一样，同学们中间便陆陆续续地举起了十二三只小手。

闵香草扫视了一遍举手的同学们，轻轻地扬了一下手掌，对坐在中间第四排的同学，做了一个礼让的手势，微笑着说："请刘彩凤同学来回答。"

刘彩凤同学站起来说："假如我是那个拉平车的同学，看到有一个老人摔倒在我的面前，我要赶快放下平车，将老人扶起来。如果需要的话，我就让车上的客人下来，拉着老人去医院。"

闵香草说："刘彩凤同学请坐下。你的表现很好！这就是一种见义勇为的行为！这就是一种舍己为人的精神！你的这种形象，在别人眼里就是高大的。同学们，假如你就是坐在车上的那位赶着要坐火车的乘客，在这种情况下，你会做出什么样的选择呢？谁愿意来说一说？"

闵香草的话音一落，同学们的小手几乎是同时全部举了起来。

闵香草说："那就请郝小山说一说吧。"

郝小山同学站起来说："假如我是那位乘客，受到拉车人的感动，如果的确有急事，我会放下一笔给老人看病的医疗费用。如果我的事情可以缓办，我会推迟行程，下了车，与拉车人共同将老人扶到车上，然后送到医院。"

闵香草说："郝小山同学请坐下。你的表现很好！应当受到表扬和赞赏！"

接着，闵香草又给同学们讲了《一件小事》的写作背景，讲了这篇作品行文短小精悍、内容警策深邃的写作特点，讲了不能仅仅将这篇作品看作是一曲赞扬人力车夫无私品德的颂歌，而是应当上升到歌颂劳动人民、提倡知识分子向劳动人民学习的高度来理解。

最后，闵香草给同学们布置了一道作业：在自习期间，结合自己的实际情况，每人写一篇《〈一件小事〉读后感》。

布置完作业，正好下课铃响了。

闵香草说："同学们都不要动，请领导们先行！"

她见韩世文校长招呼着领导们退了场，这才向同学们宣布："下课！"

蔡局长等教育局的领导听了闵香草的讲课，一致觉得这堂课讲得生动、活泼、新颖、有趣，从事了这么多年的教育工作，听过的讲课无数次，传统的语文教学模式，就是老师对每一篇文章的字词句不厌其烦地讲解，学生则是大量地背诵。不少学生产生了一种"死记硬背"的厌烦情绪。今天还是第一次听到这样的启发式教学，不用说学生了，就连他们这些成人也受到了很大教育，受到了很大感染。

回到县里，蔡局长就安排教研室到六郎村中学去研究总结闵香草的教学方法。

星期一上午，教研室林主任和干事小孟乘班车来到六郎村中学，他们要在这个学校住几天，对闵香草的教学方法，进行一番调查研究。

校长韩世文将林主任和小孟安排住在学校二楼的一间客房里，又吩咐厨房每餐都要给客人加几个荤菜。

林主任和小孟什么意见也不发表，一个人手里拿着一个笔记本，先是要求韩校长安排他们跟踪闵香草听课。

听了闵香草的几节课以后，林主任又让韩校长利用下午放学以后的时间，召开了一次教师座谈会。

座谈会上，林主任对大家说："今天影响大家的一点休息时间，召开一个座谈会，就是想让大家谈谈对闵香草老师教学的一些看法。教好任何一门课，方法都是很重要的。而作为语文这门基础性工具学科，其教学方法尤其显得重要。闵香草老师是一名合格的语文教师，她所教的学生在几次中考和年级终考中都名列全县前茅，这就说明她在语文教学中是有一套好的方法的。各位老师都是闵香草老师的同事，朝夕相处在一起，对闵香草老师了解得最多最深，今天，我们就是想听听大家对闵香草老师教学的看法，希望大家知无不言，言无不尽。"

林主任说完后，韩校长的头脑里立时出现了四年前的一幅画面：县教育局因吴翠叶老师请了长假，考虑到六郎村中学缺下一名语文教师，就给分配来一位师专中文系的毕业生，有了正式教师，他就想辞掉临时代空的闵香草，可是这个事不知怎么被同学们知道了，全班四十个同学跑到他的办公室罢了课，坚决要求闵老师继续担任他们的班主任。这幅画面闪过之后，他就说："教学工作，是人与人的工作。要搞好教学工作，首先必须进行感情投资。我认为，闵香草老师之所以教学教得好，主要是和同学们建立了深厚的师生感情。她关心每一个同学，了解每一个同学，爱护每一个同学，将每一个同学都看成了自己的孩子，而同学们也时刻不想离开他们的闵老师。这样的师生关系，教者愿教，学者愿学，出现不了好成绩，那是不可能的。"

教一年级数学的单老师接着发言："我和闵老师共同在一个班里教学好几年了，闵老师经常和我探讨教学方法，我也在观察和学习闵老师的教学方法。我觉得闵老师的教学方法，主要是以启发教学为主。她在教学工作中将自己作为主导，将学生作为主体，总是根据教材的内在联系和学生的认识规律，由浅入深、由近及远、由表及里、由易到难地逐步提出问题，解决问题，引导学生主动、积极、自觉地进行思考，掌握知识，再加上她在讲课时能够突出重点，分散难点，抓住关键，能根据学生的理解能力，用清晰、简练、准确、生动、通俗易懂的语言讲课，所以，学生又有学习热情，效果又好。"

接着，又有几个老师站在各自的角度，从情景教学、讨论式教学等多方面对闵香草的教学方法谈了自己的看法。

最后，林主任让闵香草老师也谈谈自己的教学体会。

闵香草站起来，先向大家鞠了一躬。她说："我的教学，其实并没有什么，大家对我的种种评价，都过奖了！要说体会，我倒是有一点，我最初教书，总觉得一是要对得起'人民教师'这个光荣称号，二是要对得起学校为我付出的五十块钱工资。后来，在教学的过程中，我的思想又渐渐地复杂起来，我觉得更主要的是要对得起这四十来个同学。虽然我还没有结婚，但我觉得这四十来个同学就像我的孩子一样，我必须千方百计地教好他们。教不好他们，我就是千古罪人，我问心有愧哪！"

召开了座谈会，林主任又找来闵香草班上的郝小山、刘彩凤等几个学生来谈话。

林主任问郝小山："你说说闵老师讲课时，你有什么感受？"

郝小山不假思索地说："每当闵老师为我们讲课，我就感到特别的愉快！还有就是轻松！"

林主任又对刘彩凤说："你也说说。"

刘彩凤说："闵老师就像我们的妈妈，我们见了闵老师，觉得非常亲切，没有一点拘束的感觉。"

林主任又问了另外几个同学，他们都说，只要是闵老师给我们上课，不知怎的，原本懵懵懂懂的头脑，一下子就清亮起来了。

通过听课、召开座谈会，以及访问学生，林主任和小孟的头脑里对闵香草的教学方法逐渐明晰起来，他俩经过交换意见，最后一致认为，闵香草的教学方法既有提问法、讨论法、讲授法、朗读法、观察法、串讲法，又有感情教学法、画龙点睛法、情景教学法、愉快教学法、因材施教法，笼统而简单地将这些教学法归纳为一种启发式教学法，显然是不够全面的。

最后，林主任和小孟商量来商量去，终于将这种教学法的名称定为"闵香草教学法"，并由小孟执笔，写出了一篇《闵香草教学法》的教研报告。

林主任和小孟带着《闵香草教学法》的教研报告，回到教育局，交给了蔡局长。

蔡局长立即组织召开局务会进行了研究，会议最终做出了三项决定：一是授予闵香草老师"教学能手"称号；二是将《闵香草教学法》在全县中小学进行推广；三是从教研经费中每月拿出二十元，作为生活补助费发给闵香草老师，以示奖励。

这二十元钱，对于闵香草来说，确确实实是一笔不小的收入，加上学校的代空费五十元，她每月就总共可以挣到七十元了。有了这七十元，就可以实现她的许许多多的梦想了。

到了月底，她一将七十元拿到手上，就先到供销社分销店给娘买了两袋山阴奶粉。娘的身体一年比一年消瘦，精神也大不如前，是该加强营养，好好地补补身体了。

隔一日，就是星期日，她坐上省金矿的班车，又到了镇上的百货门市部，给秋生哥挑了一双运动鞋。她估摸秋生哥脚上的鞋子早就磨破了，应该赶紧换换了。

她的衣服外罩已经是老虎下山——一张皮了，每当脏了以后，只能晚上洗罢，白天再穿上。本来她想在百货门市部扯上几尺素花花市布，做一件替换的袄罩子的，可是一看手里只剩下五块多钱，就跑到新华书店，买了一本《容易读错写错的字》，饭也没吃一口，赶紧回到了村里。

第二十八章

六郎城上省金矿矿区内一号脉和二号脉的金矿已经相继采完，为了不使采空的地下发生地壳变动，矿上开始往废矿井里注水。注入废矿井的水，不能使用地下水，那样就成了以空补空，恶性循环。相反，注入废矿井的水，必须使用地上水。而这里唯一的地上水来源就是六郎河。矿上架设了十寸粗的水管，昼夜不停地将六郎河的河水抽上六郎城，注入了黑咕隆咚的废矿井里。

在抽水、注水的同时，矿上又组织职工在三号脉和四号脉上分别扎下了两口竖井。

这又是两口富矿井，刚下到五十米，就都见了矿，而且脉道愈走愈宽，品位愈来愈高。省六郎村金矿的全体干部职工精神亢奋，干劲高涨！

一个月之后，一号脉和二号脉废矿井的水就注满了。为了避免发生意外事故，矿上又用钢筋、水泥，进行了现浇，将废井口严严地封死。

不到年底，省六郎村金矿的黄金年产量就达到了一万两。

矿长翟树荣将这一特大喜讯立即报告了省政府和省冶金厅。

省政府给矿上发来了嘉奖令，并给记了"集体一等功"，同时，将省六郎村金矿命名为"黄金万两矿"。

省冶金厅给矿上发来了贺信，并发给奖金五十万元。

"黄金万两矿"，这是一个何等荣耀的称号！这样的称号，不用说在本省独一无二，就是在全国也十分罕见。

翟树荣明白，省金矿能取得今天这样骄人的优异成绩，除了客观上这是一个富矿的原因外，与干部们的精心管理和职工们拼死拼活的大干是绝对分不开的。因此，他决定在矿上搞一次比较隆重的庆祝。同时，借着庆祝的机会，一方面好好地表彰一下所有的有功人员，一方面再鼓一下干劲，促一下生产，使黄金产量再上一个新台阶。

翟树荣的想法在矿务会上通过后，庆祝活动的准备工作就在全矿上上下下忙开了。

当然，最忙的是办公室，办公室里最忙的又是闵香璧。

闵香璧到金矿办公室报到上班的第一天，办公室主任赵占国就给他安排了两个方面的工作：一方面是负责办公室的材料撰写、迎来送往、会议通知、文件收发等工作，一方面帮助料理矿长家里的生活，比如买粮呀，买菜呀，换煤气罐呀，等等。

金矿办公室说起来是七个人，其实除了五个司机，一个主任，真正干事的就剩下他一个人了。由于他文笔好，人又精干勤快，每件工作都做得干净利索，滴水不漏，因此，深得各级领导的信任和好评。

接到庆祝活动的通知后，闵香璧先起草了一份《庆祝活动方案》，送翟矿长批准后，又起草了一份《评比先进集体和先进个人的通知》，下发到各科室、车间、采矿队，接着又拟写了三十多条宣传标语，又将打篮球、踢足球、拔河、唱歌、小品、快板、大合唱等文体庆祝活动，根据人数、体质、爱好等情况分解到各科室、车间、采矿队，然后就赶写领导讲话、表彰决定等文字材料。

经过几天紧张的准备工作，庆祝活动于一个星期日的上午，在刚刚落成不久的金矿大礼堂拉开了序幕。

大礼堂主席台的正上方横挂着"省六郎村金矿被命名为'黄金万两矿'庆祝大会"十九个大字的会标，主席台上坐着矿一级的领导，台下坐着统一穿着工作服的全矿干部职工。

矿党委书记谷正伟主持会议，副矿长任泉旺宣读了省政府给矿上发来的"嘉奖令"和省冶金厅给矿上发来的"贺信"。

接着，矿长翟树荣作重要讲话。他在讲话中，回顾了建矿三年来的发展历程，总结了全矿干部职工经过艰苦奋斗、奋力拼搏在各个方面所取得的成绩，特别强调了"黄金万两矿"的来之不易。

他最后说："'黄金万两矿'这个荣誉的取得，决不是哪一个领导个人的功劳，而应当归功于全矿的每一位干部职工，特别是应当归功于为金矿的建设和生产作出过重大贡献的英雄们！广大干部职工也应当清醒地看到，'黄金万两矿'并不是我们的终极目标，我们绝不能产生躺在功劳簿上享清福、睡大觉、止步不前的想法。我们要通过这次庆祝活动，再鼓干劲，再出大力，再流大汗，在技术上不断进步，在设备上不断完善，在产量上不断提高，干出一个金矿人的样子来！活出一个金矿人的风采来！"

翟矿长的讲话结束后，副矿长肖成功宣读了"省金矿对建矿以来涌现出来的五十五名劳动英雄的表彰决定"。

这些劳动英雄都是按照"重一线、轻二线"的原则，自下而上，由群众充分讨论酝酿评选出来的，其中上有副矿长，下有采矿队的一线工人。在评选过程中，全矿干部职工一致要求将翟矿长评选为"特等劳动英雄"。翟矿长坚决不肯答应，他对大家说，我一个人的力量是微不足道的，只不过是站到了矿长的位置上，起了一些组织作用而已。真正的劳动英雄不是我，而是拼搏奋斗在最前线的工人们，如果大家非要评选我为"特等劳动英雄"，那我就辞掉矿长，到一线当工人去。他说到了这个份上，大家只好作罢。

在喜庆、欢乐的乐曲声中，主席台上的矿领导为披红挂彩的五十五名劳动英雄分别授予了奖状和奖金。

五十五名劳动英雄分一二三等，一等劳动英雄奖金一万元，二等劳动英雄奖金五千元，三等劳动英雄三千元。

披红挂彩的五十五名劳动英雄精神抖擞、神采奕奕，手捧奖状和奖金，从主席台上鱼贯而下，台下的广大干部职工向他们投来一片敬仰和羡慕的目光，同时，爆发出一阵阵雷鸣般的掌声。

庆祝大会结束后，矿上为全矿干部职工在职工大食堂举办了一场免费午餐会，每十人一桌，每桌破例放上了两瓶藿人高粱白。

翟树荣矿长带领矿领导先为五十五位劳动英雄敬了酒，接着，又一个桌子一个桌子地和干部职工们碰杯敬了酒。

下午，打篮球、踢足球、拔河活动，分别在体育场进行了表演比赛。参与者汗流浃背，互不相让，力争上游！观赏者呐喊助威，掌声不断，心急情焦！

晚上的文艺活动更加丰富精彩。大礼堂里灯火通明，座无虚席。

文艺表演在铿锵有力的歌伴舞《咱们工人有力量》中拉开了帷幕，洪亮的歌声伴着豪迈的舞步，表现了金矿工人不屈不挠、艰苦奋斗的英雄气概；小品《后果》，情节妙趣横生，语言幽默诙谐，表现了两个矿工不遵守下井安全守则，导致一个臂伤，一个腿残，从医院出来后，两个人只能他利用他的臂，他利用他的腿，过着凄惨的生活，为矿工们敲响了注意安全的警钟；快板《有这么一群人》，语言简短生动，抑扬顿挫，根据每一个人的特点，赞颂了三年来在各个岗位上涌现出来的劳动英雄；男生和女生独唱的流行歌曲，不时地穿插在各个动作节目前后。

最后，文艺表演在气势恢宏、高亢激昂的大合唱《采一片金色献祖国》的歌声中圆满结束。

两个多小时，演出了十几个精彩的文艺节目，广大干部职工既享受了一场丰富的文化大餐，又受到了一次深刻的思想教育。

庆祝活动之后，各科室、车间、采矿队都自觉开展了"比、学、赶、超"活动，全矿广大干部职工精神振奋，斗志昂扬，决心再创佳绩，再铸辉煌，让金产量再上一个新台阶，为国家再作新贡献，实现金矿人多年来企盼的梦想！

翟树荣矿长觉得，这个庆祝活动虽然花了一些钱，但这些钱花得值。庆祝活动的效果比他原来想象的要好得多。

翟树荣矿长不喜欢坐在办公室里指挥生产，每天除了参加一上班的碰头例会和其他一些必须亲自参加的会议，他的身影总是出没在矿井和各个车间里。他总觉得坐在办公室里了解不到下面的实际情况，处理问题也不能切中要害，而深入到生产第一线，才能详细了解情况，处理问题也才能准确无误。

世界上的任何事物，总是有一利必有一弊。前来金矿采访的记者，前来集资和要求赞助的人们，因找不到翟树荣矿长，只能怅怅然，无功而返。

这天，翟树荣矿长又在几个车间和两个矿井转了一圈，到了三号脉井口。在绞车房，他听到绞车发出一种细微的异样的"嘶嘶"响声，经仔细检查，原来是绞车上有两颗螺丝松动了。多亏他发现及时，避免了一场事故的发生，否则，螺丝如果脱落，后果将不堪设想。他及时组织有关技术人员对绞车进行了检修，并对有关人员缺乏安全意识和麻痹大意的行为，进行了严厉的批评教育。

做完这一切，他看了看手表，时间已经是晚上八点半了，于是，他又迈开大步，急匆匆上了办公大楼，进了他的办公室。

每天到第一线跑一圈，下午临下班的时候，再回办公室批阅一下文件，这也是他多年来养成的一个习惯。

今天因为处理绞车的问题，他回得迟了些，各科室的人们都下班了，楼道里静悄悄的，只有矿办公室的灯还亮着，他知道干事闵香璧还在等着他，只要他在矿上，他不离开办公室，闵香璧是不会先于他离开这座大楼的。

翟树荣矿长打开放在他办公桌子上的一个文件夹，先看了一份省冶金厅向全省冶金部门下达的《关于加强安全生产的紧急通知》的文件，接着又看了省冶金厅编辑的两份简报，最后拿起财务科的月终报表看起来。看着一串一串的数字，他就觉得这一件事情是得赶紧处理一下了。

这一件事情，就是卖金。

按理说，应当发愁的是产不下黄金，只要有了金灿灿的黄金，莫非还愁个卖处？其实则不然。翟树荣矿长想起了中条山有色金属公司因为卖金发生的令他终生难忘的那件事情。

那是几个令全公司群情激奋、上下欢腾的日子，公司生产出一笔数目不小的黄金。为了销售这笔黄金，公司专门召开了一个会议，决定将这笔黄金销往山东招远，由公司总经理、分管销售的副总经理和实物出纳共同实施。第二天上午九时，公司的小轿车拉着三个人和那笔黄金准时出发了。三个人坐在车上你一言我一语地说笑着，他们一是仍然沉浸在公司初见成效的喜悦中，二是也为这次能去山东招远而兴奋。听说招远是个海边城市，卖完了金，还可以多逗留一二日，看看大海，坐坐轮船，尽情地玩一玩，回来时再买上一些海产品。究竟买些什么呢？四个人则各有各的盘算和任务。头一天，会上决定要到山东招远卖金后，参会的其他领导就嚷嚷开了，这个要捎螃蟹，那个要捎大虾。回了家，家里和邻居的女人们则是嚷着要捎海边的珍珠项链。她们寻思，靠海的地方，一定是产珍珠的地方，而产珍珠的地方，必定都是真货，而且价钱肯定也会便宜的多。

小轿车走出三十多里，在山坳处的一个"丁"字路口，突然斜刺里闯出一辆灰色客货两用车来，"哧"的一声，横在了小轿车的前面，小轿车司机猛然来了个急刹车，车上的三个人还没有弄明白是怎么回事，客货两用车上五六个持刀抢棒的蒙面大汉已经冲到了小轿车跟前，砸烂车窗玻璃，打开车门。总经理要反抗，被歹徒一棒打晕在地；副总经理要搏斗，则被歹徒在胸肋处扎了一刀；实物出纳和司机则被双双捆住手脚，并用两条毛巾塞住了嘴巴。

小轿车上的黄金被歹徒搬上客货两用车，瞬间就消失得无影无踪了。

这条道路是由一条乡村小路改造成的公路，主要是为公司的车辆出进使用，因此，平时来往的车辆和行人不多。三个小时后，当附近村里的一辆小四轮拖拉机路过这里，司机发现他们，急忙停下车来，为两个被捆的人松了绑。小轿车司机和实物出纳急忙抢救两位领导，副总经理因失血过多，已经死亡。他们一面赶紧报案，一面将总经理送往距离最近的一家县医院。经医生紧急抢救，所幸总经理没有大碍，很快便恢复健康，出了医院。

这件黄金大劫案，惊动了省公安厅和省政府。

分管冶金工作的王成良副省长要求公安部门集中警力，尽快破案。

公安部门采取"以辙找车，以车找人"的办法，四十八个小时就破了案，抓获了所有犯罪嫌疑人，并追回了被劫的所有黄金。

经审讯，原来这是一起公司内部与社会不法分子内外勾结的黄金大劫案。主要原因是公司领导开会公开宣布卖金时间，保密工作做得不够而引起的。

那一次卖金，因翟树荣是分管生产的副矿长而没有参加，但他至今想起来都心惊胆战，犹有余悸。黄金，这个诱惑人的东西，会让多少不法分子垂涎三尺，因梦想发财而铤而走险！如果在自己的手上再发生了类似的事情，自己搭上性命还是小事，丢了黄金，他对不起在第一线流血流汗的产金工人，对不起党和领导对自己的信任哪！

省六郎村金矿已经到山东招远卖了几次黄金。有鉴于那次教训，每一次卖金都是在秘密中进行，人员缩小到最小范围，只有他、实物出纳和司机参加，而且是事先不做决定，突然开始行动，有时是正在开会时，他突然就离开会场，叫上实物出纳和司机就出发了；有时是他正在职工食堂和工人们在一起吃饭，吃了一半，放下饭碗就走了。

翟树荣矿长将财务报表重新放回文件夹里，摁响了桌子上的电铃按钮。

不一会儿，闵香璧敲门进来了。

翟矿长吩咐说："你现在就去电话通知，科室以上的领导干部，明天上午八点半准时在机关小会议室召开安全生产会议。"

闵香璧问："车间主任和采矿队长用不用通知？"

翟矿长说："通知了吧。这些领导是安全生产的重要环节啊！"

闵香璧转身到办公室一个一个地打电话通知去了。

第二天八点半，科级以上的领导干部准时来到机关小会议室，参加安全生产会议。左等矿长不来，右等矿长不来，大家见会议还不召开，就东一榔头，西一棒槌地拉开了闲话。

这天不到八点钟，矿上的干部职工都还没有上班，翟树荣矿长就叫上实物出纳康崇明，提上黄金，坐着司机韩晓磊开着的越野车，直奔山东招远卖金去了。

翟树荣见车子已经驶入了河北地界，就打电话给闵香璧，说他清早接到省冶金厅的紧急通知，他到省里开会去了。让他转告谷正伟书记，请谷书记向大家传达一下省冶金厅下达的《关于加强安全生产的紧急通知》的文件。

谷正伟书记向大家传达了省冶金厅的文件——《关于加强安全生产的紧急通知》，又特别强调了一番金矿安全工作的重要性，要求大家的头脑里要时时刻刻绷紧"安全生产"这根弦，认认真真地按照省冶金厅的要求，将本单位、本部门的安全工作当作首要任务来抓好。

谷书记讲完了话，就宣布散会了。

这一天，闵香璧估摸翟矿长家里的粮食食用的不多了，就叫了司机韩晓磊开着车到沙涧镇上的粮店里，采购了白面、大米、小米、绿豆、大豆等粮食，又到副食市场买了一些肉食和蔬菜等生活用品，一并送到了翟矿长家里。

送下粮食，韩晓磊有事，先开车走了。闵香璧留下来，又收拾了一下院子和屋子。

为了工作方便，矿领导的一排宿舍就盖在机关大楼的后面。六个矿领导，不分正副，一家一处独家小院，每一个小院子里盖着一式一样的三间房子，中间的一间是过厅兼客厅，东西两间分别从中间隔开，向阳处是卧室，背阴处东为厨房西为储藏室。

翟矿长的院子在这排宿舍的最东面，平时只有妻子杜玉凤一个人在家。

翟树荣和妻子杜玉凤都是东北人，又都是东北矿业学院的大学毕业生。翟树荣长得高大粗壮，仪表堂堂，是一个典型的东北汉子，杜玉凤则相反，生得腰细肢软，袅袅婷婷，占尽了女人的风情。他们两个人在学校时就互相爱慕，搞上了对象。学校毕业时，翟树荣被组织分配到中条山有色金属公司工作，杜玉凤也要求来到了中条山有色金属公司。翟树荣被分配在生产科，杜玉凤被分配在劳资科。后来翟树荣被提拔为副总经理，杜玉凤也被提拔为劳资科长。

翟树荣和杜玉凤结婚后一直也没有生过一个孩子，到底是谁的原因，外人也不得而知。有人曾劝他俩抱一个孩子，翟树荣一心扑在工作上，根本顾不得考虑这些，而杜玉凤好像对这抱孩子没有多大兴趣，因此，两个人五十来岁了还是出来一双，进去一对。

省里组建省六郎村金矿时，省冶金厅将翟树荣任命为矿长，杜玉凤也随着丈夫来到了省六郎村金矿，并继续担任矿上的劳资科长。几个月后，杜玉凤突然觉得不想吃饭了，身子也渐渐感到软弱无力，无精打采，跑了几个医院，看了好多医生，也没有检查出个什么毛病，只好辞了劳资科长，班也不上了，待在家里养病。

初建矿时，矿党委书记谷正伟觉得翟矿长一天中除了吃饭、睡觉，就是扑在建矿工作上，别人是每天工作八个小时，而他究竟是十个，还是十几个，谁也说不清。像他这样的丈夫，根本无法照顾家庭和有病的妻子。在一次矿领导会议上，谷正伟书记就提议矿上给翟矿长配备一名专职生活秘书，帮助翟矿长料理一下家庭和本人的生活。谷正伟书记的这个提议被翟矿长坚决否决了。他的理由是：矿上的干部职工都在出大力，流大汗，为多产黄金争作贡献，而作为一矿之长，却要搞特殊，搞腐化，配什么专职生活秘书，这样成何体统？两个副矿长见翟矿长不同意配备专职生活秘书，就退而求其次，建议矿上派一个人兼职帮助翟矿长家里买一些粮呀菜呀什么的。翟树荣觉得自己家里买粮买菜这些事情，自己顾不上，妻子又有病，确实存在这种困难，于是，就勉强同意了。

这个任务交给谁最合适呢？办公室主任赵占国选来选去，最后就选中了闵香璧。他觉得闵香璧完成这个任务，具备三个重要条件：一是闵香璧这个后生年轻、聪明、心细、勤快，一定能将这件工作做好；二是办公室是矿上的"不管部"，别的部门不管的事情，都要办公室来管，而闵香璧又是这个"不管部"里唯一的干事，他不做谁做？三是闵香璧是翟矿长要来的人，因此，他一定是翟矿长看得上、信得过的人，让他来完成这个任务，翟矿长肯定会满意、高兴。

闵香璧接受了这个任务，的确也不负领导厚望。他每天往翟矿长家里跑一趟，啥时候家里没米了，缺面了，少菜了，短肉了，煤气罐该换了，他都了如指掌。杜科长交给他的钱，哪一项花了多少，他都一笔一笔地写在纸上，分分毛毛记得明明白白。一个月，他向杜科长交一次账，每一项、每一笔，都要交代得清清楚楚。

杜玉凤说："香璧，以后再不要记账了。没了钱，你就自己从抽屉里去拿。买回东西来放下就行了。"

闵香璧说："杜科长，我这个人丢三落四的，不记着点，买了什么，没买什么，连我也弄不清了。"

杜玉凤问："你今年多大了？"

闵香璧说："虚龄三十岁。"

杜玉凤说："我现在也不当科长了，你以后就不要叫我杜科长了。我比你大了二十来岁，以后你就叫我姨吧。"

闵香璧说："我娘都六十来岁了，叫姨就将您叫老了。"

杜玉凤说："那该叫啥？不然就叫个大姐吧。"

可是，闵香璧还是改不了口，和杜玉凤说话，依然是张口一个杜科长，闭口一个杜科长的。

闵香璧除了给翟矿长家里采买东西，遇上了别的活儿，比如说收拾院子了，打扫家了，见甚做甚，深得翟矿长和杜玉凤的喜欢。

杜玉凤做了好吃的，也要闵香璧来吃。闵香璧总是借口"不爱吃""吃不下"而推三阻四。

翟矿长见了闵香璧这个样子，很不高兴。东北汉子的直爽性格又来了，他说："你以后遇上做的就做，遇上吃的就吃。在这里就像在你家里一样，不要拿捏。你看你这样扭扭捏捏的，像个男子汉吗？"

闵香璧见翟矿长和杜科长将他当作自家人看待，从此，他也就再不拿捏，将自己融入到翟矿长的家庭之中。

工作之余，闵香璧还在进行他的秘密研究。老夫少妻，老妻少夫，这种结合，在理论上是成功的，是经得起推敲的。但这些论据都来自于书本与资料，靠得住吗？"纸上得来终觉浅"，他突然想起读高中时学到的这一句话。这句话是谁说的？出在哪里？他却怎么也想不起来了。他觉得自己应当在现实生活中找一些更有说服力的例证了。他从六郎村里选了十户人家，要暗暗地进行一番调查分析。究竟选谁呢？他颇费了一番心思，选了支书郝二林，选了村主任刘培俊，选了会计刘崇寿，为了调查对象具有一定的代表性，他还选了秋生的本家叔叔常宏禄，他还选了种地把式冯长寿等。省六郎村金矿也是要选十家的。他从干部中选了五家，有矿长翟树荣，有党委书记谷正伟，有办公室主任赵占国，有车间主任陈晋平，有实物出纳康崇明，从工人中选的是高大成、刘建设、樊斌等五家。他制作了表格，对这二十户人家的人口数量、性别组成、经济收入、职业状况、年龄情况、相互感情等三十多条都列为调查项目。有些项目细到房屋的高低，大门的朝向。他知道有些项目与他的调查目的是无关的，但他想既然要调查，就不妨扩大一下范围，多了解一些情况，或许将来会有些用处。

调查结束了。他有了一个意外的惊人发现。这是他在调查之前不曾想到的。他发现在一个家庭中，父女关系、母子关系最融洽，也最亲密。父亲视女儿为掌上明珠，爱护女儿胜过爱护儿子数倍；女儿最敬仰父亲，也最喜欢在父亲身上撒娇。母亲视儿子为家中金玉，喜欢儿子也要胜过喜欢女儿数倍；儿子热爱与依赖母亲，会严重到恋恋不舍的程度。他发现这种现象，原来是异性相处、年龄差距综合反映在一个人身上的一种自然的本性表现。这种本性表现不正印证了老夫少妻，老妻少夫完全可以融洽相处的自然合理性吗？这个发现，太出乎他的意料了。为了庆祝自己的这一重大发现，他买了一瓶霍人高粱白、一包花生米，在宿舍里自斟自饮，直到将自己灌了个烂醉如泥。

他的秘密研究，在没有成功之前，他是不能向外公布，让任何人知晓的。一旦成功，他要写一篇论文发表在国家级的计划生育报刊上，向全中国和全世界郑重宣告：人类的计划生育找到了最佳新途径。接下来，他还要写一部专著，详细而系统地论述它的重要意义、具体方法和远大前景。他觉得人生在世，就应当立大志，办大事。人和人，除了个别的愚傻呆愣者之外，其实都相差不了许多。能不能办成大事，关键是看你有没有自信心。自古以来，有状元的徒弟，没有状元的师傅。古今中外的许多人物都能充分说明这个道理。孔子的老师是谁？谁也无人知晓，如果孔子没有大志，他就不会有《论语》中那么多的经典论述，就不会培养出弟子三千、七十二贤人，也就不会被后人尊为"圣人"了；哥伦比亚作家马尔克斯本来是一名主要从事新闻和电影的工作者，但他后来写出了魔幻现实主义文学作品《百年孤独》，并获得诺贝尔文学奖，成为本世纪截至目前世界上最伟大的文学家。这是他的老师教给他的吗？是哪位圣人传授给他秘诀了吗？都不是，而是他素有大志，经过多年努力和研究创造的。可见，要成就一件大事业，文凭不在高低，出身不在贵贱，根本在于自信与努力。

在解决了"爱情没有年龄之分"这个难题之后，他的秘密研究，最近又有了新的进展。他觉得老夫少妻也好，老妻少夫也好，无论是男方，抑或是女方，一生中，都应当扮演一次小的角色，再扮演一次老的角色，这样，不但人口的出生率会自然下降，人的自身素质会提高，而且人生的财富还可以不断地延长。假如，一个五十岁的男人，他经过多年的努力奋斗，已经积累了许多财富，这时候，他娶了一个二十五岁的妻子，这个小女人自然会衣食无忧。这个小女人到了五十岁，她再嫁给一个二十五岁的男人，这个小男人就也不用白手起家了。

但是，五十岁的男人，在他的妻子也到了五十岁的时候，他本人已是七十五岁的古稀老人了，怎么去生活？归宿在哪里？

这的确是一个大问题，也是最后需要解决的一个问题。他要将这个问题好好研究一番，当作一个"攻关项目"，来尽快地拿下它！

第二十九章

近来，常秋生回窑院的次数比以往勤了些。

六郎村里一连去了几个老人，在出殡老人的葬礼上，子女们哭得死去活来，直后悔在老人生前自己没有好好尽孝。这事对常秋生触动很大，是呀，子欲孝而亲不待。老人去了就说什么也晚了，还是抓紧时间在老人在世的时候尽孝吧。

常秋生知道，现在的老年人吃不愁，穿不愁，就愁身边没有人陪着。孤独，是老年人的通病。因此，他每天晚上从山上回来，除了特殊情况之外，总是将乔志军留在沙涧镇宾馆，而自己则要回到窑院里来陪娘过夜。如果是遇到白天不上山的时候，回窑院里陪娘，那就更不用说了。

回了窑院，常秋生将娘扶上炕，什么也不让娘做。他从院子里抱了柴火，给娘做饭、烧炕、烧水。他给娘洗了脚，等娘休息了，就回到南窑里去读书。

洗脚这事，起初娘是怎么也不让秋生干的，后来僵持了几个来回，娘拗不过秋生，终于勉强同意了。娘觉得一个老娘的臭脚，让儿子来洗，总是有说不出来的别扭。她一生生了两个儿子，没有生闺女，那几年她还直后悔呢。人们都说"闺女是娘的小棉袄"。"小棉袄"，也还不就是娘到了老了的时候，能伺候伺候娘，能给娘一些温暖吗？现在看来，儿子和闺女是一样的，像秋生这样的儿子比个闺女还强哩！

有五六天的时间，常秋生和乔志军一直在山上勘查，没有下山。这天夜里回到宾馆，他就决定第二天给乔志军和自己放一天假，让乔志军休息休息，自己则回窑院里来看看娘。

上午，常秋生回了窑院，向娘问了安，他就赶紧找活儿去做。

娘说："秋儿，香草来过了。"

常秋生"噢"了一声。

娘取出一个鞋盒子，说："这是香草给你送来的。"

常秋生一看这是一双运动鞋，而且是个名牌。他低头一看自己脚上的球鞋，帮子被荆棘刮破了，底子也磨破了，正需要换一双鞋呢，于是，就脱下旧鞋，将新鞋穿在脚上。他一边将那双破鞋放到窑洞的墙角下，一边问娘："香草还说啥了？"

娘说："别的没说。只是问了问我的身体就走了。"

吃了午饭，常秋生又和娘说了一阵话，就去了一趟坝院。冬生出轨后，他曾到坝院看过秀枝两次，秀枝还是像以前一样地尊重他，关于冬生的事情却只字不提。本来他是想等秀枝说起冬生的时候，好好安慰安慰秀枝的，可是秀枝不说，他作为一个大伯子，又能说些什么呢？看看，也只能是看看，给侄子兵兵买一些吃食和玩具。

刚刚念完了"阿弥陀佛"，甄秀枝从西房的佛堂里走出来，见大伯子来了，就说："哥，你回来了。"

常秋生"嗯"了一声，问："兵兵没有回来？"

甄秀枝说："学前班还没放寒假哩。"

院子里出现了一阵静穆。

常秋生搜肠刮肚，再也找不出可说的话来，就从口袋里掏出一百块钱，递给秀枝，说："回来时走得着急，也没给兵兵买点什么。你就代我给兵兵买几本连环画册吧。"

甄秀枝说："家里有钱哩。"

常秋生说："我知道，这是我的心意。"说完，就离开了坝院。

这时候，常秋生估摸香草也快放学了，就从一个副食品商店给大娘买了一些滋补身体的营养品，来到香草家里。

闵香草也是放学回来不久，刚刚喂娘吃了一点饭。

常秋生和香草见了面，将东西放在躺柜上，先和大娘说了一阵话。

闵香草见秋生脚上穿上了她买的鞋，就问："你觉得合适不？"

常秋生笑着说："真服脚！比我当面试着去买还合适哩！"说着就在地上精精神神走了两个来回，向香草展示了一下得劲的样子。

常秋生和闵香草又说了一会儿话，因为怕影响大娘休息，就相跟着出了门，向六郎河畔走来。

六郎河畔的两排倒垂柳是村里七十年代农业学大寨时栽下的，二十多年过去了，现在每一棵柳树已经长得根深杆粗、枝繁叶茂，就像一顶顶硕大的绿伞罩在大地上。两排柳树的中间是一条足以容得下两人并排行走的人行小道，小道的两旁长着一拃来高的各种杂草，毛绒绒的，就像是铺着的两条无限长的绿色地毯。

常秋生和闵香草一边说话，一边沿着六郎河畔向着村外漫步而行。路上的行人渐渐少起来，越往南走，就越没了行人。

常秋生问香草："你最近在读什么书呢?"

闵香草说："还是你送我的那本《钢铁是怎样炼成的》。"

常秋生问："这本书，你读了几遍了?"

闵香草说："刚刚读了一遍。我读得慢。有些精彩的段落，我想背下来，但一时又记不住。我想这是读得少的原因。我还想再读几遍。"

常秋生说："读书有三境界。清代文学家王国维说：'昨夜西风凋碧树，独上高楼，望尽天涯路'，此第一境也；'衣带渐宽终不悔，为伊消得人憔悴'，此第二境也；'众里寻他千百度，蓦然回首，那人却在灯火阑珊处'，此第三境也。我认为读书应当掌握三个层次：第一，要读懂读通，弄清本意；第二，要做笔记，该背的要背下来；第三，要将所学的知识应用在实践中。"

闵香草说："我现在已经离不开书了。每天再忙，也想读几页书。不读书，好像这一天就缺少了点什么。"

常秋生站在一株柳树下，朗声说："'立身以立学为先，立学以读书为本。'这是欧阳修说的。'书籍是全世界的营养品。生活里没有书籍，就好像没有阳光；智慧里没有书籍，就好像鸟儿没有翅膀。'这是莎士比亚说的。'书，在黑夜里是烛火；书，在孤独中是朋友；书，在喧嚣中可以使人沉静；书，在困惝中可以给人激情；书，可以使平淡的生活波涛起伏；书，可以使灰暗的人生荧光四射。'这是谁说的，我记不清了。"

常秋生的话，闵香草受到了很大感染，她说："秋生哥，你肚子里的学问真多！我现在觉得自己读的书太少了。今后，我还得加紧读书呢。"

常秋生说："香草，你现在每天能坚持读几页书已经足够了，因为你现在又要伺候大娘，又要搞好教学，你的负担太重了。你得好好注意自己的身体呢。"

闵香草也像想起了什么，说："秋生哥，你得注意安全哩！小心那些灰人们谋害你！"

常秋生说："他们要谋害我？我就是变成厉鬼也不会放过他们！"

闵香草一下扑到常秋生的怀里，伸手捂住了秋生的嘴巴，说："我不要你这样说。"

常秋生感到了香草的脸上湿漉漉的，知道自己言重了，就说："我逗你玩呢。再说邪不压正，正义终究是会战胜邪恶的。"

这时候，夜幕已经笼罩了大地，一轮新月从一团乌云后面钻了出来，将一片清辉洒向山川大地。

常秋生感觉香草的胸脯还在一起一伏，就抱着香草，用双手拍了拍香草的脊背，笑着说："别哭了！你看月亮正在探出头来笑你呢。"

……

乔志军跟着常秋生在句注山上勘查黄金已有几年了，当年他在北方理工大学读书时学的是化学专业，学校毕业后，被分配到省地矿局工作，时间不长，杨茂森局长就让他来霍人县给常秋生做了勘查黄金的助手。

当时，他真有些想不通，就言词婉转地对杨局长说："杨局长，我学的是化学专业，去搞黄金勘探，怕辜负了您的期望呢。"

杨局长说："你学的什么专业我能不知道吗？工作对不对口我能不考虑吗？组织这次派你去给常秋生同志做勘查助手，主要是想让你帮他料理一下生活，在野外拿拿东西，跑跑腿儿，做做伴儿，紧要处有个照应，因为你是同城人，生活习性与他相近，而且你又年轻，身体又好。当然了，你这次下去，也可以跟着常秋生同志学些勘查方面的知识，好好锻炼锻炼，这对你将来的进步是会有好处的。"

乔志军明白了杨局长的意图，立即保证说："您放心吧。我一定不辜负您的期望！"

杨局长笑了，说："同城人就是口儿甜。"

乔志军跟上常秋生以后，每天背着一个帆布挎包和一只水壶，在句注山上风雨无阻，东跑西跑。本来他想凭借着自己年纪轻、体质好，走在最前面为常老师开路，可是，不知咋的常老师却总是走在了自己的最前面，而自己却被常老师甩得老远老远；他想将常老师的背包和水壶拿过来，自己背着，为常老师减轻一些身上的负担，可是，自己身上的背包和水壶反而被常老师抢了过去。遇到带刺的灌木，是常老师率先披荆斩棘；遇到河流，是常老师率先在前面铺好了踏石；遇到陡坡，又是常老师率先爬上，然后再将他拉了上去。

每隔一个月，常老师总要提醒他回同城看一看自己的父母亲，临走前，常老师又总是提前就买好了一些点心和时鲜水果，让他给自己的父母亲带上，并让他代问父母亲安好。

每个月初，回省地矿局报销差旅费、领取工资和野外补助，常老师总是派他回去，并嘱咐他多在省城玩上几天，别急着返回。他知道常老师这是关心他长年累月在山沟沟里精神生活苦闷，想让他在城市里多消遣消遣、娱乐娱乐呢。

他跟着常老师学到了不少地质矿产方面的知识，哪些是褶皱山？哪些是断裂山？这些山是怎样形成的？哪些是花岗岩？哪些是玄武岩？哪些是石英岩？哪些岩石可能含铁？哪些岩石最可能与黄金共生？他也都能说出一个子丑寅卯来。他现在已成了半个地质学家了。

他是一个在城市里长大的孩子，看到山村里的一切东西，都感到陌生，都觉得稀罕，一无所知，是常老师教他认识了多种乔木、灌木，认识了各种庄稼、各种野草和野菜，认识了山鸡、野兔、山雀和圪狸。现在，只要在野外随意拔起一株野草，不假思索，他就能叫出它的名字，并说出它的属性来。

这天，他跟着常老师沿着句注山脉，一路向西，出了霍人县境，又过了一座古关。走着走着，他就与常老师拉开了距离，他见常老师爬上了一座大山。他气喘吁吁地也爬上了山顶，见常老师正在山顶上向西瞭望着什么，他就站在了常老师身旁也向西望去。

常老师问他："小乔，你看到什么了？"

他说："我看到的还是山呀。"

常老师说："你再往西瞭。"

他按照常老师的指点，看到西面的一个土山沟里建着一排厂房，在距离厂房的不远处是一个高高的铁架，铁架的附近是小山一样的两个煤堆，他知道那是一个小型煤矿。同城是全国的产煤之都，漫山遍野，到处是大、中、小型煤矿，对这些煤矿，他早就见怪不怪了，就说："您是说山沟里的那个煤矿吧。"

常老师说："对呀。"

他说："这些煤矿，您不常见，我们那里却太多了。"

常老师说："见了煤矿，我们就应当止步了。"

他问："您说，那是为什么？"

常老师说："千百万年来，植物的枝叶和根茎遗骸，随着地壳的变动而埋入地下，长期与空气隔绝，并在高温高压下，经过一系列物理化学变化等因素，最后形成了黑色的可燃化石，这就是煤炭的形成过程。"

他问："您说，这又与我们勘查黄金有什么关系呢？"

常老师说："关系大着呢。各种矿物都有它的地质环境和成藏条件。有煤矿的地方，说明这就是一个沉积岩地区。煤矿生成于沉积岩中，而黄金只可能在岩浆岩中生成。"

他若有所思地说："哦，原来是这样。"

常老师说："据我了解，从这里向西、向北、向南，是一片极为辽阔的煤田煤海，生成黄金的条件已经不存在了。到今天为止，我们在六郎村以西的黄金勘查就结束了。"

他问："您说，我们下一步该怎么办？"

常老师说："下一步我们只能向六郎村以东勘查了。那里的山脉是岩浆岩，具备黄金生成的条件。"

常老师又向他讲了一些关于勘查黄金的知识。说完，就趁早和他下了山，在公路上拦了一辆班车，回了沙涧镇。

常秋生回到沙涧镇，他觉得乔志军跟着他已有二十多天没有回同城看望父母了，就买了一些吃食，让小乔提着，一方面回家去探亲，一方面休息几天。

乔志军走后，常秋生就将自己关在宾馆的屋子里，取出稿纸，用两天的时间，将在六郎村以西勘查黄金的详细情况，起草了一份《关于西线黄金勘查的详细报告》。写好后，他又反复检查了两遍，自己觉得写得有理有据，层次分明，该写的都写上了，就又工工整整地誊写了一遍，装进一个大信封里，用糨糊封了信口，然后又在信封上写上了收信人姓名。

常秋生写好报告的第三天，乔志军回来了。

常秋生就让乔志军去省地矿局领工资，领补助，报销差旅费。临行，他拿出准备好的大信封，让乔志军一定将这封信面呈给杨茂森局长。

乔志军走后，他就钻进了六郎村东面的大山里，又开始了他勘查黄金的旅程。

"东一线，西一线，谁能找到两条线，能富九州十八县。""锅对锅，十八锅。""槽对槽，十八槽。"常秋生每天上山之前，已经习惯了默诵老祖宗传下来的这些秘诀，尽管已经找到了十八锅，找到了一条线，但是，他默诵这个秘诀的时候，仍不想减掉其中的任何一个字。

根据多年来学到的知识，常秋生知道要勘查黄金，注意发现山上能够生成黄金的岩石当然非常重要，但绝不能忽视了观察河流里的沙子这条"以金找金"的捷径，同时，更不能轻视了打听和分析当地的地名和村名。那次柴鸿儒研究员来六郎村，给他讲了"铜炉"和"冶铺"的知识，使他受到了很大启发。古人命名一个地名和村名，都不是随意的，里面包含着许许多多后人不知道的重要信息。随着时间的推移，人口迁徙的变化，原来的信息失传了，后来的人们对一些地名和村名的来历淡漠了，不重视了。但是，作为一个地质工作者，通过这些地名和村名，还是能从中摸出一些蛛丝马迹来的。

常秋生一路走，一路勘查山上的岩石，观察河里的沙子，向当地的老百姓打问附近的村名和地名。

五天之后，乔志军从省城回来了。他到局里领上了两个人的工资、补助，报销了一个月来的差旅费，还给常秋生带回了杨茂森的口信。

杨茂森让乔志军转告他说："地球从来就是一个未知的世界，勘查就是对这个未知世界的探索，无论达到目的与否，都是一种科学态度与科学行为，都是值得肯定与庆贺的。你与乔志军在六郎村以西的勘查工作，局里的领导们都给予了很高的评价。你对句注山西部的判断也是正确的。你准备折返向六郎村以东进行勘查，是非常正确的决定。与全省的地质勘查大军相比，你们两个人只是一个小得不能再小的小分队。你们势单力薄，没有交通工具，缺乏技术设备，因此，一定要量力而行，尽力而为。在勘查过程中，千万要注意安全，保重身体！"

常秋生听了乔志军的转达，就像又亲耳听到了杨茂森局长语调温和但却坚定有力的声音。特别是听到杨茂森局长要他们"在勘查过程中，千万要注意安全，保重身体"这句话时，感动得眼眶里立时湿漉漉的，差点掉出了眼泪。

乔志军转达了杨茂森局长的话后，又从怀里掏出一封信来，交给了常老师。

常秋生一看笔迹，就知道这是谁给他写来的信了。

乔志军也看出信封上是一个女性的字迹，他判断这一定是常老师的对象写来的。为了让常老师在一个人的环境中好好阅读这封来信，他就借故出去了。

常秋生手里拿着信封，又仔细地看了一遍，收信人地址是他们省地矿局的地址，中间是他的名字，寄信人地址则是中国地矿报社，翻过信封的背面，写着整整齐齐上下对称的两行小字：

信走如鸽飞

　　不知何时归

　　他从办公桌的抽屉里取出一把剪刀，在信封的右边轻轻地剪开一个整齐的口子，从信封里抽出了两张在左下脚印着两丛兰花的信笺，信笺上用钢笔写着一行行娟秀的小字。他急切地读起来：

　　秋生哥：

　　好久没有给你写信了，你不会怪怨我吧。

　　《中国地矿报》在京，虽然算不上一个大报，但由于社里年轻人少，外采记者更少，所以，年轻的外采记者，就像几只采蜜的工蜂一样，成天总是忙忙碌碌地飞来飞去。我就是其中的一只小工蜂。平时没有节假日，没有上下班，忙得焦头烂额，一塌糊涂。当然，我们也有快乐的时候，那就是完成一次采访，发表一篇报道。那时候的喜悦，那时候的高兴，真是难以言表。我常想，你如果也在我的身边多好啊！那样的喜悦，我们就可以共同来分享。那时候，一个喜悦就变成了两个喜悦，一个高兴就变成了两个高兴。

　　秋生哥，现在正是深夜，你休息了么？也许你正在读你最喜欢的《钢铁是怎样炼成的》吧，也许你正在思索着什么，也许你劳累了一天，已经酣然入睡了吧。

　　此刻，我正坐在窗前，刚刚写完了一篇报道。我望着窗外，半个月亮正挂在天空之上，周围有无数颗小星星，正眨着眼睛，用疑惑的目光盯着这不满的月亮。我就像其中的一颗小星星，我想问，月亮啊！为什么你总是半缺半圆，不能给人一个圆满的结果呢？

　　秋生哥，我从小到大，认识的人那么多，那么多，有亲人，有同学，有同事，有朋友，而你在我的心里占据的位置却最多？我无时无刻不在思念着你？一想起你，我的心就像浸入了蜜的海洋？我的生活中不能没有你。没有你，我想象不出我的生活将会怎样。

　　秋生哥，天气渐渐地凉了，你出门要多穿些衣服，晚上睡觉，要盖好被子，小心感冒了；生活要有规律，不要吃凉食，那样会得胃病的。我为我不能在你身旁为你的身上添一件衣服而感到抱憾！我为我不能在你的身旁为你做一顿热腾腾的可口早餐而感到愧疚！我不在你的身旁，你一定要好好地照顾好自己啊！

书不尽言，言不尽意。

天色已经渐渐放亮，只好搁笔了。

你的小妹：亚丽

十月十二日晨于京华

一字一句地读完来信，常秋生被邹亚丽那一片滚烫的深情打动了，他的心潮沸腾起来。但是，不一会儿，他的理智便战胜了感情，心情就渐渐冷静下来了。他想，亚丽对自己的感情已经陷得很深了，不能再继续耽搁她了，那样会毁了她一生的。现在得赶快给她写一封信，将自己与香草的真相告诉她，让她另觅一个称心如意的对象。想到这里，他就伏在桌子上，铺纸拔笔写起来。

亚丽：

你好！

你的几次来信，我都收到了。一来是因为瞎忙，二来是因为手懒，迟复为歉！

得悉你当了记者，我很高心，这样就可以发挥你的所学了。人生能做自己最喜欢做的事情，那就是最愉快的人生。又悉你的工作很忙，我觉得这也不是一件坏事。年轻人，趁着自己身体好、精力旺，应当多干一些事情。就你来说，就是要多走一些地方，多接触一些人，多写一些文章，多看看外面的风景，为将来的大部头创作积累一些生活素材，那时候，你就会觉得现在的忙是有价值的。一只工蜂忙忙碌碌地采着花粉，最后酿成了蜜。它看着自己的杰作，心里一定会有一种成就感，一定会非常地高兴的。我非常赞同保尔·柯察金说过的两句话："要全力以赴地工作，像一匹驯顺的马拉着重物爬坡一样。""不要在你的生活里留下痛苦的回忆。"我之愚见，不知你以为然否？

亚丽，我是一个在农村长大的孩子，在我的幼年的同伴里，有一个叫作香草的女孩子，和我在一起玩耍，并伴我一起长大，在读高中时，我们相恋了。我们曾经在一起发过誓，她非我不嫁，我非她不娶。香草是一个善良、温柔的女孩子。因为家庭原因，她没有读完高中就辍学了。我考入大学以后，特别是研究生毕业以后，香草觉得和我有了差距，不想拖累了我，几次三番要退出来，让我再找一个学历高、有工作，各方面都比她更好的女孩子。我曾经和她击掌为誓！我不是一个嫌贫爱富的人。七尺男儿，堂堂丈夫，一言既出，驷马难追。我绝不能背信弃义，忘记诺言，丧失做一个人的起码道德，弃她而去，另择高枝。这样的事情，不但我做不出来，即使别人做出这样的事情，我也会深恶痛绝的。

亚丽，你也是一个好姑娘，你漂亮、聪明，又有才学。但是，自从认识了你，我就是一直将你当小妹看待。真的，只要和你在一起，我就感觉到了一个兄长的责任，我想呵护你、关照你。我知道，你也是一直将我当作一个兄长般尊重，从来没有生分过。你真是我的一个好妹妹。我为有你这样一个好妹妹而感到自豪和骄傲！就让我们一生一世做好兄妹吧。

你的工作特殊，经常外出，作为一个女孩子，一定要注意安全，保重身体！愿你尽快能找上一个心仪的能陪伴你终身的伴侣！

在这遥距几百公里的远方，随信寄去我一个衷心的祝福！

兄：秋生
十一月二日于沙涧镇宾馆勘查办

常秋生将给邹亚丽的信写好了，又读了一遍，没有发现什么差错，就折叠好了，装入信封，封了口，到镇里的邮电所，发了出去。

第三十章

六郎村北山上的民采金矿，因为属于盲目开采，所以十洞五空。

盲目开采，就是碰运气。开一个小洞，少说也得投资几十万；开一个大洞，投资几百万，甚至得上千万。运气好的，挖五十米，就能见了金矿；运气不好，就是个白洞。

采白了的矿主们，见不了金矿，决不罢休，他们仿佛这辈子就是为了黄金而生的，一直投资，一直往下挖。有的股东从家里实在拿不出资金了，只好无奈地撤了股，但另一个股东很快就又加入进来。许多股东为了一个金色的梦想，在矿主的带领下，就像赌徒一样，将身家性命全部押了上去，到头来却血本无归，只好家破人散，流离失所。

山腰上，山脚下，留下了一个个黑乎乎的洞口。远远望去，这些洞口就像一只只欲哭无泪的眼睛，在悲伤地诉说着自己的苦辣酸咸。洞口的低洼处倾倒着一堆堆一滩滩毫无价值的灰色石渣。洞口的周围是曾经居住过人的废窑钵和残垣断壁。废窑钵和残垣断壁之间，则是人们遗弃了的烂鞋烂袜和啤酒瓶、塑料袋等生活垃圾。偶尔，在这些生活垃圾堆里还可以发现一只露出半截的避孕套。

金矿主最初挖金的资金都是靠亲戚朋友孵小鸡集资的。孵小鸡的钱花光了，再也无人愿意孵小鸡了，他们就想办法借贷。借贷，人们称为"拉红"。拉红就是一种高利借贷，借方以月息百分之五或者百分之十的利息，向对方贷出一定数量的资金，每月按时付息，按照约定到时还本。借贷双方原本都是想投小本获大利的，但借方挖不出黄金，付不了利息，更还不了本钱，只好赖账。而贷方的资金绝大部分都是血汗钱和养老钱，挣不下利钱，竟然连本钱也丢了，哪里能够罢休。于是，又上演了一出出打打杀杀、家破人亡的闹剧。

矿主赵文，向邻居借了十万块钱，打了一口白洞，还不了钱，也不说好话，准备跑路，被邻居发现，气愤不过，将其关进自家地窖里，恐怕其逃走，又用铁链拴住其双腿。邻居每天不给其吃，不给其喝，只往地窖里扔一棵沾满了泥土的脏兮兮的白菜，声言不还本钱绝不放人。赵文在地窖里度日如年，痛苦不堪，生不如死，终于在某一天撞壁而亡。公安部门破案后，邻居身入牢狱，最终也因私设刑堂致出人命，被判处二十年有期徒刑。

挖到了金矿的矿主比挖不到金矿的矿主也好不了多少。他们开采出来的金矿石，都是贫矿，品位小得可怜，辛辛苦苦干一年，所得利润，除去费用，几乎没有多少盈余。一个个愁眉苦脸的，即使偶尔笑一下，也是勉强从脸上挤出来的几条皱纹。

夜里，六郎村北山上的灯火已不像最初那样灯山火海地繁密。

山上山下的各类服务行业，也不如先前那样兴旺发达，红火热闹。

饭店里的一盘过油肉，曾经卖过沙涧镇过油肉的三倍价钱，现在，只要花上多出沙涧镇过油肉一倍的价钱，就能吃到了。

小卖铺里的方便面、矿泉水，随着山上人流的减少，价钱也已不像以前那样高得惊人，让人望而生畏了。

柳干头的生意也减少了不少。夜里，从六郎村向北山上望去，山灯也是有一夜亮有一夜暗的。

常冬生的矿产品开发公司与别的私营金矿恰恰相反，经营得风生水起，如火如荼。自从他的金矿坑道打入六郎城地下，与省金矿的金脉接通后，金矿石就越挖越多，矿石的品位就越来越高，黄金的产量也就越来越多。

这个效果，正是他当年精心设计的产物。

常冬生确信这样一条真理：世上无难事，只怕有心人。世上的事情，只有想不到的，没有做不到的。在他人生的记忆中，无论是他当电工，养小四轮拖拉机，也无论是他捡到金疙瘩，结识负不赖书记，还是他巧施抓阄计，租了饲养场，一桩桩，一件件，哪一次不是他通过精心谋划，神机妙算而如愿以偿。虽然他也信神信佛，也相信真玄法师说的"一个人的今世，都是由前世决定的"这句话，但他认为，前世的修，就好比上帝给你的土地里埋下了一颗优质种子，种子发了芽，破土而出，你还得锄草松土，施肥浇水，精心作务，它才能苗壮成长，开花结果哩，否则，破土而出的嫩芽，要么就是长不成个样子，要么就是枯萎而亡。他的金矿坑道打入六郎城地下，接通了省金矿的金脉，最能说明这个道理。现在，六郎村北山上的多少私营金矿都像肥皂泡沫一样，一个一个地破产了，剩下一些没有破产的金矿，也是苟延残喘，气息奄奄，处在濒临死亡境况之中，而他的矿产品开发公司却如日中天，一天比一天兴旺。

加工出的黄条，一根一根地搬上二楼，搬进了他的办公室。他又将这些黄条整整齐齐地码入他放在床头的保险柜里。他除了给负不赖书记按股分成，将黄条送了过去，又给他手下劳苦功高的几位得力干将，每人发了两根。

不久，黄条在保险柜里放不下了，他就跑了一趟省城，买回了两只容积更大的保险柜。黄条还在增加，新买回来的保险柜，也已垛得满满当当了。

他打开几只装满黄条的保险柜，一时间，金色满目，垛得就像小山一样的黄条，晃得他有些睁不开眼睛。他突然想起那个诡异的梦来。那年，他在正峪河第一次淘金，夜里和娘、秀枝拣完了沙金，躺在窑院南窑的炕上，梦见自己在河畔的土崖根下，撒尿冲出了金元宝。他将金元宝拉回窑院，堆得像小山一样，他变成了六郎村的首富、沙涧镇的首富……今天，那个梦想不就成真了么？

他看着这些耀眼的金灿灿的黄条，一时又发起愁来。他想，世界上再好的东西也不能太多了，太多了就成了负担。这么多显眼的黄条，一旦引起歹人的注意怎么办？如果歹人前来抢劫，说不定还因富生祸呢。歹人抢劫银行，抢劫金店，又不是没有先例。

产生了这个居安思危的想法，他好几天就夜不能寐，有时候，刚刚入眠，却又被一个心惊肉跳的可怕噩梦惊了醒来。

思忖再三，他决定将所有黄条分作三份来处理。留一份在保险柜里。将另一份黄条，兑换成人民币，存入银行。接着，又拿了一份黄条，去了一趟深圳，在黑市上兑换了一些美元和英镑。尽管因为人生地不熟，吃了一些小亏，但他觉得，这些外币不怕贬值，国际通用，一来便于保存，二来说不定啥时候还派得上用场呢。

安顿好黄条，他那颗悬着的心这才放安妥了。

没有了后顾之忧，于是，他四仰八叉，倒在床上，美美地睡了一觉。

六郎村北山上的挖金热退烧之后，六郎村街上的几个歌舞厅的业务受到了一定的影响，但"情未了"却一如既往，依旧红火热闹。

"情未了"的业务好，与老板白牡丹对男人们的心理活动了解得透彻，有着极大的关系。白牡丹年龄虽然不大，却是个情场老手。她小时候发育得早，十三岁两只乳房就像两座山峰一样在胸脯上高耸了起来。十四岁读初中一年级就与社会上的一个混混儿混在一起，被开了苞。从此，她就离开学校，带着美丽，带着朦胧，带着欲望，走进了社会。她在饭店洗过盘碗，在旅店当过服务员，自己开过发廊，也在宾馆当过客房部经理，据说她经见过的男人有一把芝麻那么多。什么样的男人，她没有见过？老的，少的，大的，小的，做官的，当兵的，有钱的，贫穷的。她对男人与女人进行过认真的比较和思考，男人的物件长在外面，就证明了男人是一个坚强的具有进攻性的动物；女人的物件长在里面，也证明了女人是一个柔弱的具有包容性的动物。别看男人们坚强起来，飞扬跋扈，不可一世，但在柔弱的包容性动物面前，最终也得筋疲力尽，疲软得败下阵来，这就是柔能克刚、水滴石穿的道理。据她多年来的经验，她知道男人的天性像蜜蜂，蜜蜂的天性就是采花蜜。自己家里的那朵花儿不鲜不艳、濒临枯萎了，他就自然而然地要跑到外面，去采野花蜜了。男人这个雄性动物，就像探险家一样，对女性及其肉体的奥秘，怀着强烈的好奇心，有着想要探明的强烈欲望，因此，为了达到这个目的，他们不惜冒任何风险，也要勇往直前。这种雄性动物的本性，淋漓尽致地体现在每一个男人身上，别看有的男人表面冠冕堂皇的就像一个正人君子，其实那是一种表象，骨子里仍然是一个好色之徒，除非他身体有病。她还认为，男人这个雄性动物，是世界上最贪婪的动物，对于异性，总是吃着嘴里的，看着碗里的，想着锅里的，梦着未来的。知道了男人们这些本性和特点，女人就不能将真心交给男人。知道了男人们这些本性和特点，女人只要略施小术，一时靠近，让他如沐春风；一时远离，又让他心痒难耐，这时候，男人们就会乖乖地成为囊中之物了。

白牡丹对众小姐说："现在的社会是笑贫不笑娼。妹妹们，咱们都是吃青春饭的，趁着年轻，及时行乐、及时挣钱吧。等到人老珠黄，不值钱了，那时候后悔了也就迟了。"

小姐们对自己所从事的行业，不以为耻，反以为荣。她们觉得只有自己才是世界上最聪明的人，自己所干的行业才是世界上最好的，既能受瘾，又能挣钱。世界上的傻×才是那些男人们呢，贴上了银钱，损失了身体，还高兴得就像占了一个多大的便宜似的。

但是，小姐们有时候也有些纳闷，这么高尚的事业，为什么那个穿着警服的矿区派出所所长郭文忠，总是要带着他的干警们隔三岔五地来检查，搅得她们不得安宁呢？那天，一个姐妹正和客人们在床上玩耍，郭文忠和几个干警突然闯进来，将两个人双双捉住，带回派出所，又要送看守所，又要查封"情未了"。白牡丹找到金老板常冬生去说情，郭文忠也不买账，说是早就有人将你们举报了。无奈之下，常冬生回了一趟县里，搬了一个县级领导，这位县级领导给公安局长打了招呼，公安局长又给郭文忠打了电话，这才不了了之。

小姐们的业务一般集中在下午和晚上，往往天快亮的时候才能入睡，因此，第二天上午就起得很迟。她们爬起来了，吃一点早点，再梳洗打扮了一番，等待着新一轮客人的到来。因为上午没有什么客人，四个小姐就坐在一起，你一句，我一句，谈起了自己的职业和心得体会。

四个小姐正说得热闹，常冬生进来了，他只听到了小姐们后面的几句，觉得她们说的话如诗如歌，朗朗上口，挺有意思，就对白牡丹说："你们这里的小姐了不起呀！还挺有文化哩。"

白牡丹说："是呀！咱这里的小姐，都是高素质的小姐。没有文化，敢来你这常大老板的地盘上混吗？"

常冬生仍是"情未了"的常客。他每一次来"情未了"，都是专门来找白牡丹的。虽然小姐们绝大部分都是嫩妞，长得也出类拔萃，不由得让人想入非非，但他从来不和小姐们打情骂俏，沾沾惹惹。小姐们知道他是老鸨白牡丹的情人，也不敢产生非分想法，打他的主意。他觉得白牡丹是他的旧情人，和他是有情有义的，要不然，靠着人家白牡丹这样的人才和能力，哪里不能开个歌舞厅，却非要大老远的到六郎村来，还不是为了和自己聚会方便？特别是白牡丹善解人意，插座又好，交上这样一个能将自己伺候得舒舒服服的女人，真是今生今世的艳福啊！

白牡丹将常冬生接入一个雅间。

一个小姐端上了水果、瓜子，放在茶几上，又沏了一壶藿香茶，为常冬生和白牡丹各斟了一杯。接着，又要放音乐，又要为常老板献歌。

常冬生说："我今天不想听音乐，也不想听歌，只想静静地坐一坐。"

白牡丹摆了摆手，小姐就出去了。

常冬生将右臂搭在白牡丹的肩膀上，白牡丹便乘势滚入常冬生的怀里。常冬生的怀里抱着软绵绵的一团白肉，心里好生得意。白牡丹将身子和常冬生贴得紧紧的，显得很温存的样子，她的右手便在常冬生的几个衣兜里摸索起来，上衣四个口袋，下衣两个口袋，里面空空如也，什么也没有。

平时常冬生口袋里没有别的东西，装的都是钱，一百元和五十元面额的人民币装着好几沓，十元和五元面额的票子，也装着两把，那都是为了花钱方便才带着的。今天，他出来时脱了旧衣服，换了一身新衣裳，口袋里忘记了装钱。

每一次来"情未了"，白牡丹一边和他亲热，一边总要将他口袋里的钱掏得干干净净，装进自己的口袋里。他特别喜欢看白牡丹从他口袋里掏钱的样子，她掏一下看一下他的面部表情，就像一只小母鸡，低头啄一粒米，就赶快抬头看一看周围的动静，贪婪而又胆怯，这种举动能让他产生一种怜悯的情愫。他知道，女人是个爱钱的动物。而他又有的是钱，身上的这几个小钱，让白牡丹掏出来，装进她的口袋里，他感到心里有一种难以言喻的惬意。

今天口袋里没装钱，没有欣赏到白牡丹可爱的姿态，他感到有些遗憾。他想在白牡丹身上好好用用情，弥补一下这个缺憾，就伸手去解白牡丹的衣扣。

白牡丹伸手将常冬生解衣扣的手挡住了，说："别，我身上刚来了。"

常冬生愣怔了一下，问："是不是不正常了？"

白牡丹说："挺正常的。"

常冬生在雅间里和白牡丹又坐了一会儿，就从"情未了"出来了。

在回公司的路上，常冬生想，白牡丹的例假应该是前五天就结束了。他和白牡丹交往多年，白牡丹的身子什么时候干净，什么时候不干净，他是一清二楚的。每次来和白牡丹聚会，他都会躲开白牡丹的例假期间。可是，白牡丹的例假已经结束好几天了，为什么却说她的例假刚来了？会不会是因为自己今天身上没有装钱呢？一产生这个念头，他就打住了。他又想，这个判断太早了，也太武断了，也许是自己记错了时间，误解了人家白牡丹呢。

有了疑虑，依常冬生的性格，总想弄个明白。他决定抽个时间，对白牡丹好好试上一试。

隔了十天时间，常冬生估计白牡丹那天要是真来了例假，应该早也过去了。

这日下午，常冬生将公司的事情处理了一下，见没有什么当紧的事情要做了，有意将口袋里的钱全部掏出来，放进抽屉里，然后，从报架上取下几张报纸，一张一张地分别折叠成小块，装进几只口袋里，他看了看几只口袋，见都显得鼓鼓囊囊的了，这才起身来到了"情未了"。

白牡丹见常冬生来了，向他上下打量了一下，对他十分的热情，放下一位正在接待的客人，将他让进了一个雅间。

一个小姐马上端来了水果、瓜子和茶水。接着，又打开了扩音器，拿着话筒，为他献了一首歌。小姐唱罢，白牡丹也主动为他唱了一首情歌。

唱罢了歌，白牡丹示意小姐出去，自己便坐到了常冬生身边。还没等常冬生动手，白牡丹便钻进了常冬生的怀里。

常冬生也顺势将白牡丹抱住了。

白牡丹就像往常一样，开始将手伸进了他的口袋，掏了一个又一个，见都是一些报纸，没有一分钱，就将手缩了回来。

常冬生见白牡丹掏完了自己的口袋，就装得若无其事似的，动手解白牡丹的衣扣。

白牡丹将他的手拦下了，从他的怀里钻出来，说："别，我身上刚来了。"

常冬生听了白牡丹的这一句话，一下子全部明白了，看起来，他先前的猜测一点没错，是完全正确的。

他站起来，说："我不会强迫你。"说完，就走了。

从"情未了"出来，他头也没回，白牡丹送没送他，他也不知道。

常冬生径直回到了自己的公司，开门进了办公室，坐在沙发上发了一阵呆，起起伏伏的心潮怎么也不能平静下来。

这时，常冬生突然觉得自己特别想喝一顿酒。于是，他就起身从酒柜上取下一瓶茅台酒来，又取了一只高脚玻璃酒盅，打开冰箱，取出一袋干鱼丝，放在茶几上。他坐下来，拧开瓶盖，倒满了酒盅，又将干鱼丝的塑料袋撕开来，就一口茅台酒一口干鱼丝地自斟自饮起来。

他一边喝酒一边想，白牡丹呀，白牡丹！我常冬生对你也不薄呀！想当初，在轩岗俏的太理发店认识了你，我在你身上也花了不少钱，就算那时是籴黄米吧，可我总是比别人籴黄米加倍付出的呀！后来你到六郎村来找我，想开一个歌舞厅，是我花钱为你租下了供销社分销店的库房，又出了一大笔资金为你装修了歌舞厅。派出所的郭所长查住了你拉嫖卖娼的问题，要将你的人送进看守所，并查封你的歌舞厅，是我通过我最好的朋友打招呼，才使你逍遥法外。再说，哪一次我到"情未了"去找你，你不从我的口袋里掏走万儿八千块钱？自从认识了你，我在你身上花去的钱，虽然没有详细统计过，粗略估计，至少也不下百儿八十万了吧。真想不到你每一次见了钱，总是眉开眼笑，见不到钱就恩断义绝了。白牡丹，你太势利了！是我错估了你了。古人说"贼无情，婊无义"，原来这是千真万确的呀！

过了一会儿，他突然又悟出两个道理：用火可以试金，用金原来也可以试女人。男人要有钱，和谁都有缘。他自言自语道："'情未了'呀，'情未了'！从今往后，咱们的情就了了。"

将一盅酒倒进嘴里，就了一口干鱼丝，他又想起秀枝的好来。秀枝的确是个好女人，待人接物真诚大方，贤惠善良，是一个典型的贤妻良母式的好女人。但就是有一样他不满意，那就是秀枝的插座，怎么就打不起一星儿火花呢？

想起了秀枝，他就不由得将白牡丹与秀枝做了一个比较：白牡丹是插座好，但却无情无义；秀枝是人品优秀，却插座不好。

又喝了几盅酒，他看了看酒瓶，半斤茅台酒已经进了肚里，脑袋有些晕晕乎乎。他接着想，如果有一个插座又好，又有情有义的女人陪在自己身边，那才不枉了人生一场呢。

"嘭嘭嘭"，外面传来一阵敲门声。

常冬生说："进来吧。"

门被推开了，来人是妻表妹靳翠枝。她的手里拿着两张收支汇总表，过来要向常冬生汇报这个月的收支情况。

常冬生双眼盯着翠枝，眼珠儿转也不转。他想，平时人们背地里议论，说翠枝长得漂亮，他一直也没觉得翠枝有多么好看。今天看来，翠枝长得的确漂亮，有红似白的脸蛋，亭亭玉立的腰肢，站在那里，就像一株刚刚出水的芙蓉。看着看着，他心里就不由得一动。

靳翠枝被常冬生看得不好意思起来，见茶几上放着酒瓶、酒盅，屋子里一股酒气，就说："姐夫，喝酒哩？那就改日再给你汇报吧。"说完，就要转身出去。

常冬生的两眼直勾勾地看翠枝，就像有两团火要冒出来，说："汇报不忙，翠枝，你坐过来，姐夫有话要对你说哩。"

翠枝感到了姐夫眼里火的灼热，走过去，怯怯地坐在了沙发上。

常冬生又倒了一盅酒，一仰脖子，灌进肚里。

靳翠枝说："姐夫，别喝了，喝多了，伤身子哩。我给你倒杯水去。"

常冬生用手拦了一下，说："别。你坐着，我想问你一句话。"

靳翠枝说："姐夫，啥话？你说吧。"

常冬生说："姐夫对你怎样？"

靳翠枝说："好着哩。"

常冬生说："姐夫有了困难，你帮不帮？"

靳翠枝说："怎不帮哩？你的公司里需要出纳，我不就过来了么。"

常冬生说："我说的不是过去，是说今后哩。"

靳翠枝说："今后我能帮你啥哩？"

常冬生说："比方说姐夫掉进了冰窟窿，被人捞起来，身子已经冻得僵硬了，处于休克状态，急需要披一件衣服，暖暖身子，否则性命也难保了。你肯脱一件衣服，救姐夫么？"

靳翠枝说："慢不说是一件衣服，真要是那样，我就是嘴对嘴呼吸，也要救你哩。"说完，她自知失口，脸一下就红了。

常冬生说："你这是真话？"

靳翠枝的脸依然红着："姐夫不信，我敢发誓！"

常冬生说："别，其实没有那么严重。姐夫也掉不进冰窟窿，你也不用嘴对嘴呼吸救姐夫。"

靳翠枝半天也没有摸着头脑，不解地问："姐夫，你到底是想说啥哩？"

常冬生说："姐夫眼下确确实实是有一个困难想求你帮助哩？"

靳翠枝说："姐夫你说，只要是我能办到的，我一定要帮你。"

常冬生说："你能办到，只要你点点头，就可以了。"

靳翠枝说："我能办到？"

常冬生说："是哩！你表姐自从信了佛，已经有两三年不和姐夫同居了。姐夫好孤单啊！想求你和姐夫做伴哩。"

靳翠枝的两个脸蛋更红了，就像是两个熟透了的苹果，她说："这个不能，表姐不和你同居，我可以劝劝表姐。"

常冬生说："信了佛的人，对红尘上的事情就都断了念想，谁劝也没用。"

靳翠枝说："劝没用，我也不能答应你。"

常冬生说："那你就不可怜姐夫？"

靳翠枝说："真要像你说的那样，你可以和表姐离了婚，再找一个合适的么。”

常冬生说：“姐夫就看好你呢。”

靳翠枝说：“看好也不行。”

常冬生说：“那是因为啥呢?”

靳翠枝说：“我不能做对不起表姐的事。”

常冬生说：“你表姐才不管这些事情哩。”

翠枝说：“表姐不管，我也不!”

常冬生站起身来，绕到翠枝面前，说：“你再不答应，姐夫就给你跪下求你了。”说着就弯了一条腿，真的要给翠枝跪下来。

靳翠枝见状，急了，慌忙欠起身来，伸出双手去扶姐夫。常冬生乘势猛地抓住了翠枝那一双洁白、娇嫩、柔滑的小手，稍一用力，就将翠枝揽进自己的怀里。翠枝挣扎着，拒绝着，嘴里不停地喊着，不要! 不要! 常冬生立即用嘴堵在了翠枝鲜红的嘴上，又腾出一只手，撩起翠枝的衣襟，一下就伸进了她的小衣。翠枝闻到了一个异性身上特殊的气味，感觉到了姐夫的呼吸，热乎乎的，有些急促，那些气味就像一张无形的网，将她牢牢地罩住了。她的防线彻底崩溃了，身子一阵发麻，周体无力，瘫软得就像一根面条，一点力气也没有了，站也站立不住，两只手不由得就抱住了姐夫。常冬生又乘势将翠枝抱起来，快步走进了里面的卧室。常冬生进入翠枝身体的时候，隐隐约约听到了翠枝的下体轻轻地发出了“噗哧”的一声响声，就像一个气泡破裂的声响。随之，翠枝露出一排碎玉一样的牙齿咬了一下鲜红的下嘴唇，娇喘着“哎呀”了一声。常冬生心里“咯噔”一下，暗喜道：这还是一个处女哩! 翠枝的脸上抽搐了一下，瞬间就消失了。

靳翠枝觉得自己现在的身子就像到了海边，海面上的浪涛，夹杂着一场风暴向她呼啸扑来，她无处可逃，瞬间就被淹没了。继而，汹涌的浪涛将她推上岸来，她躺在了海边松软的沙滩上，一片温暖的阳光，洒在她的身上。潮水在松软的沙滩上划出一条曲线，向她一阵阵涌来。细浪轻柔地拍打着她的身体，水花飞溅，抚摸着她的肌肤，抚摸着她的面颊，撩动着她的一头秀发，一会儿舔一下她的脚趾，一会儿舔一下她的脚踝，一会儿舔一下她的大腿，一会儿舔一下她的腰肢，一会儿舔一下她的胸脯，酥酥的，痒痒的，麻麻的，其中奇妙感受难以言状，如此反反复复，复复反反，不知过了多久，她就被浸泡在潮水里，融化在了空气中。

常冬生如愿以偿，终于得到了最最可意的女人。他觉得在翠枝的身上，没有秀枝和白牡丹共同的缺点，却具有秀枝和白牡丹共同的优点。而且，在翠枝的身上，还有几分秀枝和白牡丹谁也没有的东西，那就是思想简单，心灵清纯。

第三十一章

来六郎村下井挖金的农民工，大部分是陕西人和四川人。当地人称他们是"陕西老侉"和"四川老侉"。陕西老侉个子高大，身板结实；四川老侉个子矮小，吃苦耐劳。

当地也有下井挖金的人，这些人都是省金矿围墙内的正式工人。他们穿着瓦蓝瓦蓝的工作衣和橘黄色的工作鞋，戴着粉红色的安全帽，下井有绝对的安全保障，上井吃着集体食堂，住着集体宿舍大楼，享受的是八小时工作制，下了班可以打篮球，踢足球，看电影，看电视，搞一些自己喜欢的文娱活动，节假日、星期天还能照常休息，到了退休年龄，老而无忧，退休金照拿不误。

站在围墙外的农民工，看着围墙内一个个精精神神的正式工，简直羡慕死了。

每年年初，没过正月十五，一群一群拎着大包小包的陕西老侉、四川老侉就迤逦来到了六郎村，呜里哇啦的陕西话、四川话就充斥了六郎村的大街小巷。他们一群一伙地在六郎村北山上纵横交错的山道上，在六郎村的街头巷尾直来直去，旁若无人。

来到六郎村的农民工，单身的，由工头安排在集体宿舍里居住，吃饭就在大灶上。宿舍是建在荒郊野外四处露风的简易工棚。夏天，蚊虫飞咬，搅得人无法入眠；冬天，寒风凛冽，冻得人瑟瑟发抖。饭是碜牙的馒头和米饭，菜是苦得难以下咽的苘子白熬山药，爱吃不爱吃，只要是动了灶上的碗筷，照收伙食费不误。

拖家带口的农民工，有的租了六郎村的民房，有的则选择一处圪崂或是土崖，就地挖一个窑钵子，不由得就让人想起了原始社会以穴而居的先民们，也不由得让人想起了地里土拨鼠们的生活。

四川老侉无论男女，还是大人小孩，出来进去，总是不穿袜子，光着脚，跋着一双拖鞋。拖鞋穿破了，就地一扔，随时就又从附近的商店里，花上三两块钱，再买一双趿在脚上。拖鞋所过之处，留下了一种拖沓拉拽的声音，给人一种散漫的感觉。水沟里，墙角下，垃圾堆上，见的最多的东西，除了塑料袋，就数那些缺带断底红红绿绿的拖鞋了。

女人们出来进去，背上总是背着一件东西。有的女人用二指宽的布带在背上兜着一个小孩，小孩趴在妈妈的脊背上睡一阵，醒一阵，不哭，也不闹；有的女人则背上背着一只上宽下窄的陈旧竹篓，背着竹篓从家里出来，又背着装满从市场上采买了粮食和蔬菜的竹篓子回去。

穿拖鞋，背东西，这一群人的出现，给六郎村平添了一种南方人的生活情调。

六郎村的人们，看着这一群人，最初由惊讶稀罕，最后慢慢地就见怪不怪了。但总是躲得他们远远的，有人说这些人都是在老家犯了事的人，他们出来，都是躲灾避难来了。和这些人沾沾惹惹，那不是没事寻事吗？

而四川老侉却看不起当地人。他们认为当地人没出息，穷死了，却还在家里守着老婆娃娃热炕头，不会出门挣钱不说，就连家门口的钱也不敢挣，全让外地人挣走了。

陕西老侉与四川老侉，不时发生一些利益冲突。出生于天府之国的子民们，穿着拖鞋，吃辣椒堪称能手，无人敢敌，但在争斗方面，却不是强者，往往是被穿着皮鞋的秦皇汉武的遗子遗孙们打得头破血流、鼻青脸肿，最后不得不逃之夭夭。

陕西老侉打架斗殴可以，但吃苦耐劳就逊色于四川老侉了。大部分金矿设备简陋，洞下爆破后，矿工们用蛇皮袋卷个圈套在腿上，然后顺着钢丝绳下到洞里，用耙子、簸箕，将矿石装进废水泥袋里，再被送下来的钢丝绳拉上去。上到地面的矿石，经专人登记后，再送到指定的地方。下井挖矿，一个四川老侉，每天至少要往出扛四袋金矿石，而一个陕西老侉，则累死累活，汗流浃背，一般只能往出扛两袋。

下井挖矿，都是按计件挣钱的。工头从矿主那里揽下活儿，然后给民工们定出了计件标准，谁扛出的矿石多，就挣得多，谁扛出的矿石少，就挣得少。四川老侉在收益上，明显比陕西老侉多了一倍。

侯三是陕西老侉中最不能吃苦的一个人。别的陕西老侉每天出两袋金矿石已经够少的了，他却只出一袋。上午扛出来，下午就躺在工棚里睡大觉。一个月下来，除了当下的生活，也富余不了几个钱。

侯三是陕西商洛人，三十多岁的样子，上无父母，下无子女，光棍一条，反正一个人吃饱了全家不饿，挣多挣少也无所谓。他是曾经结过婚的，二十五岁的时候，有人给他介绍了一个四川女子，因他馋吃懒做，没有一点收入，两个月后家里无米下锅，那个女人就跑了。

跑了女人，自己又不想在村里种地，他就离开家乡，到外面逛跶去了。

侯三下过江南，上过东北，干过建筑工人、搬运工人。无论在哪个地方，干什么活儿，都也时间不长，很快就离开了。一年前，他听说到六郎村挖金矿挣钱，就来到了这里，进入了连建国的工队。侯三认为，在这个世界上，从来就是弱肉强食，鱼大吃虾，虾大吃鱼。比如连建国就是一条大鱼，将他们这些小虾身上的油水吃进自己的肚子里，将自己养得膘肥体壮的。自己什么时候也能做一回大鱼大虾呢？

俗话说，同行是冤家。谁占有的工人数量最多，谁获取的利润就最大。近两年，由于包工队之间的激烈竞争，连建国手下的工人，被别的工队挖走了不少，他的工人从一百五十多人一下跌到了不足一百人。原先他的工队承包着两三个洞主的出矿石活儿，现在只能紧缩到与常冬生一个洞主打交道了。

连建国决定改变策略，招兵买马，重整旗鼓。

年关临近了，放假之前，连建国向大家宣布了明年的开工日期，同时，又宣布了一个重要决定，明年开工时谁要是能领来一个新的工人，奖励两千元。

侯三专门找到连建国，问："连头，额想问一下，如果领来新工人，奖金是不是当时全部兑现呢？"

连建国说："见了新工人，当时兑现一千元。三个月以后，如果这个新工人还在这里干着，就兑付剩下的一千元。"

侯三问："怎样才能确定这个新工人是额领来的呢？"

连建国说："这个工人只要承认是和你一块儿来的，就可以认定了。你是不是有了人了？"

侯三说："连头，额想给咱队上介绍几个老乡和亲戚呢。"

连建国高兴地握住侯三的手，说："好好地介绍吧。介绍的人数多了，额还有另外更多更大的奖赏哩。"

侯三随着返乡的老乡们坐着火车到了西安。下了车，他先找了个美容店，理了个发，又找了个澡堂，洗了个澡，然后就进了尚德门，在汽车站附近找到一个卖服装的商店，进去挑选了一身时髦外套，随即穿在身上。他在试衣镜前，上上下下打量了自己一番，觉得也还光彩鲜亮，足以在乡亲们面前显摆显摆了，就从商店里出来，随手将换下来的两件旧衣服扔在了门口的墙角里。

侯三在汽车站坐上了一辆去商洛的长途大巴。几个小时以后，大巴就到了商洛。他又乘了一辆出租车回了自己的家乡富家村。

富家村在当地是一个不大不小的村庄，全村五百来口人。名叫富家村，村里却没有一户姓富的人家，全村只有两姓，除了姓侯的，就是姓岳的。名叫富家村，村里却没有任何资源，一点也不富裕，村民们祖祖辈辈耕种着自家的一亩三分地，过着勉强能够吃饱穿暖的日子。

侯三已经有五六年没有回村了，回了村，他才知道富家村发生了巨大的变化。他离开村子以后，大部分年轻人看到钻在村里没有一点前途出路，就先后离开村庄，进城打了工，有的人家索性举家迁进了城里。平时，留在村里的只剩下一些老人和小孩，守望着自家那点打不下多少粮食的土地和破破烂烂的房屋。

这几天，外出打工的人们，也正提着大包小包的东西往家里赶呢。

一见这种情形，侯三想从村里招工的心就冰凉了。

侯三回到自己的院子，见院门上还落着锁，和他临走时是一个样子，只是锈蚀得不成了样子。他从门缝向院子里瞭去，两间房屋已经破败不堪，院子里长满了齐腰深的荒草。

侯三见自家的屋子是不能居住了，想要离开村子，但一看天色已晚了，就想在自己小时候的玩伴岳安安家里借住一宿。

岳安安是富家村唯一一个没有出去打工的年轻人。

岳安安和侯三同岁，却比侯三迟出生了六个月。岳安安生性老实，木讷，胆小，怕事，在村里是个公认的好人。就是因为他是个好人，邻村的岳父岳母才将自己的宝贝女儿莺莺嫁给了他。

岳安安有一句口头禅："尔说"。"尔说"的意思，就是别人说的。他认为凡是别人说的，都是对的。在证明自己的意见正确的时候，他就总是在开头或者结尾，加上两个字："尔说"。

莺莺嫌其过分老实，就生气地伸出手指，指着他的脑门数说道："你老是尔说、尔说的。你咋就不动动脑筋，想一想尔说的对不对？"

好人，往往是无能人的代名词。

三年前的一天，他到地里劳动，一不小心崴了脚踝。他的脚和腿肿胀得厉害，就坐在靠着窗子的床上歇息了几天。

那天，莺莺一边在锅台前给他做饭，一边陪着他说话。说着说着，莺莺见丈夫老是扭头往窗子外面瞭，就生气地说："额和你说话哩么。你咋得不是脸对着额，老是往窗外瞭甚哩？"

岳安安说："额瞭风哩。"

莺莺说："风有甚瞭头哩？"

岳安安不作声了。

过了好大一阵，岳安安说："走了。"

莺莺奇怪地问："甚走了？"

岳安安说："贼走了。"

莺莺吃了一惊，问："哪里有了贼了？"

岳安安说："刚才有个贼进了咱的南房，将咱的自行车推走了。"

莺莺气得嘴里"呼哧呼哧"的，放下手中的饭勺，在围巾上擦了擦双手，说："额去追！"

岳安安说："贼早就骑上车子跑了。追也没用了。"

莺莺生气地问："贼偷自行车的时候，你咋不早说？"

岳安安说："早说，你肯定要追出去。尔说贼身上都带着刀子哩。额怕你追出去吃亏哩嘛。"

就这件事，莺莺非常生气，说给了街上的邻居们去听，邻居们叹了一口气，都说："尔娃安安，好人！"

莺莺又回了一趟娘家，将这件事说给父亲去听。

父亲听罢，想了想，感叹道："唉！安安是个好人！"

人常说，一条炕上不睡两种人。岳安安是个无能人，莺莺也强不到哪里去。那天贼偷了自行车，她嘴上说是要去追，其实两条腿早已软得迈不开步了。

侯三提了两包点心、两瓶烧酒，来到岳安安家里。

岳安安和莺莺热情地接待了他。

莺莺非常同情侯三，出门在外的，好不容易过春节回了村，又没有一个归宿，怪可怜的。于是就打扫了一间闲房，铺好了一张床，让侯三歇在里面。

晚上，莺莺炒了两个菜，侯三拧开自己拿来的烧酒瓶，就和岳安安对饮起来。

喝了一盅酒，侯三从口袋里掏出两张一百元的钞票，塞到岳安安五岁的女儿手里，说："收着。这是伯伯给你的。"

岳安安和莺莺不让孩子要，孩子看着父母的脸色，怯怯的，又将钱推了回去。

侯三说："这又不是给你们的。当伯伯的，总不能对孩子没有个见面礼吧。"说着，就硬是将钱塞到了孩子口袋里。

岳安安不胜酒力，喝了三盅，就上了头，脸就红了，就推辞不喝了。

侯三自斟自饮，一边喝酒，一边和岳安安、莺莺说着话儿。他说自从离开富家村，他就一直混得不赖，特别是到了六郎村，那里到处是金矿，钱好挣得很，随便做点什么，就能挣到一沓一沓的钞票，那里的黄金也很便宜，干上一两天，戴一条金项链，甚至金手镯什么的不成问题。他说像安安这样的后生，在六郎村干上一年，保准能发了大财。他又说安安要是出去，你们这几间旧房，早就翻修成了新房，甚至盖成小二楼了。

让安安出去打工，是莺莺多年来的一个梦想。每年临近年关，村里出外打工的人们就陆陆续续地回来了，每一个人都穿戴得光彩鲜亮，脖子上挂着闪闪发光的金项链，手指上套着黄灿灿的金戒指，手里提着大包小包，衣服的口袋里鼓鼓囊囊，和人说话时还时不时夹带一句半生不熟的普通话，莺莺看着听着，不禁就生出几分眼羡耳馋，怎奈她家安安不是一个出门的料子。今天侯三初进家门，莺莺看见侯三的穿戴，就觉得这个人也混得不错，及至侯三给孩子掏钱，这么阔绰，她就又觉得这个人一定是挣了大钱，接下来，她听了侯三的一阵演说，就真的动了心了，也想做一回黄金梦。她想让侯三领着她家安安出去挣一回大钱，但嘴上却不想直说。

莺莺吞吞吐吐地说："额家安安老实。他不敢出门。"

侯三一见鱼儿咬钩，就说："他不敢出门，可以跟着额嘛。"

莺莺说："你领他哩?"

侯三说："领哩!"

莺莺说："你不怕累赘?"

侯三拍着胸脯说："不怕! 谁让额俩从小就是赤屁股长大的好伙伴哩!"

莺莺问："你什么时候走哩?"

侯三说："过了破五就想动身。"

莺莺说："你要没有个别的去处，春节就在额家里过吧。等过了破五，你领着额家安安一块儿走。"

侯三说："为了领着安安一块儿出去，额就只好在你家里过个春节了。"

既然这样说定了，侯三就做了在岳安安家过春节的准备。他进城又采购了一些肉食等东西，作为岳安安家春节生活用品的一些添补。

时光如梭，眨眼就过了春节。

破五那天，莺莺将一床拆洗得干干净净的被褥，装进一个尼龙编织袋里，又将换洗衣服、洗涮用具装在一个黑提包里，又往里面装了十颗煮鸡蛋。夜里，她和岳安安睡在一个枕头上，拽着他的耳朵说："出门在外，多动点脑筋，不要老是'尔说''尔说'的。记住了吗？"

岳安安说："记住了。"

第二天，莺莺将两个人送出村外，还是不舍，送了一程，又送一程。

莺莺对侯三说："外面的事情，额家安安什么也不懂，你多指教他。"

侯三说："这个没有问题。"

莺莺又说："生活上，你多关照关照他。"

侯三说："这个也没问题。"

莺莺觉得再送多远，终有一别，就站住了，对岳安安说："额也再不送了。你要千万注意安全啊！"

岳安安第一次出门，外面纷乱的世界，令他眼花缭乱，应接不暇。他的背上背着装铺盖的尼龙编织袋，一只手提着黑提包，一只手则拽着侯三的衣襟，就像一个刚刚学会走路不久的小孩子，生怕自己与大人走失了。

在商洛汽车站，侯三对岳安安说："为了照顾你方便些，没有人敢来欺负你，从今往后咱俩就以表兄弟相称。额就是你的表哥，你就是额的表弟。你看行不？"

岳安安说："行哩。"

侯三说："你叫一声。"

岳安安试着叫道："表哥。"叫完了，自己也觉得有点拗口。

"哎！"侯三脆生生地答应了一声，说，"慢慢就习惯了。"

汽车倒火车，火车倒汽车，走了两昼一夜，侯三领着岳安安来到了六郎村。

侯三领着岳安安，先到连建国的办公室报了个到。

侯三对连建国说："连头，额这次将额表弟给你领来了。"

连建国问岳安安："你是哪里人？"

岳安安说："额和额表哥是一个村的。"这次他说"表哥"两个字的时候，说得十分自然，因为一路上他已经习惯了。

连建国核实了岳安安和侯三的关系，就在二指宽的一张纸上写了几个字，交给侯三，让他去找会计去领钱。

连建国将岳安安安排在侯三的工棚里居住，并让侯三领着岳安安下井往外背矿。

侯三让岳安安将铺盖挨着自己的行李铺开，又吩咐岳安安不要和不认识的人多说话，不要和任何人暴露自己的根根底底，这里什么坏人也有。害人之心不可有，防人之心不可无啊！岳安安听了侯三的吩咐，感动得几乎要掉下了眼泪。他想，侯三不愧为自己赤屁股耍大的好伙伴，现在，出门在外，侯三就是他最亲最亲的亲人了。

侯三领着岳安安下了井，教给他怎样装矿，怎样出矿。

下了几天井，岳安安对这个工作就熟悉了。他是个非常能吃苦耐劳的人，在陕西老侉中，他是个出矿最多的人，数量几乎与以吃苦耐劳著名的四川老侉不相上下，每天的收入当然也很可观。他算了一下，照这样下去，到了年底，他就能给家里带回去不少钱，还能给他的莺莺买一条金项链、一个金手镯、一个金戒指回去，圆了她的黄金梦。一想到给莺莺买金器，他又仿佛看到了莺莺羡慕别人戴金器的直勾勾的眼神。有了钱，第一件事情，他就是想将自家那三间破旧的房子拆倒了，起一栋二层小楼，让莺莺住进去，享一享住楼房的幸福。当然，这一切的幸福，都得感谢"表哥"。他觉得他得好好谢谢"表哥"哩。没有"表哥"的引领，就没有他今天和未来的一切啊！

有一天，侯三说自己肚子疼，就不下井了，躺在被窝里睡起觉来。

"表哥"得了病，岳安安十分着急，他要给"表哥"去买药、请医生。侯三说什么也不用，躺几天就好了。

这几天，岳安安下井只出很少的矿就早早地回来了，他给"表哥"打饭，打水，洗衣服。晚上，他给"表哥"打来洗脚水，将"表哥"的两只脚放在水盆里，下手轻轻地搓揉抚摸着，尽心尽意地服侍着他的恩人"表哥"。

就这样一连过了几天。

一天，清早醒来，侯三说他的病好了，要和岳安安去下井。

两个人胳肢窝里夹了几个尼龙编织袋，坐着绞车下到井里。侯三在前，岳安安在后，走在坑道里。

走了一阵，侯三说要撒尿，让岳安安先走一步。

侯三解开裤子，将一股黄汤冲在了坑壁上，随即，一股尿臊味就向周围弥漫开来。事毕，他提起裤子，系上裤带，弯腰随手从地上捡起一个东西。

岳安安走得很慢，他一边走一边在等"表哥"。

侯三追上了岳安安，站在岳安安的身后，说："安安，你看你前面的那块石头是不是就要掉下来？"

岳安安看见距离他一尺多远的坑顶上是有一块凸出来的石头，他伸长脖子，两眼仔细地盯了一下，又伸手摇了摇，他想对"表哥"说没事，话还没有出口，就觉得后脑勺上被一个重物击了一下。

一股黏糊糊的东西瞬即喷溅而出，溅在侯三的手上、脸上、身上，溅在了坑壁的周围。

侯三将手伸向岳安安的口鼻之间，发现岳安安已没有了呼吸，又将手按在岳安安脖子的动脉上试了试，发现岳安安脉搏也没有了，就大声地喊道："砸死人了！救命啊！"

喊声撞击着洞壁，发出一阵阵回音。

走在前面的四五个工人听到喊声，赶紧折返了回来。

他们发现岳安安死得很惨，一块锐利的碗一样大小的锥形石头，在他的头上砸出了一个核桃大的窟窿。

工人们很快将岳安安抬出了矿井。

侯三趴在"表弟"的尸体上，泪流满面，悲痛欲绝。

常冬生听说井下砸死了人，就赶紧给连建国打电话，让他过来协商处理事故。

不一会儿，连建国到了，就将侯三叫到常冬生的办公室里。

因为这样的事情发生的多了，处理的也多了，常冬生就直截了当地对侯三说："给上你十五万，了了吧。"

侯三说："活生生的一个人跟上额出来，就这样没了。额没法向额表弟媳妇交代。"

连建国对常冬生说："现在的物价涨得也挺厉害，钱也不值钱了。不能用过去的老皇历处理事情了。依额看，给上十八万算了。"

还没等常冬生说话，侯三就接着说："那不行。你们不说理，额就到上面找个说理的地方去。"

常冬生一听说侯三要到上面找说理的地方，心里就急了。安全生产是今年上面一直强调的大事。如果让上面知道矿上砸死了人，其严重后果，他是明白的。于是，就问侯三："你说是要多少哩么？你总不能狮子大开口，逼得我跑路走人，到头来你一分钱也拿不上才是个心事吧。"

侯三是个走南闯北见过世面的人，在这种情况下，他也在拿捏着火候，就像烙一张馅饼，他既不能让饼馅生了，又不能让饼皮焦了。

侯三说："少了二十万，甭想了事。"

常冬生想，只要别闹到上面，多出就多出上几个，反正自己也不缺这三万两万块钱，就说："出二十万，这里从来没有这个先例。不过，你这个事情特殊，就多给上你几万。你千万不能对任何人说给了你这么多的钱。"

侯三和矿产品开发公司写了协议，又到出纳靳翠枝那里，领了二十万块钱，第二天就离开了六郎村。

常冬生让田万全通知柳干头过来拉人。

夜幕下来以后，柳干头一家人就将岳安安的尸体运上山头。

不一会儿，红红的一盏山灯，就在山顶上亮了起来。

几天后，侯三回到了家乡富家村。

从外面打工回来过春节的年轻人，早已又离开了家乡。富家村的街道上，行人稀稀落落的，偶尔出现几个步履蹒跚的老人和蹦蹦跳跳的小孩。

侯三直奔岳安安的家里。侯三认为，人类世界与动物世界是一样的，男人是食肉动物，女人是食草动物。食肉动物强悍，食草动物温顺。食草动物永远是食肉动物口中的一道美味可口的大餐。

莺莺正扛着铁锹，准备到地里去整地，见了侯三，吃了一惊，问："侯三，你回来了？"

"嗯。"侯三答道。

莺莺又问："额家安安呢？"

侯三说："额正要问你呢。"

莺莺急了，说："到底是怎么回事？"

侯三说："那天，额和安安到了西安火车站，额有点尿紧，就让安安在站前广场上等额。额寻了个厕所，尿了一泡尿，就到原地去找他，却怎么也找不到他了。额找遍了整个广场，也没有找到他的身影。额寻思安安一定是变了卦了，一个人跑回家来了。额回来正是要问问安安，为什么跑回来也不告额一声，害得额不放心，到处找他。照你这样说，安安是没有回来？"

莺莺说："没有呀！"

侯三说："这就奇了怪了。"

莺莺急得有些就要哭出来的样子，说："他能去了哪里呢？"

侯三说："你们西安有亲戚没有？"

莺莺说："没有呀！"

侯三说："既然你们西安没有亲戚，额估计那天肯定是他找额，额找他，谁也找不到谁，互相走散了。安安没出过门，回不了家，现在一定还在西安火车站附近呢。咱们快去找找吧。"

莺莺在原地呆呆地站立了一会儿，眉宇间蹙了几回，说："你等等额。额去安顿安顿就来。"

莺莺怕侯三等得不耐烦，就急慌慌地牵了牛，拉了孩子，送到公公院子里，向公公简单交代了两句，又回来，她从箱底里拿了家里几年来所有的积蓄，用一块花布包了几件换洗的衣服，锁了家门和院门，就和侯三踏上了寻夫之路。

辗转到了西安火车站，莺莺和侯三见人就问，老远瞭见一个相似的人，就跑过去看。因莺莺年轻，长得又有几分颜色，常常引得无数双火辣辣的目光投在她的身上。

西安火车站，铁道四通八达，火车来往频繁，客流量非常大，广场上更是人群扎堆的地方，寻找一个人，犹如大海捞针，何其之难！

白天，莺莺和侯三在车站广场上找人，饿了，就到附近的小饭馆里简单地吃一些东西；晚上，莺莺和侯三就住在附近的旅店里，因为男女有别，一开就是两个房间。所有这些花销，莺莺都不能让侯三来掏腰包，安安是自己的男人，侯三能辛辛苦苦地帮她寻找，她就感恩不尽了。

又找了一日，莺莺身上本来就不多的几个钱，已经全部花光了。眼看将近夜晚，又到了登记住宿的时候，她就对侯三说："侯三哥，额想向你借几个钱先用用。等额回了村，卖了牛，就还给你。"

侯三想，女人是狗心，谁日和谁亲。等到日了她，那时候就没事了。于是，他就说："你咋尽说一些见外的话。寻找安安，是你和额的共同心愿。你没了钱，就花额的。"

莺莺说："等找到安安了，额让安安好好谢你！"

侯三说："不过，额身上也没带几个钱。看来寻找安安也不是个短时间的事。照这样花法，用不了几天，额的钱也就花光了。"

莺莺愁眉苦脸地说："那该咋办哩？"

侯三说："额有一个办法，不知你同意不？"

莺莺像是一个人走在暗夜里，看到了远处的一线光明，说："是啥办法？你快说说。"

侯三说："这几天，你额吃也没吃了几个钱，费钱的地方，主要是住宿。两个人开两间房，都将钱白白浪费了。如果两个人开一间房，就会节省不少钱。"

莺莺说："那不合适，男男女女的，住在一起。那叫做甚哩？"

侯三说："一个房间，两张床，各自靠在墙的一边，你额都穿着衣裳休息，其实与你额并排走着是一般般的。再说了，额也是个老实人，保准不会侵犯你。你就放心吧。"

莺莺无奈，只好同意了侯三的办法。

侯三又说："登记房间的时候，你额得以夫妻相称，不然，人家是不给登记的。"

莺莺又点了点头。

于是，侯三和莺莺就以夫妻的名义，由侯三出钱，在火车站附近的一个旅馆里登记了一个房间。

这一夜，莺莺将裤带勒得紧紧的，又打了死结，和衣而卧，外面又用被子将自己身子裹得紧紧的。尽管如此，她仍不敢合一下眼皮。

睡下不久，侯三就发出了如雷般的鼾声。

一连三夜，夜夜如此，莺莺没有合过一分钟的眼皮。

第四天夜里，莺莺觉得太疲累了，脑子里就像灌满了糨糊，一塌糊涂。几天来，她白天在外奔波着寻找丈夫；夜里，又担惊受怕不敢合眼，实在是坚持不住了，两只眼皮就像是两扇千斤之重的闸门，开启的久了，一旦接到合闸的指令，说落就重重地落了下来，瞬间与闸槽粘在一起。她沉沉地睡着了。夜里，她做了一个甜美的梦，她梦见在车站上找到了丈夫安安，他俩手牵着手，回到村里，进了自己的家门。久别胜新婚。安安急切地将她抱了起来，放到了床上，三下五除二就解开了她的衣服，上了她的身子……

一觉睡到天大亮。这是她有生以来睡得最深沉、最舒服、最酣畅的一个晚上，一醒来，她的身上困辣辣的，睡觉的香甜意犹未尽。恢复意识之后，她的第一感觉就是两股之间黏黏糊糊的，她立即意识到出事了。睁开眼睛一看，她见打了死结的裤带被解开了，身上的衣服也被剥了个精光，自己一丝不挂地躺在被窝里。侯三赤条条地躺在自己的身旁，正打着高一声低一声的鼾声。

莺莺愤怒、悲伤、委屈的心情交织成一团，两行眼泪"唰"地滚了下来，攥紧了的两只小拳头使劲地擂在了侯三的身上……

第三十二章

闵香草娘去世了。

最早发现娘不在了的，就是闵香草。

闵香草每天早上起得很早。天不亮，她就醒来了。她早早地起来，先得安顿好娘，再安顿好家里，安顿好自己，然后再到学校去照看学生们，这么多的事情，没有足够的时间，是处理不完的。

闵香草清早起来的第一件事情，就是给娘喝一杯头一天晚上凉好的凉开水。这个习惯，她已经坚持多年了。她从一本《健康顾问》杂志上看到，老年人每天晚上喝一杯温开水，可以稀释血液，防止或减轻心脑血管疾病；早上喝一杯凉开水，可以润胃润肠通便，清理肠胃毒素。因此，早晚给娘喝水，是她睡前醒后的必做功课。

闵香草端了一杯凉开水，走到娘的枕头边，叫道："娘。"

娘没有作声。

闵香草以为娘还没有醒来，就说："娘，醒醒吧，该喝水了。"

娘仍没有作声。

闵香草用手去推娘，见娘没有丝毫反应，就用手在娘的嘴和鼻子上试了试，发现娘已经没气了，但身上还有一点微微的余温，就扔了水杯，双手抓住娘的双肩摇晃着，撕心裂肺地哭喊道："娘——你醒醒啊！娘——你醒醒啊！"

住在西房里的闵香璧睡梦中听到妹妹的哭声，意识到娘的情况不妙，急忙披衣起床，趿拉了鞋，跑进正房，一看娘已经走了，也趴在娘的身上号啕大哭起来。

兄妹二人"娘啊，娘啊"地呼喊着，捶胸顿足，立时哭成了泪人。

邻居们听到了哭喊声，知道是香草娘不在了，也跑了过来。

铁锁大娘问香草："你娘是啥时候走的？"

闵香草的脸上就像用泪洗出来似的，说："我起来的时候，我娘的身上还有点热气呢，可是已经没气了。"

铁锁大娘屈着手指掐算了一下，说："应该是寅时殁的。记住这个时辰，将来写告牌时是用的着的。"

"嗯。"闵香草哭应道。

"娃娃们，快不要哭了。"铁锁大娘又说。

"我娘苦哇!"闵香草哭着说。

"你娘走了，其实也是一种解脱，不用再活着受罪了。现在最紧要的是赶紧给你娘穿扮哇。装老衣裳准备下了没?"

"准备下了。"闵香草说。

"那就快快取出来!不然，一会儿身子僵了就不好穿了。"

闵香草哭着打开躺柜，将一堆寿衣寿裤抱到炕上。

铁锁大娘和众人们将香草娘移至炕中央，七手八脚，很快就给香草娘穿扮好了，又梳了头，洗了脸。梳妆了一番后，她又指挥香璧和香草在炕沿脚底焚烧了纸钱，往灶膛里烧了一把火，在大门口挂了一盏灯笼，捅破了一孔窗户纸，给香草娘嘴里放了一枚写着"乾隆通宝"的铜制钱。

铁锁大娘对香璧和香草说："这下你俩想哭就哭一哭，这是个讲究，但泪水不要洒在你娘的脸上，这也是个讲究。"

闵香璧和闵香草又围着娘哭了一回。

铁锁大娘问香璧："棺材准备好了没?"

闵香璧说："没哩。"

铁锁大娘说："没准备好，咱就先铺设一块木板，临时当作灵床，今天必须将棺材备好。"想了一想，她又说，"现割已经来不及了。听说冬生给他娘割下一副柏木好寿材哩，你先去说说，借它一用，事筵之后，你再补割一副，还给人家。"

借棺材的事，闵香璧本来是想和秋生说说，可是，秋生现在哪里? 他也不知道，就只好到矿产品开发公司来找冬生。路过常宏禄的院子，顺便通知常宏禄过去帮助入殓。

常冬生刚刚起床，见香璧泪眼婆娑地来找他，吃了一惊，问："香璧哥，你这是怎的啦?"

闵香璧说："我娘殁了。"

常冬生说："怎么好好的一下就殁了呢?"

闵香璧说："半身不遂，躺在炕上已经十几年了。"

常冬生说："那为什么不好好治治？"

闵香璧说："治过。这病治也治不好的。"

常冬生说："治不好，也应该送到养老院。养老院里有医护人员什么的，比家里的条件好多了。"

闵香璧没有答话。

常冬生又说："过去的事就不说了，尽说现在吧。你需要我办什么事？你说。你需要钱，我给你去取。"说着，就欠起了身子。

闵香璧急忙伸手拦住，说："钱，我有哩。"

常冬生说："那你说要啥？"

闵香璧说："我娘走得急，没有准备好棺材。听说你给大娘割下一副寿材，我想暂借一用。事筵之后，我再割一副更好的，还过来。"

常冬生知道他和香璧是怎样的一种关系，香璧的娘，就是他哥的准丈母娘，帮了香璧，就等于帮了哥了，再说自从自己发了财，哥还没有花过自己一分钱呢。想到这里，他就痛痛快快地说："行啊！你快拉过去用就是了。谁让你以后还了？"

闵香璧说："事筵以后，我一定会还。"

常冬生说："不要说了。快去吧。安顿老人要紧。"

闵香璧到窑院，和冬生娘说了借寿材的事。

冬生娘听说香璧娘殁了，免不了又是一番伤感。

闵香璧用了几个人，将寿材从窑院抬了出来。寿材死沉死沉，压得抬材的人直嚷嚷："好材！好材！"

棺材抬到了大门口，常宏禄也早已到了。常宏禄在大门槛上反扣了一碗，指挥抬棺的人进门时有意将碗压碎。进了门，将棺材先放在院子里，让铁锁女人用早已放在棺内的笤帚象征性地打扫了一下，然后，他在棺底撒了一层草木灰，又铺了一层谷草，上放七张钱垛呈北斗之星，再撒上黍、谷、麻、麦、豆五种粮食，然后铺上妆老褥子，顶端放七把香和鸡鸣枕供死者枕头，中间放十二金药以防腐，尾部放滔饼和麵砖供死者足蹬，寓意后人发迹。

一切准备就绪后，常宏禄指挥众人将棺材抬到厅堂中间已经摆好的两条板凳上，开始正式入殓。

常宏禄让香璧趴在炕沿下面，指挥几个人昇着遗体通过其身上，将遗体仰面殓入棺内，摆正头、脚，整理好寿衣，接着将板凳与棺材一并异起，与家门对正支稳，加盖留缝，然后，鸣炮一响，以示报丧。

入殓后，常宏禄让铁锁女人用扫过棺底的同一把笤帚，又象征性地打扫了一下死者临终时所在的位置，用簸箕盛了死者撕开一角的枕头与笤帚一并放在灵柩之下，然后挂上纸幔，摆好灵桌，陈设香炉，点燃照视灯，在供奉的捞饭里插了七根打狗棒，在供桌上放了六个守灵卷、七块嘎烙饼，又放了几盘水果与点心。

常宏禄吩咐香璧和香草，殓毕至出殡这段日子里，你们要早晚哭泣，添油拨灯，守灵尽孝，不得有丝毫懈怠。

闵香璧回省金矿，向办公室主任赵占国说明了母亲去世的情况，请了几天发丧的假。

闵香草也到学校，向韩世文校长说了家里的情况，并说想让教数学的单老师代替她几天班主任。韩校长说，学校的事情，你甭惦记，办理你母亲的后事要紧。

常秋生闻讯后，第二天就赶回来了。他一直跑前跑后地帮着做事筵的前期准备。

第三天，五服之内的孝子们前来披麻戴孝。孝戴得轻重，根据服数而定。

闵香璧又请了二宅，确定发引日期，因为死者丧期既不隔年，也不隔月，可以不卜而葬，发引日期就定在了第七天。

常秋生去邀打葬人，定做纸扎，约定鼓班，准备事筵上的桌凳、盘碗和食物。

闵香璧身穿孝服，头戴双麻辫，腰系双麻绖，带上五丈孝布，到邻村的楚家庄娘的人主家去报丧。娘的人主家最长者是香璧的舅舅。香璧进门见了舅舅后，口不语言，先跪下叩了报丧头，然后双手呈上了写着"出殡时间和丧事安排"的报帖，接着又给舅舅和几个表哥、表弟按门逐户预扯了孝布，权作戴孝之用。舅舅正在问询香璧他娘临终的情况，妗妗已端来一碗冒着热气的白面拌疙瘩汤，要香璧喝下。这也是有讲究的，寓意子孙兴旺发达。

闵香璧报丧回来，又忙着去通知其他亲戚和有关办事人员。

六郎村的人们称阴阳先生为"二宅"。给香璧家办事的二宅是杨五焕。杨五焕正在挂倒头纸。倒头纸的张数必须与死者的岁数一样，香璧娘活了六十三岁，外加天地各一张，总共是六十五张，杨五焕将六十五张麻纸裁定成形，下坠了纸钱、木炭、生铁片，按男左女右的规矩挂在了大门的右侧。

由于墓葬是旧葬，香璧爹已在内埋葬多年，开葬前，香璧爹的人主家先来祭了干灵。接着就是由孝子闵香璧破土了。

闵香璧先烧上香纸，又手执打牛鞭向破土之处连打了三下，接着从口袋里掏出一截银簪向牛鞭击打之处画了一个"十"字，然后在墓穴的东、南、西、北和中间各挖了一锨土，分放在各自方位远离墓穴的四角，中间的一锨土放在后土神位。

打葬的两天，每天中午，闵香璧拿着俗称"离别饼"的一摞莜面饼，到茔地里送给打葬的几个人充饥。他在送饼途中，有时候遇到了村里的人，按讲究也不能说话，只给对方一饼而别。

旧葬打开后，大家见香璧爹的棺材依然好好的，就在棺材的右边又扩展了一些空间。

很快就到了送行的日子。送行，就是出殡的前一日，亦称"吊祭"。吊祭之前，二宅杨五焕已将棺材油漆成品红色，大头、小尾油漆成朱红色，大头前端用金粉写上了亡者的姓氏名讳，四周绘上了寿字、蝙蝠和花卉图案，小尾上画了一株万年青。

这天，常宏禄跑出跑进，指挥助忙的人上午搭灵棚、摆纸扎、供祭品、贴挽联，接着，又将香璧娘的姓氏和生卒年月日时辰，写在一张白纸上，将纸贴在一块硬木板上，作为"告牌"，按照男左女右的规矩立在大门右面的显眼之处。礼房写好执事名单，贴在醒目处，又派人从村外砍回大柳树枝一根，小柳树枝若干根。杨五焕将大柳树枝和小柳树枝分别制作成引魂幡和丧棒。丧棒的根数与孝子的人数一样，外加天地各一根，用白纸剪成穗状缠裹起来。引魂幡的头上也用白纸缠了出来，幡用五色纸制成。

常秋生是尚未迎娶的准女婿，不便于在场面上尽女婿之责、行女婿之礼，但他又想尽自己的微薄之力，做些力所能及的贡献，替香璧和香草承受一些负担，于是，他就到最需要人手的厨房里去打杂，劈柴、打炭、洗锅、涮碗，哪里忙就往哪里跑，哪件活儿脏就抢着做哪件。

午饭后，吊祭仪式开始。闵香璧定了一班鼓，闵香草定了一班鼓。香璧定的是本村二黑小的鼓班，设在杏树底下。香草定的是沙涧镇蒋眉娃的鼓班，设在大门外。二黑小的鼓班先吹一段哀乐，就算开鼓了。常宏禄代东家给两个鼓班各赏赐了三尺白布、一条香烟、一包水烟、一块砖茶。香璧将家荣请回，悬挂到正屋西墙上，摆上供品，将娘的姓氏填在了荣上。香草在哀乐声中，用剪刀打开纸扎冥院大门、房门，用木棍捅开冥房烟囱。香璧到各神位、灵前、告牌前上了香，随之所有孝子穿戴好孝服，手持丧棒，以辈分和年龄为序分男左女右在灵棚前烧纸叩头，然后按顺序依次跪在灵棚两侧举哀守灵。

常宏禄安排助忙的人接席、接幛子。每当有人送席和幛子来时，孝男孝女必排队出门恭迎。鼓班前导，一路鸣炮，直至接到灵棚前，摆放好祭品，将幛子搭在灵棚左右，报礼房登记清楚才罢。

省金矿办公室主任赵占国带了花圈、幛子，代表省金矿的领导前来吊祭。

六郎村中学校长韩世文和学校的老师们都来了，他们到礼房都上了祭礼。

秋生娘来了，她的手里拿着一沓钱垛，交给守在灵棚前的香璧，让给老人烧上，并吩咐说，到了那头不要再仔细了，该花就好好地花。

香璧娘的生前友好都来了，有烧纸的，也有上祭礼的，都想来送一送这位老相好。

院里院外的两班鼓手，正在比赛、较劲，一展高下，你说你吹得好，我觉得我比你吹得更好。院里的才吹罢"哭黄天"，门外的就来了一段"哭灵堂"，曲调哀怨、凄惨、悲凉，憾人心魄，催人泪下。

接礼次序按远近长幼排列，最后才接人主。傍晚，人主家吊祭来了。鼓手引道，炮火连天，孝子们按顺序男前女后列队出迎。到街口后，孝子按与人主家的辈分在来客右侧等候，即长辈全跪，平辈半跪，晚辈站立。助忙的人接过人主家的祭礼和纸扎，人主家走到面前时，香璧挽男人主，香草挽女人主，鼓乐于前，祭品继之，人随其后，徐徐而行，接进院内。常宏禄和香璧接待人主上炕休息，司仪将祭品报礼房登记后摆放至灵前。

安慰活人称唁，哀悼死者为吊。凡是香璧报丧通知的所有亲朋，务必于吊祭之日下午前来吊祭。

吊祭仪式开始，鸣炮奏乐，点燃祭香，摆好祭茶，由常宏禄主持，司仪唱礼，外甥点纸，人主家先吊，其他亲戚按远近长幼、先男后女依次进行。凡是男性的异姓吊祭者，在司仪唱赞下，香璧都要稽首还礼致谢，而本族和女性吊祭者则不还礼致谢。

祭品无非是送行饭、全席、全祭、送行馍馍、挽幛、灵匾和礼金等。

吊祭完毕，开始晚宴。送行晚宴是丧葬事筵中最为隆重和丰盛的，菜是十凉十热，饭是油糕、面祭、麻叶、糖腰，喝的是霍人高粱白酒、圣水泉啤酒和沙棘汁饮料。

送行之前，孝子们怀揣福馍馍，亲戚们穿扮整齐，杨五焕在灵堂内主持"为死者举行送别仪式"。杨五焕关闭灵堂门窗，揭开材盖，让孝子和亲戚围于棺旁，瞻仰亡者遗容。他嘱咐众人要哭就哭，但泪水不能掉在亡者身上。杨五焕将香草的一个大祭枕于亡者颈下，又将一块整土墼垫于亡者脚底，将回阳纸揣在亡者怀中，又让亡者左右手分别握嘎烙饼和打狗棒。接着，他让香璧用舌尖舔母亲双目，为母亲开光，并整容、整装，边整理边与母亲话别。与此同时，本来应该由长孙或小儿子在大门外焚烧纸车纸马，但香璧上无长兄，下无幼弟，自己也尚未婚配，没有孩子，就只好自己跑出去焚烧。他一边焚烧纸车纸马，一边高呼三声："娘，您坐稳了！娘，您坐稳了！娘，您坐稳了！"纸车纸马烧毕，他就哭回院内。

这时候，灵堂内已盖上棺盖，放上扣心瓦，香璧、香草等孝男孝女大放悲声，开门送行。

鼓手吹响哀号，鸣炮奏乐。铁锁女人带十二个送行馍馍，在前撒糠末路灯引导，灯笼火把随后照明，鼓乐喧天，悲声恸地，孝子们手持丧棒，列队出门，转街而行，缓缓相送。送行之中，不时有村民们拦住鼓手，要其吹奏一段戏文，鼓手也认为这是展示自己技艺的好机会，就有求必应。沙涧镇蒋眉娃的鼓班吹得好，围观的人们兴致高，点了一段又一段，前进一会儿又被围住。本村二黑小的鼓班心里不服，要比高低，你争我竞，更增加了围观者的兴趣，于是就一直吹到了深夜。送行队伍直到村外五道庙，摆上祭品，烧钱化纸后才返了回来。

送行毕，香草与其他亲戚将自己的送行饭供奉到棺尾之上。杨五焕临别，叮嘱香璧移灵时间。移灵，就是在一定的时辰将棺材稍稍挪动一下。

出殡之日的早祭，比送行的晚祭更加隆重讲究，吊祭仪式更加庄严肃穆，所以由奠茶升为奠酒。祭奠之前，众孝子先吃压棺糕。糕盆置棺尾，每个孝子向上拉一下糕盆吃一口油糕，所有孝子吃完后，糕盆也拉到了大头上方，称"步步登高"。之后，孝子披麻戴孝，手拄丧棒，亲戚穿白戴孝，鸣炮奏乐，开始早祭。

早祭仍由常宏禄主持，司仪奉香、伺酒，外甥点纸，孝子们有序祭拜后，男女分跪灵棚两旁。吊祭者要先拈香、再抟酒、然后叩头，要大叩四头八拜，甚至九头十八拜，击鼓叩头的，鼓点要与祭拜者的节拍一致，决不能将鼓点打在祭拜者叩头时和迈脚时，否则就成了"打头鼓"和"绊脚鼓"了。早祭完毕，早餐开始，饭菜、酒水与前晚相同。

早饭后，根据出殡时辰，助忙的人早已做好了起灵前的一切准备工作。常宏禄安排鼓手和亲戚吃回头饭。助忙的人则只打尖。在吃回头饭时，常宏禄引着香璧端上盛有孝布、刀、剪的盘子为人主舅舅谢孝，恭敬地说了些客套话，并讲明了过周年如何祭奠的打算。

接着就是封棺，俗称"打银锭"。这时，灵堂关门遮窗，开启棺盖，亲戚们可看亡者最后一眼，众孝子在灵棚前烧纸叩头，而后，盖严棺盖，由香璧封钉三次，并高声三呼："娘，您躲开了！娘，您躲开了！娘，您躲开了！"继而由异材杠夫将银锭钉死。香璧将衣饭钵用糕填满，用红布封口扎紧，交担浆水捞饭的保管好。

然后就是起灵。二宅杨五焕在灵堂的门框上贴上坤位纸后，拿着引魂幡先出大门，鼓手吹大号数声，示意出殡在即。接着，闵香璧象征性地扛着棺材大头，鼓乐引导，众人将灵柩异出大门，孝子们躬身痛哭随后。在大门外，孝子们依次跪在灵柩前，异材杠夫将灵柩安放在丧架上，用绳索捆绑结实，加盖棺罩，鼓乐齐鸣。担浆水捞饭的走在最前面，边在前引路，边撒纸钱。拉纸扎的车紧随其后，鼓手跟着纸扎车，引魂幡在灵柩前引导，男孝子在灵前，女孝子在灵后，香璧一个肩膀扛着引魂幡，一个肩膀以白布拉灵，异材杠夫异着棺柩，按送行时所走路线缓缓前行，随后是挽幛队伍和送殡的车辆。一路上，所经村民门口，各家主人都出来燃薪柜送。在大街上，亲戚作拦街道场，到村口五道庙前，孝子们作盘棺祭奠，鼓手以管子吹奏音乐，孝子随后，徐徐而行，顺转三圈，逆转三圈，然后，香璧跪地，头顶孝子盆，向地上将盆摔碎。这时候，鼓手停吹，助忙的人去掉棺罩，异材杠夫将棺材调转方向，小尾在前，大头在后。男孝子步行，女孝子乘车，直达坟茔。将至墓穴一箭之地时扑灵，全体异材杠夫发一声喊，冲向墓地，在窀穸边上安放好棺材，准备下葬。香璧先下墓室，放好衣饭钵，接着，众人按男左女右的方位，将香璧娘的棺材安放在香璧爹的棺材右边，然后，香草用笤帚将墓中脚印打扫干净。垒好獾门后，香璧背向墓穴用锹铲土向背后经头顶填土三次，边填土边高呼着："娘，您躲开了！娘，您躲开了！娘，您躲开了！"然后，助忙的人填埋整理好墓堆并插上引魂幡。香璧面向棺头，背靠幡杆，双手背操，虚拔了三下，同时又呼叫了三声娘，将引魂幡的弯头朝向墓穴吃向，而后焚香纸、供点心，将开葬时请出的东、南、西、北、中那锹土，填回坟内，谢了土，将丧棒放置坟头，将照视碗、捞饭碗反扣在坟头前边，用扁担滚圆封土，抹去脚印，烧化了纸扎、纸钱。

起灵后，铁锁女人清扫了停放过灵柩的地面，并将垃圾和死者的枕头扯烂一并倒在村外十字路口。二宅杨五焕将安宅符、镇宅帖贴在院内各房门上方，敲响手铃，念诵一番咒语，以确保活人安宁。铁锁女人在大门口摆了一张桌子，上面放了一盆清水，水内放了一把菜刀，将一个称作"满口"的大面祭切碎，用木盘盛了，放在水盆旁边。

从坟里回来的男孝子到大门口，先脱去孝服，从院墙上扔进院内，然后翻一下盆里的菜刀，吃一口"满口"，方才进入院内。女孝子回来时则要从野外抱一块石头，到大门口也将孝衣脱下，从院墙上扔入院内，然后也翻一下盆里的菜刀，吃一口"满口"，这才将石头抱入院内。抱回来的石头，讲究谁抱的愈重谁就愈有福气。

返家后，闵香璧、闵香草亲自下厨做饭，熬绿豆稀粥，端菜敬酒，热情款待各位助忙的人，以表谢意。

傍晚，闵香璧、闵香草又去了墓地，以一石砌炕，以三石垒灶，燃薪煨炕。

次日早上，在太阳未出之前，闵香璧手拖扫帚在前，闵香草紧随其后哭至坟地，烧纸叩头，馐馔以飨，并将丧棒插在坟堆前面的两侧。

第三天早上的做法，一如次日，称为"复三"。

此后，每隔七日，闵香璧、闵香草都要去坟前烧纸敬馔，直到过完了尽七。

娘走了以后，闵香草一个人还住在正房里。夜里，她做了好多次梦见娘的梦。有一次，她梦见娘躺在炕头上，向她要水喝，说身子困了，想翻翻身。她伸手帮娘去翻身，费了九牛二虎之力，却怎么也翻不动，她急得哭了出来，一下子就醒了，发现自己的身上汗津津的，眼角也湿漉漉的，她看了一眼炕头那边，空空的，什么也没有，她吓了一跳，才知道自己原来是做了一个噩梦。

好多个夜晚，她几乎是一闭上眼睛，娘的身影就出现在她的眼前。她感到非常害怕，就只好眼睛眨也不眨，一直熬到天亮。

好不容易娘过了尽七，闵香草就向校长韩世文提出，想搬到学校里来居住，理由有两条：一来是自己一个人住在正房里害怕，不敢睡觉；二来是住到学校，节省了好多时间，自己也可以全身心地投入到教学中来。

韩世文校长对香草的处境十分同情，再说学校里有的是房子，他就将一楼最西边的一间空房子，给香草做了单身宿舍。

闵香草将这间从来没有住过人的屋子，仔仔细细地清扫了一遍，借了一把长把掸子，挂了屋角上的尘丝，用湿布和废报纸，将窗玻璃反反复复擦得明明亮亮，用墩布将水泥地擦了个一尘不染，借了学校里的一张木制单人床，一张三屉一斗的办公桌子，在木床靠墙的地方，钉了几张宣传画，又量了窗户尺寸，做了一副熊猫与竹子图案的窗帘，挂了上去。做这一切的时候，她怕老师和同学们过来帮忙，都是在一早一晚悄悄进行的。

利用一个星期日的休息时间，学校里的老师们一起出动，有的扛行李，有的端水盆，有的抱书籍，七手八脚就和闵香草将她的行李铺盖、洗漱用具、常用书籍等生活、学习必需品，从家里搬了过来。

几个女老师一边帮闵香草整理床铺和书籍，一边说着话儿。

教物理的武老师将一本《现代汉语词典》，插进香草自制的书架上，看了香草一眼，笑着说："这么俊的一个姑娘，有对象了吗？我给你介绍一个对象吧。"

闵香草觉得有一股血液一下向脸上涌来，热辣辣的。

正在铺床单的单老师说："人家闵老师早有了。"

武老师问："对象是谁？怎么我就不知道？"

教政治的尚老师一边与单老师抻床单，一边说："人家闵老师和对象还是青梅竹马哩！"

武老师有点着急，追着问："到底是谁呀？谁有这么大的福分，能娶上我们这人、才、心三全优的好姑娘？"

尚老师问香草："我可是给你发布公告呀！你不会怪我吧？"

闵香草红着脸说："你说嘛。"

尚老师说："闵老师的对象是个高材生。"

武老师说："我越想听，你却越来吊我的胃口。"说着，就要上去圪挠尚老师的胳肢窝。

尚老师急忙用两只手护住自己的胳肢窝，讨饶道："不敢了！不敢了！我正正经经地向您汇报。"

武老师说:"快说!说了,就饶你不挠。"

尚老师说:"闵老师的对象就是赫赫有名的常秋生。"

武老师问:"是不是最早发现了黄金的那个常秋生?"

尚老师说:"那可是郎才女貌,般配极了。走遍天下,打上灯笼也难找这一对了。"

单老师问香草:"闵老师,什么时候与秋生举办婚礼呀?"

闵香草轻声说:"还没定呢。"

单老师说:"快快举办吧。这喜糖,我们可是想吃得不行了。"

武老师说:"将来咱就从这个家里将闵老师嫁出去。学校就是闵老师的娘家,咱们就是闵老师的娘家人。"

"咯咯咯咯——"

几个老师笑着又说了一阵话就散了。

娘走了以后,闵香草的肩上就减轻了一大部分负担,住到了学校,不用学校、家里来回地跑,在学校的灶上吃饭,不用自己来做饭,又节省出许多时间。她就将自己的整个身心投到了教学中。

由于娘的事筵,耽误了同学们不少课,她得赶紧给补上来。成绩较差的几个同学,她得利用下午放学以后的时间,给他们多吃点偏饭。她发现几个住校的同学情绪有点不佳,她还得进山里一趟,进行一次家访,了解一下几个同学情绪不佳的原因了。她觉得她的启发式教学法,有些地方还不够完善,还不够成熟,她想抽个时间,以一个教学工作者的角度,将这种教学方法写成文字,送给有关人员,请大家提一下宝贵意见。

对了,娘的事筵期间,单老师顶替她代理班主任十来日,这个情谊她不能忘,这个人情她得尽快还上。

其实,闵香璧也早就不想在这个家里住了,娘在的时候,他不能走,家里种地、挑水等需要男人们做的营生,都得他来做;娘殁了以后,妹妹一个人住在正房里,孤苦伶仃,担惊受怕,他就更不能走了,他得陪着妹妹,有他住在西房里,毕竟妹妹要安全得多,放心得多。如今,娘的尽七也过了,妹妹也搬离家中,住到了学校,自己也就该离开这个浅房窄屋、破破烂烂的地方了。

闵香璧与办公室主任赵占国说了自己想搬到省金矿住集体宿舍的想法,赵主任表示支持,并派了矿上的一辆客货车,去帮助香璧拉东西。

闵香璧与司机从西房里将自己的生活用品和计划生育研究资料，搬到客货车上，然后在大门的门环上，挂上了一把大铁锁，一步三回头，离开了生养自己的院子。

别的集体宿舍，一般是一个屋子住着四个人，因为闵香璧经常在夜里加班写材料，需要一个清静的地方，不能受到别人干扰，所以，赵占国就给香璧一个人安排了一间宿舍。

闵香璧草草地将被褥铺到床上，将计划生育研究资料堆到桌子上，顾不上整理，就急忙跑到了翟树荣矿长家里。因给娘办理丧事，他已经多日没有关照过翟矿长家里的生活了。他记得娘临走的前一天，他叫上司机韩晓磊给翟矿长家里换过一罐煤气，买过一袋白面、一袋大米，又买了一些肉食和蔬菜。他估计肉食放在冰箱里，耐储藏一些，应该没有吃完，蔬菜应该早就吃完了，而白面和大米，虽然翟矿长与杜科长的饭量不大，应当也吃得差不多了。他得赶紧去看看究竟还差下些什么东西哩。

进了翟树荣矿长家里，闵香璧就直奔储藏室，去查看米面。

杜玉凤正坐在堂屋里的沙发上翻着一本杂志，见香璧来了，合上了杂志，说："你先别忙，过来，我有话问你呢。"

闵香璧就搬了一只小凳子，坐在了杜玉凤的对面，听着问话。

杜玉凤说："家里的事，都安顿好了吧？"

闵香璧说："安顿好了。"

杜玉凤说："你娘今年多大啦？"

闵香璧说："六十三了。"

杜玉凤叹了一口气，说："六十三岁，是人生的一个大的门槛和劫难。我们老家的人说，'七九六十三，阎王不叫鬼来拴。'不知道你们这里有没有这种说法？"

闵香璧说："我没听说过。"

杜玉凤说："你娘吊祭的那天，我正闹胃病，老翟他是去省里开会去了，因此，我俩谁也没有去当面吊祭，只是让办公室主任赵占国给捎去一个花圈，表达哀思。"

闵香璧说："赵主任将花圈捎到了，您和翟矿长的情况，赵主任也对我说了。我娘她去就去了，却又给您和翟矿长添了不少麻烦。"

杜玉凤说："你看你，一家人又说两家话了不是？事筵上一定花了不少钱吧？老翟吩咐过了，让我问问你，看你塌下多少饥荒，让我给你拿上。"

闵香璧说："小事筵，没花多少钱。收下的礼金将开支基本抹平了。"

杜玉凤说："你可别说假话。我和老翟从来没将你当外人看过。"

闵香璧说："不假，是真的。"

杜玉凤说："不说假话就好。家里这几天什么也不缺，过两天再买吧。做了个事筵，你也累坏了，该好好休息两天了。"

闵香璧从翟矿长家里出来，回到了宿舍，就想在床上躺一躺。娘走了以后那些日子，他确实是忙坏了，尽管准妹夫常秋生扛了近乎一半的重担，他还是忙得脚不点地，但是，他并没有感到有一点疲累。去了一趟翟矿长家，杜科长说他累坏了，他的身体就一下感到了疲累，真的就有点站立不住，想躺到床上好好休息休息了。

闵香璧上了床，他原打算是好好地睡一觉的，可是，他心明如镜，辗转反侧，却怎么也睡不着。索性他就仰面朝天，两眼盯着屋顶，陷入了沉思。他想起了自己的童年，自己的童年是幸福和欢乐的，那时候的农村属于大集体，人人都吃不饱，可是，他却没有饿过肚子，家里有点吃的，爹娘等他吃饱吃好了，才动手动筷。爹是个既勤快又能受的好劳力，那年，他家靠崖头的两孔窑洞因为破烂倒塌不能住了，爹就自己起早搭黑，打了土墼，又东挪西借买了几十根杨木椽，盖起了三间土木结构平房，他家成为一九二七年冬天六郎村被奉军火烧房屋之后，第一家住上房子的人家。第二年，爹又盖起了一间西房。就是那一年，爹到沙涧镇办事，出了车祸，突然就殁了。人常说，喜逢双来，祸不单行。这真是一点不假哪！不久，娘又病倒了，为了伺候娘，妹妹又失了学，自己也不争气，连年高考失利。好在妹妹慧眼识珠，找下了一个好对象。常秋生这个人，要才学有才学，要人才有人才，要人品有人品，妹妹终生有托，他是真为妹妹高兴啊！他的工作还是这个准妹夫给找下的呢。他又想到了自己，如今，自己已是三十出头的人了，娘在世的时候，为了娘，他真不想考虑自己的婚姻大事，现在娘走了，自己的婚姻也该提上议事日程了。他又想起了自己的计划生育研究事业，他再也睡不住了。

闵香璧从床上起来，他想将堆在桌子上还没有来得及收拾的计划生育研究资料，好好收拾一下。

闵香璧一边收拾，思想就又进入了那个攻关难题：假如，一个五十岁的男人，他经过多年的努力奋斗，已经积累了许多财富，这时候，他娶了一个二十五岁的妻子，这个小女人自然会衣食无忧。这个小女人到了五十岁，她再嫁给一个二十五岁的男人，这个小男人就也不用白手起家了。但是，五十岁的男人，在他的妻子也到了五十岁的时候，他本人已是七十五岁的古稀老人了，怎么去生活？归宿在哪里？突然，那天借棺材时，冬生对他说的那句话，又回响在他的耳畔："治不好，也应该送到养老院。养老院里医护人员什么的，比家里的条件好多了。"对呀！养老院，是老年人最好的归宿。老少配，无论男女总有老的一天，到了七十岁，就可以主动进入养老院去颐养天年。可是，这一整套研究成果，是否可行，还是一个未知数，还得靠实践来进行检验。那么，怎样来验证这个成果呢？他决定在自己身上先做实验。他就是一个年轻的男人，他得找一个五十岁左右的女人，组成一个老少配的家庭。

那么，这个人又到哪里去找呢？

第三十三章

常秋生在香草娘的葬礼上忙乱了几日，他觉得寻找黄金宝藏的工作还得抓紧进行呢。

这天，常秋生与乔志军衔接着上次勘查到的山坳继续向前勘查。他俩乘班车在一个叫作"金山铺"的路边临时停车站下了车。

常秋生觉得金山铺这个村名有些特别。为什么这个村子会叫这么一个好听的名字呢？莫非自己要找的黄金宝藏就在这里？他想起了柴鸿儒研究员关于地名的论述，以他的理解，地名就是一本无形的地书里的一个重要的符号，于是，他决定在这个村子里住下来，好好下一番功夫。

金山铺村坐落在两座土阜的南面，是乡政府所在地。这里地势平坦，但土地贫瘠，全村有八九百户人家，村民们全靠种地为生。

常秋生找到金山铺村的党支部书记孙大富，掏出工作证，说明了来意。

孙大富有生以来还是第一次遇到这种要调查他们村村名的奇怪事，他拿着常秋生的工作证，里里外外认真地看了一遍，又认真地打量了一遍常秋生和乔志军，疑心重重地说："你们是搞地质工作的，应该到山里去才对哩。这村名与地质有什么关系？"

常秋生说："有关系哩。调查村名是地质勘查的一个重要方面。"

孙大富有些勉强地说："你们想住，就住在村委会，那里有现成的床铺和铺盖。至于吃饭，我会安排人给你们派饭。"

常秋生说："孙书记，那就太感谢您啦！吃饭，我们会付饭钱的。"

在金山铺村住下后，常秋生和乔志军就走访了村里的一些老人，向他们打听金山铺村的来历。老人们说，他们的祖上都是明清和民国以后从河北迁来这里居住的，据老祖宗说，他们迁来时，这里就叫金山铺这个村名了，至于为什么要叫这样一个名字，他们也不知道。村里的人们闲暇时，也有人曾经议论过村名这个事儿，但谁也说不出个子丑寅卯来。最后，人们议论来议论去，得出的唯一结论是：也许是古人觉得这个地方太穷了，取了这么个好听的名字，是盼望发财，图个吉利哩。

调查了两三天，一无所获，常秋生与乔志军只好告别了村支书孙大富，出了金山铺村，沿着两座土阜中间的一条道路一直向北走去。

走了六七里路，两个人就到了一个山坳口。

常秋生在山上山下勘查一番，见没有什么有用的价值，就与乔志军沿着一条古道继续往里走。一路上，他发现所有的山石与山坳口的山石都是一样的。

走了约摸二十多里山路，他们转过了一处L形山沟。常秋生远远地就瞭见前面一片比较平坦的地方有一个小山村，于是就与乔志军直奔那个小山村而去。

这个小山村背山面沟而建，大约有五六十户人家，一条古道穿街而过。

这是一个典型的小山村，村里的一切都是石头建成的。街道上全部是用一块一块硕大的青石板铺成的，青石板上被人们踩踏得光溜溜的，就像一片一片镜面，光亮得能照出人影。青石板上有两道深深的车辙，车辙的中间还有清晰的蹄印。一户户人家的大门、院墙全是用石头砌成的，一片片天然的石块就像是一本本书籍，互相交错，一直叠垒上去。墙的两面就像刀削斧劈过似的，整齐得让人感到吃惊。院子里的房屋也是用石头砌成的，家门与窗口，山墙与马头，棱是棱，角是角，比青砖砌成的还要整齐。屋顶上铺的也是一片片石头。方方正正的薄得就像纸页一样的石片，错落有致地由上而下盖在屋顶上，充当着屋瓦的作用。

人常说，好山必有好水。一股清凌凌的山水从山里流出来，在村边拐了一个C形小弯，又向山外流去。

小山村除了能听到村外"哗哗"的流水声，以及村里偶尔传来的几声犬吠声，没有一点嘈杂的声音，显得十分宁静。

常秋生打量着这个纯粹是用石头砌成的村子，感到十分惊讶，十分好奇。虽然六郎村也建在山口上，人们一出门就能看到大山，但村子里的建筑与别的地方也是大同小异的，该垒石头的地方垒的是石头，该砌青砖的地方砌的是青砖，该苫青瓦的地方苫的也是青瓦。他在读大学之前也见过不少山村里的建筑，特别是近几年来为了寻找黄金宝藏，山村里的建筑就见的更多了，可是，像这种上上下下、里里外外一体用石头砌成的小山村，他还是第一次领略。

在村口，常秋生遇到了一位正坐在柴担旁歇息的老汉。他上前与老汉攀谈起来：“大爷，您上山砍柴去来？”

老汉说：“是哩。山里人全靠这些山柴做饭、烧炕哩。”

“大爷，您今年高寿了？”

“七十六了。”

“我看您的身体，倒像个六十七岁的人。”

“山里人常和石头打交道，骨头硬朗。”

常秋生看了看那担山柴，问：“大爷，这担柴够多重？”

“估计有百儿八十斤吧。”

“大爷，我替您往家里挑吧。”

“一个细皮嫩肉的后生，你挑不动。”

“我能。”说着就将柴担挑在了肩上。

老汉见这个陌生后生执意要为自己挑柴，很是感动，便踏着青石板铺就的街道，走在前面引路。

常秋生挑着柴担，边走边问：“大爷，咱这村子叫什么名字？”

老汉说：“茶坊。”

常秋生听到这个村名怪怪的，有些不解，就接着问：“大爷，不知道这茶坊两个字怎么写？”

老汉说：“茶，就是喝茶的茶。坊，就是作坊的坊。”

常秋生听了，越发觉得奇怪，就问：“大爷，这么一个僻静的小山村，怎么会叫这么一个奇怪的名字呢？”

老汉说：“听老人们讲，古时候这里可热闹哩！家家户户都开着制茶的作坊，每天路过这里的人们，都要进茶坊里喝茶打尖。”

常秋生说：“原来这个村子还有这么一段辉煌的历史哩。”

老汉指着脚下的青石板，说：“当年路过这里的车辆和人有多少？路上的车辙和蹄印就是明证。”

说话之间，老汉便将常秋生和乔志军领进了一座石门、石墙、石屋的院子。常秋生将柴担放在院里。老汉将两个后生让进屋里，搬了两把椅子过来，让座后，又要去沏茶。

常秋生急忙伸手拦住，说：“大爷，您别忙，我们不渴。咱先说一会儿话。我想问一问，这村子的周围也不见有个特殊的地方，当年人们为什么偏偏要在这里喝茶打尖？为什么要路过这里？他们要到哪里去？”

老汉说："这个我就不知道了。"

常秋生问："难道也没有人去追寻一下这种现象的原因？"

老汉说："我也问过老人们，老人们也是听他们的父亲和爷爷说的。他们的父亲和爷爷也是听上一辈说的，从来没有一个人能说清楚真正的原因。"

又说了一会儿话，老汉站起来要给两个后生做饭。常秋生见再也问不出些什么来了，借口还有急事，就告别了大爷，从石院子里出来。

常秋生与乔志军穿过茶坊村，沿着一条古道继续往里走。他们一边走，一边仔细地勘查着周围的山石。

近来，常秋生听到了弟弟冬生的许多传闻。

那天，常秋生与乔志军上了一趟东去的班车，他俩各自找了一个座位坐下，常秋生掏钱向售票员买了他和乔志军的车票。

这趟班车上坐的人不少，乱哄哄的，人们正在议论着县里金老板们的事儿。凡是有关黄金的事情，常秋生的心里总会产生出一种别样的感情与兴趣。于是，他就支棱起耳朵听起来。

"如今挖金矿的人可是发了大财了。"

"羊涧村的孙四四那几年光棍一条，穷得鸡巴捣炕板石哩！自从和人合伙开了一个金矿，一下就富起来了，又是盖房，又是买车，听说还娶了个比他小十五岁的大姑娘哩。"

"孙四四算老几哩？数上一千个人一万个人，也轮不上说他。他在这发了财的人里头，是个小字辈。"

"沙涧镇的赵老二那才叫发了大财哩。你看他脖子上的那条金项链，粗得就像一根拴狗链子，估计足足有两斤黄金吧。看那条链子，你就能想象出他家里有多少黄金了。"

"要说发财，还是数六郎村的常冬生哩。"

常秋生听得人们议论他弟弟，心里不由得紧了一下。

"常冬生的矿井和别人的矿井就不一样嘛。你看人家常冬生的矿井距离省金矿有多近？近水楼台先得月。他不发大财那才日怪哩。"

"是哩。常冬生的钱多得数也数不清了。人家是想和谁相好就和谁相好。以前是和一个叫白牡丹的好得不可开交，后来觉得白牡丹腻味了，就又和公司里的出纳好上了。听说他公司的这个出纳还是他老婆的一个什么亲戚哩。"

"为啥他紧挨着省金矿挖金就没人管他？"

"听说人家有靠山了哇！"

"他的靠山是谁？"

"听说是县里的一个大领导。"

"到底是谁呀？"

"到底是谁？我就不知道了。我只是听人们这样说哩。"

……

车上的人们议论别人的时候，常秋生还没什么特殊感觉，因为像这样一类的话，他已经常听不怪了。可是，当他听到人们议论他的弟弟冬生时，他的脸就烧起来，就像有一团火将他的脸炙烤得简直要令他窒息了一样。他听说冬生近来又与公司出纳有了暧昧关系。公司出纳是谁呀？那不是靳翠枝吗？这可是越来越不像话了。靳翠枝是什么人？靳翠枝是秀枝的亲表妹呀！这不是公然欺负秀枝，往秀枝的伤口上撒盐么？这不是明摆着往秀枝的头上拉屎么？与白牡丹乱来，就已经劣了一步了，再与妻表妹靳翠枝胡来，这就更是劣上加劣了。伤天害理啊！他又听说冬生的矿产品开发公司还有些别的猫腻。冬生矿井里的金矿挖也挖不完，冬生矿井里的矿石品位是所有民采矿石中最高的，冬生的黄金产量是所有金老板中最多的，没有人能与之相比。他听到这个传闻后，吓了一跳，出了一身冷汗。他还听说冬生有一个好大好大的靠山，是县里的一个什么领导，冬生并且与这个领导拜了义兄义弟，结为金兰之交。听说这个领导也是有来头的，上面也有靠山。一连串的传闻，如果说的是别的人，他还真是似信非信。可是，这些传闻却偏偏说的是冬生，他相信，无风不起浪。既然人们这样传说，他断定这些事情一定会有些影子，因为他太了解冬生了。至于其中的成分究竟有多大？他就不能确定了。作为兄长，他有义务、有责任来挽救身处悬崖的弟弟。想到这里，他觉得自己应当尽快见见冬生，先了解核实一下社会上的传闻的真实程度？再让他悬崖勒马，迷途知返。

这天上午，常秋生没有进山，他直奔冬生的矿产品开发公司而来。

这时候，因为不是上下班的高峰时间，矿产品开发公司大门口的人不很多，稀稀落落的。

门卫冯有才一如既往地对每一个进出的人，仔细地查看着、盘问着。可他见秋生来了，一改往日的态度，没有急着转身去打电话，只是腼腆地笑了一下，说："秋生哥，快进去吧。"

常秋生上了二楼。

田万全笑盈盈地迎了出来，说："秋生，你是来找我们常总的吧。"

常秋生说："怪不得冬生让你当办公室主任呢。你总是比别人善于揣度人的心思。"

田万全说："秋生，你取笑我哩。"

常秋生说："你总不会又说你们常总不在吧。"

田万全一听秋生在揭他的短，脸"倏"的一下就红了，但嘴里还是说："常总他就是不在。"

常秋生说："是不是又出了门了？"

田万全说："这事还真让你给说准了。常总他是真的出了门了。"

常秋生追问说："这事当真？"

田万全着急地说："秋生，我可以发誓。我这次如有半句假话，不得好死！"

常秋生觉得田万全这一次的话应该是真的，因为有了那一次"踹门事件"，谅他田万全再有几个胆子也不敢再来哄骗他了。于是，他说："这次我信你。"

田万全说："秋生，常总他不在，你也进办公室喝杯茶嘛！"

常秋生说："你们常总不在，那我就走了。"

从矿产品开发公司出来的常秋生，没有走大路过六郎河大桥，而是顺着河西桥旁的一条便道下了六郎河槽。

常秋生站在河槽里向北而望，他远远地瞭见北山上被剥掉了的山皮，比他那次上山时又增加了不少，倾倒废矿石的尘雾还在一团一团地腾起。再看一看眼前的六郎河槽，河槽里经过氰化的矿泥又多了起来，矿泥就像坟冢一样堆得一堆一堆的。六郎河里河水已没有几年前那样清冽，也没有几年前那样湍急，一股浑浊的细小的水流，就像一条无精打采的土蛇一样，在密密麻麻的坟冢中蜿蜒绕行着，向下流爬行而去。坟冢之间不时出现一只死猪、一只死狗、一只死鸡，或者数只死麻雀，还有废弃的烂鞋、脏袜、旧衣裳。一股说不清的恶臭气味弥漫在河槽的上空，呛得人喘不上气来。

常秋生以手掩鼻，穿行在坟冢之间。他想，自己在这里一会儿的时间都受不了，村里的老百姓长期处在这样恶劣的环境中，他们的生活会是多么艰难啊！

向前走了一会儿，常秋生下意识地回头看了一下，他发现在他身后的不远处有两个人在盯着他。他走，那两个人也走；他停，那两个人也停。他知道自己又被人盯梢了。那次他在村里调查电碾与氰化罐时，就是这样的，有两个人一直与他保持着一定的距离，远远地跟踪着他。这两个人就像是他的两条尾巴，他甩过几次。一时甩掉了，过一会儿就又粘上了；今天甩掉了，明天就又粘上了。今天的这两个人会不会是那次的那两个人呢？他弄不清楚。因为那次的两个人与他有一定的距离，他一直没有看清楚他们的面目，而今天这两个人也一样，因为距离远，他仍然看不清他们的面目。这前前后后的两个人是不是同一组人并不重要，重要的是他们究竟是谁派来的？其目的到底何在？

　　又向前走了一会儿，常秋生就坐在了六郎河的大坝上，他不想走了，他想等一等这两个人，看一看他们究竟想干什么？到底能将他怎样？朗朗乾坤，光天化日，难道这两个人能将他吃了不成？他侧目瞭去，后面的两个人与他形成一个斜角，也远远地坐在了对面的大坝上。这时，他的头脑里突然冒出老百姓常说的一句话来："不怕跟上鬼，就怕鬼跟上。"平时也没觉得这句话有多少意思，今天设身处地他才体会到了这句话的经典含意！

　　就这样相持了约摸一个时辰，常秋生站了起来，他觉得再这样耗下去，太没有意思了，他不想将黄金一样宝贵的时间浪费在这些无聊的事情上。他想，他们愿意跟，就让他们跟着走吧。于是，他就又向六郎河的下游继续前行。他看见后面的两个人也站起来，与他保持着距离，继续跟着他。

　　出了六郎村，又向南走了四五里路，常秋生返回头一看，在他后面跟踪的两个人不知道什么时候不见了。

　　回到沙涧镇宾馆，常秋生在六郎河里看到的景象仍在他眼前萦绕。他写的《关于滥采滥挖黄金导致环境污染与山体植被破坏的调查报告》，寄给霍人县政府至今已经有好几个月了。他原来想，上边的领导可能因为工作太忙，顾不上到基层来，对基层的情况不太了解，只要他将基层的情况详详细细、有理有据地写成一份报告，领导一定会对这份报告重视的。想不到他的报告用挂号信寄出去以后，竟然会石沉大海，杳无影踪。是上边的领导没有收到报告吗？不可能的。挂号信是保证送达到对方的最可靠的通信方式。是领导工作太忙顾不上处理这件事情吗？也是不可能的。领导一天忙，两天忙，是正常的，领导好几个月都在忙，这就不能够理解了。再说这是一件影响环境、关乎民生的大事！这么大的一件事情，领导就是再忙也应当放下别的事情，先来尽快处理这件紧要的事情啊！

常秋生给自己提出了一个一个疑问，然后自己又将一个一个疑问否定了。

他的思路渐渐清晰起来：一个医生的大腿上长了一个很大的疽疮，后来这个疽疮越烂越大，里面生了蛆虫，每天向外流淌着散发着腥臭的脓水，吃药打针都不见效。要想医治好这个疽疮，必须动一次外科手术，将疽疮的烂肉剜出，为了保证留下的肉没有受到烂肉的侵蚀，还必须将周围的好肉也切掉一部分。可是，作为给别人动了一辈子手术的医生，对自己身上长着的疽疮却束手无策，没有一点办法。剜疮自救，他害疼哩！由此，常秋生想到了"医不自治"这个道理。看来这个医生要想治好疽疮，就必须请别的更高明的医生来给他动手术了。而要制止眼下滥采滥挖、破坏环境的行为，依靠始作俑者也是没有希望了，也得依靠一个更大的力量来解决哩！那么依靠谁来解决这个问题呢？他想到了禾谷行署，想到了省政府，同时，他又想到了他的领导，他的校友兼师兄杨茂森。原来想，不到万不得已的情况下，他是不想再去麻烦杨茂森的，可是，现在他已无路可走，只好动用这个关系了。

想到这里，常秋生就从抽屉里取出《关于滥采滥挖黄金导致环境污染与山体植被破坏的调查报告》的底稿，重新誊抄了一份，将报告的对象写成了省政府。他又给杨茂森写了一封短信，谈了一下他的想法，请杨局长想办法将这份报告转给省政府领导。他将报告与短信装进一个文件袋里，仔细封好了，又放回抽屉里。

后天，乔志军就又要回省城领工资和报销差旅费了。常秋生决定让乔志军将这个文件袋捎给杨茂森局长。

第三十四章

龙山寺已经基本竣工。

这座寺院，倾注了真玄法师的不少心血，他觉得这是自己一生中最最得意的一部杰作。

寺院坐北朝南，一式三进，呈"目"字形。踏着五十六级台阶，拾阶而上，即是龙山寺的山门。山门上的一副对联一下将人拉入了一个佛国世界：

　　寺院有尘清风扫
　　山门无锁白云封

进入山门，就是龙山寺的南大殿，亦称天王殿。天王殿门上书写的对联是：

　　日日携空布袋，少米无钱，却剩得大肚空肠，不知众檀越，信心
时将何物供奉
　　年年坐冷山门，接张待李，总见他欢天喜地，试问这头陀，得意
处有什么来由

天王殿堂内外雕梁画栋，门楣上分别彩绘着"芭蕉书经""达摩东渡""圣石为禅"等传说故事和四大佛教圣地的朝佛护法活动，橡头和飞头上分别点缀着莲花观佛和万法归宗图案。殿内正中雕塑着一尊弥勒佛彩绘圣像，东西两旁分塑着四大天王像。弥勒佛背后的神龛内供奉着韦陀菩萨圣像。弥勒佛肚大如袋，笑口常开，憨态可掬；四大天王庄重肃穆，盛气凌人，令人可怖。一活泼，一严肃，两相对照，形成极大的反差。

大肚弥勒佛雕像前，立着一只功德箱。

天王殿的两翼分别是钟楼和鼓楼。钟楼和鼓楼的建筑结构类似，风格相同，均为重檐十字翘角，一幢两层。翘角上挂着风铃，随风摇曳，悦耳动听。钟楼上悬挂着三千多斤重的一口大铁钟，粗得两个人拉手相围，合不了拢，上有螭龙盘绕，下有虎贲相护，晨起而撞，声闻四达；鼓楼上支架着直径约二米的一面大鼓，五人在上，可舞可蹈，帮用红漆油刷，面由铜钉固定，暮至而擂，音响远播。

出了天王殿，是第一进院。沿着两旁植满松柏树的甬道前行，就到了大雄宝殿。

仿明清建筑的大雄宝殿，坐落在青色石条垒就的台墩上，雄伟壮观，气势非凡。殿阔五间，进深三间，屋顶飞檐斗拱，五脊六兽，龙瓴鸥吻；中间是六柱露明，胡椒眼隔扇；门前是精雕细刻的汉白玉栏杆和草白玉台阶。"大雄宝殿"四字烫金牌匾，悬挂在殿门的正上方，一副精致的木刻对板分别挂在殿外的廊柱上，上面刻的是：

　　果有因，因有果，有果有因，种甚因结甚果
　　心即佛，佛即心，即心即佛，欲求佛先求心

殿内的正面是一尊释迦牟尼说法的金身塑像。释迦牟尼结跏趺坐，左手横放在左脚上，右手屈指作环形。佛像前设"三具足"，无非是香炉、花瓶、烛台之类。"三具足"前设有供台，供台上供涂香、花鬘、烧香、饮食、灯明之类，以丝绣桌围将四面围起。供台前置香几，香几上放小香盘，上置一香炉、二香盒。盘前挂一红幢，上绣莲花瑞禽之类。香几的左端放磬、木鱼等法器。香几前立着一只红色木制功德箱。功德箱的前面是三个用黄布缝制的蒲团，以供信众跪拜。

十八罗汉分列殿内两班，姿态不一，形象各异，一个个眉目传神，浓缩了世界百态。穹形的天花板上，彩绘着腾云驾雾的天上仙境和虚无缥缈的极乐世界。

大雄宝殿前建有东西配殿。

东配殿是伽蓝殿，殿内供奉伽蓝神。

西配殿是祖师殿，殿内正中供禅宗初祖达摩祖师，左侧供六祖慧能大师，右侧供百丈怀海禅师。

绕过大雄宝殿，即是龙山寺第二进院。

二进院里的正殿建筑面积、风格与大雄宝殿一式一样，毫无二致。殿堂正中的廊檐下挂一蓝底横匾，上书三个金色大字："龙子殿"。殿门两旁廊柱上挂的对板对联是：

> 太子遗像肃清高，在地成形，在天成像
> 山川出云作霖雨，有仙则名，有龙则灵

殿内正中是一座花岗岩垒砌的高台，台上安放着石龙岗下被一场大水冲出来的水镇石像。水镇身上披着一件十分鲜艳的红色丝织斗篷。水镇头顶上方设有丝绢制成的宝盖，宝盖下附四垂帛宝幢，悬置在宝盖周围，上面绣着各种佛教人物图案。幢下长帛下垂成幡。五颜六色的幡上书写着"群生被泽""四海安澜""风调雨顺民安乐""海晏河清世太平"等吉祥话语。水镇像前还有大幔帐，上面用彩丝绣成飞天、莲花、瑞兽、珍禽之类。飞天是西方极乐世界的神灵。欢门两侧垂幡，门前悬供琉璃灯一盏。

水镇像前亦摆有一长条几案，案上是供养人献上的香花、饮食、灯明、衣服等。

几案的前面亦设有功德箱和蒲团。

整个大殿显得肃穆而庄严。

龙子殿前东西两面各建有一栋上下三间的二层楼房，名曰："招魂堂"。

第三进院即旧日的龙王庙。

那年创建龙山寺的时候，真玄法师和常宏禄是要准备将龙王庙拆掉，重新规划建筑的。拆了东房西房，正要拆正殿时，县里文管所的古所长领着干事小张跑来了，告诉他们说龙王庙的正殿是明朝成化年间的建筑，距今已经有五百多年的历史了，包括殿前的那个石雕大香炉，都属于文物古迹，谁动了谁就触犯了《国家文物法》，因此，正殿和香炉原封未动，只是在东西房的基础上，建筑了僧房、香积厨、斋堂、职事堂、荣堂和客房。

纵观龙山寺整体建筑，对称稳重，整饬严谨，一条中轴线前后串联，高低错落，起承转合，就像是一曲前呼后应、气韵生动的有形乐章。

这几天，通往龙山寺的大道上，红尘滚滚，车来人往，络绎不绝，人们一来是为了一睹龙山寺的建筑风采，二来是想看一看龙山寺里招魂堂的奥秘。

人们到了龙山寺，就要进香，就要叩头，就要许愿，就要上布施。

功德箱里的钱，被塞得满满的。塞不下，人们就将布施钱堆到了功德箱上。功德箱上面也堆满了，人们就将布施钱堆在了功德箱的周围。据说，每天傍晚，人们散去，六七个僧人要从功德箱内外收拾好几麻袋钱回去。在僧房里，他们一整夜一整夜地不能合眼，整理着一捆一捆的钞票。起初，他们看着这么多的钞票，感到新奇、兴奋，也不想睡觉；后来，他们就习惯了，厌倦了，呵欠一个接着一个，脑袋就像鸡啄米一样，不停地摇晃，整理着钱，就不由得睡着了。

龙山寺一次性从上海购进两辆桑塔纳小轿车，一辆客货两用车。一辆桑塔纳为真玄法师的专驾，另一辆桑塔纳专门跑银行存钱，一辆客货两用车则是寺院的生活用车。

如果将龙山寺比作一顶皇冠的话，那么，招魂堂就是这顶皇冠上的一颗明珠。这是真玄法师这一篇杰作中的杰作。

东楼一楼的明柱上，有一副对联，上写着：

归极乐早早转世
入佛门快快超生

西楼一楼的明柱上，也有一副对联，上写着：

音容已随时序杳
灵魂早驾飞鹤来

东西两座楼的墙壁上挂满了一寸宽、三寸长的小铜牌。东楼二楼的铜牌上一层一层地用朱砂写的是从三皇五帝至清朝末年，对国家对人民作出贡献的帝王将相、社会名流、民族英雄的名字，常冬生的老祖宗常遇春、常森，也赫然在列；西楼二楼的铜牌上一层一层地用朱砂写的是辛亥革命以来，为国家为人民作出贡献的已故的民族英雄、革命烈士、社会名流、劳动模范的名字。东西两楼一楼墙壁上的铜牌则是为普通亡魂空着的。原则上挂一个名字，得布施一万元人民币。真玄法师说，凡是进入招魂堂的往者，均可高升天堂，进入西方极乐世界。

布置好这一切，真玄法师决定于农历二月十八召开一次"为往生灵魂祈福法会"。他到五台山邀请了二百位僧人，又让常宏禄在县、乡、村各个路口张贴了大幅告示，又在当地电视台做了一段文字广告。

二月十八这一天，"为往生灵魂祈福法会"在龙山寺山门前如期举行。前来参加、观看祈福大会的僧人、信众、群众，摩肩接踵，人山人海。

甄秀枝穿着一身深紫色的称作"海青"的长袍，与常宏禄女人一前一后，也站在信众队伍里。

上午九时整，祈福法会在真玄法师的长呼声中拉开了序幕，刹那间，钟鼓齐鸣，法螺同奏。来自世界佛教圣地五台山的数位高僧在声势浩大的仪仗队的引领下，缓步走向法坛，站在两侧的几百信众合掌肃立，献供使者与护坛义工在通道两侧跪立恭迎。

接着，五十位献供使者在《杨柳净水赞》的梵呗声中，手捧取自正峪河源头的圣水，鱼贯进入龙山寺，上招魂堂东西二楼，为往生灵魂洒净祈福，圣水化作一颗颗细小的水珠，飞溅在黄底红字的每一块铜牌上。

洒净结束后，法坛上的数位高僧依次用最古老、最原始的法音，对招魂堂的往生灵魂诵经祈福。

接下来，又是上香、献供仪式。

之后，二百僧众在绵延不绝的佛号声中，排成长队，一边齐声诵经，一边由山门进入，上东西二楼，迤逦绕行，为招魂堂上的往生灵魂祈祷求福。

僧众诵经后，真玄法师在法坛上又诵了一遍《大悲咒》。

至此，祈福法会结束。在僧众绵绵不绝的诵经声中，全场信众依次退场。

祈福大会之后，真玄法师每天一早一晚组织僧众，排着长长的队伍，手执法器，口中念念有词，楼上楼下，转着圈儿，为往者诵经一遍。

常冬生将爹的名字和负不赖爹的名字，让真玄法师一并用朱砂写在了东楼一楼墙上的铜牌上。

前来报名写铜牌的人络绎不绝，有本村的、镇里的、县里的、地区的、省里的，甚至一些外省市的人也不惧千里，远道而来。

真玄法师一看想进招魂堂的往者太多了，布施钱就涨了价，由一万升到三万，后来又由三万升到了五万。

人们的购物心理是买涨不买降。真玄法师越是涨价，人们就觉得这铜牌价值越大，奇货可居。有的人就打起了为活人来日备用的主意。于是，龙山寺就刮起了一股铜牌抢购风。

真玄法师就又将布施钱从五万涨到了八万，甚至十万。后来布施十万块钱，也难以预订一个铜牌了。

人们就想着法儿，从六郎村里搬熟人。

有人找到郝二林。

郝二林说："我是个共产党员，又是支部书记，迷信活动我不参与。龙山寺也是群众与和尚建的。你们要找就找常宏禄去。"

人们又托人找到常宏禄。

常宏禄说："建龙山寺时，我是跑过腿，但主要工作还是人家真玄法师做的。想弄个铜牌，我说话不顶事，还得找人家真玄法师哩！"对真玄法师修建的招魂堂，起初，他觉得这个创意挺好，后来随着铜牌的涨价，他的心里就犯起了嘀咕：人常说"出家人不爱财"，这不明摆着是"多多益善"嘛！

最终，人们不得不再返回真玄法师那里，上更多的布施，换得一个铜牌。

最近以来，矿产品开发公司的事故屡屡不断。

连续几个夜里，柳干头在山顶上点着的山灯来源，几乎都是矿产品开发公司的。

常冬生被搞得焦头烂额，应接不暇。死一个人，家属就跑到楼上，寻死觅活，大吵大闹，漫天要价，不给吧，又怕走漏消息，让上头知道了查处；给了吧，又觉得实在窝火，咽不下这口鸟气。

绞车也不给争气，刚刚换了电机，钢丝绳又不行了。

常冬生只好停了产，跑了一趟山东，买回一台新绞车，拆旧换新，生产才又运转起来。

换好了绞车，电碾子又出了问题，漏汞、漏金现象时有发生。常冬生也只好换了一台新的。

最叫他头疼的是工人问题。连建国手下的工人极不稳定，时而多，时而少，他就成了最直接的受害者。打眼装药的时候，用不了多少人，工队里却来很多人；等到出矿的时候，正要用人，一些工人突然又走了，使得他干着急没办法。

常冬生将公司里的几个中层干部召到他的办公室，想让大家找找问题的原因，想想应付的对策。

常冬生蹙着眉头，先将近期以来发生的问题，一件一件向大家数说了一番，最后说："最近，有好几个夜晚了，我一直睡不着觉。我一直纳闷，为什么问题都集中在这一个时期了，事情接二连三，出了一件又一件，没完没了的。俗话说，养兵千日，用兵一时。请大家过来，就是要大家给出出主意，想想办法。能想出一个万全之策则更好。"说最后一句的时候，他看了一眼田万全，一下笑了。他为自己能一下想起这么一句一语双关的话来，颇为得意。

室内陷入了一阵沉默。

过了一会儿，田万全先开口了："其实，常总不开这个会，不让我想，我也在一直琢磨这些问题哩。我是这么想的，出了这么多问题，原因也很简单，机器就像人是一样的，也是有寿命的，用到一定年限，它就老化了，磨损了，需要修理了，甚至是需要更新了。"

常冬生说："你说的这个事，是这么个道理，我也是这么想的。可是，死人的问题，工人不稳定的问题，还有其他许多问题，又怎么解释呢？"

田万全不说话了。

冯石命说："常总，依我看，赶快到沙涧镇找小神仙看一看吧。听说小神仙身上顶着一个大仙爷，看得可灵哩！每天让她看的人可多哩，轮都轮不上。"

王志刚说："小神仙，灵个屁！她要是灵，还能将她娘给看死？"

王志刚说的是年前腊月里的一件事情。临近年关的一天，小神仙的丈夫想用小轿车拉着小神仙到省城去买衣服。去省城得过夜，小神仙就安排她娘来给她看门。临出门，有人对小神仙说，你娘六十来岁的人，身体挺好的，看上去倒像是五十多岁。小神仙说，我给我娘顶神看了，我娘还能活三十年，寿数在九十岁哩。有两个歹徒早就听说小神仙给人顶神挣了一千多万块钱，觊觎已久，但鉴于小神仙和她的男人平日不离住宅防范甚紧，一直不能得空下手。这天，他们听说小神仙和她男人出了远门，觉得天赐良机，机不可失，半夜里，他俩就换了皂色衣服，翻墙入户钻进小神仙家里来偷钱。两个歹徒翻箱倒柜之间，被小神仙的娘发现了，就要喊叫，两个歹徒一急，就顺手从茶几上操起一把水果刀来，将她杀害在家中。这桩杀人案，三天后就被公安局侦破了，但却成了小神仙给娘顶神"能活九十岁"的一个笑话。

崔大树说："去顶神还不如信佛哩！咱村的龙山寺那才叫个灵呢。听说到龙山寺拜佛祷告的人，都沾了佛的光了。"

靳翠枝也接着说："快到龙山寺去吧。咱公司对龙山寺的修建作过很大贡献。要说保佑，佛也应当先保佑咱哩。"

常冬生觉得大树和翠枝说得挺有道理。他记得真玄法师对他说过，他之所以能有今生，完全是因为前世在石龙岗下的寺庙里修下的。既然如此，他就决定再到龙山寺去求求佛了。

想到这里，他就宣布散了会。

第二天上午，常冬生打开保险柜，从柜里取出四十捆崭新的一百元面额的人民币。每一捆的纸腰从印钞厂出来就没有被人拆封过，号码也是排得紧紧的。他将这四十万元人民币装入一个手提袋，锁上保险柜，叫了田万全，自己驾着桑塔纳，转了两个弯，不一会儿就来到了龙山寺山门前。

常冬生提着钱兜子走在前面，田万全紧随其后。

他俩进了山门，先到了天王殿。常冬生从兜子里取出十捆人民币，放到功德箱上，然后，便五体投地给弥勒佛跪了下去。

田万全是个唯物论者，不信神，也不信佛。他曾经和人们开玩笑说，我不拜佛，佛不怪我。我和佛两不相干，没有任何关系。这次来龙山寺，他纯粹是为了奉陪领导，因此，常冬生给弥勒佛跪拜时，他只是在常冬生的侧后方默默地立着。

常冬生在天王殿跪拜弥勒佛时，一个臂膀上戴着袖章的值日僧，看见霍人县的首富常冬生来龙山寺进香来了，急忙跑回后院，通报给住持真玄法师。

常冬生拜了弥勒佛，出天王殿，沿着甬道直往里走。真玄法师和值日僧也从后院转过大雄宝殿，快步迎了出来。

真玄法师直挺着腰板，一手捻动着佛珠，一手作揖，说："贫僧有失远迎，还望施主海涵！"

常冬生双手作揖，回道："我来进香，哪敢劳动法师大驾。"

真玄法师将常冬生让进大雄宝殿。真玄法师要亲自为常冬生击磬、敲打木鱼并念咒祈福。如果换一位施主，真玄法师是不会亲自动手的，今天常冬生来了，因为施主身份特殊，真玄法师才破了常例。

真玄法师的嘴里在反复不停地念着"南无南，南无南；南无南，南无南……"谁也听不懂的咒语，手里则执着法器，不紧不慢，舒缓而有节奏地敲打着木鱼，发出"梆、梆、梆"的沉闷声音，时而又"当"地击一下磬，一种清亮的金属音就将沉闷的空气打破了。

常冬生从香案上取了三炷香，在油灯上将一头点着，双手举过头顶，向着佛主奉了三奉，恭恭敬敬地插在香炉里，接着，退到蒲团后，便五体投地跪了下去。他在心里默默地向佛主祷告了一阵，又许了一些愿，然后，就从提兜里掏出十捆人民币，放在功德箱上。

常冬生在往功德箱上放钱的当儿，田万全看见真玄法师口不停诵，而眼睛却乜斜着，瞅着常冬生的一举一动，乍一听，真玄法师嘴里仍在念着"南无南，南无南；南无南，南无南……"仔细听，怎么也是"日你妈，多放点；日你妈，多放点……"

拜了佛主，常冬生又到后院拜了水镇和龙王，并分别为水镇和龙王各上了十捆人民币的布施。

从龙山寺出来，坐在常冬生的车上，田万全几次想对常冬生说说他在大雄宝殿里的所见所闻，几次话到嘴边，又咽回去了，最终也没说出来。

第三十五章

省金矿又该到山东招远去卖金子了。

上午八点钟，正是工人们上班的时候，翟树荣矿长与实物出纳康崇明、司机韩晓磊，拉着黄金也出发了。

省六郎村金矿距离山东招远有一千多公里的路程，人不停歇，车不停轮，紧走慢走，也得一昼一夜方能到达。

去招远的路上，因为车上拉着黄金，责任非常重大，翟树荣几乎没有合一下眼皮。他让康崇明坐在后排去睡觉，他坐在副驾驶座上，一会儿给韩晓磊点一支烟，一会儿陪韩晓磊说一阵话，生怕韩晓磊犯了困，出了事故。

一路上，提心吊胆，总算到了招远。

招远位于山东半岛西北部，为古齐之地，金朝时因兵荒马乱，民多流亡，官府为招集流亡者，使其回乡安心农耕，遂取名"招远县"。招远黄金资源遍布全境，储量丰富，开采历史悠久，素有"金城天府"之美誉，是全国第一产金大县，亦有"中国金都"之称。招远的黄金冶炼厂，是距离省六郎村金矿最近最大的黄金冶炼厂，因此，翟树荣认为省六郎村金矿的黄金，售给招远黄金冶炼厂是最相宜的。

进了黄金冶炼厂，出售了黄金，翟树荣就在黄金冶炼厂附近开了个旅馆，让韩晓磊抓紧时间去睡觉休息，而他和康崇明则赶紧办理资金结算、转账等手续。

办手续的当儿，康崇明试探性地对翟树荣说："矿长，我们这次办完手续，准备干什么呀？"

翟树荣说："你的意思呢？"

康崇明说："司机小韩还是个年轻人，该放几天假，让他在招远这个地方转一转了。他来了招远多少趟了，每一次都是匆匆而来，匆匆而回，一次也没有转过，我是怕他有情绪影响工作哩。"

翟树荣说："招远是个产金子的地方，咱六郎村也产金子，难道还稀罕金子是怎样挖出来的吗？"

康崇明说："不是啊！"

翟树荣说："那是什么？你说说看。"

康崇明说："听说招远濒临渤海，海边的沙岸平缓细腻，是一处天然的海水浴场，到那里洗海水浴的人可多呢。"

翟树荣说："还有什么？"

康崇明说："这里的特产也不少呢。"

翟树荣说："都是些什么特产？你说说。"

康崇明说："听说海产品有刺参、梭鱼、对虾和三尤梭子蟹。还有红富士苹果与龙口粉丝，这些都是有名气的特产。咱们先尝个鲜，回去时，给老婆娃们也带点。"

翟树荣看着康崇明笑了，说："我看这些都不是小韩的想法，而是你的意思吧。"

康崇明被翟树荣一语道破心事，脸一下红了，腼腆地吐了一下舌头。

翟树荣说："不管是你的意思也好，小韩的想法也罢，其实都没有错。到了一个新地方，想开开眼界，尝尝特产，这是人之常情。我也是血肉之躯，也有七情六欲，感情和想法与你们也是一样的。来了多少次招远，没有转一转，主要是因为矿上有紧要事，我得赶回去，结果就连你们也拖累了。这算是我对你们的亏欠。这个亏欠，我一定要补上。不过，这一次也不行，咱们办完手续，还得抓紧时间赶回去，选矿车间的一个工人的父亲，得了膀胱癌，我得回去组织大家捐一次款，赶紧给老人家治一治。我答应你们两个人，下一次来了招远，包括我，咱们就放假三天，到海水浴场好好耍一耍，再吃一吃你说的那些特产。你看行不？"

康崇明说："行啊！下一次，我们也等得及。"

办完一切转账汇款手续，他们已在招远逗留了两天。翟树荣见韩晓磊休息好了，就决定抓紧时间往回赶。

车子缓缓行驶在招远的大街上。翟树荣坐在副驾驶座上，透过车窗玻璃，他看见前面有一个挂着"龙口粉丝专卖店"招牌的商店，突然想起康崇明说龙口粉丝是招远的名优特产，就急忙让韩晓磊将车子停在商店门前。

翟树荣对康崇明和韩晓磊说："车从店前过，不买意不过。咱们下去买一些龙口粉丝吧。不然，不光你俩不高兴，就连你俩的老婆也会骂我翟树荣不通人情了。"

说着，三个人就下了车，进了专卖店，每人买了两盒精包装的龙口粉丝。

翟树荣问韩晓磊："车子后备厢里放的东西多不多？"

韩晓磊说："除了一把掸车身灰尘的掸子，什么也没有。"

翟树荣对售货员说："你再给我拿二十斤简装的。"

康崇明问翟树荣："矿长，这东西是有保质期的，买得太多了，一下吃不了，吃过期食品，对身体可不好啊！"

翟树荣说："这二十斤简装粉丝，是给咱矿的集体灶上买的，让上灶吃饭的工人们也尝尝招远这稀罕东西。"

韩晓磊打开后备厢，翟树荣和康崇明忙着将简装粉丝装到后备厢里，几包简装粉丝将后备厢挤了个满满当当。三个人又将几箱精包装粉丝放在后排的空隙处。

安顿好粉丝，临上车前，翟树荣一连打了好几个哈欠。

康崇明见翟矿长疲困的样子，心想，矿长这几天确实太累了，说得更准确一点就是缺觉了。自打从矿上出来，一路上，矿长让自己在后排座上睡觉，他却一直坐在副驾驶座上陪着小韩。到了招远，小韩睡觉去了，自己抽空也能休息休息，而矿长从始至终几乎没有休息。回家的路上，是该让矿长好好地睡一觉了。

想到这里，康崇明就说："矿长，咱俩换个位置吧。我坐到副驾驶座上来陪小韩，您到后排座上好好地去睡上一觉吧。"

翟树荣的确是感到太困了，又一连打了几个哈欠，说："这样也好。"说着就开了后门，坐到了后排座上。

车子又启动了。

翟树荣嘱咐韩晓磊说："开车时不要胡思乱想，要集中精力，注意安全。"

韩晓磊说："矿长，我也是十来年的老司机了，这一点，我还是谨记着哩。您就放心吧。注意安全，是司机的头等大事哩！"

康崇明也说："矿长，您就放心睡您的觉吧。前面还有我哩。我会时时刻刻提醒小韩注意安全的。"

韩晓磊和康崇明正你一言我一语地给矿长说着宽心的话，忽听得坐在后排座上的翟矿长已经打起了闷雷般的鼾声。

车子在宽阔的柏油公路上向前疾驶，路两旁的一排排高大的槐树迅疾地向后倒去，偶尔，有一两瓣槐花落在挡风玻璃上，又迅疾地消失得无影无踪。槐花的异香，不时透过车窗的玻璃缝隙，飘进来一缕，给人一种清爽的感觉。

车子出了山东，进入河北地界。路上来来往往的超大型运煤卡车突然多了起来，路况也变得坑坑洼洼的。韩晓磊知道这条路是陕西府谷通往秦皇岛的主干道，一辆辆装载着五六十吨，甚至七八十吨的超大型卡车，从陕西府谷拉上煤炭运到秦皇岛，通过水路向国外出售。一路上，向东行驶的重车吭吭唧唧，就像一溜儿巨蟒在向前蠕动；而卸掉煤炭的轻车在返回陕西的路上则是"轰隆哗啦"，就像风轮一样地飞转，就像野马一样地狂奔。由于车子吨位太大，道路全被轧坏了。路面上千疮百孔，支离破碎，没了一块完整的地方。人们感叹地说，前几年是小商贩坏了市，小四轮坏了路；现在是大铲车坏了山，大卡车坏了道。

在这种不堪入目的路况和环境中，韩晓磊有意放慢了车速。

车子走着走着，前面出现了一段由上而下的陡坡，他将车子的速度控制得更慢了。

车子在陡坡上缓慢地前行。突然，韩晓磊从倒车镜里看见一辆超吨位大卡车空车像箭一样向他的车尾射来，他还没有来得及打转方向盘躲闪，一刹那，只听得"咚"的一声巨响，他的车就被向前撞出十几米远，发动机熄火了。辛亏他和康崇明都系着安全带，神志清晰，没有大碍。他急忙返回头一看，车后壳被撞回来一个大包，翟矿长的脑袋紧挨着大包，正在"咕嘟，咕嘟"地往外冒着鲜血。一股鲜血就像蛇一样顺着靠背、座椅，蜿蜒而行，流向了车门。

韩晓磊和康崇明赶紧下了车，想打开车门，将翟矿长抬出来，可是，车门变了形，怎么也拉不开，他们只好用螺丝扳手强行撬开变了形的车门，将翟矿长舁出来，也顾不得检查伤情，拦了一辆路过的小轿车，急忙送到附近的一个中心医院里。

急诊室的值班医生，看了一下翟树荣脑壳上的伤势，见脑浆已经出来了，也没有检查瞳仁和脉搏，就说这个伤者当时就死亡了，说着给他俩开具了一张"死亡证明书"，让他们将尸体送到了太平房里。

事故发生后，交警已将肇事司机刑事拘留。原来向韩晓磊的小轿车撞来的超吨位拉煤大卡车，走在下坡处，车闸突然失灵，司机刹不住车，一时又躲避不及，不得已才向他的车追了尾。

翟树荣的灵柩运回了省六郎村金矿，停放在金矿的大礼堂里。

矿党委书记谷正伟临时受命，主持了省金矿的全面工作。

谷正伟一上任，就召开了一个中层以上领导干部紧急会议。在会议上，他着重强调了当前的三点工作：

一、化悲痛为力量，继续搞好生产。

二、加强安全意识，做好安全工作。

三、尽最大努力，办好翟矿长的丧事。

翟树荣的意外车祸，给省金矿带来了塌天陷地的灾难。全矿干部职工沉浸在一片哀痛之中，男的互相见了面，不苟言笑，强忍着心里的悲痛；女的互相见了面，你看看我，我看看你，忍不住了，就抱在一起，细啜起来。

自告奋勇为翟矿长在大礼堂里守灵的人，主要有康崇明、韩晓磊、闵香璧、杜玉凤。

这次翟矿长出了车祸，康崇明觉得责任主要在于自己，如果那天自己不让翟矿长坐在车子的后排，而自己依然坐在后排，会出事吗？即使是出了事，丧亡的也应该是自己，而不应该是翟矿长。自己死了不足惜，一个无名小卒，不会对工作、对大家有多大影响，可是，翟矿长就不同了，矿上需要他，大家需要他呀！那天，他和韩晓磊将翟矿长送入太平房后，他感到深深地自责，他捶胸顿足，痛不欲生。他叫着自己的名字，反复地责骂着自己。

韩晓磊的精神压力并不比康崇明轻松多少。自从省金矿成立以来，他就是翟矿长的专职司机。翟矿长对他说的最多的一句话，就是"注意安全。"翟矿长吃不好，也要让他吃好；翟矿长睡不好，也要让他睡好。那天，去招远售金，是翟矿长为了安全，陪了他一路。回来的路上，又再三嘱咐他"注意安全"。可是，自己做到了吗？自己辜负了翟矿长的一片期望啊！翟矿长的性命就是送在了自己手里的呀！现在说一千句对不起，一万句对不起，都也迟了，他只能在翟矿长的灵前，多陪陪翟矿长了。

翟树荣在闵香璧心目中，既是恩人，又是领导，既是父亲，又是兄长。他到省金矿，是通过翟矿长进来的，如果不是这层关系，他要么是进不了省金矿，要么进了省金矿，也分配不到办公室，说不定现在还在井下劳动呢。翟矿长对工作非常认真，对下属非常严厉，他从翟矿长身上学到了不少从别人身上学不到的东西。可是，下了班，回了家，就不一样了，在生活上，翟矿长就像父亲一样对他关爱，交流时又像兄长一样平等相待。翟矿长对他恩重如山。他再怎么做，也难报恩人于万一呀！

与翟树荣最难理得清关系的当然是杜玉凤。她和翟树荣在大学读书时就相恋了，后来就结了婚。他俩虽然没有一男半女，却一直相亲相爱，举案齐眉，相敬如宾，从来没有红过一次脸，吵过一次嘴。两个人互相厮守着，谁也离不开谁。她最初听到翟树荣出了车祸的消息，真不敢相信自己的耳朵。当她确信了这个消息的真实性后，她被这重重的一击，差点垮掉了。翟树荣是她的男人，男人就是一片天，天塌了，她今后可怎么活呀？她强打精神，挣扎着来到翟树荣的灵前，她想多陪陪翟树荣，这是她现在唯一能做到的了。

翟树荣的追悼会定在星期三的上午。

讣告一出，里里外外的各项准备工作就开始了。

常冬生准备给翟树荣送一只花圈。这天，他开着座驾桑塔纳，来到沙涧镇一家最大最好的纸扎店，问店老板："你说一层楼房有多高？"

店老板被问了个莫名其妙，说："这个我可不知道。"

店老板的女婿正在旁边捆纸扎架子，他家刚刚装修了楼房，知道楼房的高度，就插嘴说："正常情况下，一层楼房的高度是三米。"

常冬生说："我想做一个三层楼房高的花圈，你们做了做不了？"

店老板说："做是做得了。不过，越大越不好做。正常花圈的直径是两米，你要做十米大的花圈，面积就是正常花圈的五倍。可是价钱就不能按五倍算了，那得出正常花圈的十倍哩。"

常冬生说："价钱由你要，我不还价。但你必须做得又快又好。星期二的下午，我就要货哩。"

店老板收了常冬生的订金，放下手里的其他活计，先做这一桩大买卖去了。

星期二的下午，常冬生派了二十个工人来舁花圈。由于花圈太高太大，出沙涧镇时，立起来没法走，只好忽颤忽颤地平舁着前行。可是，平舁着又太占地方，一路上就堵了好几回车。人们一直围着这个大花圈看稀罕。进了六郎村，村里的街道更是不适应这么大的花圈通行，花圈所到之处，人呀车呀，什么也不能过了。挪挪蹭蹭，好不容易舁到了省金矿大礼堂门口。可是由于门口宽窄高低的限制，又进不了大礼堂了，就只好立在了门外面。

星期三上午，翟树荣的灵堂在省金矿大礼堂里布置得庄严而肃穆。

大礼堂正面的主席台前面是一挂黑紫色的幕布，幕布的上端是一条黑色的条幅，上面是用剪刀剪出来的九个白色的隶体大字：

沉痛悼念翟树荣同志

条幅的左右两面是一副黑底白字挽联：

丰功伟绩垂青史
高风亮节励后人

幕布的正中悬挂着黑边大幅遗像一尊，相框上搭设着结有花结的黑纱，黑纱从相框上端中间平分垂在相框的两侧。相框的下面是一个大大的"奠"字。"奠"字的正前方停放着翟树荣的灵柩，周围用松枝、冬青、鲜花拱围着。

灵柩的右面靠墙处挑着一顶常秋生送来的挽幛，上书着：

为黄金奋斗，为黄金牺牲，死而无憾！
替他人着想，替他人谋益，生者当愧！

灵柩的左面靠墙处挑着一顶谷正伟送来的挽幛，上书着：

假如我死能替你死我去死；
倘若汝活可换吾活吾不活。

东西两面墙壁上依次挂满了各界人士送来的挽联、挽幛，靠墙角和入门的两侧则摆满了人们送来的花圈和花篮。常冬生的大花圈就像是羊群里的一只骆驼，显得格外的显眼，格外的另类，很不合群。

大礼堂里整整齐齐地站满了胸佩白花、臂缠黑纱的悼念者。参加追悼大会的主要有省政府、省冶金厅和禾谷地委派来的代表；有藿人县、沙涧镇、六郎村的有关领导；有省金矿的全体干部职工。常秋生也站在追悼队伍中。

常秋生久久地注视着翟树荣的遗像，突然想起了保尔·柯察金的那句名言："人生最美好的，就是在你停止生命时，还能以你所创造的一切为人民服务。"

九时整，追悼大会正式开始。

副矿长任泉旺主持追悼会。副矿长肖成功宣读了《省政府关于批准翟树荣为革命烈士的决定》，以及省政府、省冶金厅等部门和单位发来的唁电和唁文。

矿党委书记谷正伟致悼词。他声音低沉，语调徐缓地念道：

各位来宾、同志们：

今天我们怀着无比沉痛的心情，在这里深切悼念我们的好矿长、好领导翟树荣同志。翟树荣同志在为省金矿出售黄金返程途中，不幸因车祸去世，永远地离开了我们。

翟树荣同志是东北人，他大学一毕业就来到我省的中条山区，投入到金矿开采工作之中。从一个技术员，一直干到了副矿长。省六郎村金矿成立，他又服从组织分配，担任了矿长，成为这个金矿的奠基人。他全身心地扑在工作上，以扎实的工作作风，带领全矿干部职工，克服一次又一次困难，攻破一个又一个坚关，取得了巨大的成绩，得到了全矿干部职工的尊重和爱戴。

翟树荣同志一生为人正直，生活俭朴，严于律己，宽以待人。他的心里装的永远是别人，唯独没有他自己。就在这次招远售金期间，他几天没有睡觉，他是要急着赶回来，他挂念着矿上一位工人生了病的父亲，能早日得到医治；他还惦记着矿上的工人们，能尽快喝上一碗招远特产——龙口粉丝汤啊！

谷正伟念到这里，早已语不成句，泣不成声。下面参加悼念会的人们也发出一片"唏嘘"之声，有的人情不能已，竟细啜起来。

谷正伟强忍悲痛，继续念道：

翟树荣同志的逝世，使省金矿失去了一个好矿长，使我们失去了一位好同志。

他那种舍己为人的高尚品格，堪为做人之楷模；他那种奋力拼搏和无私奉献的精神，永远值得我们学习。我们要化悲痛为力量，以翟树荣同志为榜样，努力工作，再创佳绩，多挖金矿，挖好金矿，去完成他未竟的事业，圆一个矿山人的梦想，以告慰翟树荣同志的在天之灵。

　　翟树荣同志安息吧。

　　谷正伟念完悼词，参加悼念的人们依次排着队，含泪向翟树荣的灵柩鞠躬告别。

　　追悼会结束，翟树荣的灵柩开始安葬。省金矿的工人们将灵柩抬上灵车，绕六郎村一圈。

　　村里的人们扶老携幼，站在街道两旁出来为翟树荣送行。人们想起翟树荣的好来，就不由得揉眼抹泪，哭出声来。

　　翟树荣被埋葬在六郎城的最高处，意在能让他经常看到省六郎村金矿发生的变化。

　　第二天，村里的梁满斗就赶着一群羊，去给翟树荣旋了坟。据说，牛羊踩过的坟墓，墓主人在阴间是会牛羊满圈的。

　　为翟树荣守灵那几天，杜玉凤还有一种精神支柱，她觉得为人之妻，自己的任务还没有完成，自己应当和丈夫厮守到最后一刻。翟树荣下葬之后，她就像一根见了炎热阳光的冰柱，一下子就彻底坍塌了，倒下了。

　　发现杜玉凤倒下的是闵香璧。

　　当初，闵香璧给翟矿长家里买粮买菜，帮助做些营生，是矿上因为矿长顾了大家而不顾小家，特意安排的。如今，翟矿长走了，矿上没有一位领导对他说过，这项工作是继续，还是停止。他想，领导让他继续做这项工作，他当然乐意继续；如果领导不让他继续来做，他利用自己的业余时间，也会继续做下去的。做人啊，总不能人一走，茶就凉吧。

　　安葬了翟矿长的第三天，他处理了一下办公室急需要处理的工作，就急急忙忙来到杜玉凤家里。他想看看杜科长家里有些什么需要买的东西，有些什么需要他做的营生。

　　进了家，闵香璧没有听到杜科长对他那平时熟悉的询问声。他见客厅里没有杜玉凤的身影，就扭头看了一下卧室。卧室的门虚掩着。他走过去敲了敲门，里面无人应声。他就将门推开了。只见杜玉凤和衣躺在床上，嘴里"喃喃"地说着什么。

他侧耳靠近床铺，只听得杜玉凤少气无力地说："老翟，咱俩回一趟老家吧。我想回老家了。"

他叫了一声："杜科长——"

杜玉凤慢慢地张合着干裂的嘴唇，继续说："老翟，你别走得太快，等等我呀！"

他用手背在杜科长的额头上试了试温度，觉得烧得烫手，知道杜科长是在发高烧、说胡话呢。于是，他就赶紧跑回矿上，叫上司机韩晓磊，两个人将杜玉凤异到车上，就近拉到了沙涧镇医院。

医生急忙给杜玉凤注射了一支退烧针，并开出住院手续，让其住院输液，继续观察治疗。

杜玉凤躺在病床上，头的上方吊着一大瓶葡萄糖液体。葡萄糖液体通过一根透明的塑料软管，点点滴滴，输入了她的血管，与她的血液融为一体。

杜玉凤苏醒了。

原来那天埋葬了丈夫之后，杜玉凤回了家，觉得身心疲惫极了，她实在支撑不住了，于是就和衣躺在了床上。这一躺，她就再也没有爬起来，两天两夜水米未进，身上发起了高烧，神志迷离，说起了胡话。多亏闵香璧来得及时，发现了正在病危的她，否则，后果就不堪设想了。

连续输了两天液，杜玉凤的体温恢复了正常。医生又给她做了脑电图、心电图、胸透、胃镜、血常规等上上下下、里里外外的一系列检查，除了发现有些消化方面的毛病外，其他方面没有问题，就建议她住在医院，采用中西医结合的办法，好好调理调理。

闵香璧见杜玉凤的身体没有大碍，就问道："杜科长，那天你躺在床上迷迷糊糊的，做啥梦了？"

杜玉凤说："我依稀记得，老翟说要领上我回一趟老家。可是，他却一个人走了。我在后面怎么也追不上他。我要他等等我，他也不理我。"

闵香璧说："原来是这样。"

杜玉凤过了危险期，身边也不需要人了。闵香璧和韩晓磊就回矿上正常上了班，只是每天下午下了班来医院看她一回。

不想吃饭，身体羸弱，是杜玉凤的老毛病了。闵香璧听人们说石榴是一种开胃的好水果,就从水果店里给杜玉凤称了几斤软籽石榴,划开了皮,一瓣一瓣地递给她,让她当作西瓜一样地啃着吃。这石榴果然有奇效,吃了几个,杜玉凤就打了几个饱嗝。

闵香璧又听人们说人不想吃饭,是由于脾胃不和引起的,而红枣正是一味调和脾胃的圣药,人称"百果之王",又说"一日三个枣,红颜永不老"。脾胃虚弱、倦怠无力者,食大红枣,朝三暮四,即可治愈。朝三暮四,就是早上吃三颗,晚上吃四颗。他听说紧挨藿人的阜县出产的红枣是最好的,三个重一两,五个长一尺,肉大核小,营养极其丰富。于是,下了班,就让韩晓磊开着车专程去了一趟阜县,挑最好的红枣,买了几斤回来,按照"朝三暮四"的方法,一早一晚让杜玉凤食用。

过了半月,杜玉凤渐渐有了食欲,增加了饭量,白皙的脸蛋上出现了两朵红晕,人也比过去精神多了。

闵香璧觉得杜科长大病之后的身子还是虚弱的,需要好好地补一补。他想了想,就从村里买了一只老母鸡,在杜玉凤的院子里宰杀了,又从沙涧镇的药店里买了一根人参,在煤气灶上用沙锅炖了一锅鸡汤,装进饭盒里,趁热坐着韩晓磊的车,送到了医院里。

又过了几天,杜玉凤感觉自己的身体已经彻底康复了。她照了照镜子,看见自己比以前的气色好的多了,浓密乌黑的头发下,一张脸胖了许多,白了许多,脸蛋上就像敷了一层淡淡的胭脂,白中透着红气,在白皙肤色的衬托下,眼珠也黑亮了许多,比起过去脸黄珠黄一副病恹恹的样子,就像换了个人似的,一下又年轻了好几岁。

杜玉凤决定出院了。再不出院,还得劳累闵香璧、韩晓磊天天过来看她呢。她过意不去啊!

出院这天,韩晓磊开着车,与闵香璧一起来接她。

办完出院手续,杜玉凤让韩晓磊将她拉到副食蔬菜市场,采买了一条鲤鱼、一只白条鸡,又选购了一些别的蔬菜和佐料。

回了家,放下东西,杜玉凤对闵香璧和韩晓磊说:"明天中午,你们俩一块儿来家里吃饭。我给你俩做好吃的。"

闵香璧说:"杜科长,您刚刚出院,身体还在恢复之中,快别劳累了。"

韩晓磊也说:"有时间还是多休息休息为好。"

杜玉凤笑着说:"我现在的身体是彻底好了。啥事也没有了。明天中午一定要来。不然，我可就不高兴了。"

闵香璧和韩晓磊见杜玉凤已经说到了这个份上，也就只好点头同意了。

第二天中午，下了班，闵香璧和韩晓磊如约而至。

客厅里已经摆好了一张饭桌，饭桌的中间，摆着刚刚上桌的一条红烧鲤鱼和一只油炸酥鸡，周围摆着三四个小菜。鲤鱼和酥鸡泛着亮丽的金黄色，秀色可餐。菜的旁边立着一瓶干红葡萄酒，酒瓶的旁边放的是三只高脚鹅蛋形玻璃透明酒杯。在桌子的三个不同的边上，分别放着三副碗筷。

杜玉凤见闵香璧和韩晓磊都到了，显得非常高兴。她说："快坐吧。今天这顿饭，算是我对你俩的谢意。我生病期间，将你俩劳累坏了。"

闵香璧和韩晓磊落了座。

闵香璧说："杜科长，您太多心了。"

韩晓磊正要伸手取筷子，突然裤腰带上的BB机响了，他急忙摘下来，杜玉凤和闵香璧也探过头来瞅看，见是谷正伟书记在呼他，上面的文字显示是："车上加满油，马上到办公室来。"

闵香璧奇怪地说："怎么偏偏是正要吃饭的时候？"

韩晓磊说："当司机与当兵是一样的，没有个上下班的时候，领导啥时候发出命令，你就得啥时候走哩！"

杜玉凤说："你抓紧吃上几口再走。"

韩晓磊说："顾不上了。"说着站起来，一只手在盘子里按住鸡身，一只手扯下一只鸡腿，一边吃，就一边走了。

杜玉凤见韩晓磊急急忙忙走了，遗憾地说："没有嘴福的娃娃。"说着，就拿起螺旋式起瓶器，拧入葡萄酒瓶盖，将一只橡木瓶盖拽出来，拿着葡萄酒瓶，为闵香璧斟满了酒杯，也为自己斟了一杯。

杜玉凤举起酒杯，说："香璧，这一杯酒，是我谢你救命之恩的。那天如果不是你来，发现我病了，送我到医院，恐怕我早就不在这人世了。"说完，与香璧的酒杯碰了一下，一仰脖子就干了。

闵香璧也端着酒杯陪着杜玉凤干了。

杜玉凤又拿起酒瓶给香璧斟满，也给自己斟满了，端起酒杯说："这一杯，是我感谢你在医院里对我照顾的。没有你的照顾，我的病不会好。即使是好了，也不会好得这样快。"说完，与香璧的酒杯碰了一下，又一仰脖子干了。

闵香璧说："没有这么严重。"说着，又陪着杜玉凤干了一杯。

杜玉凤与闵香璧平时都是不喝酒的人，两杯酒下肚，脸上就都红了。

杜玉凤让香璧吃菜，自己也吃了一口酥鸡。

杜玉凤咽下了嘴里的鸡肉，一边为两个人的酒杯里斟酒，一边对香璧说："香璧，你现在的年龄也老大不小的了，该考虑自己的婚姻大事了。"

闵香璧没有说话。

杜玉凤用一个长辈对晚辈的口气问道："这么大年龄了，你是等甚哩嘛？"

闵香璧说："没有合适的对象。"

杜玉凤说："你到底是啥条件？说给我。咱矿上二十多岁的黄花大姑娘多得是。我给你当这个红娘。"

闵香璧被杜玉凤问得没了话说，只好将自己如何进行计划生育研究，如何经过多年认真研究，他认为要想达到少生优生的目的，就必须拉大男女双方的年龄差距，形成老少恋，比如父女恋、兄妹恋、母子恋、姐弟恋。而男女双方的年龄差距拉大，又有说不尽的许多好处。最近，他已解决了年老一方的归宿问题。他把想在自己身上亲自实践这项研究成果的话，向杜玉凤详详细细述说了一遍。

杜玉凤认真地听着，先是觉得香璧的这个研究的选题是不是有点太大了，当她听到拉大男女年龄差距的内容时，又觉得挺有意思。当她最后听到香璧说要亲自实践这项研究成果时，脸一下就红了，她误以为香璧将自己选作了母子恋的对象，就说："我这么大年龄了，而你还小呢，对你不合适吧。这么大的年龄差距，能产生了爱情吗？"

杜玉凤的一席话，闵香璧猝不及防，使他惊呆了。一方面，他知道杜玉凤误解了他的意思，一方面，又令他喜出望外。他找杜玉凤做对象，杜玉凤的主动接招，这都是他从来没有想到过的。

想到这里，他没有正面回答杜玉凤能还是不能，只是说："爱情，是没有年龄差距的。"

杜玉凤说："你今天说的事情，好像是一段神话，我没有一点思想准备。这件事，让我好好考虑考虑再说吧。"

又说了一些话，闵香璧一看表，上班时间快到了，就从杜玉凤家里出来，到了矿上。

第三十六章

负不赖鸿运当头，好事接二连三，一个接着一个，就是想挡也挡不住。

首先是小凤肚子里的孩子降生了。为了安全起见，小凤是在沙涧镇医院妇产科里生产的。按照预产日期，小凤提前三天就入住了医院，吴翠叶不离左右地随护在医院。因为小凤的身份特殊，曹院长专门给小凤安排了一间向阳安静的病房，又从禾谷地区医院高薪请来一名经验非常丰富的接产老医生，据说，这位接产老医生曾经接生过六千多个孩子，而没有出现过一次差错，现任的好几个县的书记、县长的降生，都是出自她的妙手。临产的那天，小凤感到肚子有点疼痛，妇产科的医生们，就急忙用手推车跑步将小凤送到了产房，一切抢救的预案都想到了，比如如何止血？如何输血？如何输氧？包括心脏起搏等都考虑得滴水不漏。小凤上了产床，应急的医生们围了一大圈。小凤又感到阵痛，站在小凤身旁的老医生，三拨弄两拨弄，围在周围的医生们还没看清楚是怎么回事，就听到了孩子的哭声，小凤生了个大胖小子，净重六斤八两，而且母子平安，小凤也没有出多少血。消息马上传到了在家里焦急等待着的负不赖耳朵里，他高兴得一下子跳了起来。他的第一想法就是：我负不赖终于有了后了。接着，他就给孩子取了个名字：负效吾。意思是这孩子的人生要像他的人生一样，顺风顺水，官财两运皆通。

其次是负不赖又过上了金屋藏娇的幸福生活。小凤生产后，在医院住了三天就被接回了家里，依然住在她原来的房间里。精精每天的大部分时间，还是睡觉。几个月前，当他醒来吃饭、解手时，发现家里来了一个和他年龄差不多大小的女人，他想过去与她说说话，拉拉手，问一问"啥时候唱哩？"还没等他过去，奶奶就将他拉回房间，让他吃了一些药，不由得就又睡着了。最近，他觉得家里更是有些蹊跷，二楼有了小娃娃的哭声，他想上去看一看，可是，这时候奶奶总是让他吃药，他也总是不由自主地想睡。卧在大门口的愣愣，听到二楼上传来的陌生哭声，也有些莫名其妙，不由得就抬起头来，朝着二楼的窗户，"汪汪汪"地回应两声。吴翠叶则是千方百计、尽心尽意地服侍着小凤。小效吾也是一天一个样子，咿咿呀呀，手舞足蹈，憨态可掬。出了满月不几天，小凤对吴翠叶说，这几个月，因为这个娃娃，在家里憋坏了，想到深圳去打工。她会抽时间经常回来看孩子的。吴翠叶知道她就是想拦也拦不住小凤，就只好做了个顺水人情同意了。小凤站在小效吾面前，对着小效吾的脸蛋一连亲了好几口，眼里忍不住就掉出了几滴眼泪，然后，她拿了一包常用的首饰，咬了一下嘴唇，离开沙涧镇，又回到了同城桃园新村的家里。负不赖依然还是每周按时去同城按摩，与小凤聚会。

第三，也是负不赖人生最为得意的一件好事，他被提拔为霍人县的代县长。霍人县的县级领导已经好久没有变动了，县委书记马志宏、县长高品贵在霍人县任职都已经六七年了，两个人都想在退休之前再换个地方干干，可是，地委却一直没有这个意思，而他俩也不好意思向组织提出自己的要求。最近，地委决定县长高品贵调任禾谷地区农业局局长，负不赖提名为霍人县代县长，由县人代会选举正式任命，霍人县纪检委书记则由团地委办公室主任调任。高品贵向负不赖交代了一下工作，就回地区农业局走马上任去了。担任县长，负不赖觉得这是迟早的事，但他怎么也没有想到会来得这么的快。认识了地委刘书记那一年，有人就说他的印堂发亮了，早晚要飞黄腾达。他当时怀疑，真有那么灵验么？后来的事实证明，人们的预言丝毫不爽。这一次地委动人事，他明白是因他而动的。当了代县长，他一下子和马志宏书记由上下级关系，成了工作上的平行搭档，但是，他在马书记面前，仍然表现的就像一个十分听话的下属似的，因为他知道，自己如今还羽翼未丰，有许多地方还用得着马书记呢，比如迫在眉睫的人代会选举，全县上上下下都是马书记提拔起来的领导，有谁不听马书记的吩咐？马书记要大家选谁，谁就能当选，马书记不让选谁，谁就肯定得落选。他想，抱住马书记这条粗腿，县长选举就等于基本成功了。

一个月以后，一年一度的人代会在霍人宾馆如期举行。

霍人宾馆的大楼上彩旗飘扬，大厅的门楼上悬挂着"热烈祝贺霍人县第五届第五次人代会隆重召开"的红底黄字横幅，整个宾馆洋溢着喜气洋洋的节日气氛。

各乡镇、各系统的代表团都陆续向会务组报了到，会务组根据各个代表团的人数多少和讨论地点，给代表们分别安排了食宿。

头天上午，人代会在霍人宾馆的大会议厅举行大会。负不赖代县长代表县政府向大会作了上一年度的工作报告，县法院院长、县检察院检察长也分别作了上一年度的工作报告，县财政局长作了上一年度财政决算和今年财政预算的报告。接下来，就是各个代表团分团讨论四个报告。

第二天下午，大会秘书处向各代表团分发了代县长负不赖的简历，供大家讨论。

讨论中间，马志宏书记就领着负不赖代县长，一个代表团一个代表团地和大家见面。这次见面，是选举前的一次重要铺垫，也是选举前的热身运动。更直白一些地说，是一次感情联络的机会，也是一次拜票的机会。各个代表团团长，将本团的代表一个一个介绍给负不赖。负不赖显得非常热情，见了熟面孔，他伸出手握着对方的手，要摇一摇；遇到生面孔，他握着对方的手，要使劲地握两下。无论是熟面孔，还是生面孔，这一握，不能用语言表达的多少心意，就尽在其中了，既有当下重重的托付，又有从此建立的深深的情义。

第三天上午，大会选举县长。

此前，负不赖就对会务组的负责人王荣光交代了，选举成功，代表们中午的饭桌上，就上茅台酒；如果选举有了差错，就什么酒也不要上了。

会议采取的是等额选举，即选票上的候选人，只有负不赖一人。同意者，在其名字上方打钩；不同意者，在其名字上方画叉；弃权者，不作任何表示；想另选他人者，可在负不赖的名字上方画叉后，在空格上填写上要选者的姓名。

监票人清点代表人数后，会议主持人宣布：这次大会应到代表三百八十人，实到代表三百七十八人，因事因病请假二人，符合选举法定人数。接着，就是工作人员分发选票，代表们画票，投票。

选举结果很快就出来了。负不赖得票二百九十五票，县郊的一个叫作"七六"的乞丐得票六十二票，弃权二十一票。负不赖以超过半数的绝对多数票当选为霍人县县长。

选举结束，临开饭前，会务组的负责人王荣光跑过来问负不赖："负县长，茅台酒还喝不喝？"

负不赖红着脸说："喝什么喝？喝西北风去吧！"

地委书记刘子欣在禾谷地委任职以来，曾经到几个县搞过几次调研，但有几个县，她还从来没有去过，藿人县即是其中之一。刘书记认为，工作做得好不好，并不在于你是常在基层，还是常在机关，而是看你干部使用得如何？作为一个地方的主要领导干部，就是要抓大事，抓大事就是抓人事。她发现抓人事这工作并不难，也不就是书记说出来，组织部长记下来，碰头会上定下来，常委会上念下来，任命文件发下来，过场这样走下来么。在人类社会中，人是决定事物成败的关键因素。用对一个人，改变一个县，这是常有的事。在一次地、县、乡三级干部大会上，她曾经拿她和坐在她身旁的卢新民专员打过一个比方。她说，人常说父母官、父母官，我就好比你们的爹，卢专员就好比你们的娘。缺了钱，你们问你娘要，遇到大事了，你们就找你的爹来。她说完了，台下一片哗然。她认为自己的这个比喻非常恰当，她也为自己的这个比喻而自鸣得意。台下的哗然，不就是对自己生动比喻的赞美声吗？会后，人们就编出了一段顺口溜："禾谷两大怪，男女分不开；地委爹没蛋，行署娘缺奶。"她是一名空降干部，她听得人们在背后说她是上面有人的人。她就想，有人怎么啦？有人是正常的，没有人才不正常呢。试问哪一个人的升迁，不是遵循着被发现——被欣赏——被重用这样一条铁的规律呢？发现，是领导有水平，有眼光；欣赏，说明本人有资源，有能力；重用，就像雄粉和雌粉授粉以后，结出了果实一样，这是发现和欣赏之后，应有的结果。人们说，性格决定命运。她才不这么看呢。她觉得决定命运的是自身的资源，自身有了资源，谁也看好你呢。在别人的眼里，你就是一块美玉，你就是一朵鲜花。自身没有资源，即使是你的亲生父母也不看好你，如果对你好，那只能算是对你的同情与怜悯。当然了，自身有了资源，还得学会开发利用，守着金碗讨饭吃，社会上这样的人又不是没有。开发利用好自身资源，是每一个人都应该做到的，发现别人的资源，则是一个领导干部应有的职责。藿人县新任县长负不赖，就是她从众多基层干部中发现的，她觉得负不赖就是矿山中众多矿石里的一块富矿，他身上有许多闪光的亮点，有许多令人欣赏的东西。负不赖当选为县长后，几次三番邀请她去藿人县指导工作。她也觉得自己是该去一趟藿人县调研调研了，这样，一方面给足了负不赖面子，支持了负不赖的工作，另一方面在机关里待的久了，她也想到下边散散心呢。

一个风和日丽的上午，地委书记刘子欣的调研车队共八辆高级小轿车，驶进了藿人县境。

县委书记马志宏、县长负不赖，早在藿人县的边境上等着刘书记的车队。

接上刘书记，两个车队合并起来，总共是三十四辆小轿车。前面警车开道，接着新闻车相随，再下来就是马书记和负县长的车在前引路，然后才是刘书记的座驾，之后则是刘书记的随行人员，最后由县里四套班子其他领导的车辆押后。三十四辆小轿车，一溜儿长蛇阵，开始了调研。

刘子欣书记沿着一条东西方向的一零八国道，由西向东，先看霍人县的经济支柱产业。

马志宏书记和负不赖县长，将刘书记领到了一个千头养猪场。这个养猪场是禾谷地区最大的生猪生产基地，规模养殖，科学管理，是省里的重点扶持项目，最近刚刚上马，尚未见到经济效益。据预测，这个千头养猪场前景十分可观。刘书记看了这么大规模的一个养猪场，感到震撼和兴奋。她高兴地指示说："干得好！就是要想大的，干大的。"

刘子欣书记在马志宏书记和负不赖县长的陪同下，又参观了宏兴玉米开发有限公司。这是一家民营龙头骨干企业，可年转化玉米二十多万吨。她看了淀粉车间、压榨车间、编织袋车间，她看了玉米淀粉、玉米蛋白粉、玉米胚芽饼、玉米油等系列产品，又听了公司领导对玉米产品的详细介绍，心想，一粒小小的玉米，竟然可以开发这么多的产品，真是开了眼界了。

马志宏书记和负不赖县长，又将刘书记领到了绿野黄芪有限公司。这个公司下设种植示范园和黄芪制品厂两个单位，通过专项种植、深度开发，可以最大限度地实现黄芪的药用和营养价值。整齐茂盛、一望无垠的种植示范园，以及畜用黄芪增乳饲料、黄芪保健茶、黄芪饮料、黄芪口服液、黄芪保健煲汤料等产品，直将刘书记两眼看得呆了。她一边看，一边连声地夸赞："好！好！好！"

看罢绿野黄芪有限公司，已到了中午，一行调研人马就在公司吃午饭。席间，马志宏书记和负不赖县长分别坐在刘子欣书记两旁。负不赖县长打开公司的黄芪保健茶和黄芪饮料，放在刘书记面前，一边举杯劝饮，一边给刘书记讲了一个"霍人县北山上山雀吃了黄芪茎叶就变得来无影去无踪成为神鸟"的故事。喝了黄芪保健茶和黄芪饮料，刘书记除了感觉到口味极好之外，还有一种感觉，就是身子格外清爽，飘飘而欲仙。

饭后，稍事休息，调研车队继续向东行进。马志宏书记和负不赖县长，又领着刘书记看了养鹿场、反季节蔬菜种植基地、乳业公司等五个大型企业。直到傍晚，调研车队才返回县城。

夜里，刘子欣书记等地区的客人下榻在霍人宾馆。

第二天，调研车队早早地就出发了。刘子欣书记要看看霍人县的佛教文化。

霍人县的佛教文化主要分布在霍人县的南山，即五台山北麓。这一带的寺院星罗棋布，明清以前建造的古老寺院就有五十多座。马志宏书记和负不赖县长的想法是，重点让刘书记看一看国家级重点保护的几座著名的寺院。

参观的路线依然是由西向东。警车在前嘶鸣着警笛，车队先向秘魔岩进发。

车队从国道拐入县道，又从县道边穿过一小片茂密的树林，前面出现了一处窄窄的山坳口。车队缓慢地驶过山坳口，眼前一下子开阔起来。这是一处幽深的峡谷景观，百丈高崖，似神工所劈，层层叠叠，巍峨壮丽，奇石狭道，曲径通幽。松树、柏树和桦树，一片一片地点缀在山谷里，山花怒放，百鸟鸣唱，让人感觉到自己犹如置身在陶渊明笔下的桃花源里。

穿过一片丛林，就是久负盛名的秘密寺。过了秘密寺，再往上爬五里雄坡，就到了龙洞。《西游记》第六十一回描述孙悟空、猪八戒大战牛魔王，神通广大的泼法金刚前来助阵，此君正是来自秘魔岩。自古以来，人们就有"游五台山，不游秘魔岩，只等于游了半个五台山"的说法。

车队停在秘密寺的山门前，参观的人们就该下车步行了。

在参观秘密寺和龙洞的路上，负不赖县长边走边给刘书记讲了一个关于龙洞的传说。

相传很早很早以前，因为五台山是五座高耸入云的险峰，不叫五台山，而叫五峰山。这里狼虎成群，人迹罕至。经过了若干年后，才逐渐有人迁居于此，并成了文殊菩萨的道场。这里狼虎虽然少了，可是气候仍很恶劣。冬天，白雪皑皑，滴水成冰；夏天，骄阳似火，燥热难忍，僧众和百姓为此叫苦连天。文殊菩萨决心改变这种状况。

有个徒弟向文殊菩萨献计说："弟子听说东海龙王那里有块歇龙石，放在哪里，哪里就会清风徐来。师尊何不向老龙王借来，将这五峰山的气候改变过来，造福人间？"

文殊菩萨听了大喜，即刻化作一个和尚，直奔东海而去。

文殊菩萨到了东海，见龙宫外果真有一块又大又黑的石头，人未近石，清风就迎面袭来。他进入龙宫，向老龙王说明了来意。

老龙王沉吟了一会儿，说："长老要啥都行，唯独这块石头不能给你。这是一块宝石，清凉异常，青龙布雨归来，总是大汗淋漓，燥热难挡，只有躺在这块石头上休息养神，才能迅速止汗退热，恢复体力。你若拿去，青龙没了歇息的地方，是不会甘休的。"

文殊菩萨一再恳求说："贫僧借用此石，也是为了改变五峰山的气候，造福人间。您这里海域辽阔，宝物众多，请您再去打捞一块。这一块，就借给贫僧一用吧。"

老龙王被缠不过，心想，偌大一块石头，百儿八十人也搬它不动。即便答应，谅他也拿不走，不如送他一个空口人情，于是就说："好吧！只要长老自己能拿得动，那就送你好了。"

文殊菩萨见老龙王应允了，急忙双手合十谢过。他告辞龙王，走出龙宫，来到歇龙石前，念动真言，手指轻轻一点，歇龙石当即变成一粒小石子。他将小石子攥到手里，回到五峰山。这时的五峰山，正值久旱不雨、酷热难耐的盛夏。当文殊菩萨将这块石头放在一条山沟里后，五峰山的气温骤然下降，一下子变得十分清爽宜人。

再说文殊菩萨将歇龙石拿走之后，老龙王懊悔莫及。青龙布雨完毕，回到东海，听说歇龙石被五峰山的和尚带走，顿时气得七窍生烟，立即带领五百恶龙，怒冲冲地飞奔五峰山而来。这五百恶龙在山上到处翻腾，寻找宝石，将剑一般尖削的山峰，折腾得巨石横飞，地动山摇，最终夷为平台。

为了避免更大的灾难，文殊菩萨随即仍然变作老和尚，告诉青龙："这块石头是老龙王送我的，怎能说话不算数呢？你们再不要乱找了。那块石头放在一条深谷之中，请随我来。"

文殊菩萨将五百恶龙引进山沟里，口念咒语，双手一合，两山遂相对合拢，形成了一个洞，将五百恶龙关在洞里，洞口只留下一道几寸宽的缝隙，仅能透入一些阳光和空气。文殊菩萨对五百恶龙说："诸位好好在此潜修。我会让弟子们常来朝拜你们的。"

这个洞，就是眼前的秘魔岩龙洞。

刘子欣书记看着秘魔岩的秀美景色，听了负不赖县长讲述的传说，仿佛自己也进入了那个神话般的世界。

看罢秘魔岩，车队原路折返，在一座形似凤凰的山下停了车，开始参观圭峰寺。

由于凤凰山处在地质断层之中，圭峰寺附近就形成了许多悬崖峭壁、奇石怪洞，有婆婆崖、白马岩、滴水崖、穿心洞、明月岩、凤凰泉、虎猴对谈石等，特别是漫山遍野生长在石缝里的侧柏与桧柏，树身一律长成扭纹状，像极了凤凰身上的羽毛。

刘子欣书记看了寺院，看了圭峰寺的各个景点，兴致益然，尤其对扭纹柏兴趣更大。她站在一株树身就像麻花一样的扭纹柏前，看了又看，摸了又摸。

负不赖县长见状，就对刘书记说："刘书记，这扭纹柏来路不同寻常，还有一个奇妙的传说哩！"

刘子欣书记看了一眼负不赖，说："这扭纹柏也有传说？你快说说。"

负不赖县长就绘声绘色地给刘书记讲了一个扭纹柏的传说故事。

古时候，圭峰寺里住着一老一小两个和尚，老和尚教小和尚念经做法事，小和尚精心服侍老和尚。因为老和尚年事已高，行走不便，有一次出门化缘，便买回一头小毛驴，想以驴代步。从此，小和尚便增加了一项给驴割草的活儿。

起初几天，小和尚在山上没有找到一处好草，他割回去的草又枯又短，小毛驴也不怎么爱吃。他决心好好地割一些好草回来，让毛驴美美地吃一顿。

找啊找，找啊找。这天，他忽然发现在一处山洼里长着一片茂密鲜嫩的好草，于是就割了一担挑回来。

小毛驴闻到青草的清香，大老远就"咳儿咳儿"地叫着，打起了响鼻。

小和尚将草担放在小毛驴面前，看着小毛驴大口大口地吃得那么香甜，就对小毛驴说："好好吃吧。明天我还到那个地方再给你割一担回来。"

说来也怪，第二天，小和尚又来到那个地方，他见头天刚割过的草，又长得齐刷刷的，和昨天的草一模一样。不一会儿工夫，他便又满满地挑了一担回来。在此后的日子里，那地方的草割了又长，怎么割也割不完。不几天，小毛驴就吃得膘肥体壮，毛黑皮亮。

小和尚的奇异举动，引起了老和尚的猜疑，他决定去看个究竟。他见小和尚挑着担子前头走了，便悄悄地尾随而行。小和尚到了割草的地方，他便藏在一株大树后偷看。他看见小和尚割了满满一担青草挑走了，可是一眨眼的工夫，原地就又长出了一片绿茵茵的青草。他感到十分纳闷，跑过去拔起青草一看，见下面什么也没有，遂又扒了扒草根下面的泥土，一只红瓦盆便出现在他的眼前。老和尚累得上气不接下气地提着这个瓦盆回到寺院，吩咐小和尚用这个瓦盆盛食喂狗。从此以后，他发现扒出瓦盆的地方，青草没有了，而瓦盆里的狗食却永远是满满的，狗怎么也吃不完。于是，他又将瓦盆洗涮干净，放了一些碎银在里面，不一会儿，瓦盆里便堆满了白花花的银子。他顿时明白了，原来这是一只聚宝盆啊！

过了不久，霍人县令听说寺院出了聚宝盆，亲自带兵来搜查。情急之下，老和尚便拿着聚宝盆，来到寺院后面山上，埋到一棵小柏树下，为了过后便于辨认寻找，随手将小柏树拧了几把，做了记号。县令带兵在寺院里仔仔细细搜查了一遍，没有发现聚宝盆，只好将兵撤走了。

官兵走后，老和尚到寺院后山去挖聚宝盆。出了寺院一看，漫山遍野的柏树都拧了起来，而且都是一模一样，根本分辨不出聚宝盆到底埋在了哪棵树下。

刘子欣书记的头脑里时而青草，时而聚宝盆，时而扭纹柏，思想一直随着负不赖县长的讲述而游走。负不赖县长讲完了，刘书记的思想才慢慢地从传说中回到现实，她满面春风地笑着对负不赖说："你肚子里的东西真多啊！想不到你讲起故事来还是一套一套的，这么动听。"

刘子欣书记中午回霍人宾馆用过午餐，下午继续向东参观公主寺、岩山寺等寺院，一路上又听负不赖说了几个美丽的传说。

第三天，马志宏书记和负不赖县长按照原计划，请刘书记参观霍人县的边关文化。

霍人县的边关文化在县境北部。沿着句注山由西向东，依次有马兰口、如越口、大石口、小石口、北楼口、凌云口、葫芦头、太安岭、团城口、平型关、茨沟营等十一个重要关口。这么多的重要关口，由长城连接起来，排列在一个县的边境上，这在全国也是绝无仅见的。随着时代的变迁，日月的更替，大部分长城已坍塌毁坏，有些关口建筑也名存实亡，唯有茨沟营长城还保存得十分完整。

鉴于这种情况，马志宏书记和负不赖县长就将参观集中在一个点上，请刘书记参观茨沟营长城。

车队到了茨沟营，所有参观人员必须步行上山。马志宏书记和负不赖县长一左一右拱卫在刘书记身旁，生怕有个什么闪失。

刘子欣书记远远地向山上望去，只见茨沟营长城像一条巨龙，起伏于崇山峻岭之间，蜿蜒曲折，错落盘旋，连绵不断，烽堠相望，敌台林立，高下相间，突兀参差，气势磅礴，蔚为壮观。

好不容易上得山来，刘子欣书记在近处再看这段长城，更觉建筑雄伟，结构精妙。

茨沟营长城为战国时赵国修筑，隋代重修，明代包砌砖石，加高加宽。城墙随蜿蜒起伏的山势修筑，每隔一段修一台，每台都以"茨"字编号，呈正四棱形，基部为实体，与城墙相连，墙以上分上下两层，下层用砖磕成六个暗室、十二个哨口，暗室与哨口相通，中有一天井与哨口连接，上层有射击和守望的垛口，墙外削斜坡、挖壕堑，墙内建老营，屯粮草，构成了一个完整而坚固的防御工事体系。

刘子欣书记一边参观，一边感叹。她觉得这段长城是全国保存得最好的，如果辟为旅游景点，一定会引来不少游客。

从茨沟营长城参观回来，吃过晚饭，马志宏书记和负不赖县长陪着刘书记喝了一会儿藿香茶，他们觉得刘书记上了一天山，身子累了，该早点歇一歇了，便主动退了出来。

其实，刘子欣书记这几天一点也没有感觉到累，她一直被这几天的所见所闻兴奋着。藿人县中部走廊滹沱河沿岸的特色经济产业，南部山区如梦如幻的佛教文化，北部句注山脉雄伟壮丽的关隘文化，都让她看得如痴如醉，咋也看个不够。这几天，她就像刘姥姥进了大观园，周围的一切，真让她有些眼花缭乱，应接不暇。明天就要回地委了，这是在藿人县的最后一个晚上了，她总觉得意犹未尽，感到还有一个地方没有看，于是，在一种意念的驱使下，就让司机冯润秀开着皇冠轿车出了宾馆。

车子驶到县城外的十字路口，冯润秀问："刘书记，车子向哪里开啊？"

刘子欣书记习惯性地向东摆了摆手。

车子就沿着一零八国道向东驶去。

到了沙涧镇十字路口，冯润秀又问："刘书记，车子向哪里开啊？"

刘子欣书记透过车窗，看着冷冷清清的街道和街上稀稀落落的人群，又抬手看了看手腕上那块精巧的袖珍金壳手表，时针已指向了十一点钟，犹豫了一会，说："回去！"

冯润秀说："刘书记，如果没什么紧要事，我想顺便回一下六郎村，给我爹送一瓶降压药。去一趟六郎村，也就用十来分钟的时间。这几天，我爹的高血压病又犯了。"

刘子欣书记说："好吧。"

小轿车调了一下头，向六郎村开来。

入夏以后，天气渐渐转暖，一伙年轻人夜里睡不着觉，聚在村口玩耍。他们远远地看见开来一辆小轿车。车子驶近了，他们见车牌号是27277，就知道是冯润秀开着车回来了。他们曾经听冯润秀说过，2就是"再"的意思，7就是"起"的意思，27277，合起来就是再起再起起，也就是再升再升升的意思，整个禾谷地区只有这么一个最吉祥的牌号。冯润秀这时候回来，一定是趁领导休息的机会，偷偷回家来看看。他们都是与冯润秀从小耍尿泥耍大的伙伴，每一次遇上冯润秀回来，总要拦住他的车，要几盒好烟抽抽。今天晚上，他们见好事又来了，于是，就又拦住了车。

冯润秀停住车，摇下玻璃说："快点让开！我有急事呢。"

瑞成、山秀见冯润秀不给烟，就趴在玻璃上，眼睛往小轿车里搜索着，想自己动手来拿。

山秀看到冯润秀身后的后排座上坐着一个漂亮女人，但年龄却不小了，就喊道："啊呀！你哪里籴了一个老黄米？"

瑞成说："润秀，这个黄米虽说老了，却也有些风情。你就让弟兄们也受瘾受瘾！"

冯润秀听了，又气又恨，觉得这一回在刘书记面前丢了大人了，也不管碾着碾不着人，脚下一踩油门，小轿车就像箭一样向前射去，车后腾起一团烟雾和尘土。

车子后面传来一片叫骂声：

"润秀，你迟早也要出了车祸！"

"你不得好死啊！"

"你的领导知道了你半夜里拉着黄米乱跑，非开除了你不可！"

常冬生作为民营企业的杰出代表，被县里和区里推荐当了省政协委员。

这一条消息，立即引起了新闻界的重视。最先开始报道常冬生的是省《政协报》，在新的一届省政协会议期间，记者采访了这位来自黄金战线的新委员，并写了一篇详细的通讯报道。接着，省、地、县新闻单位的记者，就像群蜂采蜜一样，都飞到六郎村来，一群飞走了，又飞来一群。

起初，无论是县电视台和广播站的记者，也无论是地区电视台和报社的记者，还是省电视台和报社的记者，常冬生都一律亲自热情接待。他感到和记者们打交道很有意思，也很风光。记者采访他，他说的最多的一句话就是："我是农民的儿子！"说自己是农民的儿子，既谦虚，又得体，好像哪一个领导人也就是这样说的。自己的事迹上了报纸，自己的形象上了电视，被天下人知道，那是多么荣耀的事啊！当今之时，有几个人能达到如此水平？又有几个人能享受到如此待遇？当然，记者采访是需要招待吃喝，临走时是需要带一些土特产，甚至是赞助费的，这些都没有问题，他有的是钱。一度时期，他给前来采访的记者，每人赠送的土特产是一枚金戒指。他的大方，他的慷慨，引来的是更多的记者。久而久之，他对不绝如缕的记者就讨厌起来，原因不是他怕花钱，而是他感到很烦。他不由得就想起社会上流传的一副对联来：

怕狼怕虎怕干部
防火防盗防记者

从此，不管是来了哪一级的记者，他都避而不见，一概由办公室主任田万全来接待。

这下可忙坏了田万全。他负责接待记者，要陪采访，陪吃饭，陪喝酒，陪娱乐，忙得不可开交。

前脚送走一拨报社的记者，后脚电视台的三个记者就又来了。

这三个电视台的记者是来给常冬生制作专题节目的，搞摄影的叫王伟，搞文字的叫陈涛，主持人叫刘珍。记者们拍摄了矿产品开发公司的外景，采访了公司的相关人员，公司的相关人员一致说，我们总经理经营有方，生财有道。记者们到六郎村里采访了一些农民，这些农民翘着大拇指，异口同声地说，冬生真有哈哈哩！每年都要给我们送炭、送面哩！记者们又到五台山下，找到了常冬生那年救助过的白血病患者赵晓玲。这时的赵晓玲身体早已痊愈，正准备出嫁，她听说记者们是给常冬生录制专题节目的，哭涕抹泪地说，常总真是个大好人。没有常总，就没有我的今天哪！随着素材的不断增加，专题节目的主题思想和标题也就渐渐清晰和形成了，三个记者一碰头，决定这个专题片的标题就叫："富侠常冬生"。

田万全陪着记者们采访了一天，将晚饭安排在沙涧镇的喜来登酒店。他让记者们每人点了一个自己喜欢吃的菜，然后，他又让服务员添了四个具有本地特色的菜肴，又要了两瓶藿人高粱白。他从吧台上取来四只酒盅，拧开酒瓶盖，给每一个人斟上了一盅，也给自己倒了一盅。

摄影记者王伟说："酒盅决定水准，酒量决定能量。"

如今的田万全已是今非昔比，由于经常留心报纸、杂志，装了一肚子的词儿，他听得王伟是戏谑他酒盅儿小，便笑着随口应道："能喝半斤喝八两，这样的干部能培养。"并向吧台上喊道，"服务员，换大杯来！"

服务员很快拿来了玻璃大杯。田万全将小盅归到杯里，又拿起酒瓶将每一只大杯添满了，端起自己的酒杯，欠起身子，说："各位记者，大家劳累了一天，辛苦了。常总因工作太忙，不能前来陪大家喝酒。我代表常总敬诸位一杯。我先喝为敬了。"说着就将一杯酒灌进肚里。

王伟说："屁股一抬，喝了重来！"

田万全说："屁股一动，表示尊重！"

陈涛说："两腿一站，喝了不算！"

田万全说："两腿一站，意切情真！"

刘珍说："只喝一口，不算敬酒！"

田万全说："主人感情有，一口顶两口。"

三位记者见田万全应对如流，只好端起酒杯，响应田万全的提议喝了一口。

田万全请大家吃了几口菜，又端起了酒杯，要招呼大家喝酒。

田万全说："这样喝酒太慢。人常说，'要想客人喝好，主人先得喝倒。'我从王记者这里开始，打个通关吧。"说着，就一个挨着一个，打了个通关。

又喝了一阵，两个酒瓶都已空了。田万全见吃喝得差不多了，就安排记者们到沙涧镇宾馆去休息。

登记了住宿，田万全又将记者们引上二楼，送进房间，安顿好了，又嘱咐了几句"早点休息，明天再见"的话，就出来往楼下走来。

刚刚下了楼梯，他看见有一男一女两个人，正推开宾馆的两扇玻璃门从门外走来。穿着一身运动衣的中年男子，四十四五岁的样子，高高的个子，笔挺的腰板，戴着一顶帽子。年轻漂亮的女子，大约有二十多岁，挽着男子的胳膊，侧身靠着男子，显得十分亲昵。两个人从自己身边侧身而过，到吧台前登记住宿去了。他听得那男子说得一口流利好听的标准普通话，一听就不像是一个本地人。如今社会上戴帽子的人几乎没有了，这个人却戴着帽子，而帽子的边沿下面分明一根头发也没有，光光的，秃秃的，戴帽子分明是想要掩饰什么。他觉得这个人怪怪的，就不由地返回头，驻足多看了两眼。

从侧面望去，田万全觉得这个人面相好熟，好像在哪里见过，是六郎村？还是沙涧镇？想了一阵，却怎么也想不起来，他觉得自己今天晚上一时高兴，酒喝的有些多了，脑袋晕晕乎乎、懵懵懂懂的，想不起来，也就不再继续去想。

第三十七章

龙山上显现出海浪波纹。

龙山上的这一奇妙现象，是六郎村的会计刘崇寿最早发现的。

那年，刘崇寿绞尽脑汁，精心设计了一个养羊计划，想承包村里的饲养场，可是，却被常冬生用抓阄的办法搞走了，弄得他心里有气却说不出口来。那是一个多么好的项目啊！小尾寒羊品种好，生长快，产子多，肉质优，价格高。如果那年落实了这个项目，现在他早就成了闻名全县甚至全区的养羊专业户了。对这个项目，他一直心有不甘。最近他从岭后买回一雄一雌两只未成年的小尾寒羊，想先试养一下，如果成功，他想承包正峪河上面那段小流域，扩大羊的数量，搞一个养殖基地哩。

刘崇寿将两只羊圈在那孔多年废弃不用的窑洞里，每天喂一些青草和玉米，再等几个月，这两只小尾寒羊就可以配种产仔了。

每天清早，给羊割一捆青草回来，是他必须做的事情。

六郎河畔虽然长着不少青草，但他不能去割。这几年，电碾子碾金，流出来的废水将整个河畔都污染了，羊吃了那里的草，就是不死也要得个病哩。他思来想去，将割草的地方选在了龙山下的石龙岗上。那里的渠塄上长着不少好草，因为地势高，就没有受到污染。

这天清晨，天还没亮，刘崇寿就从被窝里爬起来了，这是他买下小尾寒羊后才养成了的习惯。不早起不行啊！两只羊正在窑洞里"咩咩"地叫着，等着他割回来的新鲜青草呢。为了不惊醒老婆，让老婆多睡一会儿晨觉，他悄无声息地穿上衣裳，蹑手蹑脚地下了地，拿上镰刀、绳索，轻轻地带上门走出来。

到了街上，东方已现出了鱼肚白，还不见行人走动。他知道，全村人除了他，人们都在珍惜这个晨觉呢。俗话说的好，"有钱难买黎明觉"啊！

刘崇寿来到石龙岗前，天色已经完全放亮了。每天来到石龙岗前，远远地望一望龙山，也是他多日养成的一种习惯。

今天，他望着龙山，突然吃了一惊。昨天清早，他来石龙岗上割草，龙山上还是灰白灰白的颜色，什么也没有，怎么今天清早来了，整个山体上就有了几道墨绿色的波浪状的条纹。他想，是不是自己昨天晚上没睡好，迷迷糊糊的，眼睛花了。于是，他就揉了揉眼，远远近近看了一些别的物体，看见都是清清楚楚的，觉得自己的眼睛没有问题。于是，他再向龙山望去，那形状那颜色的确是真真切切的。几条粗粗的墨绿色的波涛，时起时伏，高高低低，就像千军在怒吼狂叫，犹如万马在脱缰狂奔，汹涌澎湃，咆哮翻滚，向前涌动。

确认了这些诡异景象，刘崇寿知道这种现象非同小可，他的心里忐忑不安，不由得出了一身冷汗，早已没有了好好割草的心思。他胡乱从渠塄上割了一小捆青草，背在背上，急急忙忙地往家里赶。

这时，六郎村已经醒来了。村子里的街道上，来来往往的已出现了不少行人。

刘崇寿见人就慌慌张张地说："不好了！龙山上现出波涛了。快去看看吧。"

"龙山上出现波涛"的消息，很快便传遍了全村。

刘崇寿往家里走，村里的人们则往石龙岗上跑。

人们到了石龙岗上，看见龙山上果然映现着一股汹涌澎湃的大海波涛，刘崇寿说的话一点也不假。

人们一下子惊慌着，议论开了：

"这可不是一种正常现象。"

"这座龙山可灵哩！"

"明朝成化年间，龙山上现出了龙形，要不是南蛮前来破坏，咱这里早就出了皇帝了。咱六郎村也早就变成小京城了。"

"民国十六年，龙山上现出了火团，当时谁也解不开这是为什么？结果，时间不长，奉军就将咱村里的房子烧了个一间不剩。"

"这是不祥之兆啊！"

"是不是龙王预告咱天要下大雨了。"

"是要发大水了吧。"

"下大雨，就要发大水。那还不是一样的。"

"上次发大水，洪水差点就进了村子。多亏了那条防洪坝垒得高。"

"那可是翟树荣矿长的功劳，我们可不能忘记了那个好人哪!"

"好人命不长哩!"

"老天爷，为什么这样不公？老是惩罚六郎村的好人?"

"苍天啊!"

"……"

不到一天时间，"龙山上出现波涛"的消息，就传遍了霍人县和禾谷地区，就像那次六郎村发大水之后冲出水镇一样，人们又涌到六郎村来看稀罕。但为什么会出现这种现象，却谁也支支吾吾说不出个子丑寅卯来。

后来，省里的专家也来了。有专家说，龙山之下是一处海眼。如果有朝一日，龙山被掀翻，海水涌出来，三十分钟就能将二百多公里之外的省城全部淹没。至于为什么龙山上会出现大海波涛一样的纹状，还有待进一步研究考证。

常宏禄突然想起真玄法师来，心想，眼前守着这么智慧的一个师父，为什么不去请教，偏偏舍近求远，去听专家的话？于是，他就来到龙山寺向真玄法师讨教。

真玄法师双手合十，先道了一声"阿弥陀佛"，然后说："这事，贫僧已经知道了。"

常宏禄问："请问大师，龙山上为什么会出现这种现象?"

真玄法师回答得非常肯定："这是水镇对大家不甚满意，在警告大家呢?"

常宏禄又问："那该如何禳祭呢?"

真玄法师答复得也非常明确："大家只要好好地供奉水镇，给龙山寺多布施些钱财，就没事了。"

"龙山上出现海浪波纹"的事，常秋生是和乔志军从山上勘查黄金，在返回沙涧镇的班车上听说的。车上的乘客，你一言，我一语，纷纷议论着龙山上出现的诡异现象。他就向乘客们详细地打听了一番。明朝成化年间龙山上现出龙形，民国十六年龙山上又现出火团，他小时候就听爹说过，村里的老人们也常说这事，可惜生不逢时，他都没有见过。他是学地质专业的，龙山上的波浪纹，应该与地质有关。他决定回村到龙山下看个究竟。

刚回到沙涧镇宾馆里自己的房间，吧台上的服务员就跑过来告诉常秋生，有他一个长途电话。他就急忙到吧台上去接。

电话是省地矿局杨茂森局长打来的。

杨茂森局长在电话里说："秋生，我收到了你《关于滥采滥挖黄金导致环境污染与山体植被破坏的调查报告》之后，就想办法通过省长的秘书将这份报告呈送到了省长的案头上。省长的秘书今天给我回话说，省长看了报告，非常重视！非常生气！省长亲自召见河谷行署的卢新民专员，责成禾谷行署督促霍人县政府，尽快拿出一个整顿方案，关闭六郎村民采矿区，停止滥采滥挖。省长说了，发展地方经济，绝不能以破坏环境为代价！"

常秋生听到这个消息，感觉自己的心跳加快了，手有些发抖，激动的程度不亚于第一次在水迎脑上发现了黄金，他有许多话想对杨茂森局长说出来，可是，到了嘴边就成了一句话："杨局长，我代表霍人县受到污染的群众，谢谢您了！"

接罢杨茂森局长的电话，常秋生正要回自己的房间，吧台上的服务员说，还有你的一封信呢。他接过信封一看上面的笔迹，就知道是邹亚丽给他寄来的。上次他给邹亚丽回信，落款的地址写的是沙涧镇宾馆，所以邹亚丽这次就直接将信给他寄到沙涧镇宾馆来了。

回到房间，常秋生怀着尚未平静了的心情，拆开邹亚丽的来信，就读起来：

亲爱的秋生哥：

你好！

来信收悉！

读了你的来信，我的心情犹如翻江倒海，久久不能平静。多少天来，夜不能寐，食不想咽。我曾无数次地审问过自己，我的爱是单相思么？我爱错了人么？我给自己的回答都是否定的。回想你和我六年来的交往，我俩的关系绝不是一种简单的兄妹关系，我爱你，你也爱我。你说你一直将我当作一个小妹看待，这决不是你的真心话。我的性格，你是知道的，只要是我看对了的人，我就要大胆地去爱！真心实意地去爱！为了爱，我不惜献出自己一切，甚至生命。

秋生哥，我非你不嫁！我这一生就交给你了！

至于你说的"香草非你不嫁，你非香草不娶"，我也想明白了，这一定是香草对你设了套，缠住了你，你不得已才答应了香草。这个问题，我来解决。过几天，我准备请假去一趟六郎村，亲自会一会这个香草，和她好好谈一谈。她要钱，我就给她钱。什么条件，我都可以答应她，只要她对你放手。

余容面叙。

深深爱你的人：亚丽

六月十二日于北京

常秋生看着邹亚丽的来信，眉头就不由得蹙了起来。

杨茂森局长的电话与邹亚丽的来信，都是两件大事，一件是喜，一件是忧。喜的是六郎村北山上滥采滥挖的情况很快就要得到整治了，这是他与无数受害群众昼思夜想的企盼；忧的是如果亚丽来了六郎村，和香草一见面，依亚丽的强势和香草的柔弱，香草肯定会找出一万种理由主动退出与他的婚姻关系。

鉴于这种情况，该怎么办呢？常秋生想了一夜。他觉得目前最好的办法就是尽快做出一个既定结果，到那时候，亚丽面对现实，也就死了那条心了。

第二天，常秋生先来到石龙岗上。他看到龙山还是那座龙山，但龙山上的确横亘着数条大海波涛般的条纹。他又爬上龙山，仔细地看了一下那些波纹，石头还是那些石头，只是颜色变了。这些稀奇、诡异的现象，他百思不得其解。书到用时方恨少。这时候，他才知道自己虽然读了研究生，但知识是多么的贫乏，才学是多么的浅薄。他想，再过一段时间，他还得回母校一次，请邹长彦老师再辛苦来一趟六郎村，解一解这个谜团。

下龙山时路过龙山寺，常秋生看到红墙黄瓦、威严高大、金碧辉煌的寺院建筑，就又想起了人们对龙山寺的一些微词，他总觉得这座寺院的做法与佛教本义有些变味。他回了村，从供销社代销店买了一些好吃的，回窑院看了娘，盘脚挽手，坐在炕上，和娘说了一阵话，在家里吃了午饭。下午，他又到坝院看了弟媳秀枝和侄儿兵兵，听说兵兵已经在沙涧镇姥娘门上读了一年级，就出来绕道到了六郎村中学。

这天正好是星期天，老师和学生们因为过星期都不在学校，校园里静悄悄的，只有闵香草一个人在宿舍里的桌子上写教案。

见秋生来了，闵香草就急忙将教案夹合上，将秋生让坐在椅子上，给秋生沏了一杯藿香茶，自己也搬了一只凳子，坐在秋生对面，和秋生说着话儿。

闵香草看着秋生绛红色的脸膛，心疼地说："你又晒黑了。"

常秋生笑着说："这是天生的。我原来就不白。不像你，两只脸蛋就像是水豆腐做成的，水灵灵的，又白又嫩，一掐就要冒水哩！"

闵香草的脸红了一下，羞涩地说："你说啥呢？"

常秋生的两眼目不转睛地盯着香草。他的香草的确是越来越漂亮了。香草娘在的日子，虽然香草的本质漂亮，但由于操劳过度，脸上、身上时常出现一种疲惫神态。自从娘走了之后，香草肩上的担子一下子减轻了，人也变了个样儿，脸上、额上，该白的地方，就像细腻的白瓷，眉毛、头发，该黑的地方，就像染了墨黛，两片嘴唇，该红的地方，就像涂了朱丹，身上焕发着一种按捺不住的青春活力。

闵香草被看得不好意思起来，说："秋生哥，看啥哩么？又不是没见过。"

常秋生老实地说："你长得太袭人了。"

闵香草想起了一句古话，情人眼里出西施，就说："我长得其实也不好。你觉得好，是你的心理作用。"

常秋生从桌子上端起杯，喝了一口茶水，立时觉得唇齿生津，满口异香。

放茶杯的时候，他看到了他曾经寄给香草的那本《钢铁是怎样炼成的》，他看到书本的颜色已经泛黄，书角处也在微微向上翻卷，就问："这本书，你看了几遍了？"

闵香草说："已经看了两遍了。正在开始看第三遍。"

常秋生说："保尔·柯察金的那两句名言，你能背得下来吗？"

闵香草肯定地说："能！"

常秋生与闵香草两个人就不约而同地齐声背起来："人最宝贵的东西就是生命，生命属于我们只有一次而已。人的一生是应该这样来度过的：当他回首往事时，不因虚度年华而悔恨，也不因过去的碌碌无为而羞耻，这样他在临死的时候就能够说：'我的整个生命和全部精力，都献给了世界上最壮丽的事业——为人类的解放而斗争。'"清脆的男女声混合音，飘出窗外，飘向校园上空。

听了香草流利的背诵，常秋生想，看来香草对这本书是下了一定的功夫了。

过了一会儿，常秋生说："香草，你还记得三击掌吗？"

闵香草说："那么大的事，怎能忘了。"

常秋生握住香草的手，说："执子之手，与子偕老。咱俩的事，也该办了。我这次来就是要和你商量咱俩结婚这个事的。"

闵香草红着脸说："学校的老师们也等着吃咱俩的喜糖哩！"

接着，两个人就商量起来。经过再三考虑，两人决定下周的星期三举行婚礼。婚礼要办得简单而富有时代意义，在六郎村开一个移风易俗的先河，树一个节俭办婚事的新风。星期三中午在沙涧镇喜来登酒店备两桌酒席，一桌招待秋生的家人和朋友，一桌招待香草的家人和老师。洞房就设在窑院的南窑里，当晚成合卺之欢。酒席和洞房，都由秋生负责操办，并负责通知自己的家人和朋友。香草负责自身的穿戴、装扮，并负责通知香璧和老师们。秋生要邀的人，屈指算来共有五个人，他们是娘、弟弟冬生、弟媳秀枝、侄儿兵兵和乔志军。香草要邀的人，除了哥哥香璧，还有学校里的七位老师。关于嫁娶的交通问题，秋生决定借一辆自行车，将香草带到喜来登，举行完婚宴，再带回窑院。

常秋生从兜里掏出一千元钱，说："明天，你到沙涧镇买上两身衣裳，星期三打扮得漂漂亮亮的，等着我来娶你。"

闵香草说："秋生哥，那你呢？"

常秋生笑着说："你不用担心我。到时候，我会穿戴得齐齐楚楚的来接我的新娘子的。"

两个人商量来商量去，不觉天色已晚。

常秋生急忙站起来，起身要走。

六月的天，后娘的脸，说变就变。这时，外面突然响起雷声来。几声闷雷过后，一阵雨点就"噼噼啪啪"地砸向了窗户。

常秋生想，雷声雨，没劲气。他估计这雨也不会下太长时间，就决定再坐一会儿，等雨小了再走，于是，就和香草又说了一会儿话。

等了一阵，常秋生趴到窗户上一瞭，这雨点虽然比先前小多了，但却没有停的意思。借着屋子里向外射出去的光线，他看见窗户外的地面上，已聚集了一泓雨水。雨点砸在水面上，冒出一个一个不大不小的水泡。按照以往的经验，雷声雨转成了这种常态雨，如果不是连阴地下，至少短时间是不会停了。于是，他就挽起裤腿，准备冒雨回去。

闵香草怕雨水淋着秋生，伸手将他拦住了。

常秋生说："不到结婚那一天，我们是不能同床的。"

闵香草从床上抱起一床毯子，说："我睡地上，你睡床上。"

常秋生也抱起床上的被子，说："你睡床上，我睡地上。"

闵香草抱着毯子，执意要自己睡在地上；常秋生抱着被子，也执意要自己睡在地上。两个人面对着面，争来争去，互相推让着，不觉怀里的毯子和被子就掉在了地上，两个人就抱在了一起。俩人互相亲吻着，吮吸着，情不能已，就滚战到了床上，不一会儿，就在最神圣地方相会了。

常秋生觉得自己进入了一个神秘的去处。他走过一片芳草地，越过一座孤山岛，又过了一条小溪，在一个幽静之处，发现了一座圣洁的殿堂。奇妙的殿堂犹如一块威力无比的磁石，吸引的他迫不及待地打开了殿堂的大门，走进了殿堂。殿堂里金碧辉煌，五彩缤纷，温暖如春，温润如浴，就像婴儿的褓褓，就像母亲的怀抱，那里的一切都是那么新鲜，那么美好，他从来没有经见过，从来没有感受过这里的无比美妙。他时而抚摸着五彩缤纷、斑驳陆离的四壁，时而在窄窄的甬道上走来走去。他被这里的一切搅得昏头晕脑，眼花缭乱。他觉得在这里怎么也抚摸不够，欣赏不够，感到了人生无与伦比的愉悦。他宝爱着这里的神奇的一切而不忍离去。

闵香草感觉自己的殿堂里迎来了一位虔诚的朝圣者。朝圣者抬头，挺胸，雄赳赳，气昂昂，走了进来，心无旁骛，一心一意，是那么年轻，是那么精神，是那么英武，是那么坚挺，是那么执着，是那么专注。一个轻轻的爱抚，一个温柔的触摸，都足以让她神魂颠倒，飘飘欲仙。她的心里不由得就默诵出一首古诗来：

> 上耶！我欲与君相知，长命无绝衰。山无陵，江水为竭，冬雷震
> 震，夏雨雪，天地合，乃敢与君绝！

清早醒来，常秋生发现雨已经停了，一缕阳光，透过窗户，洒在床栏上。他的身上盖着一张柔软的散发着香草体香的素花花被子。他看见香草早已洗漱了，正坐在窗前静静地读书。他伸出双臂，长长地伸了个懒腰，然后，就急忙披衣起床。

闵香草见他起来了，看了他一眼，脸上飞出一片红晕，羞涩地低下了头。

他也看了香草一眼，心里觉得很是不好意思。

他看见香草已经为他安排好了洗漱的一切。床头柜上，一只洁白的陶瓷缸里，已经倒满了漱口水，陶瓷缸上面放着一支崭新的牙刷，牙刷上面已经挤好了洁白的牙膏。挨着床头柜洗脸盆架上的洗脸盆里，半盆热水正散发着袅袅热气，热水里浸泡着一块印着玫瑰花朵的新毛巾，洗脸盆边上的香皂盒里有一块茉莉花香皂，正散发着幽幽的清香。

他刚刚洗漱毕，香草就给他准备好了早餐：两颗煮鸡蛋，一根火腿肠，两个面包，一杯牛奶。他让香草先吃，香草说她已经吃过了。他听了，也就不再客气，大口吃起来。

临走，他见香草的两只眼眶里含着一汪清水，亮晶晶的，望着他，说："秋生哥，星期三上午，我等着你。你早点来接我。"

他抱了抱香草，说："香草，你放心。哥一定会早点来接你。"

香草拉着他的双手，一副恋恋不舍的样子，说："秋生哥，我不想离开你。"

他又在香草的额头上深深地吻了一吻，说："等我们结了婚，我就早晚守着你，一刻也不离开你。"

其实，他何尝不是和香草想的一样的呢。他也不想离开香草，不想离开这个温馨的地方。但是，他不能呀！他得赶紧离开学校，有许多事情，还等着他去办呢。

常秋生离开了学校，离开了香草的宿舍，但他的思想依然沉浸在那种用语言难以描喻的幸福中。说老实话，与香草同居，他也曾经在头脑里有过多次闪念，那种念头也仅仅是一闪而已，很快就被他的另一种思想压制住了。他觉得未婚而同居是不道德的，是不应该的，他一定要等到和香草大婚的那一天晚上。可是，昨天下午他来看香草的时候，天气还是晴朗朗的，想不到的是老天爷说变就变，突然就下起雨来，而且是没有停止的意思。想到这里，常秋生的头脑里一下蹦出一个词来："天作之合"，这分明是老天爷的有意安排啊！

后天就是他和香草大婚的日子，常秋生决定今天再到山里勘查一天，明天就开始筹办自己的婚礼。

常秋生急忙回到沙涧镇宾馆，叫上乔志军，坐了一辆班车向霍人县的东部进发了。

常秋生和乔志军在公路边金山铺村的临时小站下了车，又顺着北面的一条山沟，向里走了二十几里路，路过茶坊村，接着又往里走。

　　近来，常秋生的收获很大。他和乔志军已经勘查到了句注山的东段，再往东走就是武陵县了。自从那次发现了金山铺村和茶坊村以后，他曾经向村里的老人们进行过认真的采访，可是，没有掌握到一点与黄金宝藏有关的信息。后来，他又沿着那条古道一直向东挺进。他又发现以句注山东端为分界，霍人县这面有金山铺和茶坊两个村庄，而武陵县那面也有叫作金鸡沟和金牛岭两个地方。他估计这些名字极有可能与黄金宝藏有关，这些处在一条线上的有关黄金的名字，古人绝不会是随随便便而取的。既然从活人嘴里打听不出情况，他就决定仍然采取实地勘查的办法。后天，就要和香草举行婚礼了，他想在婚礼之前，摸清金牛岭与金鸡沟的情况。如果这里真的没有什么黄金宝藏，他就要改变思路，采取别的方案了。

　　金牛岭下就是金鸡沟，金鸡沟的对面有一座山，因其周围山势陡峭，形似棒槌，人们叫它棒槌山。棒槌山是周围唯一高出金牛岭的一座山。

　　常秋生决定先上棒槌山，居高临下，观察一下金牛岭与金鸡沟的整体形势，然后再有重点地进行实地勘查。

　　常秋生和乔志军从茶坊村又往里走了一公里，就到了棒槌山下。

　　这棒槌山果然与众山不同，在这群山万壑之中，更吸引人的眼球，更具有诱人的魅力。棒槌山既像一根棒槌，又像男人坚挺的阳物，突兀挺立，直刺云天，在阳光的辉映下，威风凛凛，尽显雄健之气、阳刚之美，真是鬼斧神工，堪称上天的杰作！站在棒槌山下，不由人不产生无限的遐想，浑身增添一种莫名的力量。

　　常秋生抬头望了望陡峭的棒槌山壁，见上去有些不易，就决定一个人上去，让乔志军在山下等他。

　　乔志军对秋生说："常老师，您小心点。"

　　常秋生说："没事。你放心吧！"

　　"东一线，西一线，能富九州十八县。锅对锅，十八锅。槽对槽，十八槽。"他一边默诵着老祖宗传下来的遗训，一边向山上攀爬。

　　乔志军看见常秋生老师手抠着石缝，脚踩着裸石，就像一只行动敏捷的猿猴一样，左摇右晃，一抠一踩，大约用了半个小时的时间，就攀爬上了山顶。他在山下仰面向棒槌山顶上望去，看见常老师就像这座山的山峰。

常秋生站在山上，环顾了四周一遍，突然想起了杜甫的名句："会当凌绝顶，一览众山小。"正前方就是金牛岭。金牛岭上的草木山石，尽现眼底，看得清清楚楚的。他突然发现金牛岭上有一道一道的凹槽，莫非这就是槽对槽，十八槽？他由西向东，数了起来："一、二、三、四、五、六、七……"是整整的十八道凹槽。他怕自己数错了，又凝神屏息，由东向西又数了一遍，确确实实是十八道凹槽。他无比激动，想跳起来，但觉得在这狭窄的山顶上不太安全，便伸开双臂，对着金牛岭大声喊道："我终于找到了！"

群山立即作出了悠远的回应："我——终——于——找——到——了——"

找到了黄金宝藏，常秋生思绪万千。他首先想起了这些黄金的价值。他想这些黄金宝藏挖出来，一定会人民更富裕，国家更富强。人民富裕了，腰板就挺得更直了；国家富强了，就不会再受强国欺凌了。他又想到了老祖宗常森。当年，老祖宗常森怀揣着一个黄金梦，放弃高官厚禄，离开军队，只身来到了六郎村，奠定了寻找黄金的基石。后来，祖祖辈辈为了圆一个黄金梦，又付出了多少艰辛的努力。他想起了爹。那年，爹临走时，眼睛睁得大大的，要他一定要继承祖宗遗志，接过寻找黄金这副担子，去实现祖祖辈辈的梦想，他当场答应决不辜负爹的期望。他想说，爹，您梦寐以求的黄金找到了，您交给我的任务，我终于完成了。他想到了杨茂森。最支持他寻找黄金的就是这位师兄，是杨茂森给他安排了工作，使他衣食无忧；是杨茂森给他在沙涧镇宾馆安排了办公室，使他工作起来更加方便。现在他终于完成了杨茂森交给他的任务。他也对得起国家发给他的工资了。下一步，他准备辞掉工作，到六郎村的北山上去种草、去植树，去恢复这几年因一些人滥采滥挖而破坏了的植被。他又想到了香草。香草是多么好的一个女人啊！后天，就是他和香草大婚的日子。香草嫁给他，他却没有送给过香草一件像样的礼物，没有给香草买过一个金戒指，也没有给香草买过一个金项链，他是愧对香草哩。到了后天，那就将这喜讯送给香草，当作结婚礼物吧。和香草举行了婚礼，冬生的问题也该彻底解决了。如何解决冬生的问题呢？他想了几个方案，甚至想到了大义灭亲。秋生想了许多许多。他决定下山勘查一下金牛岭上的岩石类型和结构，以便给省地矿局打个报告，让勘探队尽快前来勘查。

常秋生快步来到棒槌山崖边，踏向一块凸出来的石头，准备下山。

这是一块上面大、下面小的岩石，由于多年的风蚀雨剥，石头与山体之间早已疏松分离。石头在重力的作用下，松动挪位，常秋生一时收不住脚，整个身子与石头一同滚下了山崖。

常秋生觉得自己就像一片轻轻的羽毛，飘了起来，天在转，地在转，山也在转，他飘啊，飘啊，他想奋力抓住点什么，却什么也抓不住。他仿佛看到了香草，他想喊一声香草，可是，怎么也喊不出声来，他一头撞进了香草的怀抱，他闻到了香草难以拒绝的体香和藿香茶飘散出来的悠悠清香……

当乔志军在山崖下，找到常老师时，他发现常老师已被摔得遍体鳞伤，面目全非。那只褪了色的灰白色挎包，还挎在常老师的肩膀上。挎包上有一片被鲜血浸浸过的痕迹，已经变得近乎黑色。挎包里的那本《钢铁是怎样炼成的》安然无恙，只是在书名的下面有一点放射性的血迹，特别鲜亮耀眼，就像是一朵刚刚盛开了的梅花。

第三十八章

常冬生的人生，用他自己的话说，就是到了像他保险柜里的黄条一样的黄金时期。

难道不是吗？人生不就是为了金钱、名誉和美女吗？论金钱，他现在已不是藿人、禾谷的首富，而是全省的首富了。他的金钱还在与日俱增，就像流水一样，"哗哗哗"地往他的保险柜里流呢。当然，现在有钱的人也不止他一个人，但是，别人的钱和他的钱能一样吗？这两种钱在本质上是有区别的，别人的钱是纸币，而他的钱则是实实在在的硬通货——黄金哪！只有黄金才是最放心、最靠得住的东西，它不怕贬值，不怕作废，可以全世界通用，可以走遍天下无忧愁了。论名誉，他现在已是赫赫有名的省政协委员了。像这样的人，全省也没有多少。在藿人县就更是少得可怜了，也不就是只有一个县政协主席和他吗？县政协主席是不能与他相比的，那是一种因为工作而必须配备的委员。而他呢？他这个委员是靠真刀真枪真业绩上去的。现在，各级政府发给他的奖状，摞起来有一人多高。戴在他头上的"富侠""大善人""爱心奉献者"等名誉称号有二十多个。报纸、杂志经常登载着宣扬他的事迹的报道和文章，电视台那就更不用说了，他的形象，他的专题，出现在电视屏幕上是常有的事。说起他常冬生的大名，真可以说是妇孺皆知了。论美女，他现在也心满意足了。白牡丹也算得上一个美女。当年，他和白牡丹相好时，是投入了感情也投入了金钱的，谁知婊子是不讲义气的。你投入多少感情多少金钱，那也白搭，婊子那里是个无底的深渊，欲壑难填哪！和白牡丹一刀两断之后，紧接着，他的桃花运就又来了。他马上就结交了妻表妹翠枝。这个小美人，单纯幼稚，小巧玲珑，天下难挑哪！翠枝的妩媚妖娆是与生俱来的，她苗条的身材，柔软的腰肢，走起路来婀娜多姿，身上有一种奇幻、迷离，说不清、道不明的东西，如光线，似轻烟，直入他的心灵深处，让他有一种奋不顾身、视死如归的激昂感觉。还有翠枝的举止，她总是像一个童蒙未凿的少女，笑时，"咯咯咯咯"地放肆纵声；走路，疯疯癫癫地清新爽快。她一出现，空气也顿时变得活跃起来，感染得他就像年轻了好几岁，突然充满了活力，不由自主地也想跟着蹦蹦跳跳起来。自从有了翠枝，他才知道了什么是真正的女人味道？什么是掌上珍玩？什么是意中宝贝？什么叫金屋藏娇？什么叫温柔之乡？曾经记得田万全什么时候说过"春风得意马蹄疾""人生得意须尽欢"。他知道这两句话不是田万全自己创作的，田万全没有这个水平，田万全肯定是从什么地方搬来的。不管这两句话出自何处，他觉得这两句话说得好着呢，人生苦短，得意的时候，就尽情地欢乐吧。他与翠枝的激情未减分毫，一有时间，就想将这个小美人拥进怀里。翠枝也是小鸟依人般地依偎着他，任凭他怎样揉搓与摆布。

下了班，楼上的人们都走了，靳翠枝回到他的卧室。他走过来，张开双臂，做了个抱的姿势，说："乖乖，过来。"说着，就要来抱翠枝。

靳翠枝一反常态，一脸的忧郁，推开他的手说："别碰我！"

常冬生有点奇怪，翠枝平时可不是这样的，就问道："你这是怎么了？"

靳翠枝满脸的不悦，说："不怎么。"

常冬生问："是谁欺负我的乖乖了？说出来，我给你报仇！"

靳翠枝说："谁也没有欺负我。"

常冬生说："谁也没有欺负你，那你为什么不高兴？难道是我得罪你了吗？"

靳翠枝说："我算你的什么人哩，能劳动你来得罪我？"

常冬生说："你是我世界上最最亲爱的人呀！难道你不知道吗？怎么今天又突然见外了？"

靳翠枝说："既然我是你世界上最最亲爱的人，你给了我名了？还是给了我分了？我和你这是算什么哩？"

常冬生想，弄了半天，翠枝原来是为了这个呀，就说："你到底是想咋哩么？"

靳翠枝说："你必须和她离婚，和我正式办理结婚登记。"

常冬生知道翠枝说的她是谁，却明知故问："她是谁？"

靳翠枝说："你不知道？"

常冬生说："不知道啊！"

靳翠枝说："你就别装了吧。"

常冬生强忍住笑，说："那是你表姐哩！怎么老是左一个她又一个她的？"

靳翠枝说："我不管那些。你今天必须给我说清楚，你到底是要我呢？还是要她呢？"说着，两行委屈的泪珠早已滚落下来，瞬间，便哭成了泪人，一副楚楚可怜的样子。

常冬生见状，心疼极了，从茶几上的餐巾纸盒里揪出几张餐巾纸，急忙过去，一边给翠枝擦眼泪，一边说："这事不用你操心，我早就替你考虑和安排好了。"

靳翠枝伸出玉指，揉着眼窝，继续伤心地抽泣着。

常冬生说："今天上午，县里的一个主要领导专门将我叫去，告诉我县里马上就要清山，关闭民采矿区了。要我今天就赶快停产。可是，这几天井下的矿石品位却特别的高，有些矿石，拿起一块来，肉眼都能看到上面丝丝缕缕的金丝。我想再抓紧时间，昼夜不停，采上两三天，将这些富矿采完。我的计划是这样的：等采完这些富矿，那时候，咱俩带着所有财富，远走高飞，到美国去，到澳大利亚去。到了国外，中国的法律就约束不了我们了，不用和她离婚，水到渠成，你就是我的正式夫人，我的人和我的所有财产就都是你的了。这事还用你发愁吗？"

靳翠枝听了冬生的一席话，觉得这办法确实是一条万全之策，既不用与表姐破脸，闹个面红耳赤，也不用张扬结婚，让人们说三道四，就破涕为笑，整个身子化作软绵绵的一团，扑进了冬生怀里。

常冬生将翠枝抱到床上，两个人颠鸾倒凤，又闹腾了一回。

亲热过后，两个人都觉得身上疲困，便各自翻转身沉沉睡去了。

正睡得香甜，常冬生突然被一阵急促的敲门声惊醒了。他爬起来，穿了两件衣服，下了床。

靳翠枝也醒了，不高兴地说："半夜三更的，还让不让人睡觉了？"

常冬生走到门口，打开保险栓，开了门，见是分管出矿的崔大树。他正想骂一句"半夜三更的，你扑死呢！有啥事就不能天亮了再说"？

常冬生的话还没有出口，崔大树一头汗水，慌慌张张、结结巴巴地说："常总，不好了！不好了！出了大事了！矿井打通了省金矿二号脉的废井，发生了重大透水事故。"

常冬生听了，急忙问："井下有多少工人？"

崔大树说："最少也有五十五人。"

常冬生问："这些人的生命状况如何？"

崔大树说："透水口是从井底炸塌的。爆破时，井下的工人估计都藏在四步巷道里，透水时，他们并不知情，等到发现水就像喷泉一样涌上来时，二千多米深的矿井，再往上跑也就迟了。"

常冬生一听死了这么多的人，吓出了一身冷汗。心想，按照国家规定，死亡一人，就要停产整顿，就要追究行政责任；死亡三人以上为重特大事故，就要上报国家，就要追究刑事责任。这一次，死了这么多的人，看来就是神仙下凡也隐瞒不住了。他知道自己是在劫难逃，想了一下，就对崔大树说："你别怕。所有责任由我担着哩！你先通知矿上的人员不要慌乱。封锁消息，不得外传。把好大门，外面的人，一个也不能放进来。这个事情，我自有办法。"

崔大树急急忙忙下去了。

这时，靳翠枝早已穿好衣服，站在了冬生身后，崔大树和冬生说的话，她全都听见了。她的身子抖得就像筛糠，上下牙打着颤问冬生："死了这么多的人，这可怎么办呢？"

常冬生说："三十六计，走为上计。你还愣着干吗？赶紧收拾东西，走啊！"

靳翠枝返回卧室，急忙去收拾自己的金银首饰。

常冬生打开几只保险柜，将里面的黄条、外币和存款折等贵重财物，装入三只铝制手提箱里，让翠枝提了一只，自己提了两只，下了楼，从车库里开出自己的座驾桑塔纳，将三只铝制手提箱放到车上，拉上翠枝，出了公司，加大马力，迅速消失在茫茫夜色之中……

沙涧镇政府得到矿产品开发公司发生特大透水事故的消息，是在第二天上午的下班之前。镇长温知新觉得事情重大，没有来得及与书记段小山商量，就直接打电话报告了县政府。

县长负不赖接到报告，吃了一惊，他想和书记马志宏商量一下应对措施，这天马志宏书记恰好到地委开会去了，他打了几次电话，怎么也联系不上。他让政府办的干事继续想办法与马书记联系，自己带着安检、公安、地矿等部门的领导和有关人员，午饭也没顾得上吃，马上就向六郎村紧急出发了。

此刻的负不赖县长，双眉紧蹙，他的心里就像塞进了一块大石头，感到非常沉重。这个常冬生是怎么搞的？县里马上就要清山，关闭民采矿区了。怕的就是你这个地方出事，昨天上午，我还专门找你谈话，让你见好就收，在整顿之前马上停产。可是，你怎么就不听话了呢？你咋就钱迷了心窍，贪得无厌，非要继续挖矿呢？继续挖矿不说，为什么迟不出事早不出事，偏偏这个时候出事呢？冬生啊！冬生！你这个愣头青！你让我说你什么好呢？你给我捅下了这么大的娄子，让我怎样收拾是好？说老实话，收拾这个烂摊子，还是小事，他现在最怕的是，拔出萝卜带出了泥。转而又一想，现在不是埋怨的时候，也不是怕的时候，就是再埋怨再怕也没用了。当务之急，是要尽快想一个办法将这件事情处理好。

沙涧镇镇长温知新，派出所所长郭文忠，以及镇里的几个干部和派出所的干警，已先期到达现场。

负不赖县长下了车，眉宇间那个疙瘩挽得更紧了，第一句话就问温知新："金洞主常冬生呢？"

镇长温知新向负不赖县长报告说："听说事故发生后，半夜里，常冬生就驾车逃跑了。"

负不赖县长好像是不相信温知新的回答，又问道："常冬生逃跑了？是真的吗？"

温知新说："保安冯有才昨天晚上值班，是他半夜里给常冬生开的大门。他看得真真切切的。没有问题。"

确信常冬生跑了以后，负不赖县长的眉头才舒展开了，他心里的那块大石头，也就像被搬去了一样，瞬间，觉得心上轻松了许多。他想，跑了就好。跑出国外，才好呢。如果能跑出地球，那就更省心了。

负不赖县长决定在事故现场立即成立"事故抢险指挥部"，由他担任指挥部总指挥，公安、安检、地矿三个局的局长，担任指挥部的成员。随即召开了指挥部第一次会议，并拿出了一个紧急处置方案：

一、设立警戒线，划分隔离区，避免无关群众进入现场。

二、请求省金矿支援，尽快安装抽水设备，分别从矿产品开发公司井口和省金矿二号脉井口向外抽水。

三、通知县医院、沙涧镇医院120救护车到现场待命，随时准备抢救有生命迹象的矿工。

四、抬出的遗体，要准确核实其详细身份。

五、安排好矿难家属的生活，做好矿难家属的安抚工作。

六、控制与矿难有关的责任人。

七、尽快向地委、地区行署，向省委、省政府如实报告矿难详情。

负不赖县长觉得这个方案，已经从方方面面考虑得天衣无缝了，可以经得起任何人的挑剔和检验了，就开始组织有关部门、有关人员具体实施。

矿井里的水在大功率抽水机的轰鸣中，一截一截地下降，被水淹死的矿工尸体，一具一具地被抬上井来，苫在一块一块的白布之下，并进行了编号。

尸体前，数百名妇女、儿童和尚未下井的矿工泪洒衣襟，悲声大放，哭号成了一片。

省委、省政府接到报告后，立即向党中央、国务院作了详细报告。

六郎村这一重大透水事故，立即在全国引起了轰动。全国各大媒体都在自己的显要位置作了详细报道。

国务院立即派出了以邢端正为组长的，由公安部、国土资源局、国家安全生产监督管理局等六部门组成的联合调查组，迅速抵达六郎村，朱总理与李副总理、吴副总理，对这次矿难都作了重要批示，要求一定要查清事故真相，给家属一个公正的答复，给社会一个满意的交代。

国务院联合调查组的办公地址设在沙涧镇宾馆。邢端正等领导一到位，首先慰问了矿难工人的家属，接着，一方面在当地电视台公布了举报电话，在沙涧镇宾馆门口挂出了举报箱，一方面进行现场勘查和民间走访。

在省政府、禾谷地区行署的指导下，霍人县政府对六郎村北的矿山，进行了彻底整顿。请求当地驻军和武警支援，封锁了六郎村北山的所有路口和要道，进行了一次大清山，凡是没有国家正式颁发采矿证、探矿证的采矿单位，一律限期撤离。为了防止死灰复燃，对所有非法矿洞，都进行了炸毁，并调动铲土机、挖掘机，对炸毁的洞口进行了填埋。

这几天，六郎村北的矿山上，就像有无数支从战场上溃败下来的军队一样，卡车挨着小轿车，小轿车顶着农用车，车上拉着残椽断檩、剩余坑木、废旧篷布、脏兮兮的行李卷、吃剩了的粮食袋和锅碗瓢盆等，拥堵在本来就逼仄和坑坑洼洼的山路上。

数万来自全国各地的矿工，带着行李，一个个垂头丧气、无精打采的，没了一丝儿生气，或乘车或步行，离开六郎村，踏上了回家的路程。

沙涧镇的大街上，一些手里提着尼龙袋的陕西、四川老侉们，一群一伙地正准备乘坐汽车或者火车离开这个曾经喧嚣热闹了几年的地方。

数天后，六郎村北山一带曾经人山人海的场面已变得冷冷清清，山上满目疮痍一片狼藉，散落的旧袜子、破衣服、塑料袋随处可见。微风过处，碎片一阵阵抖动，诉说着曾经逝去的经历。

几天来，联合调查组接到了许多举报电话，收到了大量的举报信件。经过全体调查组人员数天的紧张工作，对所有举报信件进行了细致的甄别分拣。他们发现，关于矿难方面的举报信件仅占整个举报信件的十分之一，其他举报信件绝大部分都是反映当地官员腐败问题的。调查组的人们找了两个麻袋来，将这些举报信装进里面，足足装了两麻袋。由于解决地方官员腐败问题不在调查组这次来沙涧镇的工作范围之内，他们只好将这两麻袋举报信移交给当地纪律检查部门。

经过十余天的紧张工作，联合调查组的调查结论出来了。这次矿难总共死亡矿工五十八人。联合调查组认为，这是一起典型的由于滥采滥挖而造成的重大矿难事件，矿主、包工头、分管采矿的负责人都负有重大责任。建议当地政府，对矿难家属按照国家赔偿标准给予经济赔偿；建议公安部对矿主、包工头等在逃嫌犯进行全国通缉，依法追究其刑事责任。

这天上午，沙涧镇通往六郎村的公路上，远远地走来一支送葬队伍。

走在送葬队伍最前面的是四个腰粗膀圆的汉子，其中两个汉子悠悠而行，他俩一边走，一边向空中抛撒着冥币，冥币就像一片一片硕大的雪花，纷纷扬扬地在空中飘舞着，最后落在公路上、路两旁的水沟里；另外两个汉子，一个拿着一挂鞭炮，一个用手指捏着二踢脚，一边走一边点放。随着"噼里啪啦""嘎嘎吧吧"的清脆响声，一团一团白色的烟雾飘散开来，一股一股的烟硝味便钻进人们的鼻孔。接下来，是沙涧镇蒋眉娃的鼓班，几个人分别执着锣、鼓、钹、笙、笛、唢呐等乐器，缓步而行，边走边吹奏着《走雪山》《闹山河》等哀乐。鼓班后面缓缓而行的是靳翠枝。翠枝的身上穿着一身洁白的素衣，头上罩着一块白色的纱巾。人常说，"若要俏，一身孝"，翠枝虽然显得哀云满面，但看上去却越发俏丽好看。翠枝的身后是一辆徐徐而行的客货两用车。小轿里除了手把方向盘的司机，在副驾驶座上还坐着一位三十岁左右的女子。后面的车厢里放着一口油漆成朱红色的棺木，棺木的大头上用金粉书写着常冬生的名字。腐臭难闻的血水，淅淅沥沥顺着棺底的缝隙淌到车上，又顺着车厢的缝隙滴答到公路上。几只蛆虫爬在棺尾上，不停向前蠕动。车栏两旁坐着两个守护棺木的男人。他们的脖颈上分别套着形似项链的一圈红绳，红绳接近胸脯的地方串着一粒大蒜，悠悠晃荡，极像项链上的一枚白玉吊坠。两个人的耳眼、鼻孔塞满了艾叶。

送葬队伍进了六郎村，直向窑院而来。

六郎村死了人，从来都是由村里向村外送，从村外向村里而来，这还是头一回。

村里的人们看见这支送葬队伍，觉得稀奇，便围拢来看热闹。

送葬队伍走到窑院的土坡前停下来。

这时候，蒋眉娃鼓班的吹鼓手们吹奏得更加卖力了，尤其是吹唢呐的蒋眉娃。吹唢呐不同于打背鼓、打镲与敲锣，后面这几种乐器，没有多大技巧可言，只要敲得响，跟着唢呐的节奏走就行了，而唢呐则不同，它是一种领奏乐器。吹唢呐讲究的是换气功夫，没有正儿八经的师传是学不会的。只见蒋眉娃双手抱着一支锥形木管铜碗状的唢呐，腮帮子鼓了又合，合了又鼓，铜碗里便发出了一种时而明亮，时而粗犷的哀伤悲调。一听那口风与技巧，便知是祖传老手。蒋眉娃先吹《普庵咒》，再吹《水落音》，接着又吹《将军令》。

村里出来看热闹的人越来越多。人们远远地站在周围，掩鼻而立。

这时，村副主任杨三富也站在人群里看热闹，他是认得靳翠枝的，他看见棺材上写着常冬生的名字，就问道："没听说冬生有什么大的毛病，怎么突然就殁了？"

靳翠枝大声说："冬生出了车祸了。那天，冬生开着桑塔纳要去同城，上了饿风岭，在山路的拐弯处，刹车失灵，一下就栽入右手那个最深的悬崖之下，车子翻了几个个儿，冬生被摔出车外，当即身亡，随后车子起火。人丧在外，按照咱这里的风俗，不能回家里打发，只好停在门口。"

靳翠枝说的饿风岭，大家都知道，这是霍人县北面的一座山岭，是六郎村去同城的必经之地。饿风岭共有十二拐，每一拐都是急转弯，尤其以第九拐最为凶险，左手是峭壁，右手是悬崖。每年在这里总要出一次车祸，车子体无完肤，司机血肉模糊。据说前面摔死的人，必须找到一个替身，自己才能重新转世为人，因此一年车祸不多不少只出一起。去年出车祸的是沙涧镇的红孩。

靳翠枝话音刚落，人们就小声议论开了：

"这是红孩在找替身哩！"

"这女子不是秀枝的表妹么？怎么给冬生戴起孝来了？"

"听说冬生和妻表妹早就好上了。"

"秀枝不是冬生的老婆吗？怎么不见秀枝？"

"冬生与秀枝的关系早就名存实亡了。"

"闹下那么多的钱，好好享受哇，怎么就突然死了？"

"这年头，老天爷收人哩！"

"年纪还不大哩嘛！"

"这个娃娃，小时候就非凡。"

"活得非凡，死得也非凡。"

"闹钱挺有哈哈的，开车却是没什么哈哈。"

"瞧瞧，人都淋了醋了。"

"蛆已经噬了。"

"快快埋了吧。"

"他娘知道了吗？"

"估计还不知道哩。"

"听说前几天就病倒了。先是大儿子秋生摔死了，紧接着，二儿子出了事又跑了，这一悲伤一惊吓，接二连三的灾祸，不要说是个老人，就是个年轻人也经不起、吃不消啊！"

正如人们所说，冬生娘几天前就病倒了。秋生的突然亡故，令她伤心欲绝。活蹦乱跳的一个孩子，就像夏天的玉米苗子，正是兴旺苗壮的时候，连穗子还没结呢，就突然没有了生命，谁能接受了这种现实？孩子是娘身上的一块肉哪！没了孩子，为娘的心哪能不疼？她以泪洗面，不吃不喝，坐也不是，卧也不是，肝肠寸断，真是连活的心思也没有了。秋生在她心上造成的伤痛还不到一天，谁知冬生的矿上又出事了，冬生也跑得没了踪影。接二连三的打击，将她彻底击垮了。从此，她躺在炕上一病不起，只好靠邻居们送一些水和饭，苟延残喘，勉强维持着生命。

这时，冬生娘从迷迷糊糊中醒来，隐隐约约听得窑院门前的土坡前有鼓班的吹打，心想，这是谁又死了？她没有躺倒那几天，还没有听说村里有哪个老人生了病哩，怎么突然就走了？转而，她又想起人们常说的"六年七月八日九时"这句话来。六十岁，一年一个样子；七十岁，一月一个样子；八十岁，一天一个样子；九十岁，一时一个样子，人生无常啊！

冬生娘叹了一口气，自言自语道："老天爷，快快收走我吧！为什么不让我替别人去死呢？"

送葬队伍在窑院门前的土坡下停了一阵，又徐徐而行，来到了坝院门前。

靳翠枝对蒋眉娃说："给你们加钱了，好好地吹打吹打吧！"

于是，鼓手们就吹打得更加起劲了。

这当儿，坐在客货两用车小轿里的那位三十来岁的女人下了车。这是一位平时随着鼓班演唱的歌手，名叫爱鱼，最擅长演唱戏曲名段。她今天要唱的戏曲名段是《哭灵堂》。

爱鱼伸手理了理云鬓，清了一下嗓子，与配乐的鼓手们做了个起乐的手势，就用深沉、浑厚、幽怨的唱红腔调唱开了：

> 汉刘备在灵堂自思自想
>
> 二弟三弟呀
>
> 思想起我弟兄结义在桃园
>
> 哭了一声二弟命早丧
>
> 短命三弟翼德张
>
> 你二人升天赴位撇下为兄王
>
> 啊，兄好悲伤
>
> 不得志孤把那草鞋卖
>
> 在范阳镇上遇关张
>
> 恨曹贼做事心太奸
>
> 许天山射鼠欺天颜
>
> 恼怒了我二弟把他斩
>
> 有孤君上前忙遮拦
>
> 曹孟德带孤上金殿
>
> 汉天子一见心喜欢
>
> 王把那汉室宗谱查一遍
>
> 才知道孤是景帝后代男
>
> 汉天子观罢宗谱心高兴
>
> 当殿以上就封官
>
> 他封我宣城亭侯恩非浅

口称皇叔天下传

……

到如今你把命丧了

闪断兄撑天柱一条

罢了，三弟呀

三弟的灵魂听根苗

我三弟生来性情暴

豹头环眼志气高

鞭打吕布金冠掉

如雷大吼海水潮

当阳桥上生计巧

三声喝断当阳桥

葭萌关前去把阵讨

赤身裸体战马超

取西川巴郡生计巧

收来严颜老英豪

这些功劳都不表

威镇阆中姓名标

到如今把你命尽了

断了孤撑天柱一条

二弟，三弟呀

哭三弟只哭得金鸡报晓

后帐里闪上个老将英豪

　　爱鱼唱罢《哭灵堂》，在鼓手们稍作歇息的当儿，大门外围观的人们真真切切、清清晰晰地听得一个女人清亮、幽长的念经声从坝院里一阵一阵传了出来："阿弥陀佛——阿弥陀佛——"

　　靳翠枝让鼓手一边吹打，一边指挥送葬队伍绕着河东、河西在整个村子的主要街道上又转了一圈。

　　当队伍走到矿产品开发公司附近时，靳翠枝不由得扭头朝公司方向看了一眼，她看见公司院子里里外外空荡荡的，没有一个人影，铁栅大门上挂着一把大大的铁锁，铁锁的上方斜贴着一条盖着大红印章的封条。看到这一切，翠枝就不由得心潮翻滚，思绪万千。当年，她从禾谷商校毕业，分配到本县外贸局上班，本来工作得好好的，硬是表姐秀枝上门非要让她来这里帮忙当出纳。当出纳本来也没有什么不好，可是，表姐你为什么不尽你妻子的责任，非要脱离红尘念什么佛啊！逼得表姐夫走投无路，打上了我的主意，和我滚战在了一起。这也罢了。其实表姐夫冬生也是挺好的。说好了再过三两天，表姐夫就要和我出国享受荣华富贵去了，可又偏偏发生了这一次透水事故……

送葬队伍绕着村子转了一圈，然后就出了村，直奔石龙岗上的常家祖茔而去。

到了祖茔，放炮的四个汉子和车上的两个汉子，每人拿着一把铁锹，在坟茔最下手选择了一个地方，直接向下挖了个一人深的坑，也没有掏挖墓室，嘴里咿咿呀呀地将车上异常沉重的棺材抬下来，放在两截粗短的滚木上，顺着土坡，推入坑内，然后回填了坑土，捄起一个大大的坟冢，就匆匆撤走了。

尾 声

六郎村北山清山时，"情未了"仍在营业。

六郎村民多次向矿区派出所举报，"情未了"是一个典型的以歌舞娱乐为名，行卖淫嫖娼之实的场所。

这天凌晨一时，县治安大队、六郎村矿区派出所的二十余名警察突然将"情未了"包围。随着一阵急促的敲门声和砸门声，"情未了"歌舞厅里乱作一团，男人和女人们发出了长厉的尖叫声和跑窜声。有一个小姐只穿了一件裤衩，趿拉着一双拖鞋，正要从后门逃走，被守在后门隐暗处的一名警察抓了个正着。有一个小姐赤身裸体，藏在一只立体音响的后面，企图蒙混过关，也被视觉敏锐的警察揪了出来。这时候，她们都恨无一双翅膀可飞，恨无一条地缝可钻。

一阵慌乱过后，白牡丹扭扭捏捏地从她的卧室里出来了，她是认识郭文忠的，自恃脸熟，就咬着舌头，尖声细语地说："郭所长呀！是哪阵风将你给吹来了。"

郭文忠问道："'情未了'的老板是谁？"

白牡丹想，告诉他，他总不能不给面子吧。于是就说："郭所长，是咱的。"

郭文忠说："是你的？"说着，就毫不犹豫地指挥一个警察，"是她的，那就将她铐起来！"

说话间，白牡丹的手腕上被铐上了一副铮亮的不锈钢手铐，她一脸茫然地说："你们还真抓呀？"

这次对"情未了"进行了突击检查，当场抓获正在进行性交易的八对男女。嫖客中除了三个外来务工者外，大部分是当地人。

干警们从白牡丹的卧室里搜出的容留卖淫的账本数十本，摞起来，有一尺多厚，还搜出了大量的现金、存折和金银首饰。

公安部门对情未了歌舞厅进行了查封取缔，对所有嫖客、小姐都根据情节轻重分别给予了行政拘留、罚款、遣散的处罚。白牡丹因触犯组织卖淫罪，没收了其所有非法所得，已被刑事拘留。因白牡丹身患严重性病，公安部门对其采取了保外就医措施。

白牡丹每天躺在病床上，嘴里不停地呻唤着，犹如落山的日头，苟延残喘，气息奄奄。

矿产品开发公司发生透水事故的当天上午，柳干头就得到了消息。那几天没有什么点山灯的活儿，他钻在家里闲得发慌。当他听到常冬生的矿上出了事，精神立即振奋起来。他高兴地对他娘说："又有了好买卖了。"

他娘对他说："时常了没有剥那些死鬼们的衣裳，我还手痒痒哩！"

在家里等了一天，柳干头见冬生没有派人来家里叫他，就有些沉不住气了。他跑到了矿产品门口去打探，就看见了从矿井里往外抽水和抬出矿难工人的情景。他对摆在地上，用白布单盖着的一排排尸体，十分眼馋。如果这些尸体都点了山灯，那又能挣不少钱呢。他想，六郎村，包括沙涧镇，乃至整个藿人县，谁不知道他家是点山灯的专业户，又有谁不知道他是点山灯的专家。这点山灯的活儿，虽说不费什么苦力，技术含量却是挺高的，在什么位置上进行？用什么材料作底？怎样摆放尸体？浇多少柴油和汽油？都是有讲究的，不然的话，不是浪费了材料，就是烧不成灰烬。此外，点山灯这活儿，还得有相当大的胆量。爹和娘曾经与他和二兰兰传授过一条不可与外人道的秘诀：男的在尸体面前默念一句"爷爷在此"，女的在尸体面前默念一句"奶奶在此"，就什么也不怕了。最初那一两次，他和二兰兰非常害怕，晚上尽做噩梦。自从默念了爹娘传授的秘诀，他和二兰兰果然就再也不怕了。柳干头又想，只要技艺在身，不怕他们不上门来找自己。想到这里，他就转身回到家里。

过了两天，柳干头家的大门外传来急促的打门声。

柳干头对娘说："好事来了。"

娘高兴地说："快快去开门！"

柳干头跑步去开了大门。

一伙警察一拥而入，立即就给柳干头戴上了手铐，并冲进屋内拘捕了柳干头的爹、娘和二兰兰。警察们从柳干头家里搜出了大量金条和现金，搜出了垛在空屋里炕上一捆一捆的旧衣服。

当天，柳干头的舅舅也在自己家里被警方抓获。

预审官预审柳干头时，问他："你总共烧过多少具尸体？"

柳干头说："记不得了。"

预审官问："遇到还没有死了的矿难工人，你是怎样将他们弄死的？"

柳干头说："是一团面团。"

预审官问："这个办法是你发明的？还是谁教给你的？"

柳干头说："是我娘教给我的。"

预审官问："你用这种办法，总共弄死多少人？"

柳干头说："记不得了。"

警察带着柳干头到山顶上去指认焚尸现场。山顶上一片一片被烧焦了的山石，虽然经过无数次的风吹雨蚀，依然清晰可辨。

经审理，最终柳干头因焚尸罪、致死人命罪，被判处死刑，立即执行；柳干头的娘因教唆杀人罪，被判处死刑，缓期二年执行；柳干头的爹、舅舅、妹妹二兰兰因焚尸罪，根据情节轻重，分别被判处有期徒刑十五年、十四年和八年。

在一个天气十分炎热的下午，六郎村口突然开来了四五辆警车，后面还跟着两辆满满站了一车厢武装警察的大卡车。

这些车辆在村口停下来，村里的人们觉得奇怪，就不断地围过来，人越聚越多。

过了一阵，村支书郝二林出现了。他坐上了第一辆警车。几辆大车小轿车呈纵队形，向石龙岗上开去。

人们想看个究竟，也群群伙伙地尾随着车子，上了石龙岗。

警车与大卡车开到常家茔地前停下了。警车里的警察下了车，在常家茔地的周围，拉起了警戒线。大卡车上的武装警察也下了车，一律背对坟茔，荷枪实弹地在警戒线之外维持着秩序。

郝二林在常家坟地里，指手画脚地与警察们说着什么。

有几个警察挥舞着铁锹，在常冬生的坟冢上挖开了。

一会儿，常冬生的坟冢便被挖开了一个大坑。又过了一会儿，土坑里便露出了红色的棺材。

警察们下到坑里，用绳索将棺材捆绑了，喊着"一二三"的号子，费力地将棺材拽出坑外。

棺材被撬开了。揭开棺盖，一股白色的腐臭味冲天而起。周围的警察立即散开了。

过了一会儿，白气散尽，棺材里露出一只早已腐烂的黑色死猪。在死猪的周围，是一捆一捆的黄灿灿的金条。

观看的人们，瞪大双眼，嘴里发出一阵阵"啊！啊！啊！"的惊叫声。

原来那天矿井透水事故发生后，常冬生与靳翠枝带上金银财宝驾车逃跑。常冬生自知尽管这样也难逃法网，就想出了一条"金蝉脱壳"之计。车子行驶在饿风岭第九拐，他下了车，将小轿车推入右手的悬崖之下，制造了一起车祸事故。他自己先隐藏起来，让翠枝回村表演了一出假出葬的闹剧。之后，两个人携款从内蒙古偷越国境出逃，准备辗转几个国家，然后再到美国定居，不料被边防战士抓获归案。

棺材里的死猪暴露在光天化日之下，一个手里端着照相机的警察，从不同角度拍了好多照片。

常冬生的案件是在禾谷法院审理的。他因多年盗挖国家黄金资源，多年瞒报生产伤亡事故，造成重特大伤亡事故，贿赂国家干部等多项罪名，被判处有期徒刑二十年。崔大树因生产管理责任，被判处有期徒刑十二年。靳翠枝因隐瞒、窝藏不报罪，被判处有期徒刑三年。

那天矿井透水事故发生后，常冬生前脚逃跑，包工头连建国后脚也逃跑了。

连建国先乘车跑到了同城。在同城的一个小旅馆里，他从电视上看到了公安部向全国对他发出的通缉令。

连建国觉得旅馆这种最容易引起公安部门注意的场所，是再也不能继续住下去了。他再也不敢在这里逗留，连夜从旅馆撤了出来。

当晚，他在一处烂尾工程的半拉子楼房里勉勉强强待了几个小时。

天明后，他就离开了工地，在街上漫无目标地转悠起来。走到一个财会专业学校旁边，他见学校的墙上写满了办理各种证件的电话号码。他突然灵机一动，觉得自己现在当务之急是应当办一个证件。于是，他抄了一个办理身份证的电话号码，到附近的一处公用电话亭里，就与这个电话联系起来。他说他想办一个证件。接电话的是一个中年男子的声音，问他办什么证件？他说要办一个身份证，对方说身份证难度最高，价钱比别的证件都要贵些。他说钱不是问题，只是要快。对方问他什么时候要货？他说最好是上午，最迟也得下午六点之前。对方说正常情况下办一个身份证是三百元，如果这么急的话，是正常价钱的五倍。他问咱们怎么联系？对方说你现在马上到照相馆速照一张一寸免冠照片。上午十点整在鼓楼街同城小吃店面前见面。咱俩各自右手拿一张《同城日报》为记。

连建国放下电话，付了话费，就在电话亭买了一张《同城日报》，又向电话亭老板打听了距离这里最近的照相馆地址。

速照了一张一寸免冠照片，连建国就摆手叫住了一辆出租车，急急忙忙往鼓楼街赶。

路上遇到了两次堵车，好不容易到了鼓楼街同城小吃店，连建国一看手表，时间已经比约定时间超过了十分钟，便急忙付了车费，下了车。他两眼在小吃店周围快速扫了一遍，果然发现有一个人，头戴一顶鸭舌帽，帽檐拉在了鼻梁之上，右手拿着一张卷起来的《同城日报》，走来走去，好像很焦急的样子。

于是，连建国就走上前去，对那个人说："让你久等了。"

那人看了一下连建国手中的《同城日报》，说："东西拿来了吗？"

连建国就从口袋里掏出照片，递了上去。

那人将手里的报纸递给连建国，说："你将你的名字、地址、出生年月写在报纸的空白处。"

连建国想了一下，就从自己名字的三个字里各抽出一部分，给自己取了个车聿玉的名字，又写了一个与自己差不多的出生日期和假地址。

那人说："先交三百元押金。剩下的，一手交钱，一手交货。"

连建国掏了三百元钱，递了过去。

那人说："下午六点整，还在这个地方见面。"说完就走了。

连建国没敢走远，就在附近转悠起来。

侯到了下午六点，那人果然来了。连建国又交了一千二百元钱，得到了一张名叫车聿玉的身份证。

有了这张身份证，连建国就像脱胎换骨了一样，什么也不怕了。他又在同城住了两日，就先到了内蒙古呼和浩特市，然后又到了河北石家庄、河南洛阳，一个一个城市地旅游起来，每天喝着烧酒，逛着景点，住着宾馆，好不潇洒愉快!

转着转着，这天，连建国不觉就乘火车来到了湖北武汉。

出了火车站，在站前广场，连建国一边观赏着火车站周围的建筑风景，一边看着熙熙攘攘的人流。突然，他的眼里闪现出一个熟悉的身影。他绕到那个人的前面，确认没有认错人时，就又绕到那人的背后，用手重重地拍了一下那人的肩膀，猛地叫了一声："侯三!"

侯三猛听得背后突然有人叫他，吓得跳了起来。他返回头，看见是连建国，这才渐渐镇定下来，问道："连头，你怎么到这里来了?"

连建国说："这里不是交谈的地方。咱们借一步说话。"

侯三来武汉火车站已经多时了。那天，他在西安火车站附近的旅店里与莺莺生米做成了熟饭。莺莺醒来，发现了睡在身旁的侯三，先是一番哭闹，最后终因出门在外一无依靠二无盘缠而屈就于侯三。侯三觉得西安火车站距离老家太近了，他与莺莺长期待在这里，一旦遇上了熟人就不好办了。思之再三，突然心生一计。他对莺莺说，当初他与安安在西安火车站倒车时，安安看见了西安开往武汉的一趟列车，说其实去武汉打工也挺好的，莫不是他一个人去了武汉了? 不然咱就去武汉找找吧。莺莺无奈，只好跟着侯三来到武汉。在武汉火车站附近又找了一段时日，侯三对莺莺说，似这样下去，每天要吃要喝要开支哩，要不咱俩在这里一边找一边做点小生意吧。莺莺从其言，就与侯三在武汉火车站附近租了间小门市，做起了卖副食的生意。这天，侯三正要穿过火车站广场去进点货，恰巧被连建国撞见了。

连建国与侯三在火车站附近找了一个小饭店，择一处靠里的桌子坐了，要了两个凉菜，两个热菜，又要了一瓶烧酒，便你一盅我一盅一边说话一边喝起来。

侯三问连建国："连头，你怎么也跑到武汉来了?"

连建国说："矿产品开发公司发生了透水事故，不能干了。"

侯三说："原来是这样。"

连建国突然想起一件事来，说："那年你表弟在矿上出了事故，按金老板常冬生的主意，最多给你十五万。如果不是额给你说了话，你是拿不上二十万的。"

侯三说："是哩! 额永远不会忘记你连头的大恩!"

这时候，从外面进来四个手提提包的旅客，选了门口的一张桌子坐下，也要了一些饭菜与饮料，吃喝起来。

连建国与侯三又吃喝了一阵，他便掏出钱与店老板结了账，两个人一前一后走出来。

走到门口，连建国猛听得背后有人叫了一声："连建国！"他不由得回了一下头，只见坐在门口吃饭的四个旅客一跃而起，一下就将他和侯三摁倒在地。

连建国急忙说："你们认错人了。我不是连建国，我叫车聿玉。"

正在给他戴手铐的一人说："你不要再伪装了！改成什么名字，我们也认得你连建国。"

原来连建国的行踪在河南洛阳时就被警方发现了，四名便衣警察尾随其后，但一直没有找到一个合适的抓捕机会，在武汉火车站饭店终于与连建国近距离接触，将其抓捕归案。

连建国在六郎村矿产品开发公司的透水事故中，负有重大责任，被判处有期徒刑十二年。侯三的落网，属于歪打正着。经审理和侦查，原来侯三犯有多起杀人罪，被判处死刑。

霍人县委在霍人宾馆二楼会议室，召开了一次全县科（局）级以上干部"反腐倡廉"大会。

县委书记马志宏主持大会，县委副书记、县长负不赖作"反腐倡廉"报告。

负不赖县长在报告中首先强调了当前反腐倡廉的重要性、必要性与紧迫性，分析了腐败问题的群发性、多样性与复杂性，提出了如不反腐就要亡党亡国的危险性，又讲了自己对腐败问题的认识、感受和看法。

说到动情处，他声情并茂地说："同志们，我当过几年县纪检委书记，深知腐败是怎样的一个恶魔。作为一名共产党员，作为一名受党多年培养的领导干部，我对腐败有着刻骨的仇恨，有着不共戴天的仇恨。腐败是我一生中最大的敌人。"他本来想大骂一句"谁要是腐败，我肏你妈！"但话到嘴边，又咽了回去，他觉得这话虽然能充分表明和显示自己对腐败的痛恨程度，但毕竟有些粗野，不够文雅，不符合自己县长的身份，倒更像是一个赖皮在骂大街，于是就改口说，"我今天将话撂在这里，在座的诸位，谁要是搞腐败，谁就是我负不赖的仇人。到时候，我负不赖决不轻饶你！你可不要怪我负不赖无情。"

负不赖正在讲话之间，主席台后面走出两个检察院的警察。他们先走到马志宏书记的身旁，与马书记耳语了几句，马书记点了点头。接着，两个警察便走到负不赖身边，一人抓住负不赖的一条胳膊，向身后一扭，便给其戴上了一副亮铮铮的手铐，随即将其押了下去。

县委书记马志宏马上宣布散会。

民警在负不赖的办公室与沙涧镇的家里同时进行了查抄。

民警打开了负不赖办公室的抽屉，在一张报纸下面，发现了他与小凤签订的那张协议书。

民警们进入负不赖家里，向吴翠叶亮出了搜查证。

吴翠叶抱着负效吾躲到二楼自己的卧室里去了。精精刚刚睡醒来，见来了这么多的人，正想问问"啥时候唱呀？"被奶奶一把拉回了自己的卧室。

愣愣已有几天没有进食，趴在狗窝里气息奄奄，嘴里发出微弱的"猗猗"声。

民警们发现负不赖的家里到处是现金，成捆成捆的人民币垛在床底下、壁橱里。民警从负不赖的家里共搜出两千多万元现金，在狗窝下面的地窖里，起出黄金一百八十二公斤。民警让银行的工作人员来清点钞票。银行的十几个点钞能手点钞一直点到了个个臂麻手抽筋。

在矿产品开发公司透水事故处理结论中，县委书记马志宏因县里滥采滥挖黄金，负有决策有误的责任，给予党内警告、行政记大过处分；县里主管、分管金矿的领导都受到了不同程度的党纪政纪处分。

负不赖被收监后，不久，又办理了取保候审。

人们议论纷纷，说负不赖是"成也黄金，败也黄金"。

石龙岗上常家茔地里，有一堆新的黄土，这就是常秋生的坟冢。

在常秋生的坟冢上布满了羊的蹄印，显然是梁满斗已经赶着羊群前来围过坟了。

坟冢的正前方立着一块墓碑。墓碑上刻着"常秋生之墓"五个大字。

闵香草身穿白衣、白裤，头罩一方白纱，跪在坟前，伸前右手，用食指在墓碑前的黄土地上画了一个心的图案，从挎兜里掏出秋生生前最爱吃的疤饼、糖饼、烧饼和马蹄酥四种点心，以及苹果、酥梨、香蕉、葡萄等时鲜水果，还有一碟切成寸段的凉拌藿香、一瓶藿香高粱白和一只酒杯，一并放在图案之上。她左手端着酒杯，右手拿着酒瓶，斟满了，连着给坟冢上浇了三杯酒，最后，又斟满了一杯，放在坟前。她垒土为案，给秋生点了一束香，插在黄土案上。接着她又开始烧化冥币。做着这一切的同时，两行眼泪犹如滚珠般从她的脸上抛落下来，将膝下的黄土洇湿了一大片。

闵香草一边哭，一边想。她想到秋生的死纯粹是因为寻找黄金宝藏而献身的，而秋生的青春则是为了寻找黄金宝藏而度过的。秋生出了事故后，她在窑院整理秋生的遗物时，看到了秋生在窑洞墙角下，码得整整齐齐的六十八双破破烂烂的各种牌号的球鞋，见证着他寻找黄金宝藏的历程。秋生娘含着泪对她说，秋生就留下这些衣物、书籍，凡是秋生的东西，你喜欢什么，你就随便拿去吧。她什么也没要，只是将秋生形影不离的那本《钢铁是怎样炼成的》拣出来，用手轻轻地拂去上面的微尘，摘下头上的纱巾包起来，小心翼翼地揣进怀里。她对秋生娘说，我就要这本书。因为她觉得，这本书上面有秋生永不消散的体温；封面上有那朵秋生用鲜血绘就的，就像鲜艳梅花一样永不凋谢的生命；扉页空白处有秋生抄录的那几行人生信条："人最宝贵的东西就是生命，生命属于我们只有一次而已。人的一生是应该这样来度过的：当他回首往事时，不因虚度年华而悔恨，也不因过去的碌碌无为而羞耻，这样他在临死的时候就能够说：'我的整个生命和全部精力，都献给了世界上最壮丽的事业——为人类的解放而斗争。'"能有秋生的这本书陪伴她度过一生，她就感到足够了。

闵香草嘴里轻轻地呼唤着秋生。她觉得自己太对不起秋生了。在平时的生活中，她没能给秋生多少帮助，反而却给秋生添了不少负担，让秋生为她操了不少的心。回想起小时候，有人要欺负她，秋生总是临危不惧，站出来将她护在身后；离开本村读了初中、高中之后，又是秋生陪着她在学校与村里的路上去去来来；秋生读了大学，读了研究生，为了避免她思想消沉，每隔十天半月就要给她写一封信来安慰她；秋生研究生毕业了，是因为她的拖累，才放弃了大城市的优越生活，回到了这个山沟沟里；秋生得到了寻找黄金的一万元奖金，自己却舍不得花，仅她就给了六千元；平日从山里勘查回来，秋生总是要来看看她，与她坐一坐，说说知心的话儿；是因为她的拖累，秋生才至今没有成家，去像常人一样享受人生的幸福生活。她真后悔那天清早不该让秋生离开她的宿舍，离开她的身边。如果那天她将秋生留住，秋生是不会出事的。秋生的出事，都是由她而造成的呀！秋生去了，她活在世上还有什么意思？香草泪眼婆娑思念秋生、责备自己，悲痛欲绝，痛不欲生，决定追随秋生而去，便像射出的箭一样，一头向石碑上撞去……

香草醒来后，看到自己躺在一个女人的怀里。这女人穿着一身素衣，年轻而漂亮。香草觉得自己的头好痛，伸手往头上一摸，觉得头被布条缠着，手上黏黏糊糊，拿到眼前一看，满手鲜血。她忍着疼痛问："你是谁？"

女人用很好听的普通话说："你终于醒了。你是香草吧。"

香草说："你为什么要救我？"

女人眼圈红红的，说："爱一个人，不一定非要为他而殉情。完成他未完成的心愿，才是对他的大爱。"

香草说："你莫非是亚丽？"

女人也不答话，将香草轻轻地放在坟冢前的一片草地上，站起身来，头也不回，向远处走去。

这时候，秋生的坟冢上突然旋起一个笸篮大的旋风，随即在香草的身上旋了又旋，随即又追上那女人旋了又旋，将女人的衣角撩起来，又撩起来……

杜玉凤对香璧的计划生育研究理论发生了很大兴趣。她是过来人，对男女之间的复杂感情需求，对男女之间的生理变化，了解得更为透彻一些。她对大男人与小女人，大女人与小男人的组合，从各个方面进行了一番认真的研究，特别是对大女人与小男人这种违背传统观念的组合，进行了反复推理。她觉得香璧的研究结论，无论在理论上，还是在实践中都是成立的。她认为男人都有恋母情结，在男人感到疲惫、困惑的时候，特别需要有一个像母亲一样的女性来抚慰他、呵护他，而女人的母性是与生俱有的，本能的，对待一个比自己年龄小的丈夫，她们更乐意倾其所有，付出所爱。

经过一段时间的认真考虑，杜玉凤觉得闵香璧这个人是一个可以信赖的人，就与香璧领了结婚证。

闵香璧从宿舍将自己的东西搬到了杜玉凤家里。当天中午，两个人设家宴，只请了办公室主任赵占国、司机韩晓磊二人作证，就结合在一起，过上了少夫老妻的生活。

两个人的感情十分融洽，生活过得平平静静，既没有爱情的波澜，也没有生活的争斗。

在一个月朗星稀的夜晚，杜玉凤与闵香璧躺在床上相依相偎。杜玉凤突然对闵香璧说："你过去虽然没有真正接触过女人，但你对女人的分析与判断，还是比较接近的。我作为一个过来人，今天就告诉你一些女人的秘密吧。"她见闵香璧静静的，没有反应，就将身子向闵香璧靠了靠问，"你在听着吗？我与你说话呢？"

闵香璧说："我在听着呢。你快说。"

杜玉凤的喉咙里发出一种娇颤的动听的语音："女人看重一个男人，不在乎他长得美丑，也不在乎他的年龄大小，除了他的经济状况外，最在乎的就是他的仪表风度。我们女人是个复杂的动物，喜欢遐想，喜欢浪漫，有时候像个母亲，有时候又像个孩子。女人总是渴望自己的男人扮演很多角色，既渴望尊男人如父，又渴望怜男人如子；既企盼视男人如兄，又企盼爱男人如弟。"

闵香璧听了杜玉凤的话，更加坚定了他对计划生育研究得出的结论。

经过认真斟酌、推敲，他赶写出了一篇《计划生育新方法》的论文，准备将这篇引领全世界计划生育新潮流的爆炸性论文，投向一个国家级的计划生育杂志。

一天下午起了响，六郎村的人们陆陆续续从家里走出，到十字路口的老槐树下来乘凉。不一会儿，老槐树周围就聚集起二三十个人。

不知是谁先说起了近几年来六郎村的变化，人们就你一言、我一语拉呱开了。人们从六郎村的贫穷，说到了六郎村的富裕；从六郎村的历史，说到了六郎村的现在；从六郎村的平静，说到了六郎村的喧嚣；从龙山显出龙形，说到龙山显出火形；从龙山显出水波纹，说到矿井发生透水事故。当时，龙山上出现了水波纹，谁都知道神奇的龙山在显灵，可是，谁又能解得开会发生在一个意想不到的矿井里呢？又说到了许许多多的人，他们为了一个黄金（金钱）梦想，各自选择了一条条不同的道路，最终又落得了一个个不同的结果。

人们正说得热闹，谁也没有注意到李又白是什么时候出现在老槐树下的，只见他一身皂衣，鹤发童颜，一缕银须在胸前徐徐飘动，站在人们面前，就像从天而降的一位神仙。

人们知道李又白这个人，在关键时刻或重大问题面前，总是与众不同，有他的独到见解和精辟论述。于是，大家就都闭了嘴，静静地等着李又白说话。

李又白也不谦逊，他抬手捋了一把飘在胸前的银髯，便醉醺醺地唱出了一首《十梦歌》：

古也梦，今也梦，
人类从来爱做梦；

你也梦，我也梦，
人人都有一个梦；

夜也梦，昼也梦，
为了圆梦费尽心；

翁也梦，妪也梦，
身康体健再返春；

童也梦，少也梦，
海阔天空任驰骋；

男也梦，女也梦，
各取所悦说爱情；

贫也梦，富也梦，
脚下石头变成金；

盗也梦，娼也梦，
自己玩火自焚身；

贪也梦，腐也梦，
身败名裂入牢笼；

要做梦，做此梦，

舍己为人千古颂。

人们正在琢磨、玩味这《十梦歌》时，李又白却飘然而去，不知所终。

2013 年 12 月 15 日—2014 年 6 月 4 日初稿
2014 年 8 月 13 日二稿
2014 年 11 月 10 日三稿
2017 年 8 月 9 日四稿

后　记

《黄金梦》写的是发生在我的家乡的故事。

我的家乡在滹沱河上游，北有恒山，南有五台山，两山夹一谷，既是道教的教场，又是佛教的教场，缘于地理地形的特殊原因，这里自古还是兵家争战之地。在这方神奇而充满魔幻的土地上，生动而令人讶异的故事俯拾即是，无需虚构，就可以写一篇精彩而又动人的小说。可以这样说，生活远比小说更生动、更精彩、更感人，而小说在生活面前，会猥琐得自叹弗如。

我仿佛生来就是个搞写作的人，为写作而生，为写作而活。我热爱生命，我更热爱写作，为了写作，我愿意付出我的生命。年轻的时候，爱惜着家乡的故事，我会借着探亲与节假，一有空儿就跑回家乡去采风。我知道我这是将我的家乡当作我搜集文学食粮的自留地了。后来，在我的人生中出现了三条可供我选择的生存道路，一条是调到省城在省文化厅下属的剧团当编剧，另一条是继续留在我所在的城市，还有一条是回到我的家乡去。我几乎是没有怎么权衡利弊，就毅然决然地决定放弃去省城的机会，同时也离开我所在的城市，回到我的家乡去收割我钟爱的文学食粮。最后，我竟然将我的户口手续也办回去了。一位与我在一个城市里工作的文学女青年执意要追随我回去，因为我害怕她吃不了那里的苦头，送了她一盆相思草，回绝了她的美意。她说，定不负相思意。她初心不改，曾多次顶烈炎、冒风雪，坐火车、搭顺车，到我的家乡看望我，给我送去了友情与温情。

回到家乡，我结识了张世清与李宏如。张世清是宣传部长，李宏如是老县长。张世清面皮冰冷，内心滚烫，待人十二分的用心负责，是他为我创造了写作的环境与条件。李宏如人品文品俱佳，他是唯一一个知道我的心事并到处举荐我的人，也是他让我从此改变了观察家乡的角度。

就在这一年，有人在家乡大山的一条河槽里发现了沙金。消息传了出去，十里八乡的人们都跑来淘金。后来，地质队在这里大面积钻探，原来这里的金矿范围和储量为全省最大最多。省金矿很快成立，私营金矿也如雨后的蘑菇，一夜之间冒出了很多。山沟里车来人往，川流不息，有当地的，有外地的，人们发着不同的口音，据说全国各地的人都有，人声鼎沸，灯火辉煌，热闹得就像县城里正月十五过元宵节一样。家乡的人们也都跑到山沟里去了，人们言必谈金，行必挖金，身必戴金，家必藏金。大家都在做着一个梦——黄金梦。

自从大山里有人发现黄金，我也去了，我去那里数不清跑了多少回。每一次进出，我都要经过那座神秘的龙山。在龙山下，我会望着它，久久注目，良久沉思。我曾是省金矿矿长的座上宾，是派出所所长的好朋友，是私营金矿老板的客人，是当地农民的好弟兄，是柴鸿儒的忘年交，是秋生和冬生们的老熟人。我曾不畏寒暑，顶烈日，冒风雪，在山上爬上爬下，从矿洞里钻进钻出。在山下，山上碗口大的废矿石数次从我的头上飞越而过，我却幸免于难；在洞口，我被矿工们的尿水结成的冰凌滑倒，手掌碰巧托在了半个啤酒瓶玻璃碴上，顿时，手掌皮肉翻飞，骨头暴露，鲜血横流……有熟人碰着就问我，找到金矿了吗？我说，找到了。又问，是贫矿还是富矿？我说，是富矿。人们以为我发了大财，其实，我说的金矿是生活，我说的富矿是精彩的生活。可以说，那几年跑进大山里的人之中，我是唯一一个没有发过黄金财的人。我没有发了黄金财，但我窃喜，我发现了比黄金更加珍贵的财富——精彩的生活。对于一个热爱写作的人，拥有了生活，不就等于拥有了黄金吗？我非不爱金钱之人，但我有我的金钱观，我有我的人生观。人生没有金钱是万万不能的，有了金钱也不是万能的。金钱乃身外之物，生不带来，死不带去。一个以金钱为主导的社会，必然是一个没有是非、没有对错的社会。我认为，一个人留给社会的财富再多，也会随着岁月的流逝而消失；一个人留给社会的思想再少，也会随着岁月的增加而流芳。金钱，对于一个人来说，并不是真正的财富。真正的财富是苦难、知识与朋友。苦难可以激励人的斗志，知识可以改变生活落后，朋友可以给人力量。而金钱呢？金钱，最容易使人堕落。我挣着国家的工资，虽然家里人口多，但粗茶淡饭足够用度了。

这期间，在我的人生仕途上也出现过另外一次发达的机遇。县委决定让我下乡镇去担任乡长。我的现职是文联主席。文联主席是个最没油水的职务，就像一块半干不湿的毛巾，不用说攥出油来，就是连一滴水也攥不出来，而乡长与文联主席相比，同样是个八品官，那可是多少人艳羡而争也争不到的肥缺啊！但是，两个职位，两相比较，我觉得文联主席更适合我实现我的"黄金梦",我于是找到县委书记,婉拒了乡长一职,继续留在了文联主席任上。

在与各色人交往并数历险象之后,一部小说在我的肚子里就酝酿成熟了。但是,这部小说只能装在我的肚子里,却不能下笔,也不能向外人道也。一部小说的故事,讲究的不是看它发生在什么年代,而是要找到适合讲述这个故事的年代。在适合讲述这个故事的年代里,我才能将我的故事向读者从容不迫地讲述。

不能讲述这个故事,我也不会闲着,我可以讲述另一个故事。我想讲述的是一九三七年国共两党合作在晋东北抗击日寇进犯的故事。这个故事在我十三岁那年我就有了愿望了。讲述这个故事,我还得做一些准备工作。我于是踩踏田野、走访老兵、钻进资料馆……最终,我写成了三十四万字的《烽烟平型关》。我将书稿交给了作家出版社,出版社的领导与编辑忙着为这部书设计着面世的方式:是拍成电视剧?是数字出版?还是纸质出版?这段时间,我闲暇无事,就又想起了孕育在肚子里早就超过产期的那部小说。我知道,适合讲述这个故事的年代来到了。

2013年12月15日,我在电脑上打下了三个字:黄金梦,开始了这部小说的故事讲述。

这是我写的第二部小说。写长篇小说,我不怯生,因为我二十岁的时候就写过一部长篇小说。

这一篇小说的开头怎样写?开头是一篇小说的基调,是一篇小说的引领。开头必须与小说整个故事与人物命运有着内在的联系。我苦苦思索。突然,"邪恶之得,得之祸所始;正义之得,得之福所源。"一段话就像天赐一样出现在我的眼前。我吃了一惊。我决定就用这一段话做我这篇小说的开头。基调定了,我于是就一口气写下了楔子、第一章和第二章。这时候,我突然想到写这么大的东西,似乎应当有一个写作提纲。我于是用一周的时间,写了一个三万多字的写作提纲。这个写作提纲,对我后来的写作起了多大作用,我并没有明显感觉,或许是这个孩子真的到了瓜熟蒂落的时候了。

我坐在晋北这座城市我的愚斋里,写作生活十分规律,每天上午,准时打开电脑在新浪网上阅读新闻,新闻读完了,就处理一些生活中的琐碎小事。中午,我要喝二两小酒,酒是北京二锅头,塑料桶装的,每斤也就六七元钱。我家里不是没有好酒,汾酒茅台五粮液,我有的是,但是,这些好酒我不想一个人独饮,只有朋友来了,我才肯开盖。律己严,待人宽;对己俭,待人奢,这是我的处人信条。下午我就开始讲述故事,直到日落上灯为止,每天大约写三四千字。字写得如喷，如涌。文要己出，挤为下，流为上，喷为上上。我属于最后一种。这期间，我曾经有些自得：上午做点小事，中午喝点小酒，下午写点小说，不亦乐乎！

二十年前，我就戒烟了。写长篇小说，朋友们劝我搞点什么刺激的东西，我不想恢复抽烟恶嗜，于是，我就喝茶，茶是铁观音，朋友送的，酽酽的，喝了一杯，再沏一杯。喝了一箱铁观音之后，我又改喝咖啡。有人说，咖啡是一种兴奋剂，最早吃咖啡的是羊。羊吃了咖啡，兴奋得就跳起舞来。但这咖啡是成品，白糖多而咖啡少，不是自煮的那种，毫无功效。其实，写小说我还用借助外力来兴奋自己吗？

讲述故事期间，我一直处在兴奋状态之中。我完全融入到了故事之中，扮演着男女老少不同角色，与常秋生、闵香草、柴鸿儒、李又白们同呼吸，共命运。故事中的人物喜，我也喜；故事中的人物忧，我也忧；故事中的人物高兴，我就大笑；故事中的人物悲伤，我就落泪。由于情绪的极度波动，我的心脏病曾两次发作，幸而并无大碍。

那天傍晚，绚丽的晚霞铺满了大地，世间万物沐浴在万道霞光里，显得格外妖娆好看。这一刻，仿佛上天预示着这是一个令人感到完美的时刻。就在这一刻，我为《黄金梦》写下了最后一行字："人们正在琢磨、玩味这《十梦歌》时，李又白却飘然而去，不知所终"，并画上了最后一个句号。

历时五个月又另二十天，我的故事终于讲完了。我统计了一下，这是一部四十多万字的小说。

《黄金梦》的写作时间并不算长，而酝酿的时间却很长很长，这就像一位母亲生孩子一样，十月怀胎，一朝分娩。分娩了，还不能抱出去正式示人，还有一个漫长的哺育的过程，对应到写作上，就是修改和打磨。

冷却了一段时间，我又改了两稿，在某些章节、情节和文字上作了一些补充。这分别是2014年8月和11月的事了。

又沉淀了三年，2017年8月初我又拿出了《黄金梦》，删去了一些多余情节，也整体进行了再润色。

表达人生，表现人性，是我创造这部小说的终极目的。

能够如此，就无愧我心了。

2017年8月9日于愚斋